Benjamin Cors
Schattenland

Nicolas Guerlain versucht in einem kleinen, abgelegenen Hotel Abstand zu seinem letzten traumatisierenden Fall zu gewinnen. Doch eine Zufallsbegegnung mit der attraktiven Schauspielerin Noemie Rey macht seine Pläne zunichte. Auf die junge Frau wird ein Anschlag verübt, den Nicolas in letzter Sekunde verhindern kann. Hat der Mordversuch mit ihrer Rolle als Jurymitglied des Internationalen Filmfests zu tun, das gerade in Deauville stattfindet? Nicolas hat plötzlich eine berühmte, aber auch sehr eigenwillige Schutzperson, der ein Serienkiller auf der Spur zu sein scheint. Auf seiner Jagd nach dem Unbekannten ist er gezwungen, ein düsteres Schattenland zu betreten, das auch für ihn selbst zur Todesfalle werden kann.

Benjamin Cors ist politischer Fernsehjournalist und hat in der ARD viele Jahre für die Tagesschau, die Tagesthemen und den Weltspiegel berichtet. Heute arbeitet er für den SWR. Er ist Deutsch-Franzose und hat die Sommer seiner Kindheit in der Normandie verbracht. Seine Krimireihe um den charismatischen Personenschützer Nicolas Guerlain hat eine große Fangemeinde, seine Bücher stehen regelmäßig auf der Bestsellerliste.

Benjamin Cors

SCHATTENLAND

Ein Normandie-Krimi

dtv

Von Benjamin Cors
sind bei dtv außerdem erschienen:
Strandgut
Küstenstrich
Gezeitenspiel
Leuchtfeuer
Sturmwand

FSC
www.fsc.org
MIX
Papier aus verantwortungsvollen Quellen
FSC® C019821

Ungekürzte Ausgabe 2022

Umschlaggestaltung: Katharina Netolitzky unter Verwendung eines Motivs von mauritius images / BY
Satz: pagina GmbH, Tübingen
Gesetzt aus der Aldus LT 9,9˙
Druck und Bindung: Druckerei C.H.Beck, Nördlingen
Printed in Germany · ISBN 978-3-423-21994-5

Für uns

Mein Sohn.

Manchmal, so scheint es mir, brauchen Worte ihre Zeit. Sie mögen schon immer da gewesen sein, tief in den Schatten, und doch sind sie zugeschüttet. Die Last, die auf ihnen liegt, wiegt schwer. Es ist kein Fels, der sie begräbt, es ist ein ganzes Gebirge, Tonnen von Steinen, unverrückbar, kein Licht kommt hindurch, niemand ist da, der sie fortschiebt, der schwitzt und schreit, der sich die Hände aufreißt, bis sie blutig sind. Es ist, als würden sie nicht existieren, diese Worte. Tot, von Geburt an.

Aber glaub mir, so war es nicht.

Ich habe nie an das Schicksal geglaubt, nie einen vorgegebenen Weg gesehen, der sich vor uns auftut, nur weil das, was wir als »Fügung« bezeichnen, lächelnd seine Muskeln spielen lässt. Schicksal ist das, was wir mit unseren Händen schaffen. Unser Geist, unser Urteilsvermögen, die innere, uns antreibende Kraft, unser Wille, der eiserner sein kann als jedes Metall – das, mein Sohn, habe ich zeit meines Lebens als Schicksal empfunden.

Diese Haltung gab mir die Möglichkeit, mein Leben selbst zu gestalten, es in die Hand zu nehmen, eigenständig und ohne Furcht. Ich bin den Weg mit Stolz gegangen, habe ihn nie aus den Augen verloren, jeden Wegweiser habe ich genau studiert, bevor ich mich für eine Richtung entschied.

Jetzt weiß ich, dass ich dabei so vieles nicht bedacht habe.

Dieses Gebirge, diese Tonnen von Stein – man trägt sie mit. Sie erschweren jeden Schritt, ihre Last wird erdrückend, je weiter der Weg führt, und sei er noch so lohnenswert. Das, mein Sohn, will ich dir mitgeben, für deinen Weg, für dein eigenes Schicksal, das vor dir liegt, das du selbst ergreifst und formst.

Es braucht Mut. Den ich nicht hatte.

Es braucht Angst. Die ich nicht haben durfte.

Und es braucht Einsicht. Die ich mir selbst verwehrt habe.

Wenn ich sage, dass Worte ihre Zeit brauchen, dann darf dies keine Entschuldigung sein. Sie nicht ausgesprochen, sie gar ignoriert zu haben war ein Fehler, der unverzeihlich ist.

Für mich, das habe ich jetzt begriffen, ist das Leben eine Täuschung. Versteh mich nicht falsch, ich will damit nicht sagen, dass alles vergebens war, alles nur Trug und Schein. Nein, meine Arbeit, mein Wirken habe ich immer als etwas Bedeutsames angesehen. Mein Einfluss auf Menschen, die Macht meiner Entscheidungen, deren Konsequenzen: Ich wollte all das nicht aufgeben.

Und dennoch, das Wort Täuschung spukt mir im Kopf herum. Im Sinne einer bewusst in Kauf genommenen Ablenkung. Das Leben als Rechtfertigung dafür, dass ich nicht gegraben habe. Dafür, dass ich die tonnenschwere Last lieber mit mir herumtrug, als sie klein zu schlagen, so lange, bis meine Hände blutig gewesen wären.

Jetzt weiß ich das. Schieb es auf die Einsicht des Alters, wenn du möchtest.

Ich schreibe dir, mein Sohn, weil ich diese Worte nun gefunden habe. Sie lagen noch dort, wo ich sie zurückgelassen hatte. Es ist seltsam, aber die vielen Jahre ändern nichts an der Tatsache, dass die Stelle, an der sie sich befanden, mir stets vertraut war. In den Schatten meiner selbst, gut verpackt, jenseits allen Lichts.

Und wenn es so ist, dass Worte ihre Zeit brauchen, dann ist uns beiden klar: Diese Zeit ist gekommen.

So viele Kämpfe haben wir gefochten. Uns wehgetan.

Ich dir, vor allem.

Vielleicht, so scheint es mir, war dies meine Art, mich dem Gebirge zu nähern. Unser Ringen, die Schläge, die ich dir versetzt habe, sie brachten mich den Worten womöglich jedes Mal ein Stück näher. Ich musste sie mir erarbeiten, so wie ich mir mein Leben, mein ganzes Wirken, stets erarbeitet habe. Ich weiß, es klingt hohl, und ich erwarte nicht, dass du mich verstehst. Vielleicht tue ich es selbst nicht.

Aber das spielt keine Rolle mehr. Wenig spielt jetzt noch eine Rolle.

Was ich getan habe, habe ich getan. Was ich nicht getan habe, habe ich nicht getan.

Aber jetzt ist es gut.

Dich zu haben, das hätte mein Schicksal sein müssen. Eines, das ich akzeptiere, das ich zu schätzen und zu lieben lerne.

Ich hatte nicht den Mut dazu.

Und jetzt? Jetzt magst du denken, dass jede Zeit irgendwann vorbei ist, dass keine Uhr unendlich tickt und so mancher Stein schlicht und ergreifend unverrückbar bleibt. Zu viel ist geschehen, zu vieles gesagt. Das Leben hat aus mir keinen guten Menschen gemacht, und die Kraft, dagegen anzugehen, ist mir nicht gegeben. Und so haben wir unsere Kämpfe gefochten.

Du warst der Sohn, den ich nicht wahrnahm.

Ich war der Vater, den du nicht hattest.

Ich wünschte, wir könnten von vorne beginnen. Aber würde ich es besser machen? Es wäre vermessen, das zu behaupten. Aber ich könnte es versuchen.

Der Blick zurück mag Einsicht bringen, schmerzhaft bleibt er dennoch.

Deine Mutter ist ein guter Mensch, sie verletzt zu haben wiegt schwer.

Du bist es auch, mein Sohn.

Dir das zu sagen, dafür hatte ich nie die Kraft, und das bedaure ich sehr. Mehr als alles andere. Und glaub mir: Da ist viel, das ich bedauern muss.

Dein Vater

Teil eins

DIE BLINDEN

Befragung des Zeugen:
Roussel, Luc, geb. 24.11.1967,
Leiter des Commissariat Deauville, Normandie
Uhrzeit: 20:14 Uhr
Anwesend: Serge Roscoff, Interne Ermittlung,
Polizeidirektion Caen
Auszug aus dem Protokoll

»Mögen Sie Gedichte?«

»Ach kommen Sie …«

»Nein, ganz im Ernst: Was bedeutet Ihnen Poesie, Luc? Ich darf doch Luc sagen, ist das in Ordnung für Sie?«

»Die Letzte, die mich Luc genannt hat, war meine Mutter. Aber bitte, wenn Sie wollen, dürfen Sie sogar Luc zu mir sagen.«

»Gut Luc. Also, Poesie – wie steht es damit? Lesen Sie Gedichte? Beschäftigen Sie sich damit?«

»Ich bevorzuge den Sportteil der Zeitung.«

»Verstehe. Aber das ist schade, wirklich schade. Denn es geht um Poesie, finden Sie nicht auch? In dieser Sache meine ich, da geht es letztendlich um Wörter. Um Zeilen, um das, was sie ausdrücken, um ihre Botschaft. Würden Sie mir da recht geben?«

»Ich würde sagen, es geht um Mord.«

»Natürlich, da haben Sie recht. Mehrfachen Mord sogar, hässliche Sache. Wirklich hässliche Sache. Und so gar nicht poetisch, oder?«

»Wenn Sie es sagen. Sie stellen die Fragen, ich antworte. Wenn ich zwischendurch eine rauchen dürfte, dann wäre uns beiden geholfen. Ich werde leider sehr übellaunig, wenn ich keine Zigarette bekomme. Und das wird dann etwas unschön. Sie können mein Team fragen, die könnten Ihnen Geschichten erzählen. Aber glauben Sie nur die Hälfte, die Jungs neigen zur Übertreibung.«

»Glauben Sie mir, wir reden mit allen. In dieser Angelegenheit brauchen wir das ganze Bild. Aber bleiben wir ruhig noch bei den Gedichten. Was haben Sie gedacht, als das erste aufgetaucht ist?«

»Sie meinen vergangene Woche? Nun, ich schätze, ich dachte so was wie: Jetzt ist der Durchgeknallte zurück, ausgerechnet jetzt.«

»Was meinen Sie mit ›ausgerechnet jetzt‹?«

»Nun, das Internationale Filmfestival stand ja unmittelbar bevor. Die ganze Stadt war in Aufruhr, alles drehte sich schneller, wie ein Brummkreisel.«

»Schönes Bild.«

»Stammt nicht von mir, aber das trifft es ganz gut. Alles dreht sich, die Luft flirrt, überall Schauspieler, Regisseure, die Pressemeute. Es ist jedes Jahr der Wahnsinn. Und für uns eine echte Herausforderung.«

»Und dann taucht also das erste Gedicht auf.«

»Nicht nur das.«

»Ich weiß. Aber bleiben wir doch erst mal bei dem Gedicht. Kannten Sie es?«

»Natürlich kannte ich es. Wir kannten es alle.«

»Weil Sie alle Lyrikliebhaber sind?«

»Witzbold.«

»Entschuldigung.«

»Das Gedicht kannten wir aus dem Vorjahr. Da hat er es zum ersten Mal verwendet.«

»Wen meinen sie mit ›er‹?«

»Er nennt sich selbst ›der Poet‹. Völlig durchgeknallt, wenn Sie mich fragen. Aber das hat man dann ja auch gesehen.«

»Sie meinen die Sache am Strand? Er hatte Geiseln genommen, nicht wahr? Direkt am Strand von Deauville, ist das zu glauben. Woher hatte er die Waffe?«

»Wir wissen es nicht. Vermutlich auf dem Schwarzmarkt gekauft, irgendein Dealer, wir sind da noch dran.«

»Ihrer Meinung nach, Luc: Haben Sie korrekt gehandelt, da unten am Strand?«

»Ich würde sagen: Ja. Hätte schlimmer ausgehen können.«

»Also würden Sie auch Ihr Vorgehen und das Ihrer Kollegen zu diesem Zeitpunkt als angemessen bezeichnen?«

»Ja, das würde ich. Aber die endgültige Beurteilung überlasse ich Ihnen. Meine habe ich ja gerade zum Besten gegeben.«

»Verstehe. Wir machen auch gleich eine kurze Pause, keine Sorge.«

»Gut.«

»Dieses Gedicht, mögen Sie es eigentlich? Wie heißt es doch gleich ...«

»›Die Blinden‹. Von Charles Baudelaire.«

»Natürlich, hier steht es ja auch. ›Die Blinden‹. Und, gefällt es Ihnen?«

»Nein.«

»Warum nicht? Ich meine, Baudelaire ist ja nun ein Meister der Poesie, ein ganz Großer der französischen Geschichte.«

»Mag sein.«

»Aber?«

»Mit diesem Gedicht hat alles begonnen. Alles, was danach passierte, die Toten, das Filmfestival, diese ganzen Sachen, die geschehen sind: Alles begann mit diesem Gedicht.«

»Wünschten Sie, Sie hätten die Bedeutung sofort begriffen?«

»Wie hätten wir das ahnen sollen? Ein Gedicht an einer Hauswand?«

»An mehreren Wänden. Überall in der Stadt. Es war nicht zu übersehen.«

»Aber dort stand nicht: Es wird Tote geben. Korrigieren Sie mich, wenn ich das überlesen haben sollte!«

»Es gibt keinen Grund, laut zu werden, Luc. Ich stelle hier nur ein paar Fragen.«

»Natürlich. Ich würde jetzt gerne eine rauchen.«

»Sofort. Eine Frage habe ich noch, wenn Sie gestatten.«

»Meinetwegen.«

»Wo ist Nicolas Guerlain?«

»Gute Frage.«

»Danke. Haben Sie auch eine Antwort für mich?«

»Ja.«

»Und die wäre?«

»Ihr Arschlöcher findet ihn nie.«

KAPITEL 1

Varengeville-sur-Mer, Normandie

Es begann stets mit dem Wimmern des Hundes.

Und es endete mit dem Tod, jedes Mal.

Mit seinem. Oder mit ihrem. Das waren die einzigen Optionen, die die Nacht ihm gewährte, ohne dass er selbst darüber entscheiden konnte. Nur eins war gewiss: Einer von ihnen würde sterben. Es gab kein Entrinnen, keine Flucht, es war ein Käfig aus Erinnerungen, eine sich immer enger zuziehende Schlaufe um seinen Hals. Ihr zu entkommen, wenigstens zeitweise, hatte ihn viel gekostet. Er hatte vieles aufgegeben, um an einen Punkt zu gelangen, an dem er wieder Hoffnung schöpfen konnte. Regelmäßig meinte er jetzt, ein Licht zu sehen, schwach noch, immer wieder verschwand es, wenn das Wimmern des Hundes erneut erklang, wenn das kalte Wasser sich über ihm schloss, wenn ein Schatten sich über ihn beugte.

So wie damals. Auf der Insel.

Er ertrank. Die Flut war da.

Das Licht des hellen Mondes drang durch das Wasser, die Frau, die Felsen hinter ihr warfen lange Schatten. Er hörte seinen eigenen Atem, das Rauschen des Blutes in seinen Ohren, es war lauter als sein eigenes Schreien. Er zerrte an seinen Fesseln, bäumte sich auf, hörte die Stimme des Mannes, das Lachen, den Triumph.

»Adieu.«

Diesmal war er es, der starb. Sie überlebte.

Es war das kleinere Übel. Es war leichter hinzunehmen.

Als Nicolas schweißgebadet und zitternd erwachte, blickte er auf den Radiowecker auf dem Nachttisch: 03:54 Uhr.

Draußen war es dunkel, sein Brustkorb hob und senkte sich, er schnappte nach der kühlen Luft, die durch die geöffnete Balkontür kam. Sie schmeckte salzig, ein plötzlicher Windzug ließ ihn erschauern. Auf seinen Handgelenken, auf seinen Knöcheln: keine Spuren der Fesseln, nur das zerwühlte Laken auf seinem Bett, das schweißgetränkte Kopfkissen, sein eigener schmaler Schatten an der Wand, als er die Nachttischlampe anknipste.

Nicolas setzte sich im Bett auf und wartete, bis das Wimmern des Hundes verklang, bis es überging in das beruhigende Geräusch der Brandung, die nicht weit entfernt, am Fuß der Klippen, gegen die Felsen schlug. Er fuhr sich durch das Gesicht, sah auf den Vorhang vor der Balkontür, der sich jetzt wieder leicht im Wind bewegte, sich wölbte.

»Schlaf weiter, Rachmaninoff«, murmelte er schließlich und schwang die Beine über den Bettrand. Für einen Augenblick schloss er die Augen, sammelte seine Reserven, von denen er nun wusste, dass sie endlich waren. Als er sie wieder öffnete, fiel sein Blick auf das Muster der beigen Tapete, auf die gerahmten Fotografien an der Wand. Das Meer, die Klippen, das glänzende Deck eines Fischerboots.

Er drückte eine Taste auf dem Radiowecker, hörte, wie ein Moderator das Wetter für den kommenden Tag verkündete: Sonne satt an der Küste, es würde heiß werden. Nicolas musste diesmal etwas länger überlegen, als die ersten Takte eines Liedes erklangen.

»Na komm schon«, murmelte er, stand auf, hielt sich für einen Augenblick an der Wand fest, weil die Gedanken in seinem Kopf sich drehten, weil die Erinnerungen an die Nacht auf Chausey ihn niederdrückten, manchmal auch noch jenseits seiner Träume. Schließlich ging er zu dem Tisch, auf dem sein Notizbuch lag, er schlug es auf und schrieb »Manhattan–Kaboul« auf eine leere Seite.

»Ein Punkt für mich, alter Mann«, sagte er in die Stille seines Zimmers hinein und dachte für einen Augenblick an Tito, seinen alten Nachbarn, der vermutlich gerade ebenfalls nicht schlief, in seiner Wohnung in Paris. Nicolas überlegte, ob er ihn anrufen sollte, beließ es aber bei dem Gedanken, der kam und ging, so wie das Wimmern des Hundes kam und ging.

Es gehörte zu Rachmaninoff, Titos Mischlingshund, der ihm und Julie vor mittlerweile mehr als fünfzehn Monaten das Leben gerettet hatte.

Zumindest vorerst.

Die kleine Schachtel mit Medikamenten lag immer griffbereit neben einem Glas Wasser auf dem Tisch. Er wäre einfacher, er würde schnell wieder einschlafen.

»Nicht heute«, sagte er zu sich selbst. Die Ecken der Postkarte auf dem Nachttisch neben der Lampe waren stark abgegriffen, fast schon rund. Nicolas nahm sie mit der rechten Hand, die immer noch leicht zitterte, betrachtete sie für einen Augenblick, bis er spürte, wie er ruhiger wurde, wie sein Atem sich verlangsamte und er wieder festen Halt fand.

Marseille. Die Fischerboote im Hafenbecken. Ein kleines Café am Quai du Port.

Sie war da. Und es ging ihr gut. So wie ihm.

Irgendwann.

Zehn Minuten später öffnete Nicolas leise eine Seitentür des »Hôtel de la Falaise«, die hinaus in den Garten führte, und stahl sich hinaus in die Nacht. Der Kies knirschte unter seinen Füßen, als er den Weg entlangging, zwischen zwei großen Hortensiensträuchern hindurch, an den Tennisplätzen vorbei und den Tischen auf dem Rasen. Die gelben Sonnenschirme waren zusammengeklappt, die Stühle ins feuchte

Gras gelegt. Der Mond beleuchtete die Rasenfläche vor ihm, er konnte hinter der kleinen Hecke das dunkle Meer sehen, darüber einen wolkenlosen Nachthimmel, an dem die Sterne funkelten wie Tausende kleiner Signallampen. Hinter ihm war das Rascheln des Efeus an der Außenwand des Hotels zu hören, durch das der Wind fuhr. Während er am Pool vorbeilief, zog er seine Trainingsjacke zu und blickte auf die Uhr.

In einer Stunde würde er wieder hier sein, Myriam, die Besitzerin des Hotels, würde bereits wach sein und in der Küche das Frühstück vorbereiten. Sie würde ihm erst einen Kaffee hinstellen, dann die Rührschüssel, in das er mehrere Eier schlagen würde, bis sie genug hatten für die Crêpes und das Rührei für die Gäste. Sie würden nicht viel sprechen, sie würde auch nicht fragen, wie er geschlafen hatte. Myriam wusste, wenn Nicolas am frühen Morgen in ihrer Küche erschien, dann war das Wimmern des Hundes wieder zu hören gewesen.

Manchmal sah sie ihn mit ruhigem Blick an, die Falten um ihre Augen zogen sich etwas zusammen, den Kopf etwas zur Seite geneigt.

»Wer ist diesmal gestorben?«, fragte sie dann mit sanfter Stimme.

Heute war er es gewesen, und Nicolas hatte gelernt, dass diese Nächte leichter zu ertragen waren.

Besser er als Julie.

Es wurde dunkler, als er in die Schatten der Birken eintauchte, die am Ende des Grundstücks standen, eng beieinander, weil sich so der Wind oberhalb der Klippen besser ertragen ließ. Nicolas nahm den schmalen Pfad hinunter zum Meer, er führte steil hinab, dorthin, wo die Brandung lauter war und das Schnattern der Seevögel.

Basstölpel, Albatrosse, Lachmöwen – Nicolas konnte sie mittlerweile gut auseinanderhalten, er hatte sich ein Buch über die Pflanzen- und Tierwelt an der Alabasterküste gekauft, manchmal saß er auf der Terrasse des Hotels und blätterte darin, während die anderen Gäste ihn aus den Augenwinkeln argwöhnisch beobachteten.

Ein einzelner Mann, keine Begleitung – angeblich wohnte er ständig hier. Ein gutes Thema für den Nachmittagstee.

Als er den Strand erreichte, wichen die letzten Schatten aus seinem Kopf, der Traum löste sich langsam auf. Chausey, das eiskalte Wasser, der Schuss, die Hand, die ihn niederdrückte – all das wurde abgelöst vom Geräusch der Wellen, vom feuchten Sand, den er jedes Mal in die Hand nahm, vom Wasser, das gegen seine Schuhe schwappte, weil er sich so dicht wie möglich ans Meer stellte. Er atmete tief ein, bis er all das Gute dieses Ortes in sich aufgesogen hatte. Es war seine Therapie, und sie wirkte besser als jedes Medikament, das er ausprobiert hatte.

Dicht an den hohen Felsen von Vasterival entlang lief er nun Richtung Osten. Der grobkörnige Sand kostete ihn anfangs einige Mühe, dann fanden seine Beine ihren Rhythmus, er spürte den Wind im Gesicht, das Salz in der Luft. Es war noch immer dunkel, das erste fahle Licht eines neuen Tages hatte sich noch nicht aus dem Hinterland über die Felskante geschoben, noch bewegte er sich im Dunkel der gewaltigen Felswand, die sich viele Kilometer entlang der Alabasterküste erstreckte.

Nicolas dachte kurz an die erste Nacht im Hotel, den ersten Lauf zwischen Felsen und Meer, es war ebenfalls tiefste Nacht gewesen, vor etwas mehr als einem halben Jahr. Die kalte Luft hatte in der Lunge gebrannt, und die Nacht war schlimmer gewesen.

Alles war schlimmer gewesen, bevor er hierhergekommen war.

Draußen auf dem Meer blinkte eine Boje, weiter im Norden konnte er schwach die Lichter eines Frachters erkennen. Er lief jetzt direkt an der Wasserkante, ab und an spülte eine Welle kalten Wassers in seine Laufschuhe, er fühlte, wie sein Körper zur Ruhe kam, er atmete gleichmäßig, spürte seine Beine wieder, seine Hände.

Es war seine Mutter gewesen, die ihn nach Varengeville eingeladen hatte. Myriam war eine alte Freundin, sie führte das abgelegene Hotel im äußersten Norden der Normandie seit dem Tod ihres Mannes allein, mithilfe einiger Angestellter. Im Laufe der Zeit hatte sich das »Hôtel de la Falaise« zu einem Geheimtipp entwickelt, die Ruhe oberhalb der Klippen, die unfassbare Aussicht von der Terrasse, die grünen, geschwungenen Hügel des Pays de Caux im Rücken – es war ein Ort wie aus der Zeit gefallen.

Und somit einen Versuch wert.

Das waren zumindest die Worte seiner Mutter gewesen, als sie ohne Vorwarnung an seiner Wohnungstür an der Place Sainte-Marthe geklingelt hatte, seinen alten Nachbarn Tito neben sich. Die beiden hatten seinen Koffer gepackt und ihn dann ins Auto gesetzt.

»Es ist einen Versuch wert«, hatte seine Mutter gesagt, und sie sollte recht behalten.

Eine Woche zuvor hatte er seinem Dienst mitgeteilt, dass er nicht mehr als Personenschützer des französischen Staatspräsidenten zur Verfügung stehe. Seine Vorgesetzten hatten milde gelächelt, verständnisvoll genickt, ihm alles Gute gewünscht, und Nicolas hatte gewusst, dass sie durchaus nicht unglücklich waren, ihn loszuwerden. Er war der talentierteste Mitarbeiter seines Dienstes, ein renommierter und mittlerweile hocherfahrener Personenschützer. Er hatte nach den Vorkommnissen auf Chausey alle Tests bestanden, die sportlichen sowieso, die psychologischen auch. Aber dann, einige

Monate danach, hatte ihn das Wimmern des Hundes zum ersten Mal geweckt. Und alles war zurückgekommen, so heftig, so niederträchtig, dass aus seinen Nächten ein Käfig geworden war. Da war eine dunkle Kraft, die ihn packte, ihn niederdrückte. So oft hatte er auf seinem Bett gelegen, um Luft gerungen, hatte geschrien, gekämpft.

Alles vergeblich.

Es endete immer mit dem Tod.

Mit seinem oder mit ihrem.

In einiger Entfernung konnte er jetzt den schmalen Einschnitt in den Felsen sehen. Der Strand ging hier direkt in felsiges Geröll über, als sich die Steinwand, diese scheinbar undurchdringliche Mauer, überraschend öffnete. Nicolas hielt nicht an, sondern lief, federnd jetzt und mit ruhiger Kraft, direkt vom Strand in die Gorges des Moutiers hinein, eine enge Schlucht im Fels, bei der er jedes Mal an einen Riesen denken musste. Turmhoch, aus dem Meer aufsteigend, mit einer gewaltigen Axt in seinen Händen. Er hob sie hoch in die Luft, die Möwen stoben davon, brachten sich in Sicherheit, dann sauste die Klinge nieder, der Riese trieb sie mit unbändiger Kraft in das Gestein, er spaltete den Felsen, die Klippen, die gesamte Küste, Staub stieg auf, ein gewaltiger Nebel legte sich auf die Alabasterküste. Als er sich schließlich lichtete, war der Riese verschwunden und zurück blieb diese schmale, dunkle Schlucht, durch die ein Weg führte, die Klippen hinauf, ein Nadelöhr zwischen den Gezeiten.

Nicolas nahm zwei Stufen auf einmal, lief die Treppe hinauf, über einen Pfad, der sich durch die Felsen schlängelte, bis er schließlich die Spitze der Klippe erreicht hatte, achtzig Meter über dem Meer.

Wie oft hatte er hier gestanden? Wie viele Male hatte er die Luft angehalten angesichts der Unendlichkeit, die sich vor ihm ausbreitete. Weit draußen ging das Meer in den Himmel über, in nicht einmal einer Stunde würde sich ein erster Lichtschein auf das Wasser legen, die Felsen würden ihren Schatten weit hinaus auf die Wellen werfen, Albatrosse sich von den Klippen stürzen und die Geister der Nacht endgültig vertreiben.

Er hatte sich überschätzt.

Er hatte geglaubt, dass er die Geschehnisse auf Chausey verdrängen könnte, so wie es ihm auch mit anderen Ereignisse in den vergangenen Jahren gelungen war. Der hungrige Fluss, Vieux-Port, das Dorf an der Seine-Schleife. Die Jagd nach dem Teufel, die Leiche eines Priesters, heimgesucht von den Ratten im Gewölbe seiner eigenen Kirche.

Er hatte es verarbeitet, die Schatten abgelegt.

Der 6. Juni, die Feierlichkeiten anlässlich der Alliierten-Landung. Die Explosion auf dem amerikanischen Friedhof. Claire, wie sie schwer verletzt im Krankenhaus lag. Ein Duell im Bunker, der Hubschrauber, der Julie mit sich nahm, sie ihm erneut entriss.

Er hatte die Erinnerung daran sorgfältig in seinem Inneren verpackt.

Der Einsatz in Deauville, der Sprung vor dem Casino, über die Köpfe der Menschen hinweg, weil ein Freund dabei war, sich in einen Mörder zu verwandeln. Selbst das Bild des toten Mannes, der hatte fliegen wollen, bis sein Körper am Fuße eines Hochhauses aufschlug, im Schneetreiben von Paris – auch dieses Bild hatte er erfolgreich übermalt, mit einem neuen Leben und einer alten Liebe.

Julie.

Aber all das zählte nicht mehr.

Chausey war anders. Zu viel.

Und so hatte er die kleine Dachwohnung im »Hôtel de la Falaise« bezogen und sich seinen Albträumen gestellt. Zum ersten Mal in seinem Leben hatte er es mit einer Schutzperson zu tun, die ihm mehr abverlangte, als er zu geben in der Lage war. Sich selbst zu beschützen, das war ihm nie gelungen. Aber genau das war hier, in Varengeville, seine Aufgabe.

Es hatte mehrere Wochen gedauert, viele Läufe entlang der Felsen, durchschwitzte Nächte und eine Postkarte aus Marseille, bis ihm klar geworden war: Er konnte gewinnen.

Aber es würde dauern. Und es würde Rückschläge geben.

So wie in dieser Nacht.

Ein letzter Blick über das Meer, das sich bereit machte für einen neuen Tag, eine neue Brandung am Fuße der Felsen von Failly, die hier steil hinabstürzten und an deren Spitze Nicolas' Ziel lag. Er drehte sich um und betrachtete das dunkle Gebäude, das erdverwachsen und sturmerprobt am Rande der Klippe lag, umgeben von steinernen Gräbern und den langen Schatten der Vergangenheit: Saint-Valéry.

Die Kirche auf dem Felsen

Erbaut »durch die Hand der Heiligen« im 12. Jahrhundert, ein massiger, gedrungener Bau, gehauen aus den groben Steinen des Nordens. Nicolas verlangsamte seinen Lauf, bis er schließlich wenige Schritte vor dem Kirchenportal stehen blieb. Das doppelläufige Kirchenschiff erstreckte sich vor ihm in der Dunkelheit, der Kirchturm war nicht sonderlich hoch, sodass die Spitze auch nachts noch zu sehen war. Er legte seine Hand auf den kalten Stein, es kam ihm vor, als fühlte er den Stamm einer jahrhundertealten Eiche, deren Wurzeln tief im Erdreich steckten. Tatsächlich führte die Kirche Saint-Valéry einen Kampf, der von Beginn an verloren war, auch wenn er jetzt schon mehrere Hundert Jahre andauerte. Jahr für Jahr stahl das Meer dem Land einige Zentimeter, fraß sich geduldig durch den Fels, schaufelte mit der Brandung Stein um Stein aus der Küste heraus. Und so blieben nur noch einige Meter übrig zwischen dem Gotteshaus und dem klaffenden Abgrund.

Die Kirche würde dem Meer gehören, irgendwann, es wären noch viele Jahrzehnte bis dahin, aber es würde geschehen. Und als Erstes würden die Gräber des Friedhofs um sie herum den Gezeiten zum Opfer fallen. Während Nicolas die Reihen abschritt, den Mond über sich, stellte er sich vor, wie die ersten Knochen in den Abgrund fielen, wie Gebeine und Schädel in die Fluten stürzten.

Wie die Toten ein zweites Mal starben.

Vor einem flachen Grab, auf dem eine steinerne Bank befestigt war, blieb er stehen. Auch ohne Tageslicht wusste er, wessen Name dort eingraviert war. Jacques Antoine Danois, tapferer Krieger und Überlebender der großen Schlachten unter Napoléon Bonaparte. Wagram, Austerlitz, Eylau, er hatte seine Kämpfe gefochten, und er war heil in die Heimat zurückgekehrt, um mit eiserner Hand als Steuereintreiber des Königs zu wirken, bis zu seinem Tod im Jahr 1857. Und hier lag er nun und wartete darauf, dass seine müden Knochen von der Zeit und vom Meer freigelegt wurden.

Es war still hier oben, kein Laut war zu hören.

»Dann wollen wir mal«, sagte Nicolas leise, sah sich um und griff in die Tasche seiner Trainingsjacke.

Die schwarze Sig-Sauer SP2022, Standardwaffe der französischen Polizei, glänzte im Mondlicht. Er entsicherte sie, überprüfte den Lauf, wog die Waffe in der Hand, prüfte die Patronen. Dann beugte er sich schnell hinunter, schob einige Steine unter der kleinen Bank auf dem Grab zur Seite und legte die Waffe, sowie einen Schalldämpfer für den Lauf, direkt darunter.

Das Ganze dauerte keine zehn Sekunden.

Nicolas stand wieder auf, klopfte sich die Erde von den Händen und blickte zurück zur Kirche. Schweigsam stand sie dort, den Lauf der Dinge geduldig erwartend. Am Portal waren frische Blumen angebracht, der gekieste Parkplatz war abgesperrt. Er wusste, dass in der Kirche bereits die Gesangbücher auf den Bänken lagen, der Altar von einer weißen Decke überzogen war, die Orgel gestimmt, die meterhohen Fenster gereinigt.

Alles war vorbereitet.

»Bis später«, murmelte Nicolas, während er den Friedhof verließ und langsam zurück in Richtung Gorge des Moutiers ging, zurück zum Strand, zum Meer, zu seinem Hotel, in dem Myriam ihm einen Kaffee hinstellen würde, ohne viele Worte.

»Bereit für die Hochzeit?«, würde sie fragen. Und Nicolas würde nicken und ein weiteres Ei in die Schüssel schlagen.

KAPITEL 2

Deauville
Zur gleichen Zeit

Die Place Morny im Zentrum von Deauville war kein Ort für jemanden wie ihn, und doch hatte Sammy, wie ihn seine Brüder nannten, am Morgen beschlossen, sich genau hier niederzulassen. Er wusste sehr wohl, dass man ihn fortjagen würde, freundlich zwar und womöglich sogar mit einem verständnisvollen Blick – aber es blieb eben doch ein Fortjagen, so wie eine Münze eine Münze blieb, egal, ob man sie sich verdiente, oder nur im Rinnstein fand, so wie er vorhin, in der Rue de Verdun. Die Zweieuromünze hatte im ersten Licht des Tages gefunkelt, er hatte nach ihr gegriffen, bevor sie sich als Fata Morgana entpuppen konnte, als bösartiges Versprechen, das niemals eingelöst werden würde.

Zwei Euro mehr in der Tasche konnten einen Unterschied machen. Und wenn sie das Erste waren, was seine müden Augen am Morgen erblickten, dann wurde selbst einem vom Leben im Stich gelassenen Mann klar, dass dieser Tag ein guter werden würde.

Ein Tag ohne Hunde vor allem, denn das war seine größte Angst: streunende Hunde, die ihn anfielen, kläffende Köter, Kampfhunde womöglich, die sich von ihren Besitzern losrissen, ihm hinterherjagten, ihn zu Fall brachten, sich in ihn verbissen. Er hatte panische Angst vor Hunden, seit seiner Kindheit schon, und er hatte das Gefühl, dass es mit der Zeit immer schlimmer wurde. Als gäbe es da eine Gewissheit, tief in seinem Innern, dass seine schlimmsten Befürchtungen eines Tages wahr werden würden.

Er hatte seine Sachen aus dem Hauseingang gezogen: die Decken, die Isomatte, den Wintermantel, den er jetzt, am Ende eines heißen Sommers, noch nicht brauchte, den er aber hütete wie seinen Augapfel. Er hatte alles in den Einkaufswagen gestopft, zu den Tüten, dem Rucksack, er hatte sich zur Feier des Tages frische Socken angezogen und war aufgebrochen. Er beeilte sich nicht. Vorfreude war etwas, das man auskosten musste. Am Brunnen vor dem Bahnhof hatte er sich das Gesicht gewaschen, einer Frau zugelächelt, die aus dem Gebäude kam, und sie hatte zurückgelächelt, und da hatte er gewusst: Er war nicht unsichtbar, nicht an diesem Tag, der gut werden würde, ohne Zweifel.

Unsichtbar sein, das war sein größtes Problem. Er hatte den Umgang damit lernen müssen, damals, als er seine Wohnung verloren hatte, er hatte lernen müssen, schlicht nicht mehr sichtbar zu sein.

»Sie schauen durch uns durch«, hatten ihm seine Brüder beigebracht, sie hatten es ihm eingetrichtert, hatten ihm aber nie gesagt, wie tief der Schmerz sitzen konnte. Kinder mochten sich wünschen, unsichtbar zu sein, verborgen vor den Augen der Erwachsenen. Ein Mann seines Alters jedoch wollte gesehen werden, er war da, niemand hatte das Recht, ihn zu ignorieren.

Aber sie taten es. Alle.

Aber nicht heute.

Er hatte den Einkaufswagen die Rue Désiré le Hoc entlanggeschoben, über den rissigen Asphalt, ihn die Bordsteinkanten hochgewuchtet. Er hatte den rundlichen Polizisten gegrüßt, der in der Tür des Commissariat von Deauville stand, mit einer dampfenden Tasse Kaffee in der einen und einem

Croissant in der anderen Hand. Er mochte Alphonse, für ihn war er der eigentliche Chef im Commissariat, die anderen konnten ihm gestohlen bleiben, die Ehrgeizigen, die Beflissenen, die ihn immer wieder misstrauisch anstarrten, nur um ihm zu signalisieren, dass er weiterziehen solle.

Wenn sie ihn nicht gar ignorierten, so wie die anderen.

Immer weiterziehen, Sammy hatte aufgehört zu zählen, es machte ihm nichts mehr aus, die Sachen zum hundertsten Mal in seinen Wagen zu stopfen, die Tüten, die leeren Flaschen, die Mützen, er hatte mehrere, aber die gelbe war seine liebste, der Herbst würde stürmisch werden hier oben, er konnte es in den Knochen spüren.

Manchmal kam es ihm vor, als sei er nichts anderes als ein überflüssiger Spielstein auf einem fein austarierten Feld, ein Spielstein zu viel, der aus Versehen in der Packung gelandet war und jetzt keinen Platz für sich beanspruchen konnte. Man warf ihn nicht weg, diesen Stein, man schob ihn nur immer wieder woandershin.

Solange die Füße ihn trugen.

Die Place de Morny leuchtete in der Sonne, die Pflastersteine glänzten im Licht des frühen Tages, und als Sammy vor der Bäckerei hielt, schloss er kurz die Augen und genoss die wärmenden Strahlen im Gesicht. Die Tauben gurrten, und einige Autos bogen auf den Platz ein, auf der Suche nach einem Parkplatz. Der fangfrische Fisch, der direkt hinter ihm unter dem Vordach der kleinen Markthalle verkauft wurde, duftete, er vernahm das Rufen der Verkäufer und die Vögel über ihm, die den Himmel über Deauville in ihre eigenen Planquadrate aufteilten.

Sammy lächelte, sah durch das Schaufenster zu Mathilde und hob sein Zweieurostück in die Höhe. Die Frau hinter dem Tresen nickte kurz, während sie eine Kundin bediente. Sammy machte es sich auf einer der Bänke gemütlich, schob seinen Wagen direkt neben sich und seine Mütze etwas in den Nacken. Kurz darauf öffnete sich die Tür der Bäckerei und Mathilde kam zu ihm heraus.

»Fünf Minuten, Sammy«, sagte sie, und er schenkte ihr sein wärmstes Lächeln.

»Ist versprochen, Mathilde.«

»Hier ist dein Kaffee. Milch und Zucker, wie immer. Und ich nehme an, für die Münze wolltest du zwei Croissants, nicht wahr?«

Sie gab ihm eine Tüte in seine schmutzigen Hände und setze sich kurz neben ihn.

»Schöner Tag heute«, murmelte sie und legte den Kopf in den Nacken, um ihr Gesicht der Sonne zuwenden zu können.

»Da hast du sehr recht«, sagte Sammy und öffnete die Tüte vorsichtig. Der Duft zerlassener Butter stieg ihm in die Nase.

»Da sind drei drin, Mathilde«, sagte er schließlich. »Ich kann das eine nicht bezahlen.«

Er sah ihr an, dass sie müde war, müde vom frühen Aufstehen, müde von der Verantwortung, eine Bäckerei an der Place Morny zu leiten, sie hatte den Laden vor drei Jahren übernommen, und die Miete musste horrend sein. Aber die Bäckerei lief gut, und seitdem Mathilde sie führte, durfte er immer für ein paar Minuten auf der Bank sitzen.

»Fünf Minuten, Sammy.« Es war ein geflügeltes Wort geworden.

»Ich muss mich wohl verzählt haben«, sagte sie jetzt und legte den Kopf zur Seite. »Aber zurücklegen darf ich es jetzt auch nicht mehr.«

Sammy nippte an seinem Kaffee.

»Du bist ein guter Mensch, Mathilde«, sagte er leise und legte das Zweieurostück in ihre Hand. Sie betrachtete es einen Augenblick und sah dann auf die Uhr.

»Ich glaube, drüben an der Ecke zur Rue Gambetta ist es

heute ruhig«, sagte sie und stand auf, als ein älteres Ehepaar sich anschickte, die Bäckerei zu betreten. Sie glättete ihre Schürze und gab ihm lächelnd die Münze zurück.

»Nimm es als Startkapital. Und mach was draus, Sammy.«

Er beobachtete, wie sie das Ehepaar begrüßte und zwei Baguettes in eine Brottüte packte, wie sie ihr Haar nach hinten strich und kurz darauf in der Backstube verschwand.

»Danke, Mathilde«, murmelte er, dann stand er mit einem leichten Stöhnen auf, packte seine Sachen und schob den Einkaufswagen an den teuren Boutiquen vorbei, an den Restaurants, die noch geschlossen waren, aber deren Ablehnung gegenüber jemandem wie ihm schon zu spüren war. Er fragte sich, ob ihm das Essen dort drinnen überhaupt schmecken würde, die Austern, der Hummer, das Lammcarée.

Kurz darauf breitete er seine Isomatte vor einer geschlossenen Parfümerie aus, drapierte seinen Rucksack und seine Decken und setzte sich mit dem Rücken zur Wand auf den Bürgersteig. Es war eine gute Stelle, die Sonne schien flach über die Dächer, sie wärmte seine müden Knochen, die stets ächzten und knarzten, wie eine Tür, die niemand mehr ölte. Er legte eine flache Schiebermütze vor sich auf den Boden und tat das Zweieurostück hinein.

»Mach was draus«, murmelte er. Dann biss er genüsslich in ein Croissant und dachte für einen kurzen Augenblick, dass der Moment nicht besser sein könnte. Und angesichts des weiteren Verlaufs des Tages lag er damit gar nicht mal falsch.

Mehr als eine Stunde später hatte sich die Sonne endgültig über die Dächer der angrenzenden Häuser und Geschäfte geschoben, sie schien auf die sauber geharkte Rasenfläche in der Mitte der Place Morny und auf die Dächer der teuren Autos, deren Besitzer in den umliegenden Cafés saßen oder Schlange standen in der Fischhalle von Deauville.

Sammy blinzelte kurz und fuhr sich über das Gesicht, er

musste eingenickt sein auf dem warmen Stein des Trottoirs. Er blickte sich um, so wie er es immer tat, wenn er aus einem unruhigen Schlaf erwachte, er überprüfte seine Taschen, die Tüten, suchte sofort nach den Decken. Stets hatte er eine Hand in einer Schlaufe seines Rucksacks verhakt, denn er war sein Heiligtum, er nannte ihn »Meine Zweizimmerwohnung«. Alles an seinem Platz, ein Kamm, frische Unterwäsche, seine Handschuhe und Mützen. Und keine Hunde in Sicht. Auch die Schiebermütze lag unberührt vor seinen Füßen, immerhin um zwei Geldstücke reicher als vorhin.

»Ich habe doch gewusst, dass es ein guter Tag wird«, murmelte Sammy und richtete sich auf. Müde kratzte er sich an der Schläfe und überlegte, was ihn wohl geweckt hatte. Er war alleine an der Straßenecke, in beide Richtungen war niemand zu sehen, nur in der Seitenstraße hinter ihm, neben der Apotheke, entfernte sich eine Gestalt, er konnte das Gesicht nicht erkennen. Auf der anderen Seite des Platzes gingen die Menschen bei Mathilde ein und aus.

»Ich wäre auch ständig bei ihr, wenn ich Geld hätte«, murmelte er.

Was hatte ihn nur geweckt?

»Auch egal«, beschloss er und griff nach der Bäckertüte, in der das ganze Glück dieser Erde in Form zweier Croissants auf ihn wartete.

Dann sah er es.

»Was ist denn das?«, murmelte er und richtete sich etwas auf, um über den Rand der Mütze sehen zu können, die vor ihm auf dem Boden lag. Davor der Pappkarton mit der Bitte um eine Spende, in geschwungener Schrift, mit einer Blume verziert.

Mathilde hatte sie für ihn gezeichnet.

Neben den drei Geldstücken lag etwas, blass und rund, kaum größer als ein …

»Was …?«

Sammy krabbelte jetzt auf allen vieren über seine Decke, den Blick ungläubig auf den Gegenstand gerichtet, der dort lag und der …

»Oh mein Gott!«

… kein Gegenstand war.

Er sah sich um, aber niemand war da, kein Schatten, keine Gestalt, kein Verrückter, denn um einen solchen musste es sich handeln, wer sonst als ein durchgeknallter, völlig gestörter Mensch würde so etwas tun.

Voller Widerwillen blickte Sammy auf die Hautfetzen, auf das getrocknete Blut und den eingerissenen Nagel.

»Verdammte Scheiße …«

Ihm wurde schlecht. Er drehte sich weg, sah sich hilflos um, dann richtete er sich auf und winkte hektisch, als er eine junge Frau über die Place Morny kommen sah.

»Mademoiselle! Hierher!«

»Léon, ich muss Schluss machen«, sagte Claire lachend und blickte auf ihre Uhr. »Im Ernst, wir müssen später …«

»Aber du musst dir das einmal vorstellen, der Kerl steckt wirklich bis zum Hals in der Kläranlage! Ich meine, der hatte höchstens ein paar Gramm dabei, und dafür liefert er sich eine Verfolgungsjagd mit uns und endet in einem Klärbecken!«

Claire lachte erneut, sie strich sich die Haare aus dem Gesicht und versuchte, einen Zopf zu binden, während sie das Handy zwischen Kopf und Schulter einklemmte.

»Léon, wir müssen jetzt wirklich Schluss machen, ich muss dringend ins Commissariat, und gefrühstückt habe ich auch noch nichts …«

Sie sah sich um und überquerte die Place Morny mit schnellen Schritten.

»Sehen wir uns heute Abend?«, fragte Léon, und sie lächelte.

»Mal sehen. In zwei Tagen beginnt das Filmfestival, die Stadt ist verrückt geworden könnte man meinen. Vielleicht, wenn Roussel mich früher rauslässt, komme ich am späten Nachmittag nach Caen. Aber ich glaube eher nicht.«

»Grüß ihn von mir, den alten Knorzer.«

»Salut, Léon.«

»Pass auf dich auf, Claire.«

Es waren immer seine letzten Worte, bei jedem Gespräch, bei jedem Telefonat. »Pass auf dich auf, Claire« – sie wusste, dass er stets besorgt war, und sie wusste auch, dass es Gründe dafür gab. Sie hatte viel erlebt in den vergangenen Jahren, und oft hatten sie und Léon nachts wach gelegen, weil ein schlechter Traum sie aufgeschreckt hatte. Aber er war da, und nur das zählte. Die schlimmen Tage waren vorbei, auch wenn die Narben an ihrem Körper sie immer daran erinnern würden.

Claire kramte nach einem Geldstück und sah erneut auf die Uhr. Sie hätte vor zehn Minuten im Commissariat sein müssen, aber wenn sie Glück hatte, kam Roussel heute nach seiner Fortbildung erst später ins Büro.

Und ohne einen Kaffee bei Mathilde ging sowieso nichts.

»Mademoiselle!«

Gerade als sie die Mitte des Platzes erreichte, hörte Claire die Rufe. Ein älterer Mann winkte an einer Straßenecke hektisch zu ihr herüber.

»Kommen Sie! Schnell!«

Es war ein Obdachloser, auf dem Boden verstreut lagen seine Decke, ein Rucksack, an der Wand stand ein rostiger Einkaufswagen. Claire sah kurz sehnsüchtig zur Bäckerei, dann drehte sie sich mit einem Seufzen um und ging in Richtung des Mannes. Beim Näherkommen erkannte sie ihn, sie hatten sich schon einige Male auf den Straßen von Deauville getroffen, seitdem sie hier ihre erste richtige Stelle angetreten hatte.

»Wie heißt er noch mal …«, murmelte sie, während sie zu ihm ging.

Der Mann kam ihr einige Meter entgegen, immer wieder deutete er auf eine alte Mütze, die auf dem Boden lag.

»Salut«, sagte Claire und lächelte ihn freundlich an.

»Sie sind doch die junge Polizistin«, begrüßte er sie aufgeregt. »Sie sind doch von der Polizei, sind Sie das … ich habe Sie gesehen, wir haben uns schon … ich bin Sammy, das sind doch Sie, nicht wahr? Sie sind neu hier, also so neu nicht, aber eben noch nicht so lange da, ich bin Sammy, ich darf hier nicht liegen, ich weiß, aber es war früh, kaum jemand da und … aber es hat niemand etwas gesagt, Sie sind doch von der Polizei, oder?«

Claire legte dem Mann eine Hand auf die Schulter.

»Beruhigen Sie sich, Sammy«, sagte sie langsam. »Ja, ich bin von der Polizei, und ja, ich weiß, wer Sie sind. Sie sind Sammy, es ist alles gut, niemand schickt Sie hier weg.«

»Aber ich darf hier nicht liegen«, sagte er, und seine Stimme klang wie ein rostiger Einkaufswagen, der über das Kopfsteinpflaster geschoben wird. »Ich weiß das, aber es hat niemand etwas gesagt, und da liegt etwas, es ist … ich weiß nicht …«

»Sie können hier gern noch ein bisschen liegen, ausnahmsweise«, beruhigte Claire ihn erneut. »Und jetzt sagen Sie mir, was los ist, in Ordnung? Was liegt wo?«

»Ein Stück! Es ist ein Stück, jemand muss es mir reingelegt haben. Ich habe geschlafen, nur ganz kurz, ich darf hier nicht liegen, und als ich aufgewacht bin … aber da war niemand mehr, ich habe niemanden gesehen, nur das Stück.«

»Was für ein Stück, Sammy?«

»Dort, in der Mütze. Neben dem Geld, es ist mein Geld, niemand darf es nehmen, auch nicht die Polizei, ich mag die Polizei, ich mag vor allem den Dicken, er ist immer nett.«

»Ja, ich mag Alphonse auch«, murmelte Claire und beugte sich über die Mütze, in der sie drei Geldstücke erkennen konnte.

Und …

»Es lag plötzlich da, ganz weiß und … ich habe Sie gesehen, ich habe gewunken, Sie sind doch von der Polizei, oder?«

Claire kniete sich auf den Boden und sah genauer hin: »Scheiße«, murmelte sie. »Das ist wirklich widerlich.«

Als würde er dort wie selbstverständlich hingehören, lag in der Mitte der Mütze ein abgetrennter Fußzeh. Claire konnte die feinen Härchen auf der Haut erkennen, den rissigen Nagel, die Hautfetzen und das getrocknete Blut am Rumpf.

Sie beugte sich weiter hinunter.

»Von einem Mann«, murmelte sie. Die Haut war fahl und weiß, der Zehennagel geschnitten, sie konnte keine Hornhaut erkennen.

»Der gehörte keinem Obdachlosen.«

»Wer macht so etwas?«, fragte Sammy aufgeregt hinter ihr. »Ich habe niemandem etwas getan, ich bin nur Sammy, alle kennen mich, nehmen Sie ihn mit, diesen Zeh, er soll weg sein, verschwunden, ich verschwinde auch!«

Claire holte ihr Handy aus der Tasche und machte einige Aufnahmen, von dem Zeh, von der Mütze, von Sammys Sachen auf dem Boden. Dann wählte sie die Nummer des Commissariat.

»Komm schon, Alphonse«, sagte sie und lächelte Sammy an.

»Wir kümmern uns jetzt darum«, sagte sie. »Alles wird sich regeln. Nur ihre Mütze, die werden wir erst mal mitnehmen müssen. Und ich müsste Ihnen noch einige Fragen stellen, am besten bleiben Sie erst mal hier, die Kollegen kommen gleich und nehmen das hier mit.«

»Hierbleiben?« Sammy sah sie aus großen Augen an, kratzte sich umständlich am Kopf und deutete dann auf die eleganten Geschäfte, die Cafés und die wachsende Betriebsamkeit auf der Place Morny.

»Die schicken mich demnächst weg«, sagte er. »Ich wundere mich schon, dass noch niemand gekommen ist. Ich meine, es ist ein schöner Ort, ich mag ihn, ich kenne ihn gut von früher, da habe ich auch in den Cafés gesessen, bevor … jedenfalls, die wollen nicht, dass jemand wie ich hier lange bleibt, bestimmt kommt gleich jemand, der Apotheker ist immer der Erste, oder die Besitzerin des Kleidungsgeschäfts, die schaut immer böse, wenn sie mich nur sieht, und jetzt ist das Geschäft ja offen, ich kann nicht …«

Claire sah, wie der Obdachlose zitterte, wie er begann, sich an den Armen, den Beinen zu kratzen, als hätte sich eine unsichtbare juckende Schicht auf ihn gelegt.

Kurz entschlossen griff sie in ihre Hosentasche, holte einen Zehneuroschein hervor und drückte ihn Sammy in die Hand, zusammen mit einer Karte, auf der ihre Nummer im Commissariat stand.

»Passen Sie auf, Sammy«, sagte sie, während er wie unter Schock auf den leuchtenden Schein blickte. »Ist es in Ordnung, wenn wir uns duzen? Ich bin übrigens Claire, es freut mich, dich kennenzulernen. Und es ist in Ordnung, wenn du hierbleibst. Und sollte der Apotheker oder sonst wer dich verscheuchen wollen, dann sagst du, dass du in meinem Auftrag hier bist. Du beobachtest den Platz, Sammy, verstanden? Ich will alles wissen, jede Besonderheit, du kennst die Menschen, du bist bestimmt ein guter Beobachter. Ich komme nachher wieder, um dir einige Fragen zu dem Zeh hier zu stellen. Und wenn dir in der Zwischenzeit etwas aufgefallen ist, dann will ich das wissen, einverstanden? Hast du eine andere Mütze?«

Der Obdachlose nickte, ohne den Schein aus den Augen zu lassen. Schließlich lächelte er Claire an und holte aus dem Innern seines Mantels eine gelbe Mütze hervor, die ihm sicher zu warm war, auf die er aber mächtig stolz zu sein schien. Er legte sie neben die andere auf den Boden und grinste zufrieden.

»Du bist ein guter Mensch, Claire. Obwohl du bei der Polizei bist.«

»Also, alles schön beobachten, verstanden? Vielleicht fällt dir ja etwas auf, egal was, eine Person, ein Gespräch, jemand, der nervös ist, kommt vielleicht zurück zur Place Morny. Du wirst schon merken, wenn etwas anders ist, Sammy.«

»Der Mann dahinten ist komisch. In dem Café. Er schaut andauernd hier rüber.«

Claire lächelte ihn an.

»Okay, das ist bestimmt normal. Ich meine, ich bin Polizistin, du hast die ganze Ecke hier mit deinen Sachen ausstaffiert, er will bestimmt nur sehen, ob ich dich fortjage. Also, ich muss jetzt los.«

»Er sieht böse aus.«

Claire runzelte die Stirn und drehte sich um. Sie sah über die Place Morny, Möwen zwischen den Autos, eine Frau, die mit dem Handy am Ohr über den Bürgersteig flanierte, ein Fahrradfahrer, der in die Rue Désiré le Hoc einbog. Eine kleine Schlange vor der Bäckerei, die blau-weiß gestreiften Pullover in den Auslagen einer Boutique, in deren Schaufenster sich ein dunkler Wagen spiegelte, der in zweiter Reihe vor dem Café de Morny parkte, auf der anderen Seite des Platzes.

Einige Tische waren bereits besetzt, ein älteres Ehepaar saß an einem Bistrotisch, er las eine Zeitung, sie warf zwei Tauben einige Brotkrumen zu. Ein junger Mann zündete sich eine Zigarette an, während er auf ein kleines Schachbrett blickte, dass er vor sich aufgebaut hatte. Er machte einen ersten Zug, spielte gegen sich selbst, der Platz ihm gegenüber war leer.

In der ersten Reihe saß ein älterer Herr in einem teuren Anzug, einer im Ton perfekt abgestimmten Krawatte, seine Lederschuhe glänzten im Sonnenlicht. Sie schätzte ihn auf Mitte sechzig, seine Haare waren grau, seine Hände lagen wie drapiert auf seinen übereinandergeschlagenen Beinen.

Er blickte sie über den Platz hinweg direkt an und nickte leicht, als er sah, dass sie ihn bemerkt hatte.

Claire erkannte ihn sofort.

»Nicht schlecht, Sammy«, murmelte sie. »Und du hast absolut recht.«

»Mit was?«

»Der Mann ist wirklich böse. Bis nachher, wir sehen uns.«

Claire überquerte den Platz, ohne ihn aus den Augen zu lassen. Gerade machte er dem Kellner ein Zeichen und hielt zwei Finger in die Luft.

»Als würde ich mit dir einen Kaffee trinken«, murmelte sie und holte tief Luft. Als sie auf die Uhr sah, fluchte sie innerlich. Roussel würde sie vor versammelter Mannschaft an die wichtigen Werte Verlässlichkeit und Pünktlichkeit erinnern.

Sie sah den Fahrer der dunklen Limousine streng an, der in zweiter Reihe parkte. Der Mann aber starrte nur in Richtung des Cafés. Claire überlegte kurz, ob sie ihm den Mittelfinger zeigen sollte, beherrschte sich aber in letzter Sekunde. Sie würde in den nächsten Minuten Ruhe bewahren müssen, so viel war klar.

»Der Wagen muss da weg, hier ist Halteverbot.«

Sie war vor dem Bistrotisch stehen geblieben und blickte den Mann an, der in all seiner Selbstgefälligkeit vor ihr saß und sie musterte.

Er zögerte kurz, dann machte er dem Fahrer ein Zeichen. Der Wagen startete, wenige Augenblicke später verschwand er in die Rue Désiré le Hoc in Richtung Rathaus.

»Bonjour, Mademoiselle Cantalle. Setzen Sie sich doch.«

Seine Stimme war sanft und doch ohne jedes Gefühl. Und der Punkt, der am Ende jeden Satzes stand, glich einem in Stein gemeißelten Ausrufezeichen. Da war keine Unsicherheit, nicht der Anflug eines Zweifels. Nur Gewissheit. Dass am Ende alles so kommen würde, wie er es angekündigt hatte.

»Bitte. Ich würde mich wirklich freuen.«

Ein Lächeln, er nahm die Sonnenbrille ab, drehte seine Handinnenflächen nach oben, ein sorgsam einstudiertes Zeichen für Offenheit und das absolute Fehlen jeglicher Gefahr. Ein Gespräch in der Morgensonne von Deauville, ein Kaffee an der Place Morny, an einem Tag im Spätsommer, der sich in das Bewusstsein dieser Stadt einprägen würde – für immer.

Langsam, ohne ihn aus den Augen zu lassen, zog sie einen Korbstuhl zu sich heran und setzte sich. Seine müden Gesichtszüge, die tiefen Falten auf seiner Haut ließen ihn ungesund aussehen. Doch bevor sie sich darüber weitere Gedanken machen konnte, erschien der Kellner und stellte eine Tasse schwarzen Tee für ihn und einen schwarzen Kaffee für sie auf den Tisch, dazu ein Körbchen mit einer einzelnen Rosinenschnecke.

Claire lehnte sich zurück und genoss für einen kurzen Augenblick die Sonne auf ihrem Gesicht.

Er war alt geworden.

»Wenn Sie wissen möchten, wo Ihr Sohn ist, Monsieur Guerlain, dann muss ich sie enttäuschen: Ich habe ihn seit längerer Zeit nicht gesehen.«

Alexandre Guerlain, ehemaliger Leiter des Inlandsgeheimdienstes und jahrzehntelang mächtigster Sicherheitsberater der französischen Regierung, blickte sie amüsiert an. Er kippte etwas Milch in seinen Tee, rührte um und nahm einen Schluck, bevor er sich in seinem Stuhl zurücklehnte.

»Ich gehe nicht davon aus, dass er viel über mich erzählt hat«, sagte er leise, seine Augen waren jetzt zusammengekniffen. »Aber Sie sind eine kluge Frau, Mademoiselle Cantalle. Sie wissen, dass jede gute Geschichte von zwei Seiten gelesen werden kann.«

»Jede schlechte Geschichte auch.«

Keine Regung, kein Schmunzeln.

»Die Rosinenschnecken sind von der Bäckerei dort drüben, die Besitzerin heißt Mathilde, sie macht die besten in der Stadt. Nehmen Sie ruhig, ich persönlich frühstücke morgens nicht.«

Claire sah ihn herausfordernd an.

»Nicolas hat tatsächlich nie viel von Ihnen erzählt. Aber selbst das wenige reicht, um das Gespräch sofort zu beenden. Ein Vater, der so agiert, wie Sie es getan haben, Monsieur Guerlain, der sollte einer jungen Frau kein Frühstück an der Place Morny anbieten. Er sollte nach Hause gehen und sich Gedanken machen. Sehr viele Gedanken, ehrlich gesagt.«

Nicolas hatte ihr tatsächlich nur in Ansätzen vom Verhältnis zu seinem Vater erzählt. Und doch wusste sie genug: Es war Alexandre Guerlain gewesen, der Nicolas' Partnerin Julie in eine geheime Undercovermission gezwungen hatte, ohne seinem Sohn etwas davon zu sagen. Es war Alexandre Guerlain gewesen, der Nicolas hatte zusammenschlagen lassen, ihn erpresst hatte, mit dem Ziel, wieder an die Spitze des Geheimdienstes zu kommen.

Der Versuch war misslungen. Und doch wusste sie, dass der Mann, der ihr gegenübersaß, noch immer Macht und Einfluss hatte, vielleicht sogar mehr denn je. Sie hatte die Artikel über den Zustand des Geheimdienstes gelesen, über die Fehler der Behörde in den vergangenen Monaten.

Alexandre Guerlain wurde als neuer Leiter gehandelt, aber er war im Verborgenen geblieben. Und nun saß er hier, an der Place Morny, trank unbeschwert seinen Tee, als würden sie auf dem millimetergenau geschnittenen Rasen eines englischen Landhauses sitzen und über das Wetter reden.

Seine Haut war grau, die Haltung etwas gebeugt, wenn auch kaum wahrnehmbar. Und als er die Tasse zurück auf den

Tisch stellte, fiel ihr auf, dass seine Hand leicht zitterte. Dennoch war seine gesamte Erscheinung, sein Auftreten, sein zutiefst selbstsicheres Auftreten noch immer beeindruckend.

Auch ihr gelang es nicht, sich der einnehmenden Aura dieses Mannes zu entziehen.

»Warum sind Sie hier?«, fragte sie schließlich. »Wie bereits erwähnt, ich kann Ihnen nicht sagen, wo sich Nicolas gerade aufhält. Es ist nicht so, dass er mich dreimal in der Woche anruft, um sich zu erkundigen, wie es mir geht.«

Alexandre Guerlain lächelte, seine Lippen waren kaum mehr als ein dünner Strich.

»Ich bin nicht hier, um mich nach Nicolas zu erkundigen. Ich weiß, wo er ist.«

Überrascht sah Claire ihn an.

»Nein? Dann sind Sie bestimmt wegen des Filmfestivals hier? Gibt es … natürlich, was sollten sie sonst in Deauville. Das Festival ist in Gefahr, ist es das? Dann sollten sie mit Roussel reden, das Commissariat ist gleich um die Ecke, ich bringe Sie gern hin.«

Wieder nahm er einen Schluck Tee, beobachtete sie, schwieg für einige Sekunden.

Bis sie begriff.

Er würde es ihr nicht sagen. Sie musste selbst darauf kommen. Aber sie hatte es längst begriffen.

Die junge Polizistin atmete tief durch. Ihr Blick fiel auf die Tasse schwarzen Kaffee, auf die Rosinenschnecke von der Bäckerei nebenan. Sie hatte vor drei Wochen ihren Dienst bei Roussel angetreten, hatte sich ein kleines Zimmer in der Altstadt von Trouville genommen, weil ihr die Schwesterstadt auf der anderen Seite der Touques authentischer erschien, weniger anstrengend als das mondäne und stets um den richtigen Anschein bemühte Deauville mit seinen frisch geharkten Wegen, den gepflegten Rasenflächen und den Seidenschals, die um die faltigen Hälse älterer Damen geschlungen waren. Jeden Morgen ging sie zu Fuß über den Pont des Belges, telefonierte mit Léon in Caen, betrachtete die Fischerboote, die Möwen, die auf dem Wasser schaukelten, hörte die Rufe der Verkäufer in der Fischhalle. Sie mochte die alten Platanen, die ihre Köpfe über das Hafenbecken beugten, die alten Männer, die vor dem Sportwettbüro standen und ihr ungeniert hinterherpfiffen, bis sie drohend (und lachend) ihre Marke herausholte.

Und jeden Morgen ging sie zuerst zu Mathilde an der Place Morny, um dort ihr Frühstück abzuholen. Wenn sie spät dran war, aß sie im Gehen, wenn sie mehr Zeit hatte, am Strand, direkt auf den Planches, die noch gewärmt waren von der Sonne des Vortages. Sie lehnte sich dann an eine der grünen Türen der Umkleidekabinen, studierte die Namen der Schauspieler auf den Geländern, während die ersten Jogger vorbeikamen, rote Lenkdrachen im Wind tanzten und die ersten Schwimmer die Wellen durchpflügten.

Und während sie über sich und ihr seltsames, rastloses Leben nachdachte, das in hohem Tempo an ihr vorbeizog, nippte sie an ihrem schwarzen Kaffee und brach ein Stück von ihrer Rosinenschnecke ab.

Immer das gleiche Frühstück, seit drei Wochen.

Nicolas' Vater war nicht gekommen, um nach seinem Sohn zu fragen. Auch nicht, weil das anstehende Filmfestival möglicherweise in Gefahr war.

»Seit wann beobachten Sie mich?«, fragte Claire leise.

Er sah sie an, hielt dabei den silbernen Teelöffel wie ein Schwert, dessen Spitze auf sie gerichtet war. Vorsichtig wischte er einen Zuckerkrümel vom Tisch.

Schließlich lächelte er und sagte: »Von Anfang an.«

KAPITEL 3

Varengeville-sur-Mer
Zur gleichen Zeit

Der Applaus vermischte sich mit dem Geräusch der Brandung und dem heiseren Krächzen der Albatrosse, hoch oben über der Kirche Saint-Valéry. Die Gäste reckten ihre Hälse, Kinder wurden hochgehoben, Bravorufe erklangen. Ein Fotograf eilte vor das Portal der Kirche, um die Braut abzulichten, die in diesem Augenblick aus einem schwarzen Cabrio stieg, gestützt vom starken Arm ihres Vaters. Ihr Kleid war schlicht und elegant, ihren Kopf schmückte ein schmaler Blumenkranz, der in den gleichen Farben gehalten war wie der Brautstrauß in ihrer rechten Hand. Sichtlich gerührt blickte sie auf die Gäste, unsicher richtete sie ihr Kleid, während eine streng blickende Dame die Hochzeitsgäste ins Innere der Kirche scheuchte.

Nicolas stand etwas abseits und unterhielt sich mit einem jungen Geschäftsmann aus Paris, der applaudierte, als die Braut ihren Gästen zuwinkte.

»Sie sieht fantastisch aus, nicht wahr?«, sagte der Mann, der sich ihm als Benoît vorgestellt hatte, zu Nicolas, und er applaudierte nun seinerseits und wandte sich seinem Gesprächspartner wieder zu.

»Wirklich sehr hübsch, die Blumen machen den Unterschied. Eine echte Bilderbuchbraut. Woher kennen Sie sie?«

»Wir haben zusammen studiert, an der Sorbonne. Verdammt, wir waren alle verliebt in sie, aber sie wollte schon immer nur Marc, da gab es kein Vertun. Und jetzt schauen Sie sich die beiden an, ein echtes Traumpaar. Man könnte fast neidisch werden.«

»Ich glaube, wir müssen rein.«

Die beiden folgten den anderen Gästen in die Kirche, Nicolas zwinkerte im Vorbeigehen der Braut zu, grüßte ihren Vater.

»Ganz schön viel Security hier«, sagte Benoît neben ihm, als sie in die Kirche kamen. »Kein Wunder, bei der Familie.«

Tatsächlich zählte Nicolas mindestens ein Dutzend Personenschützer, die innerhalb und außerhalb der Kirche verteilt waren. Die dunklen Anzüge, die Kabel der Mikros am Kragen, die Blicke der Männer, die alles und jeden misstrauisch musterten.

»Wollen wir uns hierhin setzen?«, fragte Benoît und zeigte auf eine der hinteren Bänke.

Nicolas sah nach vorne zum Altar, der vom blauen Licht des berühmten Fensters von Raoul Ubac beschienen war. Der Bräutigam blickte nervös den Gang hinunter, in Richtung Portal, durch das in wenigen Sekunden seine künftige Ehefrau schreiten würde. Nur wenige Meter neben ihm standen zwei Sicherheitsleute, ein weiterer Personenschützer, links des Ganges, beobachtete jede Regung in den Bänken.

»Wirklich eine wunderschöne Kirche«, murmelte Nicolas, gerade so laut, dass die umstehenden Personen ihn hören konnten. Während er sich langsam um die eigene Achse drehte und die letzten Gäste ihre Plätze einnahmen, konnte Nicolas die Anspannung der Sicherheitsleute geradezu spüren, die Blicke, die sie sich zuwarfen.

Sie sind nervös, dachte er. Und sie haben allen Grund dazu.

Der Bräutigam war der Sohn eines der angesehensten Medienmogule Frankreichs, und damit entstammte er einer Familie, die tagtäglich Drohungen erhielt, sowohl anonym als auch auf offener Straße. Auch im Vorfeld der Hochzeit mit seiner langjährigen Freundin hatte es Hinweise auf eine mögliche Gefahrenlage gegeben.

Das Familienoberhaupt stand in der ersten Reihe, daneben die Ehefrau und Mutter des Bräutigams, die bereits jetzt ihr Taschentuch brauchte.

»Wahnsinn, wie viele Bodyguards hier versammelt sind. Das sind ja bestimmt … mein Gott, das sind …«

»Zehn, hier in der Kirche«, sagte Nicolas mit einem Lächeln und setzte sich auf seinen Platz direkt am Gang im hinteren Teil der Kirche. »Draußen sind zwei weitere.«

Benoît sah ihn überrascht von der Seite an.

»Sie kennen sich aber gut aus, arbeiten Sie in der Sicherheitsbranche?«

»Keineswegs«, antwortete Nicolas und stand auf, so wie alle anderen Gäste, als die Orgel einsetzte und die Braut mit ihrem Vater durch das Portal schritt.

»Die tragen wirklich alle dunkle Anzüge«, flüsterte Benoît. »Weißes Hemd, dunkle Krawatte … ehrlich gesagt, Sie tragen einen ziemlich ähnlichen Anzug, man könnte fast meinen …«

»Sie ist wirklich wunderschön«, sagte er rasch, als die Braut in diesem Moment an ihnen vorbeikam. Zwei Blumenmädchen liefen direkt hinter ihr, einige Gäste machten Fotos, die Blicke der Umstehenden wurden weich, und ein Lächeln legte sich auf die Gesichter. Es schien, so kam es Nicolas in diesem Augenblick zumindest vor, nichts Magischeres zu geben als eine Braut, die den Gang zum Altar entlangschritt, geführt von ihrem Vater und erwartet von ihrem Bräutigam.

Nicolas wartete, bis die Braut fast den Altar erreicht hatte, das Licht, das durch die Fenster schien, verlieh ihrem weißen Kleid einen bläulichen Schimmer. Dann beugte er sich zu seinem Sitznachbarn.

»Ich bin gleich wieder da.«

Nicolas zuckte selbst zusammen, als er sich jene Wörter

aussprechen hörte, die ihn so viele Jahre begleitet hatten. Julie hatte sich mit genau diesen Worten von ihm verabschiedet, vor so langer Zeit in einem Konzertsaal in der Avenue Montaigne. Wörter, die einer anderen Zeit entsprangen – und doch wusste er, dass es letztendlich diese Wörter warten, die ihm die Träume schickten in der Nacht, bis hierher in den äußersten Norden der Normandie. Der Hund, der Schatten über dem Wasser, der Schuss und der Tod, vor dem es kein Entrinnen gab – die Ursache für all dies lag in diesen Wörtern.

Benoît sah ihn entsetzt an: »Sie wollen jetzt … ich meine, es geht doch gleich los!«

Aber da hatte Nicolas sich bereits aus seiner Bank geschält und ging im Schatten der Pfeiler Richtung Ausgang. Er zog sein Handy aus der Tasche und hielt es einem der Sicherheitsleute mit einer entschuldigenden Geste hin.

»Anruf aus Paris, meine Firma. Entschuldigen Sie, ich muss kurz raus«, flüsterte er beschwichtigend.

Der Mann warf ihm einen strengen Blick zu, winkte ihn dann jedoch durch das Kirchenportal.

»Sagen Sie meinem Kollegen draußen Bescheid, wenn Sie wieder reinwollen.«

»Vielen Dank.«

Ein leichter Wind war aufgekommen, der kurz in die Kirche strömte, als er die Tür aufstieß. Er wollte gerade seine Sonnenbrille aufsetzen, weil das grelle Licht über den Klippen ihn blendete, als er sich noch einmal umdrehte und den Gang entlang zum Altar sah.

»Monsieur, bitte gehen Sie nun hinaus, ich muss die Tür schließen.«

Der Vater der Braut übergab seine Tochter an den zukünftigen Ehemann, der Priester hob seine Arme und bat die Hochzeitsgesellschaft, sich zu setzen. In der ersten Reihe war ein lautes Schniefen zu hören, die Orgel verstummte.

Das Brautpaar setzte sich auf die beiden weiß bezogenen Stühle.

»Monsieur, bitte.« Der Sicherheitsmann berührte ihn am Arm.

Im Schatten eines Pfeilers stand ein junger Mann, Nicolas konnte nur sein Profil sehen. Er stand aufrecht da, sein Blick flog über die Hochzeitsgesellschaft, er wirkte ruhig, besonnen. Nicolas runzelte die Stirn, als für einen Augenblick die Sonne durch das Kirchenfenster schien und das Gesicht des Mannes beleuchtete.

Er kam ihm auf seltsame Weise bekannt vor. Nicolas suchte nach einem Namen, der zu diesem Gesicht passte – aber da war nichts, kein Erinnern.

»Raus oder rein, bitte entscheiden Sie sich jetzt!«, flüsterte der Mann an der Kirchentür ungehalten, er schwitzte leicht, sein Blick wanderte zu einem der anderen Sicherheitsleute.

Nicolas nickte ihm zu.

»Pardon.«

Er trat ins Freie und wurde sofort von der gewaltigen Aussicht oberhalb der Klippen in Empfang genommen, die nur wenige Meter rechts von der Kirche in die Tiefe stürzten. Über ihm spannte sich ein wolkenloser Himmel über die gesamte Küste, die Rufe einiger Seevögel waren zu hören.

In dem Augenblick, in dem Nicolas nach draußen getreten war, hatte er in einer fließenden Bewegung sein Handy weggesteckt und sich sofort an sein linkes Ohr gefasst, sodass sein linker Arm das Gesicht zur Hälfte verdeckte.

»Portal gesichert«, sagte er leise, aber für die beiden anderen Sicherheitsleute gut hörbar in ein imaginäres Mikro an seinem Handgelenk. Die beiden Männer musterten ihn kurz, seinen dunklen Anzug, die passende Krawatte. Nicolas blieb stehen und tat so, als würde er den Worten des Teamleiters lauschen, von dem er wusste, dass er sich in der letzten Sitzreihe der Kirche befand, von wo aus er den besten Blick durch das Kirchenschiff hatte.

»Verstanden. Ich sehe nach.«

Er hatte mittlerweile seine Sonnenbrille aufgesetzt und ging mit schnellen Schritten an den beiden Männern vorbei.

»Ich gehe einmal ums Gebäude«, sagte er und nickte ihnen zu. Die beiden Männer ließen ihn ohne Zögern passieren. Als Nicolas um die Ecke gebogen war, hörte er bereits, wie sie sich weiter über Fußball unterhielten. Die Schutzperson war in der Kirche, umgeben von zahlreichen Kollegen, die beiden sahen offenbar keinen Grund, draußen mehr Vorsicht als nötig walten zu lassen.

Ihr Pfeifen, dachte Nicolas, sah sich kurz um und bog seitlich der Kirche auf den kleinen Friedhof ein, der Saint-Valéry umgab. Der Kies knirschte unter seinen Füßen, ein grauer Engel hielt seine steinernen Flügel schützend über eines der Gräber. Vor ihm erstreckte sich das Meer, die feine Linie des Horizonts zeichnete sich in der Ferne ab, die Wellen, die gegen den Fuß der Klippen rollten, achtzig Meter in der Tiefe.

Ein Blick auf seine Armbanduhr verriet ihm, dass er gut in der Zeit war.

Er wartete kurz, ob ihm jemand folgte, und bückte sich schließlich rasch, als er das Grab von Jacques Antoine Danois erreichte. Er schob die kalten Steine unter der Bank mit den Fingerspitzen zur Seite und zog die Sig-Sauer hervor. Auf ihren Lauf schraubte er mit einer schnellen Bewegung den Schalldämpfer.

Wenige Sekunden später lehnte er mit dem Rücken an der kalten Kirchenmauer, die an der Meerseite noch im Schatten lag, und lauschte dem Spiel der Orgel im Innern des Gebäudes. Der Gesang der Hochzeitsgesellschaft drang schwach zu ihm nach draußen.

Es war so weit.

Er hatte einen Auftrag. Und er würde ihn erfüllen.

Nicolas schloss für einen Augenblick die Augen, ließ die salzige Luft in seine Lungen strömen, spürte die Mauer in seinem Rücken, die Weite des Meeres vor sich.

Den kalten Griff seiner Waffe in der Hand.

»Ich bin gleich wieder da.«

Er lächelte. Die Albträume würden wiederkommen, aber sie waren nicht mehr so grausam wie noch vor einiger Zeit. Er hatte Mittel und Wege gefunden, um gegen sie anzukämpfen, er stellte sich ihnen, gab ihnen genug Luft zum Atmen, auch wenn es ihn jedes Mal Kraft kostete.

Die Entscheidung, für einige Zeit in die Abgeschiedenheit der Alabasterküste zu ziehen, war nicht nur richtig gewesen, sondern lebensnotwendig. Der Preis dafür stand hinter ihm in der Kirche von Saint-Valéry, direkt vor dem Altar, die stolzen Eltern in der ersten Reihe.

Ein Preis, den er bezahlen musste.

Deshalb war er hier.

Nicolas zog einen kleinen Schlüssel aus seinem linken Strumpf am Knöchel und öffnete leise eine Holztür an der Außenfassade der Kirche. Trotz des Alters machte das Schloss kein Geräusch beim Öffnen, er hatte es mehrfach geölt bei seinen zahlreichen Besuchen in den vergangenen Tagen. Den Schlüssel hatte er aus dem Gemeindehaus in Varengeville entwendet und ihn nachmachen lassen.

Er schlüpfte durch die Tür und zog sie langsam hinter sich zu, sodass von außen nicht mehr zu erkennen war, dass jemand die Kirche betreten hatte, dem Blick der Sicherheitsleute entzogen.

Die Wände waren feucht und muffig, das Geräusch seines eigenen Atems wurde vom dicken Gemäuer verschluckt. Es war still. Schwaches Licht drang von draußen zu ihm herein, es wurde dunkler, als die Tür sich endgültig schloss.

Nicolas kannte den Weg, er hatte die vierzehn Stufen, die

in einem engen Zirkel nach oben führten, mehrmals beschritten. Seine Füße fanden die erste Stufe, seine linke Hand legte sich auf die steinerne Balustrade. Während er nach oben stieg, verlangsamte er weiter seine Atmung, fokussierte sich auf das, was vor ihm lag.

Zwei Stufen noch, dann war er da.

Die Treppe endete an einer schmalen Tür. Nicolas ertastete im Dunkeln die schwere Klinke und drückte sie leise hinunter. Auch sie gab kein Geräusch von sich. Langsam, Millimeter für Millimeter, öffnete er die Tür einen Spaltbreit. Sie führte auf eine kleine Empore, die er jedoch nicht betreten würde, da sie von allen Seiten einzusehen war, nur wenige Meter über den dicht besetzten Kirchenbänken.

Aber er musste sie auch nicht betreten, alles, was er brauchte, war gerade so viel Platz, um den Schalldämpfer seiner Waffe durch den engen Spalt zwischen Wand und Tür zu schieben.

Erneut setzte die Orgel ein.

Von seiner Position im Halbdunkel konnte Nicolas die Gesangbücher in den Händen einiger Gäste sehen, ein kleines Kind saß auf dem Schoß seiner Mutter. Das warme Licht fiel durch die blauen Fenster, und die Hochzeitsgäste stimmten mit ihrem Gesang in das Spiel der Orgel ein. In diesem Moment dachte Nicolas, dass dies ein guter Ort sein könnte. Wenn nur er selbst nicht wäre.

»Es tut mir leid«, flüsterte er. Er lehnte seine Stirn kurz an den kalten Stein, seine Waffe brannte in der rechten Hand.

»Herr, wir bitten: Komm und segne uns«, erklang es aus den Kirchenbänken, und als wenig später der letzte Ton verklungen war und die Stimme des Priesters das Brautpaar bat, aufzustehen, da atmete Nicolas ein letztes Mal langsam aus.

Er hatte sich auf diesen Moment gut vorbereitet, hatte

den Ort gewählt, den Winkel geprüft, die Entfernung immer wieder abgemessen bei seinen Besuchen in der Kirche Saint-Valéry. Die Waffe, das Kaliber, die Wirkung der Kugel, all das war genau durchdacht. Und doch, und das wusste er selbst am allerbesten: Die Planung war das eine, die Durchführung hingegen etwas ganz anderes.

Etwas Ernstes.

»Gott ist bei Ihnen. Denn er ist der Gott Ihres Lebens und Ihrer Liebe.«

Behutsam schob Nicolas den Lauf seiner Waffe durch den Spalt. Er blinzelte, musste sich an das einfallende Licht gewöhnen, an die Schatten der Säulen, den Duft von Weihrauch in der Luft.

»Er heiligt Ihre Liebe und vereint Sie zu einem untrennbaren …«

Die Stimme des Priesters war ruhig, auf seinem Gesicht lag ein friedlicher Ausdruck, dazu ein Lächeln, das den beiden Menschen galt, die nun vor ihm standen im Angesicht seines und ihres Herrn.

Die Braut war blond, ihre Haare waren kunstvoll hochgesteckt. Ihr Bräutigam groß und schlank, er trug einen teuren Smoking, hielt die Hand seiner künftigen Frau.

Seitlich hinter dem Brautpaar standen zwei Personenschützer, beide hatten die Hände im Rücken verschränkt, sie standen aufrecht und waren wachsam, aber auch sie schienen für einen kurzen Moment eingenommen zu sein vom Zauber des Augenblicks.

Nicolas zuckte.

Einer der beiden war der Mann, den er zu erkennen geglaubt hatte. Fieberhaft suchte er nach einem Namen, musterte die Gesichtszüge, soweit er sie erkennen konnte, Augen, Nase, Kinn.

»Woher kenne ich dich?«, murmelte er leise.

»Wollen Sie Ihre Frau lieben und achten und ihr die Treue halten alle Tage Ihres Lebens?«

Nicolas schob das Bild des Mannes fort, konzentrierte sich auf sein Ziel. Kein Schuss in den Kopf, das war aus dieser Distanz, quer durch das Kirchenschiff, zu riskant. Zweimal in den Rücken, direkt hintereinander, zwei kurze Bewegungen des Zeigefingers.

Auftrag erledigt. Preis bezahlt.

»Sind Sie beide bereit, die Kinder anzunehmen, die Gott Ihnen schenken will, und sie im Geiste Christi ...«

Die Mutter saß in der ersten Reihe, das Taschentuch in der Hand, den Blick stolz auf das eigene Kind gerichtet.

»Verzeih«, murmelte Nicolas.

Er wollte gerade den Abzug seiner Waffe durchdrücken, als durch die schmalen Kirchenfenster für einen kurzen Augenblick die Sonne hinter einer Wolke hervorblitzte, ihre Strahlen fielen durch die verzierten Scheiben, die blaue Farbe brach das Licht, schickte es quer durch das Kirchenschiff.

Der schwarze Schalldämpfer von Nicolas' Waffe glänzte für einen Moment im Licht.

Im genau falschen Augenblick.

Die silbernen Kerzenleuchter auf dem Altar schickten einen Lichtreflex zurück. Ein Zucken nur, doch die Magie des Augenblicks in der Kirche von Saint-Valéry war gestört.

Nur zwei Männer nahmen es wahr.

Der eine war Nicolas selbst.

Und der andere war der junge Personenschützer, der seitlich hinter dem Bräutigam stand. Der Mann, von dem er nicht wusste, woher er ihn kannte.

Er war ein junger Kerl, Nicolas schätzte ihn auf höchstens

Mitte zwanzig. Er hatte kurze dunkle Haare, war schlank und dennoch kräftig – und er war verblüffend schnell.

Und gerade als der Priester vor dem Altar seine Arme hob, um die Ringe zu segnen, die der Trauzeuge ihm gegeben hatte, wirbelte der junge Personenschützer herum und sah hoch zur Empore, zur Tür, zu dem Spalt, zum Lauf der Waffe.

»Zu spät«, murmelte Nicolas und drückte zweimal den Abzug durch.

»Schütze!«, schrie der junge Mann unten im Kirchenschiff und warf sich, ohne zu zögern, mit einem gewaltigen Satz nach vorne und direkt auf den Bräutigam, der wie alle anderen in der Kirche noch gar nicht begriffen hatte, dass er sich in Lebensgefahr befand.

Der Personenschützer riss den Bräutigam zu Boden, sie prallten gegen den Altar und gegen den Priester, der überrascht und mit einem dumpfen Laut zur Seite kippte. Das Spiel der Orgel brach ab, einer der Kerzenleuchter fiel zu Boden, die ersten Hochzeitsgäste schrien.

»Hinlegen! Alle!«, brüllte jemand aus dem hinteren Teil der Kirche, Nicolas vermutete, dass es der Teamleiter war. Waffen wurden gezogen, Schreie drangen durch das Kirchenschiff, Menschen rutschten zwischen die Kirchenbänke, andere stürmten zum Portal, wo sie von zwei hilflosen Sicherheitsleuten mit gezogenen Waffen angeschrien wurden.

»Anschlag! Wir haben …«

»Sichern! Bringt sie hier raus!«

»Person getroffen, ich wiederhole, Person getroffen!«

Wind fegte durch das Kirchenschiff, als das Portal aufgerissen wurde. Das Trampeln von Füßen, das entsetzte Keuchen einiger Gäste erfüllte den Raum. Als er einen letzten Blick durch die leicht geöffnete Tür warf, sah er, wie einige Sicherheitskräfte mit gezogener Waffe durch die Kirche rannten, kopflos, planlos, ohne echte Verteidigungsstrategie. Der junge Personenschützer lag vor dem Altar, er hatte den Bräutigam unter sich begraben, beschützte ihn mit seinem ganzen Körper, während seine Waffe auf die Tür gerichtet war, hinter der Nicolas stand. Für einen Augenblick trafen sich ihre Blicke, wie ein Band, das sie untrennbar miteinander verknüpfte, inmitten des Chaos und des Lärms. Die Hand des jungen Mannes zitterte leicht, Schweißperlen auf der Stirn, aber auch Ruhe im Blick.

»Ich erkläre Sie hiermit zu Mann und Frau«, flüsterte Nicolas. Dann nickte er dem jungen Mann zu und deutete auf die leblose Gestalt, die zwei Meter neben dem Personenschützer lag, auf dem kalten Stein der Église Saint-Valéry.

In ihrem eigenen Blut.

Mit einer raschen Bewegung schloss er die Tür und verschwand in der Dunkelheit. Das Letzte, was er sah, war der entsetzte Blick des jungen Personenschützers, als er die Braut anstarrte, die bei ihrer eigenen Trauung erschossen worden war. In einer Kirche, hoch oben über den Klippen der Alabasterküste.

Im Angesicht des Meeres und des Himmels und des Heiligen Geistes.

KAPITEL 4

Deauville
Kurz darauf

Sie hatten ihn den »Poeten« genannt, damals. Als er begonnen hatte, seine Zeilen zu schreiben, auf die leeren Seiten seiner Hefte, von denen die Ecken geknickt und die Deckseiten verfleckt waren. Er hatte immer gesagt, es würde ihm nichts ausmachen, aber so war es nicht. So oft hatte er sich ein sauberes Heft gewünscht, blütenweiß, mit dünnen Linien, auf die er seine Wörter hätte schreiben können, sodass sie in immer gleichem Abstand zueinander standen. Aber oft waren es nicht mal gebundene Seiten, die er bekam, sondern übrig gebliebene Schmierzettel, auf deren Rückseiten Bestellungen standen, Einkaufslisten und manchmal auch die Namen der anderen Jungen, die sich etwas hatten zuschulden kommen lassen.

Meistens jedoch gab es nur Schläge, oder, was noch schlimmer war: Dunkelheit, die Stunden im Schatten, wo sie nach ihm griffen mit ihren klebrigen Händen.

Und wenn es doch einmal richtige Hefte gab, dann waren sie voller Flecken, achtlos aus einer Schublade gezogen, beschmiert mit Tinte und dem grauen Abrieb eines alten Radiergummis. Dann klopfte er sie ab, manchmal minutenlang, fuhr über die Seiten, glättete die Ecken und Kanten, malte seinen Namen auf die erste Seite und eine Blume auf die letzte. Und dazwischen seine Zeilen, er schrieb sie um die Flecken herum, vermied die Risse und die verschmierten Linien, die ein anderer Junge hinterlassen hatte. Die anderen Kinder wussten, wie sehr ihn das ärgerte, weil seine Knöchel weiß wurden, wenn er den Stift hielt, und weil die Mine lauter kratzte als zuvor. Manchmal fand er, dass die Gedanken in seinem Kopf ein ähnliches Geräusch machten wie die Minen seiner Stifte. Ihr Klang durchdrang ihn, es hörte sich an wie die Zacken einer Gabel auf einem blank geputzten Teller. Mit der Zeit hatte er gelernt, mit diesem Geräusch zu leben, mit dem Zucken seines Körpers, wenn er seine Gedanken in jeder Faser spüren konnte. Wenn nichts mehr half, außer das Buch zur Hand zu nehmen und darin zu lesen, so lange, bis ein Lächeln seine Lippen umspielte, bis die Zeilen, die Wörter, bis ihr Rat und ihre Wirkung das Kratzen übertönte.

Dann wurde es still in ihm, und selbst das Lachen der anderen drang nicht mehr in sein Ohr. Sie konnten noch so hämisch sein, ihn umzingeln, nach ihm greifen, er war dann in Sicherheit.

Weil die Wörter ihm Schutz gaben. Und weil er nicht allein war.

So war es auch heute.

Das Wasser vor ihm funkelte, es blendete ihn, mühsam hielt er die linke Hand vor die Augen. Er stand nur wenige Meter vom Hafenbecken entfernt, an einer ruhigen Stelle, nicht so gut einsehbar von der Straße aus. Natürlich wäre ihm ein anderer Ort lieber gewesen, aber er durfte nichts riskieren.

Es ging um die Zeilen, um ihre Botschaft, um das, was er dieser Stadt sagen wollte.

Licht. Und Schatten. Und Blumen.

Seine rechte Hand führte den Stift ganz automatisch, er musste nicht hinsehen, er schloss die Augen, sah ein weißes Blatt vor sich, ein sauberes Heft mit dünnen Linien, er schrieb schwungvoll, die Bögen kunstvoll, er brauchte nicht lange dafür, er hatte so lange geübt.

Ein ganzes Leben lang.

Er war seit tiefster Nacht unterwegs, nie hätte er gedacht, dass er so weit kommen würde. Dass sie ihn noch nicht gefunden hatten, war ein Geschenk. Sie hatten anderes zu tun, das Festival saugte all ihre Energie auf.

Das Festival.

Die große Bühne. Er würde sie bereiten. Er hatte es versprochen.

Er sprach mit leiser Stimme. Murmelte die Wörter vor sich hin, probierte ihren Klang aus, spürte, wie sie aus ihm hervorquollen. Damals, inmitten der anderen Jungen, hatten sie ihm Kraft gegeben, sie waren seine Litanei gewesen, ein Panzer aus Wörtern und Lauten, der ihn schützte und den er nun über die Welt legen würde. Sie hatten gelacht, damals, als er zum ersten Mal die Zeilen aufgesagt hatte, ihnen war nicht klar gewesen, was sie ihm bedeuteten, hatten ihren Sinn ignoriert, ihre Botschaft überhört. Gelacht hatten sie, zumindest am Anfang, ihn geschlagen, nicht fest, aber fest genug, damit er aufhörte zu murmeln, damit der schier unendliche Strom aus Wörtern gestoppt wurde, der aus seinem Inneren zu kommen schien.

Und schließlich war etwas passiert, das ihm heute noch die Tränen in die Augen trieb, wenn er daran dachte: Sie hatten aufgehört. Keine Knuffe mehr in die Seite, kein Zerren an seinen Heften, kein Greifen nach dem Buch, das er so fest in den Händen hielt wie in einem Schraubstock. Sie hatten aufgehört, auf ihn einzureden, ihn aufzuziehen, waren kopfschüttelnd fortgegangen.

Und so war es geblieben, bis heute.

Die Wörter waren sein Schutz. Die Zeilen seine Höhle, in die er sich zurückgezogen hatte, immer öfter im Laufe der Jahre.

Aber jetzt trat er daraus hervor. Weil die Zeit gekommen war.

Sie hatten ihn den »Poeten« genannt.

Sie würden es immer tun, so lange, bis sie verstanden hatten, warum er sprach, mit brüchiger Stimme. Und warum er schrieb, mit sicherer Hand und ohne hinsehen zu müssen, weil er die Zeilen auswendig kannte. Das Kratzen seines Stiftes vermischte sich mit dem Klang seiner Stimme, er spürte die noch kühle Luft, die sich rasch aufheizen würde im Laufe des Tages.

Die Menschen würden lesen, und sie würden hören.

Eines nach dem anderen.

Er hatte vor Aufregung nicht schlafen können. In der Dunkelheit hatte er schließlich seine Sachen genommen, das Buch in den Rucksack gesteckt und mit der Arbeit begonnen. Eine Litfaßsäule am Boulevard Mauger, eine Hauswand in der Rue Laplace. Eine Werbetafel am Ufer der Touques, eine Holztür in der Rue Berthier in der Altstadt. Er war schnell gewesen, hatte sich beeilt, die ersten Zeilen waren geschrieben, lange bevor die Morgendämmerung einsetzte, niemand hatte ihn gesehen, sie schliefen noch oder liefen schlaftrunken durch die Straßen, einen Kaffee in der Hand, Kopfhörer in den Ohren, und wer nicht hören konnte, der las auch nicht.

Er brauchte kein sauberes Heft, jetzt nicht mehr.

Er schrieb seine Botschaft auf die schmutzige Haut dieser Stadt, während er leise sprach, so rein und fehlerfrei, als würde er aus einem Buch vorlesen. Niemals stolperte er, nie vergaß er ein Wort oder gar eine Zeile, er sah jeden Buchstaben vor sich, den Aufbau der Seiten, manchmal flossen seine Hand und seine Stimme ineinander, er las dann das, was er schrieb. Es konnte auch vorkommen, dass sie sich trennten, eine Zeit lang eigenständig wurden, Unterschiedliches im Schilde führten. Er wanderte dann durch die Verse, genoss den Klang der Reime, vergaß die Welt um sich herum, so wie sie ihn vergessen hatte.

Er war jetzt fertig.

Aufmerksam, als würde er sie zum ersten Mal sehen, betrachtete er seine Finger, die den Stift hielten.

Das Blut war längst getrocknet.

Er hatte überlegt, es fortzuwaschen, sich zu säubern, die Spuren der Nacht zu verwischen. Aber dies war sein Tag, seine Botschaft erstrahlte über der Stadt, er würde sich erheben, seine Stimme erklingen, kräftig und klar.

Er würde so vor sie treten, wie er war, schmutzig, voller Flecken, wie ein Heft, auf dem die Linien kaum noch zu erkennen waren. Und er selbst würde es füllen, Wort für Wort, Zeile für Zeile.

Blut für Blut, das auch.

Das Gewicht des Buches in seinem Rucksack beruhigte ihn. Es war immer da, es würde immer da sein.

Er betrachtete die Zeilen, die er geschrieben hatte, er las sie laut vor, niemand war hier, der ihn störte, er würde weiterziehen, die Orte hatte er sich bereits ausgesucht. Häuserwände, Litfaßsäulen, Torbögen. Er brauchte nicht viel Platz, sein Stift fand seinen Weg, seine Stimme fand Widerhall, wo sie wollte.

Zufrieden betrachtete er die letzte Zeile, die er geschrieben hatte, acht Wörter, er wusste genau, wie man sie aussprach, eine kurze Pause nach dem fünften, die Stimme am Ende leicht gesenkt, nur noch ein Flüstern, er mochte die Drohung, die in der Frage lag, die simple Erkenntnis, die sie mit sich brachte.

Was suchen bloß am Himmel all diese Blinden?

Er überlegte kurz, legte den Kopf zur Seite, während vor ihm ein Boot durch das Hafenbecken fuhr. Es war nicht sonderlich groß, ein Mann saß darin, zu seinen Füßen lag eingerollt ein Hund, das nasse Fell glänzte in der Sonne.

Seine Hand zuckte, er folgte ihrem stummen Ruf, hielt sie nicht auf. Es waren seine Finger, die die Richtung vorgaben, so wie es seine Stimme war, die ihn rief. Das Kratzen erklang erneut, kurz nur, eine letzte Botschaft, ein Gruß vom Abgrund.

Er lächelte, als er die spontane Widmung betrachtete, die jetzt unten rechts auf der Rückseite der Hinweistafel stand.

So war es gut. Alles begann. Und alles endete.

Sie hatten ihn den »Poeten« genannt, damals. Sie würden ihn wieder so nennen. Weil er schrieb. Weil er sprach. Weil er handelte.

Für Noemie

KAPITEL 5

Deauville
Kurze Zeit später

Die Zeilen waren keine Sturmflut, die über die Stadt hereinbrach, sondern ein leiser, sich langsam ausweitender Strom. Erste Tropfen fanden zueinander, schlossen sich zusammen, bildeten einen Lauf, der wiederum mit anderen verschmolz, eins wurde, ein Fluss, der durch die Straßen und die Gassen von Deauville mäanderte und hinauf in die Altstadt von Trouville. Von dort sprangen die Wörter, die Zeilen, herunter zum Hafen, flossen unter den Platanen entlang, überquerten den Pont des Belges und ergossen sich in den Straßen rund um die Place Morny, bis in die Rue Désiré Le Hoc, wo im Commissariat von Deauville ein durchaus als rundlich zu bezeichnender Polizist am Empfang saß und über einem Kreuzworträtsel brütete. An seinem linken Mundwinkel klebten die Reste eines hastig verschlungenen Croissants, seine linke Hand umklammerte eine Tasse, auf der in blauer Farbe sein Name geschrieben stand: Alphonse.

Es war ein Geschenk der Kollegen gewesen, er hatte sich sehr darüber gefreut und ließ – so jedenfalls die Annahme im Commissariat – sie nur noch los, wenn er nach einem Croissant oder einem Pain au chocolat angelte. Was Alphonse durchaus regelmäßig tat, so auch in diesem Moment, als das Telefon klingelte und die Dinge ihren unheilvollen Lauf nahmen.

»Commissariat von Deauville.«

Alphonse runzelte die Stirn, als er zuerst nichts hörte und dann nur das Geräusch einiger Möwen im Hintergrund. Er sah auf das Display, es war eine Handynummer, er kannte sie nicht.

»Jalabert! Komm schon!«, hörte er jetzt eine Stimme durch die Leitung, es raschelte, als würde jemand das Handy kurz weglegen, um einen störrischen Hund zur Ordnung zu rufen.

»Alphonse! Ich bin es, Hugo! Kannst du mich hören? Es ist … entschuldige bitte, aber Jalabert ist etwas störrisch heute, er ist ins Wasser gefallen, du weißt, das mag er gar nicht. Dabei fahren wir den ganzen Tag übers Wasser, es ist ja nicht so, dass er es nicht kennen würde. Na komm schon, hoch mit dir!«

»Hugo! Ja, ich höre dich gut. Was kann ich tun?«

Alphonse freute sich, Hugos Stimme zu hören, so wie sich jeder in den Schwesterstädten Deauville und Trouville freute, wenn der Betreiber des Bac, der kleinen Hafenfähre, irgendwo auftauchte. Hugo und sein Hund Jalabert gehörten mittlerweile ebenso zu Deauville wie das Casino und das mondäne »Hôtel de la Plage«. Nicht selten wählten Einheimische den etwas längeren Weg entlang des Hafenbeckens, um sich von Hugo hinüberbringen zu lassen. Die kurze Überfahrt kostete einen Euro, Hunde zahlten die Hälfte. Hugo hatte seine Preise seit vielen Jahren nicht erhöht.

»Ich glaube, es gibt da etwas, das ihr wissen solltet«, rief Hugo jetzt in sein Handy. »Ich komme sofort rüber, warten Sie ganz kurz!« Offenbar standen schon die nächsten Fahrgäste am anderen Ufer.

Alphonse lächelte, denn wie so oft dachte er auch jetzt, dass Hugo von der Natur ein Geschenk mit auf den Weg bekommen hatte. Von Geburt an war er geistig leicht zurückgeblieben, und doch hatte er das nie als Bürde auf seinem Lebensweg empfunden, sondern als Aufgabe, ebendieses Leben umso heftiger zu umarmen, einschließlich all der Menschen, denen er begegnete. Manchmal fragte sich Alphonse, ob Hugo nicht glücklicher war als so mancher Tourist, der missmutig die Fähre betrat, nur um sie mit einem breiten Lächeln wieder zu verlassen.

»Was ist los?«, fragte er. Wieder war das Krächzen der Möwen zu hören, dazu das Jaulen des Hundes, als Hugo den Motor startete.

»Jetzt leg dich doch dahin und trockne erst mal, Jalabert! Was für ein dämlicher Hund, oder, Alphonse? Ach so, ja, warum ich angerufen habe – aber es wird euch nicht gefallen, fürchte ich.«

Alphonse witterte Unheil und zog seine Hand unwillkürlich aus der Bäckertüte zurück, die vor ihm lag.

»Was meinst du damit?«

»Erinnerst du dich an den Poeten?«

Alphonse musste nicht lange überlegen. Er hatte die Ereignisse vor einem knappen Jahr nicht vergessen, ebenso wenig wie die anderen Kollegen im Commissariat.

»Natürlich«, sagte er, und seine Stimme war jetzt weniger freundlich. »Du meinst den Durchgeknallten, ja? Der damals Häuserwände mit seinen Gedichten beschmiert hat? Wann war das, kurz nach dem Festival im letzten Jahr?«

»Genau der!«, rief Hugo über den Fahrtwind und das Röhren des Motors hinweg.

»Der ist … gesehen … glaube, der ist …«

»Hugo?«

»Auf der Rückseite … dachte zuerst … aber Jalabert hat …«

»Hugo? Die Verbindung ist ganz schlecht! Was ist mit dem Poeten?«

Der Kommissar erinnerte sich daran, dass der Mann, den die Kollegen nach zwei Tagen endlich erwischt hatten, völlig verwirrt gewesen war, noch in der Arrestzelle hatte er nur Unverständliches von sich gegeben, Reime und Verszeilen, sie hatten nichts aus ihm herausbekommen, sodass er schließlich in eine Psychiatrie gebracht worden war. Sie hatten nie wieder etwas von ihm gehört.

»Der Poet«. So hatten sie ihn genannt.

Er hatte nach Stift und Papier gefragt und angefangen zu schreiben, dabei hatte er gemurmelt und geflüstert, immer das Gleiche. Bis sie ihm den Stift wieder weggenommen hatten.

»Hugo? Bist du noch da?«

Die Leitung war tot.

In Alphonse breitete sich ein ungutes Gefühl aus, das ausnahmsweise nicht von seinem leeren Magen herrührte. Ein Gefühl, das schlagartig zu einer Vorahnung wurde, als das Telefon erneut klingelte.

»Oh Scheiße«, murmelte er, als er die Nummer sah, die auf dem Display stand. Und im Nachhinein würde er sagen, dass dies der Moment gewesen war, in dem der leise sich ausbreitende Strom tatsächlich zu einer Sturmflut geworden war, deren Ausmaß sie erst viel später begreifen würden.

»Claire, kommst du rüber?«

Roussel klopfte an den Türrahmen und blickte stirnrunzelnd auf ihren Schreibtisch, auf dem Dutzende von Ausdrucken lagen. Er kam einen Schritt näher, nahm eines der Blätter in die Hand und betrachtete die Aufnahme aufmerksam.

»Ist sie das? Die Person, die die Fußzehe auf der Place Morny abgelegt hat?«

»Keine Ahnung«, murmelte Claire und klickte sich weiter durch einige Dateien auf ihrem Computer. »Was würdest du sagen?«

»Ich würde sagen, dass das ein grauer Fleck auf einem grauen Hintergrund ist. Das könnte alles sein. Und vor allem jeder.« Roussel legte das Blatt wieder hin.

»Komm, wir wollen mit der Besprechung beginnen.«

Ohne sich zu ihm umzudrehen, hob sie nur kurz die linke Hand und deutete auf mehrere USB-Sticks, die neben ihrem Computer lagen.

»Das sind noch mehrere Stunden Videomaterial, die muss ich alle sichten, im Schnelldurchlauf, ich hab jetzt wirklich …«

»Claire, das war keine Bitte. In zwei Tagen beginnt das Filmfestival, wir haben verdammt viel zu tun. Deine Suche nach irgendeinem abgetrennten Zeh in allen Ehren, aber du starrst jetzt schon seit drei Stunden auf diesen Bildschirm!«

Claire drehte sich ruckartig zu ihm um, ihre Augen funkelten.

»Du hältst das auch für Blödsinn, nicht wahr? Genau wie die Kollegen, die lieber am Strand die korrekten Abstände zwischen den Liegen kontrollieren. Oder meinetwegen die Qualität der Fischbrötchen in der Markthalle!«

»Claire, Vorsicht.«

»Ach komm, du weißt genau, was ich meine! Da legt jemand eine blutige Zehe auf der Place Morny ab, eine kleine, fein säuberlich abgetrennte Zehe, und ihr tut alle so, als würde das jeden Tag passieren! Immer schön auf das Festival konzentrieren, ja? Die tollen Schauspielerinnen, vielleicht fällt ja mal eine in Ohnmacht oder, noch besser, sie hat falsch geparkt, ha, Knöllchen verteilen, hast du diese wichtige Aufgabe schon verteilt, Roussel? Vielleicht könnten wir auch den Sand vor den Planches noch mal mit dem Rechen durchgehen oder die Muscheln im Wasser säubern, was meinst du? Das alles erscheint mir auch tausendmal wichtiger als irgend so ein abgetrennter Fußzeh!«

Roussel blickte Claire erstaunt an.

»Alles okay mit dir?«

Die junge Polizistin drehte sich schnell weg, als sie merkte, wie ihr die Tränen in die Augen schossen. Sie wunderte sich selbst über ihren Wutausbruch, zumal er in weiten Teilen vollkommen ungerechtfertigt war. Sie mochte die Truppe im Commissariat, die Kollegen waren ein Grund gewesen, warum sie sich Deauville als Arbeitsplatz ausgesucht hatte. Es war nur …

»… es war ein seltsamer Tag.«

Sie schüttelte den Kopf und versuchte, die Gedanken an das Treffen mit Nicolas' Vater fortzuschieben. Es beschäftigte sie viel zu sehr. Was er ihr mitgeteilt hatte, lag wie ein dunkles Netz über ihr, sie hatte Angst, davon eingeschnürt zu werden. Und gleichzeitig spürte sie, wie sich etwas in ihr regte. Etwas, das sie seit Jahren fortgeschoben hatte.

Vor ihren Augen verschwammen die Aufnahmen der Sicherheitskameras auf der Place Morny, die sie nach langen und zähen Verhandlungen mit der Stadtverwaltung im Rathaus abgeholt hatte.

»Tut mir leid, das war ungerecht. Und es ist Blödsinn, die Kollegen sind super. Es ist nur …«

»Was ist los, Claire?«, fragte Roussel sie jetzt leise. »Das sind deine Ermittlungen, dein Fall, auch wenn er bislang nur aus einer Fußzehe besteht. Du musst geduldig sein, weitersuchen, alles anschauen. Es war deine Idee, dir die Aufnahmen zu besorgen, und es war eine gute Idee. Aber du bist hier keine Sonderermittlerin, Claire. Es gibt Dienstpläne, Schichten, Papierkram, wie in jedem anderen Commissariat auch.«

»Darum geht es nicht, Roussel«, sagte sie leise. »Ich weiß das, es ist kein Problem, wirklich. Ich mach das alles gern, tut mir leid, wenn es anders wirkt. Ich weiß auch, dass das Filmfestival für uns alle nicht einfach ist. Aber da ist etwas, ich weiß nicht genau was, es ist nur ein Gefühl, aber …«

Roussel warf einen Blick auf seine Armbanduhr und sah dann zur Tür.

»Wir müssen jetzt los, Claire. Die Kollegen warten. Ich erwarte dich in einer Minute im Besprechungsraum.«

Er klopfte ihr kurz auf die Schulter und ging zurück in den

Gang. Kurz darauf hörte sie, wie er einen Kollegen begrüßte und die Kaffeemaschine betätigte.

Sie starrte auf den Monitor vor sich.

Sie hatte ihn angelogen.

Sie wusste ganz genau, was für ein Gefühl sie beschlichen hatte, denn es hatte sie nicht mehr verlassen, seit sie von der Place Morny zurück ins Commissariat gekommen war.

Sie starrte auf ihren eigenen Umriss auf dem Bildschirm.

»Ich habe Angst«, murmelte sie. »Ich weiß nur noch nicht, wovor.«

Mit einem tiefen Seufzer stand sie schließlich auf und folgte Roussel zum Besprechungsraum, in dem sich bereits alle anderen Kollegen versammelt hatten. Es war die letzte große Besprechung, bevor in zwei Tagen das Festival mit dem Eröffnungsfilm und dem Schaulaufen der Prominenz auf dem roten Teppich beginnen würde. Für Claire war es das erste Filmfestival, und auch wenn sie bislang die Erzählungen der Kollegen für übertrieben gehalten hatte, so spürte sie jetzt doch selbst, wie die Anspannung auch in ihr wuchs.

Die ganze Stadt war von einem Fieber gepackt, das immer weiter stieg, je mehr Übertragungswagen in den Straßen standen und umso mehr teure Limousinen vor dem »Hôtel de la Plage« hielten. Das Gerücht ging um, das Sophie Marceau bereits in der Stadt war, die Binoche sowieso, sie gehörte in diesem Jahr der Jury an. Wo auch immer man sich in der Stadt bewegte, die Menschen hatten kein anderes Thema. Deauville hatte sich herausgeputzt und war bereit für die verrücktesten Tage des Jahres. Und die Polizei war es auch, das war die Botschaft, die Roussel ihnen seit Wochen zu vermitteln versuchte.

Was ist dagegen schon eine fein säuberlich abgetrennte Fußzehe, dachte Claire und setzte sich auf eine der Fensterbänke, da alle Plätze bereits belegt waren. Die Polizeibehörde in Caen hatte einige Polizisten zur Verstärkung abkommandiert – leider war Léon nicht dabei.

Wir sehen uns zu selten, dachte Claire. Und es tut uns nicht gut.

Roussel blickte auf seine teure Armbanduhr und klatschte dann in die Hände.

»Also dann, lasst uns beginnen. Ich denke, es ist im Kern alles geregelt, aber wir sollten noch mal die Punkte durchgehen. Wenn es Fragen oder Probleme gibt, dann ist das jetzt gewissermaßen die letzte Chance.«

Insgesamt waren etwa fünfzehn Polizisten anwesend, einige in Zivil, andere in den blauen Uniformen, mit denen sie am Morgen auf Streife gewesen waren.

»Das Festival beginnt in zwei Tagen mit der großen Eröffnungszeremonie im Tagungszentrum unten am Strand. Ich gehe davon aus, dass sich mittlerweile alle mit den nötigen Informationen versorgt haben: Ablauf in den kommenden Tagen, Veranstaltungsorte und so weiter. Ist das so? Auch die Kollegen aus Caen? Wenn ihr Fragen habt, wir helfen euch.«

Alle um ihn herum nickten. Auf dem Tisch lagen Broschüren des Festivals, Dienstpläne des Commissariat.

»Sandrine, vielleicht fangen wir mit dir an.«

Roussel nickte Sandrine Poulainc zu, die mit einem Kaffeebecher in der Hand auf einem der Stühle an der Wand saß. Claire musste lächeln, als sie Roussels Blick sah. Immer noch war sein Verhältnis zu Sandrine nicht entspannt, immer noch mieden sie sich, so gut sie es konnten, obwohl seit ihrer Trennung mittlerweile mehr als eineinhalb Jahre vergangen waren. Claire wusste, dass Sandrine ihre Versetzung angeboten hatte, Roussel hatte die Entscheidung ihr überlassen. Claire war froh gewesen, dass sie hatte bleiben wollen.

Trotz allem.

Das Leben ist nicht fair, dachte Claire, während Sandrine

aufstand und den Beamer anschaltete. Sofort erschien das Bild des internationalen Tagungszentrums von Deauville an der Wand, es war ein gläserner und insgesamt wenig liebenswerter Bau, der vor allem durch zwei Dinge bestach: Er lag direkt am Meer. Und er war Schauplatz des zweitbedeutendsten Filmfestivals Frankreichs, des »Festival International du Film Americain«. Claire war in Le Havre groß geworden, sie kannte die Glitzerwelt in Deauville nur aus dem Fernsehen. Jeden Spätsommer lockte dieses Event Tausende Besucher und vor allem Schaulustige an die Côte Fleurie in der Normandie, Schauspieler und Regisseure, Politiker und Persönlichkeiten aus aller Welt. Im Schatten des großen Festivals von Cannes hatte Deauville sich als etwas ruhigere, aber nicht weniger glanzvolle Veranstaltung positioniert. Die Geländer auf den Planches zeugten von einer jahrzehntelangen Filmgeschichte und einer engen Verbindung zu Hollywood: Alle Größen des Filmgeschäfts waren dort mit ihren Namen verewigt, alle hatten bei ihrem Besuch in Deauville stolz vor den Türen der fast schon legendären Umkleidekabinen gestanden und ein weiteres Geländer enthüllt, auf dem ihr Name stand. Was in Hollywood der Stern auf dem Walk of Fame war, war in der Normandie der schwarz gedruckte Name auf den weißen Geländern direkt am Strand. Die Planches von Deauville waren von jeher ein cineastischer Ort, Kulisse für Filme aller Jahrzehnte, Sehnsuchtsort der französischen Nouvelle Vague.

Das Konferenzzentrum zwischen der Promenade, dem Casino und dem teuren »Hôtel de la Plage« mochte zwar der offizielle Veranstaltungsort sein, hierhin führte der rote Teppich, hierhin blickten die Linsen der Kameras und die Augen der Weltöffentlichkeit, wenn die Stars in den großen Saal strömten. Aber es waren die Planches, die Holzplanken entlang des Strandes, wo das Herz des Festivals schlug. Die Türen der Umkleidekabinen, die Geländer, auf denen jeder stehen wollte, das Geräusch der Möwen hoch oben über den Köpfen, die Chansons längst vergangener Tage im Ohr.

Claire liebte die Planches mehr als jeden anderen Ort in der Stadt.

Sandrine begann ihre Einführung mit der gewohnt kühlen Effektivität, die sie sich seit der Trennung von Roussel angeeignet hatte.

»Ich nehme, wenn ihr erlaubt, gleich eine Abkürzung, gewissermaßen. Wir alle sind bestens vertraut mit den Abläufen rund um das Festival: Die Security und die Personenschützer kümmern sich um den sogenannten roten Bereich, das heißt: das Konferenzzentrum, die Planches, das Casino, das »Hôtel de la Plage«. Wir sind für die Ordnung außerhalb dieses Bereichs zuständig, das ist unser Revier. Jeder von euch hat gestern seinen Einsatzplan für die nächsten Tage bekommen, gibt es dazu Fragen? Nein? Gut, dann komme ich jetzt zur besagten Abkürzung.«

Sandrine leitete seit vier Jahren die Polizeiarbeit rund um das Festival, und Claire konnte sich keine geeignetere Kollegin dafür vorstellen. Sandrine begann bereits im Laufe des Jahres mit den Absprachen, nahm an Treffen mit der Stadt, dem Veranstalter und den großen Agenturen teil, und sie schien mit jedem Tag, den das Festival näherrückte, zu wachsen. Außerdem hatte sie die Truppe fest im Griff.

»Was für eine Abkürzung meinst du?«, fragte Roussel jetzt.

Sandrine deutete auf die Wand, wohin der Beamer jetzt ein anderes Bild projizierte. Claire brauchte nur eine halbe Sekunde, um zu begreifen, dass der Begriff »Abkürzung« nicht ganz treffend war.

Einbahnstraße trifft es besser, dachte sie. Eine Einbahnstraße mitten hinein in jede Menge Ärger. Um sie herum stöhnten die Kollegen auf, einige lachten oder schüttelten den Kopf.

»Sehr richtig«, sagte Sandrine und deutete auf das Foto einer jungen Frau. »Bitte sagt Hallo zu Noemie Rey. Seit gestern neues und bestätigtes Mitglied der bedeutenden Jury des Festivals von Deauville.«

»Nicht dein Ernst!«, entfuhr es einem älteren Polizisten. »Die wollten sie doch niemals …«

Sandrine unterbrach ihn sofort.

»Das könnt ihr nachher in der Teeküche besprechen, nicht jetzt. Fakt ist: Diese junge Frau wird wieder dabei sein. Aber diesmal nicht als vielversprechendes Talent, das die Bühne in Deauville nutzt, um sich auf zweifelhafte Weise einen Namen zu machen. Diesmal als renommiertes und angesehenes Mitglied der Jury.«

Claire blickte auf das Foto, das Sandrine an die Wand geworfen hatte. Noemie Rey, eines der hoffnungsvollsten Talente der französischen Schauspielszene bei der Einweihung »ihres« Geländers auf den Planches von Deauville vor einem Jahr. Strahlend blickte sie in die Kamera, die Hand stolz auf ihren Namen gelegt, der auf den weißen Stein gemalt war. Sie trug zur Freude der internationalen Presse einen enganliegenden Hosenanzug in den Stars-&-Stripes-Farben der amerikanischen Flagge, der rechte Ärmel war kunstvoll ausgerissen, die rote Sonnenbrille leuchtete im Glanz der Scheinwerfer. Sie war gerade mal drei Jahre auf der Leinwand, hatte mehrere Nachwuchspreise gewonnen und war mit Mitte zwanzig eine der jüngsten Schauspielerinnen, die jemals ihren Namen auf den Geländern der Planches bewundern durften.

Das alles zu verarbeiten gelang ihr nicht in jedem Moment ihres Lebens, wie Claire diversen Zeitungsartikeln und Online-Blogs entnehmen konnte, die sich damals mit der jungen Schauspielerin beschäftigt hatten. Sie selbst war damals noch nicht in Deauville gewesen, aber sie hatte aus den Erzählungen der Kollegen mehr als genug erfahren.

Es mussten verrückte Tage gewesen sein, verrückt und unschön für alle Beteiligten.

Der Auflauf am Hafen in Trouville mit anschließender Massenrauferei, als Noemie Rey mal eben in drei nebeneinanderliegenden Restaurants Freibier für alle ausgelobt und sich selbst an die Tresen gestellt hatte. Der komplette Verkehr auf dem Boulevard war zum Erliegen gekommen, Paparazzi hatten voller Verzückung ihre Kameras im Dauereinsatz hochgehalten, während »La Rey«, wie sie genannt wurde, irgendwann den Beweis geliefert hatte, dass es auch Dessous im Stars-&-Stripes-Design zu kaufen gab.

Die Polizei in Deauville hatte an diesem Abend siebzehn vorläufige Festnahmen wegen Erregung öffentlichen Ärgernisses und Widerstand gegen Polizeibeamte protokolliert, dazu zahlreiche Auffahrunfälle und zerbrochene Fensterscheiben. Das Festival hatte zudem einen handfesten Skandal erlebt, als die junge Frau später nicht nur in ihrem Hotelzimmer gewütet, sondern in einem spontanen Interview alle gezeigten Filme als »maximal bedeutungslos« bezeichnet hatte.

Inklusive des Films, in dem sie selbst die Hauptrolle gespielt hatte.

Sandrine sah die Kollegen ernst an.

»Vergangenes Jahr hat sie uns ganz schön was geboten«, sagte sie. »Diesmal soll alles anders werden.«

Einige Kollegen lachten, was ihnen einen strengen Blick einbrachte.

»Und wie kommt Henri Perrin dazu, ausgerechnet Noemie Rey in die Jury zu berufen?«, fragte Roussel Sandrine. »Er hat doch damals fast dafür gesorgt, dass ihr Name auf den Planches wieder gestrichen wird.«

Claire wusste so gut wie alle anderen, dass Henri Perrin der ungekrönte Herrscher über Deauville war, wenn es um das Festival ging. Er leitete das Programm und die damit verbundene Organisation seit mehr als zwanzig Jahren. Claire hatte ihn als unglaublich eitlen, aber auch sehr einnehmenden Mann kennengelernt. In Filmkreisen wurde er nur »Henri I.« genannt. Er war es, der mit einer Einladung – einer ausgesprochenen, aber vor allem mit einer nicht ausgesprochenen – ganze Karrieren beeinflussen konnte. Seine Haltung zu einem Film, zu einem Schauspieler oder einem Regisseur hatte Gewicht. Und er wusste das. Es machte ihn zu einem von sich eingenommenen und überzeugten Festivalleiter.

»Le Festival, c'est moi.«

Das war sein Motto, und er lebte es jeden Tag.

Sandrine zuckte die Achseln.

»Ich weiß nur, dass vor drei Tagen entschieden wurde, die Jury in diesem Jahr auf sechs Mitglieder zu erweitern.«

»Wann wird sie in Deauville ankommen?«

»Laut ihrer Agentin ist sie bereits in der Gegend, hat sich jedoch an einen unbekannten Ort zurückgezogen. Sie wolle ein bisschen Kraft tanken, was auch immer das heißen mag bei einer Frau wie Noemie Rey.«

»Vermutlich nichts Gutes«, murmelte einer der Kollegen.

Sandrine warf ein weiteres Foto an die Wand, es zeigte eine Luftaufnahme von Deauville, die Stadt war dabei farblich in mehrere Zonen unterteilt.

»Genug von ›La Rey‹«, erklärte sie. »Ihre Sicherheit sowie die Sicherheit im engsten Kreis rund um das Konferenzzentrum, wird die Security des Festivals übernehmen. Sie haben einen neuen Sicherheitschef, ich treffe ihn nachher. Für euch alle sind vor allem diese vier Zonen wichtig, die meisten kennen sie schon aus den vergangenen Jahren. Wir haben damit gute Erfahrungen gemacht. Wir werden die Straßen in diesen Zonen abwechselnd intensiv kontrollieren und dort Präsenz zeigen. Ich will, dass ihr von jetzt an ständig auf diesen Straßen unterwegs seid, die Menschen sollen spüren, dass wir hier alles im Griff haben, ohne dass wir zu aufdringlich sind. Es ist ein Festival, kein politischer Gipfel. Alle Beteiligten werden wunderschöne Tage haben – und wir hoffentlich auch.«

Es klopfte und Alphonse steckte vorsichtig seinen rundlichen Kopf zur Tür herein. Claire wusste, wie sehr Roussel es hasste, bei wichtigen Besprechungen gestört zu werden. Sie zwinkerte Alphonse zu, um ihm Mut zu machen, sah aber sofort seinen panischen Blick. Er schwitzte, war die wenigen Meter von seinem Arbeitsplatz bis zum Besprechungsraum vermutlich schnell gelaufen. Er hatte einen roten Kopf und war sichtlich aufgewühlt. In der rechten Hand hielt er einen Zettel, den er fast schon zerknüllt hatte.

»Entschuldigung Chef, aber ... ich muss kurz stören. Es ist wichtig, glaube ich zumindest, Sie sagten, ich solle dann sofort Bescheid geben ...«

Roussel sah Alphonse an und wartete, bis er sich gesammelt hatte. Sie alle hatten mittlerweile die Erfahrung gemacht, dass es nur zwei Dinge gab, die den Kollegen beruhigten, wenn er einmal mit den täglichen Gefahren der Polizeiarbeit befasst war.

Essen. Und Gelassenheit.

Da auf dem Besprechungstisch keine Croissants standen, blieb Roussel nur die zweite Option. Zu viel Druck, bohrende Nachfragen oder gar ungezügelte Ungeduld konnten die Preisgabe der angeblich so relevanten Informationen unnötig nach hinten verschieben. Bei Alphonse halfen nur Zuspruch, Lob und im schlimmsten Fall die Ankündigung, ihm ein Croisssant aus dem Café auf der anderen Straßenseite der Rue Désiré le Hoc zu holen.

Besser zwei.

»Kein Problem, Alphonse«, sagte Roussel. »Komm rein. Du kommst genau richtig.«

»Ich? Genau richtig? Na ja, ich fürchte ...«

»Um was geht es, Alphonse?«

Der Polizist schnaufte kräftig durch, blickte kurz in die Runde und dann zu Sandrine.

»Also zum einen: Wir haben zahlreiche Anrufer in der Leitung … ich kümmere mich so gut es geht um alle, schreibe alles auf, sie berichten alle dasselbe …«

»Was berichten sie, Alphonse?« Claire konnte regelrecht sehen, wie Roussels Geduldsfaden im Eiltempo zusammenschnurrte.

»Es geht um die Schmierereien.«

»Was für Schmierereien?«

»Also, am besten zeige ich es euch. Ich habe … es gibt bereits Fotos und …«

»Alphonse, einfach der Reihe nach.«

»Ist gut, Chef, Entschuldigung. Was ich sagen wollte: Ich betreue ja auch unseren Social-Media-Account … also, seit einem halben Jahr … und da habe ich es gerade gesehen … im Internet, meine ich. Die Fotos. Und ich dachte, das müsstet ihr wissen. Ich konnte nur nicht früher, wegen der Anrufe.«

Äußerlich blieb Roussel gelassen, lehnte sich entspannt zurück, aber sein inneres Brodeln war fast schon greifbar. Im Commissariat hatten sie vor einigen Monaten begonnen, das Internet und vor allem das immense Mitteilungsbedürfnis der Menschen in selbigem zu beobachten, und eine digitale Anlaufstelle geschaffen. Das Commissariat hatte gewissermaßen einen kleinen Schritt in Richtung Zukunft gemacht.

Und Alphonse war aufgeblüht, er verstand sich auch angesichts der unendlichen Tiefe des weltweiten Netzes als Empfangschef der Polizei von Deauville. Würden einmal Außerirdische aus dem Darknet auftauchen, er würde sie freundlich begrüßen und ihnen ein Lutschbonbon aus der Schale auf dem Tresen anbieten.

Jetzt jedoch war er sichtlich aufgewühlt.

»Es sind siebzehn Anrufe. Also eigentlich achtzehn, aber

beim letzten bin ich nicht rangegangen, weil ich ja hierherwollte … ich muss gleich wieder zurück, vorne klingelt es schon wieder.«

Jetzt war es Sandrine, die die Stirn runzelte.

»Siebzehn Anrufe? Und was wollten die? Ist was passiert?«

Sofort machte sich eine gewisse Anspannung im Raum breit, alle Kollegen sahen jetzt Alphonse an.

»Ja. Sie rufen wie gesagt alle wegen der Schmierereien an. Sie sind auf den beiden Litfaßsäulen an der Place Morny, Chef. Und drüben am Hafen sind zwei Werbetafeln voll davon. Außerdem am Bahnhof, am … Moment … hier ist es: gegenüber vom Rathaus, auf der Rückseite des Casinos und auch an der Fischhalle in Trouville. Es ist … ich fürchte … es ist natürlich kein guter Augenblick, weil … das Festival beginnt ja jetzt.«

»Ich hab sie«, rief ein junger Kollege, der am Laptop saß, und deutete auf die Wand, wo jetzt der Social-Media-Kanal des Commissariat zu sehen war. In der Timeline hatte jemand mehrere Fotos gepostet. Es kamen quasi im Sekundentakt neue hinzu.

»Wie gesagt«, murmelte Alphonse jetzt, »siebzehn Anrufe. Und alle deswegen. Sie wollen wissen, was wir tun. Dagegen, meine ich.«

In diesem Augenblick klingelte Roussels Handy. Er blickte auf das Display und wusste sofort, dass dieser Tag von nun an in Schieflage war, gleich einem Boot, das eben noch satt im Wasser gelegen hatte, um von einem plötzlichem Windstoß umgehauen zu werden.

»Das ist der Bürgermeister«, murmelte er.

»Der hat vorhin auch schon angerufen«, sagte Alphonse leise. »Ich habe gesagt, du seist in einer Besprechung, er hat wütend aufgelegt.«

Roussel winkte ab und nahm den Anruf entgegen, ohne den Blick von den Fotos an der Wand zu wenden.

»Guten Tag, Herr Bürgermeister.« Für einen Augenblick lauschte Roussel der aufgeregten Stimme am anderen Ende der Leitung.

»Ja, wir haben es auch mitbekommen, wir sind bereits dran. Ich kann Ihnen versichern, dass …«

Die Stimme wurde lauter, Roussel rollte mit den Augen und legte dann eine Hand auf den Hörer.

»Ihr vier, sofort raus auf die Straße«, zischte er einigen Beamten zu. »Ihr fahrt die Stellen ab, durchkämmt die Straßen. Alphonse, ich will alles, was es im Netz dazu gibt, druck mir die Fotos aus.«

Er wandte sich wieder seinem Handy zu.

»So machen wir es, Herr Bürgermeister, ich halte Sie auf dem Laufenden. Ja, ich weiß, das Festival hat oberste Priorität, natürlich.«

Er legte auf und starrte für einen Augenblick an die Wand, wo jetzt die Aufnahme einer Litfaßsäule an der Avenue de la République zu sehen war.

»Nicht schon wieder«, murmelte er. »Und nicht jetzt.«

Claire wusste, dass die beschwörenden Worte zu spät kamen und wirkungslos bleiben würden.

Es war zu spät für jegliche Hoffnung, die Fotos an der Wand belegten das. Claire selbst war vor einem Jahr nicht dabei gewesen, aber neben den Exzessen von Noemie Rey waren die Schmierereien an den Wänden, Werbetafeln und Litfaßsäulen das Zweite, das die Kollegen ihr berichtet hatten.

Und nun wiederholte sich das offenbar.

Und damit betrat auch der Mann, der die Zeilen damals hinterlassen hatte und den die Kollegen schließlich nach einer wilden Verfolgungsjagd über den halben Strand geschnappt hatten, wieder die Bühne.

Die Zeilen waren mit schwarzem Stift auf die Säule geschrieben. Wort reihte sich an Wort, die Sätze umspannten die gesamte Litfaßsäule, sie überdeckten die Filmplakate, die Ankündigung des Filmfestivals und die Werbung für einen Baumarkt am Rande der Stadt. Auf einer Breite von fast zwei Metern hatte jemand die Säule vollgekritzelt, in gut lesbarer Schrift.

Das Bild wechselte, als der Kollege am Laptop mit der Maus auf eine andere Aufnahme klickte. Zu sehen war jetzt eine Werbetafel an der Place Morny. Wieder die schwarzen Buchstaben, die gleiche Schrift, präzise, klar, gut leserlich. Das Gleiche auf einer Hauswand in der Altstadt von Trouville am Hafen. An einem Torbogen in einer Nebenstraße unweit des Pont des Belges.

»Was steht dort?«, fragte einer der Kollegen aus Caen.

Sandrine Poulainc fuhr sich müde über das Gesicht und sah Roussel an.

»Kannst du es noch auswendig?«, fragte sie ihn mit dem Anflug eines bitteren Lächelns. Ein weiteres Foto erschien an der Wand. Auch hier: schwarze Handschrift, saubere Linien, Zeilen, die um eine Litfaßsäule herumreichten.

Roussel seufzte.

»So schreiten sie durch Schwarz, das keine Grenzen hat. Des ewigen Schweigens Bruder.«

Claire sah Roussel überrascht an, als dieser die Zeilen auswendig rezitierte. Sandrine nickte langsam.

»Doch sag ich, dumpfer noch als sie: Was suchen bloß am Himmel all diese Blinden?«

Alphonse stand immer noch in der Tür, seinen Zettel in der Hand. Für einen Augenblick schien es Claire, als würde der Kollege lächeln, als würden die Zeilen ihn berühren.

»Ein Gedicht?«, fragte der Kollege aus Caen. »Da schreibt jemand ein Gedicht an die Wände?«

Sandrine nickte.

»Die Gedichte waren vor genau einem Jahr zum ersten

Mal zu sehen, auf Litfaßsäulen, Wänden, überall in der Stadt, auch drüben in Trouville. Die Stadt hat sie immer wieder entfernt, aber jedes Mal tauchten sie wieder auf, über Nacht, still und leise. Damals begann alles etwa eine Woche nach dem Festival, wir hatten Glück. Diesmal offenbar nicht.«

»Was sind es für Zeilen?«

»Es ist das Gedicht ›Die Blinden‹ von Charles Baudelaire. Aus den ›Fleurs du Mal‹. ›Die Blumen des Bösen‹.«

Claire hatte Baudelaire in der Schule durchgenommen, ihre Liebe zur Poesie hatte sich aber in Grenzen gehalten.

»Wie habt ihr ihn noch mal genannt?«, fragte Sandrine Roussel, der sie nachdenklich ansah.

»Das waren nicht nur wir«, antwortete er. »Es war seltsam, es schien, als wäre das sein echter Name. Alle benutzten ihn: die Presse, die Menschen in der Stadt, wir, auch der Psychiater, zu dem er schließlich in Behandlung kam. Für uns alle war er ›der Poet‹.«

»Letztendlich handelte es sich um einen armen Spinner«, fuhr Sandrine fort. »Er war besessen davon, die Zeilen in der Stadt zu verteilen, sie aufzuschreiben, damit jeder sie lesen konnte. Wenn ich mich recht erinnere, hat er immer nur dieses eine Gedicht auf die Wände gekritzelt, in schwarzer Schrift. Tagelang erschien es jeden Morgen irgendwo in der Stadt, er war wie ein Geist, der wieder verschwand, bevor wir ihn erwischen konnten. Bis wir ihn schließlich doch geschnappt haben.«

»Und ich weiß noch ganz genau, was der Bürgermeister damals zu mir gesagt hat«, grummelte Roussel und blickte auf die Aufnahmen an der Wand. »Er sagte: Wenn das während der Festivalzeit in Deauville passiert wäre, dann wäre das eine Katastrophe gewesen.«

»Na super«, erwiderte Sandrine.

Für einen Moment schwiegen alle, jeder richtete seinen Blick auf die Zeilen, die an der Wand zu sehen waren.

»Warum ausgerechnet dieses Gedicht?«, fragte Claire schließlich.

Sandrine zuckte die Schultern.

»Keine Ahnung. Er war besessen, psychisch krank. Ein Gutachten hat ihm komplette Schuldunfähigkeit attestiert, er wurde eine Zeit lang in eine geschlossene Einrichtung gesteckt. Letztendlich ist es ein armer Tropf, dessen Kopf schon lange nicht mehr richtig funktioniert.«

»Was ist aus ihm geworden?«

»Soweit ich weiß, ist er seitdem nicht mehr auffällig geworden. Wir haben ihn jedenfalls aus den Augen verloren.«

»Und jetzt ist er zurück«, sagte Roussel. »Und wir sollten alles daransetzen, ihn so schnell wie möglich dingfest zu machen. Ansonsten dürfen wir alle nächstes Jahr während des Festivals den Verkehr regeln.«

Kurz darauf saß Claire wieder an ihrem Schreibtisch, vor sich den Bildschirm, auf dem im Schnelldurchlauf die Aufnahmen einiger Überwachungskameras an der Place Morny liefen. Um sie herum wuselten die Kollegen, besprachen sich, tauschten Informationen und Einsatzpläne aus. Die Stimmung war aufgeheizt, Roussel bellte Befehle durch den Raum, Sandrine stand alle zehn Minuten rauchend im Innenhof des Commissariat, mit finsterer Miene und unheilvollem Blick. Immer wieder trudelten neue Bilder ein, Berichte von einem Mann mit einem Rucksack, der in Windeseile und mit geübter Hand seine schwarzen Zeilen in der Stadt verteilte.

»Wir kriegen ihn, macht euch keine Sorgen«, sagte Roussel. »Irgendwann läuft er uns vor die Nase, er kann sich ja nicht verstecken, wenn er seine Botschaften hinterlassen will.«

Claire setzte sich irgendwann ihre Kopfhörer auf, versank in den Zeilen und den Bässen von MC Solaar, vergaß alles um sich herum, wie sie es oft tat, wenn sie einem Gefühl nachging, einer Vorahnung.

Ein Kollege verteilte ein Foto des Poeten, sein richtiger Name war Joshua Minart, er war wohnungslos gemeldet und seit einem Jahr nicht mehr polizeilich aufgefallen. Kurz überflog sie den Ermittlungsbericht und betrachtete den Mann, der von seiner Obsession offenbar nicht geheilt worden war: »Die Blumen des Bösen«, die Poesie von Charles Baudelaire.

»Habt ihr euch damals mit dem Gedicht beschäftigt?«, rief sie Roussel zu, als dieser an ihr vorbeirauschte.

»Nein, wir hatten ihn ja dann. Er ist einfach durchgeknallt – und er macht den Bürgermeister wahnsinnig und der wiederum mich.«

»Aha.«

Draußen fuhren die Autos am Commissariat vorbei, die Sonne wanderte über die Fassaden, ein Kamerateam führte auf der Straße Interviews mit Passanten. Am frühen Nachmittag hatte Claire schließlich genug, sie packte zwei Sandwiches ein, die jemand im Büro verteilt hatte, steckte das Foto in ihre Tasche und verließ das Commissariat.

»Bin gleich wieder da«, rief sie Alphonse zu, der damit beschäftigt war, die unzähligen Anrufe anzunehmen. Ein belegtes Baguette lag unberührt neben seiner Tastatur.

Claire ging zielstrebig die Rue Désiré Le Hoc hinauf, bis sie die Place Morny erreicht hatte. Touristen saßen auf den Bänken und genossen die Sonne, in den Straßencafés servierten Kellner die Moules et Frites, an den Fahnenmasten hingen schlaff die Flaggen des Filmfestivals herab.

Sie sah Sammy sofort. Er saß noch immer an seinem Platz, der mittlerweile im Halbschatten lag. Er winkte ihr zu, als sie näher kam, und strahlte, als sie sich neben ihn an die Wand setzte und ihm eines der Sandwiches reichte.

»Mein Glückstag heute«, sagte er schmatzend und wischte sich etwas Mayonnaise vom Kinn. Claire ließ ihren Blick über den Platz schweifen, hinüber zu dem Café, in dem sie am Morgen mit Nicolas' Vater gesprochen hatte.

»Meiner nicht so«, murmelte sie.

»Warum nicht? Wegen der Fußzehe? Das tut mir leid, ich hätte sie einfach in den Müll schmeißen können. Was ist eigentlich mit meiner Mütze, krieg ich die wieder?«

»Klar«, sagte Claire und kramte das Foto von Joshua Minart aus ihrer Tasche.

»Kennst du den hier zufällig?«, fragte sie, während sie ihrerseits in das Sandwich biss. Sie hatte gar nicht gemerkt, wie hungrig sie war.

Sie rechnete nicht damit, dass Sammy ihr helfen konnte, aber etwas anderes war ihr nicht eingefallen, nachdem die Sichtung der Videoaufzeichnungen nichts ergeben hatte. Sie hatte sich getäuscht.

»Klar«, sagte Sammy zwischen zwei Bissen.

»Echt?« Überrascht blickte sie ihn an.

Sammy nickte und deutete auf das Bild.

»Das ist der Poet. Seltsamer Kerl. Muss im letzten Sommer gewesen sein, oder? Der hat euch ganz schön auf Trab gehalten, war eine lustige Sache.«

Er grinste sie an.

»Und seitdem?«, fragte Claire. »Hast du ihn seitdem wiedergesehen. Heute vielleicht.«

»Klar.«

Claire blieb der Bissen im Hals stecken. Ungläubig sah sie ihn an.

»Du verarschst mich.«

Aber Sammy schüttelte den Kopf.

»Nein, ich habe ihn wirklich gesehen. Heute Morgen. Ich habe nur nicht gleich geschnallt, wer es ist. Er hat sich verändert, sieht … irgendwie krank aus. Jedenfalls: Ich hab ihn gesehen. Hätte ich das heute Morgen erzählen sollen? Ich wusste ja gar nicht … er saß da nur. Hat nichts gemacht. Also auch nicht gezeichnet, so wie damals. Er hat nur dagesessen und mich angeschaut. Dann muss ich eingeschlafen sein. Obwohl ich immer versuche, nicht einzuschlafen, aus Angst vor den Hunden, die kommen manchmal viel zu nah und bellen, ich habe schreckliche Angst vor Hunden, musst du wissen.«

»Wo, Sammy? Wo hat er gesessen?« Claire war aufgestanden.

»Na, dahinten in der Straße. Auf der Stufe von der Apotheke, die war ja noch zu. Er hat mir nur zugenickt und rübergeschaut. Mehr weiß ich nicht.«

Claire sah hinüber zur Apotheke, die etwa fünfzig Meter entfernt von der Place Morny lag. Sie wurde plötzlich unruhig, sie spürte, wie etwas in ihr emporstieg, das sie gern zurückgehalten hätte. Das Gefühl, dass etwas nicht stimmte.

Und zwar ganz und gar nicht.

»Hier, für dich«, murmelte sie und reichte Sammy einen Fünfeuroschein. Er strahlte sie an.

»Ich sag ja, ist mein Glückstag. Vielen Dank.«

»Genieß ihn«, sagte Claire. »So ein Glückstag ist manchmal schneller vorbei, als man denkt.«

Dann lief sie die Straße hinunter bis zu der Apotheke, über deren Eingang sie aus der Entfernung eine Überwachungskamera entdeckt hatte.

Als sie vor dem Geschäft stand, sah sie hinunter auf die Steinstufe, auf der der Mann, den alle »der Poet« nannten, gesessen haben sollte.

Sie sah sie sofort, seitlich vom Eingang.

Eine kleine schwarze Blume, gezeichnet mit ruhiger Hand. Ihre Gedanken rasten und ihr war zugleich eines vollkommen klar: Dies war kein Glückstag. Ganz und gar nicht.

KAPITEL 6

Deauville

Er war ein Geist. Schlüpfte durch ihre Netze, entkam ihrem gierigen Griff, beschützt nur durch die Macht seiner Worte. Es waren die Zeilen, die sich um ihn legten wie ein Mantel, der ihn unsichtbar machte. Er spürte die Kraft der Verse, die ihn, den Schutzbefohlenen, nicht im Stich lassen würde.

So war es immer gewesen, so würde es immer sein.

Wie oft hatten sie nach ihm gegriffen, ihn geschubst, zu Boden gestoßen, doch er hatte einfach weitergemacht, gemurmelt, leise erst, lauter dann. Sie hatten ihn getreten, doch er konnte nicht aufhören. Jeder von ihnen war selbst ein Opfer, vom Leben verstoßen, zurückgelassen, allein auf einer leeren Seite.

Er nicht.

Er füllte sie, diese Seite, schrieb sie voll, immer wieder, bis mehr Tinte zu sehen war als Papier. Er schrieb gegen das Leben an, und als das nicht mehr reichte, nutzte er zusätzlich seine Stimme. Er spürte dann, wie alles sich glättete, wie es ruhig wurde um ihn herum und in ihm drin und wie er lächelte.

So viel Poesie.

Jetzt, da er mit einer Kiste in der rechten Hand über die Holzplanken ging, dachte er für einen Moment an sein erstes Mal. Wie er das Buch berührt, den Staub vom Einband entfernt hatte, wie die Luft ganz aufgeladen gewesen war, als er die erste Seite aufgeschlagen hatte. Die Wörter hatten ihn gefangen genommen, lange bevor er ihren Sinn verstanden hatte. Er hatte es nicht vorne aufgeschlagen, das Buch, das so verlassen in einer Ecke der Kammer gelegen hatte, in der sonst nur Scheuerlappen waren und Bürsten aus Draht, mit denen sie ab und an verprügelt wurden.

Bevor sie ihn in die Dunkelheit gesteckt hatten, so lange, bis ihm das Licht des Tages nur noch als blasse Erinnerung erschienen war.

Eine Möwe krächzte über ihm, zog ihre Kreise, beobachtete ihn argwöhnisch, als er jetzt anhielt und sich umblickte, als er die Kiste abstellte und die Menschen am Strand betrachtete. Geschöpfe, die sich selbst geschaffen hatten, geboren aus ihrer eigenen Eitelkeit. Die nicht stillsitzen konnten, geschweige denn zuhören.

Das Blut auf seinen Fingern war längst getrocknet, es war ein mattes rötliches Braun, gerade so viel, dass man es auch für Farbkleckse halten konnte.

Die Sonne hatte durch ein winziges Fenster geschienen, damals, in dem Haus. Er hatte das Buch genommen und es aufgeschlagen, auf einer beliebigen Seite. Und da war es passiert. Wie hätte ihn dieser Moment nicht verändern sollen? Wie hätte es kein Zeichen sein sollen, das die Kammer ihm offenbarte. Bereits die erste Zeile:

Betrachte sie, meine Seele! Wahrlich, dieses Bild erschreckt!

Und so hatte er sich auf einen Schemel gesetzt und seine Seele betrachtet, und so wie die Zeilen es vorhergesagt hatten, so erschrak er selbst beim Anblick dessen, was er so lange ignoriert hatte.

Da war keine Seele. Nur Leere.

Und als sie gekommen waren, um ihn zu holen, weil er

längst überfällig war und weil er den Boden im Gang nicht geschrubbt hatte, da ließ er das Buch unter seinem Hemd verschwinden, er versteckte es unter seinen Laken, ließ es nicht mehr los, auch nicht, als sie eines Nachts flüchteten, mit einem Bettlaken, das sie aus dem Fenster geworfen hatten. Jemand hatte ihnen einen Stock hinterhergeschleudert, der an seinem Buch abgeprallt war, die Seiten hatten ihn geschützt, und da hatte er gewusst, dass sie für ihn gepflanzt worden waren.

Die Blumen des Bösen.

Und nun sprach er sein erstes Wort, hier am Strand, auf den Holzplanken, die so berühmt waren, wie er es noch werden würde.

Der Himmel spannte sich weit und mächtig über ihm. Er öffnete die Augen, reckte die Arme nach oben, holte sich Kraft, Zuversicht und die Energie, die er brauchen würde, um diesen Tag zu dem zu machen, was vorherbestimmt war. Über ihm das Blau des Himmels, das sanfte Anrollen der Wellen, das Geplapper der Menschen. Wie er es hasste, das sinnlose Aneinanderreihen von Wörtern, Empfindungen, Ausdrücken, er hatte das Gerede um sich herum irgendwann nur noch verabscheut, weil alles so bedeutungslos war, ohne jeglichen Verstand, ohne Seele.

Sie sehen aus wie Gliederpuppen; irgendwie zum Lachen.

Wie oft hatte er die Welt angebrüllt, sie möge schweigen, ihm seinen Frieden gewähren, den er nur noch in der Stille fand und in der gewaltigen Ruhe der Zeilen, die er so gerne las, immer wieder, bis er sie auswendig kannte.

Seine nackten Füße auf der Kiste spürten die weiche Struktur des Holzes, er nahm den Geruch des Meeres wahr. Das

Blut an seinen Fingern kribbelte, er hatte überlegt, es abzuwaschen, aber er hatte es eilig gehabt. Sein Blick senkte sich, seine Arme auch, einige von ihnen waren stehen geblieben, starrten neugierig zu ihm herüber. Sie musterten ihn, eine junge Frau lachte, zeigte auf ihn, belustigt und gelangweilt zugleich. Er kannte diesen Blick, diese Gesten. Und dann blieben sie doch stehen, hörten ihm zu, manchmal klatschten sie Beifall. Als würde er das brauchen. Beifall war nichts, wonach ein Poet sich verzehrte. Es war vielmehr die Wirkung seiner Worte, die ihm Bedeutung verliehen, der Nachhall seiner Stimme.

Betrachte sie, meine Seele! Wahrlich, dieses Bild erschreckt!
Sie sehen aus wie Gliederpuppen; irgendwie zum Lachen.

Seine Stimme hallte über die Promenade, legte sich auf den warmen Sand und auf die Dächer der Umkleidekabinen. Er spürte die Blicke derjenigen, die stehen geblieben waren, sie drehten sich zu ihm um. Hörten ihm zu. Endlich.

Verstörend, fremd, wie die, die gehen, ohne zu wachen,
Indes sich, dunkler Dolch, ihr Augapfel – wohin bloß? – reckt.

Alles stand still. Eben noch waren sie über die Promenade geeilt, hatten sich den Sand aus den Schuhen geschüttelt, ihre Sonnenbrillen abgesetzt, hatten die Cafés, die Bars verlassen, beschienen von der wärmenden Spätsommersonne. Im Hintergrund die Brandung, sie rollte gleichmäßig auf den langen Strand, davor zwei Jogger, ihre Füße hinterließen Abdrücke im Sand. Das schmelzende Eis eines Jungen tropfte auf die Holzplanken, seine Hand lag in der seiner Mutter.

Er sah auf zu ihm.

Wörter, so schien es ihm, brauchten ihre Zeit. Und dies war seine. Es wunderte ihn daher nicht, als mit der ersten Zeile die Welt um ihn herum stillstand. Wie eingefroren der Lauf der Dinge, er sah, die Schatten hielten inne, die Vögel standen starr am Himmel, das Meer wurde still. Fast schien es ihm, als könnte er nun in diesem Bild herumwandern, zwischen den Menschen, die regungslos auf dem Sand standen, auf den Planches, ihr Blick verwundert ob des Mannes auf der Kiste und der Wirkung seiner Worte. Kein Knirschen des Sandes unter nackten Füßen, kein Ruf der Verzückung über die sich langsam senkende Sonne in die Weiten des Meeres. Kein Windhauch auf der salzigen Haut, kein Rufen der Kinder nach ihren Eltern, das Treiben auf dem Strand und auf der Promenade wie angehalten.

Festgezurrt durch den Klang seiner Stimme.

Die Gottes Funken längst verließ, ihre Pupillen
Richten sie stets, als ob ihr Blick ins Weite flieh.

Es war ihm vorhergesagt.

Die Wörter, die er sprach, würden seine Zeit prägen.

Und sie beenden.

Und die Blinden würden sehen.

In der Ferne war das Signalhorn einer Fähre zu hören, das Lachen einer Frau auf der Promenade, das Lied eines kleinen Jungen zum belustigten Blick seiner Mutter. Der Poet hatte gesprochen, aber die Wirkung seiner Worte verlor sich in der Gleichgültigkeit der Menschen, die ihn umgaben.

Sie hatten ihm applaudiert.

Jemand hatte eine Münze auf seine Kiste gelegt, als wäre dies ein Auftritt, eine Zirkusnummer, einstudiert und aufgeführt, mit dem einzigen Ziel zu unterhalten. Über ihre Köpfe hinweg sah er weiter vorne zwei Polizisten auf die Planches einbiegen. Sie sahen aus, als suchten sie etwas. Jemanden.

Ihn.

»*Was suchen bloß am Himmel all diese Blinden*«, flüsterte er. Er stieg herab von seiner Kiste und tauchte, ohne sich zu umzudrehen, in die Schatten der Kolonaden ein, die hinter den Planches lagen. Zurück blieben die verwunderten Menschen, die sich für einen Augenblick fragten, ob der Mann wirklich aus Fleisch und Blut gewesen war. Oder nur ein Geist, zum Leben erweckt durch die unheilvolle Kraft der Worte.

Sie würden es erfahren.

Ob sie wollten oder nicht.

Jetzt jedenfalls war nicht die Zeit zu schreiben. Und nicht die Zeit zu sprechen.

Jetzt, so wusste er, als er auf der anderen Seite des Durchgangs zurück ins Sonnenlicht trat, war die Zeit zu handeln.

KAPITEL 7

Varengeville-sur-Mer
Am späten Nachmittag

Jenseits der Geschehnisse, die sich in Deauville anbahnten, und angeschoben von einem leichten Rückenwind bog Nicolas mit Schwung von der Hauptstraße in Varengeville ab und tauchte ein in eine Welt von Licht und Schatten. Zwischen den dichten Zweigen der Brombeersträucher, die hier meterhoch wuchsen, blitzte die Sonne hindurch. Sie blendete ihn immer wieder kurz und verschwand dann, verschluckt vom dichten Blätterwerk, das über der kleinen Zufahrtsstraße hing. Das Rascheln der Zweige begleitete ihn, als säßen Hunderte flüsternde Kobolde im Verborgenen, als würden sie seine Ankunft weitertragen, kleine, winzige Wachposten entlang seiner Route.

Das hellblaue Damenrad, das er sich von Myriam geborgt hatte, der Freundin seiner Mutter und Besitzerin des »Hôtel de la Falaise«, rollte tadellos die leicht abschüssige Straße entlang. Ab und an zeigten sich saftige Wiesen, auf denen Kühe standen, und Apfelbäume, die Stämme verwittert, die Kronen gegen den steten Wind gestemmt. Nicolas wurde unruhiger, je näher er seinem Ziel kam.

Er wusste auch, warum.

Nach den Schüssen in der Église Saint-Valéry hoch über den Klippen hatte er seinen Rückzug exakt so durchgeführt, wie er ihn geplant hatte. Er war aus der kleinen Seitentür der Kirche gestürmt, seine Waffe jetzt verborgen in seinem Hosenbund. Die beiden jungen Männer hatten ihn nur angestarrt, während die ersten Gäste bereits aus der Kirche gestürmt waren. Einige hatten vor Entsetzen geschrien, andere sich an den Securitymännern festgeklammert oder waren zum Parkplatz geeilt. Es war ein heilloses Durcheinander gewesen, und Nicolas hatte sich alle Mühe gegeben, als völlig überforderter Personenschützer genauso viel oder wenig aufzufallen wie die anderen. Er wusste genau, was das Adrenalin, die Angst, die Unsicherheit und vor allem die unklare Lage im Kopf eines Personenschützers anrichten konnten.

Erst sehr viel. Dann sehr wenig.

Ruhig zu bleiben, klar im Kopf, die Lage kühl abzuwägen und erst dann zu handeln – das gelang nur den wenigsten. Darauf hatte er gesetzt und recht behalten. Er war an den beiden Männern vorbeigestürmt wie ein blutiger Anfänger, hatte Fragen in sein imaginäres Mikro gebrüllt, nur um dann zu einem anderen Personenschützer zu laufen.

»Was machen wir jetzt?«, hatte er ihn gefragt, der Mann schwitzte, er hielt eine Waffe in der Hand, sein Blick flog über den Parkplatz.

»Weiß nicht, verdammt, was ist das bloß … dürfen die jetzt einfach wegfahren?« Er hatte auf die Gäste gezeigt, von denen einige in ihre Wagen stiegen, zitternd und froh, heil aus der Kirche entkommen zu sein.

Nicolas behielt das Kirchenportal im Blick. Er musste sich beeilen, der junge Personenschützer, der ihn in der Kirche direkt angesehen hatte, würde ihn sofort erkennen, wenn er nach draußen kam.

»Nein, das dürfen die nicht!«, hatte er dem Mann zugerufen und ihn leicht in Richtung Parkplatz geschubst. »Verdammt, dahinten laufen welche zu den Klippen. Die hol ich mir, schaut ihr nach den Gästen in den Autos, keiner darf hier weg! Los, macht schon. Oh mein Gott, was ist hier bloß los?«

Froh darüber, auch nur irgendeine Ansage zu bekommen, war der Mann in Richtung des Parkplatzes gelaufen, während Nicolas die Kirche umrundete, hinter der eine kleine, abschüssige Wiese in Richtung Klippen führte.

»Monsieur, bleiben Sie bitte hier! Niemand darf das Gelände vor dem Eintreffen …«

Seine Stimme hatte sich hinter dem dicken Gemäuer von Saint-Valéry verloren, als er um die Ecke gebogen war, vor sich nur noch die Klippen und das blaue Meer. Er hatte kurz abgewartet, ob ihm jemand gefolgt war, dann war er schnell über die kleine Wiese geeilt und eingetaucht in das daran anschließende Birkenwäldchen, von dem aus ein schmaler Pfad hinunter zur Gorge des Moutiers führte. Von dort aus war er hinunter zum Strand gelaufen und im Schatten der Klippen zurück in Richtung Hotel, das nur etwa zwei Kilometer entfernt lag.

Auftrag erledigt. Er hatte seine Schuld beglichen.

In seiner kleinen Wohnung unter dem Dach hatte er geduscht, im Bett gelesen und war sofort eingeschlafen. Danach hatte er mit seiner Mutter telefoniert, was er in letzter Zeit öfter tat, sie hatten sich zum Essen in den nächsten Tagen verabredet. Den Rest des Nachmittages hatte er damit verbracht, die Fotos und Pläne der vergangenen Wochen von der Rückseite seiner Wohnungstür zu entfernen. Die Kirche, die schmale Schlucht mit dem Weg zum Strand. Fotos der künftigen Braut, des Bräutigams, seiner Familie, die in der ersten Reihe sitzen würde. Das blaue Licht der Fenster, die Empore auf der linken Seite des Kirchenschiffs. Der Grundriss des Seefriedhofs, skizzierte Fluchtpläne, durchgespielte Varianten.

Nicolas hatte sich wochenlang mit diesem Auftrag beschäftigt. Nun war er vorbei. Und für eine junge Frau war der schönste Tag ihres Lebens gleichzeitig ihr letzter gewesen.

Schließlich war er mit dem Fahrrad aufgebrochen, die Zufahrtsstraße hinunter nach Varengeville und jetzt also Richtung Hinterland. Die Straße weitete sich, die Brombeersträucher wichen zurück, gaben den Blick frei auf die Hügel des Pays de Caux, das hinter der Alabasterküste lag, mit seinen saftigen Weiden, den grünen Feldern, zwischen denen in den Gräben dunkles Wasser stand. Hinter den Wiesen, den Zäunen und den geschlossenen Gattern begann das feste Land sich mit Schatten zu füllen. Sie lauerten hinter den Scheunen, den Steinhäusern, die sich an die Flanken der Hügel schmiegten, zwischen den Stämmen der Bäume, die tief im Morast verwurzelt waren und auf deren Ästen pechschwarze Raben saßen.

Nicolas mochte diesen Ort, wo das Meer weichen musste, wo die Gezeiten ihre Macht verloren, in der weiten Landschaft des Pays de Caux. Einige wenige Dörfer waren in die Felder gesprenkelt, Colmesnil, Gueures, Ambrumesnil – Namen, so unelegant wie die Wackersteine, die entlang der Feldwege lagen. Er ließ sein Rad ausrollen, bis er eine kleine Anhöhe erreichte, von der aus er über das zerfurchte Land blicken konnte und wo ihm der Wind ins Gesicht fuhr. Trotz der Wärme des Tages fror er leicht, aber er genoss den kalten Luftzug auf der Haut und die Gewissheit, dass so vieles hier keine Rolle spielte.

Hinter ihm lagen die Klippen von Varengeville, das Meer, die endlose Brandung. Und all die Erlebnisse, die sein Innerstes gefüllt hatten, mit einer Schwärze, die lange jedes Licht zu verschlucken geschienen hatte.

Langsam atmete er ein, seine Lungen füllten sich. Er lehnte das Rad an einen Baum und setzte sich auf eine Bank, auf der der anonyme Spender vermerkt war. Er war bereits Dutzende Male hier gewesen, hatte Stunden auf dieser Bank verbracht, den Blick in die Ferne gerichtet, er hatte nachgedacht, so lange, bis sein Kopf leer gewesen war. Das waren die besten Momente, wenn nicht mal das Wimmern eines Hundes Raum fand in seinem Kopf, wenn er wie abgeschlossen schien, unzugänglich für alles, was sich von außen einschleichen wollte.

Die Erinnerungen. Die Schmerzen. Die Erkenntnis, dass es genug war.

Hinter ihm waren jetzt Schritte zu hören.

Nicolas sah auf seine Armbanduhr und lächelte. Pünktlichkeit war immer noch eines der wesentlichen Merkmale seines Berufsstands.

Seines alten. Sowie seines neuen.

Die Schritte kamen näher, der Kies knirschte, als die Person hinter ihm den Weg überquerte und auf ihn zukam. Nicolas drehte sich nicht um, stattdessen rückte er auf der Bank etwas nach links, um dem Mann, mit dem er sich hier verabredet hatte, Platz zu machen. Der Schatten auf dem Boden näherte sich, Nicolas erkannte die beiden Flaschen in der Hand des Besuchers und lächelte.

»Salut, Gilles.«

Gilles Jacombe, ehemaliger Teamleiter des Personenschutzes des französischen Staatspräsidenten, stellte sich neben die Bank und genoss für einen Moment die Landschaft, die wie aufgefächert vor ihnen lag. In seiner Hand hatte er zwei kleine Bierflaschen, von denen er eine Nicolas reichte, ohne den Blick von den Hügeln und den langen Schatten der Bäume zu wenden.

»Ist nicht gerade das erste Arrondissement von Paris«, sagte er.

»Nein«, antwortete Nicolas und öffnete mit einer schnellen Bewegung seine Flasche. »Aber der Verkehr ist erträglicher. Hier hat man gute Chancen, beim Überqueren einer Straße nicht überfahren zu werden.«

Gilles drehte seinen Verschluss ebenfalls auf und setzte sich. Für einen Moment schwiegen sie, über sich das Rauschen der Blätter in den Bäumen, zwischen sich eine Geschichte, zu der sie nicht mehr zurückkehren würden.

Nicht nach dem, was sie getan hatten.

»Eine Braut erschießen, direkt vor dem Altar. Meine Fresse, Nicolas, du hast es weit gebracht.«

»Das bringt der Job mit sich. Ich habe nicht darum gebeten.«

»Und kannst du damit leben?«

»Nein. Aber genau deswegen sitze ich hier.«

Gilles sah ihn an, lächelte und stieß schließlich mit ihm an. Das Klirren der Flaschen verlor sich in der Weite, und Nicolas dachte, dass dies ein gutes Geräusch war. Eines, das ihn an die wenigen unbeschwerten Momente seines alten Lebens erinnerte, die gemeinsamen Essen mit seinem Team, die Reisen, das Gefühl, in dieser Mannschaft gut aufgehoben zu sein.

»Ich denke«, sagte Gilles und blickte auf die Flasche, »dass die Bedeutung von Drehverschlüssen komplett unterschätzt wird.«

»Ist das so?«

»Natürlich«, erwiderte Gilles. »Die Deutschen mögen durchaus das bessere Bier brauen, aber so etwas Simples und zutiefst Befriedigendes haben sie nicht hinbekommen. Darauf trinken wir – auf das und auf deinen Auftrag.«

»Auf den Auftrag«, sagte Nicolas. Er wischte sich etwas Schaum vom Mund und stellte sich kurz vor, wie es wäre, wenn sie einfach zwei normale Freunde wären, die Bier trinkend auf einer Bank säßen. Zwei Männer mit normalen Jobs, Familien, die zu Hause warteten, einem Rasen, der gemäht werden musste.

Der Gedanke war kein schlechter. Er passte nur nicht zur Realität.

»Wie geht es Aurore?«, fragte er schließlich.

»Ein paar blaue Flecken, das ist alles. Du hast sie direkt auf der Schutzweste getroffen, wie besprochen. Sie ist durch die Wucht gegen den Altar geprallt, aber nach Angaben des Arztes ist es nichts Schlimmes«, sagte Gilles.

»Sie wollte es unbedingt«, verteidigte sich Nicolas, und sein ehemaliger Chef lachte.

»Du kennst doch Aurore, es bereitet ihr großes Vergnügen, in Rollen zu schlüpfen und so dem Nachwuchs eins auswischen zu können. Dafür nimmt sie schon mal ein paar blaue Flecken in Kauf!«

»Na dann, auf die Braut«, sagte Nicolas. Er war froh, dass Gilles nur ein kleines Bier mitgebracht hatte, denn mit der Sonne im Rücken und seinem ehemaligen Teamleiter und Freund neben sich hätte er sonst den ganzen Abend hier sitzen können. Und zu den unmittelbaren Folgen seines Lebens als stets kontrollierter Personenschützer gehörte die Tatsache, dass er Alkohol relativ schlecht vertrug, beziehungsweise dessen entspannende Wirkung schnell spürte. Und Entspannung war etwas, dass er sich früher nie hatte gönnen können.

Jetzt war das zwar anders, aber immer noch trank er nur sehr selten. Hier jedoch, auf einer Bank zwischen dem Meer und dem Land, auf dem die Schatten wuchsen, genoss er die Leichtigkeit und Unbeschwertheit.

»Seid ihr mit der Analyse schon durch?«, fragte er Gilles schließlich.

»Fast, es hat einige Zeit in Anspruch genommen. Wir haben die Videos ausgewertet, jede einzelne Position gemeinsam besprochen und vor allem die Situation unmittelbar nach deinen Schüssen analysiert.«

»Und wie ist euer Gesamturteil?«, fragte Nicolas.

Gilles zog eine Augenbraue hoch.

»Wie ist deines?«, fragte er. Nicolas wusste, dass es keinen Sinn ergab, um den heißen Brei herumzureden. Nicht bei Gilles, mit dem er mehrere lebensgefährliche Einsätze durchgestanden hatte, Attentate auf den Präsidenten, Anschläge auf die Sicherheit des gesamten Landes.

»Vernichtend, würde ich sagen«, urteilte Nicolas, und sein Freund nickte. Ein anderes Urteil konnte es nicht geben. Die Panik im gesamten Team der Sicherheitskräfte direkt nach den Schüssen, die unkontrollierten Befehle, das unkoordinierte Vorgehen beim Schutz der Hochzeitsgäste.

Die Tatsache, wie einfach er hatte entkommen können, die Klippen hinab, wie ein Spaziergänger nach dem Besuch eines Gottesdienstes in der Kirche von Saint-Valéry.

»Na ja, es ist erst die Hälfte der Ausbildung rum«, erklärte Gilles. »Es besteht noch Hoffnung.«

Gilles hatte Nicolas einen Monat nach dessen Ankunft in Varengeville angerufen. Er hatte sich gerade erst in der Dachgeschosswohnung des »Hôtel de la Falaise« eingerichtet, hatte die ersten Tage und Wochen damit verbracht, lange Spaziergänge am Strand zu machen, er war Kilometer um Kilometer geschwommen, hatte mit dem Fahrrad das Pays de Caux erforscht.

Immer auf der Flucht vor dem Wimmern des Hundes, das ihn Nacht für Nacht in seine Träume begleitet hatte, die voller dunkler Erinnerungen waren und an deren Ende immer jemand starb.

Er. Oder sie.

»Ich habe einen Job für dich«, hatte Gilles gesagt, und er hatte abgelehnt, insgesamt sechsmal. Aber Gilles hatte nicht lockergelassen, hatte ihn irgendwann besucht, war mit ihm im Schatten der Klippen den Strand entlanggelaufen, sie hatten geredet, über das Leben, das alte und das neue.

Gilles Jacombe, hoch angesehener Leiter des Sicherheitsteams des Präsidenten, hatte seinen Posten aufgeben müssen, aus Gründen, die nur wenige Menschen kannten. Einer davon war François Faure, der als französischer Staatspräsident mittlerweile angekündigt hatte, nicht für eine weitere Amtszeit kandidieren zu wollen. Eine andere war dessen

Frau, Hélène Faure, die sich mittlerweile von ihrem Mann getrennt hatte.

Gilles Jacombe war sich des Folgenreichtums seines Handelns bewusst gewesen, als er Hélène Faure geholfen hatte, sich mithilfe einer Aktivistengruppe von ihrem Mann loszureißen. Er war in jener Nacht für die Sicherheit zuständig gewesen, hatte eine Tür geöffnet und die Augen geschlossen.

Der Präsident hatte ihm nicht mehr vertrauen können, und so war Gilles schließlich zum Leiter der Ausbildung für Personenschützer befördert worden. Das bisherige Team, dem auch Nicolas bis zu seiner Kündigung angehört hatte, wurde aufgelöst, der Sicherheitsdienst im Élysée-Palast neu organisiert.

»Du wärst so was wie ein freier Berater«, hatte Gilles ihm erklärt. »Ich möchte die Ausbildung neu aufstellen, sie mit möglichst realistischen Szenarien anreichern. Die könntest du planen und ausführen, alles von hier aus. Keine Arbeitszeiten, keine großen Reisen. Nur ab und zu ein Auftrag. Du wärst der Beste dafür, Nicolas. Überleg es dir.«

Nicolas hatte abgelehnt und sich ganz dem Wimmern des Hundes verschrieben.

Dann hatte er eine Postkarte aus Marseille erhalten, sie gelesen und auf seinen Nachttisch gelegt. Er hatte sie wieder gelesen, sie wieder hingelegt. Sie auswendig gelernt, Wort für Wort. Er hatte ganze Nächte wach gelegen und über die Bedeutung von »Neues Leben« nachgedacht.

So stand es dort.

Weil sie es ihm wünschte. Und er ihr.

Dann hatte er Gilles angerufen, mitten in der Nacht.

Und damit begonnen, Anschlagsszenarien zu entwerfen, Aktionen, mit denen junge Personenschützer geschult werden konnten. Er hatte kleinere Attentate durchgeführt, immer in Zusammenarbeit mit Gilles und seinem Team an Ausbildern, zu denen auch Aurore gehörte.

Die Braut, die er heute Morgen erschossen hatte.

Gilles sah auf seine Armbanduhr.

»Komm, wir gehen rein.« Er nahm Nicolas' leere Bierflasche und deutet auf das Rad.

»Nimm das mit. Wenn es geklaut wird, kriegst du richtig Ärger mit Myriam.«

»Allerdings«, sagte Nicolas. Gilles hatte die Besitzerin des »Hôtel de la Falaise« bei mehreren Essen auf der Terrasse kennengelernt, vor einigen Wochen war er sogar mit seiner Frau vorbeigekommen. Nicolas hatte die gemeinsamen Abende genossen, wenn die Sonne zischend in den Fluten des Ärmelkanals versunken war und die Klippen rosa gefärbt hatte. In jenen Nächten waren seine Träume weniger schlimm gewesen.

Gemeinsam liefen sie ein Stück die enge Straße entlang und tauchten wieder in die Schatten der Brombeerbüsche ein. Nach etwa hundert Metern kamen sie an einem Holzgatter vorbei, das unauffällig zwischen den Sträuchern verborgen war. Gilles schob es auf und ließ Nicolas mit seinem Rad den Vortritt.

»Willkommen im Manoir d'Ango.«

Nicolas sah die kleine Allee entlang, die am Rande eines gewaltigen Grundstücks unter Eschen hindurchführte. Der Kies war fein säuberlich geharkt, kein Blatt lag auf dem Rasen. Er pfiff anerkennend.

»Du solltest öfter mal den Job wechseln, Gilles. Es scheint sich zu lohnen.«

Sein ehemaliger Teamleiter lachte.

»Komm mit, ich zeig dir alles. Es wird dir gefallen. Auch wenn ich zu meinem Bedauern sagen muss, dass wir hier nur Gäste sind. Aber du hast natürlich recht: Es ist schon ein Hingucker.«

Nicolas war bei seinen Fahrten durch das Hinterland bereits einige Mal am Manoir d'Ango vorbeigekommen, stets jedoch hatte er das imposante Herrenhaus nur von der Haupteinfahrt aus gesehen. Er war an den Touristenbussen vorbeigeradelt, die auf der breiten Auffahrt zum Grundstück gestanden hatten, Busse aus Paris und Rouen, er hatte die kleinen Gruppen gesehen, die, in Begleitung eines Fremdenführers, durch den breiten Torbogen in den Innenhof gegangen waren.

Von der Rückseite jedoch, mit seiner leicht verwitterten Fassade und den hohen Eschen, die alles zu verdecken schienen, wirkte das Manoir d'Ango wie ein Ort aus einer anderen Zeit.

»Es ist ideal für unsere Zwecke«, erklärte Gilles. »Das Gebäude ist derzeit geschlossen, weil ein Teil renoviert wird. Wir durften uns für ein paar Tage in den Schlafsälen und im Nebenhaus einquartieren.«

Als sie näher kamen, spürte Nicolas die Kraft, die von den Mauern ausging. Jede Zinne auf den Dächern, jeder Stein dieser Mauer konnte eine Geschichte erzählen von längst vergangenen Tagen, als der König von Frankreich das Anwesen besucht hatte, als der Adel aus ganz Europa im äußersten Norden der Normandie eingekehrt war. Die grauen Mauern waren aus rauem Stein, mehrere Wachtürme ließen den Bau wie eine Trutzburg wirken. Als sie die letzte Baumreihe hinter sich ließen, konnte man die zahlreichen Verzierungen unter dem Dachfirst erkennen, Skulpturen von Edelleuten, Rittern und Adligen.

»Ich bin kein Fremdenführer«, sagte Gilles neben ihm, »aber soweit ich es verstanden habe, hat ein reicher Reeder aus Dieppe das Manoir bauen lassen. Angeblich wollte er dem damaligen König imponieren.«

Nicolas deutete auf einen der Wachtürme: »Jean d'Ango konnte von dort oben angeblich das Auslaufen seiner Flotte in Dieppe beobachten.«

Gilles sah ihn überrascht an.

»Ich sehe, du langweilst dich nicht hier im Norden.«

Nicolas lächelte.

»Im Hotel liegen jede Menge Reiseführer auf dem Tresen, manchmal helfen die beim Einschlafen.«

»Na, dann komm, der Innenhof ist wirklich spektakulär.«

»Ah, da ist ja mein Mörder! Die blauen Flecken wirst du mir teuer bezahlen, Nicolas! Ich würde sagen, unter einem Abendessen kommst du mir nicht davon.«

Nicolas sah Aurore durch einen kleinen Gang in der Mauer, an der sie lehnte. Hinter ihr lag ein gewaltiger Innenhof, die Sonne schien auf das unebene Kopfsteinpflaster. Das Gurren der Tauben war zu hören.

Mit einigen schnellen Schritten war Aurore bei ihm.

»Na, hast du es genossen? Ich meine, immerhin hätte es der schönste Tag in meinem Leben sein sollen!«

Sie war etwas kleiner als Nicolas, ihr blondes, schulterlanges Haar war zu einem praktischen Pferdeschwanz zusammengebunden, nichts war mehr zu sehen von der komplizierten Hochsteckfrisur, die sie als Braut getragen hatte.

»Und das schöne Kleid hast du mir auch noch ruiniert. Wenn ich es mir recht überlege: Das ist fast noch schlimmer, als mich zu erschießen. Ich meine, du weißt schon, was einer Frau das eigene Brautkleid bedeutet, oder?«

Nicolas unterbrach ihren Redeschwall, indem er sie mit zwei schnellen Küssen auf die Wangen begrüßte.

»Salut, Aurore. Tut mir leid, wenn du dich verletzt hast. Aber glaub mir, der Kerl wäre nichts für dich gewesen.«

»Dann hättest du ihn erschießen sollen!«

»Los jetzt, rein mit euch«, unterbrach Gilles ihre Frotzeleien. »Die Jungs warten schon.«

Aurore rollte die Augen.

»Die Jungs, die Jungs. Das sind alles Kinder, sage ich dir. Kaum einer dabei, den ich mir an der Seite eines Ministers vorstellen kann.«

»Gib ihnen Zeit«, sagte Nicolas leise, sodass Gilles ihn nicht hörte. »Das lernt man alles nicht in ein paar Tagen. Sie werden es schon hinkriegen.«

Aurore pustete sich verächtlich eine Strähne aus der Stirn.

»Du hättest sehen sollen, was in der Kirche los war. Fast hätte ich von den Toten auferstehen müssen, um sie tröstend in den Arm zu nehmen. Fehlte nicht viel, und der ein oder andere hätte geweint.«

»Jetzt übertreibst du.«

Nicolas hatte Aurore von Anfang an gemocht, als Gilles sie als seine rechte Hand eingestellt hatte. Sie war Anfang dreißig, ehrgeizig und sah den Schritt aus dem Operativen hin zur Ausbildung von Personenschützern als Gelegenheit, sich fortzubilden. Sie hatte eine rasche Auffassungsgabe und eine bemerkenswerte Ausdauer, wenn es darum ging, stundenlang mit höchster Konzentration im Einsatz zu sein. Dabei war Aurore keine klassische Personenschützerin, ihre Laufbahn als Polizistin war bemerkenswert kurvig verlaufen: Ausbildung in Nantes, erste Erfahrung auf den Straßen der Banlieues von Paris, Wechsel zu Nicolas' Dienst auf besondere Empfehlung von Gilles, der sie bei einem Besuch des Staatspräsidenten in Saint-Denis kennengelernt hatte.

Aurore hatte einen Farbbeutel abgefangen, bevor er François Faure mitten ins Gesicht treffen konnte.

Sie hatte sich in einigen Sicherheitsteams bewährt, wollte jedoch lieber wieder auf der Straße ermitteln. Gilles hatte ihr versprochen, sie darin zu unterstützen, auch wenn es ihm in der Seele wehtat.

Gute Personenschützer gab es nicht viele. Sehr gute sogar nur sehr wenige. Und Aurore gehörte zu den sehr guten.

»Wahnsinn.«

Nicolas blieb stehen, als sie den Innenhof erreichten. Bewundernd blickte er auf die gewaltigen Ausmaße der Steinwälle, auf die Säulengänge und die Fresken entlang des Mauerwerks. Er hatte die Größe eines halben Fußballfeldes, eingerahmt von den Mauern und den spitzen Giebeln des Daches. Zwei rechteckige Rasenflächen zierten den Boden, das Kopfsteinpflaster ging in fein säuberlich geharkten Kies über, der von der späten Nachmittagssonne gewärmt war.

Der erstaunlichste Teil des Hofes befand sich jedoch an seinem nördlichen Ende. Es war ein runder, etwa fünfzehn Meter hoher und kreisrunder Turm aus roten Steinen. Das runde Dach lief nach oben spitz zu, der Turm wirkte beinahe etwas orientalisch. Auch hier war das Mauerwerk geschmückt, die Verzierungen schienen Nicolas hier noch liebevoller gearbeitet als jene an den Mauern des eigentlichen Herrenhauses.

Er hatte über den runden Turm im Manoir d'Ango gelesen, aber erst hier, am Fuße des ungewöhnlichen Bauwerks, wurden ihm die Ausmaße bewusst.

»Europas größter Taubenschlag«, sagte Gilles hinter ihm. »Beeindruckend, oder? Mehr als tausendsechshundert Nistlöcher gibt es in den Mauern, es ist wahrlich ein Schauspiel, wenn die Vögel zu Hunderten hier einfliegen.«

Nicolas berührte den warmen Stein, er hörte das Gurren der Vögel, das Schlagen der Flügel und seinen eigenen Herzschlag.

Er musste an Ayleen denken. Tapfere, mutige Ayleen, die über den Ärmelkanal geflogen war, nicht ahnend, dass ihre Botschaft den Tod bringen würde. Ihr Besitzer hatte ein Leuchtfeuer entzündet, das Nicolas bis tief in seine Träume begleitete. Die Ereignisse an den Schleifen der Seine waren nicht so tief in seine Seele eingebrannt wie die dunkle Nacht von Chausey – und doch hatte auch das Dorf der Ängste, wie Vieux-Port von den Medien getauft worden war, seinen Anteil an den schlaflosen Nächten, die nur langsam besser wurden.

»Alles okay?«

Nicolas nickte.

»Alles gut, nur ein bisschen müde. War ein langer Tag. Komm, lass uns zum Nachwuchs gehen, bevor die auch noch anfangen, mit den Flügeln zu schlagen.«

»Die sind noch lange nicht flügge«, sagte Aurore. Nicolas stellte Myriams Rad an die Wand des Taubenschlags und folgte den beiden durch eine kleine Tür in den nördlichen Flügel des Manoir d'Ango. Drinnen war es kühl, die Decken waren niedrig, bevor sich der Gang zu einem kleineren Saal hin öffnete. Mehrere Holztische waren aneinandergereiht, im Hintergrund brannte Feuer in einem Kamin und verlieh dem Raum eine gemütliche Atmosphäre. Durch mehrere Fenster auf der anderen Seite drang das Licht des vergehenden Tages zu ihnen herein. An den Wänden waren Zeichnungen und Ablaufpläne zu sehen, Fotos von Saint-Valéry, vom Seefriedhof. Das Brautpaar, die Eltern, alles war offenbar vorher besprochen worden. Aber nichts hatte funktioniert.

Genauso, wie Gilles es vorhergesagt hatte.

Zwölf junge Männer saßen an den Tischen. Alle hatten mittlerweile ihre dunklen Anzüge abgelegt, sie trugen Pullover, Jeans und Sneaker, einige hatten eine Flasche Bier vor sich auf dem Tisch, Brot und Käse waren auf Holzbrettern verteilt. Gelächter und gelöste Gespräche waren zu hören, Frotzeleien und die typischen Prahlereien junger Männer am Anfang einer ihnen womöglich bevorstehenden glänzenden Karriere als Personenschützer.

Nicolas lächelte, als er aus dem Schatten der Mauer auf die Gruppe blickte. Manchmal erschien es ihm, es läge seine eigene Ausbildung eine Ewigkeit zurück, als wäre er trotz seiner noch verhältnismäßig jungen Jahre ein Relikt aus einer anderen Zeit. Hier jedoch kam es ihm vor, als sei er noch einer von ihnen, als würde auch er gerade seine Karriere als Personenschützer beginnen.

Dabei war genau das Gegenteil der Fall.

Er hatte sie beendet, mehr oder weniger freiwillig. Es war eine richtige und vor allem für ihn selbst wichtige Entscheidung gewesen. Und doch verging kein Tag, an dem er sie nicht auch bereute. Vielleicht würde er eines Tages wieder aus den Schatten seiner Vergangenheit hervortreten können, frei von Zweifeln und von den Erinnerungen, die ihn plagten.

Doch so weit war es noch lange nicht.

»Alle mal herhören!«, rief Gilles in den Saal hinein, und augenblicklich verstummten die Männer. Köpfe drehten sich in ihre Richtung, als sie zu dritt nach vorne gingen, wo Gilles vor der Gruppe stehen blieb und auf Nicolas zeigte.

»Ich möchte euch jemanden vorstellen. Das ist der Mann, dem ihr euren heutigen Tag zu verdanken habt: Nicolas Guerlain. Ich denke, ihr habt viele Fragen an ihn, zu unserem Einsatz in der Kirche, aber bestimmt auch zu anderen Dingen.«

Es waren diese »anderen Dinge«, die die jungen Nachwuchskräfte neugierig in Nicolas' Richtung sehen ließen. Ein kurzes Raunen war zu hören, als sein Name zum ersten Mal fiel. Sie alle hatten von ihm gehört.

Einige tuschelten, andere starrten ihn einfach nur an. Nicolas wusste, dass er einen Ruf in der Branche hatte – er war der Mann, der dem Staatspräsidenten gleich zweimal das Leben gerettet hatte. Er war aber auch derjenige, der ihn aus Versehen vor den Augen der Öffentlichkeit mit einem sogenannten *kevlar*, einem ausklappbaren Stahlkoffer, niedergestreckt hatte. Mit einem gezielten Schlag zwischen die Beine.

Und er war der Mann, der seinen Dienst quittiert hatte, ohne Angabe von Gründen. Einer der talentiertesten Personenschützer seines Landes hatte die Stelle, um die ihn alle beneideten, aufgegeben und war einfach von der Bildfläche verschwunden. Und jetzt stand er hier, vor einem Dutzend junger Männer, die allesamt gern so werden wollten wie er: Personenschützer für die französische Regierung.

Nicht alle würden es schaffen.

»Bonsoir«, sagte Nicolas und lehnte sich an eine Tischkante. »Vielen Dank, dass ich hier bei euch sein darf. Ich weiß, das war kein leichter Tag heute.«

Einige der jungen Männer lächelten verhalten, andere senkten den Kopf. Er konnte deutlich sehen, wie sehr der völlig aus dem Ruder gelaufene Einsatz an der Gruppe nagte, dass er das Selbstbewusstsein der Männer angekratzt hatte. Daran konnten auch einige Biere zum Feierabend nichts ändern.

»Ich bin mir sehr sicher, wenn ihr in ein paar Jahren wirklich in diesem Beruf arbeitet, dann werdet ihr öfter an diesen Tag zurückdenken. Ich kann euch wirklich nur empfehlen, euch noch einige Zeit mit dem heutigen Einsatz zu beschäftigen. Es wurden eine Menge Fehlentscheidungen getroffen, aber das ist völlig normal. Schade wäre es, wenn ihr daraus nichts lernen würdet.«

Er deutete an die Wände des Saales, an denen die Einsatzvorgaben hingen: der Grundriss der Kirche, Fotos des Brautpaares, Aufnahmen der Zufahrtsstraße, die einzelnen Positionen der Personenschützer.

Nicolas blickte sich um, sah den Männern in die Augen.

Sie sind so jung, dachte er. Tatsächlich waren die meisten keine dreißig, hatten gerade ihre ersten Erfahrungen gemacht, einige vielleicht zunächst als Streifenpolizist, andere direkt als Personenschützer, für einen Politiker auf regionaler Ebene, der Drohungen erhalten hatte, oder bei der Sicherung von Großereignissen.

Sie standen noch ganz am Anfang. Und genau das war das Problem. Denn wenn sie einmal ihre Position einnehmen würden, an der Seite eines Mitgliedes der französischen Regierung, dann durfte ihnen kein Fehler mehr passieren.

»Also, fangen wir an«, sagte er, stand auf und deutete auf einen der Männer, der ihm am nächsten war. »Wer war eure Schutzperson? Wen solltet ihr beschützen? Was war euer Auftrag in der Kirche?«

Der Mann musste nicht lange überlegen.

»Der Bräutigam. Er stammte aus einer reichen Pariser Familie, gegen die es heftige Drohungen gegeben hatte. Konkret auch gegen ihn.«

»Also war er eure Schutzperson?«

Der Mann nickte, genau wie andere neben ihm.

»Wie viele von euch waren direkt für ihn zuständig?«, fragte Nicolas und tippte einem der Männer auf die Schulter, während er an den Tischen entlangging.

»Sechs Mann insgesamt«, kam die Antwort prompt. »In der Kirche drei, die nur ihn im Blick hatten. Im Wagen ein weiterer. Und beim Sektempfang sollten zwei weitere Kollegen sich hauptsächlich auf ihn konzentrieren.«

»Möglichst unauffällig natürlich«, ergänzte ein junger Mann am Nebentisch. »Wir wollten die Hochzeit nicht stören, uns im Hintergrund halten. Und dabei alles im Auge behalten.«

Nicolas blieb bei ihm stehen und lächelte ihn an.

»Das mit dem ›nicht stören‹ hat nicht so wirklich hingehauen, oder?«, sagte er freundlich und erntete dafür einige Lacher.

Nicolas ging weiter und deutete auf das Foto des Bräutigams.

»Was hat euch dazu gebracht, ihn zur Schutzperson zu erklären? Warum habt ihr euch auf ihn fokussiert?«

Jetzt sah er, dass einige der Männer die Stirn runzelten und sich verwundert ansahen.

»Das war nun mal die Ausgangslage«, erklärte schließlich einer von ihnen. »In den Einsatzpapieren standen konkrete Drohungen gegen ihn und seine Familie. Es war daher völlig logisch, dass wir uns auf ihn konzentrierten. Keiner konnte ahnen, dass der Attentäter – also Sie – auf die Braut schießen würde.«

»Ist das so?«

Nicolas war jetzt vor der Gruppe stehen geblieben und betrachtete sie eingehend. Hinter ihm lehnte Gilles an der Wand, Aurore hatte sich einen Stuhl herangezogen und sich falsch herum draufgesetzt, sie stützte sich auf der Lehne ab und lächelte belustigt und leicht spöttisch.

»Vermutlich würden die meisten von euch sagen, dass ihr von Anfang an keine Chance hattet, oder?«

Einige der Männer nickten.

»Ich meine, plötzlich gilt das Attentat der Braut, das war nicht vorherzusehen und damit kaum zu verhindern, nicht wahr?«

Es war jetzt still im Saal, die Männer blickten ihn gespannt an, weil sie ahnten, dass er ihnen gleich erklären würde, was sie übersehen hatten. Sie hatten seit dem Einsatz Stunden damit verbracht, zu überlegen, warum sie falschgelegen hatten. Versucht zu verstehen, was schiefgelaufen war.

Sie waren nicht darauf gekommen.

»Ihr habt recht«, sagte Nicolas jetzt in die Stille hinein. »Ihr hattet keine Chance. Aber wisst ihr auch, warum?«

Keiner antwortete.

»Ihr hattet keine Chance, weil ihr keine Frau im Team habt. Zwölf Personenschützer, zwölf Männer. Es war von Anfang an ein verlorenes Spiel.«

Die Männer warfen sich verwunderte Blicke zu. Nicolas konnte ihre Gedanken, die in ihren Köpfen umherflatterten, förmlich hören, wie ein Schwarm Möwen über einem einlaufenden Fischerboot.

Sie starrten an die Wände, zu den Aufnahmen, den Plänen, zu Gilles und Aurore, die einfach warteten.

Nicolas ging wieder um die Tische herum, bis er schließlich am hintersten stehen blieb. Drei Männer saßen hier, zwei mit dem Rücken zu ihm, vor ihnen standen zwei halb leere Bierflaschen. Sie hatten sich zu ihm umgedreht, sahen ihn erwartungsvoll an.

Nicolas aber wandte sich dem dritten Mann am Tisch zu. Er saß mit geschlossenen Augen auf seinem Platz, vor ihm ein Glas Wasser. Nicolas schätzte ihn auf Mitte zwanzig, er hatte dunkle Haare, ein fein geschnittenes Gesicht, seine Hände lagen auf dem Tisch, die Finger klopften rhythmisch auf die Holzplatte.

»Hey, Léandre!«, zischte einer der beiden anderen, um ihn darauf hinzuweisen, dass Nicolas direkt vor ihrem Tisch stehen geblieben war. Aber der junge Mann schien sich daran nicht zu stören, er ließ die Augen geschlossen, trommelte weiter auf der Tischplatte, langsam und leise.

Er geht zurück, dachte Nicolas. Er visualisiert den Einsatz. Er sucht nach einem Widerhaken, einem Schatten auf der Leinwand.

Und er wird ihn finden.

Nicolas hatte den jungen Mann bemerkt, sobald er den Saal betreten hatte. Ihre Blicke hatten sich getroffen, dann hatte er sich wieder seinen Kollegen zugewandt und schließlich Gilles zugehört.

Nicolas hatte ihn während seiner kleinen Einführung nicht aus den Augen gelassen, ihn beobachtet, während er zu der Gruppe gesprochen hatte. Und nun stand er direkt vor ihm, betrachtete seine Augenbrauen, die Wangenknochen, den rechten Unterarm, auf dem eine kleine Tätowierung zu sehen war.

Es war eine Blume, so wie ein Kind sie malen würde. Ein schmaler, leicht gebogener Stiel, ein Kreis in der Mitte, einige runde Blütenblätter drum herum.

Der Kreis leuchtete blutrot.

»Léandre«, sagte sein Tischnachbar erneut, aber Nicolas legte ihm die Hand auf die Schulter und machte ihm ein Zeichen, still zu sein.

Im Saal war es jetzt vollkommen ruhig, niemand sprach. Alle schienen darauf zu warten, dass der junge Personenschützer mit der Tätowierung die Augen öffnete. Aber noch trommelten seine Finger im Takt.

Woher kenne ich dich, fragte Nicolas sich zum hundertsten Mal, seit er den Saal betreten hatte. Bereits in der Kirche, als ihre Blicke sich kurz getroffen hatten, hatte Nicolas das Gefühl gehabt, ihn vorher schon mal gesehen zu haben.

Jetzt, wo er ihm gegenüberstand, war er sich dessen noch sicherer. Er durchforstete sein Gedächtnis, beleuchtete in Windeseile seine dunkelsten Ecken. Aber es blieb dabei: Es fiel ihm einfach nicht ein.

»Das Kleid.«

Léandre hatte aufgehört, seine Finger zu bewegen. Seine Augen, aus denen er Nicolas jetzt direkt ansah, waren dunkel. Sein Blick war durchdringend, seine Stimme fest und ohne Zögern.

Er ist viel weiter als die anderen, dachte Nicolas. Der schnelle und kompromisslose Einsatz in der Kirche war kein Zufall gewesen, er war gut.

»Das Kleid war zu groß«, sagte Léandre. »Aurore ist schmal, zierlich, sie ist deutlich schlanker, als das Brautkleid auf dem Foto das vermuten lässt.«

»Ich hab dich gern, Léandre!«, rief Aurore zu ihm hinüber.

Doch der junge Personenschützer ließ sich jetzt nicht mehr von seinem Gedanken abbringen.

»Warum sollte bei einer solchen Inszenierung ausgerechnet das Brautkleid zu groß sein?«, fragte er eher sich selbst als die Runde. »Doch nur, weil Aurore darunter noch etwas tragen sollte. Etwas, das sie schützt.«

»Der Bräutigam hatte eine kugelsichere Weste an«, ergänzte ein anderer Personenschützer.

»Weil wir ihn darum gebeten haben«, erwiderte Léandre. »An die Braut haben wir nicht gedacht. Aber sie hatte ebenfalls eine kugelsichere Weste an, ohne dass wir es mit ihr besprochen hatten.«

»Hat mich nicht vor blauen Flecken bewahrt«, murmelte Aurore und sah Nicolas strafend an. Die anderen Personenschützer schauten jetzt alle auf die Aufnahmen an der Tafel, zu den Zeichnungen und Einsatzplänen. Gilles Jacombe hatte seine Position verlassen und sich neben Nicolas gestellt.

»Es geht in diesem Beruf nie um das große Ganze«, erklärte er jetzt der Gruppe. »Es geht immer um Kleinigkeiten, um Dinge, die ihr am Rande dessen bemerkt, was in einem bestimmten Augenblick eure ganze Aufmerksamkeit einfordert. Wenn das passiert, wenn alles sich fokussiert, auf einen Sachverhalt, eine Aufgabe, dann müsst ihr noch mehr auf die Ränder achten. Jeder von euch hat auf den Bräutigam geschaut, einige vielleicht auch auf die Braut. Aber niemand auf ihr Kleid – sonst hättet ihr gewusst, dass sie es ist, auf die wir es abgesehen haben, egal, was wir euch vorher bei der Einsatzplanung erzählt haben.«

Nicolas beobachtete, wie Léandre vor sich hin starrte, er knetete seine Hände und wischte ab und zu einen nicht vorhandenen Krümel von der Tischplatte.

Er leidet, dachte Nicolas. Er hat die falsche Person geschützt, er hätte es besser wissen müssen. Zumindest ist das sein Anspruch an sich selbst.

Ein Anspruch, dem er niemals gerecht werden konnte, der ihn auf kurz oder lang nur daran hindern würde, aus den eigenen Fehlern zu lernen. Für einen kurzen Augenblick kam es Nicolas vor, als säße er selbst dort, an jenem hinteren Tisch im Speisesaal des Manoir d'Ango.

Gilles klatschte in die Hände.

»Genug der Selbstzweifel! Wie ihr seht, haben wir noch eine Menge zu besprechen. Ich würde vorschlagen, wir machen eine kurze Pause. Geht raus, bewegt euch ein bisschen, wir treffen uns in einer halben Stunde wieder hier. Nicolas wird mit euch alles durchgehen – auch, wie er es so einfach aus der Kirche und aus eurer Sicherheitszone rausgeschafft hat.«

»Ehrlich gesagt ist das doch unsere größte Niederlage«, warf einer der Männer ein.

Nicolas schüttelte den Kopf.

»Oh nein«, sagte er. »Da kann ich euch beruhigen, das war nicht euer größter Fehler. Ja: Der Ring, den ihr um das Brautpaar gezogen habt, war viel zu eng. Außerhalb eurer Zone war viel zu viel Platz, sowohl zum Reinkommen als auch auf der Flucht. Aber ich möchte, dass ihr eines nicht vergesst: Es ist nicht eure Aufgabe, einen Attentäter zu fangen, ihn nicht entkommen zu lassen. Das ist Aufgabe der Polizei, der Sicherheitskräfte, wer auch immer dann zuständig sein wird.«

Aurore war aufgestanden und löste das Foto, auf dem sie selbst als Braut zu sehen war, von der Wand und sah die Gruppe finster an.

»Euer größter Fehler, ihr Superhelden, war, dass ihr mich habt draufgehen lassen. Nur das war euer Job, dass niemand zu Schaden kommt. Und jetzt ist die Bilanz folgende: eine tote Braut, ein verschmutztes Brautkleid und blaue Flecken, deren Farbe gerade ins Ultraviolette wechselt. Und das nur, weil hier keine Frau im Raum ist, die verdammt noch mal auf die richtige Kleidergröße achtet! Ich meine, ganz im Ernst, ich sah aus wie ein Mehlsack in dem Teil, und ihr steht da mit euren Sonnenbrillen, eurer Lässigkeit und wollt uns jetzt weismachen, dass euer größter Fehler darin bestand, den Bösewicht nicht zu fangen?«

Nicolas lächelte, weil er wusste, dass der wichtigste Satz von Aurores Ansprache jetzt erst kommen würde: »Der größte Fehler passiert immer dann, wenn ihr nicht aufpasst. Dann stirbt nämlich jemand. Ihr seid vielleicht nicht immer schuld, vielleicht hättet ihr es auch niemals verhindern können. Aber ihr habt dennoch versagt. Und glaubt mir: Damit werdet ihr dann leben müssen. Wenn ihr damit ein Problem habt, dann nehmt eure schicken Anzüge und verschwindet.«

Für einen kurzen Moment war es still. Nicolas wusste, wie wichtig es war, den Männern die Bedeutung ihrer künftigen Aufgabe zu vermitteln. Keiner von ihnen ahnte wirklich, was auf ihn zukommen würde. Nicht auf alles konnte Gilles sie vorbereiten.

Léandre räusperte sich und sah Aurore schließlich lächelnd an.

»Das mit dem Mehlsack ist dann doch übertrieben. Ich finde, du hast eine ganz wunderbare Braut abgegeben, vermutlich war es das, was uns abgelenkt hat.«

Einige der anderen Männer lachten, die Stimmung löste sich, Gilles öffnete ein Fenster, durch das die letzten Sonnenstrahlen hereinfielen.

»Dann solltest du auch das schnell lernen, mein lieber Léandre: Von all den Dingen, die euch in der Zukunft ablenken werden, sind schöne Frauen die gefährlichsten. Aber danke für das Kompliment.«

Léandre lächelte, während er aufstand und sein Glas in die Hand nahm.

»Dann ist es doch umso schöner, dass wir auch zur Vorbereitung auf diese Gefahr einen erfahrenen Mann an unserer Seite haben.«

Er sah an Aurore vorbei und prostete Nicolas zu, während die rote Blume an seinem Unterarm von der Sonne angestrahlt wurde. Für einen Moment sah es aus, als klaffe eine blutige Wunde auf seiner Haut, und Nicolas überlegte, ob dies der eigentliche Zweck der Tätowierung war.

Eine Blume, die sich in den Menschen hineinfraß.

Eine Wunde, die sich nicht schloss.

Léandre nickte ihm zu und schloss sich seinen Kollegen an, die hinaus auf den Hof gingen. Als er an ihm vorbeikam, hielt Nicolas ihn kurz am Arm fest.

»Woher kennen wir uns?«, fragte er leise.

Scheinbar überrascht blickte der junge Mann erst ihn an, dann die Hand an seinem Arm. Nicolas ließ ihn los.

»Wir kennen uns nicht«, sagte Léandre. »Aber das wird sich ja jetzt womöglich ändern.«

KAPITEL 8

Deauville
Zur gleichen Zeit

In der Rue Désiré le Hoc hatten die Kellner in den Cafés die Stühle weggeräumt und die Besitzer der Boutiquen ihre Kleiderständer zurück in den Laden gerollt. Über dem Kebabladen, aus dem Claire in diesem Augenblick in die warme Abendluft trat, flackerte ein defektes Neonlicht zur Melodie von »Foule sentimentale« von Alain Souchon, die von einem alten Transistorradio im Laden nach draußen getragen wurde. Claire überlegte, ob sie einige gewagte Tanzschritte auf dem Trottoir machen sollte, vorbei an der »Bar Normand«, vor der alte Männer auf Korbstühlen saßen und schweigend in den Abendhimmel rauchten.

Sie hatte mit Léon telefoniert, der in Caen ebenfalls noch bei der Arbeit war, Überstunden nach einer spontanen Demonstration von Landwirten auf der A13, die parallel zur Côte Fleurie das Hinterland der Normandie durchschnitt. Seine Stimme hatte sie beruhigt, ihre Gedanken zur Ruhe kommen lassen, die seit dem Morgen wie Flipperkugeln durch ihren Kopf gerast waren. Sie hingegen hatte ihm kaum zugehört, als er von seinem Tag erzählt hatte.

Während sie ihr Abendessen aus der Folie schälte und die Cola-Dose auf der Fensterbank des Ladens abstellte, lauschte sie der Stimme des Radiomoderators, der über das anstehende Filmfestival von Deauville sprach und über die Schmierereien, die überall in der Stadt aufgetaucht waren, schon wieder.

Die Polizei suche fieberhaft nach dem Unbekannten, der allen nur als »der Poet« bekannt sei und der nach einem kurzen Auftritt auf den Planches von Deauville am Nachmittag wie vom Erdboden verschluckt scheine. Der Bürgermeister jedenfalls, so der Moderator, sei höchst ungehalten.

Claire musste schmunzeln, als sie sich etwas Sauce vom Mundwinkel wischte.

Höchst ungehalten war vor allem Roussel gewesen, nachdem der Bürgermeister mitsamt seiner Entourage das Commissariat wieder verlassen hatte. Nach einer nahezu patriotischen Blut-, Schweiß-, und Tränenrede, in der er die Bedeutung des Festivals und damit seiner Stadt hervorgehoben hatte. Deauville sei in diesen Zeiten ein Brennglas für eine kulturelle und weltoffene Gesellschaft, ein Leuchtturm in dunklen Zeiten. Und es dürfe nicht sein, dass der Schmutz eines Einzelnen das Antlitz dieser Stadt, dieser bedeutenden Stadt, beschmutze. Die Festsetzung des »psychopathischen Täters« habe oberste Priorität.

Aus dem Radio klang jetzt »Et puis« von Reggiani in den Abendhimmel.

Sie hatte Léon nichts erzählt. Und womöglich war es das, was sie jetzt mit einem unguten Gefühl zurück zum Commissariat gehen ließ. Sie hatte ihm nicht gesagt, dass Alexandre Guerlain, mächtiger ehemaliger Geheimdienstchef und unheilvoller Strippenzieher, sie an seinen Tisch an der Place Morny gebeten hatte. Sie hatte nicht erwähnt, dass sie sich gesetzt hatte, ihm zugehört, ihn nicht unterbrochen, während er mit ruhiger Stimme auf sie eingeredet hatte.

Nicht aufdringlich. Nicht drängend. Aber einnehmend. Und sie hatte tatsächlich zugesagt, ihr Gespräch für sich zu behalten. Und über seine Worte nachzudenken.

Dass sie jedoch auch Léon eben nichts gesagt hatte, fühlte sich falsch an. Sie waren seit den Ereignissen auf Chausey ein Paar, zuerst locker, dann doch eng verbunden und sich gegenseitig Wärme gebend. Sie hatten keine Geheimnisse voreinander.

Bis jetzt.

Claire zog die Tür des Commissariat auf und winkte Alphonse kurz zu, der am Empfang saß und über einem Kreuzworträtsel brütete.

»Ist alles ruhig?«, fragte sie.

»Ja, Gott sei Dank. War ja auch genug los heute. Den Bürgermeister brauchen wir nicht jeden Tag hier, oder?«

»Nicht wirklich«, murmelte sie und ging zu den Büros nach hinten, wo sie ihre Cola öffnete und einen tiefen Schluck nahm. Sie war bis auf die Kollegen der Bereitschaft die Einzige, die noch nicht nach Hause gegangen war, ihr Bildschirm warf sein blasses Licht auf die Schatten, die sich im Großraumbüro ausgebreitet hatten. Seufzend legte Claire ihren Kebab neben die Tastatur, gähnte kurz und blätterte für einige Minuten in den Aufzeichnungen, die sie sich im Laufe des Tages gemacht hatte.

Sie war dem Rätsel um den abgetrennten Zeh nicht wirklich näher gekommen in den vergangenen Stunden. Sie wussten zwar jetzt, dass Joshua Minart in der Nähe gewesen war, als Sammy sich dort niedergelassen hatte. Doch es gab keine weitere Spur des sogenannten »Poeten«, die letzten Berichte waren von den Planches gekommen, wo er offenbar einigen Badegästen seine Zeilen vorgetragen hatte. Die Überwachungskamera der Apotheke hatte zudem keine weiteren Erkenntnisse gebracht – Minart hatte fünf Minuten auf der Stufe gesessen, dann war er gegangen. Auf keiner der beiden Überwachungskameras auf der Place Morny war er zu sehen, was jedoch kein Wunder war, weil die Ecke, in der Sammy sich niedergelassen hatte, nicht erfasst wurde.

Claire trommelte verärgert auf der Tischplatte. Sie spürte

förmlich, dass etwas nicht stimmte, dass dieser Vorfall nicht nur ein kleiner, rätselhafter Fund war, ein Kratzer auf der ansonsten blitzsauberen Oberfläche dieser Stadt.

»Zu wem gehörst du, du Scheißding?«, murmelte sie, während sie zum wiederholten Mal den Laborbericht durchging, den die Kollegen aus Caen ihr vor zwei Stunden zugemailt hatten.

Das meiste hatte sie sich ohnehin bereits gedacht. Und der Rest half ihr kaum weiter. Es war der kleine Zeh eines Mannes, älter als fünfzig, jünger als siebzig, woran die Kollegen das festmachten, hatte sie nicht wirklich verstanden, es ergab sich offenbar aus dem Blutbild. Anhand des Fußnagels war ein Eisenmangel nachgewiesen worden, der Mann hatte die Blutgruppe O positiv. Der Knochen war fein säuberlich durchtrennt worden, vermutlich mit einem kleinen Beil. Weitere Ergebnisse würden folgen.

Ihre Recherchen am Nachmittag, ein weiteres Gespräch mit Sammy, ein Abtelefonieren der Krankenhäuser in der Region, das Durchforsten der Vermisstenanzeigen – all das hatte nichts ergeben. Außer einem gepflegten Streit mit Roussel, der sie zum wiederholten Mal ermahnt hatte, ihre Aufgaben rund um das Festival wahrzunehmen.

»Das ist hier nicht der Secret Service, Claire«, hatte er geflucht, nachdem der Bürgermeister wieder abgezogen war. »Und auch nicht die Bakerstreet. Wir machen solide Polizeiarbeit, wir gehen dazwischen, wenn sich zwei Rentner in zu engen Badehosen um einen freien Liegeplatz streiten, hast du mich verstanden?«

Hatte sie. Und dabei an Nicolas' Vater gedacht, der nach ihrem Gespräch in eine schwarze Limousine gestiegen war. Seine Karte steckte in ihrer Hosentasche, sie brannte dort wie ein schlechtes Gewissen.

»Verdammt, ich brauche andere Musik«, sagte sie zu sich selbst. Kurz darauf drang »La Boulette« der Rapperin Dian's durch den Raum, sie biss in ihren Kebab und starrte auf den Bildschirm.

Sie würde nach Hause gehen und sich morgen für den erstbesten Auftrag melden, Verkehrskontrollen, Ehestreitigkeiten, falsch geparkte Motorroller. Roussel würde schon sehen, dass sie auch »solide« Polizeiarbeit leisten konnte.

Sie öffnete ihren Browser und gab aus einer Laune heraus einen Suchbefehl ein.

»Lächerlich«, murmelte sie. Einige Sekunden später starrte sie ungläubig auf den Bildschirm, während die Sauce ihres Kebabs auf die Tastatur tropfte.

»Ach du Scheiße«, sagte sie leise.

Sie las die Zeilen mehrfach, nur um sicherzugehen, dass sie sich nicht täuschte. Schließlich lehnte sie sich zurück, schloss die Augen und spürte den Druck hinter ihrer Stirn.

Das hier war kein kleiner Kratzer an der Oberfläche. Es war ein tiefer, blutiger Einschnitt in die Geschichte dieser Stadt.

Und er würde so schnell nicht verheilen.

Als Roussels Handy klingelte, saß er am Tresen des »Deauvillais«, einer Strandbar im Westen der Planches, fernab der Aufgeregtheit, die in diesen Tagen rund um das Kongresszentrum herrschte. Wenn er den Kopf nach rechts drehte, konnte er die Fahnenmasten sehen, an denen die großen Porträts der Stars als Banner wehten, die Kehrmaschinen der Stadt kümmerten sich darum, dass jedes noch so kleine Sandkorn vom Boden entfernt wurde, damit kein Schmutz die Glitzerwelt des Internationalen Filmfestivals störte. Einige Jogger liefen am Wasser entlang, die Wellen rollten flach an den Strand, der von der Abendsonne beschienen wurde.

Vor ihm glänzten die Eiswürfel im Glas, ein Basilikumblatt schwamm auf der Oberfläche. Der Barkeeper hatte Wacholderbeeren, Gurke und einige Waldfrüchte dazugegeben, und nun saß Roussel vor seinem Drink und überlegte, ob es so klug gewesen war, dem Verlangen nachzugeben. Nur einen schnellen Gin Tonic, hatte er sich versprochen.

Vor ihm stand sein zweiter.

Und gewissermaßen war es Claire, die ihn mit ihrem Anruf vor einer Nacht bewahrte, die er sich so kurz vor Beginn des Festivals auf keinen Fall erlauben sollte. In diesem Moment jedoch empfand er das Klingeln als lästigen Eindringling in einem eigentlich perfekten Moment. Das Abendlicht, ein gutes Gespräch mit dem Barkeeper, er würde über die Holzplanken zurückschlendern, einen letzten Blick auf die Vorbereitungen werfen, auf die Lichtmasten und die Plakatwände, er würde an all den Arbeitern vorbeigehen, die aus dem ansonsten behäbigen Tagungszentrum für kurze Zeit den Mittelpunkt der Filmwelt machen würden.

Hollywood in der Normandie.

Große Namen hatten sich angekündigt, Regisseure, Schauspieler, dazu Heerscharen von Agenten, Journalisten, Kulturschaffenden. Und Sicherheitskräfte, jede Menge davon.

»Salut, Claire«, knurrte er in sein Handy und nippte kurz an seinem Drink, vielleicht in der Vorahnung, dass ein weiterer Schluck ihm nicht vergönnt sein würde. Nicht nach dem, was Claire ihm erzählen würde.

»Wenn du dich für dein Fehlen in der Sitzung entschuldigen willst, das kannst du dir sparen. Ich sitze hier viel zu entspannt, um jetzt noch mit dir …«

»Roussel, hör mir zu! Hör mir einfach nur zu! Es ist … ich hatte recht, hörst du?«

Er stellte das Glas ab, lauschte dem Klirren der Eiswürfel und sah hinaus aufs Meer.

»Was meinst du damit, du hattest recht? Geht es wieder um den verdammten Zeh? Mein Gott, Claire, in zwei Tagen beginnt das Festival, wir haben wirklich …«

»Ich weiß, wem er gehört. Der abgetrennte Fußzeh, den ich auf der Place Morny gefunden habe. Ich … ich habe herausgefunden, wem er gehört. Zumindest fürchte ich, dass es so ist.«

»Was jetzt? Weißt du es oder fürchtest du es? Das ist ein Unterscheid, ich fürchte einiges, aber wissen tue ich wenig.« Er griff nach dem Glas.

»Hände weg vom Gin Tonic. Wir müssen gleich los.«

»Hä? Was verdammt …«

Roussel drehte sich um und sah im gleichen Augenblick, wie Claire durch die Glastür des »Deauvillais« stürmte, dem Barkeeper zuwinkte und sich keine drei Sekunden später neben ihn setzte. Sie steckte ihr Handy ein, griff beherzt nach seinem Glas, trank einen kräftigen Schluck und kippte den Rest in ein kleines Becken, das sich direkt hinter der Bar befand.

»Hey, spinnst du! Weißt du, was hier ein Gin Tonic …«

»Weiß ich, sogar sehr genau. Ich kann mir von dem mickrigen Polizeigehalt, das du mir zahlst, viel zu wenige davon leisten. Aber das ist jetzt egal, du musst mir wirklich zuhören. Wie viele hatte er?« Sie sah zum Barkeeper, der ihr zuzwinkerte und verschwörerisch einen Finger hochhielt.

»Gut, das müsste noch hinhauen. Wir müssen sofort los.«

»Komm mal wieder runter Claire, ja? Wie wäre es, wenn du mir sagst, um was es geht? Was ist so wichtig, dass du fast zwanzig Euro in den Ausguss kippst?«, fragte Roussel grimmig.

Sie schnappte sich ihr Handy.

»Ich zeig es dir. Du weißt, dass ich heute den ganzen Tag damit verbracht habe herauszufinden, was es mit dieser Fußzehe auf sich hat, ja?«

»Allerdings, das war nicht zu übersehen. Und in der Sitzung warst du nicht zu sehen, aber das hatten wir ja schon. Also, was hast du herausgefunden?«

Claire tippte einen Suchbegriff ein.

»Lange Zeit nichts. Gar nichts. Es gibt keine Vermissten,

die dazu passen, keine weiteren Fälle, keine anderen Zehen. Die Kollegen in Caen konnten mir auch nicht helfen, die Blutgruppe, das Geschlecht, okay, aber damit findet man noch keinen Mann, dem ein kleiner Zeh abgetrennt wurde.«

»Was tippst du denn da, verdammt noch mal?«

»Warte es ab«, murmelte Claire. Dann drehte sie das Display in seine Richtung.

»Ganz am Ende, als ich gerade nach Hause gehen wollte, da habe ich etwas völlig Hirnrissiges gemacht.«

»Wundert mich nicht.«

»Halt die Klappe, Roussel. Und schau hin. Schau dir die Suchbegriffe an, die ich eingetippt habe. Und dann drück auf ›Suchen‹.«

Roussel beugte sich misstrauisch über das Handy, das auf dem Tresen lag. Ein kurzer Blick genügte, dann lachte er.

»Die ultimative Polizeirecherche: Du hast ›Deauville‹ und ›kleiner Zeh‹ eingegeben. Gratuliere, Claire. Und jetzt?«

»Drück auf ›Suchen‹, Roussel.«

»Was ist das da, das Erste? Ein Interview?«, murmelte er.

»Ja. Öffne es. Du wirst schon sehen.«

Roussel sah nun die Homepage einer renommierten Tageszeitung aus Paris. Er hatte einen Artikel geöffnet, dessen Überschrift aus einem Zitat bestand.

»Ist das ein Witz?«, fragte er mit einem Seitenblick auf Claire. »Hier steht: *Eher lasse ich mir den kleinen Zeh abtrennen!*«

Claire nickte und scrollte mit dem Finger weiter runter.

»Das Ganze ist ein längeres Interview im Kulturteil der Zeitung, erschienen vor einem halben Jahr. Das Zitat ist sozusagen das Griffigste, sie haben es natürlich als Überschrift genommen. Der Mann, den sie interviewt haben, hat es gleich zweimal im Gespräch benutzt, ich habe das ganze Interview gelesen.«

Roussel sah abwechselnd auf sein Handy und zu Claire. Er

spürte, dass sein erster hastiger Drink seine Kombinationsgabe beeinträchtigte, er hoffte, dass das, was er eben gesehen hatte, ein Irrtum war. Dass der Zeh nicht dem Mann gehörte, der hier zitiert worden war …

Claire nahm ihm die Hoffnung mit ernstem Blick.

»Es ist Henri Perrin.«

Roussel sagte kein Wort. Mit seiner rechten Hand klammerte er sich an der Bar fest. Nicht, weil er den Alkohol spürte, ganz im Gegenteil, die Wirkung seines Drinks war innerhalb von Sekundenbruchteilen verflogen. Stattdessen hatte er jetzt eine Gänsehaut am ganzen Körper.

Claire deutete auf das Handy.

»Henri Perrin ist …«

»Claire, verdammt, ich weiß ganz genau, wer Henri Perrin ist!«, unterbrach er sie zischend. »Perrin ist der gottverdammte Pate des roten Teppichs! Er leitet das Filmfestival von Deauville seit mehr als zwei Jahrzehnten, es gibt nicht wenige, die die halbe Stadt nach ihm benennen wollen! Oder ihm zumindest ein Denkmal errichten, mitten auf den Planches. Die ganzen Stars, Schauspieler, die kommen alle seinetwegen, er holt sie, er formt sie, er lässt sie abstürzen, wenn er will. Henri Perrin ist … Claire, das ist eine Riesenscheiße! Das könnte der verdammte Zeh von jedem anderen sein! Nur weil er das in einem Interview vor einem halben Jahr gesagt hat, muss das noch lange nicht heißen, dass … worauf bezieht sich denn das Zitat überhaupt?«

Claire lächelte verlegen.

»Das wird dir genauso wenig gefallen, fürchte ich. Es geht um Noemie Rey.«

»Nein!«

»Oh doch. Der Journalist fragt ihn, was er machen würde, wenn die von ihm verhasste Noemie Rey in die Jury des nächsten Festivals berufen würde. Und er hat geantwortet: ›Eher lasse ich mir den kleinen Zeh abtrennen!‹

Roussel legte den Kopf in den Nacken und starrte an die Decke.

»Und jetzt ist sie in der Jury.«

»Und wir finden einen abgetrennte Zeh. Komm, wir reden unterwegs weiter.«

Claire stand auf und Roussel sah sie überrascht an.

»Wohin gehen wir?«

»Ins ›Hôtel de la Plage‹. Dort hat Henri Perrin traditionell seine Suite während des Festivals. Das Problem ist, dass er dort nicht ist. Komm schon, die warten auf uns.«

KAPITEL 9

Deauville
Kurz darauf

Der erste Gedanke, der Claire in den Sinn kam, als sie das elegante Foyer des »Hôtel de la Plage« betraten, war, dass sie sich hier nicht mal die Eiswürfel für einen Drink an der Bar leisten konnte. Sie erwischte sich dabei, wie sie zwischen den Säulen und den Polstermöbeln nach bekannten Gesichtern Ausschau hielt: einer Schauspielerin, einem Regisseur, einem Star der Filmbranche, der eigens nach Deauville gereist war. Normalerweise war ihr der Glanz von Deauville, der oft genug etwas Nostalgisches an sich hatte, herzlich egal. In einem Rahmen wie diesem hier konnte aber auch sie sich diesem Zauber nicht entziehen.

»Mund zu!«, zischte Roussel hinter ihr, und tatsächlich war sie einfach mitten im Raum stehen geblieben, wie eine Touristin, die sich mehr oder weniger absichtlich verlaufen hatte, und die nun hoffte, wenigstens für einen kurzen Moment etwas Glitzerstaub abzubekommen. Claire war zum ersten Mal im Foyer des »Hôtel de la Plage« und sie verstand augenblicklich, was diejenigen, die es sich leisten konnten, hierherzog. Mehrere Säulen bildeten den Rahmen für einen gewaltigen kreisrunden Teppich, über dem ein ausladender Kronleuchter schwebte. Zahlreiche kleinere Sofas und Polsterstühle nahmen dem Raum die sonst eher kühle Ankunftsatmosphäre eines großen Hotels, an den zurückhaltend getünchten Wänden hingen Schwarz-Weiß-Fotografien aus der Belle Epoque. Das gedämpfte Murmeln einiger Gäste war zu hören, die entlang der Säulen an kleinen Tischen saßen. Auf der anderen Seite des Foyers führte eine doppelflüglige Schwingtür hinaus auf die Rue Jean Mermoz, an der die teuren Boutiquen lagen und die Restaurants, die Claire nur von außen kannte.

Das Hotel hatte zwei Haupteingänge, die beide entlang der typisch normannischen Fassade lagen, unter den zahlreichen Zinnen und Giebeln der Dächer. Auf der einen Seite ging es Richtung Stadt, zur Pferderennbahn, zur Place Morny und den Geschäften entlang der Rue Hoche. Auf der anderen warteten das Meer, die berühmten Planches von Deauville, der Strand und das Internationale Tagungszentrum.

Das »Hôtel de la Plage« symbolisierte alles, was Deauville auszeichnete, den Glanz vergangener Tage, aber auch die Hoffnung, dass der mondäne Badeort weiterhin seine Kundschaft finden würde.

Als der Mann an der Rezeption Claire und Roussel entdeckt hatte, nickte er ihnen kurz zu und gab ihnen ein Zeichen, ihm zu folgen. Claire hatte das Hotel kontaktiert, bevor sie zu Roussel gegangen war. Als sie sich nach Henri Perrin erkundigt hatte, war es kurz still geworden am Ende der Leitung.

»Es ist … er müsste eigentlich in seiner Suite sein, er nimmt dort seine Termine wahr. In der Lobby warten bereits zwei Herren auf ihn, aber bislang erreichen wir ihn nicht.«

Der Empfangschef führte sie jetzt unauffällig in ein kleines Büro hinter dem Empfangstresen und schloss die Tür.

»Sie müssen Mademoiselle Cantalle sein«, sagte er mit einer angenehm ruhigen Stimme, in der Claire aber doch den Anflug von Anspannung spürte. Sie schätzte ihn auf Mitte fünfzig, seine Haare waren von einem leichten Grau durchzogen, er stand kerzengerade vor ihnen, in einem dunklen Anzug mit dem Emblem des Hotels am Revers.

»Jacques Angers«, stellte er sich vor und reichte auch

Roussel die Hand. »Monsieur Roussel, es ist mir immer wieder eine Freude. Sie verstehen, dass ich Sie hier hereingebeten habe, es ist …«

Roussel unterbrach ihn und deutete aus einem kleinen Fenster hinaus ins Foyer.

»Sie sagten meiner Kollegin, es gebe zwei Männer, die Monsieur Perrin sehen wollen?«

Der Empfangschef nickte.

»Ja, sie sitzen an der Bar, ich habe ihnen versprochen, Bescheid zu geben. Es ist seltsam, normalerweise ist er am Nachmittag immer hier, empfängt Gäste: Schauspieler, Regisseure, Sponsoren. Aber ich erreiche ihn auch auf seinem Handy nicht. Ich habe schon drei weitere Besucher vertrösten müssen. Es ist wirklich nicht seine Art, müssen Sie wissen. Sie kennen ihn ja ein bisschen, Monsieur Roussel: Er ist ein Mann, auf den man sich verlassen kann.«

Roussel nickte.

»Und in der Suite haben Sie nachgesehen?«

Jacques Angers rang um eine korrekte Antwort.

»Nun ja, Sie wissen, dass wir unseren Gästen absolute Diskretion garantieren. Natürlich können wir nicht einfach …«

»Monsieur Angers, es wäre wirklich wichtig, dass wir jetzt schnell vorankommen. Waren Sie in der Suite? Es ist uns vollkommen egal, wie viel Diskretion oder nicht Sie hier garantieren.«

Claire lächelte den Empfangschef an.

»Natürlich, Mademoiselle. Wir … also … ich habe nachgesehen. Er ist nicht in seiner Suite, definitiv.«

»Wir werden dennoch nachsehen müssen, wenn Sie gestatten. Es ist wirklich wichtig, dass wir ihn finden.«

Jacques Angers war mittlerweile sichtlich blass geworden, er rang die Hände und blickte verzweifelt nach draußen, wo an den Fahnenmasten die Flaggen des Filmfestivals flatterten.

»Mon Dieu, es ist … wo ist er bloß? Er bringt uns hier mal wieder alle …«

Als es an der Tür klopfte, zuckte der Empfangschef zusammen. Bevor er etwas sagen konnte, steckte ein junger Mann seinen Kopf ins Büro. Er hatte dunkles Haar, das er zurückgekämmt hatte, seine Haut war leicht blässlich, ein Umstand, der sich durch den nächsten Satz des Empfangschefs erklärte.

»Darf ich vorstellen, Matteo Costa, einer unserer Nachtportiers. Sein Dienst hat vor zehn Minuten begonnen, ich habe ihn dazugebeten, schließlich könnte die ganze … Sache … sich noch hinziehen. Matteo gibt es irgendeine Spur von Monsieur Perrin?«

Der junge Mann stand kerzengerade vor ihnen und schüttelte den Kopf.

»Tut mir leid, Monsieur Angers. Bislang wissen wir nicht, wo sich unser Gast aufhält. Zudem steht draußen ein Kamerateam, sie haben einen Interviewtermin mit ihm. Ich habe sie in den kleinen Salon gebeten, dort können sie alles schon mal aufstellen.«

»Vielen Dank. Sie sehen, es ist wirklich ein Problem. Wenn herauskommt, dass Monsieur Perrin … aber er wird ja nicht verschwunden sein, nicht wahr?«

»Das nicht«, erklärte Claire, bevor Roussel sie daran hindern konnte. »Aber wir müssen ihn dringend sprechen. Falls das noch möglich ist.«

»Wie meinen Sie das?«, fragte der Empfangschef besorgt. Claire sah aus den Augenwinkeln, wie Roussel mit den Augen rollte. Aber sie hatten schlicht keine Zeit mehr zu verlieren, zumindest sagte das ihr Gefühl, auf das sie sich heute offenbar verlassen konnte.

»Gibt es noch einen Ort, an dem er sein könnte? Haben Sie schon seine Assistentin kontaktiert?«

Der Empfangschef nickte und hob verzweifelt die Hände.

»Die dachte, er sei womöglich noch in Paris, er hatte da heute Termine. Aber er ist nicht da gewesen, sie macht sich jedenfalls auch Sorgen und ist unterwegs hierher. Das ist alles ein Albtraum, wenn die Presse erfährt, dass ausgerechnet Monsieur Perrin verschwunden ist, dann ist hier ganz schnell die Hölle los. Ich bitte Sie, was auch immer Sie tun, tun Sie es mit Zurückhaltung. Es geht hier um den Ruf unseres Hauses!«

Roussel lächelte ihn an.

»Zurückhaltung gehört nicht unbedingt zu meinen herausragenden Fähigkeiten. Ich dachte mehr daran, jetzt jeden zu befragen, der dort draußen im Foyer sitzt. Vielleicht gibt es jemanden, der etwas gesehen hat.«

»Nein!«, entfuhr es Angers, entsetzt sah er erst Roussel, dann seine junge Kollegin an.

»Haben Sie Perrin heute überhaupt schon gesehen?«, fragte Claire jetzt. Der Mann schüttelte den Kopf.

»Und Sie?«

Der Nachtportier nickte.

»Henri Perrin ist gestern Abend noch zu einem Empfang gefahren. Ich habe ihm noch ein Taxi bestellt. Heute Morgen habe ich ihn nicht beim Frühstück gesehen, aber das ist nicht unüblich. Er frühstückt oft in seiner Suite.«

»Aber Sie wissen, dass er zurückgekommen ist?«

»Ich ... also ich habe ihn nicht hier am Empfang gesehen.«

»Was soll das heißen?«, blaffte Roussel ihn an.

»Es ist ein wenig kompliziert, befürchte ich.« Der Empfangschef hatte sich schützend vor seinen Nachtportier gestellt, er rieb sich nervös die Hände.

»Wie dürfen wir das verstehen?«, fragte Roussel etwas verwirrt.

Als der Empfangschef erst mal nur stumm aus dem Fenster sah, seine Hände knetend, griff Claire nach der Türklinke.

»Gut, ich fange dann mal mit der Befragung an«, sagte sie mit einem Lächeln.

»Nein! Bitte …«

Jacques Angers machte einen Schritt nach vorne und stellte sich direkt vor die Tür.

»Ich kann es Ihnen erklären. Aber bitte, keine Befragungen im Foyer. Die Presse ist da, sogar ein Kamerateam, das wäre wirklich ein Desaster.«

Roussel machte jetzt seinerseits einen Schritt auf den Mann zu.

»Monsieur Angers, ich rate Ihnen wirklich dringend, uns alles zu erzählen, was Sie wissen. Andernfalls gehe ich jetzt da rüber in den Presseraum und gebe den Journalisten ein Interview. Und ich kann nicht garantieren, dass dieses Hotel dann im besten Licht dastehen wird.«

»Matteo, schauen Sie bitte mal nach den Gästen draußen, ja? Ich … wir … kommen sofort raus. Es wird sich sicher alles klären.«

»Natürlich, Monsieur Angers.«

Der junge Mann verließ den Raum und schloss die Tür leise hinter sich, während der Empfangschef immer unruhiger wurde. Er schwitzte, auf seinem Gesicht waren mehrere rote Flecken zu sehen.

»Ich habe versprochen, es für mich zu behalten. Es ist mir wirklich unangenehm, ich stehe dafür mit dem Namen dieses Hauses, darauf kann man sich verlassen …«

»Monsieur Angers.«

»Es gibt ein zweites Zimmer.«

Claire sah den Empfangschef überrascht an.

»Sie meinen, Henri Perrin hat noch eine Suite gemietet?«

Angers schüttelte den Kopf.

»Keine Suite«, flüsterte er jetzt, als könnten ihn die Menschen im Foyer durch die geschlossene Tür hören. »Es ist ein kleines Apartment, im Nebengebäude, ruhig gelegen. Es befindet sich unter dem Dach, wir haben es für … wenn das Hotel ausgebucht ist, oder …«

»Hat Perrin dieses Apartment jedes Mal gemietet?«, fragte Roussel.

Der Empfangschef nickte.

»Niemand weiß davon, nur ich, Matteo natürlich auch. Es ist … eine stillschweigende Vereinbarung, gewissermaßen. Das Apartment lässt sich nicht buchen, eigentlich ist es … gar nicht allen bekannt. Henri Perrin nutzt es seit vielen Jahren. Es ist sein Rückzugsort.«

»Weil ihm eine Suite nicht reicht?«

Jacques Angers schüttelte den Kopf.

»Weil in der Suite teilweise bis in die Nacht gearbeitet wird. Das Apartment ist eher für …«

Claire und Roussel blickten sich an.

Sie hatten verstanden.

»Und haben Sie in dem Apartment schon nachgesehen, oder ihn dort angerufen?«

»Es nimmt niemand ab. Ich … habe mich noch nicht getraut nachzuschauen. Er besteht darauf, dass er während des Festivals … aber ich hatte es vor, müssen Sie wissen, ich habe bereits die Karte rausgesucht, es gibt nur zwei und …«

»Her damit«, zischte Roussel. »Wir haben unnötige Minuten verloren! Sie gehen vor, wir folgen.«

Sichtlich verlegen öffnete der Mann die Tür, griff nach einem Umschlag, den er offensichtlich unter dem Empfangstresen versteckt hatte, und blickte sich dabei im Foyer um.

»Da drüben sitzen die Journalisten«, flüsterte er ihnen zu. »Kommen Sie, wir gehen durch den Flur dort, an der Bar vorbei.«

Claire und Roussel folgten ihm, die Klaviertöne wurden leiser, als sie in einen Gang einbogen, der in den Seitentrakt des Hotels führte. Als sie an einer Glastür vorbeikamen, an der in geschwungenen Lettern »Bar de l'hôtel« stand, sah Claire kurz hinein. Zwei Männer saßen an der Bar, sie hatten jeweils einen Drink vor sich und unterhielten sich leise.

»Claire, kommst du?«, rief Roussel ihr zu. Aber sie war zu überrascht von dem Anblick, der sich ihr bot. Sie blieb vor der Tür stehen.

»Was ist los?«, zischte er. Gemeinsam mit dem Empfangschef war er im Gang stehen geblieben und sah auffordernd in ihre Richtung.

Sie hatte ihn sofort erkannt.

Der Mann links trug einen teuren Tweedanzug, seine polierten Schuhe glänzten im schummrigen Licht. Sie schätzte ihn auf Anfang fünfzig, er trug einen gepflegten Vollbart, dazu eine dunkle Hornbrille, die er jetzt gerade etwas zurechtrückte. An der linken Hand hatte er einen breiten Siegelring, mit dem er immer wieder spielte, während er sich mit gedämpfter Stimme unterhielt – und zwar mit dem Mann, der heute Morgen noch Claire zu einem Kaffee an seinen Tisch an der Place Morny gebeten hatte.

Alexandre Guerlain.

»Claire!«, zischte Roussel jetzt verärgert.

Es war tatsächlich Nicolas' Vater. Er saß in der ihm eigenen Haltung eines stets siegesbewussten Mannes an der Bar und hörte dem Mann im Tweedanzug zu. Ein feines Lächeln lag auf seinen Lippen, er blickte auf seine Armbanduhr und nippte dann an seinem Drink.

»Man könnte meinen, er ist überall da, wo ich bin«, murmelte sie. Sie überlegte kurz, ob sie Roussel sagen sollte, dass einer der mächtigsten Männer Frankreichs dort drinnen an der Bar saß, in einem Hotel, das offenbar seit einigen Stunden seinen wichtigsten Gast vermisste. Dann aber dachte sie an die vielen Fragen, vor allem zu ihrem Treffen am heutigen Morgen, das immer noch in ihr nachklang.

»Ich komme«, sagte sie nach einem kurzen Moment und riss sich von der Tür los. »Wo ist nun dieses Liebesnest?«

»Es ist ein normales Apartment!«, entgegnete der Empfangschef empört. »Und es ist im obersten Stock, wir nehmen die Treppe dort drüben.«

Sie eilten über den dicken Teppich in den Fluren, alle drei von einer dunklen Vorahnung begleitet.

»Konnte er in dieses Apartment, ohne durch das Foyer zu müssen?«, fragte Roussel, während sie die Treppenstufen hinaufhetzten.

»Natürlich«, antwortete Jacques Angers. »Gewissermaßen war das …«

»… Sinn und Zweck des Ganzen«, ergänzte Claire und warf dem Empfangschef einen Seitenblick zu. »Was wiederum auch bedeutet, dass mögliche Besucher sich hier aufhielten, ohne dass das Hotel darüber informiert war. Ich nehme an, dass es hier auch keine Kameras gibt.«

Angers räusperte sich.

»Nein. Nicht in diesem Teil des Hotels.«

Kurz darauf erreichten sie das oberste Stockwerk und einen schmalen Gang, von dem aus einige Türen abgingen.

»Hier oben sind auch einige Büros des Hotels untergebracht. Und dort hinten ist die Tür zum Apartment. Früher war es für das Personal, dann wurde es ausgebaut und … nun ja, hier sind wir jedenfalls.«

Roussel stellte sich vor die Tür und klopfte.

»Monsieur Perrin? Hier spricht Luc Roussel vom Commissariat in Deauville. Bitte öffnen Sie die Tür!«

Als niemand reagierte, klopfte er ein weiteres Mal.

»Monsieur Perrin! Hier spricht die Polizei. Öffnen Sie bitte!«

Claire machte ihm ein Zeichen, leise zu sein, und legte ein

Ohr an die Tür. Stirnrunzelnd verharrte sie dort für einen Augenblick.

»Musik«, murmelte sie schließlich. »Da läuft irgendwo klassische Musik.«

»Okay, das reicht jetzt«, zischte Roussel. »Monsieur Angers, Sie bleiben genau dort stehen, hinter dem Vorsprung. Ich will Sie nicht dort drin sehen, haben wir uns verstanden?«

Aber vom Empfangschef ging diesbezüglich keine Gefahr aus, er stand mit blasser Miene an der Wand und rührte sich nicht mehr. Zitternd reichte er Roussel die Karte für das Zimmer.

Sie zogen ihre Waffen.

»Monsieur Perrin, wir kommen jetzt rein«, sagte Roussel mit fester, aber ruhiger Stimme. Langsam schob er die Karte in den dafür vorgesehenen Schlitz. Das Schloss öffnete sich mit einem leisen Klicken. Mit der linken Hand schob Roussel sie vorsichtig nach innen, seine Waffe hatte er genau wie Claire im Anschlag.

»Zumindest bist du nicht da drinnen und tanzt nackt zur Musik von Vanessa Paradis«, flüsterte er in Claires Richtung, woraufhin sie ihm einen Stoß in den Rücken versetzte.

»Diesen Tag haben wir beide aus unserer Erinnerung gelöscht«, zischte sie.

»Du vielleicht«, sagte er und grinste. Aber mittlerweile wusste Claire, dass Roussel niemandem von jenem Einsatz in den Marinas von Deauville erzählt hatte. Er hatte sie damals irrtümlich für eine Einbrecherin gehalten und sie nackt herumtanzend im Schlafzimmer überrascht.

Ereignisse, die eine Ewigkeit zurücklagen.

Die Musik wurde lauter, als sie langsam durch einen kleinen Flur schlichen. Claire sicherte ein Badezimmer, während Roussel geradeaus in eine Küche sah, die aber offenbar lange nicht mehr benutzt worden war. Auf einem Tisch stand eine halb leere Flasche Champagner, daneben lag der Korken.

»Hier entlang«, flüsterte Claire und deutete auf eine Schiebetür, hinter der die Musik nun deutlicher zu hören war. »Ist das Bach?«, fragte sie Roussel, der sie verwundert ansah.

»Dein Freund bringt dir zu viel sinnloses Zeug bei«, sagte er.

Claire machte Roussel ein Zeichen. Sie stellten sich links und rechts mit dem Rücken zur Wand, langsam schob sie die Tür auf, die Waffe in der Hand.

Im Raum war das Deckenlicht angeschaltet, es beleuchtete jeden Winkel des Zimmers. Und im Nachhinein würde Claire zu Protokoll geben, dass genau das offenbar beabsichtigt gewesen war.

KAPITEL 10

Deauville
Zur gleichen Zeit, 200 Meter entfernt

Das Licht, das durch den schmalen Spalt unter der Tür fiel, war fast vollständig verschwunden. Es hatte in den zurückliegenden Stunden seine Farbe geändert, vom leuchtenden Gelb auf dem Boden vor ihm hatte es sich später als ockerfarbener Glanz zu ihm hineingeschoben. Dann war der Blaustich gekommen, der erste Anflug der Dämmerung, die bereits jetzt nach dem Licht griff, es in seinen festen, klammernden Griff nahm. Er hatte weiter nur auf den Boden gestarrt, gesehen, wie die Welt grauer wurde, wie der Schein des Tages matt wurde, an Kraft verlor.

Seine Tränen waren immer wieder auf das Holz gefallen in den vergangenen Stunden.

Es war sein Tag, sein Augenblick. Und doch weinte er, sein Körper zuckte, immer wieder fuhr er sich über die Augen.

Er hatte es geahnt, natürlich.

Und doch fühlte er sich verraten.

Wie damals in der Kammer. Wie oft hatte er sich dort verkrochen, hatte im schwächer werdenden Licht das Buch herausgeholt, es aufgeschlagen, immer an der gleichen Stelle. Alles, was er gelernt hatte in dieser Zeit, hatte ihm scheinbar diese Kammer beigebracht, inmitten der Bottiche und Lappen, wo er in der Ecke gekauert hatte, den letzten Lichtschein ausnutzend.

Aber irgendwann endete jedes Leuchten.

Auch die schönste Blume verwelkte.

Das Rauschen der Brandung drang zu ihm in die Kabine, es ließ den Schweiß auf seiner Haut trocknen sowie das Blut an seinen Fingern. Es war frisch und es fühlte sich an, als wäre es noch warm. Die Schritte der Menschen auf den Planken drangen zu ihm herein, nackte Füße auf Holz, zu eilig, zu hastig, ihr schneller Atem, ihre gehetzten Gespräche, denen jeder Sinn fehlte und jede Poesie.

Sie hatten alles besprochen.

Doch jetzt war alles anders, er wusste nicht, was er tun sollte. In Deckung bleiben, das hatten sie verabredet. Aber war das wirklich das Richtige? Denn aus seiner Ahnung war Gewissheit geworden.

Er musste handeln. Er wusste nur nicht wie.

Vor zehn Minuten hatte er begonnen zu schreiben. Seine Finger hielten den schwarzen Stift, er fühlte sich klebrig an, aber es störte ihn nicht. Er musste nicht hinsehen, er wusste, was er schrieb, kannte jedes Wort, jede Zeile, er sah den Worten hinterher, die sich vom feuchten Stein der Kabinenwand lösten, um ihn herumflogen wie Paradiesvögel, süß und verheißungsvoll.

Er war der Poet.

Er ließ die Wörter fliegen.

Irgendwann waren die Schatten zu seinen Füßen länger geworden, hatten sich in die Kabine hineingeschoben wie die Vorahnungen in seinem Kopf. Ein schwarzer Dolch, der sich in seine Stirn gebohrt hatte, genau zwischen die Augen.

Er hätte es wissen müssen.

»Denk nach«, murmelte er, während seine Finger mit dem Stift über die Innenwand der Kabine glitten. Seine Zeilen hatten ihn so oft gerettet, sie würden es wieder tun, auf dieser grünen Wand. Sie war klamm, der Stein war rau und doch waren die Zeilen gut zu lesen.

Er musste nicht hinsehen. Er musste nicht lesen. Er musste nur schreiben und sprechen, mit belegter, brüchiger Stimme, wenn auch nicht so brüchig wie seine Seele.

Er war der Poet.

Er ließ die Wörter wirken.

Bald würde es ruhiger werden dort draußen, bald schon.

Aber er wusste, dass die Nacht, die Stille, auf die er gesetzt hatte, nun nicht mehr seine Rettung sein konnte. Er würde sich nicht auflösen können, in den Schatten.

Das Lachen der Menschen am Strand, die Hände, die Füße bedeckt mit Sand, ihre Stimmen erfüllten die Luft, der Klang ihrer Gläser, wenn sie anstießen, durchdrang den abendlichen Himmel. Im Hintergrund das Meer, stummer Beobachter ihrer Aufführung, die sie Leben nannten. Ihr scheinheiliges Lachen, die leeren Blicke, denen der Glanz abhandengekommen war, weil sie aufgehört hatten zuzuhören.

Er hatte sie aufwecken wollen mit seinen Zeilen.

Und er hatte Deckung geben wollen.

Jetzt war alles anders.

Das Kratzen des Stiftes an der Wand beruhigte ihn, es gab noch Hoffnung, für ihn hier drinnen, für sie dort draußen. Ein weiteres Mal schrieb er seine Zeilen, die er ursprünglich nicht geplant hatte.

Sie würden ihn retten. Und nicht nur ihn. Und wenn der Tod doch kam, dann würde es eben so sein. Er würde niemals Verrat üben.

Er würde nur schreiben.

Er war der Poet.

Er ließ die Wörter richten.

Das Ticken seiner Armbanduhr machte ihn nervös. Er hatte

keine Zeit mehr, musste handeln. So wie damals, als er eingeschlossen gewesen war in der Kammer und in sich selbst, ohne Licht und ohne die Hoffnung auf einen Ausweg. Sie waren damals fortgelaufen, in die Dunkelheit, Hand in Hand, sie hatten laut gelacht und er hatte das Buch festgehalten und die Zeilen gerufen, zwischen das Gelächter.

Du um uns singst, vor Lachen brüllst und wieherst.

Es war so lange her, und doch schien es ihm, als könnte er die Kälte dieser Nacht wieder spüren, das Leuchten der Scheinwerfer vorbeifahrender Autos. Es war eine lange Reise gewesen und sie nahm nun ein Ende, er wusste es längst.

Sein Körper gab den Geist auf.

Er hatte diese Redewendung nie verstanden. Weil es genau andersherum war. Der Geist gab den Körper auf, legte ihn ab, schälte sich frei.

Die Zeilen waren geschrieben, das Kratzen endete abrupt. Er fuhr sich übers Gesicht, über den nackten Oberkörper, seine Finger hinterließen Striemen, dunkle Striche auf blasser Haut, er wollte die Schrift spüren, von der er wusste, dass sie ihn so sehr geprägt hatte. Er roch die Farbe in seinem Gesicht, spürte sie auf seinen Armen kleben, an seinem Bauch, Flecken auf seiner Hose.

Gezeichnet würde er vor sie treten.

So stand es geschrieben an der Wand neben ihm.

Unter anderem.

Und bluttriefend das Rüstzeug der Zerstörung.

Seine rechte Hand umklammerte den Griff der Pistole.

Das Licht, das durch den Spalt unter der Tür fiel, hatte die Farbe von glitzernden Diamanten.

Er würde sich gedulden. Während das Blut auf seiner Haut langsam trocknete.

Er war der Poet.

Er ließ die Wörter töten.

KAPITEL 11

Deauville, »Hôtel de la Plage«

Keiner von ihnen sprach ein Wort, als sie den Raum betraten. Vielleicht, weil sie nicht wussten, was sie sagen sollten. Vielleicht auch, weil alles gesagt war. Sie hatten beide längst geahnt, dass es so laufen würde, dass all die Befürchtungen, die Gedankenspiele und die Ahnungen genau hierhin führen würden.

Mitten hinein ins dunkle Herz des Verbrechens.

Im vorderen Teil des Raumes befand sich ein nicht sonderlich großes, aber elegantes Wohnzimmer, mit einer Sitzecke aus grauen Sesseln, einem Flachbildfernseher und einer Minibar, die offen stand. Ein schweres Kristallglas auf der Anrichte. Darüber ein breites Dachfenster, durch das das matte Licht des Abends hereinschien.

All das nahm Claire nur bruchstückhaft wahr, weil ihr Blick, genau wie der von Roussel, von dem gefangen genommen wurde, was im hinteren Teil des Raumes lag.

Ein breites Bett. Weiße Laken. Eine weiße Bettdecke.

Die Musik kam aus einem Radio, das auf einer kleinen Kommode stand. Claires Blut rauschte so laut in ihren Ohren, dass sie die Stimme des Moderators kaum hörte.

Es sei halb zehn Uhr abends. Der Stau Richtung Rouen habe sich aufgelöst. Das Wetter werde auch morgen hervorragend sein. Es folge nun die Nocturne No. 9. Chopin.

Allen Zuhörern einen zauberhaften Abend.

Der Mann lag auf dem Rücken, auf der weißen Decke. Er war angezogen, sein weißes Hemd war aus der Hose gerutscht, Claire konnte einige Blutflecken erkennen.

Aber es waren die Füße, auf die sie vor allem starrte.

Der Mann hatte weiche Lederschuhe getragen, Mokassins, einer war ihm vom Fuß gefallen und lag nun vor dem Bett in einer Blutlache. Genau unterhalb der Stelle, an der sich der kleine Zeh befand. Oder besser: hätte befinden sollen. Stattdessen klaffte dort eine große Wunde, einige Fliegen hatten sich auf dem abgetrennten Knochen versammelt.

Erst jetzt bemerkte Claire einen leichten Verwesungsgeruch.

Das Klingeln von Roussels Handy ließ sie beide zusammenzucken. Er holte es aus seiner Jackentasche, nahm den Anruf entgegen, zischte, »Nicht jetzt, Sandrine«, und steckte es wieder weg.

»Alles okay?«, fragte er Claire schließlich. Aber sie hatte bereits das Bett umrundet, immer noch ihre Waffe im Anschlag. Mit einer raschen Bewegung bückte sie sich und warf einen Blick unter das Bett.

Nichts.

Der Mann starrte mit leerem Blick an die Zimmerdecke, jegliches Leben war aus ihm gewichen. Sein Gesicht war geschwollen, rund um seine Nase befand sich getrocknetes Blut.

Sein Hals war unter dem weißen Hemdkragen dunkelviolett verfärbt. Die Kissen neben ihm waren zerwühlt, das Laken an einer Stelle aufgerissen.

»Er hat sich gewehrt«, flüsterte Claire.

»Leider vergeblich«, sagte Roussel.

Schließlich steckten sie ihre Waffen weg und untersuchten den rechten Fuß, der über die Bettkante hing.

»Das ist ganz offenbar der Mann zu meinem Zeh«, sagte Claire mit zitternder Stimme, die trotz ihres lässig gemeinten

Spruchs ihre wahre Verfassung verriet. Das hier war kein schrecklicher Unfall auf der Landstraße nach Pont L'Évêque oder ein ertrunkener Jugendlicher unterhalb der Vaches Noires. Dies war dunkler als alles, was sie bislang gesehen hatte, trotz der blütenweißen Laken und der klassischen Musik im Hintergrund.

Oder vielleicht genau deswegen.

Der Tod, so schien es ihr, hatte sich mit aller Kraft auf diesen Mann geworfen, ihn niedergerungen, ihm keine Chance gelassen. Und sich dann den kleinen Zeh seines rechten Fußes genommen, als Trophäe, als Beute, die wenig später auf der Place Morny abgelegt worden war.

»Es ist Perrin«, sagte Roussel leise. Er blickte dem Toten ins Gesicht. »Ganz offensichtlich ist er zuerst geschlagen worden. Und dann erwürgt. Da war jemand richtig sauer.«

Roussels Handy meldete sich erneute, er ignorierte es.

»Was für eine totale Scheiße«, sagte er. »Ausgerechnet Henri Perrin, das gibt einen Riesenskandal in der Stadt. Die werden das Festival absagen, dabei sind so gut wie alle schon angereist. Und ich kann den Bürgermeister jetzt schon hören! Oh Mann, Claire, kannst du mit deinem Gespür nicht wenigstens einmal falschliegen?«

»Wäre mir auch lieber«, sagte sie. Sie sah erneut auf das Bett, prägte sich jeden Quadratzentimeter ein. Sie trat etwas näher an den Toten heran und studierte sein Gesicht. Für einen kurzen Moment meinte sie so etwas wie Überraschung zu erkennen, als sei das Letzte, was Henri Perrin gefühlt hatte, Verwunderung gewesen.

»In seinen Pupillen sind jede Menge Adern geplatzt.«

»Ich sag ja, erstickt.«

»Ich bin gespannt, was die Kollegen der Spurensicherung sagen werden. Der Verwesungsgeruch ist noch ganz schwach, er kann noch nicht viel länger als einen Tag hier liegen. Womöglich ist er in der vergangenen Nacht getötet worden.«

Roussel fluchte und griff nach seinem Handy, das mittlerweile in einer Tour durchklingelte.

»Verdammt, Sandrine, ich sagte doch, jetzt nicht! Aber gut, wenn du schon mal dran bist, wir brauchen sofort ein Team im Hotel, ihr müsst ... Sandrine? Wo bist du denn gerade?«

Claire sah Roussel verwundert an, der genervt Sandrine Poulaincs Worten lauschte, die es geschafft hatten, ihn zu unterbrechen.

Sein Mund öffnete sich langsam und schloss sich wieder.

»Was ist?«, zischte sie ihn an.

Roussel drückte die Lautsprechertaste, und Sandrines aufgeregte Stimme drang durch den Raum. Im Hintergrund war die Sirene eines Einsatzfahrzeugs zu hören.

»Er ist unten am Strand!«, brüllte sie jetzt. »Angeblich bedroht er mehrere Menschen, die Lage ist völlig unklar. Ich habe sämtliche Einsatzkräfte hingeschickt.«

»Und ihr seid sicher, dass er es ist?«, fragte Roussel.

Claire verstand überhaupt nichts, irritiert lauschte sie dem Gespräch.

»Er ist es, ganz sicher. Die Beschreibung passt. Es ist dieser Poet. Und so, wie es aussieht, hat er eine Waffe dabei.«

Roussel warf Claire einen kurzen Blick zu.

»Okay, pass auf. Wo seid ihr jetzt?«

»In der Albert Fracasse, wir biegen gleich ab auf die Rue Laplace.«

»Dann holt mich ab, ich treffe euch direkt vor dem ›Hôtel de la Plage‹. Von dort aus sind es nur wenige Meter bis zum Strand. Bis gleich.«

Roussel steckte sein Handy weg und zeigte auf Claire.

»Du bleibst hier, ich will, dass niemand hier reinkommt. Wir brauchen die Spurensicherung, das ganze Besteck. Und ich will eine Liste, wer alles von dem Zimmer hier ...«

»Ich weiß, was zu tun ist, Roussel. Was ist denn da los am Strand?«

Er eilte durch den großen Raum und war schon fast bei der Schiebetür.

»Der Poet. Jetzt ist er völlig durchgeknallt. Er hat eine Waffe und steht unten am Wasser.«

»Das ergibt doch keinen Sinn! Der ist doch eigentlich harmlos, dachten wir zumindest. Was ist denn bitte schön los heute? Hey, Roussel, hörst du mir zu?«

Verwundert sah sie zu ihm hinüber. Anstatt durch die breite Schiebetür zu eilen, hatte er sie vorsichtig wieder zugeschoben.

»Roussel, alles Ordnung?«

»Komm mal her, Claire. Schau dir das an.«

Claire löste ihren Blick von dem Toten auf dem Bett und ging zu Roussel, der einen Schritt zur Seite machte, sodass sie nun ebenfalls die beiden Teile der Schiebetür sehen konnte.

»Was bitte ist …«

In blutroter Farbe stand eine Botschaft an der Tür, die Schrift war ordentlich, die Buchstaben schwungvoll. Nur vereinzelt liefen rote Linien an der Tür hinab, dort, wo das Blut nicht schnell genug getrocknet war.

Wer auch immer das getan hatte, dachte Claire, hatte sich Zeit gelassen für seine Widmung.

Für seinen Gruß.

Für Noemie

KAPITEL 12

Deauville

Roussel stürmte die fünf Stockwerke des Nebengebäudes hinunter, bis er keuchend durch eine Drehtür in der Rue Hoch herauskam. Die Straßenlaternen waren angegangen, über den Dächern der umliegenden Häuser lag ein friedlicher Abendhimmel, der Roussel ebenso fehl am Platz vorkam wie das eng umschlungene Paar, das in diesem Augenblick aus einem der Restaurants kam.

Fünf Stockwerke über ihm lag der tote Leiter des Filmfestivals, das in zwei Tagen beginnen sollte, hingerichtet in seinem eigenen Bett, mit einer blutigen Widmung an der Zimmertür. Und nur einige Hundert Meter von hier stand ein durchgeknallter Poet am Strand, mit einer Waffe in der Hand und einer sicherlich unangenehmen Absicht. Roussel wollte sich nicht ausmalen, was geschehen würde, wenn der Kerl wirklich um sich schoss. Wenn er Menschen verletzte, sie gar tötete.

Die Sirene wurde lauter, als Sandrines Wagen um die Ecke in den Boulevard Eugène Cornuche einbog, einige Passanten umkurvend, die in letzter Sekunde aus dem Weg sprangen.

Weiter vorn sah er die ersten Menschen die breite Rue Lucien Barrière hinauflaufen, vom Meer kommend, von den Planches und vom Strand. In ihren Gesichtern stand Panik.

»Steig ein!«

Sandrine hatte mit quietschenden Reifen an der Straße gehalten. Roussel riss die hintere Tür auf und warf sich in den Wagen, der sofort losfuhr. Er prallte gegen die Sitze, als Sandrine das Steuer herumriss, mitten auf dem Boulevard wendete und sofort in Richtung Strand abbog.

»Er bedroht eine Gruppe von Menschen mit einer Waffe«, schrie sie über den Lärm des Motors hinweg. »Zwei Kollegen sind bereits dort, sie haben Befehl, sofort zu schießen, wenn er sich widersetzt. Achtung, festhalten!«

Roussel krallte sich in letzter Sekunde am Griff über dem Fenster fest, als Sandrine den Wagen zwischen zwei großen Blumentöpfen hindurchmanövrierte, ohne vom Gas zu gehen.

»Wir haben hinten noch eine schusssichere Weste«, sagte Sandrine. Roussel schüttelte den Kopf.

»Keine Zeit, jede Sekunde kann es zu spät sein. Wer sind die Kollegen?«

»Benoît und Mathieu.«

»Gut. Ist sonst Verstärkung unterwegs?«

»Natürlich, das Einsatzkommando ist informiert. Aber auf die können wir nicht warten. Sag mal, was hast du vorhin am Telefon gesagt, wir haben eine Leiche im Hotel? Um wen geht es? Ich hoffe, keine Schauspielerin oder so, sonst drehen die hier alle durch.«

»Es ist Perrin.«

»Wie bitte?«

Sandrine sah ihn erschrocken an.

»Schau nach vorne!«

Der Wagen streifte einen Pfeiler, das Heck kam ins Schleudern. Sandrine riss das Lenkrad herum, fing den schlingernden Wagen und bog scharf links ab …

… direkt auf die berühmten Holzplanken von Deauville.

Menschen stoben zur Seite, als die Sirene aufheulte, das blaue Licht warf Blitzlichter an die Wände der »Bains de Mer«, in denen Thalassotherapien und Massagen angeboten wurden. Etwas abseits stand der Wagen der beiden Kollegen, das Blaulicht war an.

Roussel sah ihn sofort.

Er stand direkt am Wasser, die Wellen umspülten seine Knöchel. Sein nackter Oberkörper war feucht, er glänzte im dämmrigen Abendhimmel. Auf dem Horizont lag das letzte Licht des Tages.

Das Rauschen der Wellen vermischte sich mit den Schreien.

»Waffe runter!«

»Nicht schießen, bitte!«

»Oh mein Gott, bitte nicht!«

»Stehen bleiben! Niemand rührt sich!«

»Nehmen Sie die Waffe runter!«

Im Nachhinein kam es Roussel vor, als hätte er alles in Zeitlupe erlebt, von dem Moment an, in dem er die Wagentür aufgerissen hatte und hinausgesprungen war, noch bevor Sandrine richtig abgebremst hatte. Die kühle Luft streifte seine Haut, er spürte Sand unter seinen Schuhen, den Griff seiner Waffe, die er sofort gezogen hatte und mit der er jetzt auf die Gruppe zustürmte, die unten am Wasser versammelt war.

»Waffe runter, sofort!«

»Nicht schießen, bitte lassen Sie uns …«

Die Rufe der Menschen drangen nur gedämpft zu ihm vor, er hörte seinen eigenen Atem, das Rauschen seines Blutes. Der Mann hatte jetzt die Arme ausgebreitet, die Waffe in seiner rechten Hand war auf ein Ehepaar gerichtet, das sich zitternd im Arm hielt. Dahinter standen drei weitere Männer und zwei Frauen, niemand von ihnen wagte davonzulaufen.

In seinem Blick lag kein Hass.

Das war das Erste, was Roussel auffiel. Ein Lächeln umspielte seine Lippen, sein dürrer Oberkörper schien im Wind zu schwanken, die Haare standen vom Kopf ab, in seinem Gesicht schimmerte ein grauer, ungepflegter Bart. Sein Oberkörper war von dunklen Striemen bedeckt.

Als Roussel neben den Kollegen zum Stehen kam, sah er ihn direkt an, beobachtete, wie er seine Waffe auf ihn richtete, den beiden Polizisten zunickte. Der Mann neigte den Kopf, als wollte er ihn grüßen. Als wüsste er, wer nun gekommen war.

Und vielleicht weiß er das ja auch, dachte Roussel. Ich bin der Mann, der dich verdammt noch mal abknallt, wenn du nicht sofort die Waffe runternimmst.

»Ich erschieße Sie, ohne zu zögern«, sagte er laut. Der Mann, den sie alle den »Poeten« nannten, zog eine Augenbraue hoch.

Und lächelte.

Das Meer wirst, freier Mensch, du lieben allezeit!

»Hören Sie auf mit Ihren Gedichten, nehmen Sie die Waffe runter, sofort!«

Das Meer ist dir ein Spiegel, deine eigene Seele.

Roussel umklammerte den Griff seiner Waffe.

»Okay, es reicht jetzt. Ich zähle bis drei. Dann schieße ich.«

Für einen kurzen Moment schien der Blick des Mannes sich zu verändern, etwas bewegte sein Inneres. Er wischte sich über die Augen, ohne seine Waffe herunterzunehmen.

»Versuchen Sie es ruhig«, sagte er plötzlich. Seine Stimme war schwach, sie übertönte kaum die Brandung.

»Mein Finger liegt auf dem Abzug«, sagte er zu Roussel. »Er könnte sich krümmen, ich könnte diese Menschen treffen, tödlich womöglich. Das ist dann Ihre Schuld, nicht wahr?«

»Was wollen Sie?«, brüllte Roussel ihn an. Aus den Augenwinkeln sah er, dass Sandrine und weitere Kollegen fast bei ihm waren.

»Sie heilen«, sagte der Mann. »Sie alle.«

»Meinetwegen, aber lassen Sie zuerst die Menschen gehen!«

»Ihr seid so blind, wie ihr da steht mit euren Waffen, mit den blauen Polizeilichtern im Hintergrund. Ihr steht im Dunkel, um euch herum nur Schwärze, sie hat euch längst gepackt, sie hat euch fest im Griff.«

»Und Sie sind das Licht?«

Der Mann lächelte, der Lauf seiner Waffe schwenkte hinüber zu einer jungen Frau, die zitternd auf dem Sand stand.

»Bitte nicht«, flüsterte sie.

»Bleiben Sie ganz ruhig«, versuchte Roussel sie zu besänftigen. »Wir kriegen das hier hin.«

Sandrine stand jetzt neben ihm, sie hatte ebenfalls ihre Waffe auf den Mann gerichtet.

»Haben Ihnen Ihre Gedichte an den Wänden der Stadt nicht mehr gereicht?«, fragte sie ihn. »Gibt Ihnen das keinen Kick mehr? Sagen Sie es uns, sagen Sie uns, was Sie wollen!«

Wieder lächelte er.

Dann veränderte sich sein Blick wieder, er schien durch sie hindurchzusehen, als wäre hinter ihnen, in weiter Ferne, etwas, das er betrachten wollte. Seine Augen flackerten, die Haare wehten ihm ins Gesicht, als ein leichter Wind aufkam. Er hob die Arme noch ein wenig, wodurch der Lauf seiner Waffe von der Frau fortwanderte, hin zu einem Mann mit tränenverschmiertem Gesicht. Er zitterte, als er in die Mündung der Waffe blickte.

Der Finger des Poeten krümmte sich.

»Bei drei schieße ich«, flüsterte Sandrine.

»Warte!«

»Es ist zu riskant, er kann jederzeit schießen, wir müssen …«

Voll Dunkel haltet beide ihr euch stets bedeckt.
Nie Mensch hat jemand deine Untiefen durchdrungen!

»Diese beschissene Poesie macht mich wahnsinnig«, flüsterte Sandrine.

Allerdings, dachte Roussel – und senkte den Lauf seiner Waffe.

»Was machst du?«, zischte sie.

Aber Roussel hob den linken Arm, als Zeichen. Er ging einen Schritt auf den Mann zu und sah ihm in die Augen.

»Tun Sie das hier für Noemie?«

Für einen kurzen Augenblick war es still.

Die Wellen schwappten gegen das Ufer, eine Möwe zog über ihnen ihre Kreise, unbeeindruckt von dem Drama, das sich unter ihren Flügeln abspielte. Der Mann hielt weiterhin seine Waffe auf das Opfer gerichtet. Sandrine und die anderen Polizisten zielten ihrerseits auf ihn.

Eine Frau schluchzte, zögerlich sah sie sich um.

»Bleiben Sie ruhig stehen«, rief Sandrine ihr zu.

Roussel wusste, was gleich passieren würde. Die Frau würde es nicht mehr lange aushalten, sie würde davonstürmen, vielleicht jemanden umstoßen, es würde Chaos ausbrechen.

Der Poet würde schießen. Die Polizisten würden schießen.

Es würde Tote geben.

Langsam schob er seinen rechten Fuß nach hinten, grub ihn tief in den Sand.

Hier stirbt heute keiner, dachte er grimmig.

»Antworten Sie! Machen Sie das hier für Noemie Rey?«

Sandrines Lauf war genau auf den Brustkorb des Geiselnehmers gerichtet. Roussel hörte ihren Atem, ebenso das Knistern des Funkgeräts am Gürtel eines der Kollegen. In der Ferne das Geräusch von Rotorblättern.

Der Mann starrte ihn an. Dann senkte er langsam seine Waffe.

»Jetzt«, flüsterte Sandrine.

»Nein!«

»Sie können gehen.«

Die Stimme des Mannes wurde vom Geräusch der Brandung zu seinen Füßen fast verschluckt. Er nickte der Gruppe zu. Der Mann, auf den er eben noch gezielt hatte, stolperte nach hinten, fiel hin, eine Frau half ihm auf, gemeinsam hasteten sie in Richtung Promenade, wo bereits Sanitäter auf sie warteten. Eine Frau schluchzte laut auf. Das Geräusch des Hubschraubers war bereits über der Stadt.

Auf den dunklen Wellen vor ihnen blitzte das blaue Licht der Einsatzfahrzeuge.

Die Waffe war nun auf den Boden gerichtet.

»Legen Sie sie weg«, rief Sandrine dem Mann zu. »Werfen Sie Ihre Waffe in den Sand!«

Immer noch zielten mehrere Polizisten auf den Mann, auch Roussel hatte seine Waffe wieder schussbereit in der rechten Hand.

»Ich mache es nicht für Noemie«, flüsterte der Poet. »Ich nicht.«

»Was meinen Sie damit? Warum das alles, worum geht es hier?«

Der Mann schloss kurz die Augen, als wollte er sich konzentrieren. Sich besinnen.

Weil ihm dieser Moment wichtig war.

Weil er zu einer Entscheidung gekommen war.

»Retten Sie sie. Bevor es zu spät ist.«

Roussel hatte nicht genug Zeit, sich über diese Warnung zu wundern. Er hatte nicht genug Zeit, darüber nachzudenken, warum der Mann lächelte.

Er hatte überhaupt keine Zeit mehr.

»Nein!«

Der Mann, den sie »den Poeten« nannten, den sie schon immer so genannt hatten, die anderen Jungs und die Erwachsenen, die Kinder und Erzieher, riss seine Waffe nach oben, den Lauf gegen sich selbst gerichtet.

Aber da war Roussel schon gesprungen.

Voller Wut.

»Nein!«

Sandrine sah mit Entsetzen, wie Roussels Oberkörper sich vor den des Poeten schob, wie ihr Schussfeld verdeckt wurde, und damit jede Möglichkeit einzugreifen.

»Roussel!«

Der Schuss peitschte durch die einsetzende Dunkelheit, Roussel prallte gegen den Mann, riss ihn mit sich. Für einen kurzen Augenblick schienen sie über dem Wasser zu schweben – Roussel oben, darunter ein ausgemergelter Körper, der tot sein wollte und nicht sein durfte, weil so viele Rätsel ungeklärt waren.

Sie schlugen beide hart im flachen Wasser auf, die Waffe des Mannes wurde fortgeschleudert, er schrie, als sein Körper ins kalte Wasser eintauchte.

Roussel stand sofort über ihm, zerrte ihn nach oben, sein Gesicht war wütend und entschlossen, er schrie ihn an, zerrte ihn zu sich, achtete nicht auf das Wimmern.

»Du hältst jetzt die Fresse!«

Und bevor Sandrine und die anderen ihn daran hindern konnten, schlug er ihm hart mit der flachen Hand ins Gesicht, und weil er zeitgleich seinen Griff an dessen Kragen lockerte, landete der Mann erneut im Wasser.

»Scheißpoesie! Hörst du? Verdammte Scheißgedichte! Du bist ein beschissener Mörder, nichts anderes!«

Roussel drehte sich zu seinen Kollegen um und starrte sie an.

»Schafft ihn weg.«

Sandrine atmete langsam ein und betrachtete ihren Chef und Exfreund, der vor ihr im kalten Wasser stand, durchnässt und zitternd vor Anspannung. Langsam steckte sie ihre Waffe weg.

»Scheiße, Roussel, ich hätte dich fast abgeknallt.«

Grimmig blickte er Richtung Himmel, wo die ersten Sterne zu sehen waren.

»Das hast du bereits.«

Entschlossen stapfte er zurück an den Strand, ohne den Mann, der schlotternd im Wasser lag, noch eines Blickes zu würdigen.

KAPITEL 13

Varengeville-sur-Mer, Manoir d'Ango
Zur gleichen Zeit

Die blutrote Farbe schimmerte vor seinen Augen. Sie zog ihn an wie ein Magnet. Immer wieder blickte Nicolas zu dem Tisch hinüber, an dem Léandre, der junge Personenschützer, saß, die Hemdsärmel hochgekrempelt, die Tätowierung auf seinem Unterarm gut sichtbar im grellen Licht der Deckenbeleuchtung. Die Umrisse waren zart, die Linien ähnelten kräftigen Adern, die die Haut durchzogen, kleine, geschwungene Kreise. In dessen Zentrum das Rot der Blume prangte, ein leuchtender Punkt, kaum größer als eine Centmünze. Ein Einschussloch, dachte Nicolas. Eine klaffende Wunde, stilisiert als Blume.

Jedes Mal, wenn er sein Gesicht sah, quer durch den Raum, in dem sie alle saßen und den Einsatz in der Kirche von Saint-Valéry am Morgen analysierten, jedes Mal, wenn Léandre sich umdrehte und sein Profil zeigte oder sein Blick in Nicolas' Richtung wanderte, spürte er einen Stich, tief in seinem Innern.

Es ließ ihm keine Ruhe.

Gilles Stimme drang durch den Raum, es waren die letzten Minuten der Besprechung. Alles war gesagt, betrachtet, durchdrungen, die Lehren waren gezogen. Und morgen war ein neuer Tag.

Die Ausbildung würde noch einige Tage im Manoir d'Ango fortgeführt, Gilles deutete jetzt auf Pläne und Einsatzzeiten an der Wand. Nicolas hörte ihm nicht zu, es betraf ihn nicht. Seine Arbeit war getan.

Und die blutrote Blume leuchtete vor seinen Augen.

Schon einmal hatte seine Erinnerung ihn getrogen, hatte sein Gedächtnis ihm den klaren Blick verschleiert. Menschen waren gestorben, weil seine eigene Vergangenheit wieder auferstanden war, ohne dass er es erkannt hatte. Die Ereignisse auf Chausey hatten ihren Ursprung in ihm selbst gehabt – aber als er das erkannt hatte, da war es fast zu spät gewesen. Und bis zum heutigen Tag spürte er die Nachwehen seines Vergessens, wenn das Wimmern des Hundes wieder erklang.

Das durfte ihm nie wieder passieren. Der Preis für die Blindheit gegenüber seiner eigenen Vergangenheit war zu hoch gewesen.

Wer bist du, Léandre, dachte er. Was verbindet uns? Was siehst du, wenn du auf diese Blume blickst?

»Gut, Männer, wir machen für heute Schluss. Wir alle haben einen langen Tag hinter uns. Keinen erfolgreichen. Aber einen lehrreichen. Macht was daraus. Wir sehen uns morgen früh, Punkt acht Uhr. Im Vorraum stehen Getränke und etwas zu essen.«

Die jungen Männer standen erleichtert auf, streckten sich und gingen dann lachend und scherzend in Richtung des kleinen Buffets. Nach wenigen Sekunden war der Raum leer, die helle Stimme von Aurore, die ihre Rolle als strenge Anführerin der Kompanie nur allzu gerne einnahm, drang zu ihm herüber.

»Du kannst froh sein, dass du sie hast«, sagte er zu Gilles, der genau wie er im Raum geblieben war. Er war vor den Plänen an der Wand stehen geblieben und nahm sie jetzt einzeln ab, faltete sie zusammen und legte die Stecknadeln auf einen Haufen. Nicolas stand angelehnt an einer Tischkante und sah durch das offene Fenster hinaus in die Schatten des

Innenhofs. Der gewaltige Taubenturm ragte in die Dunkelheit, schwach war das Gurren einiger Vögel zu hören.

»Aurore wird nicht lange als Ausbilderin bleiben, fürchte ich«, erwiderte Gilles. »Mehrere Dienste sind an ihr dran, und ich kann es ihnen nicht verübeln. Sie ist klug, unfassbar schnell, sie kann sich besser als jeder andere auf das Wesentliche eines Einsatzes fokussieren. Übrigens auch besser als du gerade eben, mein lieber Nicolas.«

Nicolas musste lächeln. Immer noch kannte ihn sein ehemaliger Teamleiter besser als jeder andere, immer noch war es Gilles, der in seinen Blicken lesen konnte, der sah, was ihn beschäftigte.

In früheren Jahren hatte dies allzu oft den Erfolg des Teams gefährdet.

»Es ist Léandre, nicht wahr?«, fragte Gilles. »Du siehst ihn schon die ganze Zeit immer wieder an. Kennt ihr euch?«

Nicolas schüttelte langsam den Kopf.

»Nein, ich denke nicht. Er … er war schnell, heute Morgen in der Kirche.«

Gilles warf einen Blick zur Tür, hinter der die jungen Nachwuchs-Personenschützer verschwunden waren.

»Sagen wir doch, wie es ist, Nicolas: Er hat deinen Anschlag fast verhindert. Hättest du den Bräutigam als Ziel gehabt, hättest du ihn verfehlt.«

»Und Léandre wäre bei einem echten Schützen tot gewesen. Er hat sich ohne zu zögern in die Schussbahn geworfen. Woher habt ihr ihn?«

Nicolas wusste, dass die Kandidaten für die Ausbildung aus unterschiedlichsten Bereichen kommen konnten, oft waren es Empfehlungen oder erfolgreiche Einsätze, die einen jungen Polizisten auf das Radar seines Dienstes brachten. Wer Personenschützer für die französische Regierung werden wollte, der konnte nicht einfach Gilles anrufen und sich bewerben.

»Léandre hat in Saint-Denis als Streifenpolizist angefangen«, erklärte Gilles. »Dann kamen die Anschläge im Stadion, du erinnerst dich?«

»Wer nicht«, sagte Nicolas mit belegter Stimme.

»Er gehörte zu denjenigen, die einen der Attentäter am Eingang abgewiesen haben. Als der sich kurz darauf in die Luft jagte, hat er mehrere Menschen in Sicherheit gebracht. Und auch danach einen kühlen Kopf bewahrt.«

Nicolas schaute Gilles dabei zu, wie er weitere Skizzen und Fotografien von den Wänden nahm. Aus dem Vorraum waren die Gespräche der Männer zu hören, das Aneinanderklirren von Bierflaschen nach einem langen Tag, den sie so schnell nicht mehr vergessen würden.

Gilles drehte sich zu ihm um.

»Léandre hat sich selbst bei unserem Dienst gemeldet. Und alle Tests mit Auszeichnung bestanden. Er will unbedingt Personenschützer werden. Und ja: Er ist sehr talentiert. Er erinnert mich ein bisschen an dich, Nicolas. Was wiederum lustig ist.«

»Warum ist das lustig?«, fragte Nicolas überrascht.

Gilles legte zwei weitere Aufnahmen auf den Tisch, warf mehrere Stecknadeln in eine kleine Schachtel, dann sah er Nicolas an.

»Weil du der Grund bist, Nicolas. Er will deinetwegen Personenschützer werden.«

Eine Stunde später verließ Nicolas das Manoir d'Ango auf dem gleichen Weg, wie er es betreten hatte. Der Mond schien hell auf das Anwesen, die hohen Eschen entlang der Zufahrt warfen ihre Schatten auf die Rasenfläche. Nicolas schob sein Fahrrad über die kleine Zufahrtsstraße, das Geräusch der Reifen auf dem Kies drang durch die Dunkelheit.

Sonst war es still.

Er schob das Gatter auf, warf einen Blick zurück auf die dunklen Mauern, hinter denen einige junge Männer versuchten, ihre Niederlage zu vergessen, und stieg schließlich auf das Fahrrad, um entlang der Brombeersträucher zurück nach Varengeville zu fahren.

Als er den Wind im Gesicht spürte und die Reifen gleichmäßig auf dem Asphalt dahinrollten, dachte er, dass es für ihn ein guter Tag gewesen war. Trotz seines Traums von letzter Nacht hatte er doch im Laufe des Tages kein einziges Mal an Chausey gedacht, an die Insel, auf der er fast vom Meer verschlungen worden wäre, den Gezeiten zum Fraß vorgeworfen.

Die Träume wurden seltener.

Das Erwachen auf einem schweißdurchtränkten Kissen, das Herzklopfen, wenn er danach kerzengerade im Bett saß und das Geräusch der Brandung ihn nicht beruhigte.

»Es wird besser«, murmelte er und fuhr einige gewagte Schlenker, als er auf die Rue de Dieppe einbog, die verlassen im Schein einiger weniger Laternen lag. Varengeville war ein kleines Dorf, die Häuser der Menschen waren hinter dichten Hecken verborgen, nur ab und an schob sich ein Reisebus die Hauptstraße entlang, auf dem Weg zu den Klippen, zur Kirche Saint-Valéry und zu den Stränden der Alabasterküste.

Hätte ihm jemand noch vor einem Jahr gesagt, dass er ausgerechnet hier endlich ein wenig Ruhe finden würde, er hätte denjenigen für verrückt erklärt. Er hatte sich wohlgefühlt an der Place Sainte-Marthe, inmitten des Lichtermeers von Paris. Es gab mehr zu beobachten in den Straßen der Hauptstadt als zwischen den Hecken des Pays de Caux. Und doch musste er sich eingestehen, jetzt, da er auf dem Rad saß und zurück zum Hotel rollte, dass er in diesem Moment hier genau richtig war.

Quand on partait de bon matin
Quand on partait sur les chemins
À bicyclette.

Sein Kopf war leer, seine Gedanken leicht, der Wind schob ihn in die Grands Masures, eine Ansammlung von Häusern, hinter denen die Route de Vasterival durch den Wald führte, bis zu den Klippen, die sich an der Küste jäh ins Meer stürzten. Als er den Waldrand erreichte, nahm er die Hände vom Lenker, die Strecke war gerade, leicht abschüssig, nur vereinzelt kämpfte sich der Mond durch die dichten Zweige. Er breitete die Hände aus, spürte den Wind in seinem Gesicht, merkte, wie alles fortging, aus ihm herausfloss, das Dunkle, das Schwere.

On était tous amoureux d'elle
On se sentait pousser des ailes
À bicyclette.

Er schloss die Augen, die Reifen rollten über den Asphalt, der hier frisch und glatt war, weil die Gemeinde den betuchten Gästen des »Hôtel de la Falaise« eine sanfte Anfahrt garantieren wollte. Er zwang sich, die Augen nicht aufzumachen, den Moment zu genießen, ganz bei sich zu sein.

Yves Montand beflügelte ihn mit seinen Zeilen:

Sur les petits chemin de terre
On a souvent vécu l'enfer

Auf den kleinen Wegen, die Hölle.

Nicolas öffnete die Augen.

Keine Sekunde zu früh.

Der Körper lag mitten auf der Straße, dort, wo der Weg unter den Bäumen leicht abschüssig wurde. Blonde Haare auf dunklem Asphalt. Das blasse Gesicht einer Frau, vom Mondlicht beschienen, ihr linker Arm vom Körper gestreckt. Ein Handy, Zigaretten, die aus der Packung gerutscht waren. Eine Handtasche, einige Meter entfernt, am Straßenrand.

Nicolas konnte den Lenker in letzter Sekunde herumreißen. Er verfehlte den Kopf der Frau nur um wenige Millimeter, das Fahrrad geriet ins Schlingern, verzweifelt klammerte er sich am Lenker fest, zerrte an den Bremsen.

Er hatte keine Chance.

Der Vorderreifen blockierte, stellte sich quer, bei voller Fahrt. Das Rad hob sich, wollte ihn loswerden. Der hintere Reifen brach endgültig aus, und als das rechte Pedal einen Begrenzungspfahl streifte, wurde Nicolas förmlich aus dem Sattel katapultiert. Die Welt drehte sich, die Straße wurde zum Himmel und die Dunkelheit griff von allen Seiten nach ihm.

Um Haaresbreite verfehlte er den Stamm eines Baumes und krachte ohne Vorwarnung in einen breiten Strauch. Zweige brachen, kleine Ästen krachten, als er wie ein Geschoss in das Gestrüpp einschlug. Er versuchte seine Augen zu schützen, riss den Arm hoch.

Die Stacheln und Dornen bemerkte er erst, als er in den Untiefen des Strauchs landete, zusammengerollt wie eine Kugel. Er lag auf dem Rücken, stöhnte leicht, als er sich an den Kopf fasste, überprüfte, ob er seine Beine und Arme bewegen konnte.

Aus seiner Hand floss etwas Rötliches, als er sie öffnete, entdeckte er zwei zerquetschte Brombeeren.

Die dunkle Flüssigkeit lief an seinem Arm entlang, bis zu einem dicken Stachel, der unterhalb seines Handgelenks tief in der Haut steckte.

Dann kam der Schmerz.

Es war, als wäre sein Körper mit Nadeln gespickt, feinste Punktierungen, die in ihm den Wunsch weckten, doch lieber gegen den Baumstamm geprallt zu sein.

Über ihm strahlte der Mond durch das dunkle Dach von Blättern und Zweigen, und Nicolas überlegte, ob er jemals aus dieser Dornenhölle herausfinden würde. Er dachte an die Frau, die auf der Straße lag. Wäre er nicht mit dem Fahrrad unterwegs gewesen, sondern mit dem Auto, wäre sie jetzt tot. Und es war nur eine Frage der Zeit, bis tatsächlich einer der Hotelgäste die Straße entlangfuhr, auf dem Rückweg von einem Essen, einem Ausflug oder schlicht, weil er gern durch die Dunkelheit fuhr.

Sie hätte keine Chance.

»Also los«, murmelte er und schob vorsichtig einen Zweig zur Seite.

Während er sich in mühevoller und vor allem schmerzhafter Kleinarbeit aus dem Gestrüpp befreite, überlegte er, ob sein Unterbewusstsein ihm vielleicht einen Streich gespielt hatte. Aber das konnte nicht sein. Und doch war er sich sicher: Er kannte die Frau.

KAPITEL 14

Deauville
Zur gleichen Zeit

Am Himmel hatten sich immer mehr Sterne versammelt, funkelnde Löcher in einem schwarzen Vorhang, der über der Stadt lag. Es reichten schon wenige Schritte, um sie zu sehen, abseits der aufgestellten Scheinwerfer, der Absperrbänder und der ernsten Blicke der Kollegen. Helle Punkte, Dutzende, Hunderte, unzählige. Sternbilder schälten sich aus der Dunkelheit, das Auge verlor sich in den Weiten. Eine vollkommene Schönheit, die nur ein wolkenloser Himmel in dunkelster Nacht hervorbringen konnte.

Roussel blies nachdenklich seinen Rauch ins Universum.

Er stand einige Meter von der Stelle entfernt, an der er den Poeten überwältigt hatte. Mittlerweile war der Strandabschnitt gesperrt, weiträumig, weil in dieser Stadt der Strand nie menschenleer war. Nicht im Sommer, nicht zwei Tage vor dem Internationalen Filmfestival, von dem Roussel zu diesem Zeitpunkt nicht wusste, ob es überhaupt stattfinden würde. Missmutig sah er nach oben, legte dabei den Kopf weit in den Nacken.

Er überlegte, wo in diesem Augenblick das größere Rätsel lag: in den Weiten des Alls, zwischen den Sternen und Planeten, deren Ursprung und Bedeutung er nie verstanden hatte. Oder hier, zu seinen Füßen, an diesem Strand.

Oder im Hotel, keine zweihundert Meter entfernt, wo in diesem Augenblick ein weiteres Team der Spurensicherung aus Caen das Hotelapartment unter dem Dach auf den Kopf stellte.

»Was für eine Scheiße«, fluchte er leise und schnipste seine Zigarette in hohem Bogen ins Wasser.

»Jetzt weiß ich, wer die Weltmeere so verschmutzt«, hörte er eine Stimme hinter sich. Sandrine war aus dem hell erleuchteten Kreis der Scheinwerfer herausgetreten und kam auf ihn zu.

»Hast du eine für mich?«

»Was ist das hier für eine Geschichte, Roussel?«, fragte sie leise. Sandrine blies Rauch in die mittlerweile kühler gewordene Luft. Er zuckte die Schultern.

»Ich dachte, wenn ich mich hier ans Wasser stelle, in die Dunkelheit, dass mir dann vielleicht eine Idee kommt. Wenigstens eine Ahnung, wonach ich suchen muss. Aber so ist es nicht. In zwei Tagen beginnt das Festival. Und ich verstehe weniger von den Dingen, die sich vor meiner Nase abspielen, als von dem verfluchten Großen Wagen da oben.«

»Er hat nach einem Buch gefragt«, sagte Sandrine. »Meint, er müsse es haben, ohne dieses Buch könne er nicht leben. Ein komplett verwirrter Typ. Wir haben ihn erst mal in die Zelle gesteckt. Morgen werden wir sehen, was wir mit ihm machen.«

»In Ordnung.«

Für eine Weile standen sie schweigend vor dem dunklen Wasser, bliesen ihren Rauch in die Luft, dachten nach, über diesen Fall und über sich. Bis Sandrine ihn schließlich ansah.

»Wie sagtest du lautete die Widmung an Perrins Tür?«

»*Für Noemie*. Wenn du mich fragst, war es mit Blut geschrieben, aber das werden wir noch früh genug erfahren.«

Sandrine griff in ihre Tasche und holte ein Foto heraus, das sie ihm reichte.

»Der Mord an Perrin könnte schnell aufzuklären sein.«

Roussel runzelte die Stirn und betrachtete die Aufnahme. Es war die Rückseite einer kleinen Hinweistafel am Hafen. Er erkannte die Zeilen sofort, es war das Gedicht »Die Blinden« von Baudelaire, das innerhalb eines Tages überall in der Stadt aufgetaucht war.

»Ganz unten«, sagte Sandrine.

»Hab's gesehen«, murmelte Roussel. Im Gegensatz zu den anderen Gedichten an den Häuserwänden und Litfaßsäulen war dieses mit einer Widmung versehen.

Für Noemie

»Was hältst du davon?«, fragte er Sandrine, weil er ihre Meinung schätzte, immer noch.

»Es passt nicht zu ihm. Ich meine, was sollte er für einen Grund haben, den Leiter des Filmfestivals zu ermorden? Er ist ein Freak, ein Durchgeknallter, er lebt für seine Poesie, er ist offenbar besessen von Baudelaire und seinen Gedichten. Aber ein Mord? Und danach dann dieser Amoklauf? Da passt was nicht zusammen.«

»Er war in der Nähe der Place Morny, kurz bevor Claire den Fußzeh bei dem Obdachlosen gefunden hat. Und er hatte Blut an den Fingern. Nicht viel, aber es war zweifelsohne Blut. Wir werden schnell erfahren, ob es Perrins ist.«

Sandrine seufzte und steckte ihren Zigarettenstummel in eine kleine Blechschachtel, die sie aus der Tasche zog.

»Wir werden ihn morgen früh verhören. Dann sehen wir weiter. Es wäre jedenfalls gut, wenn das Ganze schnell aufgeklärt wird.«

»Gut, ja«, murmelte Roussel. »Aber nicht sehr wahrscheinlich.«

Behutsam legte sie ihre Hand auf seine Schulter, jeder Muskel in seinem Körper entspannte sich für einen kurzen Augenblick.

»Hast du Baudelaire gelesen, in der Schule?«, fragte er leise.

Sandrine lachte.

»Sicher nicht. Ich verstehe ja jetzt schon keine einzige Zeile, was hätte ich da wohl als junges Mädchen verstanden? Du etwa?«

Roussel schüttelte den Kopf und reichte ihr seinen Zigarettenstummel.

»›Die Blinden‹«, sagte er leise. »Vielleicht meint er uns damit. Vielleicht will er uns damit sagen, dass wir nicht sehen, was direkt vor unseren Augen ist.«

Sandrine schnaubte verächtlich.

»Ich sage dir, der ist einfach nicht ganz dicht. Er wird uns sagen, was dahintersteckt. Und wenn er Perrin nicht ermordet hat, dann war er zumindest dabei. So oder so, er wird es uns sagen müssen, glaub mir.«

Roussel sah für einige Sekunden auf das Meer hinaus.

»Die Zeilen, die er uns vorhin zugerufen hat – das war ein anderes Gedicht. Warum?«

»Wie meinst du das?«, fragte sie verwundert. »Ist es nicht egal, was er da vor sich hin brabbelt?«

»Vielleicht schon. Vielleicht aber auch nicht. Es war jedenfalls nicht ›Die Blinden‹. Ich habe nachgeschaut, vorhin auf dem Handy. Heutzutage steht ja wirklich jede Zeile irgendwo im Netz.«

»Und?«

»Es war ›Der Mensch und das Meer‹.«

»Und um was geht es da?«

»Um die Seele.«

»Mann, Roussel, wird das hier eine literarische Abhandlung? Dafür ist es nämlich mittlerweile reichlich spät. Und ehrlich gesagt auch zu kühl, wir sollten reingehen.«

Roussel zeigte auf das dunkle Wasser.

»Baudelaire deutet darin an, dass unsere Seele ebenso

unergründlich ist wie das Meer dort draußen. Ich habe es nachgelesen, ich kenne mich auch nicht wirklich aus. Aber im Kern geht es wohl darum, dass auch unter unserer dunklen Oberfläche allerlei verborgen ist.«

»Und du meinst, er wollte uns zum Schluss mitgeben, dass wir mal schön runtertauchen sollen, um nachzuschauen?«

»Komm schon, Sandrine, ich weiß es doch auch nicht. Ich weiß nur, dass die Zeilen, diese Gedichte, dass all diese Wörter eine Rolle spielen.«

»Wobei?«

Roussel verzog nachdenklich das Gesicht.

»Keine Ahnung. Ich weiß nur, dass all diese Zeilen aus den ›Blumen des Bösen‹ sind. Verfasst von Charles Baudelaire. Womit wir bei Henri Perrin wären, der dort drüben in seinem Apartment tot auf dem Bett liegt, mit nur neun Zehen.«

»Und wir haben seinen Mörder hier am Strand gefasst. Oder zumindest einen, der uns zum Mörder führen kann. Es sieht also nicht so schlecht aus, oder?«

»Das ist die Frage«, antwortete Roussel und warf einen Blick auf seine Uhr. »Jedenfalls sollten wir uns dringend um Noemie Rey kümmern. Wie hat er gesagt: ›Retten Sie sie, bevor es zu spät ist.‹«

»Ich habe ihre Agentin angerufen«, sagte Sandrine. »Es ging nur die Mailbox ran, ich versuche es weiter.«

Schließlich machten sie sich auf den Weg in Richtung der Planches, wo die blauen Lichter der Einsatzfahrzeuge über die Türen der Umkleidekabinen zuckten.

Claire sah unterdessen aus einem Fenster der Dachgeschosswohnung des »Hôtel de la Plage« hinab auf den Boulevard Eugène Cornuche. Der Empfangschef Jacques Angers und der junge Nachtportier standen vor dem Eingang und redeten mit einem Kollegen. Der Bus der Spurensicherung parkte auf der anderen Straßenseite, das blaue Licht gleich mehrerer Einsatzfahrzeuge war zu sehen. Hotelgäste standen vor der großen Drehtür, aufgeregt diskutierten sie miteinander, versuchten immer wieder, dem Empfangschef Neuigkeiten zu entlocken.

Auch oben am Strand zuckten die blauen Lichter. Sie hatte von Roussel erfahren, was dort geschehen war.

Das Licht der Autos wurde von der Dunkelheit über dem Wasser verschluckt, während auf dem Boulevard ein erster Übertragungswagen einparkte. Satellitenschüsseln wurden justiert, Reporter und Kamerateams stürmten in Richtung des Hoteleingangs, bevor sie von einer rasch errichteten Absperrung aufgehalten wurden.

»Was für ein Wahnsinn«, murmelte Claire. Dann drehte sie sich um und beobachtete die Kollegen in den weißen Schutzanzügen, die neben dem Bett knieten, auf dem Henri Perrin lag. Sie machten Fotos, suchten nach Fingerabdrücken, die friedliche und doch grausame Szenerie war abgelöst worden durch routinierte Betriebsamkeit. Einer von ihnen kniete vor der Schiebetür und kratzte etwas Farbe vom Schriftzug ab.

Für Noemie

»Das ist definitiv Blut«, sagte der Mann zu Claire. »Am Anfang ist es noch relativ dick, gegen Ende der Botschaft wird es dann deutlich blasser. Ich wüsste gerne, womit das geschrieben wurde.«

»Mit einem kleinen Zeh«, sagte Claire leise und deutete auf den blutigen Fleck auf dem Parkett, direkt neben Perrins nacktem linken Fuß.

»War er schon tot?«, fragte sie. »Ich meine, als ihm der Zeh …«

Ein anderer Kollege, der gerade dabei war, den Hals des Toten zu untersuchen, winkte sie herbei.

»Ja, sieht so aus. Hier, schau dir das an. Da hat jemand wirklich fest zugedrückt.«

Claire trat an den Leichnam heran und beugte sich über ihn. Perrins Gesicht kam ihr wächsern vor, der Blick war leer, sein Hals war komplett mit Blutergüssen überzogen.

»Es ist nicht so einfach, jemanden mit bloßen Händen zu erwürgen«, sagte der Beamte. »Da braucht es schon jede Menge Kraft. Oder eine gehörige Portion Wut. Am besten beides.«

Der Kollege machte einige Aufnahmen.

»Also eher keine Frau«, folgerte Claire und deutete in Richtung der kleinen Küche. »In der Spüle stehen zwei Gläser, die Champagnerflasche ist halb voll.«

Der Kollege schüttelte den Kopf.

»Nein, eher keine Frau, aber ganz festlegen würde ich mich da auch nicht. Wut ist ein krasser Kraftverstärker, das sollte man nicht unterschätzen. Wir werden die Flasche und die Gläser untersuchen, aber mir scheint, als hätte jemand alles sorgfältig abgewaschen. Da ist nicht viel zu holen. Und ehrlich gesagt gibt es hier auch keine anderen Hinweise auf die Anwesenheit einer Frau – wenn du verstehst, was ich meine.«

Claire blickte auf den toten Festivalleiter. Er war komplett angezogen.

»Habt ihr schon Fingerabdrücke …«

»Hey, wir sind seit zehn Minuten hier! Immer schön langsam, wir geben unser Bestes, wie immer übrigens!«

Claire lächelte herausfordernd.

»Komm schon, nur eine kleine Theorie. Ich werde daraus keine Schlüsse ziehen, ich werde brav euren Bericht abwarten. Aber eine klitzekleine Theorie …«

Der Mann seufzte, sah sich kurz um und sagte dann: »Okay, es könnte – ich betone: es könnte! – folgendermaßen sein: Henri Perrin macht seinem Täter persönlich die Tür auf, wir haben keinerlei Spuren am Schloss entdeckt. Das könnte – ich wiederhole: könnte! – bedeuten, dass er jemanden erwartete. Sie tranken Champagner, stritten sich, fertig. Stand Perrin vielleicht auf Männer?«

»Nein, nicht, dass ich wüsste«, sagte Claire. »Im Gegenteil, er war wohl eher dafür bekannt, mit der ein oder anderen Schauspielerin … sagt zumindest meine Klatschzeitung beim Friseur. Du glaubst also, Opfer und Täter kannten sich?«

»Hey! Ich mache nur die Spurenanalyse, deine Schlüsse musst du selbst ziehen.«

»Mach ich doch! Okay, ich bin ja schon ruhig.«

Der Mann im weißen Anzug rollte die Augen.

»Ich hasse so etwas, es ist unprofessionell. Aber gut … Perrin wird niedergeschlagen, so wie es aussieht mit der bloßen Faust. Dafür sprechen die Abdrücke neben der Nase. Außerdem finden sich nirgendwo Scherben einer Flasche oder ein anderer dumpfer Gegenstand. Er fällt aufs Bett, wir haben sonst nirgendwo Blutspuren, soweit ich das jetzt beurteilen kann. Der Täter kniet sich auf ihn … prügelt weiter auf ihn ein … und erwürgt ihn schließlich. Womöglich war Perrin nach dem Schlag kurz bewusstlos. Er ist nicht mehr der Jüngste, gegen einen stärkeren Gegner hätte er keine Chance.«

»Und die Zehe?«

Der Mann starrte auf den Fleck.

»Kann ich dir noch nicht sagen. Aber wenn es wirklich so abgelaufen ist – was ich nicht weiß! –, dann ist er vermutlich kurz danach abgetrennt worden. Es braucht nicht allzu viel Kraft, eine kräftige Heckenschere, ein kleines Beil, einmal kurz mit dem Fuß drauf, fertig. Siehst du, links und rechts sind kleine Blutspritzer auf dem Parkett …«

»Wahnsinn«, murmelte Claire und blickte auf den toten Perrin. »Das Ganze muss schon vergangene Nacht passiert sein, oder heute früh.«

»4:37 Uhr«, sagte der Kollege.

»Was?« Claire sah ihn ungläubig an. »Woher …«

»Das war ein Scherz. Wenn du mich jetzt meine Arbeit machen lässt, dann können wir euch den Todeszeitpunkt eingrenzen.«

Claire hob besänftigend die Hände.

»Schon verstanden. Ich bin weg, vielen Dank für die Einschätzungen.«

»Mutmaßungen. Theorien. Gedankenspiele. Und du kannst Roussel sagen, wir beeilen uns. Er wird sowieso fragen.«

»Danke«, sagte Claire und ging durch den Raum zurück zur Schiebetür, wo einer der Kollegen gerade Fotos vom Schriftzug machte.

»Kannst du mir ein Foto davon mailen?«, fragte sie. Der Kollege nickte und konzentrierte sich wieder auf die Botschaft, die wohl mit dem Blut des Festivalleiters geschrieben worden war.

»Schöne Schrift«, sagte er. »Geht es hier um die Noemie Rey? Die kommt doch zum Festival, oder? Geht es um sie?«

»Ich würde mir wünschen, dass es um eine andere Noemie ginge. Aber ich fürchte …«

»Krasse Sache.«

Der Mann war in Claires Alter und ziemlich groß, was sie erst bemerkte, als er aufstand. Auch er trug einen weißen Schutzanzug.

»Ich habe ihre Filme gesehen, tolle Schauspielerin. Ich habe zwei Semester Filmwissenschaften studiert an der Uni. Bis ich gemerkt habe, dass … na ja, meine Talente eher woanders liegen.«

»Bei den Toten?«

»Bei den Fotos«, sagte er lächelnd. »Und weil du es ohnehin gleich fragen wirst, ich habe keine Ahnung, ob das hier von einer Frau oder einem Mann geschrieben wurde. Aber das werden die Kollegen sicher rauskriegen.«

»Alles klar«, sagte sie, nickte den beiden Männern zu und

zog sich draußen im Flur den weißen Anzug aus. Sie atmete tief aus und öffnete in der kleinen Küche der Wohnung ein Fenster, um den Geruch, der sie umgab, hinauszulassen. Für einen kurzen Moment sah sie nachdenklich in die Dunkelheit und überlegte, mit welcher der ihr von Roussel aufgetragenen Aufgaben sie zuerst beginnen sollte. Es würde eine kurze Nacht werden, so viel stand fest.

Und doch wusste sie, dass sie zuerst etwas anderes klären musste.

Sie stieg die Treppen ins Erdgeschoss hinab, grüßte die Kollegen, die ihr entgegenkamen, und wurde kurz darauf Zeugin der Diskussionen und aufgeregten Fragen im Foyer. Der Empfangschef versuchte, die Gäste zu beruhigen, Anrufe entgegenzunehmen und sich darum zu bemühen, den guten Ruf des Hotels zu retten.

Aber ein toter Festivalleiter war doch erheblich rufschädigend, das ahnte Claire. Vor allem die Journalisten hatten eins und eins zusammengezählt, als die Polizei in Mannschaftsstärke vorgefahren war. Der Mord an Henri Perrin war die Schlagzeile der Nacht.

Kurz darauf stand sie vor der Glastür, hinter der im dämmrigen Licht einiger weniger Tischlampen die Bar des »Hôtel de la Plage« lag. Als sie sie aufschob, wurde sie von einer leisen und unaufdringlichen Musik begrüßt und vom Klirren der Eiswürfel, als der Barkeeper einen Drink mixte, ihn auf ein Tablett stellte und sie anlächelte. In den Nischen saßen Hotelgäste, die Köpfe zusammengesteckt, einige sahen auf die Displays ihrer Handys, überprüften die Nachrichtenseiten, suchten nach Neuigkeiten über das, was vor ihren Augen geschah.

»Guten Abend, Mademoiselle. Kann ich Ihnen etwas anbieten? Es geht heute alles aufs Haus, wir möchten es Ihnen trotz der Umstände so angenehm wie möglich machen. Vielleicht einen Cocktail? Wir haben …«

»Danke, ich möchte nichts«, unterbrach sie ihn und setzte sich neben den Mann, der seitlich an der Bar saß. Er trug einen eleganten Tweedanzug, vor ihm stand ein Glas Wein, daneben lag ein in Leder gebundenes Notizbuch, in das er gerade etwa hineinschrieb, mit einem Füller, dessen Kappe im Licht der Tischlampe glänzte.

Er war allein.

Alexandre Guerlain, der Mann, mit dem er vorhin noch gesprochen hatte, war nirgendwo zu sehen.

»Guten Abend«, sagte Claire. »Darf ich mich zu Ihnen setzen?«

»Sehr gern.«

Der Mann lächelte sie an, schloss sein Notizbuch und nahm einen Schluck Wein.

Claire rutschte auf den Barhocker neben ihm und zog eine kleine Schale mit Nüssen zu sich heran.

»Nervennahrung?«, fragte er. Seine Stimme war warm, er hatte die Ärmel seines weißen Hemdes hochgekrempelt, dazu trug er eine braune Weste. Das dazugehörige Sakko hing über der Lehne des Barhockers. Seine Hände waren gepflegt, der Füllfederhalter, den er jetzt zuschraubte, sah teuer aus.

»Möglich«, antwortete sie knapp. »Und Sie? Ist der Rotwein eine Belohnung für einen harten Tag? Oder eher ein gutes Mittel zur Verdrängung eines schlechten?«

Er lächelte, wobei seine strahlend weißen Zähne zum Vorschein kamen. Ein attraktiver Mann, dachte Claire. Sie nahm einen leichten Parfümduft wahr, nicht zu aufdringlich, sein Vollbart war gepflegt, sein braunes Haar akkurat und sichtlich teuer frisiert. Aber es war vor allem seine Ausstrahlung, die sofort auffiel. Dieser Mann schien ganz und gar in sich zu ruhen. Claire schätzte ihn auf Anfang fünfzig.

»Sie haben eine interessante Art zu fragen«, sagte er jetzt.

»Und Sie eine interessante Art zu antworten.« Claire

nahm sich einige Nüsse und sah ihren Gesprächspartner jetzt offen an.

»Also, wie war Ihr Tag so?«

»Ich würde sagen: relativ ereignislos. Was ich natürlich bedaure, dann was ist schon ein Leben ohne Ereignisse? Ich nehme natürlich den heutigen Abend davon aus. Ganz offensichtlich geschehen gerade Dinge, die alles andere als ereignislos sind. Aber Sie fragten ja nach meinem Tag, nicht nach meinem Abend. Und wie war Ihrer, wenn ich fragen darf? Unser Gespräch gefällt mir, darf ich das ergänzen? Trinken Sie nichts?«

»Danke, nein.«

»Natürlich nicht. Sie sind im Dienst.«

»Sieht man mir die Polizistin sofort an? Verdammt, daran muss ich arbeiten.«

Wieder lachte er offen und sympathisch, und Claire musste sich eingestehen, dass der Mann, der hier in aller Seelenruhe an der Bar saß, während um ihn herum die Polizei einen Mord aufzuklären versuchte, eine gewisse Anziehungskraft auf sie hatte. Und sie ahnte, dass es vielen Menschen so ging, mit denen er redete.

»Also, wie war Ihr Tag?«

»Relativ ereignisreich würde ich sagen. Und ich schließe den Abend ausdrücklich mit ein.«

»Natürlich tun Sie das, Mademoiselle Cantalle.«

Es hätte sie überraschen können, dass er ihren Namen kannte. Es hätte sie wundern können, dass er in die Offensive ging, dass er versuchte, die Gesprächsführung zu übernehmen.

Aber sie lächelte nur.

»Wohin führt uns dieses Gespräch, Monsieur Mallet?«

Jetzt war er es, der sie überrascht ansah und mitten in der Bewegung innehielt. Das Glas, das er gerade hatte zum Mund führen wollen, stellte er ab, schien sich kurz zu sortieren, dann schmunzelte er.

»Es scheint mir, unser gemeinsamer Bekannter hat ganze Arbeit geleistet. Ich hatte nichts anderes von ihm erwartet.«

Claire zog ihr Handy aus der Tasche und zeigte ihm eine Nachricht, die vor zehn Minuten auf dem Display erschienen war. Von einer anonymen Nummer.

Sein Name ist Clement Mallet.

»Was machen Sie so, Monsieur Mallet, wenn Sie nicht gerade in der Bar des ›Hôtel de la Plage‹ sitzen und sich mit einem der schattenreichsten Männer Frankreichs treffen?«

Nachdenklich fuhr er mit dem Zeigefinger über den Rand des Glases.

»Ich unterhalte mich. Ich würde tatsächlich sagen, dass dies meine Profession ist. Vielleicht sogar meine Aufgabe, wer weiß das schon so genau. Ich bin Psychiater, Mademoiselle Cantalle. Ich habe eine Praxis, hier in Deauville, nicht weit von der Place Morny entfernt. Und was einen der schattenreichsten Männer Frankreichs betrifft: Er ist ein alter Freund. Wir kennen uns seit vielen Jahren.«

Claire warf einen Blick auf die Uhr.

»Gut, jetzt Sie«, sagte Clement Mallet und lächelte sie an. »Was macht eine junge Frau wie Sie bei der Polizei von Deauville? Ich meine, das hier ist ein Dorf, was kann jemand wie Sie hier schon erleben?«

»So wie es aussieht eine ganze Menge«, gab sie zurück. Aus dem Foyer waren jetzt die aufgeregten Fragen einiger Hotelgäste zu hören, Telefone klingelten, Schritte klackerten über den Marmorboden. Draußen hupte ein Auto, Befehle drangen durch das gekippte Fenster.

Mallet sah sie durchdringend an.

»Sie dürfen mir sicher nicht sagen, was genau …«

»Völlig richtig«, unterbrach Claire ihn sofort. »Aber Sie können mir sagen, was genau Sie heute Abend hier machen. Sie waren mit Henri Perrin verabredet?«

Mallet nickte.

»Ja, das waren wir tatsächlich. Perrin und ich kennen uns seit einiger Zeit von diversen …«

»Ist er bei Ihnen in Behandlung?«

»Hey, nicht so hastig! Wo bleibt Ihr Sinn für diesen Ort? Immerhin sitzen wir an der Bar eines Fünfsternehotels.«

»Monsieur Mallet, es tut mir leid, wenn ich Sie in Ihrer gemütlichen Feierabendruhe störe, aber Sie werden vielleicht verstehen, dass ich es etwas eilig habe.«

»Was schade ist, wirklich, Mademoiselle Cantalle. Aber, um Ihre Frage zu beantworten: Nein, Henri Perrin ist kein Patient von mir.«

»Und wenn er einer wäre, würden Sie es mir nicht sagen dürfen.«

»Sie sind eine kluge Frau, Mademoiselle Cantalle. Alexandre hatte völlig recht, mich vor Ihnen zu warnen.«

Claire zuckte kurz zusammen, ihr wurde bewusst, wie der lange Schatten von Nicolas' Vater sie den ganzen Tag über begleitet hatte. Sie beschloss, dem Gespräch eine neue Richtung zu geben.

»Henri Perrin ist tot, Monsieur Mallet. Er wurde ermordet.«

Er nickte langsam und starrte für einen Augenblick in sein Rotweinglas. Dann atmete er tief ein und sah sie an.

»Das dachte ich mir natürlich schon, bei dem Polizeiaufgebot«, sagte er leise. »Das ist unfassbar. Ich meine, er war …«

»Monsieur Mallet, warum haben Sie sich wirklich mit Alexandre Guerlain getroffen? Ich meine, Sie wollen mir doch nicht erzählen, dass Sie drei hier zum Essen verabredet waren, oder? Alexandre Guerlain tut nichts ohne einen Hintergedanken, jemand wie er sitzt nicht mal eben an einer Bar und trinkt ein Bier.«

»Er hatte Wasser.«

»Natürlich. Also? Ich warte.«

»Unser Gespräch hat mir zu Beginn besser gefallen, Mademoiselle Cantalle. Aber Sie haben natürlich recht. Alexandre ist nie privat unterwegs, es gibt ihn privat gar nicht. Nein, er wollte, dass ich einen Kontakt herstelle.«

»Zu Perrin?«

Der Psychiater nickte.

»Und warum.«

»Weil Alexandre Hinweise darauf hatte, dass es während des Festivals Probleme geben könnte.«

»Einen Anschlag?«

Mallet zuckte mit den Schultern.

»Das weiß ich nicht, so viel hat er mir nicht gesagt. Nur das: Es könnte Probleme geben.«

Claire spürte, wie die Unruhe, die sich ohnehin als Dauergast in ihrem Innern breitgemacht hatte, immer stärker wurde. Ihre Gedanken sprangen wild hin und her, sie dachte an den toten Perrin auf seinem Bett, an das, was Roussel ihr vorhin am Telefon über den Vorfall am Strand erzählt hatte.

Und jetzt das.

»Scheiße«, murmelte sie. Sie musste unbedingt ...

Mit einem Mal verstand sie.

Sie sah Mallet an, der dabei war, sein Notizbuch und seinen Füller einzustecken.

Er war seine Botschaft losgeworden.

»Er hat sie beauftragt, mir das auszurichten. Deshalb sitzen Sie noch hier. Niemals würde er so etwas preisgeben, wenn er nicht wollte, dass ...«

Mallet lächelte sie an.

»Ich muss jetzt los, Mademoiselle Cantalle. Ich habe meine Aussage vorhin bei den Kollegen schon gemacht. Mir ist nichts aufgefallen, gar nichts, wirklich. Ich habe hier an der Bar gesessen und gewartet. Alexandre Guerlain musste zu einem anderen Termin, das ist die ganze Wahrheit. Was ich Ihnen gesagt oder nicht gesagt habe, müssen Sie selbst für sich beurteilen. Jedenfalls war es mir eine große Freude, mit

Ihnen gesprochen zu haben. Sie sollten nur auf Ihre Hände achten. Sie verraten Sie. Au revoir, Mademoiselle Cantalle.«

Claire saß noch einen Augenblick nachdenklich am Tresen, dann nickte sie dem Barkeeper zum Abschied zu und ging durch das Foyer hinaus in die Dunkelheit. Roussel und Sandrine sprachen auf der anderen Straßenseite mit einem Vertreter des Sondereinsatzkommandos. Männer in weißen Overalls kamen vom Strand hoch, hinter einer Absperrung standen Reporter und Kamerateams.

Claire fühlte sich allein inmitten all diesen Wahnsinns. Gerade wollte sie sich einen Moment auf die Bordsteinkante setzen, als sie hörte, wie jemand ihren Namen rief.

»Mademoiselle! Mademoiselle Claire! Hier drüben!«

Überrascht sah sie nach links, wo hinter einem Flatterband die Rue Lucien Barrière abbog. An der Straßenecke standen zwei Polizisten und drängten einige Schaulustige zurück, die mit erhobenen Handys die Geschehnisse vor dem Nobelhotel einfingen.

Einer von ihnen winkte ihr zu.

»Mademoiselle Claire! Ich komme von Sammy!«

Der Mann trug eine schwere Stofftasche und trotz des warmen Abends einen Wintermantel, seine Füße steckten in schweren Stiefeln. Die Menschen um ihn herum rümpften die Nase, als er sich näher an die Absperrung schob. Unsanft drängte ihn einer der Polizisten zurück.

»Was wird denn das jetzt noch?«, murmelte Claire. Sie rieb sich die Augen und ging hinüber zur Straßenecke.

»Ist gut, lasst ihn durch«, sagte sie zu einem der Kollegen, der zu den Bereitschaftspolizisten aus Caen gehörte.

»Aber er riecht verdammt schlecht«, antwortete der Kollege, ließ den Obdachlosen dann aber widerwillig unter der Absperrung durchschlüpfen. Er kam sofort auf sie zugeeilt.

»Hier ist ja ganz schön was los«, sagte der Mann und blickte voller Furcht auf die blauen Lichter und die aufgestellten Scheinwerfer auf der Promenade, die hinunter zum Strand führte.

»Hat das was mit der Fußzehe zu tun?«, fragte er. »Sammy hat mir davon erzählt.«

»Warum hat er Sie geschickt?«, unterbrach sie ihn direkt. »Ich habe hier wirklich jede Menge zu tun, wir müssen …«

»Ich soll Ihnen sagen: Er weiß, wo er wohnt.«

Aufgeregt trippelte der Mann vor ihr auf dem Bürgersteig, sein Blick war gehetzt, immer wieder fuhr er sich mit der Zungenspitze über die Lippen.

»Wer?«

»Der Poet! Er weiß, wo er wohnt. Ein Bruder hat es von einem anderem Bruder, der wiederum … egal, ich soll Ihnen ganz dringend sagen, dass er eine kleine Wohnung in Gabet Angélique hat, das ist …«

»Ich weiß, wo das ist. Ist Sammy dort?«

Der Mann zuckte mit den Schultern.

»Keine Ahnung, wir haben uns am Bahnhof getroffen. Ich sollte es Ihnen sagen, ich hab nur vorher … also, ich habe noch was getrunken, wenn Sie verstehen. Aber er hat Sie gut beschrieben, wirklich! Und er sagte, wenn ich Glück habe, dann bezahlen Sie mich.«

Er sah sie erwartungsvoll an.

»Hausnummer 25, das ist ein Mehrfamilienhaus. Dort im Souterrain.«

»Und Sammy ist sich ganz sicher?«

»So hat er es mir gesagt.«

Claire fragte den jungen Kollegen, der an der Absperrung stand: »Hast du zufällig zehn Euro einstecken?«

»Ja.«

»Gut, gib sie ihm, er hat sie verdient.«

»Ihm geben? Warum soll ich ausgerechnet …«

»Weil ich es sage. Und weil Roussel da drüben sonst mächtig Ärger macht. Du kriegst sie im Commissariat zurück.«

»Meinetwegen.«

Claire rannte über die Straße, suchte nach Roussel und Sandrine, bis sie sie schließlich entdeckte, als sie auf dem Weg zurück zum Hotel waren.

»Roussel! Wir müssen sofort los.«

Er drehte sich zu ihr um. Er sah müde aus, war gezeichnet von den Ereignissen der vergangenen Stunden.

»Was ist denn jetzt schon wieder?«, stöhnte er.

»Ich weiß, wo der Poet wohnt.«

Roussel sah sie kurz an, straffte sich, sortierte seine Gedanken, setzte Prioritäten. Schließlich drehte er sich zu Sandrine um.

»Du übernimmst die Ermittlungen hier, bis ich zurück bin. Ich brauche zwei Kollegen, die mit uns kommen. Claire, du fährst.«

Wenige Augenblicke später schossen zwei Polizeiautos den Boulevard Eugène Cornuche entlang. Die Blicke der Schaulustigen und die surrenden Objektive der Kameras folgten ihnen. Während in den Schatten einer Seitenstraße ein Obdachloser überglücklich auf den Schein in seinen Händen starrte.

»Heute ist ein Glückstag«, murmelte er leise. Dann schulterte er seine Einkaufstaschen und schlurfte los, zurück in die Straßen der Stadt, jenseits der Geschehnisse, von denen er nicht mal ansatzweise wissen wollte, was sie bedeuteten.

KAPITEL 15

Varengeville-sur-Mer
Zur gleichen Zeit

Nicolas saß in einem tiefen Sessel vor der breiten Fensterfront im Kaminzimmer des »Hôtel de la Falaise« und betrachtete das Schauspiel, das sich vor seinen Augen ereignete. Der nahezu volle Mond hatte sich die Wolken zurechtgerückt, sein mildes Licht spiegelte sich auf der nahezu stillen See. Einem Finger gleich, der über das dunkle Wasser strich, der es aufhellte an den dunkelsten Stellen. Noch weiter hinten verlor sich das Licht in der Ungewissheit des Horizonts, und es hätte Nicolas nicht gewundert, wenn mit einem leisen Geräusch jemand den Mond ausgeknipst hätte, um sie ganz und gar der Dunkelheit zu überlassen.

Es war still, eine einzige kleine Lampe in der Ecke des Raumes war an, in der Fensterscheibe spiegelte sich sein Umriss. Hinter sich hörte er das Klirren von Eiswürfeln, schließlich Schritte, die leise näher kamen.

Sie war barfuß.

»Bitte schön«, sagte sie und hielt ihm ein Glas hin, in dem sich augenscheinlich ein starker Drink befand.

»Ich hatte heute eigentlich schon genug«, sagte er zum wiederholten Male, seitdem Myriam, die Besitzerin des Hotels, ihnen den Raum aufgeschlossen hatte, mit dem Hinweis, dass sie hier alles finden würden, was sie bräuchten. Nicolas hatte sich in den Sessel gesetzt und nach und nach die Dornen aus seinen Unterarmen gezogen. Es war überraschend leicht gewesen und mithilfe des Alkohols auch einigermaßen erträglich.

Sie setzte sich in den Sessel neben ihm, die Beine über die Lehne geschwungen, sodass sie ihn direkt ansehen konnte, während sie einen tiefen Schluck aus ihrem Glas nahm.

»Aber ich hatte nicht genug«, sagte sie und lehnte ihren Kopf nach hinten. »Mein Gott, was für ein Tag!«

Nicolas drehte sich leicht zu ihr und betrachtete sie im Schein des Mondes, der jetzt hell durch die Fensterfront fiel. Sie trug ein dunkles, schlichtes Baumwollkleid, das von einem Gürtel in der gleichen Farbe zusammengehalten wurde. Ihre Fußnägel waren ebenfalls dunkel lackiert, am linken Handgelenk klimperten zahlreiche Armreifen. Mit der rechten Hand fuhr sie sich durch ihre schulterlangen blonden Haare.

Noemie Rey war eine hinreißend attraktive Frau.

Sie sah nachdenklich hinaus aufs Meer, auf den Mond, schloss kurz die Augen und nahm dann erneut einen Schluck aus ihrem Glas.

»Passiert dir das öfter?«, fragte Nicolas schließlich in die Stille hinein.

Sie lächelte ihn an.

»Dass ich mit einem fremden Mann einen Drink nehme und aufs Meer starre? Geht so, nicht sehr oft eigentlich.«

»Ich meine die Ohnmacht.«

»Die offizielle Antwort ist: nein. Die inoffizielle: ja. Leider. Aber ich kann es kontrollieren, meistens jedenfalls.«

»Offenbar nicht oft genug.«

»Danke für den Hinweis.« Sie schnipste etwas Flüssigkeit aus ihrem Glas in seine Richtung und steckte sich einen Eiswürfel in den Mund, während sie erneut aus dem Fenster sah.

»Wigglisch schön schu schehen, der Mon!«, nuschelte sie. Und vielleicht war es der Alkohol, vielleicht auch nur das Ende eines überfrachteten Tages: Nicolas nahm sich ebenfalls einen Eiswürfel und steckte ihn in den Mund.

»Schon scher schön schugenommen hat er, der Mon.«

Sie lachte laut, ihr Eiswürfel fiel aus dem Mund und klapperte über das Parkett in die Dunkelheit.

»Isch hol dir einen neuen Eischwürfel«, sagte Nicolas, was sie nur noch mehr zum Lachen brachte.

»Nein, im Ernst«, sagte er und spuckte seinen Eiswürfel ins Glas zurück. »Wenn ich mit dem Auto dort entlanggekommen wäre, ich hätte keine Chance gehabt. Du solltest das untersuchen lassen, wirklich.«

»Ach was«, sagte sie und funkelte ihn an, während er einen neuen Eiswürfel in ihr Glas rutschen ließ. »Auf diese geniale Idee bin ich zufällig auch schon gekommen! Ich war sogar schon mal beim Psychiater deswegen, die anderen Ärzte kann ich gar nicht zählen. Letztendlich bin ich einfach zu schnell unterzuckert. Wenn ich nichts esse zum Beispiel, also nichts Besorgniserregendes. Ist nur ziemlich unpraktisch.«

»Bist du schon mal auf dem roten Teppich zusammengeklappt?«, fragte er.

»Um Gottes willen, nein!«, sagte sie. »Da ist man viel zu aufgeregt, ich jedenfalls. Nein, da noch nicht. Aber am Set, fürchterlich peinlich. Und du, was ist deine Schwäche?«

Er warf ihr einen belustigten Blick zu. Um ihren Hals trug sie mehrere Ketten, sie waren feingliedrig und ineinander verflochten. Vor allem sahen sie teuer aus.

Nicolas überlegte einen Moment lang.

»Traurigkeit«, sagte er schließlich. »Ich bin nicht der lustigste Mensch der Welt. Ach so, und Fahrradfahren, ich lande gern mal in Brombeerhecken.«

»Hör auf«, sagte sie, »natürlich bist du lustig! Nein, im Ernst, sag schon, was ist deine Schwäche. Komm, du kennst jetzt den großen Makel der berühmten Noemie Rey, jetzt musst du mir auch was geben.«

»Ich habe keinen einzigen deiner Filme gesehen. Ist das eine Schwäche?«

»Nein, das ist eine Unverschämtheit. Manche waren richtig gut. Du hast wirklich keinen einzigen gesehen? Ich muss mir wirklich überlegen, von wem ich mich retten lasse.«

»Ich gehe davon aus, dass du genug Fans hast, die dich liebend gern retten würden.«

»Aber nicht jeder würde sich für mich in eine Brombeerhecke stürzen.«

Sie sah ihn über den Rand ihres Glases an, dann legte sie ihren Kopf auf das Polster des Sessels und schloss die Augen. Für einen Augenblick schwiegen beide. Nicolas beobachtete die Schatten der Bäume, die sich draußen leicht im Wind wiegten, die grauen Flecken auf dem Antlitz des Mondes und die Signalleuchten einer Fähre in der Dunkelheit.

»Warum bist du traurig?«, fragte sie mit leiser Stimme, die Augen immer noch geschlossen, ihre Fingerspitzen berührten schon fast das Parkett, wo sie behutsam ihr Glas abstellte.

Gute Frage, dachte Nicolas. Warum bin ich so oft traurig? Er hatte sich viele Fragen gestellt in den vergangenen Jahren, diese aber noch nicht.

»Dafür gibt es viele Gründe«, sagte er und drehte sein mittlerweile leeres Glas in der Hand.

»Nenn mir einen.«

»Den Tod.«

Sie setzte sich auf und sah ihn aufmerksam an. In diesem Augenblick fand Nicolas, dass sie nichts gemein hatte mit der Frau, die in den Magazinen und Prominachrichten beschrieben wurde. Ihr Gesicht war blass, ihre Augen wirkten müde.

»Was meinst du damit?«, fragte sie. »Hast du jemanden verloren?«

»Auch.«

Mehr sagte er nicht, und sie fragte auch nicht nach.

»Ich habe auch jemanden verloren«, sagte sie schließlich. »Hast du davon auch nichts mitbekommen?«

»Doch, habe ich.«

»Aber die Regenbogenpresse lesen, das machst du also schon, ja? Beim Friseur? Komm schon, erzähl mir, dass deine echte Schwäche der Promiklatsch ist! Du liest alles, ja? Hauptsache, Promis. Sag schon, mit wem hatte ich eine Affäre? Es würde mich wirklich interessieren, ich meine, ich komme gar nicht mehr dazu mitzuzählen, so viele waren es angeblich schon!«

Jetzt musste Nicolas lachen.

»Tut mir leid, ich muss dich enttäuschen«, sagte er. »Aber meine Mutter beschreibst du da ganz gut, sie erzählt mir jedes Mal: Die Rey, die hat es faustdick hinter den Ohren!«

Sie warf sich zurück in den Sessel, und etwas Flüssigkeit aus ihrem Glas spritzte auf ihr Kleid. Es schien ihr nichts auszumachen.

»Diese Mütter«, sagte sie lachend. »Meine will mich schon seit Jahren verkuppeln, dabei bin ich nicht mal dreißig. Ganz im Ernst! Hey, das ist übrigens ein schöner Abschluss eines sehr langen Tages, vielen Dank dafür. Auf dich! Und auf diesen wunderbaren Mond.«

Sie lachten, Noemies Armreifen funkelten im Mondlicht, und Nicolas spürte, wie sich in seinem Innern etwas ausbreitete, von dem er seit Langem nicht mehr gewusst hatte, wie es sich anfühlte.

Das Gefühl, am Leben zu sein.

»Bist du wegen des Festivals hier?«, fragte er schließlich. »Wenn ja, dann hast du dich ein bisschen verfahren.«

»Aber mit Absicht«, sagte sie lächelnd. »Ein Freund hat mir das Hotel hier empfohlen, und irgendwie hatte ich das Gefühl, einfach mal wieder aus einem Fenster hinaus aufs Meer blicken zu müssen. Die nächsten Tage in Deauville werden stressig genug, diesmal bin ich auch noch in der Jury. Obwohl die mich da gar nicht wollten, aber die Publicity nehmen sie dann doch ganz gern, die alten Säcke. Na ja, ich freu mich drauf.«

»Worauf freust du dich? Auf das Festival oder auf die Partys am Hafen von Trouville?«

Sie warf einen Eiswürfel nach ihm.

»Deine Mutter erzählt dir zu viele Sachen«, sagte sie. »Das war überhaupt nicht so geplant, es war eher … ach, keine Ahnung, ist auch egal.«

Überrascht stellte er fest, dass ihr Ausdruck sich kurz verdüsterte.

»Es war einfach keine wirklich gute Zeit, vor einem Jahr«, sagte sie. »Ich habe kurz zuvor … ach, was erzähle ich, das will doch jetzt auch keiner hören. Nimmst du noch einen Drink?«

»Nein, aber ich mach dir einen. Mit weniger Gin und mehr Tonic.«

»Wehe!«

Als er ihr Glas nahm, streifte ihr Arm kurz den seinen, sie lächelte ihn an. Und keiner von ihnen nahm den Schatten wahr, der sich draußen in der Dunkelheit bewegte.

»Und du, was machst du hier?«, fragte Noemie von ihrem Sessel aus, während Nicolas ihr einen weiteren, wenn auch fast antialkoholischen Drink mixte.

»Muss ich jetzt auch eine inoffizielle und eine offizielle Antwort geben?«, fragte Nicolas.

»Mir reicht die inoffizielle.«

»Ich bin hier, um zu vergessen.«

»Und, klappt es?«

Er legte zwei Limettenscheiben in das Glas und gab Eiswürfel dazu.

»Zum Teil. Es wird besser. Es gibt ein paar Dinge, die helfen dabei.«

»Da bin ich mir sicher.«

Er hatte sie nicht kommen hören.

Sie stand direkt hinter ihm. Mit einem Lächeln nahm sie ihr Glas entgegen, sah ihn an und nahm einen Schluck.

»Könnte stärker sein.«

»Es ist lange her, dass ich als Barkeeper tätig war.«

»Ist wie Fahrradfahren.«

»Nur ohne Brombeerhecke.«

»Das will ich doch hoffen.«

Ohne, dass er darüber nachgedacht hätte, berührte seine Hand den dünnen Stoff ihres Kleides, er spürte ihre Finger auf seinem Unterarm, sie brannten, obwohl sie kalt waren von dem Glas, das sie eben noch gehalten hatte.

Sie brauchte beide Hände.

Er zog sie an sich, hörte sie atmen, sie war kleiner als er, sah zu ihm hinauf. Seine Hand griff nach dem Stoff, ihre Hand an seinem Rücken, in seinem Nacken, als sie ihn zu sich zog.

Auf ihren Lippen lag ein Rest von Gin. Sie stöhnte leicht, ihr Bein drängte sich zwischen seine, sie schob ihn ein Stück vor sich her, küsste ihn weiter, bis seine Beine die Kante eines Sessels berührten.

Sie drückte ihn hinein, setzte sich auf ihn, ihre Hände in seinen Haaren, auf seiner Brust, er spürte sie, griff nach ihr, seine Hand schob sich unter ihr Kleid auf ihren Rücken, der warm war und glatt, immer wieder küssten sie sich, suchten sich, hektisch und schnell, weil für alles andere keine Zeit mehr war. Schließlich sah sie ihn an, lächelte und streifte ihr Kleid ab. Sie beugte sich über ihn, so dicht, dass er nur noch das Funkeln ihrer Halsketten sah.

Und nicht den Schatten draußen vor dem Fenster, der zu ihnen hineinstarrte, stumm und verbittert.

KAPITEL 16

Deauville
Zur gleichen Zeit

Claire und Roussel saßen im ersten der beiden Fahrzeuge, die in diesem Augenblick die Häuser von Gabet Angélique erreichten, einem schmucklosen Viertel am Ortausgang von Trouville. Sie hatten Deauville und die fiebrige Atmosphäre rund um das »Hôtel de la Plage« in aller Eile verlassen, Claire saß am Steuer eines kleinen Peugeot, Roussel hatte sich die ganze Fahrt über am Griff über der Beifahrertür festgehalten.

»Die anderen kommen uns doch niemals hinterher«, fluchte er jedes Mal, wenn Claire mit quietschenden Reifen in einen Kreisverkehr eingebogen war.

»Entschuldigung, das nächste Mal nehmen wir den Bus«, hatte sie schließlich geantwortet. »Zweimal umsteigen, schon sind wir da.«

Tatsächlich war der junge Kollege hinter ihnen offenbar auch ein geübter Fahrer, ohne Boden zu verlieren, war er Claire gefolgt auf ihrer halsbrecherischen Fahrt durch die Stadt entlang der Touques.

»Du weißt genauso gut wie ich, dass es noch lange nicht vorbei ist«, sagte sie jetzt, als sie mit quietschenden Reifen durch eine Reihe von Mehrfamilienhäusern fuhr, auf der Suche nach dem Haus mit der Nummer 25.

Roussel wusste sehr genau, was sie meinte. Er hatte die letzten Worte des Poeten noch im Ohr:

»Rettet sie, bevor es zu spät ist.«

Er hatte mehrmals während der Fahrt versucht, Noemie Reys Agentin zu kontaktieren, aber außer ihrer Mailbox hatte er niemanden erreicht.

»Da ist es!«

Claire schaltete das Blaulicht aus und hielt direkt vor einem zweigeschossigen Bau, von dessen Wand die Farbe abblätterte.

»Überall dunkel«, murmelte sie, »in keinem einzigen Stockwerk brennt Licht.«

»Das ist ein Abrisshaus«, sagte Roussel und überprüfte seine Waffe. Auf dem Parkplatz neben ihnen standen zwei Fahrzeuge, ein Wagen war komplett ausgebrannt, während an dem anderen alle Reifen fehlten. Ein umgefallener Korbsessel lag trostlos auf der Rasenfläche vor dem Haus.

»Nett hier«, sagte Roussel und stieg aus dem Wagen. Er machte den beiden Kollegen ein Zeichen, einmal um das Gebäude herumzugehen, dann sah er Claire an.

»Hast du eine Weste dabei?« Sie schüttelte den Kopf. »Ging zu schnell.«

»Es geht immer zu schnell«, sagte Roussel. Er selbst hatte in Sandrines Wagen nach einer Schutzweste gesucht und sie gefunden.

»Dann bleibst du hier.«

»Roussel! Ich war es, die dir …«

»Claire, das war keine Bitte. Du bleibst im Wagen, es ist mir völlig egal, wie du das findest. Keine Weste, kein Einsatz. Ich bin für dich verantwortlich. Das nächste Mal denkst du dran.«

Er schlug die Tür zu und wartete neben dem Wagen, bis die beiden Kollegen zurückkamen.

»Der Hintereingang ist versperrt«, flüsterte einer von ihnen. »Und so wie es aussieht, ist das ganze Gebäude tatsächlich unbewohnt. Zumindest brennt auch hinten kein Licht.«

»Der Poet hatte offenbar kein Geld für eine Luxuswohnung am Meer. Los, wir gehen rein. Souterrain hast du gesagt, ja?«

Claire nickte trotzig.

»Auf geht's.«

Mit geduckten Köpfen und langen Schritten eilten sie hinüber zum Eingang des Hauses. Roussel stemmte sich gegen die schief in den Angeln hängende Eingangstür, die nach kurzer Zeit mit einem Knacken nachgab. Er schob einige Absperrbänder zur Seite und leuchtete mit einer Taschenlampe in das dunkle Treppenhaus hinein. Kurz darauf verschwanden die drei Männer im Innern des Gebäudes.

»Na prima«, fluchte Claire und starrte missmutig durch die Frontscheibe. Sie wartete auf das Aufflackern eines Lichts in den Fenstern, dort, wo die Männer die Gänge durchsuchten.

Es war still draußen, nur der Wind, der um die abbruchreifen Häuser wehte, war zu hören.

»Das nächste Mal findet ihr selbst raus, wo dieser dämliche Poet wohnt.«

Als sie hinter sich Stimmen hörte, drehte sie sich um und sah auf die andere Straßenseite. Vor dem beleuchteten Eingang eines offenbar noch bewohnten Hauses standen drei junge Männer, einer von ihnen hatte die Kapuze tief in die Stirn gezogen. Sie rauchten und beobachteten misstrauisch die beiden Einsatzfahrzeuge. Einer der beiden hielt einen Kampfhund, der unablässig knurrte und nach seiner Leine schnappte. Als einer der Männer seine Zigarette in eine Ecke schnippte und Anstalten machte, herüberzukommen, legte Claire ihre Hand auf die Waffe und entsicherte sie.

»Bleibt, wo ihr seid«, flüsterte sie und beobachtete die Männer im Rückspiegel ihres Wagens. Einer von ihnen machte einen Witz, die anderen beiden lachten, der Hund knurrte. Sein Besitzer zerrte an der Leine, und Claire fragte sich, ob er seinen Köter wirklich im Griff hatte.

»Ich wette, der braucht eigentlich einen Maulkorb.«

Der Mann war stehen geblieben und blickte provozierend zu ihrem Wagen. Offenbar hatte er bemerkt, dass jemand auf dem Fahrersitz saß.

Das Funkgerät im Wagen knackte.

»Claire? Wir sind jetzt im Souterrain.«

Als sie einen kurzen Blick in Richtung des dunklen Gebäudes warf, sah sie das Aufblitzen einer Taschenlampe – allerdings im zweiten Stock.

»Roussel! Da ist jemand oben im Gebäude, im zweiten Stock! Hörst du mich?! Er hat eine Taschenlampe!«

Sie sah, wie der Schein über die Fensterfront wanderte, schnell jetzt und flackernd.

»Scheiße, der rennt weg. Roussel, ich komme rein!«

»Nein, du bleibst ... Hey, stehen bleiben! Polizei.«

Claire war schneller aus dem Wagen gesprungen, als das Echo von Roussels Stimme in der Leitung verklungen war. Mit gezogener Waffe rannte sie auf den Haupteingang zu. Aus den Augenwinkeln sah sie, wie nun alle drei Männer sich langsam dem Wagen näherten.

»Bleiben Sie, wo Sie sind!«, schrie sie im Laufen. »Und halten Sie den Hund fest!«

Dann hörte sie einen Schuss aus dem Gebäude, sie duckte sich und presste sich gegen die Hauswand.

Der Mann mit dem Pitbull rief zu ihr hinüber.

»Hey, Schnecke! Brauchst du Hilfe? Soll ich meinen Hund mal losschicken!«

»Gehen Sie rein! Gehen Sie ins Haus!«

Claire atmete tief ein, sprang auf, um ins Haus zu gehen – und wurde mit voller Wucht umgestoßen, als ein großer Schatten aus dem Treppenhaus stürmte. Er rannte sie förmlich über den Haufen, stieß sie dabei zur Seite, stolperte kurz, raffte sich auf und hetzte über die Rasenfläche, fort in Richtung Straße. Claire wurde zur Seite katapultiert, sie spürte, wie die Luft aus ihren Lungen gepresst wurde, als sie hart auf den Boden schlug, ihre Waffe wurde ihr von der Wucht des Aufpralls aus der Hand gerissen, prallte gegen die Hauswand und blieb im Kies liegen.

»Fuck!«

Claire hielt sich mit schmerzverzerrtem Gesicht die Seite, auf der sie seit jenen Ereignissen auf dem amerikanischen Friedhof eine tiefe Narbe hatte. Tränen schossen ihr in die Augen. Aus den Augenwinkeln sah sie den Schatten des Mannes, der sie umgerannt hatte. Er stolperte die Straße entlang, hektisch und mit rudernden Armen.

»Stehen bleiben. Polizei!«

Einer der beiden jungen Kollegen war in der Tür aufgetaucht, er hob seine Waffe.

»Nicht!«, wollte Claire noch schreien, aber es war zu spät. Der Warnschuss peitschte durch die Dunkelheit, sie sah, dass der flüchtende Mann kurz zusammenzuckte und weiterlief, an den Häusern vorbei in Richtung Wald, in den er gleich verschwinden würde.

Der Besitzer des Pitbull, der eben noch den großen Macker gegeben hatte, war ebenfalls zusammengezuckt. Und das reichte dem Hund.

Roussel stürmte aus dem Gebäude. Alles geschah in Sekundenbruchteilen.

»Nein«, flüsterte Claire, weil sie wusste, was gleich geschehen würde.

Es schien, als habe der Pitbull nur auf ein Signal gewartet, als habe er das kurze Zucken seines Besitzers als Appell verstanden. Er riss sich los, das Maul weit geöffnet, seine Hinterläufe rissen den Boden auf, als er über die Rasenfläche davonjagte – dem Mann hinterher, der nur noch wenige Meter bis zum Waldrand zurückzulegen hatte. Claire konnte sehen, dass dieser sich panisch umsah, sein weiter Mantel flatterte im Wind.

Er hatte keine Chance.

Der dunkle Pitbull holte unaufhaltsam auf, die verzweifelten Rufe seines Besitzers hörte er längst nicht mehr. Wie ein dunkler Schatten flog er förmlich über den Rasen, mit unbändiger Kraft und einer ihn antreibenden Gier, sich in etwas zu verbeißen.

Roussel stürmte einfach weiter, dem Hund hinterher, während Claire verzweifelt versuchte, sich aufzurappeln. Sie rutschte aus, ihr Kopf schmerzte, die Lichter der Straßenlaternen flimmerten vor ihren Augen.

Mehrere Fenster hatten sich jetzt geöffnet, Köpfe wurden herausgestreckt, Finger zeigten die Richtung, in die es zu blicken galt.

Dem Hund hinterher.

Dem Drama hinterher.

»Nein!«

Der Mann wurde von der Wucht des Hundes umgerissen, er überschlug sich mehrmals, der Pitbull wurde durch den Schwung weitergetragen, kam auf dem Boden auf, seine Pfoten wühlten das Erdreich auf, als er mit offenem Maul lossprang, in Richtung seines Opfers. Der Mann wollte seine Arme noch hochreißen, er verhedderte sich in seinem Mantel, es war zu spät, der Hund war da.

Es waren die Schreie, von denen Claire später sagen würde, dass sie sie nie mehr vergessen würde. Das und die Handys in den Fenstern, die alles filmten, alles festhielten.

Für die anderen.

Für sich selbst.

Aus den Schreien wurde ein Klagelaut, den Claire nie zuvor gehört hatte, er kam aus den dunkelsten Tiefen der Hölle.

Roussel hatte immer noch die Waffe gezogen, hinter ihm rannte der Hundebesitzer. Claire sah erst jetzt, wie jung der Mann war, vermutlich gerade erst volljährig. Er stolperte, fiel hin, schrie den Namen seines Hundes.

Roussel rannte weiter, wurde nur kurz langsamer, als er die Waffe ansetzte.

Claire stand jetzt schwankend vor dem Hauseingang, hielt sich an der Wand fest, sie konnte nur ein dunkles Knäuel erkennen, zwei Schatten, die sich ineinander verkeilt hatten.

Und immer noch diese Schreie.

Unmenschlich.

Ein letztes Aufbäumen, Kraft, wo keine mehr war.

Ein letztes Fortschieben des Hundes, den Schmerz längst nicht mehr spürend.

Aber es reichte, um Roussel ein Schussfeld zu geben.

Zwei Schüsse peitschten durch die Nacht, gefolgt von einem kurzen Aufheulen.

Das Wimmern eines Hundes.

Kurz darauf ein dritter Schuss, aus nächster Nähe.

Roussel sackte auf dem Rasen zusammen, warf einen kurzen Blick auf den Mann am Boden und übergab sich direkt neben den leblosen Körper des Tieres. Der jugendliche Hundebesitzer torkelte schreiend und weinend auf das Geschehen zu.

Doch es war zu spät.

Roussel rappelte sich auf, packte ihn am Kragen und streckte ihn mit einem gewaltigen Fausthieb zu Boden. Danach übergab er sich ein zweites Mal.

Und Claire wusste, warum. Sie sackte an der Hauswand hinab, bis sie den kalten Boden erreichte, auf dem sie sitzen blieb, so lange, bis zwei Krankenwagen in die Straße einbogen. Sie nickte, als später ein Sanitäter fragte, ob alles in Ordnung sei, ließ sich aufhelfen und zu einem Wagen bringen, wo jemand ihr eine Decke gab und eine Tasse Tee.

»Wollen Sie mir Ihre Mütze geben«, fragte der Sanitäter freundlich. »Sie halten sie die ganze Zeit in der Hand. Lassen Sie mal locker. Geben Sie sie mir, so ist es gut.«

»Das ist nicht meine Mütze.«

Sie hatte ihn erkannt, die Furcht in seinem Gesicht, die Panik, weil er mit der Polizei so schlechte Erfahrungen gemacht hatte. Seine Mütze war ihm vom Kopf gerutscht, sie hatte danach gegriffen, als er sie umgerannt hatte.

Es war eine gelbe Mütze, von einem Mann ohne Obdach.

Einem Mann ohne Schutzengel.

Auch heute.

Claire liefen die Tränen übers Gesicht.

»Oh, Sammy. Es tut mir so leid!«

Ihre Stimme verhallte ungehört zwischen den blauen Lichtern der Krankenwagen, die über die Fassaden der Häuser zuckten. Wenig später erfuhr sie, dass Sammy überlebt hatte. Aber er würde nie mehr so lächeln können wie am Morgen auf der Place Morny.

KAPITEL 17

Als sie eine halbe Stunde später das abbruchreife Gebäude betraten, waren sie beide von den Ereignissen immer noch vollkommen sprachlos. Weder Claire noch Roussel hatten das Bedürfnis, etwas zu sagen, ihnen beiden steckten die Geschehnisse in den Knochen. Keiner von ihnen hatte bisher angemessene Worte gefunden für das, was soeben vor diesem Haus geschehen war.

Sie würden diesen Tag so schnell nicht vergessen, das stand fest. Und die nächsten Tage womöglich auch nicht, und genau deshalb waren sie nun hier. Weil sie Licht ins Dunkel bringen wollten, weil sie mehr verstehen wollten, weil immer noch nichts einen Sinn ergab.

Und nun standen sie vor einer geöffneten Wohnungstür, der Mann vom Schlüsseldienst packte gerade seine Sachen zusammen.

»Normalerweise brauche ich hierfür ja einen richterlichen Erlass. Ohne geht eigentlich gar nichts.«

»Gefahr im Verzug«, murmelte Roussel und schob den Mann einfach zur Seite, der kurz darauf im Gang verschwand.

»Was auch immer wir hier finden, Claire: Es wird uns nicht mehr treffen. Jedenfalls nicht mehr als das, was vorhin geschehen ist.«

»Ich hoffe, du hast recht.«

Mittlerweile hatte sie eine Schutzweste bekommen, sie zog wie Roussel ihre Waffe und stellte sich neben die Tür, mit dem Rücken zur Wand.

»Polizei! Wir kommen jetzt rein!«

Sofort musste sie an das Apartment unter dem Dach des

»Hôtel de la Plage« denken. Auch dort hatten sie ihr Eintreten angekündigt, nur um dann einen Toten zu finden.

Hier jedoch, im feuchten Souterrain des verlassenen Gebäudes, gab es weder Tod noch Leben. Nur einen schmalen Flur, in dem die Staubkörner tanzten, im Licht ihrer Taschenlampen. Eine Toilette, eine kleine Küche, in der das schmutzige Geschirr sich stapelte. Ein Wohnzimmer, kahl bis auf einen verdreckten Teppich in der Mitte, einen Tisch und zwei Stühle.

»Was ist das?«, flüsterte Claire und leuchtete auf die Mitte des Tisches. Dort lag ein Buch, es schien alt und abgegriffen zu sein, das Deckblatt war voller Flecken, die Seiten teilweise geklebt.

»Das hat jemand richtig oft gelesen«, sagte Roussel leise und drehte es so, dass sie den Titel sehen konnte. Als hätte es daran noch Zweifel gegeben.

»Les Fleurs du Mal«. »Die Blumen des Bösen«.

»Natürlich«, grummelte Roussel. »Aber jetzt braucht er es ja erst mal nicht mehr. Komm, es bleibt noch das Schlafzimmer. Ich bin froh um jeden Toten, den wir heute nicht finden, da ist so ein Gedichtband nicht weiter schlimm.«

Er leuchtete auf eine schmale Tür, die vom Wohnzimmer wegführte. Sie war leicht angelehnt, von draußen fiel das Mondlicht durch die Rollläden.

Claire betrat den Raum hinter Roussel. Das Zimmer war ebenso karg eingerichtet wie die anderen, auf einer speckigen Matratze lag ein dünner Schlafsack, daneben mehrere Flyer, auf denen Claire das Logo des Filmfestivals erkannte. Ansonsten war der Raum leer.

Bis auf die Wände.

»Schau dir das an«, sagte Roussel und leuchtete auf die linke Wand, die nahezu vollständig mit Text bedeckt war. Zeilen, Reime, unendlich lange Sätze, die sich aneinanderreihten, von der Decke bis zum Boden. Die meisten verliefen waagrecht, andere schräg, weil der Platz nicht mehr gereicht hatte, manche sogar von oben nach unten, entlang des Türbalkens oder unter dem Fensterbrett.

»Was steht da?«, fragte sie, aber Roussel zuckte nur die Achseln.

»Das Übliche, nehme ich an. Baudelaire und seine Gedichte, es würde mich nicht wundern, wenn hier der halbe Band abgepinselt ist. Schau hier, in der Mitte: ›*Betracht, meine Seele!*‹ Das ist aus ›Die Blinden‹, damit hat er die Stadt vollgekritzelt, vor einem knappen Jahr und jetzt wieder. Und hier in seiner Wohnung hat er geübt oder sonst was gemacht. Ein echt armer Teufel.«

Claire drehte sich um und beleuchtete die andere Seite des Raumes. Die gegenüberliegende Wand war kaum mehr zu sehen, weil sie über und über mit Zeitungsausschnitten, Fotos und Artikeln aus dem Internet bedeckt war. Einige Ausschnitte waren in Folien eingeschweißt, andere wiederum hingen völlig zerfleddert an der Wand. Claire ging näher heran und beleuchtete sorgsam die Fotos.

»Das sind Schauspieler«, flüsterte sie. »Berichte über Filmvorführungen. Schau her, der rote Teppich in Cannes. Ein Interview mit Adjani. Fotos von einem Making-Of. Offenbar hat er sich sehr für die Filmbranche interessiert, er hat alles aufgehoben und gesammelt. Das sind Artikel aus … mehreren Jahren.«

Roussel betrachtete jetzt ebenfalls die Ausschnitte, er pustete darauf, sodass Staub aufwirbelte.

»Ich befürchte, es war nicht die Filmbranche. Zumindest nicht nur. Ich glaube, er hatte eine ganz bestimmte Leidenschaft.« Roussel deutete erst auf ein Foto, dann auf ein anderes. Er tippte auf einen Artikel, einen nächsten, zeigte Claire zwei Artikel, die in einer Ecke des Zimmers befestigt waren.

»Noemie Rey«, sagte Claire leise.

Tatsächlich merkte sie jetzt, dass nahezu auf allen Fotos die junge Schauspielerin zu sehen war. Sie lachte in die Kameras, war am Set eines Films zu sehen, gab ein längeres Interview. Ihr Gesicht prangte, wenn man es genau betrachtete, nahezu auf der gesamten Wand.

»Was wollte er von ihr?«, fragte sie Roussel.

»Aufmerksamkeit. Zuneigung. Ein Autogramm? Keine Ahnung, wir werden ihn fragen. Und wir werden die Spurensicherung hier durchjagen, die sollen die Bude auf den Kopf stellen. Wir hauen ab, es war schlimm genug.«

Sie traten aus dem Schlafzimmer, Roussel wollte gerade in den Flur gehen, als Claire ihn aufhielt.

»Warte«, sagte sie.

»Komm schon, Claire. Das können wir morgen auch noch machen, ich bin müde. Das Buch verschwindet ja nicht.«

»Das Buch, warum hat er es nicht mitgenommen?«

»Wie meinst du das?«

»Na ja, ich gehe davon aus, dass es sein größter Schatz ist, da drin hat er alles gehabt, was er brauchte, die Wörter, die Zeilen, die Gedichte. Warum lässt er es hier zurück?«

»Weil es ihn nur gestört hätte, vielleicht?«

Claire zog einen Latexhandschuh aus der Hosentasche, zog ihn sich über und schlug den Gedichtband auf. Der Schein der Taschenlampe flackerte über die ersten Seiten.

»Les Fleurs du Mal«, las sie. »Charles Baudelaire 1961.«

»Lange her«, grummelte Roussel. »Nun komm schon, Claire, lass uns gehen.«

Claire blätterte um, runzelte die Stirn und beugte sich näher über den Einband. Der Gedichtband begann mit einer Widmung Baudelaires, die er seinen Gedichten vorangestellt hatte.

»Hier hat jemand etwas verändert.«

»Und was?« Roussel stand noch immer im Türrahmen, der hinaus in den Flur führte. Er blickte ungeduldig auf die Uhr.

Claire las laut vor.

»Baudelaire hat geschrieben: *Dem untadeligen Poeten, dem vollendeten Wortmagier der französischen Dichtung, meinem sehr lieben und hochverehrten Meister und Freund Théophile Gautier widme ich mit den Gefühlen meiner tiefsten Demut diese kränkelnden Blumen.*«

»Okay, das kenne ich, ich habe vor einem Jahr auch ein bisschen drin gelesen, wegen all der Schmierereien. Und was ist jetzt verändert?«

»Der Name«, erklärte Claire. »Jemand hat den Namen von Baudelaires Freund Théophile Gautier fein säuberlich durchgestrichen und etwas Neues danebengeschrieben. Gewissermaßen eine eigene Widmung.«

Roussel war jetzt zu Claire an den Tisch gekommen und beugte sich ebenfalls über den Gedichtband.

»Meinem sehr lieben und hochverehrten Meister und Freund, MEINEM BRUDER, widme ich mit den Gefühlen meiner tiefsten Demut diese kränkelnden Blumen.«

Für einen Moment schwiegen sie beide, bis Claire das Buch schließlich zuklappte. Sie zog ihren Handschuh aus und steckte ihn in die Hosentasche.

»Rettet sie, bevor es zu spät ist, hat er gesagt«, murmelte Roussel in den dunklen Raum hinein.

»Er ist nicht allein«, ergänzte Claire. »Es gibt noch einen anderen, jemanden, der hinter Noemie Rey her ist.«

»Einen Bruder.«

»Seinen Bruder. Wer auch immer das ist. Aber genau das müssen wir herausfinden. Bevor es zu spät ist.«

Teil zwei

DER MENSCH UND DAS MEER

Befragung der Zeugin
Cantalle, Claire, geb. 13.02.1992,
Commissariat Deauville, Normandie
Uhrzeit: 22:03 Uhr
Anwesend: Serge Roscoff, Interne Ermittlung,
Polizeidirektion Caen
Auszug aus dem Protokoll

»Mögen Sie Gedichte, Claire? Ich darf doch Claire sagen, oder?«

»Wenn Sie möchten. Und die Antwort ist: Geht so. Kommt drauf an, würde man wohl sagen.«

»Auf was? Würde man wohl fragen, oder?«

»Sie sind lustig.«

»Danke.«

»Na ja, ob sie was auslösen, ob sie mich berühren, die Gedichte. Ob ich lächeln muss, so was halt.«

»Haben Sie beim Lesen der Zeilen etwas empfunden?«

»Sie meinen, die auf den Litfaßsäulen, den Häuserwänden? Nicht wirklich.«

»Woran lag das, was glauben Sie?«

»Vielleicht daran, dass der Kerl, der sie niedergeschrieben hat, sich kurz darauf eine Waffe gegriffen hat, um am Strand ein paar Leute abzuknallen? Wäre eine Möglichkeit, was meinen Sie?«

»Zu dem Zeitpunkt wussten Sie das noch nicht.«

»Vermutlich hatte ich eine Vorahnung. Vielleicht stand es ja – wie sagt man so schön – zwischen den Zeilen.«

»Haben Sie nachgeschaut?«

»Ja, da stand nichts. Außerdem: Dieses ganzes Zeug von Baudelaire, das ist mir alles zu dunkel. Sagt doch schon der Titel: ›Die Blumen des Bösen‹.«

»Es ist eine Abrechnung mit dem städtischen Leben seiner Zeit, den Ausschweifungen, den Exzessen, den Niederungen, die der Mensch sich selbst schafft.«

»Alle Achtung, Sie haben recherchiert.«

»So wie Sie.«

»Aber ich habe nichts herausgefunden. Zumindest nicht am Anfang.«

»Und am Ende?«

»Da war es zu spät.«

»Eigentlich war es aber doch beendet. Mit den Gedichten, immerhin wollte der Mann sich erschießen und wurde dann verhaftet.«

»Ha!«

»Dachten Sie nicht auch, dass es vorbei ist? Alles deutete auf den Poeten hin, nicht wahr?«

»Schon möglich, aber …«

»Aber?«

»Wir hatten ja nicht mal die Zeit, darüber nachzudenken. Ich meine, ich stehe eben noch neben der Leiche von Henri Perrin in seinem Apartment, draußen am Strand knallt sich so ein irrer Poesiefreak fast selbst ab. Und wir reden noch nicht mal von dem, was dann in der Nacht passiert ist. Oder am nächsten Morgen. Oder am übernächsten! Kommen Sie mir nicht mit ›Dachten Sie, das war das Ende?‹, wir dachten nämlich gar nichts, wir handelten, wir reagierten, wir ermittelten, und alles passierte irgendwie gleichzeitig.«

»Wollen wir eine Pause machen, Claire?«

»Meinetwegen. Ich könnte eine Zigarette gebrauchen.«

»Kein Problem, den Gang runter ist ein Balkon, da steht ein Aschenbecher.«

»Gut.«

»Können wir vorher noch eine Sache klären?«

»Nur los.«

»Wie kamen Sie auf den Namen?«

»Sie meinen, auf den Täter?«

»Ganz genau. Wie kamen Sie auf ihn?«

»Durch Zufall.«

»Nicht wirklich.«

»Also gut: über die Gedichte.«

»Welche genau?«

»Die Gedichte, die überall in der Stadt aufgetaucht waren. Die Zeilen auf den Wänden, den Werbetafeln.«

»Der Name des Täters stand dort schon die ganze Zeit.«

»Nicht sein Name. So leicht war es dann doch nicht, glauben Sie mir. Ich würde jetzt wirklich gern eine rauchen.«

»Natürlich, gehen Sie nur. Wollen wir sagen, in … zehn Minuten?«

»Kein Problem.«

»Ach, Claire? Eine Frage noch …«

»Ja?«

»Können Sie mir sagen, wo wir Nicolas Guerlain finden?«

»Haben Sie das meinen Kollegen auch gefragt?«

»Ja.«

»Und was hat er geantwortet?«

»Dass wir Arschlöcher ihn niemals finden.«

»Und was haben Sie erwidert?«

»Dass das ziemlich unhöflich ist.«

»Wissen Sie, was Sie stattdessen hätten antworten sollen.«

»Nein, weiß ich nicht.«

»Dass er recht hat. Verflucht noch mal, er hat recht. Wir sehen uns in zehn Minuten.«

KAPITEL 18

Varengeville-sur-Mer
Am nächsten Morgen

Nicolas erwachte mit dem Gefühl, nicht alleine zu sein. Er lag auf der Seite, die Augen geschlossen, er spürte einen leichten Luftzug auf seinem Arm, und als er die Augen aufschlug, waren da keine Fotos an der Wand, sondern ein Balkonfenster, das offen stand und den Blick freigab auf das Meer.

Das Wimmern des Hundes war ausgeblieben in dieser Nacht.

Er drehte sich auf den Rücken, das zerwühlte Laken neben sich, die Wärme eines Körpers, der bis vor Kurzem noch dort gelegen haben musste. Die Bilder des vergangenen Abends und der Nacht drangen in sein noch müdes Gedächtnis, er spürte die Nachwirkungen des Alkohols, aber auch die Ruhe in seinem Kopf. Heute Nacht war niemand gestorben, kein Schatten hatte sich über ihn gebeugt, hatte ihn höhnisch ausgelacht.

Es würde ein guter Tag werden.

Am Abend, der noch in weiter Ferne lag, würde er denken, dass er sich wohl selten so sehr getäuscht hatte wie in jenem Moment im Bett von Noemie Rey.

Sie saß auf einem Stuhl und war gerade dabei, ihre Laufschuhe zuzuschnüren. Sie trug eine kurze Sporthose und ein Shirt, auf dem kleinen Tisch vor ihr lagen Kopfhörer. Sie lächelte, als er sich im Bett aufsetzte.

»Guten Morgen, fremder Mann.«

»Mein Name ist Nicolas.«

»Dann hätten wir das ja auch geklärt. Ich wusste doch, dass da noch etwas ist. Gut geschlafen?«

»Unter anderem.«

Sie warf ein Kissen nach ihm und stand auf, um die Balkontür zu schließen. Nicolas fuhr sich müde durchs Gesicht und sah auf die Uhr.

Es war halb acht.

»Bist du sicher, dass du Laufen gehen willst?«, fragte er. »Ich meine, jemand wie du … jeder kennt dich … es könnte …«

»Was?«, unterbrach sie ihn. »Einen Menschenauflauf? Hast du mal rausgeschaut, das hier ist das gottverdammte Niemandsland. Was meinst du, warum ich hier bin? Genau deswegen, um unten am Strand laufen zu gehen, nachher gehe ich zur Massage, bevor ich nach Deauville muss. Ich glaube nicht, dass hier ein Fanclub hinter den Hecken lauert.«

»Hast du denn einen? Einen Fanclub, meine ich?«

Sie schnaubte kurz und griff nach dem Zimmerschlüssel.

»Hast du eine Ahnung.«

»Kann man da Mitglied werden?«

Amüsiert musterte sie ihn. Schließlich setzte sie sich ans Bettende, faltete sein T-Shirt zusammen, das er in der Nacht ausgezogen hatte und legte es auf das Laken.

»Das war ein sehr schöner Abend, Nicolas.«

»Das war es.«

»Ich … hör zu, ich bin nicht gut in solchen Dingen … es ist nur …«

Nicolas beugte sich zu ihr und nahm ihre Hand.

»Geh laufen, Noemie Rey. Da draußen ist es wunderschön, du wirst sehen. Und wenn du zurückkommst, dann genieße deinen Tag, ruh dich aus. Du hast nicht sehr viel geschlafen, wenn ich mich recht erinnere.«

»Idiot.«

»Ich werde mir deine Filme ansehen.«

»Aber nicht alle. Den über die Zirkusfrau kannst du weglassen.«

»Den über die Zirkusfrau schaue ich zuerst.«

Sie lachte kurz auf, strich über seine Hand und sah ihn an.

»Pass auf dich auf, Nicolas.«

»Du auch auf dich.«

Drei Minuten später schloss Nicolas die Tür seiner kleinen Wohnung im Dachgeschoss des Hotels auf, warf seine Sachen aufs Bett und nahm die Postkarte auf dem Nachttisch in die Hand. Nachdenklich betrachtete er das Hafenbecken von Marseille, die Boote auf dem Wasser und das milde Licht der Sonne, das auf die Straßencafés fiel.

Eines davon war eingekreist, mit einer dünnen Linie.

»L'Occitane.«

Eine Bar am Hafen, einige Stühle standen davor, er stellte sich vor, wie die Menschen dort Pastis bestellten, ihre Sonnenbrillen ablegten und sich von ihrem Alltag erzählten, von der Arbeit, den Freunden, dem Leben in dieser Stadt, die auf dem Bild weiß schimmerte und die weit weg war von ihm und von den Felsen der Alabasterküste.

Unendlich weit weg.

Er legte die Karte zurück, sein Kopf war schwer von Erinnerungen.

»Okay«, sagte er und straffte sich. »Duschen, anziehen, frühstücken.«

Er warf einen Blick aus dem Fenster, als er ins Bad ging, das blaue Meer trug leichte Schaumkronen an diesem Morgen, auf den Tennisplätzen unter seinem Balkon spielten bereits zwei ältere Damen. Das Geräusch des Balles drang zu ihm nach oben. Weiter vorn war ein roter Punkt auszumachen, der leicht wippend einem schmalen Pfad folgte, der hinunter zum Strand führte. Noemie Rey lief gleichmäßig und mit durchgestrecktem Rücken, sie war eine geübte Läuferin.

Nicolas sah ihr hinterher, bis sie zwischen den Bäumen verschwunden war. Er wollte gerade ins Bad gehen, als sein Handy klingelte. Er seufzte, durchwühlte seine Sachen auf dem Bett und fand es schließlich in seiner Hosentasche.

»Ja?«

»Nicolas! Wo bist du?«

Er erkannte Claires aufgeregte Stimme sofort, sie schien zu laufen, ihr Atem ging schnell und im Hintergrund waren Autos zu hören. Vor allem aber war sie offenbar in heller Aufregung.

»Kannst du mich hören? Es ist verdammt laut hier auf der Brücke.«

»Ich kann dich gut hören, Claire. Warum bist du so früh schon auf den Beinen?«

»Das erkläre ich dir später, es ist … kompliziert. Wo bist du? Jetzt gerade, meine ich?«

»Claire, was ist denn los? Ich bin in meiner Wohnung, hier im Hotel. In Varengeville. Wo soll ich sonst sein?«

»Gut, sehr gut! Bleib da, ja? Hier ist die Hölle los, wir haben einen Toten, dazu noch einen Verrückten, der denkt, er sei der neue Baudelaire … ach, ist ja auch egal, ich erklär es dir später. Roussel ist unterwegs zu dir, gemeinsam mit einigen Kollegen. Sie müssten bald da sein.«

»Warum denn das? Claire, kannst du mir bitte erklären, was los ist? Ich verstehe nämlich kein Wort. Was will Roussel denn hier oben, das ist doch gar nicht sein Revier?«

Nicolas war wieder ans Fenster gegangen und sah hinaus über die Felsen. Das Geräusch des Balles, der gerade im Netz landete, war zu hören, ein Rasenmäher vor dem Haus. Weiter rechts, in Richtung Dieppe, sah er in der Ferne einen Wagen, der über einen Feldweg in Richtung Klippen fuhr.

»Es ist kompliziert, Nicolas. Aber ich kann dir sagen, hier ist die Hölle los. Henri Perrin wurde ermordet.«

»Du machst Witze!«

»Leider nicht. Warte kurz … einen Kaffee, danke. So, da bin ich wieder. Jedenfalls ist das alles sehr verworren, und zutiefst traurig, weil nämlich ausgerechnet der arme Sammy …«

»Wer ist Sammy? Verdammt Claire, jetzt bleib stehen und sag mir, was du von mir willst.«

Der schwarze Geländewagen holperte die letzten Meter über den Weg und blieb schließlich oberhalb der Klippen stehen. Nicolas beobachtete, wie ein Mann ausstieg und den Kofferraum öffnete.

»Bei dir im Hotel müsste gestern die Schauspielerin Noemie Rey abgestiegen sein. Du weißt schon, die …«

»Ich kenne sie, Claire. Wir haben uns gestern … getroffen. Zufällig. Was ist mir ihr?«

Nicolas kniff die Augen zusammen, um besser erkennen zu können, was der Mann am Geländewagen machte. Es fiel ihm schwer, es war zu weit weg.

»Wo ist sie jetzt?«, fragte Claire. »Du musst sie sofort finden. Pass auf sie auf, bis Roussel da ist, hörst du?«

»Sie ist … ich weiß nicht genau wo sie … was hat der da?«

»Nicolas? Sie ist in Gefahr, hörst du? Jemand ist besessen von ihr, wir wissen noch nicht, wer er ist, aber sie ist wirklich in großer Gefahr! Nicolas? Bist du noch da?«

Er hatte gedacht, der Mann würde einen Hund aus dem Kofferraum lassen. Oder sich Wanderschuhe anziehen. Er war völlig allein auf dem Plateau, weit und breit war keine Menschenseele zu sehen. Offenbar fühlte er sich vollkommen unbeobachtet, seine Bewegungen waren ruhig und ohne Hast.

Es war ein Gewehr.

Der Mann holte es aus dem Wagen, legte es sich über die Schulter und machte den Kofferraum zu. Er blickte sich kurz um und lief los.

In Richtung der Felsen.

In Richtung des Strandes.

»Nicolas!«

»Sag Roussel, sie sollen sich beeilen.«

Nicolas warf das Handy aufs Bett, riss den Schrank auf und holte seine Laufsachen hervor. Innerhalb von zwanzig Sekunden war er angezogen, er griff nach seinen Schuhen und stürmte aus dem Zimmer, nicht ohne vorher einen letzten Blick aus dem Fenster zu werfen.

Der rote Punkt war verschwunden.

Er rannte am kleinen Empfang des Hotels vorbei, sprang die drei Stufen hinunter auf den gekiesten Vorplatz und umrundete das Hotel in wenigen Sätzen. Als er an den Tennisplätzen vorbeikam, beschleunigte er und rannte in hohem Tempo den Pfad entlang, der über die Wiesen hinab zu den Klippen führte.

Dorthin, wo er Noemie Rey das letzte Mal gesehen hatte.

Der Wind schlug ihm ins Gesicht, er spürte die Wirkung des Alkohols vom Vorabend, sein Körper war noch nicht ganz wach. Er keuchte und doch machte es sich bezahlt, dass er in den vergangenen Monaten regelmäßig laufen gewesen war. Seine Schritte wurden runder, er fand seinen Rhythmus und jagte unter den wenigen Bäumen hindurch in Richtung Felsenkante, von wo ein steiler Weg hinab zum Strand führte.

»Noemie!«

Er sah sie weit unten am Strand laufen, dicht am Wasser, wo der Sand glatt und hart war. Es war Flut, die Wellen schlugen gegen die großen Steine, die an dieser Stelle überall zwischen dem Fuß der Felsen und dem Meer lagen.

»Noemie!!«

Nicolas fielen die Kopfhörer ein, die sie eingesteckt hatte, und er fluchte, während er den kleinen Weg hinunterhetzte, der in scharfen Kurven zum Strand führte. Immer wieder warf er einen prüfenden Blick hinauf zur Felskante, aber die Stelle, an der der Mann sein musste, lag weiter vorn.

Noemie lief zudem relativ schnell, er sah ihre Spuren im Sand, immer in gleichen Abständen, die Spuren einer guten Läuferin. Nicolas sprintete jetzt, als er das Wasser erreichte, er rannte, so schnell er konnte, Wasser spritzte an seinen Beinen hoch, eine Möwe stob protestierend davon. Er spürte die salzige Luft in seinen Lungen, das Trommeln seiner Füße auf dem Sand.

Er war zu langsam.

»Noemie!«

Sie war zu weit weg.

Nicolas biss die Zähne zusammen und versuchte, schneller zu laufen, er konzentrierte sich auf den roten Punkt, auf ihre Beine, er konnte jetzt die Farbe ihrer Schuhe erkennen, sie waren weiß.

Kurz darauf erschien die Spitze der Église Saint-Valéry oben auf den Klippen, kurz nur, um dann wieder hinter dem Kamm zu verschwinden. Das Plateau war uneben oberhalb der Felsen.

Plötzlich sah er ihn.

Er war noch weit entfernt, nicht mehr als ein Schatten direkt an der Kante der Klippen. Er stand dort und blickte auf den Strand, auf dem ein gutes Stück vor ihm Noemie lief.

Nicolas schrie, so laut er konnte, aber der Wind und die Brandung verschluckten seine Rufe augenblicklich. Er wünschte, Noemie würde dichter an den Felsen laufen, die Schutz boten, hinter den großen Steinen. Aber sie tat ihm den Gefallen nicht, sondern lief als perfekte Zielscheibe in ihrem roten Laufshirt direkt am Wasser.

Ich schaffe es nicht, dachte Nicolas.

»Noemie!!«

Der Mann hatte sich hingekniet. Nicolas konnte ihn nur noch erahnen, als dunklen Fleck, der sich vor dem blauen Himmel abzeichnete.

Er hatte sein Gewehr angelegt.

»Oh nein«, stöhnte Nicolas und stieß seine Füße mit aller Kraft in den Sand, er versuchte, noch schneller zu laufen, sein Atem ging jetzt stoßhaft, die linke Seite schmerzte. Noemie erreichte den kleinen Durchgang in den Felsen, an dem ein Pfad nach oben führte.

»Lauf da rein!«, schrie er mehr für sich selbst, weil er wusste, dass sie ihn nicht hörte.

Aber es war zu spät.

Der Schütze hob noch mal kurz den Kopf und sah hinunter auf sein Opfer. Dann legte er an, in aller Ruhe.

Bereit zu schießen.

Noemie Rey bekam von alldem nichts mit.

Sie bemerkte auch nicht die Gestalt, die plötzlich seitlich von ihr die letzten Meter des Pfades hinunterjagte und aus den Schatten der Felsen hervorschoss. Sie sah nicht, wie diese Gestalt die letzten Meter zum Wasser in einem irrwitzigen Tempo zurücklegte.

Und auch nicht, wie der Mann oben auf sie zielte, und die Gestalt, die plötzlich erschienen war, sich von einem flachen Stein abstieß und sprang.

Sie sah nur, für den Bruchteil eines Augenblicks, einen Schatten auf dem Boden, der auf sie zuflog.

Noemie wurde von der Wucht des Aufpralls zur Seite geschleudert, der Mann, der sie von der Seite kommend umgerissen hatte, hielt sie fest umklammert. Sie schrie panisch auf, spürte den Sand, auf dem sie hart aufkam, und das kalte Wasser, das um sie herumspritzte.

»Liegen bleiben!«

Nicolas hatte den Mann nicht kommen sehen, der wie ein Blitz aus den Schatten der Felsen aufgetaucht war und der Noemie in letzter Sekunde umgerissen hatte. Aber er hatte keine Zeit, darüber nachzudenken, denn der Schütze legte gerade erneut sein Gewehr an.

Es war noch nicht vorbei.

Noemie und ihr Retter lagen schutzlos am Wasser.

»Hey!! Heeeyyy!« Nicolas schrie so laut er konnte, während er weiter auf sie zurannte Er brüllte gegen den Wind und die Brandung an, weil er den Schützen ablenken wollte, wenigstens für einen kurzen Augenblick.

Er hatte allerdings nicht damit gerechnet, dass der Mann ihn gleich ins Visier nehmen würde.

»Oh Scheiße«, fluchte er, machte einen Haken nach rechts und spürte im gleichen Augenblick, wie eine Kugel nur knapp an ihm vorbeizischte.

»Daneben, du Arschloch.« Wieder schlug er einen Haken, stieß sich an einem kleineren Felsen ab und sprang in vollem Lauf nach vorn.

Hinter ihm spritzte der Sand, als zwei Kugeln an ihm vorbei durch die Luft zischten.

Nicolas schlug auf dem Boden auf, weniger sanft, als er gehofft hatte, er rutschte zwei Meter über den Strand und kam schließlich hinter einem Felsen zum Stillstand. Schwer atmend hob er kurz den Kopf, um ihn sofort wieder einzuziehen, als direkt vor ihm Steinsplitter hochsprangen, weil eine weitere Kugel ihn nur knapp verfehlt hatte.

»Noemie!«

Er wusste nicht, ob sie ihn schon hören konnte.

Er wusste auch nicht, ob der Mann die beiden wieder ins Visier genommen hatte.

»Noemie!«

»Nicolas!«

Ihre Stimme kam von weiter rechts, offenbar hatte der unbekannte Retter es geschafft, sie von der Stelle wegzubringen, während der Schütze sich mit Nicolas beschäftigt hatte.

»Noemie! Bist du verletzt?«

»Nein! Es ist … es ist okay!«

»Wo seid ihr?«

»Hinter einem Felsen, zwanzig Meter weiter vorn, leicht rechts.«

Es war die Stimme eines jungen Mannes, die durch den Wind zu ihm drang, und Nicolas wusste sofort, wem sie gehörte.

»Léandre, bist du das?«

Sie harrten für einen Augenblick in ihren Verstecken aus, bevor Nicolas schließlich vorsichtig den Kopf an einer anderen Stelle hervorstreckte.

Niemand schoss.

Er zog sich zurück.

»Kannst du ihn sehen?«

»Nein!«, rief Léandre ihm zu. »Aber ich habe eben kurz eine Hand gehoben, kein Schuss. Womöglich ist er weg.«

Nicolas sah von seinem Versteck aus in Richtung des Fußes der Klippe, wo hinter einem Vorsprung der schmale Pfad nach oben führte. Dort wären sie in Sicherheit. Er schätzte die Entfernung von Noemie auf etwas mehr als dreißig Meter.

»Hast du deine Waffe dabei?«, schrie er zu Léandre hinüber.

»Ja! Sechs Schuss, keine Ersatzmunition.«

Endlich mal eine gute Nachricht, dachte Nicolas, während er sich gegen den Felsen lehnte und kurz durchatmete.

»Okay, pass auf!«, schrie er schließlich. »Ich zähle bis drei, dann laufe ich zum Wasser. Ich lenke ihn ab. Währenddessen rennst du mit ihr zu den Felsen und schießt dabei einfach in seine Richtung, das gesamte Magazin. Das ist unsere einzige Chance.«

»Nein!«, schrie Noemie. »Dann bist du völlig ohne Schutz!«

»Er wird abgelenkt sein!«

»Auf keinen Fall«, schrie sie. »Wir können doch einfach hier warten!«

Nicolas wusste, dass das keine Option war. Der Strand war menschenleer, es bestand immer noch die Möglichkeit, dass der Attentäter zu ihnen herunterkam. Und dann würden auch sechs Patronen wenig ausrichten.

»Ich habe eine bessere Idee!«, hörte Nicolas Léandres Stimme. »Du schießt!«

»Ich habe keine Waffe! Hör zu, wir haben keine Zeit zu diskutieren, wir machen es so, wie ich ...«

Aber Léandre hatte bereits gehandelt.

Die Waffe landete nur zwei Meter hinter ihm im Sand.

»Hast du sie?«

»Was soll das! Ihr braucht sie, er ist näher an euch dran.«

»Bei drei, Nicolas! Du schießt, wir rennen!«

»Scheiße, warte ...!«

»Eins ...«

Nicolas hechtet nach der Waffe, griff danach und rollte sich auf dem Boden ab. Sofort hörte er den Einschlag zweier Kugeln auf dem Felsen, hinter dem er eben noch gestanden hatte. Er duckte sich, rannte einige Meter und feuerte mit der Waffe in Richtung der Felskante, ohne zu sehen, worauf er zielte.

Er würde nicht treffen, aber darum ging es nicht.

Zwei Schuss.

Wieder hörte er das Zischen einer Kugel dicht neben seinem Ohr. Er wirbelte herum, duckte sich hinter einen Felsen, sprang sofort hervor und feuerte erneut zweimal.

Aus den Augenwinkeln sah er, wie Léandre hinter einem Felsen hervorstürmte, er trug eine dunkle Hose und eine Laufjacke seines Dienstes. Mit seinem Körper schirmte er Noemie ab, die mit hochgezogenen Schultern neben ihm herrannte.

Léandre drückte ihren Kopf nach unten und machte sich gleichzeitig selbst möglichst breit, seine Beine schob er seitlich vor ihre und das in einem hohem Tempo. Sein Verhalten war lehrbuchmäßig.

Neben Nicolas spritzte Sand auf, als eine Kugel ihn erneut knapp verfehlte.

»Du Arschloch!«, fluchte er und feuerte erneut in Richtung der Klippe. Dann lief er los, den beiden hinterher, die in diesem Augenblick den schützenden Vorsprung am Fuße der Klippen erreicht hatten. Als er hinter sich eine Kugel auf einem Stein aufschlagen hörte, sprang er ab und hechtete in die Schatten der Klippen.

Für einen Augenblick sagte keiner von ihnen ein Wort. Léandre hatte noch immer Noemies Hinterkopf in der Hand, zögerlich ließ er sie los.

Schwer atmend sah Nicolas ihn an.

»Du solltest Befehle befolgen«, sagte er zu ihm.

Léandre lächelte, während er die Stirn an den Stein lehnte.

»Auch wenn sie schlecht sind?«

»Es war ein guter Plan, er hätte funktioniert.«

»Genau wie dieser hier.«

Noemie wischte sich Sand und Schmutz aus dem Gesicht und sah die beiden an.

»Kennt ihr euch?«

Nicolas reichte Léandre seine Waffe.

»Gute Frage. Kennen wir uns, Léandre? Ich habe nämlich das Gefühl, wir tun es.«

Der junge Personenschützer steckte seine Waffe weg.

»Klar. Du hast gestern meine Braut erschossen.« Dann stand er auf und klopfte sich den Sand von der Hose.

»Los geht's, wir sollen hier nicht bleiben. Oben steht ein Wagen, ich wollte eigentlich am Strand laufen gehen. Aber ich würde sagen, das hat sich erst mal erledigt.«

»Wer war das?«, fragte Noemie Nicolas mit zitternder Stimme. »Wer schießt denn auf mich?«

Es war deutlich zu sehen, wie aufgewühlt sie war, kurz davor, die Nerven zu verlieren. Nicolas nahm sie in den Arm und hielt sie für einen Augenblick fest. Langsam löste sich die Anspannung, ihre Schultern zitterten.

So standen sie dort für eine Weile, während hinter ihnen die Brandung gegen die Küste der Normandie rollte, als sei nichts geschehen in den vergangenen Minuten.

Und als würde auch in den kommenden Tagen nichts geschehen.

KAPITEL 19

Varengeville-sur-Mer
Kurz darauf

Roussel und die Kollegen fuhren mit insgesamt vier Wagen vor dem »Hôtel de la Falaise« vor, genau in dem Augenblick, als Nicolas, Léandre und Noemie über einen Seitenpfad das Gebäude erreichten. Roussel sprang sofort aus dem vordersten Wagen und begrüßte Nicolas mit einem knappen Handschlag.

»Endlich mal ein Bodyguard, wenn man einen braucht«, sagte er.

»Personenschützer, Roussel, du weißt genau, das ist ein Unterschied. Und genau genommen waren wir zwei – Léandre kam im entscheidenden Moment zu Hilfe.«

»Na dann, vielen Dank dafür.«

Roussel begrüßte den jungen Mann und musterte ihn und Nicolas.

»Kennt ihr euch?«

»Warum wollen eigentlich immer alle wissen, ob wir uns kennen? Ja, wir kennen uns, flüchtig. Den Rest klären wir später.«

Nicolas warf Léandre einen ernsten Blick zu, bevor er Roussel Noemie vorstellte: »Ich weiß, du gehst auch nicht ins Kino. Daher, sicherheitshalber: Das ist Noemie Rey, sie ist gestern im Hotel angekommen.«

Roussel begrüßte die Schauspielerin, die immer noch unter Schock stand, mit einem kurzen Nicken.

»Keine Sorge, Nicolas. Die Dame und ich, wir kennen uns bereits. Ich hatte letztes Jahr das Vergnügen, ein wenig hinter ihr aufzuräumen. Diesmal allerding scheint mir die Lage eine andere zu sein. Es freut mich jedenfalls, dass Sie wohlauf sind, Mademoiselle Rey.«

Roussel verteilte einige seiner Leute im Umfeld des Hotels, während Nicolas Noemie auf ihr Zimmer begleitete, wo sie duschte, sich umzog und vor allem versuchte, den Schrecken der vergangenen Stunde loszuwerden. Nicolas ging in der Zwischenzeit zu Roussel und ließ sich alles erklären, was seit dem gestrigen Tag in Deauville vorgefallen war.

»An den Poeten erinnere ich mich auch«, sagte er. »Ihr dachtet vergangenes Jahr, es sei nur ein durchgeknallter Spinner. Und jetzt? Bringt er Henri Perrin um?«

Roussel stand vor dem Hoteleingang und blinzelte in die Sonne.

»Ich habe keine Ahnung«, grummelte er. »Er kommt wieder in die Stadt und malt seine Gedichte an die Hauswände. Gleichzeitig finden wir zuerst eine abgetrennte Fußzehe und dann die dazugehörige Leiche von Henri Perrin. Verbunden mit der Botschaft: *Für Noemie.* Immerhin haben wir ihn geschnappt. Aber du kannst dir vorstellen, was gerade im Rathaus los ist. Der Mann auf den Klippen, hast du was erkannt?«

Nicolas schüttelte den Kopf.

»Nein, er war viel zu weit weg. Aber er kam mit einem schwarzen Geländewagen, ihr müsstet Spuren oben auf dem Plateau finden.«

»Ich werde ein paar Leute hinschicken. Das ist das Gute an der jetzigen Lage: Zusätzliches Personal ist kein Problem. Aber es gibt da noch etwas, was du wissen musst.«

»Und zwar?«

»Dein Vater ist in der Stadt.«

Nicolas sah ihn überrascht an.

»Mein Vater? Was will der denn in Deauville?«

»Du wirst mir recht geben, wenn ich sage: sicher nicht nur alte Schulfreunde treffen. Er hat Claire gewissermaßen ausrichten lassen, dass es Ärger geben könnte auf dem Festival. Wie immer weiß man nichts Genaues. Ich habe eine Anfrage gestellt, aber ehrlich gesagt rechne ich nicht mit einer Antwort.«

»Ich werde ihn anrufen«, sagte Nicolas leise. Er spürte den Widerstand, der sich in ihm regte, wie jedes Mal, wenn er an seinen Vater dachte. Er hatte ihm einst alles genommen, hatte seine eigenen Interessen immer weit über das Wohl seines Sohnes gestellt. Er wäre sogar bereit gewesen, ihn vollständig zu diskreditieren, nur um wieder an die Spitze des Geheimdienstes zu gelangen. Es war ihm nicht gelungen, und doch zog er aus den Schatten heraus weiter seine Strippen.

»Wir müssen von Noemie Rey wissen, wer sie bedrohen könnte. Irgendein Stalker, ein Feind, wer auch immer. Sie ist durchaus der Typ, der beides haben könnte: Stalker und Feinde.«

Myriam, die Besitzerin des Hotels, führte sie in das gleiche Zimmer, in das sie am Vorabend Nicolas und Noemie gebracht hatte. Die Schauspielerin lächelte ihn kurz an, als sie an den beiden Sesseln vorbeikamen, die vor der Fensterfront standen. Angesichts des Vorfalls am Fuße der Klippen erschien Nicolas ihr gemeinsamer Abend eine Ewigkeit her.

»Mademoiselle Rey …«, begann Roussel, als sie sich in eine Sofaecke gesetzt hatten.

»Oh bitte, Noemie reicht völlig.«

»Können Sie uns sagen, wo Ihre Agentin ist?«, fragte Roussel Noemie. »Wir versuchen seit gestern, sie zu erreichen, weil wir wissen wollten, wo Sie sind. Leider geht immer nur die Mailbox dran.«

Nicolas fiel auf, dass sich Noemies Blick leicht verdunkelte.

»Bei mir auch«, sagte sie, während sie nervös die Armreifen an ihrem Handgelenk sortierte. Sie trug eine kurze Jeans, dazu eine weiße Bluse mit kurzen Ärmeln. »Aber ehrlich gesagt wundert mich das nicht, sie ist ... wir sind nicht sonderlich gut aufeinander zu sprechen derzeit.«

»Warum nicht?«

Noemie seufzte und warf einen Blick aus dem Fenster.

»Na ja, sie hat ein Interview gegeben vor einigen Tagen. Es ging dabei um die Schauspielerei allgemein. Aber sie hat auch über mich gesprochen, und das, ehrlich gesagt, nicht sonderlich nett. Zumindest wurde sie so zitiert. Keine Ahnung, wir wollten uns kurz vor dem Festival aussprechen, aber ich überlege tatsächlich, die Agentur zu wechseln. Woher wussten Sie dann, dass ich hier bin, in Varengeville?«

»Von Ihrer Mutter.«

»Ach herrjeh.« Noemie warf den Kopf nach hinten und hob verzweifelt die Arme. »Wenn sie mitbekommt, dass ich in Gefahr bin, dann dreht sie komplett durch. Sie bringt es fertig und erscheint auf dem roten Teppich, um mich sofort nach Hause zu zerren.«

»So sind Mütter«, bemerkte Nicolas und dachte dabei kurz an seine eigene, die mit ihrer kleinen Nobelboutique in diesen Tagen in Deauville sicherlich mehr Umsatz machte als im ganzen restlichen Jahr. Abgesehen davon entsprach sie ganz dem Typus Mutter, den Noemie beschrieben hatte.

Roussel blickte Noemie ernst an.

»Nur dass wir uns hier ganz klar verstehen, Noemie: Sie werden dieses Jahr nicht auf dem roten Teppich stehen. Das ist Ihnen doch hoffentlich klar? Nicht nach dem, was soeben dort draußen geschehen ist.«

Ein Kellner brachte ihnen Kaffee und Tee, für einen Moment war es still, während er alles abstellte. Schließlich sah Noemie erst Nicolas an, dann Roussel.

»Das können Sie vergessen.«

»Wie bitte? Haben Sie mitbekommen, was gerade los war? Jemand hat versucht, Sie abzuknallen dort unten am Strand! Und um Haaresbreite wäre es ihm auch gelungen!«

»Ich sagte gerade: Das können sie vergessen.«

»Noemie«, sagte Nicolas leise, er wollte sie beschwichtigen, weil er wusste, dass Roussel recht hatte. »Es wäre unverantwortlich, wenn wir dich ...«

»Nein!«, zischte sie ihn an. »Es wäre unverantwortlich, dort nicht zu erscheinen! Weißt du, wie viele Schauspielerinnen in meinem Alter die Möglichkeit bekommen, in der Jury des Filmfestivals von Deauville zu sitzen? Weißt du das? Genau: keine Einzige! Es ist ein Ritterschlag, es ermöglicht mir Zugang zu völlig anderen Rollen.«

»Anderen als die Zirkusfrau?«

»Der Film war gar nicht so schlecht«, mischte sich Léandre ein, wurde dafür aber sofort mit einem funkelnden Blick der Schauspielerin bestraft.

»Ich werde dort sein, die ganze Zeit. Heute Nachmittag fahre ich runter nach Deauville, ich werde meine beschissene Agentin an der Bar des ›Hôtel de la Plage‹ treffen, und danach werde ich mich aufdonnern und an der Pressekonferenz der Jury teilnehmen. So sieht es aus, und keiner von euch wird mich daran hindern.«

Nicolas legte Roussel eine Hand aufs Knie, als er merkte, dass der Leiter des Commissariat von Deauville im Begriff war, die Fassung zu verlieren.

»Henri Perrin ist tot, Noemie«, sagte er leise.

»Was?« Ihr Gesicht wurde aschfahl, als sie begriff, was Roussel gerade gesagt hatte. »Um Himmels willen, das ist ja schrecklich!«

»Das ist es«, sagte Nicolas, weil Roussel sich ganz offensichtlich gerade ausmalte, wie er die eigenwillige Schauspielerin in ihrem Zimmer einsperrte wie ein trotziges Kind.

»Noemie, du solltest Roussel jetzt zuhören, er wird dir die ganze Geschichte erzählen. Und am Ende wirst du verstehen, warum du nicht auf dem roten Teppich sein solltest und generell auch nicht in Deauville.«

»Ich kann es nicht nur erzählen«, sagte Roussel mit sichtlicher Anspannung. »Ich kann es Ihnen auch zeigen.«

Nach und nach legte er die Aufnahmen, die der Polizeifotograf am Vortag gemacht hatte, auf den kleinen Tisch zwischen ihnen, dazu erklärte er ihr und Nicolas in knappen Worten, was in Deauville in den vergangenen vierundzwanzig Stunden geschehen war.

Die Gedichte an den Litfaßsäulen. An den Hauswänden. Auf den Werbetafeln.

Die Fußzehe auf der Place Morny. Der erwürgte Henri Perrin. Die Widmung an der Tür:

Für Noemie.

Der Poet, der sich am Strand fast selbst gerichtet hatte.

Seine letzten Worte: »Rettet sie, bevor es zu spät ist.«

Die Zeitungsartikel an der Wand in der Wohnung.

Nur das Bild von Sammy ersparte Roussel seinen Zuhörern – und sich selbst.

»Kommt Ihnen irgendetwas davon bekannt vor«, fragte er, nachdem er geendet hatte. Bei einem der Fotos war Noemie sichtlich zusammengezuckt.

»Das hier? Was ist damit?«

Es war das Foto der Widmung, mit Blut an die Tür von Henri Perrins Apartment geschrieben.

»*Für Noemie*«, murmelte sie. Dann schloss sie die Augen und öffnete sie für einige Sekunden nicht mehr.

»Noemie?«, fragte Nicolas und legte ihr eine Hand auf die Schulter. »Alles in Ordnung?«

Sie nickte, immer noch mit geschlossenen Augen. Dann murmelte sie etwas, leise.

»Was sagen Sie?«, fragte Roussel vorsichtig. Auch ihm war der fragile Zustand der Schauspielerin nicht entgangen.

Mit müden Augen sah sie die beiden nun an.

»Ich sagte: Ich dachte, es wäre vorbei.«

KAPITEL 20

Deauville
Zur gleichen Zeit

Claire betrachtete den Mann durch die Scheibe und nahm einen Schluck aus ihrer Kaffeetasse. Sie war nervös. Joshua Minart saß nahezu bewegungslos auf seinem Stuhl, die Hände auf die Tischplatte vor sich gelegt. Einen Pappbecher mit Wasser hatte er nicht angerührt, seitdem sie ihn aufgeweckt und in den Verhörraum gebracht hatten. Seine Augen waren geschlossen, kerzengerade saß er dort, mit einem leisen Lächeln, das seine Mundwinkel umspielte. Sie hatten ihm einen grauen Pullover gegeben, er hatte sich sein Gesicht gewaschen.

Bislang hatte er kein Wort gesprochen.

Claire sah auf ihre Uhr und versuchte, ihr schlechtes Bauchgefühl mit noch schlechterem Kaffee hinunterzuspülen. Es gelang ihr nicht.

Hinter ihr öffnete sich eine Tür. Sandrine stellte sich neben sie und betrachtete den Mann aufmerksam.

»Aufgeregt?«

Claire überlegte kurz. Dann nickte sie.

»Ist völlig normal beim ersten Mal«, murmelte Sandrine mit einem Blick auf die Uhr. Claire wusste, dass in einer halben Stunde die große Besprechung im Rathaus begann, bei der die Sicherheitslage rund um das beginnende Filmfestival abschließend besprochen wurde. Angesichts des Todes von Henri Perrin war nun alles anders.

In der Stadt herrschte gedrückte Stimmung, selbst das Wetter hatte sich angepasst und den Himmel mit einem grauen Schleier überzogen, der die Konturen verschwimmen ließ.

»Roussel hat recht«, sagte Sandrine jetzt leise. »Wir dürfen keine Zeit verlieren. Ich muss jetzt sofort ins Rathaus. Du schaffst das schon, mach einfach alles wie besprochen. Du bist eine verdammt gute Polizistin, Claire.«

Für einige Sekunden standen sie vor der Scheibe, dann griff Sandrine nach dem Buch, das vor ihnen auf einem Tisch lag, und reichte es Claire. Es war alt und abgegriffen, zahlreiche Ecken waren eingerissen, der Einband war speckig und voller Flecken.

»›Die Blumen des Bösen‹. Zeit, sie zu ernten, meinst du nicht?«

Claire nickte, stellte ihre Kaffeetasse ab und griff nach dem Buch.

»Es ist nicht sosehr die Aufregung«, sagte sie zu Sandrine. »Es ist eher eine Vorahnung. Das gleiche Gefühl wie auf der Place Morny gestern. Aber ich kriege es hin, beruhige du nur die Gemüter im Rathaus.«

»Wird schwer genug«, sagte Sandrine, legte ihr eine Hand auf die Schulter und verschwand kurz darauf aus dem kleinen Vorraum. Claire wiederum öffnete die Tür, die in den Verhörraum führte, nickte kurz in die Kamera, die über der Tür hing, und legte dann das Buch auf den Tisch, direkt vor den Mann, der schon fast sein ganzes Leben unter einem ganz eigenen Namen existierte: der Poet.

Claire lehnte sich an die Wand, die Hände in den Taschen, sie stand dort und betrachtete den Mann, der jetzt mit seinen Fingern behutsam über den Buchdeckel fuhr, über die Ranken und Blätter, die dort aufgezeichnet waren, und über den Titel, als wollte er jeden Buchstaben einzeln zum Leben erwecken.

Sie hatte seine Personalien vor wenigen Minuten bereits

abgefragt und damit das Verhör offiziell begonnen. Dann war sie abrupt wieder aufgestanden und hinausgegangen.

Er hatte auf ihre simplen Fragen keinen Ton von sich gegeben.

Warte noch, dachte Claire. Lass dir Zeit. Er ist ein Kauz, ein ängstlicher Mensch, verlassen von der Welt. Die kalte Steinwand im Rücken, das grelle Neonlicht, das aus der Deckenleuchte kam, die Schweißtropfen auf seiner Stirn.

»Danke.«

Er fuhr erneut mit der Hand über das Buch, dann schob er es einige Zentimeter fort und lehnte sich zurück. Mit geschlossenen Augen.

Das wird eine harte Nuss, dachte Claire.

»Monsieur Minart, wissen Sie, warum Sie hier sind?«

Ihre Stimme hallte leicht zwischen den Wänden, verlor sich in der Enge des Raumes. Der Mann ihr gegenüber reagierte nicht, er lächelte wieder, den Kopf leicht geneigt. Die Augen weiterhin geschlossen.

»Woran denken Sie gerade? Kommen Sie, lassen Sie mich teilhaben, vielleicht finden wir beide gemeinsam etwas, das Ihnen allein unerklärlich scheint. Was meinen Sie?«

Wieder keine Reaktion.

»Denken Sie an Noemie? An Noemie Rey? Kommen Sie, Monsieur Minart, es ist keine Schande, an sie zu denken. Sie ist eine tolle Frau, das muss ich neidlos anerkennen. Sie hat etwas … wie würden Sie es beschreiben? Verruchtes? Geheimnisvolles? Verletzliches? Helfen Sie mir, Monsieur Minart. Sie wollen doch, dass es ihr gut geht, oder? Oder wollen Sie das gar nicht?«

Kein Zucken um die Mundwinkel, kein Verändern der Sitzposition. Es war, als wäre er an einem anderen Ort. Claire starrte das Buch auf dem Tisch an.

Also gut, dachte sie. Dann eben mit Baudelaire.

Sie nahm sich einen Stuhl, der an der Wand stand, und schob

ihn an den Tisch. Sie setzte sich, zog das Buch zu sich heran und schlug es auf der Seite auf, die sie sich zuvor gemerkt hatte. Die Seiten fühlten sich speckig an, die Flecken zwischen den Zeilen, die abgeknickten Ecken – ein geliebtes Stück. Für einen Augenblick überkam sie das Gefühl, dass das Buch lebendig war, dass es atmete, sich in ihren Fingern leicht bewegte.

»*Das Meer wirst, freier Mensch, du lieben allezeit*«, las sie mit ruhiger Stimme, während sie dabei den Mann anblickte, der ihr gegenübersaß. Ein kurze Bewegung hinter den Augenlidern, seine Finger auf der Tischplatte zuckten leicht.

Ein Anfang, dachte sie.

»*Das Meer ist dir ein Spiegel; deine eigene Seele.*«

Sein Mund öffnete sich etwas, er atmete gleichmäßig.

»*Schaust du im endlosen Gewoge seiner Welle. Und Abgrund ist dein Geist nicht minderer Traurigkeit.*«

»Es heißt *Bitterkeit.*«

Seine Augen, die er schlagartig geöffnet hatte, funkelten sie an, er wirkte wütend, verletzt.

Bingo, dachte Claire.

»Hier steht *Traurigkeit,* Monsieur Minart, tut mir leid. Sie können natürlich nicht alle diese Gedichte auswendig kennen, ich habe volles Verständnis dafür, aber hier steht wirklich *Traurigkeit*. Aber das macht ja nichts.«

»*Bitterkeit*! Dort steht *Bitterkeit*!«

Es schien, als würde seine Stimme aus dem tiefsten Inneren nach oben schnellen, sie riss seinen Körper mit, der Stuhl kippte nach hinten, seine Knöchel waren weiß, als er sich mit beiden Händen auf der Tischkante abstütze und sie anstarrte.

»Dort steht nicht *Traurigkeit*. Dort steht: *Dein Geist nicht minderer Bitterkeit.*«

Claire sah ihn an, sie lächelte. Dann beugte sie sich über das Buch, fuhr über die Zeilen, bemerkte, wie er zusammenzuckte, als würde sie die Wörter mit ihrem Finger zerquetschen.

»Ah, tatsächlich. Ich habe mich verlesen, das tut mir leid. Kommt nicht wieder vor. Setzen Sie sich.«

»Ich kenne jedes Gedicht. Jede einzelne …«

»Setzen Sie sich!«

Jetzt war Claire es, die aufgesprungen war, sie starrte ihn an, wich seinem Blick nicht aus, während ihre Hände den Buchdeckel umklammerten, den sie wieder geschlossen hatte. Er zuckte, als hätte er Angst, sie könnte das Buch beschädigen.

»Sie setzen sich hin. Und dann beantworten Sie meine Fragen. Ansonsten reiße ich jede einzelne Seite aus diesem Buch heraus, das können Sie mir glauben.«

»Das wagen Sie nicht.« Seine Stimme zitterte.

Ich hab dich, dachte Claire.

Langsam öffnete sie den Buchdeckel wieder und sah hinab auf die vergilbten Seiten.

»Für den Leser«, murmelte sie. »Halte ich für überflüssig.«

Mit einer schnellen Bewegung zog sie an der Seite, bis sie sie in der Hand hielt, und warf sie zu Boden.

»Nein!«

Zitternd warf Joshua Minart sich auf den Boden, kroch zu der Seite, griff nach ihr, hob sie sanft auf, wie ein Kind, das zu Boden gefallen war. Für einen Augenblick saß er dort, strich über die Seitenränder, blickte auf die Zeilen.

Es war die Einführung in »Die Blumen des Bösen«, die Passage, in der Claire und Roussel die Ergänzung *Meinem Bruder* gefunden hatten.

Nur dass das dort nicht stand.

»Das … das ist nicht die richtige Seite«, stammelte er. »Das ist … Sie haben mich … es ist nicht …« Eine Mischung aus Wut und Erleichterung breitete sich in seinem Gesicht aus, während er Claire anstarrte.

Sie erwiderte seinen Blick, während sie ihm das aufgeschlagene Buch hinhielt.

»Kleiner Taschenspielertrick«, sagte sie. »Aber glauben Sie

mir, ich werde nicht zögern, die richtige herauszureißen. Jedes Mal, wenn Sie mir nicht antworten, reiße ich eine Seite heraus, haben Sie das verstanden? So lange, bis zwischen dem Einband nichts mehr ist, nur noch Leere. Und wer weiß, vielleicht stopfe ich mir eine Seite in den Mund und esse sie auf.«

»Das wagen Sie nicht.« Seine Stimme war nur noch ein Flüstern.

»Setzen Sie sich«, sagte Claire mit leise Stimme. »Ich sage es kein zweites Mal.«

Als er sich schließlich langsam aufrappelte, schniefend und zornig, da lächelte sie kurz, zufrieden mit sich selbst.

»Trinken Sie was, ich hole uns zwei Kaffee. Und dann fangen wir von vorne an. Ich freue mich drauf.«

Claire nahm das Buch, öffnete die Tür zum Vorraum und ließ den Mann mit seiner Angst allein, die nicht ihm selbst galt und auch nicht den Folgen seiner Taten. Sondern einzig und allein den Wörtern, die sie mit sich genommen hatte und die nun in ihrer Gewalt waren.

Er würde sie retten, diese Wörter.

Und wenn es das Letzte war, was er tun würde.

Während Claire den Poeten durch die Scheibe beobachtete, dessen Widerstand sie gerade gebrochen zu haben schien, nahmen drei Fahrzeuge mit hoher Geschwindigkeit im Herzen des Pays de Caux die Auffahrt zur A29, die durch die satten Hügel hinunter nach Le Havre führte und von dort über den Pont de Normandie hinüber an die Côte Fleurie, nach Deauville, wo sich alles fügen würde, im Guten wie im Schlechten.

So muss es wohl sein, dachte Nicolas, während er von der Rückbank aus auf die vorbeirasenden Felder blickte. Im Rückspiegel konnte er das Polizeifahrzeug erkennen, das ihnen folgte, vor ihnen fuhr ein weiteres.

Sie durften ab sofort keine Risiken mehr eingehen, es war

ohnehin wahnsinnig genug, dass sie Noemie nicht sofort in Sicherheit brachten, sondern in Richtung der Gefahr, die offenbar genau an jenem Ort lauerte, zu dem sie nun unterwegs waren.

Mitten in die Höhle des Löwen, dachte er.

Noemie saß auf der Rückbank des Wagens neben Nicolas und starrte aus dem Fenster, sie kaute auf ihrer Lippe herum, setzte ihre Sonnenbrille auf, dann wieder ab, ihre Finger trommelten nervös auf ihren Oberschenkeln. Sie trug einen dunklen Hosenanzug, dazu eine beige Bluse und einen passenden Schal. Nichts war zu sehen von der leicht verrückten Jungschauspielerin, die in grellen Farben und mit aller Entschlossenheit mit den Medien spielte, die Grenzen auslotete und keine Party ausließ.

So schnell wird man erwachsen, dachte Nicolas. Für einen Augenblick erinnerte er sich an ihre gemeinsame Nacht, an die Lust, mit der sie sich geradezu auf ihn gestürzt hatte. Es kam ihm unendlich lange her vor.

Vor ihnen drehte sich Roussel auf dem Beifahrersitz um und sah Noemie an.

»Also? Es wäre jetzt ein guter Zeitpunkt uns einiges zu erzählen, Noemie. Meinen Sie nicht?«

Sie seufzte und setzte zum wiederholten Male ihre Sonnenbrille ab. Ihr Blick flackerte, sie sah blass und müde aus. Langsam nickte sie. Nicolas überlegte, ob er nach ihrer Hand greifen sollte, ließ es aber sein.

»*Für Noemie*«, sagte sie leise. »Ich habe diese Widmung zuvor zweimal gelesen. Zweimal, als … es war so schrecklich. Tut mir leid, ich habe … ich habe seitdem ehrlich gesagt mit niemandem darüber gesprochen. Außer mit einem Therapeuten, das hat mir aber auch nicht wirklich geholfen.«

»Wir hören dir zu«, sagte Nicolas behutsam. »Um dich zu beschützen; wir werden dafür sorgen, dass dir nichts passiert.

Aber das können wir nur, wenn wir alles wissen. Wir müssen wissen, was vorgefallen ist.«

Wir müssen wissen aus welcher Richtung die Schüsse kommen könnten, ergänzte er in Gedanken.

Noemie sammelte sich, dann nickte sie. Draußen flogen die Hügel an ihnen vorbei, die niedergedrückten Dächer einiger Häuser, die verstreut in der Landschaft lagen. Die Autobahn führte nun leicht bergab, sie würden bald den Pont de Normandie erreichen, das monumentale Bauwerk, das über die Mündung der Seine führte.

»Es war im Sommer letzten Jahres«, begann sie zu erzählen. »Ich war mit meinem damaligen Freund … Sebastien, er war … wir waren nicht lange zusammen, keine Ahnung, zwei Monate vielleicht. Wir waren in den Bergen, in der Nähe von Nizza, seine Familie hatte dort ein Anwesen.«

Nicolas erinnerte sich vage an die damalige Berichterstattung. Vermutlich hatte auch seine Mutter ihm einiges aus ihren Klatschblättern erzählt.

»Er ist gestorben«, sagte er leise.

Noemie nickte und starrte aus dem Fenster, während sie weitersprach.

»Wir waren wandern, direkt oberhalb des Meeres, an der Steilküste. Er mochte das, wandern, draußen sein, er wollte mich davon überzeugen. Na ja, mein Ding war das nicht so. Jedenfalls, er ist viel rumgeklettert, ständig war er auf einem Felsen, wir haben noch gestritten, weil ich zurückwollte …«

»Was ist passiert?«, fragte Roussel.

»Er ist gestürzt«, sagte sie leise. »Ich habe es nicht gesehen, aber gehört. Er muss gestolpert sein, jedenfalls hat die Polizei es mir so erklärt. Ein tragischer Unfall. Er ist nur wenige Meter von mir entfernt in eine kleine Schucht gestürzt. Er war sofort tot.«

Für einen kurzen Moment schwiegen sie, während der

Fahrer weiter beschleunigte und die kleine Kolonne in Richtung Le Havre und der Blumenküste fuhr.

»Ich habe die Widmung später im Wagen entdeckt«, sagte sie leise. »Zusammen mit zwei Rosen auf der Ablage. *Für Noemie,* hatte auf einem Zettel gestanden. Ich dachte, es sei von Sebastien und dass er mir die Rosen nach dem Spaziergang hatte geben wollen. Ich habe fürchterlich geweint im Wagen, weil er mir Blumen schenken wollte und plötzlich einfach … weil er einfach weg war. Ach verdammt, ich komme völlig verheult im Hotel an, das ist doch alles eine Katastrophe!«

Nicolas reichte ihr ein Taschentuch.

»Ich habe erst Tage später gedacht: Das ist doch eigentlich gar nicht seine Handschrift.«

»Warst du bei der Polizei deswegen?«

Noemie schüttelte den Kopf.

»Ich wollte … ich dachte, das gibt einen schrecklichen Medienrummel. Und ich war mir auch gar nicht so sicher, vielleicht hatte es ja auch ein Blumenhändler für ihn geschrieben.«

Für einen kurzen Augenblick schwiegen sie.

»Du sagtest, du hättest die Widmung ein zweites Mal gesehen«, sagte Nicolas, während sie sich schnäuzte und ihre Brille aufsetzte.

Noemie nickte.

»Seine Familie hatte eine große Anzeige geschaltet, in einer Pariser Tageszeitung. Eine halbe Seite. Sie war wunderschön, sehr … angemessen. Ich habe bis heute guten Kontakt zu seiner Mutter, obwohl ich ihn ja kaum gekannt habe, nur ein paar Wochen wie gesagt.«

Roussel warf einen Blick auf die Uhr. Noemie hatte ihnen gesagt, dass sie in zwei Stunden bei der großen Pressekonferenz der Jury im Konferenzzentrum von Deauville sein müssten. Sie hatten nicht mehr viel Zeit, wenn die Schauspielerin vorher noch mal ins Hotel wollte, um sich frisch zu machen.

»Direkt unter der Anzeige war eine weitere. Dort standen nur zwei Wörter, sonst nichts.«

»*Für Noemie*«, sagte Nicolas und sie nickte.

Roussel sah die beiden an.

»Und jetzt steht das Gleiche in der Wohnung des toten Henri Perrin«, sagte er. »Und außerdem auf einem Hinweisschild am Hafen, das mit einem Gedicht von Charles Baudelaire vollgekritzelt ist.«

»Perrin war nicht dein Freund«, sagte Nicolas zu Noemie, die verbittert lachte.

»Perrin war ein Monster«, sagte sie. »Für uns Schauspieler war er Gott und Teufel zugleich, er hat meine Filme noch nie gemocht, meine Preise nie verstanden und das auch immer wieder öffentlich gesagt.«

»Gab es dafür einen Grund?«, fragte Nicolas.

»Nein«, erwiderte Noemie und für einen sehr kurzen Augenblick hatte er das Gefühl, dass sie seinem Blick auswich.

»Und die Gedichte?«, fragte Roussel. »Verbindet Sie irgendetwas mit Baudelaire? Mit den ›Blumen des Bösen‹?«

Sie zuckte mit den Schultern.

»Ich bin Schauspielerin, Baudelaire war immer mal wieder Thema auf der Schauspielschule. Aber nein, ich habe keine besondere Verbindung zu ›Die Blumen des Bösen‹. Sie sind mir auch zu düster.«

Roussel drehte sich wieder um und sah durch die Windschutzscheibe auf die gewaltigen Pfeiler des Pont de Normandie, die soeben in Sichtweite gekommen waren.

»Dann sollten wir schnellstmöglich nach einer Verbindung suchen«, stellte er fest, während Noemie nach ihrem Handy griff und eine Nummer wählte. Nach einigen Sekunden schüttelte sie unwirsch den Kopf.

»Sie geht einfach nicht ran«, murmelte sie, setzte sich ihre

Sonnenbrille auf und starrte nach draußen, wo in diesem Augenblick die Autobahn auf die Brücke über der Seine-Mündung einbog.

In zwanzig Minuten würden sie Deauville erreichen.

Claire hatte die Hand bereits auf der Klinke, um zurück in den Verhörraum zu gehen, als Alphonse schwer atmend zu ihr hereinkam, in der Hand eine Aktenmappe mit mehreren Blättern.

»Und, hat er schon gestanden?«, keuchte er und sah zu dem Mann hinein, der jetzt deutlich weniger entspannt auf seinem Stuhl saß, den Blick in Richtung Tür.

»Ich bin froh, dass er jetzt wenigstens mal den Mund aufmacht«, antwortete Claire und blätterte die Mappe durch, die Alphonse ihr reichte.

»Danke, das hilft vielleicht ein bisschen weiter. Dann wollen wir mal.«

»Viel Glück. Sag Bescheid, wenn du Hunger hast, ich kann gern rübergehen ins Café und etwas besorgen.«

Claire lächelte.

»Das weiß ich, Alphonse. Vielen Dank. Hat sich Roussel schon gemeldet?«

Der Polizist nickte.

»Sie sind unterwegs und haben Noemie Rey dabei. Aufregend, oder? Vielleicht kommen sie ja hier vorbei, dann könnte ich sie doch um ein Autogramm für meine Mutter bitten, was meinst du?«

»Untersteh dich! Außerdem fahren sie ins Hotel, soweit ich weiß, muss sie zu einer Pressekonferenz. Und den Rest des Tages soll sie mal schön in ihrer Suite bleiben. Was wir am wenigsten brauchen können, ist noch mal so ein Partyauflauf wie im vergangenen Jahr. So, ich geh rein.«

Joshua Minart hob den Kopf, als sie die Tür öffnete und

in den Raum trat. Claire setzte sich auf den Stuhl ihm gegenüber, legte die Aktenmappe vor sich und das Buch von Charles Baudelaire daneben. Sehnsuchtsvoll blickte er es an, den Umschlag, die abgegriffenen Seiten. Er begann, etwas zu murmeln, seine Lippen bewegten sich, seine Gesichtszüge begannen sich zu entspannen.

Claire wartete einen Augenblick, dann schlug sie die Aktenmappe auf.

»Warum der Obdachlose? Warum der Fußzeh auf der Place Morny?«

Sie hatte damit gerechnet, dass er wieder schweigen würde. Dass sie ihm erneut drohen müsste, Seiten aus dem Buch zu reißen. Aber stattdessen blickte er sie an, offen und freundlich. Seine Antwort überraschte sie.

»*Wie Straßenbettler ihre Ungeziefer mästen.*«

Claire brauchte einen Augenblick, um zu verstehen, was es mit diesen seltsamen Worten auf sich hatte. Schließlich schob sie ihm den Gedichtband hin und tippte auf das Deckblatt.

»Zeigen Sie es mir.«

Behutsam, fast zärtlich, öffnete er das Buch, strich über die Seiten, fuhr mit dem Finger an den Kanten entlang. Sein Blick war verklärt, als würde er einen verloren geglaubten Freund wiederfinden.

Claire musste an den Eintrag denken, der am Anfang des Bandes stand.

Meinem Bruder

»Zeigen Sie es mir.«

Der Poet schlug eine Seite auf und drehte den Band zu ihr.

»An den Leser«, sagte er und tippte auf eine Zeile. Claire beugte sich über das Buch und runzelte die Stirn. Tatsächlich fand sich in den Zeilen *An den Leser*, direkt am Anfang der ›Blumen des Bösen‹, eine Art Begrüßung für diejenigen, die das Werk lesen würden.

»*Wie Straßenbettler ihre Ungeziefer mästen*«, las sie.

Dann überflog sie die anderen Zeilen und sah dem Mann auf der anderen Seite des Tisches direkt in die Augen.

»Es ist eine Art Einleitung? Der Zeh, ist es das? Erklären Sie es mir.«

Claire konnte die Müdigkeit in seinen Augen erkennen, aber auch die Verwirrung, die in seinem Geist herrschte.

Er antwortete nicht.

»Okay, wir haben nicht wirklich Zeit für langwierige Gedichtanalysen. Machen wir es auf meine Art.«

Claire schlug das Buch zu und zog es wieder zu sich heran. Minart zuckte zusammen, für einen Augenblick dachte sie, dass er nach dem Buch greifen würde, verzweifelt und ängstlich. Dann aber schien er sich zu fangen und sackte auf seinem Stuhl zusammen.

Claire zog mehrere Aufnahmen aus der Akte und legte sie nacheinander auf die Tischplatte. Sie zeigten die Zeilen, die er an unterschiedlichen Stellen in der Stadt auf Litfaßsäulen und an Häuserwände geschrieben hatte, auf die Rückseite von Straßenschildern und auf Werbetafeln in den Seitenstraßen der Place Morny.

»Warum immer das gleiche Gedicht? Warum ausgerechnet ›Die Blinden‹. Was wollen Sie uns damit sagen? Denn genau das wollen Sie, da bin ich mir ganz sicher.«

Der Mann beugte sich über die Aufnahmen, er lächelte.

»*Betracht sie, meine Seele*«, murmelte er, aber bevor er weiter zitieren konnte, schlug Claire mit der flachen Hand auf die Tischplatte, so fest, dass sämtliche Unterlagen fast vom Tisch hüpften.

»Hören Sie auf damit! Sie antworten auf meine Fragen, wahrheitsgetreu, ansonsten wissen Sie, was passiert! Was hat es mit diesem Gedicht auf sich?«

Wieder zuckte er zusammen, fuhr sich durch die Haare und sagte schließlich: »Die Kammer. Ich habe dort gesessen, in der Dunkelheit. Ich habe gewartet, bis sie mich fanden, ich habe Licht gesehen, das durchs Fenster fiel, auf das Buch, es lag in der Ecke, jemand musste es vergessen haben, ich habe es gefunden, es gehört mir, keiner kann es mir wegnehmen, es hat mir das Leben gerettet und jetzt rette ich Leben.«

»Welches Leben?« Claire versuchte, ihre Überraschung über den plötzlichen Wortschwall zu verbergen.

»Welches Leben, Monsieur Minart? Das von Noemie Rey?«

Aber der Mann war noch immer in seiner Vergangenheit, seine Hände lagen jetzt auf der Tischplatte, er atmete schwer.

»Ich habe es aufgeschlagen, das Buch, ein erstes Mal, mit zitternden Fingern, in der Mitte, irgendwo, es war das Buch, das mir den Weg gewiesen hat, es war das Licht, das auf die ersten Zeilen fiel, die ich gelesen habe. Und da wusste ich: Es wird gut. Alles wird gut. Ich muss nur lesen. Ich konnte es nicht, damals, aber ich habe es mir beigebracht, das Buch hat es mir beigebracht, jedes Wort, jede Zeile, bis zum heutigen Tag.«

»Haben Sie deshalb dieses Gedicht immer wieder an die Wände geschrieben? Weil es Ihr erstes war, Ihr erster Kontakt mit den ›Blumen des Bösen‹. Hey, reden Sie lauter, ich kann Sie nicht verstehen!«

Der Mann hatte etwas gemurmelt, er tat es wieder, etwas lauter nun. Aber es dauerte einen Augenblick, bis Claire begriff, was er ihr sagen wollte.

»Alles, was Ihr sucht, steht dort.«

Claire runzelte die Stirn.

»Was meinen Sie damit?«

»Alles, was Ihr sucht, steht dort. Mehr werde ich nicht sagen. Ich … ich kann nicht.«

»Wegen Ihres Bruders? Wer ist er?«

Er antwortete nicht, sah dabei aber mit flatterndem Blick auf das Buch, aus Angst, sie würde damit beginnen, die ersten Seiten herauszureißen.

Claire lehnte sich in ihrem Stuhl zurück. Keiner von ihnen sprach ein Wort. Schließlich griff er nach dem Pappbecher, der auf dem Tisch stand, und leerte ihn in einem Zug.

Claire räumte die Aufnahmen weg, sie würde sie nach dem Verhör durchgehen und hoffen, dass sie etwas finden würde. Jetzt aber war es Zeit, den Ton zu verschärfen.

Sie hatten keine Zeit für Spielchen.

Und erst recht nicht für Poesie.

Sie holte eine andere Aufnahme aus der Mappe und legte sie zwischen sich und Minart auf die Tischplatte. Sofort zuckte der Mann zusammen, wandte den Kopf ab.

Wieder murmelte er etwas, während er immer wieder auf das Bild sah.

Der tote Henri Perrin, erwürgt auf seinem Bett.

»Des ewigen Schweigens Bruder.« Seine Stimme war schwach und brüchig.

Claire legte eine weitere Aufnahme daneben, sie zeigte Perrins Gesicht in einer Nahaufnahme.

»Die Gottes Funken längst verließ.« Seine Finger trommelten auf die Tischplatte, während er sprach.

Eine weitere: Die Blutlache auf dem Boden, unterhalb der Stelle, an der der Zeh abgetrennt war.

»Sie sehen aus wie Gliederpuppen.«

»Haben Sie Henri Perrin getötet, Monsieur Minart?«

»Ja.«

Seine Antwort war ohne Zögern gekommen, da war kein Hadern, kein Verbergen. Da war nur sein flackernder Blick, den er im Griff zu behalten versuchte. Joshua Minart schwitzte, immer wieder knetete er seine Hände.

»Haben Sie nicht.«

Entsetzt starrte er sie an.

»Kommen Sie, das ist Blödsinn. Erst schmieren Sie Gedichte an die Wände, dann bringen Sie den Leiter des Filmfestivals von Deauville um, um anschließend seinen Zeh abzuhacken. Sie? Niemals.«

Für diese Taktik wird Roussel mich vierteilen, dachte Claire und warf einen Seitenblick auf die Kamera, die das gesamte Verhör in den großen Besprechungsraum übertrug. Aber tatsächlich hatte sie größte Zweifel daran, dass vor ihr ein skrupelloser Mörder saß. Und sie fragte sich, ob all dies nicht einem anderen Zweck diente.

Einem Zweck, den sich nicht im Geringsten verstand.

Immer noch knetete der Mann seine Hände.

»Ich habe ihn getötet«, flüsterte er jetzt. »Er war der Teufel, das Dunkle, er hat die Stadt zu seiner gemacht, ich habe seine Seele betrachtet, und siehe, sie war schwarz. Er hat den Tod verdient.«

»Und die Menschen am Strand? Haben die auch den Tod verdient? Warum wollten Sie die umbringen?«

Das Kneten hörte auf, der Brustkorb des Mannes hob sich, senkte sich wieder, sein Atem war stoßhaft.

»Sie sind die Blinden. Ihr alle seid die Blinden.«

»Ist Noemie Rey auch blind, Monsieur Minart?«

»Alles was Ihr sucht, findet Ihr in diesen Zeilen.«

Claire räumte die Aufnahmen zurück in die Mappe.

»Wir machen eine Pause, Monsieur Minart. Und wissen Sie, was Sie mir danach sagen werden? Wissen Sie das?«

Irritiert sah er sie an.

»Sie werden mir sagen, wen Sie schützen. Sie werden mir das hier erklären.« Mit einer schnellen Bewegung schlug sie das Buch auf, gleich zu Beginn, dort, wo jemand mit einem Kugelschreiber die Widmung verändert hatte.

»Sie werden mir sagen, wer Ihr Bruder ist, Monsieur Minart. Weil ich nämlich ansonsten das gesamte Werk auseinanderreiße, bis nur noch Fetzen übrig sind. Und glauben Sie mir, ich werde nicht zögern.«

Sie nahm das Buch an sich und ließ ihn am Tisch zurück, zusammengesunken und mit leerem Blick. Sie wollte gerade die Tür öffnen, als sie seine Stimme hinter sich hörte, leise und doch gut verständlich.

»Glauben Sie, dass Blumen böse sein können?«

Claire drehte sich zu ihm um. Sie überlegte, was sie antworten sollte, aber als sie gerade etwas sagen wollte, kam er ihr zuvor.

»Ich glaube das nicht. Aber ich denke, dass das Böse Blumen sehr mag.«

Für einen Augenblick sahen sie sich an, die junge Polizistin und der Mann mit den wirren Haaren und dem noch wirreren Geist. Schließlich öffnete Claire die Tür und ließ ihn im Verhörraum zurück. Sie ging hinaus in den Gang und zu ihrem Arbeitsplatz, im Hintergrund hörte sie die Kollegen telefonieren, das Zischen der Kaffeemaschine, das Geräusch von tippenden Fingern auf einer Tastatur, das Klingeln eines Handys. Es war ihr eigenes, sie sah Léons Nummer auf dem Display und drückte den Anruf weg. Zwei Kolleginnen lächelten sie an, als sie an ihnen vorbeiging, Alphonse saß hinter seinem Tresen, er schrieb etwas auf einen Zettel, den Hörer zwischen Kopf und Schulter geklemmt. Die Eingangstür des Commissariat schob sich automatisch mit einem leisen Geräusch auf, kurz darauf roch sie die salzige Luft und den Duft von frischem Fisch in der Rue Désiré le Hoc.

Sie atmete tief durch und griff in ihre Tasche, holte eine Packung Zigaretten heraus und stand für einige Minuten neben dem Eingang des Commissariat, rauchend, schweigend, den Blick und die Gedanken nach innen gerichtet.

In der Hand hielt sie den ausgedruckten Bericht der Spurensicherung, den ein Kollege ihr im Vorbeigehen gereicht hatte.

Sie hatte recht gehabt. Und genau das machte ihr Angst.

Joshua Minart, den alle nur den »Poeten« nannten, war nicht

im Apartment von Henri Perrin gewesen. Es waren die Fingerabdrücke von Perrin und die eines anderen Mannes gefunden worden. Aber nicht die des Poeten, den sie gerade verhörte.

Und doch stand dort *Für Noemie* an der Tür. So wie auf der Hinweisstafel am Hafen, unterhalb eines weiteren Gedichts von Baudelaire.

›Die Blinden‹.

Geschrieben von Joshua Minart, dem »Poeten«, ohne Zweifel.

»*Meinem Bruder*«, murmelte Claire leise. »Wer auch immer du bist, wir müssen dich finden. Bevor es zu spät ist.«

Dann ging sie wieder hinein. Sie war mit ihm noch lange nicht fertig.

Nur ein paar Straßen entfernt fuhr in diesem Augenblick die kleine Polizeikolonne, bestehend aus drei Wagen, über den Pont des Belges, der die beiden Schwesterstädte Trouville und Deauville am Ufer der Touques miteinander verband. Beim Blick aus dem Seitenfenster konnte Nicolas die Anspannung förmlich spüren, die von der Stadt Besitz ergriffen hatte. Es war der Tag vor der großen Eröffnungsgala des Internationalen Filmfestivals, und sie wussten, dass sich der grausame Tod des Festivalleiters längst herumgesprochen hatte.

Nicolas saß mittlerweile auf dem Beifahrersitz, weil Roussel unterwegs bei einem schnellen Zwischenstopp den Wagen gewechselt hatte. Er saß nun im vorderen Fahrzeug, das am Kreisverkehr nun in die Rue Désiré einbog, während der Wagen, in dem Nicolas und Noemie saßen, rechts am Hafen entlangfuhr, um kurz darauf in eine kleine Seitenstraße abzubiegen, die seitlich am »Hôtel de la Plage« endete.

Sie hatten unterwegs alles besprochen, und die wesentlichen Schritte bis zum Beginn des Festivals lagen sehr klar vor ihnen: Roussel würde die Ermittlungen vorantreiben und versuchen, alles aus dem sogenannten »Poeten« herauszukriegen. Immer in der Hoffnung, auf die Spur eines mutmaßlichen zweiten Täters zu kommen. So vieles war noch ungeklärt, so viele Fragen offen. Und vor allem gab es immer noch die Spur, die zu Noemie Rey führte und der sich Nicolas annehmen würde. Die Schauspielerin hatte während der Fahrt unmissverständlich klargemacht, dass sie nicht auf das Festival verzichten würde und damit auf das internationale Renommee eines Jurymitglieds.

»Du kannst ja mein Bodyguard sein«, hatte sie Nicolas irgendwann schnippisch vorgeschlagen. Und genau so hatten sie es schließlich vereinbart.

Im Rückspiegel des Wagens beobachtete Nicolas, wie Noemie immer wieder auf ihr Handy sah.

»Keine Nachricht von deiner Agentin?«, fragte er sie, während der Wagen jetzt durch die enge Seitenstraße fuhr. Immer wieder blickte er die Hauswände hoch, überprüfte im Seitenspiegel, ob ihnen jemand gefolgt war. Als rechts von ihnen eine Straße kurz die Fassaden unterbrach, konnte er das Meer erkennen sowie mehrere Übertragungswagen, die an der Promenade standen.

»Das werden wilde Tage«, sagte der Fahrer neben ihm, und Nicolas musste ihm recht geben. Die Stadt war voller Promis, Ehrengäste und Schaulustiger, und es würden bis morgen Abend noch mehr werden, wenn die Lichter am Konferenzzentrum aufscheinen würden und der rote Teppich ausgerollt war.

»Ich habe keine Ahnung, warum sie sich nicht meldet, sie ist sonst zuverlässig«, murmelte Noemie und tippte eine Botschaft in ihr Handy.

»Du sagtest, sie ist erst seit Kurzem deine Agentin?«, fragte Nicolas. Noemie nickte.

»Seit einem halben Jahr, sie macht es eigentlich sehr gut, ist immer für mich da. Aber dass sie einfach ein Interview gibt und dabei auch noch so über mich redet, das geht nicht. Ausgerechnet jetzt kann ich so was nicht gebrauchen.«

»Was hat sie denn konkret gesagt?«

Noemie rollte mit den Augen.

»Dass ich launisch sei und manchmal nicht einfach zu ertragen.«

»Und?«

»Und was?«

»Hat sie recht?«

Noemie warf ihm einen strafenden Blick zu.

»Natürlich hat sie recht! Aber deswegen muss man das nicht gleich dem erstbesten Journalisten erzählen!«

Nicolas hob beschwichtigend die Hände.

»Wohnt sie auch im Hotel?«.

Noemie schüttelte den Kopf.

»Sie hat sich ein kleines Apartment genommen, nicht weit entfernt. Es ist praktisch, wir wollten dort die Filme nachher noch mal durchgehen, etwas abseits, wo es nicht so fürchterlich laut ist und aufgedreht.«

Nicolas lächelte, während der Wagen nach rechts abbog und er weiter vorn den Seiteneingang des Hotels sah.

»Warum nimmst du dir dann nicht auch ein ruhiges Zimmer irgendwo, wo es weniger laut zugeht.«

Sie schaute ihn kurz an und setzte ihre Sonnenbrille ab. Sie sah müde aus und mitgenommen von den Ereignissen am Strand von Varengeville.

»Weil zu meinem Beruf das Laute dazugehört, Nicolas. Und keine Sorge, das wirst du noch früh genug mitbekommen.«

Der Wagen hielt direkt vor dem Seiteneingang, der sich genau in diesem Augenblick öffnete. Ein junger Angestellter trat auf die Straße.

»Bleib sitzen«, sagte Nicolas und stieg als Erster aus dem

Wagen. Er sicherte den Weg nach vorne in Richtung der Promenade, wo einige Touristen herumstanden, mit einem Eis in der Hand, und einen Blick auf Promis erhaschen wollten. Nicolas ging um den Wagen herum und wurde von dem jungen Mann begrüßt, der seine schwarzen Haare akkurat nach hinten gekämmt trug und auffallend blass war.

»Matteo Costa«, stellte er sich vor. »Ich bin einer der Empfangsportiers des Hotels. Willkommen in Deauville, ich hoffe, Sie hatten eine angenehme Reise?«

»Wir hatten angerufen, ist alles vorbereitet?« Nicolas ging nicht auf die Frage ein und sah immer wieder den Bürgersteig entlang.

»Selbstverständlich, Check-in und Formalitäten machen wir in der Suite, das Gepäck wird Ihnen hinterhergebracht. Sie müssen entschuldigen, die jüngsten Ereignisse … es ist nicht leicht für unser Hotel, aber wir tun unser Bestes.«

Nicolas lächelte den Mann an.

»Da bin ich mir sicher«, sagte er und öffnete die hintere Seitentür des Wagens.

»Mademoiselle Rey, willkommen zurück.«

Noemie blickte den jungen Mann stirnrunzelnd an und nickte ihm dann zu. Nicolas legte seine Hand auf die Schulter der Schauspielerin und schob sie sanft in Richtung des Seiteneingangs, seinen Körper zwischen sie und die Touristen geschoben, die sich weiter vorn tummelten.

»Wohin?«, fragte er den Portier.

»Wir gehen über den ersten Stock in Richtung Hauptgebäude, von dort mit dem Aufzug in den dritten Stock. Die Suite ist direkt an der Ecke, die in Richtung Casino und Promenade geht, sie wird Ihnen sicher gefallen … Mademoiselle Rey.«

Für einen kurzen Augenblick sah Nicolas den Portier durchdringend an, dann wischte er das seltsame Gefühl beiseite, das ihn kurz überkommen hatte, und ging vor Noemie die Treppe hoch.

»Auf geht's. Wir haben keine Zeit zu verlieren, bis zur Pressekonferenz ist es nicht mehr lang.«

Während ein weiterer Angestellter einen Rollwagen nach draußen schob, um Noemies Gepäck aus dem Polizeiwagen zu holen, konnte er durch ein Fenster einige Passanten erkennen, die neugierig hineinstarrten. Ihre Ankunft in Deauville würde die Runde machen, noch ehe sie die Suite erreicht hätten.

Der junge Portier führte sie durch einige Gänge im ersten Stock hinüber ins Hauptgebäude, immer wieder kamen ihnen Gäste entgegen, nicht wenige davon blieben stehen, als Noemie mit einem kurzen Lächeln an ihnen vorbeieilte.

»›La Rey‹«, hörte Nicolas eine Frau zu ihrem Mann sagen, als sie zu den Fahrstühlen gingen und dort einige Sekunden warten mussten. Mit jedem Meter, den sie sich tiefer in das Innere des großen Hotel vorarbeiteten, wurde Nicolas klarer, wen er in den kommenden Tagen als Schutzperson zu begleiten hatte: eines der bekanntesten Gesichter des Festivals, eine junge Frau, die immer auffiel, egal wo sie auftauchte.

»Ich bin eine große Bewunderin«, sagte die Frau jetzt zu der Schauspielerin, während die Fahrstuhltür sich vor ihnen öffnete.

»Das ist sehr freundlich von Ihnen, es bedeutet mir viel«, sagte Noemie und lächelte. Das Ehepaar wollte gerade mit ihnen in den Fahrstuhl steigen, als Nicolas den beiden den Weg versperrte.

»Verzeihen Sie, würde es Ihnen etwas ausmachen, den nächsten zu nehmen? Vielen Dank.« Er schob Noemie in den Fahrstuhl, wartete, bis auch der Portier eingestiegen war, und nickte dem Ehepaar zu.

»Merci.« Als die Türen sich schlossen war das Letzte, was er sah, der enttäuschte Blick der Ehefrau.

»Ein Fan weniger«, murmelte Noemie und sah ihn an. »Ich fürchte, wir müssen noch mal über unser Vorgehen reden,

Nicolas. Es ist das Filmfestival, die Leute sind es gewohnt, hier mit den Schauspielern quasi Seite an Seite zu leben in diesen Tagen. Es gehört zu meinem Job, dass die Menschen Kontakt mit mir wollen, ich …«

Nicolas drehte sich zu ihr um und lächelte sie an.

»Und zu meinem Job gehört genau das nicht. Und so leid es mir tut: Mein Job zählt jetzt gerade ein bisschen mehr. Wir sind da, Sie gehen vor, Monsieur Costa. Wir bleiben nirgendwo stehen, kein Gespräch, kein Small Talk, direkt zur Suite.«

»Verstehe, Monsieur.«

Kurz danach erreichten sie die Suite, die für Noemie für die Dauer des Festivals reserviert war. Der Portier reichte Nicolas zwei Einlasskarten.

»Soll ich Mademoiselle Rey alles zeigen, es ist wirklich eine wunderbare …«

»Wir kommen zurecht«, sagte Nicolas. »Vielen Dank für Ihre Hilfe.«

»Gern geschehen. Mademoiselle Rey, wir haben uns erlaubt, Ihnen etwas zu essen hochbringen zu lassen, außerdem sind Ihre Kleider bereits angekommen, sie befinden sich in Ihrem Schlafzimmer. Brauchen Sie sonst noch etwas?«

»Danke, Matteo, es ist alles gut so. Das ist für Sie.«

Nicolas öffnete die Tür und hielt sie für Noemie auf.

»Warte hier«, sagte er. Die Suite bestand aus einem großen Aufenthaltsraum, der Platz für eine Sofaecke und einen großen Tisch bot, hinter dem die bodentiefen Fenster hinaus auf die Promenade gingen. Als Nicolas das angrenzende Schlafzimmer und das Bad kontrollierte, das geräumiger war als die meisten Einzimmerwohnungen in Paris, sah er hinter den Fenstern das blaue Meer, das wie ein ausgerollter Teppich vor der Stadt lag.

»Okay«, rief er, und kurz darauf ließ sich Noemie auf einen der Stühle fallen, sie zog ihre Sonnenbrille aus und massierte sich mit den Fingern ihre Schläfen. Er sah, dass sie blass war.

»Was für ein Albtraum«, sagte sie nach einer Weile. Ihre Stimme war plötzlich eine Spur gedämpfter.

»Willst du etwas essen?«, fragte Nicolas, während er ihr ein Glas Wasser hinstellte. »Auf dem Sideboard dahinten steht alles, was du brauchst.«

»Geht schon, ich ...«

»Hey, Noemie!«

Nicolas sprang zu dem Stuhl, auf dem sie saß, als er sah, wie ihre Hand zitterte. Gerade noch rechtzeitig nahm er ihr das Glas weg und sah ihr ins Gesicht. Sie hatte ein paar Flecken am Hals, ihre Stirn glänzte.

»Es geht schon, es ist nur ...«

»Komm, leg dich hin.«

»Nein, im Ernst, ich bin okay, nur etwas heiß, ich ...«

»Ich habe keine Lust, in der nächsten Brombeerhecke zu landen«, sagte er deutlich und fühlte ihren Puls. Er war kräftiger, als er angenommen hatte, und doch dachte er für einen Augenblick daran, wie Noemie in der Dunkelheit vor ihm auf der Straße gelegen hatte.

»Es ist der Stress«, flüsterte sie, während er ihre Handgelenke massierte. »Dann kommen diese verdammten Schwindelanfälle zurück. Aber es geht schon. Ich ... kann ich noch etwas zu trinken haben? Ich werde nachher eine Tablette nehmen, die hilft immer.«

Nicolas reichte ihr das Glas, betrachtete sie für einen Augenblick und nickte unmerklich, als er sah, wie wieder etwas Farbe in ihr Gesicht zurückkehrte. Noemie atmete tief durch, dann griff sie nach einem Stapel Briefe, der auf dem Tisch lag.

»Es wird schon gehen, ich werde meine Medikamente nehmen, mich frisch machen und mich dann auf die Pressekonferenz vorbereiten. Ah, hier ist ja der Ablauf. Ich werde nachher unten in der Halle abgeholt, dann gehen wir direkt rüber zum Konferenzzentrum.«

Nicolas setzte seinen Kontrollgang fort, öffnete Schubladen und Schränke, sah unter das Bett und hob jedes einzelne Sofakissen hoch.

Im Hintergrund öffnete Noemie die Briefe.

»Wenn du magst, kannst du gern runter an die Bar gehen oder dir die Beine vertreten«, sagte sie. »Ich bin ja jetzt hier sicher, und wirklich es geht mir besser, ich …«

»Noemie«, unterbrach Nicolas sie und blieb stehen. »Ich glaube, du hast es nicht ganz verstanden: Ich werde nirgendwohin gehen. Und du genauso wenig. Ab sofort werde ich immer in deiner Nähe sein, egal, wo du bist. Und wir werden diese Suite so selten wie möglich verlassen, verstehst du? Du hast mitbekommen, was am Strand in Varengeville heute Morgen passiert ist, ja? Das hier ist kein Spaß! Schau dich nur an, du bist immer noch ganz blass!«

Entschuldigend hob sie die Hände.

»Hey, ist okay, ich habe schon verstanden. Es ist nur … ich hatte mich wahnsinnig auf Deauville gefreut, auf das Festival, die Kollegen. Hier, sieh mal: eine Einladung in den angesagtesten Club der Stadt heute Abend, ich nehme an, das wirst du mir verbieten, oder?«

»Exakt.«

Sie seufzte und legte die Briefe auf den Tisch. Dann warf sie einen Blick in Richtung Badezimmer, ein leises Lächeln huschte über ihr Gesicht.

»Wenn ich gleich dusche«, sagte sie und sah ihn vielsagend an, »weichst du dann auch nicht von meiner Seite? Ich meine, ich könnte ja ausrutschen, es wäre besser, wenn …«

»Sehr lustig«, kommentierte Nicolas und stellte sich ans Fenster, um durch die Vorhänge die Straße im Auge zu behalten. Der Boulevard vor dem Hotel glich schon jetzt eher einer Fußgängerzone, er sah Dutzende Schaulustige vor der Einfahrt stehen, die mit Absperrgittern gesichert war. Er versuchte, das Bild der nackten Noemie unter der Dusche aus seinem Kopf zu kriegen. Als ein Wagen vorfuhr, trug der

Wind das Kreischen einiger Fans zu ihm nach oben, Kamerateams machten auf der anderen Straßenseite Aufnahmen und im Hintergrund war der glitzernde Bau des Konferenzzentrums zu sehen. Seitlich des Zugangs, der hinunter zu den Planches führte, standen jetzt goldene Statuen und Blumenkübel, er konnte einige Arbeiter erkennen, die einen langen roten Teppich ausrollten.

»Eigentlich geht es immer nur um diesen Teppich«, murmelte Noemie. Sie hatte sich neben ihn gestellt und sah ebenfalls dem Treiben zu. »Es geht um den Glamour, die Fotos, um die Kleider, die ich anziehen werde. Es geht so selten um die Rolle, um das, was man als Schauspielerin erzählen möchte. Manchmal wünschte ich, sie würden einfach keinen Teppich ausrollen, wir würden wie ganz normale Kinobesucher dorthin gehen können, mit einer Tüte Popcorn, mit Freundinnen und mit Taschentüchern, die wir vollheulen, wenn am Ende des Films jemand stirbt oder sich ein Paar endlich findet.«

Für einen Augenblick betrachteten sie beide diese ungewohnte Szenerie, die Vorbereitungen des Festivals, die aufgeheizte Stimmung vor dem Hotel, während im Hintergrund die leuchtenden Sonnenschirme am Strand zu sehen waren. Noemie lehnte ihren Kopf an Nicolas' Schulter, sie schloss die Augen, und ihr Gesicht verlor jede Anspannung.

»Wir kriegen das hin, Noemie«, sagte er leise. »Es wird nichts passieren. Niemand wird an dich rankommen.«

»Versprichst du es mir?«

»Noemie, ich …«

»Versprich es mir.«

Nicolas spürte ihre Haare an seinem Hals, roch ihr Parfum, spürte ihre Wärme an seiner Seite. Er atmete tief ein.

Noemie löste sich von ihm und griff nach ihrer Handtasche.

»Ich verspreche es, Noemie. Niemand wird …«

»Scheiße!«

Noemie wühlte jetzt verzweifelt in ihrer Handtasche herum.

»Was ist?«, fragte Nicolas.

Fluchend beförderte sie zwei Lippenstifte, einen Taschenspiegel und ihren VIP-Pass für das Festival aus der Tasche.

»Oh nein«, rief sie. »Wir müssen sofort los.« In der Hand hielt sie eine leere Medikamentenpackung.

Nicolas runzelte die Stirn.

»Wenn du deine Tabletten brauchst, die können wir besorgen. Es gibt keinen Grund ...«

»Die gibt es nicht einfach so zu kaufen, die gibt es nur auf Rezept, dafür muss mir ein Arzt ... verdammte Scheiße!«

»Noemie, beruhige dich, wir finden eine Lösung. Wir können ...«

»Nicolas, du verstehst das nicht! Sie sind gegen meine Schwindelanfälle, ich brauche dieses Medikament unbedingt! Ich vertrage keine anderen, es ist eine Katastrophe, ich ...«

Noemie wurde immer verzweifelter, sie durchwühlte erneut ihre Handtasche, kippte den Inhalt auf den Tisch.

»Nichts! Scheiße!«

»Vielleicht brauchst du sie ja gar nicht. Iss doch was, ruh dich aus, geh unter die Dusche, dann ...«

»Nein!«

Überrascht sah Nicolas sie an. Vor ihm stand nicht mehr die ruhige junge Frau, die seinen Schutz brauchte, die eben noch seine Nähe gesucht hatte, weil sie müde und verängstigt war. Noemie Rey konnte sich offenbar innerhalb kürzester Zeit verwandeln, ihr Blick war finster und entschlossen, sie war wütend und unbeherrscht.

»Ich brauche diese verdammten Medikamente, Nicolas«, sagte sie jetzt mit bebender Stimme. »Wir müssen sofort los.«

»Wohin bitte willst du, ich dachte ...«

»Meine Agentin. Sie hat immer eine Reserve für mich dabei.«

»Dann ruf sie an. Sie kann sie dir bringen.«

»Was meinst du, was ich die ganze Zeit versuche! Sie geht nicht ran!«

Sie wurde immer wütender, tigerte im Raum herum, sah ungeduldig auf die Uhr, während durch das geöffnete Fenster erneut die Rufe einiger Fans drangen.

»Rufen die deinen Namen?«, fragte Nicolas verblüfft und sah nach draußen.

»Willkommen in meinem Leben, Bodyguard.«

»Noemie, wir können da nicht raus, du kannst auf keinen Fall einfach durch die Stadt laufen, das gibt sofort einen Menschenauflauf, und den muss ich unbedingt vermeiden. Ich kann deine Sicherheit in einer solchen Situation nicht gewährleisten!«

»Das ist mir völlig egal!«

»Das ist doch Blödsinn, Noemie. Nur weil du Angst hast, plötzlich zusammenzuklappen, werden wir nicht …«

Mit einem schnellen Schritt war sie bei ihm, sie hatte Tränen in den Augen, als sie ihn wütend anstarrte.

»Angst? Oh nein, Nicolas. Ich habe keine Angst. Ich habe Panik. Weißt du, was passiert, wenn ich mitten in dieser verdammten Pressekonferenz oder auf dem Weg dorthin zusammenklappe, weil wieder eine dieser Schwindelattacken kommt? Weißt du, was dann mit meinem Leben passiert? Es wird die Hölle, sie werden nicht lockerlassen, werden alles wissen wollen, sie werden meinen Psychiater ausquetschen, meine Freunde, alles und jeden, hörst du? Ich bin stark, Nicolas, ich bin ›La Rey‹, geht das in deinen verdammten Schädel?«

Sie stand dicht vor ihm, ihr Atem ging stoßhaft.

»Die Wohnung ist nur wenige Straßen entfernt«, sagte sie schließlich leise. »Bring mich dorthin, Nicolas.«

»Du kannst nicht auf die Straße. Es ist zu gefährlich.«

»Nicolas, bitte.«

Er überlegte einen Augenblick, dann sah er die junge Frau an und fragte: »Welche Größe trägst du?«

Einige Minuten später klopfte es leise an der Tür.

»Ja?«, fragte Nicolas, die Hand an seiner Waffe, während er direkt hinter der Tür stand.

»Ich bin es, Nicolas.«

Er öffnete die Tür und ließ eine ältere Frau herein, die sichtlich aufgeregt die Suite betrat. In der Hand hielt sie eine Tüte, aus der sie jetzt einen dunkelblauen Kapuzenpullover und eine Baseballkappe in der gleichen Farbe herausholte. Während auf der Kappe ein weißer Anker zu sehen war, zierte den Pullover die Aufschrift »I love Deauville«.

Nicolas stöhnte.

»Etwas anderes hatte ich nicht«, sagte die Frau und sah neugierig um die Ecke.

»Ist sie hier?«, fragte sie und hielt sich aufgeregt die Hand vor den Mund. »Ich meine, du tauchst hier plötzlich auf, wie aus dem Nichts, und sagst, du bist der Bodyguard von …«

»Er mag das Wort nicht«, ertönte plötzlich Noemies Stimme, als sie aus ihrem Schlafzimmer kam, mit einem strahlenden Lächeln und der Attitüde eines völlig entspannten Stars.

»Er sagt lieber Personenschützer, weil er schließlich nicht nur meinen Körper beschützt, nicht wahr, Nicolas? Ist das für mich, Madame? Das ist wirklich wahnsinnig nett, dass sie es extra hier hochgebracht haben. Ich werde es später natürlich bezahlen, ich komme dann bei Ihnen vorbei, ja? Sie haben bestimmt noch andere Sachen, man weiß nie, was man so braucht bei so einem Festival. Nicolas, willst du uns nicht vorstellen?«

Er sah zuerst auf die ältere Dame, die mit verzücktem Gesichtsausdruck dastand, dann auf Noemie, die sich mittlerweile eine Jeans und weiße Sneaker angezogen hatte.

Was für eine verrückte Situation, dachte er.

»Noemie, das ist Martine, meine Mutter. Maman, das ist Noemie Rey.«

KAPITEL 21

Deauville
Zur gleichen Zeit

Die junge Frau war wieder da. Er konnte sie spüren, hinter der Scheibe, er meinte ihren Schatten zu sehen, den Blick, der auf ihn gerichtet war.

Sie hatten ihn überrumpelt. Er hatte sich selbst überrumpelt.

So sehr hatte er diesen Tagen entgegengefiebert, an denen er endlich seine Botschaft überbringen konnte, die Zeilen, die Wörter, überall in der Stadt. Es war wichtig für ihn, vor allem aber für all die Menschen, die wieder sehen würden.

So hatten sie es besprochen. Aber dann war alles anders gekommen. Und aus seiner Ahnung war Gewissheit geworden.

Sein Bruder.

Auf Lebenszeit, und darüber hinaus.

Wie sehr hatte er sich gefreut, als sie sich beide umarmt hatten, endlich, nach all den Jahren. Sie hatten sich ihre Leben erzählt, ihre Träume – und sie hatten beschlossen, sich gegenseitig zu helfen. Die Blinden würden wieder sehen, Mensch und Meer wieder eins sein. Er durfte endlich schreiben, durfte seine Wörter einsetzen, die dunkle Poesie aus seinem Buch.

Denn das war sie, dunkel und unheilvoll. Und sie leuchtete nur deshalb so hell für ihn, weil um ihn herum alles noch dunkler war.

Er bekämpfte Dunkelheit mit Dunkelheit.

Der Obdachlose war seine Idee gewesen, sein Wunsch.

Weil es dort stand, ganz am Anfang, weil die Zeilen sein Leben schon immer gelenkt und gerichtet hatten. Es hatte sich gut angefühlt, sie in die Tat umzusetzen, ihnen endlich Leben einzuhauchen.

Er war jetzt endlich ganz ruhig. Er hatte die Augen geschlossen und lauschte in sich hinein, wanderte durch sein Inneres wie durch einen Tempel, einmalig und schützenswert. Alles war rein, unschuldig, er war der Poet, seine Zeilen waren die Botschaft.

›Die Blumen des Bösen‹.

Aber der dunkle Fleck lastete auf ihm. Als hätte jemand die weißen Wände seines Tempels beschmutzt, sie besudelt mit dunkler Farbe.

Für Noemie

Liebe, reine Liebe. So hatte er gedacht.

Und wenn er sich irrte?

»Retten Sie sie, bevor es zu spät ist.« Warum hatte er das gesagt? Warum hatte er ausgerechnet diesen kleinen, fast unsichtbaren dunklen Fleck in den Fokus gerückt? Alles hätte er sagen können, sagen sollen. Warum ausgerechnet das?

Es irritierte ihn. Es machte ihn angreifbar, tief in ihm drin.

Und er musste achtgeben, dass sie ihn nicht fanden, den dunklen Fleck auf den Mauern seines Tempels.

Die Tür öffnete sich. Es war nicht die junge Frau, die hereinkam, was ihn beunruhigte, da sie es war, die sein Buch hatte.

Sie hielt sein Leben in den Händen.

Es war der Mann vom Strand. Grobschlächtig, schlecht rasiert, verbraucht. Er trank, man konnte es sehen, sein Kopf war eine Spur zu Rot, sein Blick zu unruhig.

Er schrie ihn an.

Er würde seinen Tempel nicht einreißen.

»Wir haben keine Zeit für Spielchen!«, sagte der Mann jetzt.

Er lag falsch, gleich doppelt. Es waren keine Spielchen. Und sie hatten alle Zeit der Welt.

»Es sieht ziemlich schlecht aus für Sie.«

Wieder falsch. Es sah blendend aus für ihn. Solange die junge Frau nur nicht …

»Das Blut an Ihren Händen stammt von Henri Perrin. Sie waren dort, Sie haben ihn umgebracht.«

»Das leugne ich ja auch nicht«, sagte er mit ruhiger Stimme, während er durch die Räume seines Tempels schritt. Es war so still dort. An den Wänden standen die Wörter, sie umgaben ihn, legten sich auf seine Seele.

»Warum ist meine Kollegin dennoch der Ansicht, dass sie nicht der Mörder sind?«

»Das müssen Sie sie fragen, nicht mich.«

»Verarschen Sie mich nicht.«

Ein Blinder, wie alle anderen. Ein Mensch ohne Meer.

Weitere Fragen, Drohungen, mit jeder wurde er ruhiger, gelassener. Er musste nachdenken.

»Wen schützen Sie? Wer ist Ihr Bruder?«

Sein Bruder. Sein geliebter Bruder. Endlich waren sie vereint, nach so langer Zeit. Endlich begriff er den Sinn und die Aufgabe seiner Wörter, seine Zeilen.

Poesie, Bruder.

Jetzt verstand er sie.

»Sie runzeln die Stirn, was denken Sie? Hey, sprechen Sie mit mir!«

Ein zweiter Fleck. Es war unmöglich. Sein Tempel, seine Unschuld, wieder beschmutzt. Ein ungutes Gefühl beschlich ihn, er versuchte es fortzuschieben, es war zu schwer, rammte sich in den Boden, hatte Widerhaken.

Reine Liebe. Bruderliebe. So war es. Ganz sicher.

Er ging schnell weiter, vorbei an dem Fleck, den Blick fest auf die Wände gerichtet, die strahlend waren und rein.

»Gut, Sie haben es so gewollt.«

Der Mann stand auf, ging hinaus, die Tür blieb offen. Er spürte einen kalten Luftzug an seinen Beinen. Er war müde, wollte schlafen. Die junge Frau stand in der Tür. In der Hand hielt sie eine Seite aus seinem Buch, ausgerissen, abgetrennt von seinem eigenen Fleisch.

Dunkle Flecken überall.

Er schrie. Er fiel. Sein Kopf schlug auf dem Boden auf.

Dem unvollendeten Poeten. Meinem Bruder.

»Wer ist es? Sagen Sie mir seinen Namen und Sie können gehen. Und Sie kriegen Ihr Buch.«

Er wollte nicht gehen. Er wollte hierbleiben und die Wände vollschreiben, mit einem dunklen Stift. So lange, bis sie es verstanden.

Dass alles, was sie brauchten, dort geschrieben stand.

An den Wänden.

In dem Buch. Seinem Buch, das schrie und sich wand in ihrem Griff, weil Fleisch aus seinem Fleisch gerissen worden war.

Sie würden es bereuen.

Alles.

KAPITEL 22

Deauville
Zur gleichen Zeit

Nicolas und Noemie hatten die Treppe genommen, die aus dem dritten Stock ins Erdgeschoss führte. Sie waren seitlich der Aufzüge herausgekommen, Nicolas hatte unauffällig einen Blick in die große Empfangshalle geworfen und beschlossen, dass sein ursprünglicher Plan, sich möglichst schnell von dort durch den hinteren Eingang in Richtung der Rue Jean Mermoz und der Innenstadt davonzustehlen, ein zu großes Risiko barg.

Die Empfangshalle glich einem explodierten Ameisenhaufen.

Überall standen Rollwagen mit Gepäck, Angestellte wuselten zwischen den Gästen herum, die an der Rezeption warteten oder auf einen freien Platz auf einem der Sessel oder Bänke hofften. Assistenten brüllten in ihre Telefone, Schauspieler blickten genervt herum, dazwischen konnte er Sandrine Poulainc erkennen, die mit einem Mann in der Halle stand und zu beraten schien, wie die Polizei angesichts der Verrücktheit dieser Tage überhaupt ermitteln sollte.

»Das ist eine Sackgasse«, sagte er zu Noemie, die hinter ihm im Treppenhaus stand und in ihrem Outfit tatsächlich aussah wie eine amerikanische Touristin, die »Frankreich in vier Tagen« bei einem Reiseanbieter gebucht hatte.

»Das ist wirklich eine richtig schlechte Idee«, versuchte er erneut, sie davon zu überzeugen, dass es deutlich ungefährlicher wäre, wenn er allein ihre Agentin aufsuchen würde.

»Wir kommen dort niemals vorbei, ohne dass man dich bemerkt.«

»Dann nehmen wir einen anderen Weg«, sagte sie, sah sich um und ging dann die Treppe weiter hinab. »Komm schon, wir haben keine Zeit, Nicolas.«

»Scheiße«, murmelte er und folgte ihr ins Untergeschoss, wo sie einen Gang erreichten, der in die Tiefgarage führte. Nicolas schob sich vor Noemie und zog sie einige Meter den Gang entlang, der einen Knick nach links machte und an mehreren Türen vorbei weiter in die Eingeweide des Hotels führte.

Hinter jeder Tür konnte jemand lauern. Nicolas fluchte innerlich. Er wusste, dass die Wahrscheinlichkeit eines Anschlags gering war, aber auch die kleinste Gefahr reichte schon, um ihn in höchste Anspannung zu versetzen. Immer wieder blieb er stehen, lauschte für einige Sekunden, versuchte eine mögliche Bedrohung zumindest zu erahnen, aber alles, was er hörte, war die dumpfe Stille um sie herum.

»Weiter«, sagte er, die Hand auf seine Waffe gelegt, die er am Gürtel unter seinem Poloshirt trug. Weiter vorn wurde der Gang heller, er hörte zuerst Stimmengewirr, dann das Geräusch von klappernden Tellern und Töpfen.

»Die 17 kann raus! Die 15 noch eine Minute.«

»Service!«

Vor ihnen sah er eine Schwingtür, durch die sowohl etwas Licht in den Gang fiel als auch der Geruch von frisch zubereitetem Essen drang.

»Ich hätte etwas essen sollen«, murmelte Noemie neben ihm. Er sah sie besorgt an, aber sie lächelte und schob sich ihre Baseballkappe tiefer ins Gesicht.

»Alles in Ordnung. Auf geht's, einfach durch, wir müssen uns beeilen.«

Nicolas nickte, nahm sie an der Hand und stürmte durch die Tür in die Großküche des »Hôtel de la Plage«.

Sofort wurden sie eingehüllt von Dampf und Hitze, neben ihnen standen mehrere angerichtete Teller mit Meeresfrüchten, ein Angestellter hatte eine der zahlreichen Spülmaschinen geöffnet und räumte Teller aus. Von überallher waren halblaute Befehle zu hören, Köche standen vor Terrinen und Töpfen, in einer Pfanne zischte das Fett, als jemand einen ganzen Fisch hineingab. Niemand beachtete sie, während Nicolas Noemie im Eiltempo durch die schmalen Gänge bugsierte. Die Köche arbeiteten schnell und routiniert, Messer glänzten auf den Arbeitsflächen, Schweißtropfen auf der Stirn eines Kellners, der auf ein Gericht wartete, Gläser klirrten, als eine Flasche mit Olivenöl umkippte.

»Merde, pass auf! Ich brauche Reis!«

»Kommt!«

»Da vorne ist ein Ausgang«, flüsterte Noemie, und tatschlich sah Nicolas auf der anderen Seite der Küche ein leuchtendes Notausgangsschild. Er drückte die junge Frau in die entsprechende Richtung und ließ dabei seine Hand auf ihrer Schulter.

»Hey, was macht ihr beiden Witzfiguren hier! Raus aus der Küche, verdammt!«

Einer der Köche hatte sie entdeckt, zeigte mit dem Finger auf sie, und mindestens zehn Köpfe drehten sich in ihre Richtung.

»Scheiße«, murmelte Nicolas und drückte sie an sich.

»Pardon«, sagte er zu einem der Angestellten, »wir suchen den Ausgang, ich glaube, wir haben uns verlaufen.«

»Die Tiefgarage ist dahinten«, bekam er entgegengeschleudert, als sie sich an dem Mann vorbeidrückten und weiter in Richtung Tür eilten. Nicolas zog Noemie hinter sich her, immer wieder drehte er sich in alle Richtungen, auf der Suche nach einer Gefahr, einer Bewegung, die nicht ins Bild passte.

»Raus hier!«

»Machen wir, pardon. Dürfen wir hier lang? Wir sind sofort weg.«

Ausgerechnet in dem Gang, der zum Ausgang führte, standen die meisten Köche, mindestens fünf davon, sie hatten aufgehört, an ihren Herdplatten und Arbeitsflächen zu hantieren und betrachteten sie argwöhnisch.

Nicht hochschauen, Noemie, bitte nicht hochschauen, dachte Nicolas – und wusste zwei Sekunden später, dass seine Gebete nicht erhört worden waren.

»Hey, das ist doch ›La Rey‹!«

»Mann, das gibt's doch nicht! Mademoiselle, ein Foto!«

»Gaston, komm mal her, hier rennt gerade Noemie Rey durch unsere Küche!«

»Mademoiselle, kommen Sie, ein Foto nur!«

Die Lage veränderte sich innerhalb weniger Augenblicke, Nicolas erhöhte das Tempo, sie stürmten jetzt durch den Gang. Wenige Meter vor der Tür kam ihnen plötzlich ein junger Mann in einer fleckigen Schürze entgegen, in seiner Hand hielt er ein Handy, das auf sie gerichtet war.

»Mann, das glaubt mir sonst keiner!«, rief er begeistert, ohne zu fragen, ob die junge Schauspielerin überhaupt gefilmt werden wollte. Noemie duckte sich, ihre Hand an Nicolas geklammert, der einen schnellen Schritt auf den jungen Koch zumachte und ihn zur Seite schob. Der junge Mann stolperte dabei über einen Servierwagen, geriet ins Taumeln und schlug der Länge nach hin. Sein Handy rutschte über die Fliesen, im Hintergrund waren die Rufe seiner Kollegen zu hören.

»Hey, was soll das?«

»Typisch Schauspielerin! Eingebildete Kuh.«

Nicolas riss die Tür auf und schob Noemie in einen kleinen Gang, der dahinter lag. Er sah sich zur Orientierung um. Weiter vorn wurde es heller, außerdem meinte er das Geräusch fahrender Autos zu hören.

»Vielen Dank, Nicolas«, fuhr Noemie ihn plötzlich an. »Ich wette, die Aufnahme ist in nicht mal einer Minute im Netz. Das hast du richtig prima eingefädelt!«

Ungläubig starrte er sie an.

»Noemie, das hier ist kein Spiel, verstehst du? Es geht hier nicht um deine …«

»Oh doch, Herr Bodyguard, es geht ausschließlich um meine Karriere, das musst du endlich verstehen. Das hier sind die beschissenen Filmfestspiele von Deauville, hier ist an jeder Ecke ein Kamera, ach was, hier IST jede Ecke eine Kamera! Ich habe letztes Jahr schon genug Mist gebaut, jetzt bin ich in der Jury, und du schaffst es innerhalb weniger Sekunden, dass die Öffentlichkeit mal wieder genau das falsche Bild von mir bekommt. Es ist wirklich zum Kotzen, wofür brauche ich einen Bodyguard, wenn der …«

»Noemie, es reicht! Und bleib stehen, verdammt, du sollst …«

Fluchend und schimpfend war sie den Gang in Richtung Tageslicht entlanggestürmt, Nicolas holte sie ein, berührte sie an der Schulter, aber sie schüttelte ihn ab, und ehe er sie daran hindern konnte, öffnete sie die Tür und trat nach draußen, in das gleißend helle Licht der Stadt, die sich in diesen Tagen schneller drehte als zu jedem anderen Zeitpunkt des Jahres. Und niemand wusste das besser als der Mann, dem Noemie mit Schwung die Tür des Notausgangs in den Rücken rammte.

»Verdammt, passen Sie doch auf!«

»Entschuldigen Sie, das tut mir leid, ich wollte nicht …«

»Noemie, bist du das?«

Nicolas war jetzt ebenfalls nach draußen getreten, er blickte den großen und korpulenten Mann an, der offenbar direkt vor der Tür gestanden hatte, um eine Zigarette zu rauchen. Er trug Jeans und ein weißes Hemd, das angesichts seiner

Körperfülle einer Zeltplane ähnelte. Seine Füße steckten in Mokassins, der Mann schwitzte, die Sonne schien zur Mittagsstunde senkrecht auf die Dächer der Stadt.

Er erkannte ihn sofort.

»Salut«, sagte Noemie lächelnd und stellte sich auf die Zehenspitzen, um ihren Bekannten mit zwei Küssen auf die Wangen zu begrüßen. »Da hast du dir aber ein sonniges Plätzchen ausgesucht. Wärmer als in Moskau, oder?«

»Ach, in meinem Alter ist die Sonne nichts anderes als eine Sanduhr, die zu schnell verrinnt.« Der Schauspieler zog genüsslich an einem Zigarillo. »Aber wenigstens habe ich hier hinten kurz ein wenig Ruhe. Und du? Mal wieder dabei, die Stadt auf den Kopf zu stellen? Oder undercover unterwegs? Bei dem Outfit, meine ich. Schick, aber … etwas gewöhnlich für deinen sonstigen Geschmack, oder?«

Nicolas beobachtete durchaus fasziniert, wie Noemie sich innerhalb einer Sekunde von einer schimpfenden und fluchenden Furie in einen strahlenden Filmstar verwandelte, der unter seinesgleichen aufblühte. Sie strahlte den Mann an, wechselte einige Sätze mit ihm über die Stadt, das Festival, die nächsten Rollen, bis Nicolas sich räusperte.

»Oh, wir müssen los«, sagte Noemie fröhlich. »Entschuldige, ich habe euch gar nicht vorgestellt. Nicolas, das ist … ach, du weißt genau, wer das ist. Und das hier Nicolas. Er ist … eine flüchtige Affäre, also präge ihn dir nicht zu gut ein.«

Während der Mann kurz auflachte, spürte Nicolas, wie er rot wurde. Noemie hatte es tatsächlich geschafft, ihn zu verunsichern, mit nur einem Satz. Gequält sah er den Schauspieler an, der ihn nun unverhohlen musterte.

»Na dann, junger Mann: Genießen Sie es, solange sie Gefallen an Ihnen findet.«

Die beiden verabschiedeten sich voneinander, und Sekunden später eilten sie im Schatten der Häuser ihrem Ziel entgegen.

»Vielen Dank auch«, sagte Nicolas, während sie eine Kreuzung überquerten. Noemie lachte.

»Hätte ich Bodyguard sagen sollen? Er weiß genau, dass ich eigentlich nie mit Bodyguard reise, er hätte nur Fragen gestellt. Die Wahrheit war in diesem Fall die bessere Wahl, glaub mir.«

»Natürlich«, murmelte Nicolas. »Da vorne ist es, Rue Bourg Nr. 4.«

»Hoffentlich ist sie da«, sagte Noemie. »Aber eigentlich müsste sie, sie wollte meine Pressekonferenz vorbreiten.«

»Dann lass uns das schnell erledigen. Uns bleibt nicht viel Zeit bis dahin.«

Es war ein unscheinbares Gebäude, in dem Noemies Agentin ein Apartment für die Zeit des Festivals gemietet hatte. Der beigefarbene Anstrich war leicht verblichen, weiße Fensterläden hielten die Sonne ab, die bereits den ganzen Vormittag über die Mauern gekrochen war.

»Das hier muss es sein«, murmelte Noemie beim Blick auf das Klingelschild. Sie drückte den Knopf für die oberste Wohnung und wartete einige Sekunden.

Sie drückte erneut.

»Scheiße«, murmelte sie.

»Hör zu, ich bin sicher, es wird alles gut …«

In dem Augenblick öffnete sich die Tür von innen, und ein älterer Mann stand direkt vor ihnen. In der Hand hielt er einen Einkaufskorb. Noemie schenkte ihm ein strahlendes Lächeln, das jeden Argwohn sofort im Keim erstickte.

»Guten Tag, Monsieur, wir wollen zur obersten Etage, meine Agentin hat dort ihr Büro. Ich bin Noemie Rey, das hier mein Bodyguard.«

Seine Augen blitzten auf, als er sie mit einem verschmitzten Lächeln ansah. Nicolas stand hinter Noemie und überlegte, ob er jemals eine solch sonderbare Schutzperson betreut hatte. Aber ganz offensichtlich wusste die junge Schauspielerin sehr genau, welche Knöpfe sie bei wem drücken musste. Eben noch eine flüchtige Affäre, jetzt wieder ein Bodyguard.

Wobei ihm Letzteres deutlich besser gefiel.

»Na, wenn ich das meiner Frau erzähle, dass ›La Rey‹ an unserer Tür geklingelt hat«, sagte der Mann. »Leider ist sie beim Zahnarzt, das wird sie aber ärgern. Normalerweise gehen wir immer gemeinsam einkaufen, aber heute Mittag kommen die Enkel, wegen des Festivals, wissen Sie? Wir wollen zur Promenade, mal sehen, ob wir jemanden Berühmten … aber das habe ich ja jetzt schon. Ha, das glaubt mir keiner! Sie sind ein heißer Feger, Mademoiselle Rey, darf ich das sagen? Ist das unhöflich? Wie gesagt, meine Frau ist beim Zahnarzt, ich hätte das natürlich nie in ihrer Anwesenheit gesagt.«

Noemie lachte und sah den Mann freundlich an.

»Im Gegenteil, Monsieur, ich nehme es als Kompliment. Leider haben wir es etwas eilig, dürfen wir vielleicht vorbei?«

»Oh, natürlich. Einen schönen Tag noch, Mademoiselle Rey. Wenn ich das meiner Frau erzähle!«

»Grüßen Sie sie von mir, ja?«

»Das werde ich. Das glaubt mir keiner, Mademoiselle. Au revoir!«

Nicolas betrat vor Noemie das Treppenhaus, das nur schwach beleuchtet war. Als die schwere Eingangstür sich schloss, verstummten die Geräusche der Straße, und für einen Augenblick standen sie still im Dämmerlicht.

»Wir nehmen den Aufzug«, sagte Nicolas und drückte den Knopf. Es dauerte einige Sekunden, bis die Türen sich öffneten. Noemie sah müde aus, und er war sich sicher, dass es Kraft kosten musste, Noemie Rey zu sein. Manchmal vielleicht sogar mehr, als sie hatte.

Auf der kurzen Fahrt nach oben sprachen sie kein Wort. Das Licht im Fahrstuhl flackerte, ihre Blicke trafen sich kurz im Spiegel, es waren ernste Blicke, die Anspannung war zurückgekehrt. Und sie stieg noch, als die Fahrstuhltüren sich öffneten, sie hinaus in den Gang traten und Nicolas sah, dass die Tür zur einzigen Wohnung im obersten Stock leicht geöffnet war.

Er zog sofort seine Waffe.

»Bleib hier stehen, Noemie.«

»Warte, vielleicht ist sie nur kurz weg, ich könnte …«

»Rühr dich nicht vom Fleck! Du bleibst genau hier neben der Tür stehen, und wenn du etwas hörst, rufst du mich. Ich bin sofort wieder da.«

»Nicolas …«

»Keine Widerrede.«

Nicolas schob mit der linken Hand die Wohnungstür etwas weiter auf und spähte hinein.

»Jemand zu Hause?«, rief er, wobei sein Gefühl ihm jetzt schon sagte, dass er keine Antwort bekommen würde. Irgendwo musste ein Fenster offen stehen, er spürte einen leichten Luftzug auf seinem Unterarm.

»Ich komme jetzt rein!«

Vorsichtig schob er sich in einen kleinen Flur hinein. Er hielt seine Waffe jetzt fest in beiden Händen, während er vorsichtig an der Wand entlang nach rechts ging. Er erreichte einen großen Wohnraum mit einer Sofaecke und einem großen Tisch, auf dem eine Handtasche stand und mehrere geöffnete Briefumschläge lagen. Direkt neben dem Tisch führte eine Balkontür nach draußen, sie stand offen, das Geräusch der vorbeifahrenden Autos war zu hören. Nicolas warf einen Kontrollblick in die offene Küche, auf der Arbeitsfläche lag ein Netz mit Nektarinen, ansonsten wies nichts darauf hin, dass hier oft gekocht wurde.

Behutsam öffnete er eine Tür, die in ein kleines Arbeitszimmer führte, es war ebenso leer wie das Schlafzimmer daneben. Auf dem Bett lagen eine Hose und eine blaue Bluse. Nicolas ging schnell zurück in den Flur und öffnete die Tür zum Badezimmer.

Er atmete langsam aus, fing jedes Detail auf. Die feuchte Luft fühlte sich klamm auf seiner Haut an, ein Handtuch lag auf dem Boden, die Shampoo-Flasche in einer Ecke. Der Boden schien noch nass, er glänzte, auf dem Waschbecken war Blut, es war bereits angetrocknet.

Auch darunter war Blut, eine Ecke des Waschbeckens war abgebrochen, ein Handtuchhalter abgerissen. Ein kleine Parfümflasche war zu Bruch gegangen, die Scherben lagen überall, die Wolke eines teuren Dufts lag in der Luft.

Nicolas nahm eine Bewegung neben sich wahr.

Ein erstickter Schrei, eine Hand, die nach seiner tastete.

Langsam senkte er seine Waffe. Er würde sie nicht brauchen, nicht hier, wo der Kampf bereits verloren war.

Noemie blieb äußerlich ruhig, während sie auf die Frau starrte, die in der Wanne lag, ein lebloser Körper in einem kalten Raum.

»Geh raus«, sagte er zu ihr und steckte seine Waffe weg, aber Noemie blieb stehen, sie schrie nicht, sie zitterte nicht, noch nicht, sie stand einfach da und ihr Blick war auf erschreckende Weise leer. Sie drückte seine Hand, presste ihre Finger in sein Fleisch, es schmerzte, aber Nicolas ließ sie gewähren, weil auch er das Bedürfnis hatte, etwas zu spüren.

Die Frau trug einen schwarzen BH, ihre Haare waren an einer Stelle mit Blut verklebt, ihr rechter Arm hing über den Rand der Wanne. Sie hatte blaue Flecken an der Seite, Nicolas konnte an ihrem Hals lilafarbene Würgemale erkennen.

»Ihr Name ist Alex«, flüsterte Noemie jetzt, ihre Finger begannen zu zittern. Er wollte sie packen, sie aus dem Bad schieben, fort von der jungen Frau, um die Noemie trauern würde, in den kommenden Tagen und Wochen. Vor allem aber wollte er sie bewahren vor der Botschaft, die rechts neben ihnen auf dem Spiegel stand.

Aber sie hatte es bereits gesehen.

Und ihr Zittern wurde zu einem Krampf, der den ganzen Körper erfasste, der ihn zucken ließ, sie schnappte nach Luft, wand sich in Nicolas' festem Griff, zerrte an ihm, während ihr Blick an dem Spiegel hing, an der roten Schrift, an jedem einzelnen Buchstaben, der mit Lippenstift fein säuberlich und in geschwungener Schrift auf dem Glas stand.

Für Noemie

Endlich schrie sie.

Sie schrie, so laut sie konnte, es war ein greller, verzweifelter Schrei, sie krümmte sich, sackte zu Boden, schrie noch immer, die Augen weit aufgerissen, den Blick panisch auf die grausame Szene gerichtet, auf die Hand, den Arm, die gelockten Haare, in denen das getrocknete Blut klebte.

»Noemie!«

Nicolas hielt sie fest, er hatte sich neben sie auf den Boden gesetzt, und dort blieben sie, während sie in ihn hineinschrie, sie presste sich an ihn, schlug mit ihrer Hand nach ihm, er hielt sie fest. Schließlich wurde ihr Schrei zu einem Wimmern, sie wurde ruhiger, lehnte ihren Kopf an ihn.

»Lass mich nicht los, Nicolas«, flüsterte sie.

Sie saßen dort noch einige Minuten, auf den feuchten Fliesen des Badezimmers, Nicolas zog irgendwann sein Handy aus der Tasche und rief Roussel an, und sie saßen immer noch dort, als unten mehrere Fahrzeuge vorfuhren und kurz darauf schwere Schritte im Treppenhaus zu hören waren. Ein dunkler Schatten fiel auf die Kacheln und auf die Frau in der Wanne, eine Hand legte sich auf Nicolas' Schulter.

»Wir übernehmen jetzt.«

Nicolas zog Noemie nach oben, er nahm die Polizisten kaum wahr, die in die Wohnung kamen, hörte Roussels knappe Befehle nur dumpf, übertönt von Noemies Atem. Ihre Tränen auf seiner Brust. Er schob sie behutsam durch die Balkontür nach draußen und setzte sie in einen Korbsessel. Jemand reichte ihr ein Glas Wasser und eine Decke, die sie über sich zog, obwohl es draußen warm war und die Sonne über der Stadt schien.

Nicolas setzte sich neben sie, und für einen Augenblick betrachteten sie die Dächer der Stadt, die weißen Kuppeln des Casinos, die typisch normannischen Giebel des »Hôtel de la Plage« und dahinter das blaue Wasser des Ärmelkanals. Einige Möwen kreisten über der Place Morny, weiter hinten stiegen die Hügel nach Blonville an und weiter in Richtung Houlgate.

Nicolas schloss die Augen und atmete tief durch.

»Wer macht so etwas?«, fragte Noemie schließlich leise. In ihrer rechten Hand hielt sie eine Medikamentenpackung, die sie im Flur auf einer Kommode gefunden hatte. Die Packung war der Grund gewesen, warum sie beide hierhergekommen waren. Und nun war das Risiko eines erneuten Ohnmachtsanfalls in der Öffentlichkeit einer viel grausameren Realität gewichen. Noemie hatte eine Tablette genommen, immer wieder fuhr sie sich nervös durch die Haare.

»Wer tötet so brutal und schreibt dann einen solchen Gruß an den Spiegel? Es ist so unglaublich traurig. Wer macht so etwas, Nicolas?«

Er sah sie ernst an und griff nach ihrer Hand.

»Vermutlich wird die Polizei genau diese Frage an dich richten, Noemie. Wer will dir schaden?«

Sie schüttelte langsam den Kopf.

»Ich weiß es doch nicht«, flüsterte sie. »Ich habe doch nichts getan, niemandem. Ich bin doch nur Schauspielerin.«

»Aber es muss jemanden geben. Jemanden, der möglicherweise auch etwas mit dem Unfall deines Exfreundes zu tun hat. Damals hast zum ersten Mal diese Botschaft bekommen.«

»Aber damals wusste ich das noch nicht. Und dann war doch ganz lange nichts, ich meine, bis jetzt, bis …«

Hinter ihnen wurde die Balkontür geöffnet und Roussel trat hinaus in die Sonne. Er zündete sich eine Zigarette an und blies den Rauch hinaus in den blauen Himmel.

»Schöne Scheiße«, murmelte er. »Sie hat sich ganz schön gewehrt offenbar. Aber sie hatte keine Chance. Wir haben es auf jeden Fall mit einem Mann zu tun. Mit einem Mann, der ganz schön wütend werden kann, fällt Ihnen da jemand ein?«

Noemie lächelte verbittert.

»Hunderte fallen mir da ein. Tausende. Männer, die wütend werden können? Die Frauen schlagen, die blind vor Wut auf sie eindreschen? Glauben Sie mir, da gibt es sogar mehr als Tausende. Aber nein, mir persönlich fällt niemand ein.«

»Ein Stalker vielleicht? Jemand, der Sie verfolgt, Ihnen auflauert, gab es so etwas?«

Noemie schüttelte den Kopf.

»Bislang hatte ich Glück. Ich weiß, dass Kolleginnen von mir damit durchaus mal Ärger hatten, aber ich noch nicht.«

Roussel zog an seiner Zigarette, und sein Blick fiel auf Noemies Hand, die in seiner lag. Unbewusst ließ er sie los.

»Warum sollte jemand Ihre Agentin umbringen?«, fragte Roussel Noemie.

Die Schauspielerin fuhr sich müde durchs Gesicht und hob dann verzweifelt die Hände.

»Ich weiß es doch nicht«, rief sie. »Verdammt, ich habe doch keine Ahnung! Irgendjemand will mir etwas beweisen, irgendein krankes Arschloch macht sich einen Spaß daraus.«

Sie sah auf die Uhr und stöhnte.

»Die Pressekonferenz beginnt in zwanzig Minuten.«

»Auf keinen Fall!«, antworteten Nicolas und Roussel in einem Atemzug.

»Noemie, das geht nicht. Ich kann dich nicht beschützen, wenn du nicht selbst aus der Schusslinie gehst. Wir haben keine Ahnung, was dieser Typ noch vorhat. Er wollte dich immerhin heute Morgen noch erschießen, und jetzt bringt er deine Agentin um. Ich bitte dich, wir müssen zurück ins Hotel, und da besprechen wir alles Weitere.«

Noemie sah stumm über die Dächer der Stadt, ihr Blick wanderte über die Häuserschluchten.

Plötzlich lächelte sie und deutete in den Himmel über dem Strand.

»Schaut mal.«

Nicolas beugte sich etwas nach vorn und sah plötzlich eine kleine Propellermaschine, die über dem Meer aufgestiegen war, sie durchschnitt den klaren Himmel, das Geräusch der Propeller drang zu ihnen. Hinter der Maschine war ein langes Werbebanner zu sehen, das im Wind flatterte, sein Schriftzug gut sichtbar für alle Touristen am Strand.

FESTIVAL DE DEAUVILLE.

Es war das Bild direkt hinter der Schrift, das Noemie zum Lächeln gebracht hatte. Das Gesicht einer jungen Schauspielerin prangte darauf, es schien geheimnisvoll und offen zugleich.

Das Gesicht eines jungen, frischen Festivals.

Das Gesicht von Noemie Rey.

»Sie hätte gewollt, dass ich hingehe«, sagte sie jetzt leise. »Sie hätte gewollt, dass ich meinen Job mache, dass ich die Chance ergreife. Das hätte sie wirklich gewollt.«

»Und jetzt liegt sie tot in der Wanne«, sagte Roussel grimmig. »Vergessen Sie es, Mademoiselle Rey, wirklich, das können wir auf keinen Fall …«

Mit einem Ruck stand sie auf und sah die beiden Männer an.

»Ich brauche aus dem Badezimmer einen Taschenspiegel und alles, was ihr an Kosmetik findet. Alex hat meine Größe, ich finde bestimmt etwas zum Anziehen in ihrem Schrank.«

»Noemie, bitte …«

»Auf geht's, wir haben noch siebzehn Minuten.«

Während die junge Schauspielerin kurz darauf im Schlafzimmer ihrer Agentin verschwand und im übrigen Teil der Wohnung die Kollegen ihrer Arbeit nachgingen, standen Roussel und Nicolas noch eine Weile auf dem Balkon.

Schweigend.

Rauchend.

Trüben Gedanken nachhängend.

Schließlich schnippte Roussel seine Kippe über die Brüstung und sah Nicolas direkt an.

»Klasse Frau, trotz allem. Aber wem sage ich das.«

Er ging nach drinnen und schloss die Balkontür hinter sich. Nicolas stützte sich auf die Brüstung, atmete die salzige Luft über der Stadt ein und warf einen Blick hinüber zum »Hôtel de la Plage«, hinter dem das internationale Konferenzzentrum lag und der Strand mit seinen bunten Sonnenschirmen und der Bandung, die Tag für Tag gegen die Küste der Côte Fleurie rollte.

Er wusste nicht, wann er das letzte Mal auf seine Heimatstadt geblickt hatte, auf die Dächer und Häuser von Deauville, auf die Plätze und Straßen, auf denen sich die Schatten der kreisenden Seevögel abzeichneten wie kleine, dunkle Punkte auf einer Leinwand.

KAPITEL 23

Deauville
Kurz darauf

»Meine Damen und Herren, ich bitte Sie um etwas Geduld. Bitte, es wird gleich losgehen!«

»Können Sie uns sagen, ob es schon eine Spur …«

»Dies ist die Pressekonferenz der Jury des Filmpreises dieses Festivals, wir möchten wirklich ungern …«

»Findet das Festival denn wie vorgesehen statt?«

»Es gibt noch viele Frage zu klären, aber ich denke, wir alle möchten, dass der Geist dieses Festivals weiterlebt. Wie gesagt, die Jury ist heute hier, um Ihnen …«

»Wo ist Noemie Rey?«

»Noch einmal: Es wird gleich losgehen, wir fangen in zwei Minuten an, wir geben ihr noch …«

»Können Sie bestätigen, dass es eine Verbindung gibt zwischen Noemie Rey und dem Mord an Henri Perrin?«

»Nein, das kann ich nicht.«

»Aber sie dementieren es auch nicht?«

»Bitte, dies ist wirklich nicht der Augenblick …«

Nicolas stand hinter einem Vorhang an der rechten Bühnenseite und beobachtete aufmerksam die zahlreichen Fotografen, Kamerateams und Journalisten, die sich im großen Plenum des Konferenzzentrums versammelt hatten. Blitzlichter zuckten über die hohe Decke, auffordernde Rufe waren zu hören, Fragen, die durch den Raum schwirrten. Es war eine aufgeheizte Atmosphäre, in deren Mittelpunkt eine ältere Dame stand, die mit harter Hand versuchte, die Meute vor sich im Zaum zu halten. Sie stand unmittelbar am Rand der Bühne, vor einem großen Tisch, hinter dem vor einer Minute die Mitglieder der diesjährigen Jury Platz genommen hatten.

Sieben prominente Vertreter der Filmbranche, allen voran die Vorsitzende, die seit vielen Jahren eine der gefragtesten Schauspielerinnen des Landes war. Sie trug einen dunklen Hosenanzug, dazu rote Schuhe, und sie ertrug stoisch lächelnd die Aufregung vor ihr, machte sich Notizen und tat das, was große Schauspielerinnen offenbar perfekt beherrschten: Sie wirkte.

Neben ihr hatte einer der derzeit angesagtesten Regisseure Platz genommen, er trug eine Baseballkappe zum dunklen Anzug und kaute gelangweilt auf einem Zahnstocher. Drei weitere Schauspieler, darunter der diesjährige Ehrengast aus Hollywood, saßen auf dem Podium, dazu der Leiter der größten Produktionsfirma des Landes. Nicolas blätterte kurz in der Broschüre, in der die Jurymitglieder vorgestellt wurden, und prüfte erneut die Sitzreihen des Plenums. In den mittleren Rängen hatten einige Journalisten Platz genommen, einige von ihnen bombardierten die Pressebeauftragte des Festivals mit Fragen, andere hingegen saßen schweigend vor ihren Laptops, von wo aus sie vermutlich bereits die ersten Zeilen an ihre Agenturen schickten. Nicolas sah, wie sie immer wieder in Richtung des Podiums blickten und auf den leeren Stuhl, auf dem eigentlich das jüngste Mitglied der Jury hätte Platz nehmen sollen.

Noemie Rey saß seit einer knappen Minute hinter der Bühne auf eine Kiste, mit geschlossenen Augen, die Hände in den Schoß gelegt, und machte Atemübungen. Ihre Augenlider und ihre Lippen bewegten sich, sie murmelte etwas, das Nicolas nicht verstand. Sie atmete ein letztes Mal langsam ein, öffnete die Augen und lächelte.

Sie sah atemberaubend aus.

Ihre Agentin hatte tatsächlich einige Kleider im Schrank gehabt, Noemie aber hatte sich letztendlich für einen grünlich glitzernden Hosenanzug entschieden, der gerade so tief ausgeschnitten war, dass Nicolas jetzt schon ahnte, dass die Fotografen durchdrehen würden.

Er dachte an den Moment, als Noemie im Schlafzimmer ihrer Agentin gestanden hatte, still und blass, während in den anderen Räumen die Tatortsicherung ihre Arbeit aufgenommen hatte. Er hatte sie kurz darauf durch den Flur geschoben, vorbei an der offenen Badezimmertür. Sie hatten ein Taxi genommen, weil Noemie nicht im Polizeiauto vorfahren wollte, was Nicolas gut verstehen konnte. Es hätte nur noch mehr Fragen in den Raum gestellt, als es ohnehin schon gab.

»Ich bin so weit.«

Noemie stand neben ihm, sie legte den Kopf kurz in den Nacken und straffte sich.

»Ich bin da«, sagte Nicolas. »Wenn irgendetwas ist, du kennst das Codewort, ich hole dich sofort da runter. Aber mach dir keine Sorgen, es wird alles gut gehen.«

»Das ist für dich, Alex«, murmelte sie schließlich und schob den Vorhang zur Seite, um mit einem beherzten Schritt ins Rampenlicht zu treten.

Sie gehört genau dort hin, dachte Nicolas, als er sah, wie sie mit jedem Schritt wuchs, wie das Blitzlichtgewitter, das ihr entgegenschlug, sie verwandelte, bis sie schließlich als »La Rey« am Rande der Bühne stand.

Und wirkte.

»Entschuldigen Sie bitte meine Verspätung. Es ist mir fürchterlich unangenehm, die Jury und Sie warten zu lassen. Aber ich musste noch ein Hotelzimmer zertrümmern und drei Restaurants drüben in Trouville mit Getränken versorgen. Zuerst die Pflicht, nicht wahr?«

Nicht schlecht, dachte Nicolas. Einige Journalisten lachten, die meisten Jurymitglieder lächelten Noemie an und verziehen ihr augenblicklich. Sie begrüßte alle Anwesenden mit Küssen auf die Wangen, umarmte die amerikanische Schauspielerin herzlich und nahm schließlich auf dem Podium Platz.

Sofort prasselten die Fragen auf sie ein.

»Noemie, wie haben Sie von Henri Perrins Tod erfahren?«

»Stimmt es, dass Ihr Name im Zusammenhang mit den Ermittlungen auftaucht?«

»Perrin war nicht gerade Ihr Freund, er wollte Sie nicht in der Jury. Kommt sein Tod Ihnen gelegen?«

Noemie schenkte sich ein Glas Wasser ein und nahm einen Schluck, während sie sich sammelte.

»Die letzte Frage ist eine Unverschämtheit«, sagte sie schließlich in ihr Mikro. »Und sie ist eine Ohrfeige für seine Familie und für alle Freunde des Festivals, zu denen ich mich ausdrücklich zähle. Henri Perrin fehlt uns allen schrecklich, er fehlt auch mir. Ich denke, wir sollten jetzt über das reden, was ihm immer am Herzen lag: über die Filme, aus denen wir in den nächsten Tagen die besten auswählen werden. Vielen Dank.«

Unter dem Tisch knetete sie ihre Hände, sie war nervös. Es war zweifellos einer der grausamsten Tage ihres noch jungen Lebens, und doch saß sie dort oben auf dem Podium und lächelte. Sie glänzte in ihrem Anzug, die hohen Schuhe verliehen ihr zusätzliche Größe, die streng nach hinten gekämmten Haare Entschlossenheit.

Sie war in diesem Augenblick nicht Noemie. Sie war »La Rey«, und alle Anwesenden sollten das wissen.

Die Pressebeauftragte des Festivals schaffte es tatsächlich irgendwann, die Fragen auf das anstehende Programm zu lenken, und für die nächste Stunde drehte sich alles um die Auswahl der Juryfilme, um die Schauspieler, die erwartet wurden, und um die große Eröffnungsfeier am morgigen Abend in genau diesem Saal. Nicolas verließ seine Position nicht, er prüfte immer wieder Podium und Sitzreihen, merkte sich die Gesichter der Fotografen und der Kameraleute, behielt die Finger der Presseleute auf ihren Tastaturen im Auge, hörte das Kratzen der Stifte auf kleinen Notizblöcken, als die Pressefrau den Ablauf der kommenden Tage erläuterte.

Wir haben es fast geschafft, dachte er bei einem Blick auf die Uhr. Er würde Noemie zurück ins Hotel bringen, wo sie sich ausruhen konnte von den Schrecken dieses Tages und wo sie sicher war, weil er hinter ihrer Tür stehen würde, die ganze Nacht. Und morgen würde sie sich einzig auf ihren Auftritt auf dem roten Teppich vorbereiten, und auch er würde die Zeit nutzen, um genau dasselbe zu tun. Es lag auf der Hand, dass das ein allzu verlockender Moment für jemanden sein musste, der ihr Böses wollte. Der Augenblick im gleißenden Scheinwerferlicht, ein Augenblick, den sich Noemie, ihr wahnsinniger Verfolger und die Weltöffentlichkeit teilen würden.

In Nicolas' Kopf begann sich eine Idee zu formen, eine Möglichkeit, wie sie diesen Abend würden überstehen können. Es bedurfte noch einiger Überlegungen, genauerer Betrachtungen der Abläufe, er würde die Nacht nutzen, um sich darüber den Kopf zu zerbrechen. Jetzt war nicht die Zeit dazu, denn die Journalisten ließen sich nicht länger in die Schranken weisen. Immer wieder schwenkten sie von den für sie nun belanglosen Planungen der kommenden Tage auf die Ereignisse rund um den Tod von Henri Perrin ab.

»Wie weit sind die Ermittlungen?«

»Stimmt es, dass Henri Perrin gefoltert wurde vor seinem Tod?«

»Noemie, es gibt Gerüchte, dass Sie sich mit ihm treffen wollten, um Ihre Rolle in der Jury zu besprechen, kam es zu einem solchen Treffen?«

Die Pressefrau hob beschwichtigend die Hände.

»Bitte, meine Damen und Herren, dies hier ist nicht die Pressekonferenz der ermittelnden Polizei! Bitte richten Sie entsprechende Fragen dorthin, wir wollen hier, so gut es eben geht und im Gedenken an den wunderbaren Henri Perrin, unser Festival fortsetzen. Er hätte es so gewollt. Bitte, Jean-Louis, Ihre Frage.«

Ein Journalist hatte seine Hand gehoben, er saß seitlich von den anderen, sein Gesicht glänzte im Schein der Lampen.

»Virginie, es gab, wie wir alle wissen, immer wieder Gerüchte, dass Henri seine Position gegenüber Schauspielerinnen … sagen wir: ausgenutzt hat. Wird dem auch nach seinem Tod nachgegangen, steht sein Tod womöglich damit in Zusammenhang.«

»Darauf werde ich nicht antworten, Jean-Louis. Es ist eine infame Unterstellung, es gab nie …«

»Ach kommen Sie. Sie wissen genau, wovon ich spreche.«

»Nein, weiß ich nicht. Nächste Frage.«

Die Schauspieler auf dem Podium warfen sich kurze Blicke zu, die Pressefrau wurde sichtlich nervös, und einige Journalisten lächelten wissend.

»The show must go on, nicht wahr?«, sagte ein anderer Journalist und lächelte die Pressefrau an. »Das Festival bin ich, so heißt es doch immer.«

Nicolas schätzte den Mann auf Mitte dreißig, er trug ein blaues Poloshirt zu einer hellen Hose und machte sich einige Notizen in ein kleines Heft, während er auf die Reaktion der Pressebeauftragten wartete, die prompt kam.

»Nein, Marc, da muss ich Ihnen widersprechen! Wir sind uns unserer Verantwortung sehr wohl bewusst, wir sind nur nicht verantwortlich für die Ermittlungen zum Tod von Henri. Ehrlich gesagt sind wir zutiefst erschüttert, die ganze Branche ist es, und ich wüsste nicht, was nun diese haltlosen Vorwürfe …«

Der Journalist hob die Hand und wartete nicht darauf, erneut aufgerufen zu werden.

»Ich hätte eine Frage an Noemie.«

»Für Sie immer noch …«, wandte die Pressebeauftragte ein.

»Nein, ist schon gut. Wir kennen uns.«

Noemie hatte ihr Mikro angeschaltet und lächelte den Mann an.

»Salut, Marc, schön, dich zu sehen. Sehr gern, ich werde so gut es geht antworten. Aber lass uns nicht über Henri Perrin sprechen, es geht hier …«

»Ich habe keine Frage zu Henri Perrin. Ich habe eine Frage zu einem Artikel, der online erschienen ist. Heute Morgen.«

»Ich verstehe nicht …«, sagte Noemie. Nicolas schob sich etwas weiter an den Vorhang heran, er beobachtete die Jurymitglieder auf dem Podium, sah die überraschten Blicke der Journalisten in Marcs Richtung. Er scrollte mit dem Zeigefinger auf dem Bildschirm seines Handys.

»Eine kleinere Zeitung in Dieppe, aber es wird bereits in den sozialen Netzwerken geteilt. Noemie, kannst du bestätigen, dass du heute Morgen Ziel eines Anschlags warst?«

Nicolas wurde plötzlich eiskalt, es war wie ein Schlag ins Gesicht, Noemie war ebenso irritiert, sie musste sich an der Tischkante festhalten, ihr Blick flatterte.

»Nicht antworten«, flüsterte Nicolas, wissend, dass sie ihn nicht hören konnte. Er stand im Schatten des Vorhangs, sah, wie die anderen Journalisten unruhig wurden, wie einige ihre Handys zückten, um die Information zu prüfen.

Viel zu lange war es still im Auditorium. Die Kameras der Fotografen waren auf Noemie gerichtet, ebenso wie die Blicke ihrer Sitznachbarn. Die Pressefrau starrte sie entsetzt an.

Noemie zitterte. Unter dem Tisch ballte sie ihre Hand zu einer Faust, öffnete und schloss sie. Dann hatte sie sich gefangen.

Sie lächelte den Journalisten an.

»Das ist ein Missverständnis«, sagte sie mit fester Stimme, in die sie tatsächlich all die Zuversicht gepackt hatte, die sie für den Moment hatte aufbringen können. »Es gab keinen Anschlag auf mich. Es gab einen Zwischenfall, bei dem irgendein Idiot meinte, Steine von den Felsen werfen zu müssen, zum Spaß. Er hat mich nicht getroffen, ehrlich gesagt hat er vermutlich nicht viel nachgedacht. Ich war mit Freunden unterwegs, niemandem ist etwas geschehen. Wie gesagt, es gibt dumme Menschen, ich hoffe, er hat daraus gelernt.«

Nicolas merkte, dass er unbewusst die Luft angehalten hatte. Jetzt ließ er sie langsam entweichen.

Aber noch war es nicht überstanden.

»Es hieß, es seien Schüsse gefallen?«

»Das ist falsch, das kann ich Ihnen allen versichern. Wie gesagt, ein Missverständnis, dabei sollten wir es belassen. Ist das in Ordnung für dich, Marc?«

Für einen Augenblick sah er Noemie herausfordernd an, dann hob er lächelnd beide Hände.

»Natürlich, Noemie, gutes Gelingen bei den Festspielen. Wir sehen uns ja nachher ohnehin noch, bleibt es dabei?«

Die Pressefrau blickte kurz in eine Mappe, die sie in der Hand hielt, und nickte dann.

»Natürlich, Monsieur Chevalier, das zugesagte Interview steht. Wir melden uns bei Ihnen.«

»Danke.«

Einige angespannte Minuten später war die Pressekonferenz beendet. Noemie stand noch für einen Augenblick zwischen ihren Kolleginnen und Kollegen auf der Bühne, bevor sie sich von allen verabschiedete und zu Nicolas hinüberging. Die Anspannung war ihr deutlich anzusehen, und fast schien es ihm, als hätte der glitzernde Anzug etwas Glanz verloren.

»Lass uns gehen«, flüsterte sie, und Nicolas legte seine

Hand auf ihren Rücken und schob sie sanft in Richtung Ausgang.

»Was ist das für ein Interview?«, fragte er leise, während sie durch das Foyer des Tagungszentrums gingen, in Richtung des Eingangs, vor dem jetzt schon einige Schaulustige standen. Noemie hatte darauf bestanden, dass sie sich nach der Pressekonferenz nicht durch irgendeinen Hinterausgang stahlen, sondern dass sie für alle Fans sichtbar, und vor allem sichtbar glücklich, zu sehen und zu bewundern sein würde.

Einige fingen an zu rufen, als sie die junge Schauspielerin durch die Scheiben sahen.

»Marc Chevalier ist einer der wichtigsten Boulevardjournalisten in Paris, wir kennen uns schon einige Jahre. Er ist nett, nicht so aufdringlich wie die anderen. Ich habe ihm ein Exklusivinterview zugesagt, heute Nachmittag. Ehrlich gesagt wird das der einzige gute Moment dieses Tages, glaube ich. Aber du kannst gern dabei sein, wenn du unbedingt willst.«

»Keine Sorge, das werde ich. Du wirst ab sofort keine Termine ohne mich wahrnehmen.«

Vor ihnen öffnete sich die große Schiebetür des Tagungszentrums, Noemie setzte ihre Sonnenbrille auf und strahlte die Menschen an, die sich hinter einer Absperrung versammelt hatten und ihre Handys hochhielten, während sie aufgeregt zu schreien anfingen.

Sie wandte sich ihm noch einmal zu und lächelte.

»Ich werde es aushalten, Nicolas. Der letzte Termin an deiner Seite war ganz schön. Fandest du nicht?«

Nicolas schob einige zu weit ausgestreckte Arme zur Seite und stellte sich direkt neben Noemie, während sie Autogramme gab und einige Selfies über sich ergehen ließ. Er betrachtete die Gesichter der Menschen hinter der Absperrung aufmerksam, beobachtete die Hände, die Displays der Handys.

Es war einer dieser Momente, die jeder Personenschützer hasste.

Und es war einer dieser Momente, die fast jeder Schauspieler liebte.

Vor allem aber war es ein Moment, der sie beide, die Schauspielerin und den Personenschützer, kurzzeitig annehmen ließ, dass sie das Festival von Deauville unbeschadet überstehen könnten. Und in der Hoffnung, dass die langen Schatten der Felsen von Varengeville nicht bis an die Côte Fleurie reichten.

KAPITEL 24

Deauville

Jenen, die in diesen fieberhaften Stunden des Festivalvortages an den Ermittlungen beteiligt waren, kam es vor, als würde die Zeit vor ihren Augen zusammenschrumpfen. Alles geschah zu schnell, die Minuten flossen nur so dahin, Sekundenzeiger beschleunigten ihren Takt, die Sonne stand zittrig über der Stadt, als würde sie sich fortbewegen wollen, schneller, hastiger, dem Horizont entgegen. Die Schatten huschten hinter den Häusern hin und her, und als Claire kurz den Blick vom Bildschirm löste und aus dem Fenster sah, schien es ihr, als würde jemand die Menschen auf dem Trottoir zur Eile auffordern. Schweißtropfen standen auf ihrer Stirn, immer wieder rollte sie ihren Kopf, streckte den Nacken und spürte dabei jede Sehne ihres angespannten Körpers. Hinter ihr traten im Zeitraffer Kollegen aus der Tür, kreuzten sich schnellen Schrittes, das Klingeln des Telefons klang alarmierend und schrill.

Sie hatte sich Kopfhörer aufgesetzt und lauschte angestrengt den Worten eines Literaturdozenten der Pariser Sorbonne, der sich in einem privaten Internetkanal über die Epoche der großen Dichter ausließ. Claire klickte sich durch das Video, auf der Suche nach einem Hinweis, einer Erkenntnis über die ›Blumen des Bösen‹, die ihnen weiterhelfen konnte. Sie verstand nur die Hälfte, es ging um Versformen und deren Aussage, um die Wirkung von Wörtern und die Interpretation bestimmter Zeilen. Sie war müde und gereizt, immer wieder massierte sie mit den Fingern ihre Nasenwurzel.

Vor ihr lag die Ermittlungsakte zu Joshua Minart.

»Der Poet«.

»Claire, es geht weiter.« Ein junger Kollege hatte sich an ihre Bürobox gelehnt und machte ihr ein Zeichen.

»Komme«, murmelte sie und blätterte lustlos in der Akte, in der sich die Fotos der Gedichte an den Litfaßsäulen mit Berichten über Minarts privaten Hintergrund abwechselten. Die Zeilen verschwammen vor ihren Augen, sie fand keinen Widerhaken, an dem sie sich festhalten konnte, keinen Splitter, der weit genug aus der rauen Fassade dieses Falls hinausragte.

Seufzend schnappte sie sich eine Cola aus dem Kühlschrank, trank mit gierigen Schlucken und ging hinüber in den Besprechungsraum, in dem sich etwa zehn Kollegen eingefunden hatten, den Stand der Ermittlungen vor sich und den Blick auf den großen Bildschirm gerichtet, der in der Ecke stand. Einige hatten Laptops vor sich, bereit, jede neue Entwicklung sofort weiterzuverfolgen.

Claire setzte sich auf einen Stuhl an der Wand und starrte auf den Fernseher. Eine Kollegin setzte sich neben sie und lächelte sie an.

»Gute Arbeit da drin«, sagte sie und nickte in Richtung des Bildschirms.

»Danke. Aber noch haben wir nichts. Wir müssen hoffen, dass Roussel mehr aus ihm herausbekommt.«

Der Fernseher zeigte das Livebild aus dem Verhörraum, in dem sich in diesem Augenblick die Tür öffnete. Roussel trat ein, sein Blick war finster und doch ruhig, er legte einen Stapel Unterlagen auf den Tisch und sah auf den Mann, der zusammengekauert in der Ecke des Raumes saß, eine herausgerissene Seite in der Hand.

»Kaffee?«, fragte Roussel und stellte einen Pappbecher auf den Tisch. Er betätigte die Aufnahmetaste der Verhöranlage, sprach seinen Namen und die Uhrzeit ins Mikrofon und wartete.

»Stehen Sie auf. Und setzen Sie sich auf den Stuhl.«

»Nein, ich bin …«

Mit einem schnellen Schritt war Roussel bei ihm, packte ihn am Kragen und riss ihn auf die Beine.

»Hinsetzen«, zischte er und bugsierte den Mann zu seinem Stuhl, wo er mit einem leisen Wimmern zusammensackte. Der Tisch wackelte etwas, aus dem Pappbecher spritzte Kaffee auf die Tischplatte. Roussel wischte die Flüssigkeit mit einem Papiertaschentuch auf, setzte sich dem Mann gegenüber und schlug eine Akte auf.

»Los geht's«, sagte Yves Colinas im Besprechungsraum. Er war der dienstälteste Beamte im Commissariat und hatte für den Augenblick die Leitung der Ermittlungen übernommen, solange Roussel dort drinnen war. Alle sahen jetzt gespannt auf den Bildschirm.

Sie mussten Ergebnisse liefern, das Rathaus saß ihnen im Nacken, das Festival begann am nächsten Tag, und noch immer hatten sie keine Spur von dem Mann, der es offenbar auf Noemie abgesehen hatte. Und der auf dem Weg zu seinem Ziel mal eben zwei Menschen ermordet hatte, Henri Perrin, den Festivalleiter, und die Agentin der Schauspielerin Noemie Rey.

»Ein Wahnsinniger«, hatte einer der Polizisten gemurmelt, als sie Roussel vorhin auf den neuesten Stand gebracht hatten.

»Falsch«, hatte Roussel geantwortet. »Es sind zwei: einer, der eher harmlos ist und vor allem seine Gedichte an die Wände kritzeln will, weil er aus unerfindlichen Gründen Befriedigung daraus zieht. Und ein anderer, den er als seinen Bruder bezeichnet, der offenbar von Noemie Rey besessen ist und der bereits zwei Menschen ermordet hat. Um diesen Mann geht es, ihn müssen wir finden, bevor das Festival beginnt. Sonst haben wir ein Problem. Und zwar ein richtiges.«

Und jetzt saßen sie hier und warteten auf den entscheidenden Hinweis. Joshua Minart trug ein graues Hemd, das ihm jemand gegeben haben musste, dazu seine weiße Leinenhose. Er kratzte sich am Arm, immer wieder sah er sich hektisch im Raum um.

»Er sucht sein Buch«, murmelte Claire. Sie wusste, dass es auf dem Tisch direkt hinter der großen Glasscheibe lag.

»Monsieur Minart, ich denke, wir zwei sind uns doch in einem einig: Es ist jetzt genug. Wir beenden das Ganze jetzt. Es ist zu anstrengend, für uns, aber ganz offensichtlich auch für Sie. Geben Sie mir recht?«

Joshua Minarts Hände lagen auf dem Tisch, seine Lippen waren aufeinandergepresst. Roussel seufzte und legte ein erstes Foto auf den Tisch. Es zeigte Noemie Rey.

»Von ihr hingen zahlreiche Fotos und Artikel in Ihrer Wohnung, Monsieur Minart. Was haben Sie gegen diese Frau?«

Ein Lächeln. Eine Regung. Kein Wort.

»Ich hole Ihr Buch, wenn Sie das möchten. Ich gebe es Ihnen, Sie kriegen es zurück. Ihre Wahl. Ihre Aussage gegen das Buch.«

Ein Zögern. Ein Abwägen. Kein Wort.

»Komm schon«, murmelte Claire.

»Ist sie die Blume des Bösen?«, fragte Roussel. »Ist Noemie Rey für Sie und Ihren Bruder, oder wer auch immer er ist, die Blume des Bösen? Ist sie das, Monsieur Minart. Soll sie deshalb sterben?«

»Sie stirbt nicht.«

Die Stimme des Poeten war brüchig, seine Zunge schwer, als hätte er seit langer Zeit nicht mehr gesprochen. Aus hellen Augen blickte er Roussel an.

»Sie stirbt nicht.«

»Sie sagten zu mir am Strand: Retten Sie sie, bevor es zu spät ist. Was meinten Sie damit.«

»Genau das.«

»Hören Sie auf mit den Spielchen, Monsieur Minart.«

Der Mann schloss kurz die Augen, öffnete sie wieder.

»Dies ist kein Spiel. Es musste so kommen.«

»Warum?«

»Weil es geschrieben steht. In meinem Buch. Auf den Wänden. Den Mauern. Ihr habt es gesehen, aber ihr habt es nicht verstanden.«

Im Besprechungsraum kam Bewegung in die Ermittlungsgruppe.

»Schaut euch noch mal jedes Bild an«, rief Yves Colinas über den Tisch hinweg, die Bilder der Gedichte erschienen auf den Bildschirmen der Laptops, auch die Kollegin neben ihr hatte die Aufnahmen aufgerufen, sie balancierte ihren Computer auf dem Schoß. Claire beugte sich zu ihr hinüber.

»Wir sind die Blinden«, murmelte sie. »Wir sehen nicht, was er uns sagen will. Was willst du uns sagen?«

Im Verhörraum legte Roussel ein weiteres Bild auf die Tischplatte. Es zeigte eine Aufnahme des abgeschnittenen kleinen Zehs, den Claire auf der Place Morny gefunden hatte. Sie dachte für einen kurzen Augenblick an Sammy, den Obdachlosen, um dessen Leben die Ärzte im Krankenhaus von Rouen gerade kämpften. Ein trauriges Leben, zerfetzt von den Reißzähnen eines unkontrollierbaren Pitbulls.

Und sie kamen hier keinen Schritt weiter.

»Das Blut dieses Zehs klebte an Ihren Händen, Monsieur Minart. Das Blut von Henri Perrin, dem Festivalleiter.«

»Natürlich. Ich habe ihn umgebracht.«

»Wissen Sie, was seltsam ist?«, fragte Roussel mit eindringlichem Blick. »Wir haben in Perrins Apartment Spuren gefunden, die Spuren eines anderen Mannes, die Kollegen aus der Forensik haben uns gesagt, er ist weiß, etwa Anfang dreißig. Wir werden noch weitere Informationen bekommen. Aber das Seltsame ist: Es sind nicht Ihre Spuren, nicht Ihre

Fingerabdrücke. Sie waren nicht in dem Zimmer, nicht wahr? Sie sind einfach nur eine arme Kreatur, die von ihrem sogenannten Bruder benutzt wird, um uns zu verwirren, um Zeit zu schinden, Zeit, die ich nicht mehr habe, genauso wenig wie Lust, Monsieur Minart! Also werden Sie jetzt ganz genau zuhören, Sie werden in sich gehen, und danach werden Sie mir sagen, wer dieser Mann ist, der zwei Menschen getötet hat und der womöglich hinter Noemie Rey her ist? Wer ist es? Raus mit der Sprache!«

»Ich habe was!«

Die Kollegin, die neben Claire saß, beugte sich über den Bildschirm, auf dem sie mehrere Aufnahmen nebeneinandergelegt hatte. Aufgeregt winkte sie einen Techniker herbei.

»Ein Kabel, schnell. Kannst du mein Laptop mit dem großen Bildschirm verbinden?«

Kurz darauf konnten alle Kollegen die Aufnahmen der Gedichte an den Wänden der Stadt sehen, die in mehreren Fenstern nebeneinander angeordnet waren.

»Das sind die Zeilen, die er jetzt, kurz vor dem Festival, über Nacht hingekritzelt hat. Es waren neun Stück insgesamt, immer das gleiche Gedicht.«

»›Die Blinden‹«, sagte Yves Colinas. »Das wissen wir schon, weiter.«

»Des ewigen Schweigens Bruder«, las Claire leise und dachte an die Wohnung des Poeten im Souterrain des Abrisshauses am Rande von Trouville und an die Widmung im Buch, das dort auf dem Tisch gelegen hatte: *Meinem Bruder*.

»Die Buchstaben«, sagte die Frau und ging mit schnellen Schritten nach vorne. »Ihr müsst auf die Buchstaben achten.«

Für einen kurzen Moment war es still im Raum, über die Lautsprecher war nur Roussels Stimme zu hören, der weiter auf den Poeten einredete.

»Einige davon sind großgeschrieben«, sagte Claire plötzlich und stand von ihrem Stuhl auf. »Dort oben links, in der zweiten Zeile. Dort unten auch, in der vorletzten Zeile.«

»Genau«, sagte die Kollegin und deutete mit einem Stift auf die einzelnen Buchstaben. Jetzt sahen auch die anderen das nahezu unsichtbare Muster, das sich über die neun Wandgedichte zog, einzelne kleine Abweichungen vom ansonsten homogenen Schriftbild.

»Sie sind großgeschrieben und irgendwie … anders.«

»Er hat sie mit der anderen Hand geschrieben«, sagte Claire aufgeregt. »Er hat einzelne Buchstaben in seinen Zeilen nicht mit seiner Schreibhand geschrieben. Ich kenne mich damit aus, ich habe immer mit links geschrieben, wenn ich die Unterschrift meiner Mutter fälschen musste, wenn mal wieder … ach, ist ja auch egal. Wie viele Buchstaben sind es?«

Wieder herrschte für einen Moment gespanntes Schweigen, während knapp ein Dutzend Augenpaare auf die Gedichte gerichtet waren.

»Neun«, sagte ein Kollege.

»Nein, hier sind zwei Buchstaben großgeschrieben. Dann also zehn.«

»Es sind zwölf!«

»Verdammt«, unterbrach Yves das aufgeregte Geplapper. »Kann mal jemand die Buchstaben aufschreiben! Welche haben wir, was will der Spinner uns sagen.«

Claire schnappte sich den Laptop der Kollegin und fuhr, einer Eingebung folgend, über das Touchpad. An der Wand des Besprechungsraumes huschte der Cursor über die Gedichte.

»Ich brauche die Info, welches Gedicht zuerst geschrieben wurde. Die Reihenfolge, kennen wir die?«

Yves Colinas nickte.

»Ja, die hat er uns seltsamerweise schon gestern gesagt. Warte, hier habe ich sie … das dort oben rechts war das erste, es stammt von einer Litfaßsäule auf der Place Morny.«

»S«, rief jemand.

»Dann das dort, rechts, ebenfalls von der Place Morny. Dann das dort unten, von der Rückseite der Fischhalle.«

»C und H«.

Mittlerweile waren alle Anwesenden aufgestanden, niemanden hielt es mehr auf seinem Stuhl, sie versammelten sich vor dem Bildschirm an der Wand und beobachteten, wie Claire die Gedichte neu anordnete und gleichzeitig mit einem digitalen Marker die auffälligen Buchstaben markierte.

»Nein, zuerst das andere, das … nein, das untendrunter!«

»L.«

Minuten, die ihnen wie Stunden vorkamen, vergingen, Claire saß als Einzige am Tisch, ihre Finger flogen über die Tastatur, vor ihren Augen wanderten die Aufnahmen der Wandgedichte über den Bildschirm.

»Das letzte ist vom Hafen, es ist das, das Hugo und sein Hund Jalabert gefunden haben.«

»D«, sagte jemand leise, während sie alle einen Schritt zurücktraten und warteten, bis Claire mit ihrer Arbeit fertig war. Sie schnitt die markierten Buchstaben digital aus und zog einen nach dem anderen in ein geöffnetes Dokument, wo sie sich geduldig niederließen wie die Überbringer einer unheilvollen Botschaft.

»Fertig«, sage Claire, stand nun ebenfalls auf und blickte auf die Wand, an der die markierten Buchstaben des Poeten nun in der richtigen Reihenfolge standen.

Keiner von ihnen sagte ein Wort, es herrschte für einige Sekunden vollkommene Stille. Während sich vor ihren Augen das Wort formte, das der Poet nicht zwischen, sondern mitten in seinen Zeilen versteckt hatte. Aus einem Grund, der ihnen unbekannt war. Aber Claire war sich sicher, dass dieses eine Wort ihnen mehr über diesen Fall sagte als ein ganzer Gedichtband. Ein Wort, dessen Klang so dunkel wie verheißungsvoll war.

»Es ist ein Ort«, flüsterte sie und starrte auf das Wort, gebildet aus einzelnen Buchstaben des Gedichts »Die Blinden« von Charles Baudelaire:

SCHATTENLAND

»Und was soll das sein?«, fragte ein Kollege. »Oder ist das wieder ein Gedicht? Ich meine, der Kerl ist doch total durchgeknallt, vielleicht ist das nur ein weiterer wirrer Gedanke …«

Claire schüttelte den Kopf.

»Er würde seine Gedichte nie verändern. Sie sind ihm heilig, mehr wert als alles andere. Niemals würde er einen Buchstaben verändern, es sei denn, es ist ihm wichtig. Nein, er will uns etwas sagen, da bin ich mir ganz sicher.«

»Alle wieder hinsetzen«, sagte Yves Colinas und griff nach seinem Handy. Kurz darauf sahen sie auf einem Bildschirm, der den Verhörraum zeigte, wie Roussel das Gespräch unterbrach und den Anruf entgegennahm.

Yves hielt sich nicht lange mit Erklärungen auf.

»Roussel, frag ihn nach *Schattenland!* Er hat das Wort in seinen Gedichten versteckt, warum auch immer. Wir müssen wissen, was er uns damit sagen will!«

Gespannt blickten sie alle auf das Livebild aus dem Verhörraum, wo Roussel sein Handy einsteckte und sich mit einem Lächeln zum Poeten beugte, der ihm mit geschlossenen Augen gegenübersaß.

»Monsieur Minart«, sagte er mit knarzender Stimme. »Die Kollegen haben Ihren Hinweis gefunden. Vielen Dank dafür. Das hätten wir auch schneller haben können, aber meinetwegen. Und jetzt frage ich Sie genau ein Mal, verstehen Sie mich? Und ich will keine Poesie, sondern eine klare Ansage: Was ist *Schattenland*? Oder soll ich fragen: Wo ist *Schattenland*?«

Im Besprechungsraum ging die Tür auf und Alphonse steckte den Kopf hinein.

»Raus!«, brüllte Yves ihn an, und der Polizist zog sich verschreckt wieder zurück. Die übrigen Kollegen, darunter Claire, saßen gespannt auf ihren Stühlen, keiner von ihnen sprach ein Wort.

»Komm schon«, flüsterte Claire leise, sie merkte nicht, dass sie seit zwanzig Sekunden die Luft angehalten hatte.

Der Poet öffnete die Augen, sein Blick war von einer Traurigkeit, die Claire nie zuvor gesehen hatte.

»*Schattenland*«, flüsterte er leise. »Es ist die Dunkelheit. Die Kammer. Die Schritte vor der Tür. Die Schläge auf den Rücken, auf die Beine. Es ist die Schwärze, für immer und in alle Ewigkeit.«

Und als er die Augen wieder schloss und langsam auf seinem Stuhl zusammensackte, während Roussel sich über den Tisch beugte und ihn anschrie und Yves sich Notizen machte und die ersten Kollegen in den Weiten des Internets verschwanden, da wusste Claire, was der Poet beschlossen hatte.

Er würde nicht mehr sprechen.

Er hatte alles gesagt.

Fünf Minuten später kam Roussel in den Besprechungsraum gestürmt, langte nach der Kaffeekanne und stürzte den ersten Becher fast in einem Zug hinunter.

»Er spricht nicht mehr, dieser Vogel. Er sitzt da, völlig in sich gekehrt, ich habe ihm mehrfach gesagt, dass sein dämliches Buch gleich im Abfluss landet, es ist ihm egal. Verdammt, ich dachte wirklich, wir kommen einen Schritt weiter! Und morgen beginnt das Festival und immer noch rennt da draußen jemand rum und hat offenbar die feste Absicht, Noemie Rey abzuknallen. Was für ein Wahnsinn! Vielleicht sollte ich es doch aus ihm herausprügeln, ich meine, ganz im Ernst …«

»Roussel, lass es gut sein.«

»Du hast ja recht, Claire. Aber es nervt. Also, habt ihr was über dieses *Schattenland*?«

Er sah Yves an, der sich Notizen machte, während er telefonierte. Als er auflegte, zuckte er mit den Schultern.

»Das war das Jugendamt, wir suchen nach einer Verbindung in die Vergangenheit. Immerhin hat Minart etwas von Schlägen erzählt, von Schritten vor der Tür.«

»Das könnte ein Kinderheim sein, ein Waisenhaus, so etwas in der Art«, mutmaßte Claire. »Aber ich gehe nicht davon aus, dass so eine Einrichtung den Namen *Schattenland* trägt. Und sei sie noch so fürchterlich.«

»Nein, es gibt keine Einrichtung mit einem solchen Namen. Überhaupt taucht es nirgendwo auf. *Schattenland* ist ein Kunstwort. Es hilft uns bislang nicht weiter. Aber wir klappern alles ab, die Kollegen sind dran.«

»Verdammt«, brach es aus Roussel hervor, und er hieb mit der Faust auf den Tisch, so fest, dass die leeren Kaffeetassen hüpften. Claire hatte sich ans Fenster gestellt und sah in den Innenhof des Commissariat. Zwei Amseln saßen auf den warmen Steinen und pickten Brotkrumen aus den Ritzen, beschienen von einer warmen Nachmittagssonne, die schräg über den Dächern stand.

Eine Kollegin klopfte.

»Roussel, die Kollegen haben angerufen. Aus der Wohnung der Agentin von Noemie Rey.«

»Und?«

»Sie haben die Spuren eines Mannes gefunden, Fingerabdrücke. Aber keinen Treffer in der Datenbank. Und es ist nicht unser Poet. Aber wir prüfen noch, ob es eine Verbindung zum Mord an Henri Perrin gibt.«

»Okay, danke. Die Kollegen sollen Bescheid geben, wenn sie mehr haben. Wie alt, Hautfarbe, Hobbys, Sternzeichen, ich nehme alles.«

Die Kollegin schaute Roussel irritiert an.

»Das war ein Scherz.«

Sie schüttelte unmerklich den Kopf, dann legte sie zwei Ausdrucke auf den Tisch.

»Was ist das?«, fragte Roussel.

»Der Lebenslauf unseres sonderbaren Poeten, zumindest das, was die Behörden hatten. Es ist nicht viel, aber vielleicht hilft es ja. Dazu das psychologische Gutachten, das vor einem knappen Jahr erstellt wurde, als er zum ersten Mal seine Gedichte an die Wände gekritzelt hat.«

»Gut, danke. Wir werden alles durchgehen. Yves, setz du zwei Kollegen auf diese Waisenhaus-Nummer an, ich glaube auch, dass wir am ehesten in diese Richtung ermitteln müssen.«

»Ich lese mir das Gutachten und den Lebenslauf durch«, sagte Claire. »Ich habe dort zwar gelesen, dass er als Waise aufgewachsen ist, aber nicht, an welchem Ort. Ich habe auch das Gefühl, dass wir am ehesten in seiner Vergangenheit fündig werden. Und vielleicht kann uns ja der Ort helfen, an dem all sein Wahn seinen Ursprung hat. Ob es nun ein Kinderheim ist oder was auch immer.«

»Okay, auf geht's«, sagte Roussel und klatschte in die Hände. »Wir haben keine Zeit zu verlieren. In siebenundzwanzig Stunden beginnt das Filmfestival, da wird die versammelte Filmbranche über den roten Teppich laufen. Und ehrlich gesagt befürchten wir doch alle das Gleiche: Dass unser Mann genau dann auftauchen wird. Und egal wie: Wir müssen ihn vorher finden.«

KAPITEL 25

Schattenland.

Zwölf Buchstaben, geboren aus den Zeilen, die er an die Wände dieser Stadt geschrieben hatte. Versteckt, verborgen, verheimlicht, und doch brannten sie in seiner Seele, lichterloh, von dem Moment an, in dem er sie niedergeschrieben hatte, mit seiner linken Hand. Seine Finger hatten geschmerzt vom ungewohnten Griff des Stiftes, aber es war nichts gegen den Schmerz, den er in seinem Innern verspürt hatte.

Es war Verrat, und nichts konnte sein Gewissen erleichtern.

»Verzeih mir«, flüsterte er, während er nun auf einer harten Pritsche lag, den Blick in eine unbestimmte Ferne gerichtet. Er sah die Sterne in der Dunkelheit, hörte das Rauschen der Wellen, so wie damals, als er in der Kammer hockte, während die Schritte näher kamen und sein Blick schnell über die Zeilen flog, dieses eine Gedicht noch, bevor sie kamen, bevor der Rohrstock durch die Luft sauste, bevor die Sterne verblassten, bevor die Dunkelheit nach ihm griff.

Die erste Träne lief ihm über die Wange, er ließ sie ziehen, sie gewähren, so wie er fortan alles gewähren lassen musste.

Es war vorbei.

Ihre gemeinsame Zeit war so lange vorbei, und jetzt, da sie wieder aufzuflackern bereit war, erlosch sie, schneller als eine Kerze im kalten Wind über den Klippen.

Weil er Verrat begangen hatte.

»Verzeih mir.«

Eine zweite Träne bahnte sich ihren Weg, er rollte sich zur

Seite, schloss die Augen, dachte an seine Zeilen, an das Buch, an die Kraft, die aus ihm hervorgegangen war. Sie hatten es ihm genommen, natürlich hatten sie das.

Sie hatten seine Wohnung gefunden, wo er es zurückgelassen hatte. Sie waren eingedrungen in sein Innerstes.

Und doch wussten sie nichts, trotz seines Verrats.

Aber sie würden es herausfinden. Früher oder später. Später konnte allerdings auch bedeuten: zu spät.

Er hätte sprechen können. So war es schon immer gewesen, auch damals, er hätte sprechen können, es erklären, sie hätten ihm zugehört, ihn vielleicht sogar verstanden. Aber er war stumm geblieben, aus Angst, aus Vorsicht und auch aus der Sicherheit heraus, dass sie nur lesen mussten, um ihn zu verstehen. Seine Zeilen, die aus dem Buch stammten, das ihn so sehr geprägt hatte, sie mussten nur hinsehen, es stand alles dort.

Genau wie jetzt.

Alles konnte nun passieren. Das, was sie besprochen hatten: das Gute, das Warme, der Schutz des Lebens konnte die Oberhand gewinnen. Aber auch das, was er fürchtete und ahnte: das Böse, das Kalte, der Tod der Liebe.

Der Grund für seinen Verrat.

Die Tränen tropften jetzt auf den kalten Stein, während sein Körper sich entspannte, seine Schultern hörten auf zu zucken. Die Schritte vor der Tür entfernten sich wieder, es war ein guter Moment, weil alles still wurde.

Die Erschöpfung griff nach ihm, er glitt ab in seine Träume, in die guten und die schlechten.

Zwölf Buchstaben. Ein Schicksal, das sich erfüllen würde, weil es geschrieben stand, in seinen Zeilen, in seinem Buch, in seinem Leben.

Einem Leben, das dort begonnen hatte.

Im *Schattenland*.

KAPITEL 26

Deauville
Kurz darauf

Nicolas sah aus dem Fenster der Suite des »Hôtel de la Plage« hinab auf den breiten Boulevard Eugène Cornuche, auf die Tennisanlage, die direkt dahinterlag, und die Menschenmassen auf der Rue Lucien Barrière, die vom Hotel aus zum Konferenzzentrum führte und von dort weiter zum Strand und zu den legendären Planches von Deauville. Es war später Nachmittag, und die bisherigen Ereignisse des Tages kamen ihm vor wie die verblassten Erinnerungen an einen Albtraum, der nicht enden wollte. Das Erwachen neben Noemie nach ihrer gemeinsamen Nacht, der Schusswechsel am Fuße der Klippen, das Erscheinen von Léandre, dem jungen Personenschützer, um den sich noch immer das Rätsel einer möglichen Bekanntschaft rankte.

Nicolas hatte aufgehört zu grübeln, er hatte lange genug vergeblich versucht zu ergründen, warum ihm Léandres Gesicht bekannt vorkam. Zudem wurde diese Frage ohnehin vom weiteren Verlauf des Tages überschattet, vom Auffinden von Noemies Agentin, ermordet in ihrer Badewanne.

Langsam atmete er aus, dann wieder ein. Seine Finger lagen auf dem kühlen Glas der Fensterscheibe, er besann sich auf seinen Körper, auf das Hier und Jetzt. Es war wichtig, den Fokus nicht zu verlieren, und der hieß in diesem Augenblick: Noemie Rey. So grausam und rätselhaft dieser Fall auch sein mochte, er war in diesen Stunden der Personenschützer einer der bekanntesten Schauspielerinnen des Landes, einer Frau, die Schlimmes erlebt hatte an diesem Tag und die jetzt einer Gefahr ins Auge blickte, dessen Herkunft sie nicht kannte. Jemand trachtete ihr nach dem Leben, jemand tötete Menschen in ihrer Umgebung, aus einer Laune heraus, einem Grund, den herauszufinden ihnen noch nicht gelungen war. Letztendlich, so hatten sie es in einem Gespräch vor einer Stunde zusammenzufassen versucht, war es ein Extremfall des Stalking.

»Ich habe bislang noch keine Erfahrung mit Stalkern, von ein paar Briefen mal abgesehen. Und ich weiß wirklich nicht, wer so niederträchtig ist, dass er mir Derartiges antut. Und schon gar nicht, warum.«

Vor dem Fenster schien die Sonne auf den roten Teppich, der über mindestens dreißig Meter zum Eingang des Konferenzzentrums führte. Menschen flanierten daran vorbei, machten Aufnahmen von sich vor den aufgebauten Kulissen, während nur wenige Meter daneben Kabelhilfen lange Trommeln entrollten, Lichttechniker die Aufbauten emporkletterten und in kurzen Abständen Kleintransporter vorfuhren, aus denen wahlweise Blumenkübel, Sektgläser oder Garderobenständer ausgeladen wurden. Das Festival war nur einen Tag vor der Eröffnung, Nicolas konnte die Aufregung förmlich spüren, sie stieg zu ihm auf und ließ ihn ahnen, was ihnen allen bevorstand, wenn morgen am frühen Abend die Lichter angehen würden, um die zu beleuchten, die dafür wie geschaffen schienen.

Noemie war eine davon.

Sie hatte sich nach der Pressekonferenz in ihr Zimmer zurückgezogen, ab und an einen Anruf entgegengenommen, den die Rezeption durchgestellt hatte, und ansonsten vor allem in den Inhaltsangaben der Juryfilme geblättert und dabei grünen Tee getrunken. Ab und an hatte Nicolas durch die

Schiebetür gehört, wie sie den Fernseher angemacht hatte und für einige Minuten offenbar einem Kochprogram gefolgt war. Nach kurzer Zeit war das Geräusch wieder verstummt. Ihre Nervosität war spürbar. Er selbst hatte sich in die Vorbereitungen des morgigen Tages gestürzt, hatte Noemies Ablaufplan studiert, sich Wege und Zeitachsen angesehen und mit einigen Verantwortlichen des Festivals telefoniert. Er würde Noemie auf Schritt und Tritt begleiten, und es war genau dieser Punkt, über den sie sich vor wenigen Minuten gestritten hatten, als sie kurz ihr Zimmer verlassen hatte, um sich etwas zu trinken zu holen.

»Niemand hat einen Bodyguard auf dem roten Teppich!«

»Doch, du«, war seine knappe Antwort gewesen, und trotz ihrer zunehmend schlechten Laune war er bei seiner Haltung geblieben. Sie würde keinen Schritt mehr ohne ihn machen, so lange, bis das Festival vorbei war und Roussel und seine Leute den Mann aufgespürt hatten, der hinter ihr her war.

Sie hatten ihn intern den »Bruder« genannt.

Noemie war keine leichte Schutzperson, immer wieder diskutierte sie über Ausflüge in die Stadt, über Partys, zu denen sie eingeladen war, und über ihre mangelnde Präsenz beim Festival, wenn sie tagsüber nicht zu sehen wäre. Nicolas dachte schon jetzt sehnsüchtig daran, dass das alles hoffentlich bald überstanden wäre.

Vor allem aber bezog sie sich immer wieder auf ihre gemeinsame Nacht, stichelte gegen ihn, versuchte zu provozieren, so lange, bis sie sich endlich wieder in ihr Zimmer zurückgezogen hatte. Es war eine ungute Ebene, die die professionelle Beziehung zwischen dem Personenschützer und seiner Schutzperson belastete. Zu nah, zu emotional und damit: zu unsicher.

Nicolas fluchte leise und blickte auf die Zeichnungen auf dem Couchtisch neben sich. Dort lag ein Plan des Konferenzzentrums, den das Hotel ihm besorgt hatte, sowie der angrenzenden Straßen und Wege, die zum Strand führten. Er fuhr sich müde durchs Gesicht.

Es half nichts, er kam immer wieder zur gleichen Erkenntnis: Er alleine war kein gutes Sicherheitsteam. Er konnte Noemie nicht so beschützen, wie es die Situation erforderte: Mit mindestens drei Personenschützern, die sie von allen Seiten abschirmten, die den Nah- und Mittelbereich im Auge hatten und vor allem die vielen Fans, die morgen Abend ihre Nähe suchen würden – so würde es gehen. Aber so war es nicht, und sooft er es drehte und wendete: Er war nicht gut gerüstet, und das machte ihn unruhig.

Es klopfte an der Tür.

»Einen Augenblick«, sagte er, schob die Pläne zusammen und rollte die Augen, als Noemie aus ihrem Zimmer kam.

»Das ist der Zimmerservice«, sagte sie schnippisch. »Wenn du wenigstens kochen könntest, dann würde mir deine Nähe wirklich etwas bringen. Außer Gin Tonic und Sex, meine ich. Aber davon wird man nicht satt, wenn du verstehst, was ich meine.«

Nicolas sah sie an und besann sich auf seine Aufgabe.

»Du solltest unabgesprochen nichts bestellen«, sagte er leise und deutete auf ihr Zimmer. »Geh dort rein, wir haben es besprochen.«

»Was man nicht so alles bespricht, Nicolas.« Sie pustete sich eine Strähne aus der Stirn, und bevor Nicolas sie daran hindern konnte, sprang sie zur Tür und zog sie auf.

»Besten Dank, ich habe wirklich Hunger und … oh.«

Nicolas war mit einem Schritt bei ihr, seine Hand lag auf der Waffe. Er zog die Tür ganz auf und Noemie im gleichen Moment ein Stückchen zur Seite, sodass er seinen Körper vor sie schieben konnte.

»Ich sehe, hier bin ich richtig. Sie müssen Noemie Rey sein. Ist mir eine Ehre, Mademoiselle.«

Noemie sah noch immer überrascht den groß gewachsenen und breitschultrigen Mann an, der vor der Tür stand. Er trug Jeans und ein türkisfarbenes Poloshirt, in seinem dunklen Haar steckte eine Sonnenbrille. Über die Schulter hatte er sich eine Anzugjacke geworfen.

»Äh, ich dachte es sei … ich hatte etwas bestellt. Aber sie sind offensichtlich nicht der Zimmerservice.«

»Das kommt ganz darauf an, welchen Service sie gebucht haben, Mademoiselle. Aber wenn es um einen Thunfischsalat und einen Fruchtcocktail geht, das müsste gleich kommen, ich habe den Hotelangestellten in den Aufzug steigen sehen. Haben Sie etwas dagegen, wenn ich reinkomme? Ich glaube, für unsere weitere Zusammenarbeit wäre das sicher von Vorteil. Außerdem müsste ich gerade mal Ihren Bodyguard begrüßen, wäre das in Ordnung? Ich habe ihn lange nicht mehr gesehen.«

»Es heißt Personenschützer, Bertrand. Zumindest bei den guten.«

»Ich würde sogar sagen: bei den besten!«

Nicolas hatte längst die Hand von seiner Waffe genommen, er schob Noemie jetzt hinter sich und wurde augenblicklich von den starken Armen seines ehemaligen Teamkollegen umklammert. Bertrand drückte ihm mit seiner Kraft die Luft aus den Lungen, aber Nicolas war es egal. Nie war er so froh gewesen, seinen Kollegen und Freund zu sehen.

Sie ließen kurz voneinander ab, musterten sich und lagen sich dann wieder in den Armen.

»Es ist verdammt schön, dich zu sehen, Nicolas«, sagte Bertrand, als er schließlich die Suite betrat. »Du siehst gut aus, erholt und so, du weißt, was ich meine. Offensichtlich hat der Arsch der Welt deine Albträume ganz schön versohlt.«

Nicolas lachte und ignorierte Noemie für einen Augenblick, die mit offenem Mund zwischen den beiden Männern hin- und hersah.

»Und du unterbrichst tatsächlich mal eben deinen Urlaub für mich? Ehrlich gesagt, das ist … es hilft uns wirklich sehr, und jemand anderes ist mir nicht eingefallen. Dabei gibt es natürlich unzählige bessere Personenschützer als dich, aber es wird schon funktionieren!«

Bertrand drohte ihm mit der Faust und lachte.

»Der Golf de Morbihan ist herrlich, aber sagen wir es mal so: Meine Begleitung war nicht sauer, dass ich früher abgereist bin. Aber vergessen wir das, hast du eine Waffe für mich? Denn die hatte ich natürlich nicht dabei im Urlaub.«

»Wir bitten Roussel, dir eine bringen zu lassen, das klappt schon. Wirklich schön, dass du da bist.«

Er hatte Bertrand, mit dem er lange Zeit im Team des Präsidenten gearbeitet hatte, während der Fahrt von Varengeville an die Blumenküste der Normandie eine Nachricht geschickt. Er hatte in diesem Moment schon geahnt, dass ein Mann allein zu wenig wäre, um jemanden vom Kaliber einer Noemie Rey zu beschützen. Und niemand war besser geeignet als Bertrand, sie kannten sich seit vielen Jahren. Und Bertrand kannte das Festival, nachdem sie zweimal mit François Faure, dem Staatspräsidenten, hier gewesen waren, genau.

Ein Räuspern war neben ihnen zu hören, und Nicolas drehte sich endlich zu Noemie um, die sie mit blitzenden Augen anstarrte.

»Ach so, entschuldige. Noemie, das ist Bertrand, einer meiner besten Freunde und gleichzeitig Personenschützer für die französische Regierung. Wir zwei werden dich gut durch das Festival bringen, da kannst du dir sicher sein. Bertrand, das ist Noemie Rey. Falls du ihre Filme nicht gesehen hast, dann sag es lieber gleich.«

Bertrand lächelte sie an.

»Der Film, in dem Sie die Zirkusfrau gespielt haben, der hat mir gut gefallen.«

»Jetzt wird sie dich direkt feuern«, lachte Nicolas.

»Autsch.«

»Ich kann mir genau vorstellen, warum du den gut findest«, sagte Noemie. »Wegen der Szene im Heu, ihr Männer findet den Film immer gut. Und immer wegen der Szene im Heu. Einen anderen Grund gibt es nicht, der Film war Mist. Aber gut bezahlt.«

»Natürlich nicht! Ich meine, gut, die Szene … nein, ehrlich, die Handlung war wirklich … also es war viel los in dem Film … ach, verdammt, die Szene im Heu war klasse, was soll ich sagen?«

Noemie musterte Bertrand, er war mindestens zwei Köpfe größer als sie. Schließlich lachte sie.

»Wenigstens bist du ehrlich. Willkommen im Team, zusammen sind wir nicht die drei Musketiere, aber solange wir das hier überleben, kann ich das akzeptieren. Ich bin in meinem Zimmer, ich muss noch ein paar von diesen Juryfilmen anschauen. Wenn mein Salat da ist, sagt Bescheid, ja?« Sie winkte ihnen und schob die Tür hinter sich zu.

Bertrand starrte ihr hinterher, dann drehte er sich zu Nicolas um.

»Wahnsinnsfrau. Ich meine, ganz im Ernst, diese Figur … hast du die Szene nicht gesehen?«

»Nein, hab ich nicht.«

»Nicolas, die ist legendär, die musst du dir wirklich ansehen, sie liegt da im Heu, nur mit …«

»Ich kann euch hören!«

Bertrand schlug sich gegen die Stirn, und Nicolas hielt sich die Hand vor den Mund, um nicht laut loszuprusten.

»Ich geh mal nach dem Salat schauen«, rief Bertrand durch die Tür. »Der müsste schon da sein! Freut mich jedenfalls sehr, dich kennenzulernen, Noemie.«

»Die Freude ist ganz meinerseits. Und du musst Nicolas die Szene im Heu nicht beschreiben. Er kennt mich nackt.«

Jetzt war es Bertrand, der Nicolas mit offenem Mund anstarrte.

»Was soll das heißen«, flüsterte er. »Du hast doch nicht … ich meine, ihr habt doch nicht …«

Danke, Noemie, dachte Nicolas und verfluchte sich zum wiederholten Male. So schön die Nacht auch gewesen war, sie hing an ihm wie ein Sandsack, den er nicht loswurde.

»Du wolltest den Salat holen, Bertrand.«

Sein Teamkollege und Freund sah erst ihn an und dann in Richtung der Tür, hinter der die Schauspielerin verschwunden war. Dann lächelte er, machte eine Bewegung, als würde er seinen Hut vor Nicolas ziehen, und verschwand pfeifend Richtung Flur.

Während sich die beiden Personenschützer nur wenige Minuten später über die Pläne des Filmfestivals beugten und ihre Strategie besprachen, suchte keine zweihundert Meter entfernt eine ältere Dame in ihrer Handtasche verzweifelt nach ihrem Schlüssel. Sie kramte mit ihrer linken Hand zwischen den Halsbonbons, den Taschentüchern und Brillenetuis herum, ihr Blick wurde immer verzweifelter, während sie mit der rechten vergeblich versuchte, eine Hundeleine straff zu halten, an deren Ende ein Yorkshireterrier aufgeregt kläffte.

»Ist ja gut, Ponpon«, sagte sie und sah sich verzweifelt um. Der Hund sprang mehrmals an ihr hoch, die Leine wickelte sich um ihre Beine. Sie trug einen simplen, aber doch eleganten Wollrock, darüber eine kurzärmlige Bluse, die ihre braun gebrannten Arme betonte. Hinter ihr auf den Holzplanken der Planches lag ein zusammengeklappter Strandstuhl neben ihren Schuhen, die sie anziehen wollte, sobald sie die Schlüssel gefunden hatte.

»Ponpon, es reicht jetzt!« Mühsam befreite sie sich aus dem Durcheinander von Leine, Handtasche und Verzweiflung und richtete schließlich den Blick auf die Kabinentür vor sich. Auf den beiden weißen Geländern waren die Namen von Richard Chamberlain und Bette Davis. Sie war stolz darauf, dass ausgerechnet diese beiden es waren, die die Kabine einrahmten, die seit Generationen im Besitz ihrer Familie war. Zwei große Namen, große Schauspieler aus den goldenen Zeiten der Filmbranche.

Ihr Großvater hatte die Kabine seinerzeit erworben, dann war es ihre Mutter gewesen, die sie gegen jegliche Avancen der Neureichen in der Stadt verteidigt hatte. Nach dem Tod ihres Mannes im vergangenen Jahr hatte sie sich geschworen, diese Kabine bis zu ihrem eigenen Tod zu behalten und sie dann zu vererben. Dass im vergangenen Winter ihre einzige Enkelin nach Trouville gezogen war, um ein Restaurant zu eröffnen, war ihr wie ein Geschenk des Himmels vorgekommen. Die Kabine, um die sie alle ihre Freundinnen beneideten, würde in Familienbesitz bleiben, es konnte für sie nichts Schöneres geben.

»Da steckt er ja … seltsam.«

Grummelnd näherte sie sich der Tür, in dessen Schloss tatsächlich der Schlüssel steckte, den sie so lange in ihrer Handtasche gesucht hatte.

»Ponpon, wir werden alt. Offenbar habe ich ihn dort vergessen. Gott sei Dank hat ihn keiner mitgenommen, stell dir das mal vor. Nanu, die Tür steht ja offen?«

Sie merkte plötzlich, wie ihr Hund knurrte, wie er an seiner Leine zog. Hinter ihnen liefen zahlreiche Festivalbesucher über die Planches, der Strand war voll, die blauen und roten Sonnenschirme warfen bereits lange Schatten über den Sand.

»Hat da mal wieder so ein armer Landstreicher drin übernachtet, Ponpon?«

Als sie die Tür aufschob, war sie im ersten Augenblick erleichtert, weil die kleinen Einbauschränke nicht aufgebrochen waren. Auch die Handtücher hingen an der Wand ebenso wie die kleinen Kescher, die sie immer Kindern auslieh, wenn sie sah, dass sie keine hatten.

Dann jedoch zog sie verärgert die Augenbrauen zusammen.

»Was ist denn das für eine Schmiererei«, ärgerte sie sich, trat in das Innere der Kabine und betrachtete die rechte Wand. Für einige Sekunden blickte sie auf die Wörter, die dort geschrieben standen.

Schließlich griff sie beherzt in ihre Handtasche, holte ihr Handy heraus und wählte die Nummer der Polizei.

Nach dreimaligem Klingeln hörte sie eine bekannte Stimme.

»Alphonse, bist du das? Hier ist Lucie ... ja, Lucie aus der Seigneurie. Nein, es geht mir gar nicht gut, wie soll es mir auch gut gehen? Euer Poet ... ja, der mit den Kritzeleien, der war in meiner Kabine. Ja, du hast richtig gehört ... Alphonse, das weiß ich doch nicht, was er hier wollte. Zumindest hat er hier rumgepinselt, genau wie auf den Wänden am Boulevard Victor Hugo und am Fischmarkt. Genau ... nein ... nein, es ist nicht das gleiche Gedicht. Glaub mir, du bist zu jung für Baudelaire, aber ich habe den noch in der Schule gehabt. Das hier ist ›Der Mensch und das Meer‹ ... ein sehr schönes Gedicht, du solltest es mal lesen. Ich wollte es euch nur sagen ... ihr schickt jemanden? Dann schick nicht diesen Roussel, der ist immer grantig, ich kenne ihn vom Seniorenbeirat, wenn wir einmal im Jahr das Präventionstraining machen ... ja, ganz sicher: ›Der Mann und das Meer‹ ... die letzte Zeile ist wirklich grausam ... seltsam, die hat er unterstrichen: ›O Kämpfer stets, o Brüder ihr, verdammt zum Streiten‹. ... Was das heißen soll? ... Ihr seid die Polizei, Alphonse! Ponpon, es reicht jetzt! Also, ich leg jetzt auf ... ja, ich sage keinem etwas ... Salut, Alphonse!«

Die Frau setzte sich für einen kurzen Moment auf die Bank in der Kabine und betrachtete die Zeilen vor ihr an der Wand.

»Seltsam, Ponpon. Hier scheint es, als hätte er einen Buchstaben irgendwie anders geschrieben. Und hier wieder – na ja, das ist schon ein seltsamer Vogel. Aber er hat Geschmack – Baudelaire, das ist große Poesie, Ponpon, verstehst du? Nein, davon verstehst du nichts, ich weiß. Wie solltest du auch?«

Es schien, an diesem späten Nachmittag und inmitten des allseits steigenden Fiebers, das im Begriff war, sich in der Stadt auszubreiten und ihr jegliche Wahrnehmung zu trüben, dass nur die Musik Linderung versprach. Wie so oft in letzter Zeit hatte sich Claire in einen Winkel des Großraumbüros zurückgezogen, sie saß auf einem Bürostuhl, die Füße gegen die Fensterbank gestemmt, und beobachtete die Menschen, die draußen auf der Rue Désiré le Hoc vorbeizogen. Das Tempo ihrer Schritte, die Bewegungen ihrer Hüften, der Arme, die Hände, all das bestimmte sie durch den Beat, der in ihren Kopfhörern erklang. Sie verwandelte den Bürgersteig in ihre Tanzfläche, ließ die Passanten dort ihre Drehungen vollführen, Paartänze aufführen, vor den Schaufenstern und den Auslagen der Geschäfte.

»Paradisaque«, MC Solaar, ein Lied, das so wenig nach Deauville passte wie … sie selbst. Zumindest war das ihr Gedanke in diesem Augenblick, während draußen auf der Straße die Schatten der Häuser länger wurden. Einige Festivalbesucher liefen in gleichfarbigen T-Shirts am Commissariat vorbei, sie konnte das Konterfei einer bekannten Schauspielerin darauf erkennen. Einige der Touristen hatten ein Weinglas in der Hand, ein Glas Oliven, etwas Käse, sie waren unterwegs zum Strand, und Claire beneidete sie um diesen Augenblick. Sie selbst hatte noch keine richtigen Freundinnen in der Stadt gefunden, ihr fehlte die Zeit.

Und sie hatte auch keine große Lust dazu, sich mit der anstrengenden Annäherung an andere Menschen zu beschäftigen.

»Jedem sein Paradies«, erklang aus ihren Kopfhörern, und sie musste lächeln. Sie würde ihres finden, womöglich war es nicht weit entfernt. An der Seite von Léon in einem Strandhaus oder einer kleinen Einzimmerwohnung in Caen oder sonst wo. Oder allein, dort, wo Alexandre Guerlain sie gerne hätte.

Das Leben bot stets mehr als nur zwei Optionen, da war sie sich sicher. Aber es waren diese beiden, die sie beschäftigten, während sie nur noch halbherzig das Gutachten durchlas, das ein Polizeipsychologe vor knapp einem Jahr angefertigt hatte. Joshua Minart war zur weiteren Behandlung seiner Manie an einen örtlichen Psychiater verwiesen worden. C. M.

Irgendetwas hatte sich in ihr geregt, als sie die Initialen gelesen hatte, leider fehlte ausgerechnet die letzte Zeile des Protokolls, offenbar war jemandem in der Behörde die Seite beim Kopieren verrutscht. Sie hatte versucht, den damaligen Polizeipsychologen anzurufen, hatte aber nur sein Vorzimmer erreicht. Sie hatte ihr Anliegen erklärt und dass sie den Namen des Psychiaters wissen wolle, der den sogenannten »Poeten« weiterbehandelt habe. Und nun saß sie hier, und die Menschen dort draußen änderten ihr Tempo, ihre Bewegungen wurden weicher, und fast schien es, als würden sie ein bisschen schweben, als Vianneys »Je m'en vais« erklang. Sie lächelte, es war eines ihrer Lieblingslieder, sie hörte es, wenn sie auf dem Rückweg von Caen war und draußen vor dem Fenster die grüne Landschaft vorbeizog. Draußen jonglierte ein junger Mann drei Orangen in der Luft, ein Paar nahm sich an den Händen und tanzte eng umschlungen den Bürgersteig entlang.

Sie griff neben sich und holte Baudelaires ›Blumen des Bösen‹ hervor, das sie Joshua Minart noch nicht wieder zurückgegeben hatten. Lustlos und voller Verdruss blätterte sie darin herum, bis sie »Der Mensch und das Meer« fand – das Gedicht, das der sogenannte »Poet« am Strand Roussel entgegengerufen hatte, kurz bevor sie ihn in letzter Sekunde daran gehindert hatten, sich selbst zu erschießen.

»Warum hat er plötzlich das Gedicht geändert?«, hatte sie Roussel später gefragt, aber er hatte nur mit den Achseln gezuckt.

»Weil er mit den ›Blinden‹ durch war? Weil er mal was Neues ausprobieren wollte? Keine Ahnung, Claire, er spricht ja nicht mehr.«

Und jetzt saß sie hier, hörte Musik, um sich und ihre Vorahnungen zu besänftigen, um den dunklen Gedanken rund um das Angebot von Alexandre Guerlain zu entkommen, und versuchte, in den düsteren Zeilen des Gedichts eine Antwort zu finden.

»Das Meer wirst, freier Mensch, du lieben allezeit!«

Immer wieder las sie die Zeilen, die vier Verse, sprach sie laut in die abgestandene Luft des Großraumbüros, einige Kollegen drehten die Köpfe zu ihr, aber sie hörte weiter Musik, murmelte Zeilen und Wörter wie eine Germanistikstudentin vor der Prüfung.

»So eifersüchtig hütet ihr, was ihr versteckt.«

Was versteckten die beiden Männer, was hatten sie erlebt, waren es wirklich Brüder? Und was war passiert, dass einer von ihnen sich Baudelaires ›Blumen des Bösen‹ verschrieben hatte und aus dem anderen ein mordender Stalker geworden war?

Ihr Handy auf dem Tisch vibrierte kurz, aber bevor sie nachsehen konnte, wer ihr etwas schickte, flog die Tür auf und Alphonse kam hereingestürmt. Sein Gesicht war fleckig und er schwitzte noch mehr als sonst. Es schien, als habe er die fünfzehn Meter zwischen dem Empfangsraum und dem Großraumbüro am Ende des Ganges im Sprint zurückgelegt, in der Hand hielt er nun seinerseits ein Handy, er reckte es hoch in die Luft.

»Claire!«, rief er aufgeregt, sie nahm ihre Kopfhörer ab

und machte sich auf eine unkontrollierbare und schwer zu deutende Flut an Informationen gefasst, die einerseits seiner steten Nervosität, vor allem aber seiner körperlichen Verfassung nach einem solchen Marathonlauf zuzuschreiben war.

Aber Alphonse hatte offenbar dazugelernt. Anstatt sofort mit seinem Redeschwall zu beginnen, legte er Claire sein Handy auf den Tisch und deutete auf das Display.

»Neues Gedicht«, sagte er, während er nach Luft schnappte. »Kabine. Planches. Frau, gefunden.«

Dankbar für seine neue Strategie der informativen Verknappung beugte sich Claire über das Display und studierte die Innenwand, die offensichtlich zu einer der Kabinen an den Planches gehörte. Neben ihr rasselte Alphonses Lunge in einem Beat, den MC Solaar nie hätte halten können.

»Es ist die gleiche Schrift«, murmelte sie. »Aber ein anderes Gedicht. Wann hat er das geschrieben.«

Alphonse schüttelte nur den Kopf.

Claire kniff die Augen zusammen und vergrößerte mit ihren Fingern den Ausschnitt.

»Der Mann und das Meer.« Sie zog den Gedichtband heran, der neben ihr lag, er war noch an der richtigen Stelle aufgeschlagen.

»Er hat es also doch nicht ohne Absicht benutzt«, sagte sie zu Alphonse. »Als er festgenommen wurde – wir haben uns gewundert, warum er das Gedicht geändert hat. Aber offenbar hat er es zuvor an die Wand der Kabine geschrieben.«

Alphonse kam langsam wieder zur Ruhe.

»Team ist unterwegs. Letzter Satz unterstrichen.«

»Ja, ich sehe es. Der Abschluss des Gedichts ist unterstrichen: ›*O Kämpfer stets, o Brüder ihr, verdammt zum Streiten!*‹« Sie runzelte die Stirn.

»Da ist wieder der Bezug zum Bruder. Er will uns sagen, dass es um ihn geht, immer wieder sagt er uns das. Nicht mit seinen eigenen Worten, aber mit den Gedichten, beziehungsweise mit der Abschrift. Warte mal, da ist ... da sind doch wieder Buchstaben anders geschrieben ... Alphonse, ich brauche einen Zettel und einen Stift, schnell!« Sofort bereute sie ihre plötzliche Aufgeregtheit, denn sie steckte Alphonse augenblicklich an. Er wurde hektisch, stieß einen Kaffeebecher auf einem der Nachbartische um und ließ den Stift fallen, den er aus einer Schublade gefischt hatte.

»Ganz ruhig, Alphonse. Wir haben alle Zeit der Welt.«

Von wegen, dachte sie, wir haben überhaupt keine Zeit. Dieses verdammte Festival beginnt in fünfundzwanzig Stunden, und wir haben keine Ahnung, wer der Kerl ist, der mal eben zwei Leute umgelegt hat.

»Okay, wir fangen oben an. Dieser Buchstabe hier ist eindeutig anders geschrieben: ein T.«

»T, hab ich«, sagte Alphonse, jetzt wieder außer Atem, weil er spürte, dass sie etwas Wichtiges entdeckt hatten und er seinen ruhmreichen Anteil daran hatte.

»Hier, im Wort *lustvoll* ist das U anders geschrieben.«

»U, hab ich.«

»Hier ist ein R.«

»Jawohl, ist notiert.«

»Du machst das prima, Alphonse.«

Sie merkte, wie er neben ihr rot anlief.

»Hast du noch einen Buchstaben? Sonst macht das hier bislang noch keinen Sinn.«

Claire beugte sich über das Display, verschob mit ihren Fingern den Ausschnitt immer wieder, sie wanderte durch die Zeilen wie durch die Gänge eines rätselhaften Labyrinths. Auch sie spürte jetzt, dass sie dabei waren, etwas möglicherweise Entscheidendes zu entdecken.

»Da, ich hab noch eines: ein M. Aber das ist alles, mehr Buchstaben fallen mir nicht auf.«

Alphonse richtete sich auf und sah auf das Wort, das er geschrieben hatte. Es waren nur vier Buchstaben.

»Ist das wirklich alles, Claire? Hast du alle Buchstaben?«

Sie sah auf das Handy und nickte dann.

»Das sind alle.«

Sie drehte den Kopf, um den Zettel besser sehen zu können.

TURM

Nachdenklich blickte sie aus dem Fenster.

»Welchen Turm meinst du?«, murmelte sie, während ihre Finger auf den Gedichtband trommelten, der noch immer an der Stelle aufgeschlagen war, wo sich »Der Mensch und das Meer« befand.

»Ich verstehe gar nichts«, sagte Alphonse und machte sich kopfschüttelnd auf den langen Weg zurück zu seinem Empfangstresen. »Ich bin unterzuckert, kein Wunder, dass mir da kein guter Gedanke kommt. Früher oder später wird uns schon etwas einfallen. Bis dann, Claire.«

Während er die Tür des Großraumbüros hinter sich schloss, beobachtete Claire zwei Tauben, die auf der anderen Straßenseite nach Brotkrumen suchten. Einzelne Autos fuhren langsam durch die Rue Désiré le Hoc. Sie setzte ihre Kopfhörer wieder auf und schaltete die Musik an, ein Sänger ihres Lieblingslabels »Tôt ou tard«.

»Früher oder später«, murmelte sie.

Wieder begannen die Menschen draußen im Takt der Musik zu tanzen.

»Früher oder später.« Immer wieder murmelte sie diesen Satz, er ging ihr nicht aus dem Kopf. Joshua Minart hatte die Stadt mit einem Gedicht von Baudelaire vollgepinselt: ›Die Blinden‹. Und er hatte darin eine Botschaft an sie versteckt: *Schattenland*. Ein Ort, den er offenbar vor vielen Jahren besucht hatte und wo er mit einem Mann oder Jungen zusammengekommen war, den er seinen »Bruder« nannte.

Das wussten sie, weil er sein Buch in der Wohnung zurückgelassen hatte, wo in der Widmung der »Bruder« eingefügt worden war.

»Früher oder später.«

Ihre Finger trommelten auf »Der Mensch und das Meer«. Diese Zeilen hatte Minart in der Kabine an die Wand geschrieben. Wieder mit einer Botschaft, die ihnen womöglich einen Hinweis geben sollte: Turm. Aber welchen Turm meinte er?

Zwei Botschaften.

»Früher oder später.«

Er konnte keine spätere Botschaft loswerden, denn er saß ja in der Zelle. Eine frühere hingegen …

»Roussel!«

Claire sprang auf, die Kopfhörer rutschten herunter. Noch bevor sie auf dem Boden aufschlugen, hatte sie die Tür aufgerissen und rannte nun ihrerseits den Gang entlang Richtung Besprechungsraum. Sie riss die Tür auf und stürmte hinein, angetrieben von ihrer Entdeckung.

»Roussel! Ich hab's!«

Sie stand mit aufgerissenen Augen vor der kleinen Gruppe, die unter Roussels Führung gerade noch einmal den Ermittlungsstand durchging. Mittlerweile war auch Sandrine Poulainc aus dem Rathaus zurück, sie lehnte mit einer Tasse Tee an der Wand und erklärte den Kollegen gerade den Ablauf des morgigen Tages.

»Verdammt, Claire!«, blaffte Roussel sie an, er war ganz offensichtlich miserabel gelaunt. »Was hast du? Ich hoffe, es ist etwas Wichtiges, wir sind mitten …«

»Die Gedichte! Ich meine nicht die jetzigen. Ich meine die von vor einem knappen Jahr. Die Gedichte, die der Poet damals an die Wände geschrieben hat. Ich muss sie sofort sehen.«

Roussel überlegte kurz, ob er sie hinauswerfen sollte.

»Komm schon, Roussel – einen Versuch ist es wert! Vertrau mir. Ich muss sofort die Gedichte sehen. Wie viele waren es?«

»Es waren nur fünf damals«, sagte ein Kollege. »Aber klar, die Aufnahmen haben wir natürlich, wir können …«

»Ich habe sie hier«, unterbrach ihn die junge Kollegin, die bei der vergangenen Sitzung neben Claire gesessen und die auffälligen Buchstaben entdeckt hatte. »Ich werfe sie euch an die Wand.«

»Am besten gleich in der richtigen Reihenfolge. Das damals älteste zuerst.«

»Mach ich.«

Claire war ganz zappelig vor Aufregung, auch die anderen Kollegen waren verstummt und blickten an die Wand, wo in diesem Augenblick die Gedichte erschienen, die der Poet an Wände und Litfaßsäulen geschrieben hatte.

»›Die Blinden‹«, murmelte sie. »Kriegen wir das größer, es sind vielleicht wieder nur einzelne …«

»Da oben!«, unterbrach sie ein Kollege. »In *Gottes Funken*, das zweite T!«

Die Kollegin am Laptop markierte den Buchstaben und als sie fertig war, hatten sie bereits zwei weitere Buchstaben entdeckt.

»Und dort ist noch eines: das H. Und dort, das C.«

»Wir kriegen dich«, murmelte Claire, sie sah zu Roussel, der mittlerweile gespannt zwischen seinem Block und dem Bildschirm hin- und hersah.

Sie entdeckten drei weitere Buchstaben, und die junge Kollegin verschob sie in ein Dokument und vergrößerte das Ganze. Irritiert starrten alle Anwesenden auf die Wand.

THCUEL

»Das ergibt überhaupt keinen Sinn«, murmelte Roussel.

»Oh doch«, sagte Claire und beugte sich über die Tastatur der Kollegin. »Das ergibt sogar allen Sinn der Welt.«

Zwei Sekunden später erschienen die gleichen Buchstaben in anderer Reihenfolge auf der Wand.

LEUCHT

»Was soll das bedeuten?«, knurrte Roussel. »Seid ihr sicher, dass das alles ist? Fehlen da nicht doch noch einige Buchstaben?«

»Allerdings fehlen da einige. Aber die kamen eben erst ein Jahr später dazu. Und zwar genau hier, auf den Planches.« Claire ging zu der Kollegin und öffnete am Laptop das Foto, das die alte Dame Alphonse aus der Kabine gemailt hatte.

Die Zeilen erschienen neben dem Dokument an der Wand.

»Das hier kam eben gerade an«, erklärte sie. »Unser Poet hat unmittelbar vor seiner Aktion am Strand ›Der Mensch und das Meer‹ an eine Kabinenwand gekritzelt. Und in diesem Gedicht haben Alphonse und ich gerade eben ein Wort gefunden. Eines jetzt und eines vor einem Jahr. Und zusammen ergeben sie ganz schön viel Sinn.«

Die gesamte Gruppe stand für einen Moment vor Anspannung völlig still.

»Wir haben doch den Verdacht, dass es um ein Kinderheim geht oder ein Waisenhaus. Ein Ort, der von Minart als *Schattenland* bezeichnet wird. Nun, womöglich gibt es ganz in der Nähe … das hier.«

Sie zeigte auf das Wort, das sie soeben aus den beiden Begriffen zusammengeschoben hatte.

LEUCHT TURM

Roussel pfiff leise durch die Zähne.

»Nicht schlecht«, sagte er und nickte Claire zu.

»Joshua Minart hat bereits vor einem Jahr geahnt, dass der Mann, den er seinen Bruder nennt, etwas vorhat. Er will ihn offenbar nicht direkt verraten, dafür ist die Beziehung wohl zu eng. Aber er hat Hinweise in seinen Gedichten versteckt.«

»Du meinst, er führt uns zu seinem Bruder? Er verrät ihn …«, begann Sandrine.

»… ohne ihn zu verraten«, ergänzte Claire.

»Ich hab's!«, rief die junge Kollegin, die sich mittlerweile wieder ihren Laptop genommen hatte, um im Eiltempo Suchaufträge durchs Internet und die Datenbanken zu jagen.

»Moment, ich zeige es euch.«

An der Wand erschien eine Karte der Normandie mit mehreren markierten Punkten.

»Die roten sind die bestehenden Kinderheime, zumindest jene, die offiziell als Waisenhäuser oder ähnliche Einrichtungen geführt werden. Natürlich könnte es sich auch um eine nicht gemeldete Einrichtung handeln, aber mit irgendetwas musste ich ja anfangen.«

»Keiner der roten Punkte ist an der Küste«, sagte Roussel.

»Was sind die blauen Punkte?«, fragte ein Kollege.

»Das sind Heime, die mittlerweile geschlossen wurden. Und eines davon findet sich hier oben, nicht weit …«

»… von Cap d'Antifer entfernt«, ergänzte Roussel.

»Ganz genau.« Sie tippte wieder einige Befehle, während sich jedes Augenpaar im Raum auf den blauen Punkt nördlich von Le Havre richtete. Schließlich ballte sie die Faust und hob triumphierend den Kopf.

Kurz darauf erschien die Schwarz-Weiß-Aufnahme eines gewaltigen vierstöckigen Baus an der Wand. Seine Fassade bestand aus riesigen Quadern, die Fenster waren vergittert. Ein weiteres Bild erschien, es zeigte den gleichen Bau von weiter weg, am Ende einer langen Zufahrt.

»Dieses Waisenhaus wurde vor zehn Jahren geschlossen. Es liegt oberhalb von Bruneval.«

»Das ist an der Alabasterküste,«, sagte Roussel. »Aber woher wollen wir wissen, dass ausgerechnet dies der Ort ist, den unser Poet als das *Schattenland* bezeichnet?«

Sie betrachteten alle das Gebäude, das mit seinen Gittern, seinen kalten Steinen und seiner düsteren Fassade eher einer Trutzburg glich als einem Waisenhaus, in dem das Wohl der Kinder an oberster Stelle stehen sollte.

»Du hast völlig recht, Roussel«, sagte die junge Kollegin und sah auf ihren Bildschirm. »Ich kann es dir nicht garantieren. Ich kann dir aber sagen, dass das Waisenhaus zu einem ehemaligen Franziskanerkloster gehörte. Es wurde geschlossen, weil es … Augenblick, da gibt es einen Artikel.«

Sie tippte zweimal auf ihr Touchpad, und an der Wand erschien ein Zeitungsartikel der Lokalausgabe von »France-Ouest«. Auf dem Foto unter der Schlagzeile war wieder das große Gebäude zu sehen, davor standen mehrere Fahrzeuge, in die Kinder einstiegen.

Misshandlung von Schutzbefohlenen, las Claire. »Die Schritte vor der Tür, von denen er erzählt hat, die dunkle Kammer, das Buch, das ihm geholfen hat. Das ergibt alles einen Sinn.«

In der Suite des »Hôtel de la Plage« liefen derweil die Dinge aus dem Ruder. Sosehr sich Nicolas über das Wiedersehen mit Bertrand gefreut hatte, so erstaunlich war das Verhalten von Noemie. Sie war immer launischer geworden, war nur noch selten aus ihrem Zimmer gekommen, und als sie dann doch vor den beiden stand, mit den Händen in die Hüften gestemmt und in einem durchsichtigen Oberteil, das Bertrand sprachlos machte, da überspannte sie den Bogen endgültig.

»So, ihr beiden Superhelden, es wird gleich an der Tür

klopfen. Ihr werdet verschwinden, nach nebenan oder an die Bar, und ich will nichts von euch hören!«

»Wie bitte?«, fragte Nicolas überrascht. »Und wen erwarten wir?«

»*Wir* erwarten niemanden, weil *wir* ja nicht da sind. *Ich* hingegen erwarte Marc, du hast ihn vorhin kennengelernt, er ist der Journalist, dem ich ein Exklusivinterview versprochen habe. Er ist unterwegs hierher, gemeinsam mit einem Fotografen.«

Nicolas sprang von seinem Stuhl auf.

»Verdammt, Noemie! Das musst du mit mir absprechen! Sag ihm ab, sag ihm, dir ist nicht gut, es kommt keiner hier rein, ist das klar …«

»Er ist bereits im Hotel.«

»Was?« Nicolas verlor nun endgültig die Fassung. Er versuchte tief einzuatmen, aber ein zögerliches Klopfen an der Tür, sowie das Klingeln seines Handys in der Tasche machten das unmöglich.

»Das sind sie!«, rief Noemie entzückt, zupfte ihr Oberteil zurecht und ging Richtung Tür.

»Nicht aufmachen!«, rief Nicolas, er machte Bertrand ein Zeichen, der sich sofort vor Noemie stellte.

»Lass mich durch!«

»Tut mir leid, Noemie.«

»Fick dich!«

»Noemie, bitte, lass uns doch …«

Wieder klopfte es. Nicolas zog sein Handy aus der Tasche und nahm den Anruf entgegen.

»Roussel, warte ganz kurz! Noemie, du kannst nicht einfach zwei fremde Typen hier reinlassen, wir müssen sie filzen, wir müssen das vorbereiten!«

»Ich kenne Marc seit vielen Jahren, er ist ein prima Kerl.«

»Das ist mir völlig egal, er … Was ist, Roussel?«

»Was ist das da am Fenster?«, rief die Schauspielerin plötzlich, und als Bertrand sich besorgt umdrehte, da schlug sie einen Haken, sprang zur Tür und riss sie auf.

»Marc! Wie schön, das freut mich!«

»Noemie, das ist wirklich supernett …«

Noemie begrüßte die beiden Männer mit Küssen auf die Wangen und bat sie herein. In seinem Ohr bellte Roussel irgendetwas, und für einen Augenblick verlor Nicolas den Überblick über die Situation. Bertrand hatte sich direkt neben Noemie gestellt, finster blickte er die beiden Eindringlinge an.

»Erinnerst du dich an Gabriel? Er macht öfter Fotos für mich, er ist freier Fotograf.«

Noemie strahlte.

»Klar, Salut Gabriel. Du hast schon mal Fotos von mir gemacht, die waren super. Kommt doch rein! Entschuldigung, Marc, es ist gerade ein bisschen hektisch.«

»Ein Kloster? Was für ein Kloster? Roussel, ich verstehe kein Wort. Hör zu, ich rufe sofort zurück. Ja, Salut, bis gleich.«

Er legte auf und drehte sich zu den beiden Männern. Beide waren noch relativ jung, er schätzte sie auf Anfang dreißig. Der Journalist trug ein weißes Hemd, darüber ein blaues Sakko, seine Haare waren leicht gewellt. Sein etwas teigiges Gesicht stand im Kontrast zu seinen fließenden Bewegungen und seinem selbstsicheren Auftreten.

»Entschuldigung, ich habe mich gar nicht vorgestellt«, sagte er nun zu Nicolas und reichte ihm die Hand. »Marc D'Ambrois vom Magazin ›Paris Eclair‹. Sie sind Noemies Bodyguard. Ist also doch etwas dran an der Geschichte vom Anschlag am Strand?«

»Nein, da ist nichts dran«, sagte Nicolas mit einem Lächeln, während Bertrand routiniert die Tasche des Fotografen filzte und die beiden Männer abtastete. »Es ist eine reine Vorsichtsmaßnahme, alle Schauspieler werden dann und wann begleitet, wir hatten nur gerade eine Besprechung.«

»Ist es gut so?« Noemie hatte sich in einen Sessel geworfen, sie wusste genau, was sie einem Fotografen anbieten musste. Nicolas dachte unweigerlich an die Szene im Heu, die er nie gesehen hatte.

»Okay, wie ist der Plan?«, fragte er den Journalisten, der auf die Uhr sah.

»Wir machen zuerst ein paar Bilder, das wird nicht lange dauern, Gabriel macht das immer ganz nebenbei. Und dann – was würdest du sagen, Noemie, eine Stunde? Das wäre super.«

»Ich habe Zeit, Marc, ich darf ohnehin nicht raus.«

Der Journalist hob überrascht die Augenbrauen.

»Kommst du nicht auf die Gala nachher?«

»Nein«, antwortete sie schnippisch. »Mein wunderbarer Kevin Costner hier hat etwas dagegen.«

»Kevin Costner? Und du bist Whitney Houston?«

Scheiße, dachte Nicolas, der spürte, dass ihm die Situation entglitt. Offenbar fühlte Noemie sich durch seine Anwesenheit provoziert, und das konnte gefährlich werden. Er nahm Bertrand zur Seite.

»Pass auf: Ich gehe jetzt raus. Ich glaube, es wird nur noch schlimmer, wenn ich die ganze Zeit in ihrer Nähe bin.«

»Allerdings«, antwortete Bertrand. »Sie ist kurz davor, alles über eure Abenteuer zu erzählen. Nicht, dass ich das nicht gerne hören würde … Nein, im Ernst, was ist der Plan?«

»Die beiden scheinen sauber zu sein. Bleib du beim Interview, ich bin unten. Falls ich nicht erreichbar sein sollte, bleibt ihr auf jeden Fall im Hotel. Nicht rausgehen, hast du gehört!«

»Ich bin ja nicht blöd, Nicolas. Aber du weißt genau, wir können keine Schutzperson zwingen …«

»Versuch es wenigstens. Ich fürchte, mit mir läuft hier alles aus dem Ruder.«

»Ich hoffe, ihr hattet wenigstens Spaß!«

»Das geht dich herzlich wenig an.«

»Leider. Los, hau schon ab. Ich regle das hier schon. Die zwei scheinen wirklich in Ordnung zu sein. Ich melde mich, wenn es vorbei ist.«

Ohne sich von Noemie zu verabschieden, schloss Nicolas die Tür der Suite hinter sich und atmete tief durch. Er überlegte kurz, dann rief er Roussel zurück. Als der Anruf entgegengenommen wurde, hörte er im Hintergrund Claire, die irgendetwas rief.

»Claire, Ruhe jetzt!«, blaffte Roussel sie an, bevor er Nicolas in aller Eile von ihrer Entdeckung berichtete.

»Ein Waisenhaus an der Küste«, murmelte Nicolas und warf einen Blick auf die Uhr. »Wie lange braucht ihr da hin?«

»Eine gute halbe Stunde.«

Er antwortete, ohne zu überlegen, aus einer Laune heraus, die viel damit zu tun hatte, dass er Noemie eine Weile aus dem Weg gehen wollte.

»Hör zu, Roussel: Ich muss alles wissen über diesen Fall. Ich bin derjenige, der Noemie beschützen muss, das kann ich nur, wenn ich weiß, mit wem ich es zu tun habe. Ich komme mit.«

Er hörte förmlich, dass Roussel protestieren wollte.

»Komm schon, wir haben keine Zeit, Roussel. Ich bin im Hotel, holt mich am Hintereingang ab. Es gibt eine kleine, unscheinbare Tür in der Rue Jean Mermoz, da treffen wir uns in fünf Minuten.«

»In drei.«

»Ich bin unterwegs.«

KAPITEL 27

Zehn Minuten später lenkte Roussel den Wagen mit hoher Geschwindigkeit durch den letzten Kreisverkehr außerhalb von Trouville und beschleunigte auf der D677, die in Richtung Osten zur Autobahn führte. Nicolas saß auf dem Beifahrersitz und überprüfte den Sitz seines Anschnallgurts.

»Hey, immer schön langsam, wir wollen in einem Stück ankommen.«

Roussel schnaubte verächtlich und schoss mit überhöhter Geschwindigkeit und begleitet vom Lärm der Polizeisirene auf dem Dach an zwei Autos vorbei und dann ohne abzubremsen durch Canapville und weiter in Richtung Pont-l'Évêque.

»Ich bin mir ziemlich sicher, dass wir in diesem verfluchten Waisenhaus einige Antworten bekommen werden«, sagte Roussel. »Fragen haben wir genug gestellt, es wird jetzt allmählich Zeit für ein paar Wahrheiten.«

Sie waren allein im Wagen, Roussel hatte beschlossen, die Kollegen nicht von den anderen Strängen der Ermittlungen, vor allem aber von den Vorbereitungen auf das Festival abzuziehen.

»Es ist der Wahnsinn«, fluchte er, während er einen weiteren Wagen überholte. »Schon jetzt haben wir in der Stadt mehr zu tun als an zehn anderen Abenden zusammen. Es sind einfach zu viele Menschen da, die Hotels sind ausgebucht, die Restaurants platzen aus allen Nähten. Und wo zu viele Menschen sind …«

»… ist der Ärger nicht weit«, vervollständigte Nicolas eine alte Polizeiweisheit.

»Allerdings. Taschendiebe, Trickbetrüger, illegale Straßenverkäufer, das ganze Programm. Dazu kommen Rangeleien am Strand, Autounfälle auf der Brücke, und demnächst landet wahrscheinlich noch ein Ufo vor dem Casino. Würde mich nicht wundern.«

Nicolas sah Roussel an, der müde und ausgelaugt wirkte, immer wieder wischte er sich über die Stirn, auf der sich laufend neue Schweißtröpfchen bildeten.

Er trinkt wieder, dachte Nicolas. Aber Roussels Hände lagen ruhig auf dem Lenkrad, er manövrierte den Wagen konzentriert durch den Feierabendverkehr, nur ab und zu trat er auf die Bremse, wenn ein Manöver dann doch zu riskant war.

»Und warum ist Claire in letzter Sekunde ausgestiegen?«, fragte er. Tatsächlich war er überrascht gewesen, als Roussel ihn allein am Kücheneingang des Hotels abgeholt hatte. Als sein Handy vibrierte, sah er kurz auf das Display: eine Nachricht von Bertrand.

»Fotos sind gemacht. Interview läuft. Sie wirkt ruhig.«

»Hoffentlich bleibt das so,« murmelte er und sah Roussel an, der noch nicht auf seine Frage geantwortet hatte, weil er gerade dabei war, mit quietschenden Reifen die Auffahrt zur A13 zu nehmen, die sie für ein kurzes Stück weiter nach Osten führen würde, bevor sie Richtung Norden abbog – über die gewaltige Seine-Brücke hinüber nach Le Havre und ins direkt dahinter beginnende Pays de Caux.

Auf der Autobahn trat Roussel das Gaspedal weiter durch, draußen verschwammen die Bäume und Sträucher zu einem Brei, die Konturen wurden verwischt, beschienen von einer langsam schwächer werdenden Sonne, die hinter ihnen flach über dem Meer stand. Der Gedanke, der ihm kam, als er auf die einzelnen Häuser auf den Feldern blickte und auf die Apfelbäume, die in Reih und Glied auf den Hügeln standen, passte zu ihrem Auftrag und vor allem zu den Ereignissen dieses Tages: Die Schatten wurden länger.

»Sie hat eine Mail bekommen, vom polizeipsychologischen Dienst«, erklärte Roussel jetzt. »Keine Ahnung, ich hatte keine Zeit nachzufragen. Sie hat jedenfalls ungläubig auf ihr Handy gestarrt und gesagt, sie müsse da etwas klären. Dann ist sie raus. Ich hab sie angerufen, aber sie geht nicht ran.«

»Typisch Claire«, sagte Nicolas. »Aber meistens kommt bei ihren Aktionen etwas Wichtiges raus.«

Roussel schoss auf der linken Spur an zwei Sattelschleppern vorbei, riss das Steuer nach rechts und bog in letzter Sekunde in Richtung Norden ab. Er schoss so schnell in die Kurve, dass Nicolas nach links geworfen wurde. Mühsam hielt er sich am Griff der Seitentür fest.

»Vor allem kommt meistens etwas Gefährliches dabei heraus«, grummelte Roussel und beschleunigte den Wagen, als sie die A29 erreichten. Vor ihnen lag jetzt etwa eine halbe Stunde Fahrt, und Nicolas wusste, wie sie sie nutzen würden.

»Erzähl mir alles über dieses Waisenhaus.«

Während Roussel und Nicolas sich dem Pays de Caux näherten, und damit womöglich einen entscheidenden Schritt in diesem Fall weiterkamen, stand Claire vor einem eleganten Fachwerkaus in der Avenue Hocquart, einer ruhigen Seitenstraße der Avenue de la République. Die weiß gestrichenen Fensterläden waren geöffnet, ein kleiner Rasensprenger benetzte seitlich des Hauses die Rasenfläche. Claire öffnete das Gartentor und schritt die wenigen Treppenstufen empor, die zu einer schweren Holztür führten. Neben dem Klingelschild war im Stein der Fassade der Name des Mannes eingemeißelt, der hier seine Praxis hatte.

Der Name des Mannes, der Joshua Minart nach seiner Überweisung im vergangenen Jahr behandelt hatte, nach Informationen des Polizeipsychologen mindestens drei Monate lang.

Der Mann, der am Vorabend an der Bar gesessen hatte,

während sie einige Stockwerke über ihm die Leiche von Henri Perrin gefunden hatten.

Ausgerechnet.

»Den Zufall wirst du mir erklären«, murmelte Claire und betätigte die Türklingel. Tief im Innern des Hauses war ein Gong zu hören. Hinter ihr spielten einige Kinder zwischen den Bäumen. Zwei Rasenflächen lagen links und rechts des Square de l'Église, Mütter saßen auf den Bänken, sie hielten Kaffeebecher in den Händen: Gelächter, Geplapper, die Geräuschkulisse eines unbeschwerten Lebens.

Etwas in ihr regte sich, doch sie wusste nicht, was es war.

Vielleicht eine unbestimmte Traurigkeit. Vielleicht das Gefühl, stets am Rand des Geschehens zu stehen und nicht wirklich daran teilzuhaben.

Ihre trüben Gedanken wurden von sich nähernden Schritten hinter der weißen Eingangstür vertrieben. Eine ältere Frau öffnete die Tür mit einem freundlichen Lächeln, sie hatte schlohweißes Haar, in dem eine Lesebrille steckte, eine Perlenkette lag akkurat auf einem dunkelgrünen Kleid.

»Oh, bonjour«, sagte die Frau mit warmer Stimme. »Es tut mir leid, wenn Sie wegen eines Termins kommen, Monsieur Mallet hat heute Nachmittag keine Sprechstunde. Aber ich kann gern …«

Claire hatte bereits nach wenigen Worte ihren Polizeiausweis gezückt.

»Entschuldigen Sie, leider habe ich es etwas eilig. Ich müsste Monsieur Mallet sprechen. Es ist dringend.«

Clement Mallet. Psychiater mit einer Praxis im ruhigen und teuren Viertel von Deauville, mit Blick auf den Park und fernab der Aufgeregtheiten des Casinos oder gar des Fischgeruchs am Hafen.

Clement Mallet, der im Tweedanzug an der Bar des »Hôtel de la Plage« gesessen hatte – und der gemeinsam mit Nicolas' Vater einen Termin bei Henri Perrin gehabt hatte.

Clement Mallet, der ihr so glatt, so unnahbar vorgekommen war und der nun plötzlich inmitten ihrer Ermittlungen auftauchte.

»Polizei? Ist denn etwas passiert? Mein Gott, ist er …«

»Nein, es ist nichts passiert, Madame. Ich muss ihn nur sprechen. Ist er nicht im Haus.«

Die Frau warf einen Blick auf eine schmale Armbanduhr an ihrem Handgelenk.

»Er hatte eine Verabredung in der Stadt. Er müsste längst zurück sein, wir wollten noch einige Abrechnungen machen. Seltsam, normalerweise ist er … aber nein, der Wagen ist noch da.«

Sie sah Claire über die Schulter und deutete auf einen dunklen Bentley, der unter den Bäumen des kleinen Parks stand. Claire konnte hinter der Windschutzscheibe den Fahrer erkennen, der seinerseits zu ihr herüberblickte.

Sie beobachtete, wie er zu einem Handy griff.

»Ganz offenbar ist er nicht allein unterwegs«, sagte Claire und steckte ihren Ausweis wieder ein. Die Frau vor ihr nestelte nervös an ihrer Perlenkette.

»Ich kann Ihnen leider nicht mehr sagen. Er hat mich gebeten … also, es ist eine … private Sache, wenn Sie verstehen.«

Claire lächelte die Frau an.

»Normalerweise müsste ich jetzt auf dieser Information bestehen, Madame. Aber ich bin bereits auf dem Laufenden. Vielen Dank, Sie haben mir sehr geholfen.«

Sie hatte den Wagen sofort erkannt.

Obwohl sie ihn erst gestern auf der Place Morny gesehen hatte, kam es ihr vor, als sei das schon eine halbe Ewigkeit her. Zu viel war seitdem geschehen, zu viel in zu kurzer Zeit. Mit schnellen Schritten ging Claire die Treppe hinab, während sich hinter ihr die weiße Eingangstür wieder schloss. Sie trat hinaus auf die Straße und sah den Mann am Steuer des

Wagens an, der in diesem Augenblick sein Telefonat beendete und die Scheibe herunterließ. Mit einer knappen Bewegung zeigte er nach vorn und nickte Claire zu. Sie sah die Straße hinunter und runzelte die Stirn, als sie das Gebäude sah, zu dem sie offenbar gehen sollte.

Die Église Saint-Augustin.

Der schmale und spitz zulaufende Kirchturm stach wie eine Nadel in den mittlerweile dunkelblauen Himmel über der Stadt. Die weiße Uhr über dem Eingangsportal zeigte kurz nach 19 Uhr, einige wenige Kirchenbesucher verließen das Gebäude. Claire lief über einen Parkplatz auf die Kirche zu, die, wie sie beim Näherkommen sah, reich an Verzierungen war. Sie selbst war noch nie hier gewesen, musste sich aber eingestehen, dass der Bau elegant war und zu dieser mondänen Stadt passte. Über dem Portal spann sich ein weiter Marmorbogen, die schwere braune Kirchentür stand offen, sie nahm den Geruch von Weihrauch wahr.

Claire setzte ihre Sonnenbrille ab und betrat das Kirchenschiff. Sofort veränderte sich das Licht. Durch die Fenster, die weit oben waren, fiel nur wenig Licht. Am anderen Ende befand sich die gewaltige Orgel auf einer Empore über dem Altar, die bunt verzierten Fenster zeigten eine Szene der Jungfrau Maria, die im Sterben lag, umringt von trauernden Menschen. Auf beiden Seiten des Kirchenschiffs ging ein schmaler Gang unter hohen Steinbögen hindurch.

Claire ging langsam in Richtung Altar, und da die Kirche verhältnismäßig lang war, brauchte sie eine Weile, bis sie die beiden Männer sah. Es war unnötig gewesen, sich in den Schatten zu bewegen, erkannte Claire nun, denn sie wurde bereits erwartet.

Alexandre Guerlain drehte sich zu ihr um und machte ihr ein Zeichen.

Eine Minute.

Sie ärgerte sich, dass sie sofort stehen blieb und nicht weiterging, als würde eine simple Geste, ein kurzes Signal dieses Mannes ausreichen, um sie zum Gehorsam zu zwingen. Als könnte sie nicht selbst darüber entscheiden, wie sie sich verhielt.

Alexandre Guerlain war gut darin, Entscheidungen vorwegzunehmen, sie in seinem Sinne anzustoßen. Er drehte sich wieder zu Clement Mallet und hörte ihm zu. Claire stand zu weit weg, um das Gespräch belauschen zu können, unentschlossen und mit sich selbst hadernd stand sie im Gang und wartete.

»Dreißig Sekunden«, murmelte sie.

Nicolas' Vater nickte nun und reichte Mallet die Hand. Dann stand er auf, strich seinen teuren Maßanzug glatt und kam auf sie zu. Sein Blick war dunkel und stechend, er ließ sich Zeit, strich mit der Hand über einzelne Stuhllehnen und blickte sich in der Kirche um. Obwohl er wie immer kerzengerade ging und seine Erscheinung imposant war, kam es Claire vor, als würde es ihm diesmal Probleme bereiten, so selbstsicher zu wirken. Der Eindruck verstärkte sich, als er schließlich vor ihr stand und sie anlächelte.

Clement Mallet war sitzen geblieben, der Psychiater sah nur kurz zu ihnen herüber, dann wandte er den Blick ab und betrachtete gedankenverloren den Altar.

»Mademoiselle Cantalle, mir scheint, als würden sich unsere Wege öfter kreuzen. Sie ahnen, dass mich das durchaus erfreut.«

Seine Stimme war gedämpft, was Claire im ersten Augenblick der Stille in der Kirche zusprach. Alexandre Guerlain sah sie durchdringend an, als wollte er die Entscheidung, die sie treffen musste, aus ihr herauspressen.

Claire atmete tief durch und deutete dann auf Mallet.

»Ich bin seinetwegen hier. So leid es mir tut, ich muss mich erst um meine Arbeit kümmern.«

Ihr Gesprächspartner legte den Kopf zur Seite.

»Oh, das verstehe ich, Mademoiselle Cantalle. Es sind aufregende Zeiten, nicht wahr? Ich meine: dieser Poet, seine Gedichte. Henri Perrin, ein Jammer, wirklich, er war ein wichtiger Mann für die Stadt. Dann die Agentin, das alles ist grausam. Ich hoffe, dass Sie den Täter finden, das hofft die ganze Stadt, nicht wahr?«

Claire schluckte die Frage hinunter, die sich ihr sofort aufgedrängt hatte. Es wäre töricht zu denken, dass Alexandre Guerlain, mächtiger Mann in den Schatten des Inlandgeheimdienstes, nicht seine Quellen bei der Polizei hatte. Aber so leicht würde er ihr nicht davonkommen …

»Als ich das letzte Mal mit Clement Mallet gesprochen habe, hat er mir etwas ausrichten lassen. Von Ihnen, Monsieur Guerlain. Dass Gefahr drohe, während des Festivals. Was meinten Sie damit.«

Für einen Moment schien er nachzudenken, sie bemerkte, dass Schweiß auf seiner Stirn stand.

»Ich habe keine konkreten Kenntnisse von einem Anschlag, falls Sie das meinen«, sagte er schließlich.

»Was ist es dann?«

Er lächelte.

»Ich war nur der Meinung, dass das bestehende Securityteam des Festivals nicht optimal besetzt ist. Es braucht die besten Personenschützer bei einem solchen Ereignis, nicht wahr.«

»Wenn Sie Nicolas meinen, der ist mittlerweile in der Stadt.«

»Ich weiß, Mademoiselle Cantalle. Es ist beruhigend, das zu wissen. Noemie Rey kann sich glücklich schätzen.«

»Woher wissen Sie, dass er …« Sie brach ihre Frage ab, während er ein unsichtbares Staubkorn von seinem Ärmel strich. Seine dunklen Haare glänzten im schwachen Licht einiger Kerzen, sein Gesicht war hager, jetzt erst merkte sie, dass er sich an einem der Stühle festhielt.

»Wenn eine Gefahr droht, von der Sie wissen, Monsieur Guerlain, dann wäre das jetzt wirklich der beste Augenblick. Morgen beginnt das Festival, und wir müssen …«

Alexandre Guerlain unterbrach sie mit einer kurzen Geste. Er schwankte kurz, sein Blick flatterte.

»Alles in Ordnung, Monsieur?«

»Natürlich, machen Sie sich keine Sorgen um mich.«

Er tupfte sich etwas Schweiß von der Stirn, dann war sein Blick wieder klar.

»Die besten Personenschützer, Mademoiselle Cantalle. Um mehr ging es mir nicht. Sagen Sie Nicolas, er soll mich anrufen, er wird es ohnehin tun. Und jetzt entschuldigen Sie mich, ich muss los. Sie wissen, wie Sie mich erreichen. Lassen Sie mich nicht zu lange warten.«

Sie machte einen Schritt zur Seite und sah ihm hinterher, wie er mit sicherem Schritt und durchgestrecktem Kreuz nach draußen ging. Als seine Umrisse im hellen Licht vor der Kirche verschwunden waren, drehte sie sich um und ging, in Gedanken noch immer bei Nicolas' Vater, zu Clement Mallet.

Er saß in der ersten Reihe und lächelte sie an, als sie näher kam. Er trug eine helle Hose zu braunen Lederschuhen, ein blaues Poloshirt, seine Arme waren braun gebrannt, am Handgelenk trug er eine teure Armbanduhr. Entschuldigend hob er die Hände und deutete auf das Kirchenschiff.

»Entschuldigen Sie, das ist sicher nicht der passende Ort für unser Gespräch, wenn Sie möchten, können wir gern zu mir gehen oder in ein Café. Es gibt nicht weit von hier das …«

Claire setze sich zwei Plätze neben ihn und unterbrach ihn sofort.

»Hier passt es wunderbar. Wir könnten unsere Beichte ablegen, was halten Sie davon? Haben Sie etwas zu beichten, Monsieur Mallet?«

Er zwinkerte ihr zu, und Claire kam nicht umhin, erneut

festzustellen, dass Clement Mallet ein attraktiver Mann war. Sein Dreitagebart glänzte leicht, er war sonnengebräunt. Sie tippte auf Segeln oder Polosport, etwas, das zu dieser Stadt passte und zu einer mehrere Tausend Euro teuren Uhr.

»Wir müssten einen Priester rufen, nicht wahr?«, antwortete er verschmitzt. »Ich denke, jeder Mensch hat etwas zu beichten, kleine Geheimnisse, Verfehlungen, wir sind alle nicht davor gefeit. Wie steht es um sie?«

Claire sah ihn an. Dann lächelte sie.

»Gut, dann beichten wir eben. Ich erzähle Ihnen etwas, dann erzählen Sie mir etwas. Was halten Sie davon?«

»Sie meinen, Sie und ich, wir sind unsere eigenen Priester? Das klingt nicht schlecht, Sie sollten Psychiaterin werden, haben Sie darüber schon mal nachgedacht?«

»Nein, ich wollte immer Polizistin werden, ehrlich gesagt.«

»Ist das der erste Punkt Ihrer Beichte?«

Claire sah sich für einen Moment in der Kirche um. Hinter ihnen schien die Abendsonne durch die Eingangstür, sie hörte jemanden rufen.

»Nein, wir sollten es schon ernst meinen, denke ich.«

Sie atmete aus. Was soll's, dachte sie.

»Alexandre Guerlain hat mir ein Jobangebot gemacht. Und ich habe bislang meinem Freund nichts davon erzählt.«

Er drehte sich zu ihr und musterte sie für einen Augenblick, sein linker Arm lag auf einer Stuhllehne.

»Warum, denken Sie, haben Sie ihm nichts davon erzählt.«

»Weil ich interessiert bin. An dem Angebot.«

Es war das erste Mal, dass sie diesen simplen Gedanken laut ausgesprochen hatte. Sie biss sich auf die Lippe und atmete langsam ein und aus.

»Okay«, sagte Mallet. »Bin ich jetzt dran?«

Claire wischte den Gedanken an Léon fort und konzentrierte sich.

»Ich bin gespannt.«

Er lächelte.

»Meine Beichte ist nicht so schwer zu erraten. Und Sie sind genau deswegen hier, nehme ich an. Also, bereit?«

»Wenn Sie es sind.«

»Gut. Ich habe im vergangenen Jahr mehrere Monate Joshua Minart als Patienten behandelt. Ich habe niemandem davon erzählt, und eigentlich dürfte ich es jetzt auch nicht.«

»Warum, denken Sie, tun Sie es dennoch?«

Wieder lächelte Mallet.

»Sie lernen sehr schnell, Mademoiselle Cantalle. Aber gut: Ich sage es Ihnen, weil der Mann, der uns eben verlassen hat, mir dazu geraten hat. Und auf Freunde sollte man hören, nicht wahr?«

»Woher wusste er … ach verdammt, ist auch egal. Haben Sie Minart helfen können?«

Mallet zuckte mit den Achseln.

»Offensichtlich nicht.«

Für einen Augenblick saßen sie schweigend nebeneinander. Claire blickte auf ihre Uhr, sie würde Mallet mit ins Commissariat nehmen, es waren zu viele Fragen offen. Wieder hörte sie draußen Rufe, sie drehte sich um, konnte aber aufgrund des Gegenlichts nichts erkennen.

»Jetzt sind Sie wieder dran«, sagte er und wartete auf ihre Reaktion.

»Ich möchte Ihnen eine unprofessionelle Frage stellen«, sagte sie schließlich. »Das ist mein zweiter Punkt: Ich beichte, dass ich gern mehr unprofessionelle Fragen stellen würde, jenseits der Raster, der Muster, in denen wir Polizisten denken.«

»Und was wäre das für eine Frage? Ich halte diese Herangehensweise übrigens für unbedingt sinnvoll, aber das nur nebenbei.«

Hinter ihnen entstand Unruhe, als jemand in die Kirche stürmte.

Claire sah Mallet fest in die Augen, sie wollte seine Reaktion sehen, den Sekundenbruchteil nicht verpassen, in der er sich für Lüge oder für Wahrheit entschied.

»Schlafen Sie mit Ihren …«

»Einen Arzt! Wir brauchen sofort ein Arzt. Oh mein Gott, er stirbt, jemand muss etwas tun!!«

Die Stimme der jungen Frau durchschnitt die Stille, Claire und der Psychiater sprangen von ihren Stühlen auf und starrten zur Eingangstür.

»Da draußen, der Mann! Er hat … er ist einfach umgekippt! Wir brauchen einen Krankenwagen.«

Claire stieß zwei Stühle zur Seite, Mallet, der den anderen Weg gewählt hatte, stürzte zwischen den Stuhlreihen ebenfalls in Richtung Ausgang. Sie rannte an der verzweifelten Frau vorbei und blinzelte draußen gegen das Licht der tief stehenden Sonne an. Nach und nach konnte sie die Bäume erkennen und einen kleinen Jungen, der einen Ball in der Hand hielt und weinte. Weiter rechts wurde die Fahrertür eines dunklen Bentley geöffnet, ein Mann in einem schwarzen Anzug rannte in ihre Richtung.

»Das ist Alexandre!«

Mallet stand neben ihr und deutete auf die dunkle Gestalt, die am Boden lag, direkt neben einem kleinen Beet. Nur wenige Meter daneben eine Parkbank, offenbar hatte er sich dorthin retten wollen.

»Scheiße«, fluchte Claire und rannte los. Im Laufen rief sie einen Krankenwagen und sprang im letzten Augenblick zur Seite, als sie beim Überqueren der Straße fast von einem Roller gerammt wurde. Gemeinsam mit Mallet erreichte sie Nicolas' Vater, sie stieß unsanft einige Passanten zur Seite und beugte sich über ihn.

»Alexandre, mein Gott!«, rief Mallet. »Es ist alles gut, hörst du? Hörst du mich, Alexandre! Scheiße, wir müssen ihn stabilisieren!«

»Er krampft!« Claire sah, wie sich die linke Hand des Mannes immer wieder schloss und öffnete, sein Blick flatterte, er war voller Angst.

»Hey, bleib bei uns, alter Freund«, rief Mallet und hielt Guerlains Kopf in seinen Händen. Er sah Claire an.

»Er hat seit einiger Zeit Herzprobleme. Massive Probleme, er wollte sich operieren lassen. Scheiße, Alexandre! Hörst du mich? Es wird alles gut!«

»Mein …«

»Er sagt etwas …« Claire hielt seine Hand fest. »Nicht reden, das kostet nur Kraft.«

»Bitte, mein … ich muss meinen …«

Im Hintergrund erklang die Sirene eines Krankenwagens, einige der Anwesenden winkten ihn herbei und machten Platz.

»Mein …«

Claire beugte sich weiter herunter.

»Ich kann Sie nicht verstehen. Sie müssen jetzt ganz ruhig bleiben, der Krankenwagen ist da!«

Verzweiflung lag jetzt in seinem Blick, seine linke Hand klammerte sich an ihrer fest. Claire spürte, wie Tränen in ihr aufstiegen.

»Scheiße, Sie sterben mir jetzt hier nicht weg! Sie sind echt ein Idiot, glauben Sie mir, aber Sie sterben mir jetzt hier nicht einfach weg, haben Sie verstanden?«

Für einen Augenblick wurde sein Blick etwas klarer, aus seinen Mundwinkeln lief schwerer Speichel.

»Mein Sohn.«

»Gehen Sie zur Seite, wir übernehmen!«

»Warten Sie, er will …«

»Gehen Sie! Gehen Sie alle weg, sofort! Zur Seite! Ich schneide jetzt ihr Hemd auf, Monsieur …«

Claire wurde zur Seite geschoben, Hände griffen nach ihr, sie merkte, dass sie weinte, die Sonne brannte auf ihrem Gesicht, sie hatte Léon nichts gesagt, sie musste es ihm sagen. Die Gedichte an den Wänden, die Wörter, Mallets Rufe nach Alexandre Guerlain.

Dann hörte sie die Sanitäter.

»Zurücktreten, alle! Achtung, in 1, 2, 3 …«

Claire drehte sich um, die Arme vor ihren Augen, sie wollte nichts mehr sehen, nichts mehr fühlen, sie wollte leer sein, so leer man nur sein konnte.

Und während sie das versuchte, hörte sie immer wieder Alexandre Guerlains Worte.

»Mein Sohn.«

KAPITEL 28

Bruneval, Normandie
Kurz darauf

Sie hatten nicht viel gesprochen auf den letzten Kilometern entlang der Landstraße, die sie durch kleine Weiler und schmale Täler geführt hatte. Auf einigen Anhöhen hatten sie einen Blick auf das Meer werfen können, das sich nur wenige Kilometer entfernt bis dicht an die Klippen der Alabasterküste heranschob. Die teilweise mehr als hundert Meter hohen Kreidefelsen bildeten einen gigantischen Wall zwischen den Gezeiten, eine Grenzlinie zwischen dem schillernden Licht, das die untergehende Sonne auf die Wellen warf, und den Schatten, die sich längst über das Erdreich geschoben hatten, entlang der tiefen Ackerfurchen und der knorrigen Apfelbäume.

Deauville und das Festival waren hinter ihnen zurückgeblieben, die Straße war zuerst angestiegen, nur um jetzt in weichen Windungen durch das grüne Hinterland des Pays de Caux zu führen. Immer noch schoss der Wagen durch die Stille, nicht selten quietschten die Reifen, wenn Roussel ein einsames Bauernhaus umfuhr oder einen Transporter überholte, der Äpfel geladen hatte oder Rüben.

»Stell dir vor, du kommst in ein Waisenhaus und dann noch in so einer Gegend. Abgeschiedener geht es ja wohl nicht.« Roussel zündete sich eine Zigarette an und kurbelte das Fenster hinunter. »Ganz im Ernst, noch nicht mal richtig baden kann man, da muss man schon die Klippen runterspringen und bricht sich dabei das Genick. Nein danke, dann lieber mein verregneter Norden an der belgischen Grenze.«

Nicolas las eine weitere Nachricht von Bertrand. Noemie hatte das Interview beendet und sich in ihr Zimmer zurückgezogen.

»Mal sehen, ob sie da bleibt«, murmelte er und deutete auf ein Ortsschild. »Wir sind da.«

Sie passierten den Ortseingang von Bruneval, einige wenige Häuser duckten sich unter den ausladenden Ästen der Bäume, in das kleine Tal fiel bereits jetzt kaum noch ein Sonnenstrahl, obwohl die Klippen keine zwei Kilometer entfernt waren.

»Hier rechts«, sagte Nicolas und deutete auf eine Straße, die hinauf in den Wald führte. »Etwa einen halben Kilometer, dann müsste es kommen.« Unbewusst überprüfte er den Sitz seiner Waffe, und auch Roussel sammelte sich.

»Dann wollen wir mal sehen, was uns erwartet.«

Das erste Herbstlaub raschelte unter den Reifen, als der Wagen vor einem rostigen Tor hielt. Roussel schaltete die Scheinwerfer aus, und für einen Augenblick saßen sie nebeneinander und sahen durch die Windschutzscheibe auf das Gebäude, das sich hinter einer breiten Auffahrt abzeichnete, zur Hälfte verdeckt von den Blättern mächtiger Buchen.

»Reizend«, murmelte Roussel und öffnete die Fahrertür. »Der Ort an sich ist ja schon ein Missbrauch von Schutzbefohlenen.«

Nicolas musste ihm recht geben, bereits von Weitem strahlte das Gebäude Kälte und Ablehnung aus. Als er aus dem Wagen stieg, spürte er die kühle Luft auf der Haut, über ihnen raschelten die Blätter im Wind. Nicolas näherte sich dem großen Eisengitter und blickte hindurch. Für einen Moment meinte er auf dem Gelände das Lachen von Kindern zu hören, die Ermahnungen der Erzieher, Licht hinter den

Fenstern, das nach und nach ausging, weil die Bettruhe strikt eingehalten werden musste.

»Schau dir das an. Wie es aussieht, sind wir hier genau richtig.«

Roussel war an die Mauer getreten, die zu beiden Seiten des Eisentores das Grundstück einrahmte. Ein grauer Pfeiler schloss sich an das Tor an, mit einer altmodischen Glocke, die jedoch jemand aus der Verankerung gerissen hatte. Darunter hatte jemand etwas in den Stein gekratzt, die Buchstaben waren bereits verblichen und halb von Moos überwachsen.

»Nette Begrüßung«, murmelte Nicolas und wischte etwas Dreck vom Pfeiler. Im Schein von Roussels Taschenlampe prangten drei Wörter, ungeschickt in den Stein geritzt, womöglich von einer Kinderhand vor langer Zeit.

Willkommen im Schattenland

Roussel schob mit einem Ruck das Eisentor auf, es quietschte in seinen rostigen Angeln, und Nicolas kam es für einen Augenblick vor, als würden sie die Ruhe dieses Ortes stören, eine Ruhe, die seit vielen Jahren hier geherrscht hatte.

»Was genau suchen wir?«, fragte er Roussel, während sie unter den Bäumen entlang auf das Haus zugingen, das sich schon bald mächtig und drohend über ihnen erhob. Im Erdgeschoss waren die Fenster vergittert, in den oberen Stockwerken hingen die Läden schief in den Angeln oder waren bereits heruntergefallen. Ein kalter Luftzug kam ihnen entgegen, als sie drei Treppenstufen hochgingen und das Haus durch die Eingangstür betraten, die ebenfalls schief im Rahmen hing.

Sie hatten mittlerweile beide ihre Waffe gezogen.

»Eine Kammer«, antwortete Roussel. »Er hat von einer Kammer gesprochen, vor deren Tür er Schritte gehört hat. Vielleicht finden wir dort etwas. Sonst hätte er den Hinweis nicht in seinen dämlichen Gedichten versteckt.«

»Das Haus hat sicherlich dreißig bis vierzig Zimmer, wie sollen wir hier eine einzelne Kammer finden, noch dazu im Dunkeln?«

Roussel reichte ihm eine zweite Taschenlampe.

»Eine andere Idee habe ich gerade nicht. Los geht's. Ich fange im Erdgeschoss an, du ganz oben. Wir arbeiten uns dann aufeinander zu. Das da ist offensichtlich das Treppenhaus.«

Der Strahl von Nicolas' Taschenlampe wanderte über die kahlen Wände der Eingangshalle, in der Ecke lag ein fleckiger Teppich, eine kleine Maus flüchtete vor dem ungewohnten Lichtschein in ihr Loch.

»Und Bertrand sitzt in einer Suite im Hotel und liest das ›People-Magazine‹«, murmelte Nicolas und lauschte dem Knarzen der Treppe, als er durch das Dämmerlicht nach oben ging. Vereinzelt drang etwas Licht durch ein offenes Fenster, ansonsten war es auf den einzelnen Etagen bereits nahezu dunkel. Nicolas konnte an den Wänden helle Flecken erkennen, dort, wo früher vielleicht Bilder gehangen hatten oder zumindest Kreuze. Während er unten im Erdgeschoss Roussels Schritte hörte, kam er im obersten Stockwerk an und arbeitete sich seinerseits durch die Zimmer. Für einen Augenblick meinte er, draußen das Geräusch eines Motorrads zu hören, als er sich jedoch aus einem der Fenster nach draußen lehnte, wurde er von absoluter Stille begrüßt. Der Wald sah von oben aus wie eine dunkle Masse, die im Wind hin- und herwogte. In der Ferne war das wandernde Auge eines Leuchtturms zu erkennen. Die ersten Fledermäuse kreisten über dem Hof des Hauses.

»Weiter«, murmelte Nicolas und durchschritt die einzelnen Schlafzimmer, in denen Stockbetten standen, einige von ihnen bereits vermodert, andere gebrochen. Er leuchtete in alle Ecken, durchsuchte die Badezimmer, die Duschkabinen und Aufenthaltsräume. Nirgendwo war auch nur das geringste Anzeichen für etwas Interessantes zu entdecken, nur graue Wände und leere Räume.

Als er ins Treppenhaus zurückkehrte, um im zweiten Stock weiterzusuchen, hörte er von weiter unten ein Geräusch.

»Roussel?«

Niemand antwortete.

»Ich bin im dritten Stock fertig, ich gehe jetzt eine Etage runter!«

Wieder antwortete niemand, er sah nur den Strahl von Roussels Taschenlampe, als er sich über das Treppengeländer beugte.

»Roussel?«

»Ja, hier, entschuldige! Ich war hinten in der Küche, da brennt tatsächlich noch Licht!«

Erleichtert atmete Nicolas aus, während er sah, wie sich der Schein von Roussels Taschenlampe nach oben bewegte.

»Aber unten war nichts, ich mache im ersten Stock weiter!«

»Und ich im zweiten, aber ich habe bisher auch nichts.«

Nicolas ging nach unten, mittlerweile drang auch von außen kein Licht mehr ins Haus. Das zweite Stockwerk war ähnlich aufgebaut wie das darüberliegende: ein langer Gang zu beiden Seiten des Treppenhauses, Schlafeinheiten mit Stockbetten, vereinzelte Badezimmer, Duschen und Aufenthaltsräume. Nicolas leuchtete in jede Ecke, er mochte sich nicht vorstellen, wie das Leben der Kinder hier gewesen sein mochte. Eine feste Hand, die sie führen wollte, die zu einer Faust wurde, die sie schlug, so lange, bis nur noch ein Ausweg geblieben war. Roussel hatte ihm erzählt, dass der Mann, der sich Poet nannte, von einer Flucht mit Bettlaken erzählt hatte. Wenn sie geglückt war, dann hatte er die Schließung des Heims nicht mehr miterlebt.

Aber was musste hier in diesen Mauern geschehen sein, um aus zwei Jungen die Männer zu machen, die sie schließlich geworden waren. Beide besessen von einer kranken Idee, einer Leidenschaft, die tödlich endete.

Baudelaire der eine.

Noemie der andere.

Sein Lichtstrahl fiel auf eine kleine Vertiefung in der Wand, in die eine Klappe eingelassen war. Gerade groß genug, um als Kind dort hineinzugelangen. Nicolas bückte sich, leuchtete mit der Taschenlampe in die Dunkelheit.

Er wusste sofort, dass er hier richtig war.

»Roussel! Ich hab die Kammer!«

Mit einem quietschenden Geräusch schob er mühsam die schmale Tür auf, er musste husten, weil es jede Menge Staub aufwirbelte. Mit seiner Taschenlampe leuchtete er in die kleine Kammer hinein, die sich hinter der Tür verbarg. Sie war keine drei Meter breit und etwa zwei Meter tief, auf der linken Seite war ein Metallregal befestigt, in dem er völlig aufgelöste Putzlappen und einen Eimer entdeckte. Weiter oben sah er ein winziges Fenster in der Außenwand.

»Roussel!«

Er fluchte, als sein Gesicht sich in einem großen Spinnennetz verfing, der Strahl seiner Lampe glitt über den rissigen Boden und über die Wände.

Die Wände, die vollgeschrieben waren mit Wörtern und Zeilen, mit den Hinterlassenschaften eines Jungen, der seine Strafe hier abgesessen hatte und der sich in dieser Zeit selbst verloren hatte.

Nicolas fuhr mit den Fingern über die Schrift, er beleuchtete die Wörter, suchte nach einem Anfang, drehte sich im Kreis und entdeckte, dass selbst die Decke beschrieben war.

»Es ist immer das gleiche Gedicht, Roussel! Aber es ist ein anderes! Roussel?«

Mit seinem Handy machte er Aufnahmen davon, von den einzelnen Zeilen, die sich meterlang und in Zentimeterabständen über die Wände ergossen. Wie oft musste der Junge hier drin gesessen haben, wie lange hatte er für all das Zeit gehabt?

Und warum antwortete Roussel nicht?

Nicolas ging rückwärts aus der Kammer und leuchtete mit seiner Taschenlampe den Gang entlang. Ein Schatten schob sich im Treppenhaus die Stufen herauf.

»Roussel?«

»Nicolas! Achtung!«

Roussels Stimme war von unten gekommen, Nicolas ließ instinktiv die Lampe fallen und warf sich hinter die geöffnete Tür der Kammer.

Den Bruchteil einer Sekunde später schlugen dicht neben ihm zwei Kugeln in den Stein. Er warf sich zur Seite, als er merkte, dass zwei weitere Kugeln die dünne Metalltür trafen, hinter der er kauerte.

Er griff nach seiner Waffe, legte sich flach auf den Boden und feuerte zwei Schüsse ab, ohne sein Ziel zu sehen, ohne überhaupt zu wissen, wer dort im Treppenhaus auf ihn geschossen hatte. Aber es gelang ihm, sich damit selbst für einen kurzen Moment Deckung zu geben, er hechtete aus seinem Versteck und landete hinter einer dickeren Wand auf der anderen Seite des Ganges. Aus den Augenwinkeln hatte er die Gestalt wahrgenommen, die aus Richtung des Treppenhauses nun erneut auf ihn zielte.

Wieder krachte neben ihm eine Kugel in die Wand.

»Polizei!«, rief er. »Waffe runter!«

Die Antwort kam prompt in Form weiterer Schüsse in seine Richtung. Nicolas duckte sich, um nicht von umherfliegenden Mauerteilen im Gesicht getroffen zu werden, und warf, als die Schüsse aussetzten, einen kurzen Blick ins Treppenhaus.

Die Gestalt war verschwunden.

»Roussel!«

»Hier unten! Er hat mich …«

Erneute hörte Nicolas Schüsse, diesmal aber von weiter unten. Offenbar hatte Roussel versucht, den Mann zu treffen, der aus den Schatten heraus plötzlich aufgetaucht war. Er hörte Schritte im Erdgeschoss, dann das Knirschen von Kies vor dem Haus. Nicolas rappelte sich auf, stürzte mit gezogener Waffe das Treppenhaus hinab. Roussel lag mit schmerzverzerrtem Gesicht und gezogener Waffe hinter einem Vorsprung. Offenbar hatte der Mann ihn zuvor niedergeschlagen.

»Ich hab ihn, glaube ich, nicht erwischt! Er ist runter und dann raus!«

Nicolas fasste den Griff seiner Waffe fester und sprang die Stufen hinab ins Erdgeschoss. Als er den Eingangsbereich erreichte, hörte er das Starten eines Motorrads. Er hechtete nach draußen und sah, wie eine dunkle Gestalt sich auf eine Geländemaschine schwang und die lange Auffahrt hinunter zum Eisentor raste. Ohne zu zögern, rannte Nicolas weiter über den Vorplatz des Waisenhauses, er tauchte in die Schatten der Bäume ein, die seitlich der Auffahrt standen, fixierte das rote Rücklicht der Maschine, den dunklen Helm, der im Mondschein glänzte.

Die Maschine war viel schneller als er, dennoch rannte Nicolas weiter. In fünfzehn Metern würde der Mann die Straße erreichen und nicht mehr einzuholen sein. Nicolas hielt abrupt an und legte seine Waffe, die er noch in der rechten Hand hielt, über seinen linken Unterarm, den er vor der Brust abgewinkelt hatte.

Zehn Meter. Die Maschine bremste kurz ab, der Mann würde nach links abbiegen und in der Dunkelheit verschwinden.

Nicolas atmete tief ein und schloss die Augen für einen kurzen Moment.

Öffnete sie.

Und zog den Abzug zweimal ruhig durch.

Die zweite Kugel traf den hinteren Reifen in dem Augenblick, in dem der Fahrer den Lenker herumreißen wollte. Durch den Schwung wurde die Maschine nach außen getrieben, Nicolas hörte einen Knall, als die Luft aus dem Reifen entwich, der Fahrer verlor auf dem rutschigen Herbstlaub die Kontrolle.

Funken stoben auf, als das Motorrad über den Asphalt glitt, dann das scheppernde Geräusch von Metall, der Aufprall der Maschine auf einen Erdhügel, hinter dem der dunkle Wald begann.

Aber da rannte er schon wieder. Hinter ihm kam Roussel fluchend aus dem Haus, rief nach ihm, aber Nicolas hatte das Eisentor bereits erreicht und kurz darauf auch schon die Maschine, deren Lichtkegel sich im dunklen Wald verlor.

Von dem Fahrer fehlte jede Spur.

Nicolas sah die Straße hinauf und hinunter, und da er nichts entdecken konnte, rannte er einfach einem Instinkt folgend geradeaus in den Wald hinein.

Dornenbüsche hinterließen tiefe Kratzer auf seiner Haut, als er sich im vollen Lauf zwischen den Bäumen hindurchschlängelte. Es wurde immer dunkler und der Wald immer dichter, je weiter er sich von der Straße entfernte. Er stolperte über hervorstehende Wurzeln, rutschte einen kleinen Abhang hinunter, und Zweige peitschten gegen seinen Körper.

Und schließlich sah er ihn.

Immer noch mit dem Motorradhelm auf dem Kopf, rannte die Gestalt etwa fünfzig Meter weiter vorn über eine kleine Lichtung und von dort wieder mitten hinein in den dichten Wald. Nicolas sprang den Abhang hinunter, an dem er gerade noch gestanden hatte, jagte über die Lichtung und tauchte kurz darauf in die vollkommene Dunkelheit der Bäume ein.

Instinktiv verlangsamte er seine Schritte, tastete sich von Stamm zu Stamm, blieb stehen, lauschte auf Schritte.

Der weiche Boden gab unter seinen Füßen nach, in den

Baumkronen über ihm rauschte der Wind. Sein eigener Herzschlag schien alles zu übertönen.

Langsam schlich er weiter durch das Dickicht, mied dünne Äste auf dem Boden, versuchte, sich zu konzentrieren. Er fragte sich, ob derjenige, den er verfolgte, ihn sehen konnte oder hinter dem nächsten Baum auf ihn lauerte.

Plötzlich war da Licht.

Nicolas war zunächst irritiert, als ein heller Strahl durch das Blätterwerk irrte, über den Boden wanderte, ihn kurz blendete, bis er schließlich weiterzog und ihn in vollkommener Dunkelheit zurückließ.

Nicolas blieb stehen, schwer atmend, er sah, wie das Licht zurückkehrte, nach ihm suchte, so jedenfalls schien es ihm.

Bis er begriff, was er sah.

Langsam machte er ein paar Schritte vorwärts, er hörte das Rauschen der Brandung, schmeckte das Salz in der Luft. Dann sah er den Turm, dahinter die endlose Weite des Meeres und ganz weit hinten den letzten Strahl der Sonne, die sich, müde von ihrem Tagwerk, verabschiedete.

Das Licht des Leuchtturms durchschnitt den purpurnen Himmel, der hier draußen, außerhalb des Waldes, längst nicht so dunkel war, wie es ihm noch vor wenigen Sekunden vorgekommen war.

Das Knacken neben sich hörte er zu spät.

Den Ast, der ihn traf, spürte er nur kurz.

Das Gras, auf dem er aufschlug, erschien ihm seltsam weich.

Alles verschwamm, der Himmel, das Licht, die Bäume. Hinter dem Horizont erklang eine Stimme, sie war hell und klar und sie rief ihn. Eine kühle Brise streifte sein Gesicht, seine Lider flackerten und er konnte einen Schatten erkennen, der sich über ihn beugte.

Alles drehte sich, schob sich übereinander, die Erinnerungen, die Ängste, die Hoffnung.

Er wollte etwas sagen, aber kein Wort kam aus seinem Mund, seine Zunge klebte wie totes Fleisch an seinem Gaumen, irgendwo waren Wellen zu hören, der Abschiedsgruß einer Möwe, hoch über ihm.

Er erkannte sein eigenes zerkratztes und blutiges Gesicht in der Spiegelung eines Motorradhelmes. Eine Waffe war auf ihn gerichtet.

Eine Stimme drang an sein Ohr. Sie war weder dunkel noch hell, sie war weder laut noch leise.

Zwei Wörter. Eine Widmung.

Zum Abschied.

Für Noemie

Der Stein krachte seitlich gegen das Visier, Plexiglas splitterte, der Getroffene schrie überrascht auf. Nicolas hatte den Stein in letzter Sekunde ertastet, hatte ihn gepackt und mit letzter Kraft aus dem Erdreich gezogen, wie einen Dorn aus dem eigenen Fleisch. Jetzt sah er, wie der Schatten wankte, sich entfernte, wieder verschwamm alles, er hörte zwei Schüsse, einen Schrei, wieder zwei Schüsse.

Dann sackte er weg, sein Kopf auf dem Gras, den purpurnen Himmel und den Lichtstrahl des Leuchtturms, der sich über dem Meer verlor, über sich. Dann nichts.

Das Letzte, was er hörte, war das Wimmern eines Hundes.

KAPITEL 29

Hôpital Jacques Monod, Le Havre
Zwei Stunden später

Es war das Schweigen, das Nicolas im Nachhinein in Erinnerung bleiben würde, am Ende dieses Tages voller Niederlagen. So wenig war gewonnen worden in den vergangenen Stunden, so vieles verloren.

Wieder einmal.

Das Wimmern des Hundes würde nicht verstummen in dieser Nacht, er wusste es, lange bevor er Schlaf finden würde, auf dem Sofa einer Suite im mondänen »Hôtel de la Plage«.

Zunächst aber war da das Schweigen, das sich zu ihnen gesellte und sie nicht mehr losließ, ein Schweigen der Erschöpfung und der Niederlage. Roussel und er hatten sich durch den Wald zurück zu dem Gebäude geschleppt, das die Kinder, die hier gelebt hatten, *Schattenland* getauft hatten. In der Küche hatten sie eine funktionierende Wasserleitung gefunden, sie hatten sich das Blut und den Dreck aus ihren Wunden gewaschen und die Wut aus ihrem Gesicht. Sie hatten kaum gesprochen, zu sehr war jeder mit sich selbst beschäftigt gewesen, mit der Tatsache, dass alles hätte anders kommen können, wenn sie nicht unfassbares Glück gehabt hätten.

Roussel war in letzter Sekunde zwischen den Bäumen aufgetaucht, als die Gestalt gerade dabei war, sich von Nicolas' Schlag zu erholen.

»Ich hab ihn erwischt«, hatte er noch gemurmelt. »Ich hab

ihn am Arm getroffen.« Dann war er am Fuß einer Birke zusammengesunken.

Schließlich waren sie schweigend zurückgefahren, während sich die Schatten in den Wagen geschoben hatten, die Schatten der Bauernhäuser, der Apfelbäume und der im Wind schwankenden Laternen. Roussel hatte aus dem Auto heraus eine ganze Armada von Kollegen der Spurensicherung aus Le Havre in das verlassene Waisenhaus beordert. Sie würden jeden Zentimeter absuchen, sie würden nach Blutspuren suchen, da, wo der unbekannte Mann angeschossen worden war. Vor wenigen Minuten hatte sich ein Kollege gemeldet, das Motorrad, auf dem der Mann hatte fliehen wollen, war am Tag zuvor in einem kleinen Dorf im Hinterland geklaut worden. Und jetzt berichtete er den Kollegen in Deauville am Telefon in knappen Worten von dem Zwischenfall.

»Was wollte der Typ an diesem Ort«, fragte er, nachdem er aufgelegt hatte. »Was hat er gesucht?«

»Vielleicht wusste er es ja selbst nicht so genau«, mutmaßte Nicolas. »Wir hatten ja auch mehr erwartet als weitere Zeilen an der Wand.«

Nicolas betrachtete die Fotos, die er in der Kammer gemacht hatte, auf dem Display seines Handys und tippte eine der Zeilen in eine Suchmaschine ein. Als er begriff, welches Gedicht von Baudelaire Joshua Minart an die Wände geschrieben hatte, pfiff er leise durch die Zähne.

»Das nenne ich mal eine Ansage.«

»Wie heißt es?«, hatte Roussel gefragt.

»›Die Zerstörung‹.«

Dann hatten sie wieder geschwiegen, beide gemeinsam und jeder für sich. Nicolas hatte von Bertrand erfahren, dass Noemie auf einem Ausflug an die Bar bestand, wo sie mit der Schauspielerin Isabell Adjani verabredet war. Nicolas hatte zugestimmt, es würden weitere Personenschützer anwesend sein.

Aus den engen Straßen entlang der Äcker und Täler war eine breite Landstraße geworden, schließlich die Autobahn, die hinab ins Seine-Tal führte und von dort über die Brücke zur Blumenküste.

Dann war der Anruf gekommen, und sie hatten bei Le Havre die Autobahn verlassen und waren zum Krankenhaus gefahren, mit Blaulicht auf dem Dach und durchgedrücktem Gaspedal.

»Kommt er durch?«, hatte Roussel gefragt.

»Sie sagen Ja«, meinte Nicolas, während er nachdenklich aus dem Fenster schaute. Solange er sich erinnern konnte, hatte er mit seinem Vater gerungen, ihn in den vergangenen Jahren sogar als offenen Feind betrachtet, der ihre Beziehung seinen eigenen Interessen geopfert hatte.

Jetzt lag er in einem Bett im Hôpital Jacques Monod am äußersten Rande von Le Havre, und Nicolas spürte, dass er seine Betroffenheit nur schwer einordnen konnte. Er dachte an seine Mutter, die zwar schon seit Langem von seinem Vater geschieden war, die ihn aber nie ganz aufgegeben hatte, trotz seiner Kälte und seiner Machtspiele, in die er Nicolas immer wieder hineingezogen hatte.

Roussel setzte ihn am Haupteingang ab und fuhr weiter nach Deauville, um trotz der vorgerückten Stunde die Ermittlungen fortzuführen. Nicolas würde sich später ein Taxi nehmen oder mit seiner Mutter fahren. Er traf sie in einem kleinen Wartebereich vor einem Kaffeeautomaten, und sie hatte sichtlich Mühe, nicht in Tränen auszubrechen – was sie dann, als Nicolas sie in den Arm nahm, schließlich doch tat.

»Ich habe es gewusst«, sagte sie leise, nachdem sie sich gesetzt hatten. Sie waren allein im Raum, aus ihren Kaffeebechern dampfte es.

»Wir haben uns getroffen, in Paris. Da habe ich es gesehen, dass es ihm nicht gut geht.«

Nicolas hörte ihr schweigend zu, unterbrach sie nicht. Immer noch wartete er auf seine eigenen Gefühle, immer noch wunderte er sich über die Ruhe, die sich in ihm ausbreitete.

»Sie sagen, es war ein schwerer Herzinfarkt«, fuhr sie mit bebender Stimme fort. »Er wusste, dass das passieren konnte, immer wieder hat er die OP verschoben, konnte die Zeit nicht erübrigen. Dieser verdammte Job, er hat ihm alles geopfert, mich, dich, jetzt auch sich selbst!«

Nicolas reichte ihr ein Taschentuch. Sie sah ihn forschend an.

»Du siehst schlecht aus. Ich dachte, da oben bei Myriam, da erholst du dich.«

Nicolas lächelte.

»Das habe ich auch. Es ist nur eine kurze Auszeit vom Erholen, mach dir keine Sorgen um mich, Maman.«

»Ich will dich nicht auch verlieren.«

»Du verlierst niemanden, glaub mir.«

»Madame Guerlain? Der Chefarzt könnte jetzt mit Ihnen sprechen.«

Eine Krankenschwester war durch eine Schiebetür gekommen, mit einem Lächeln bat sie Nicolas' Mutter, ihr zu folgen.

»Kann ich zu ihm? Ich meine, zu meinem Ex-Mann, kann ich zu ihm.«

Die Krankenschwester nickte.

»Ja, das können Sie. Sie und Ihr Sohn. Aber das machen wir gleich, der Chefarzt hätte jetzt Zeit für Sie.«

Die Tür schloss sich hinter den beiden Frauen, und für einen Augenblick saß Nicolas allein in dem Warteraum, einen Kaffeebecher in der Hand und sein Spiegelbild auf der schwarzen Glasfläche des Kaffeeautomaten.

Der Tag hatte ihn gezeichnet.

Nach einer Viertelstunde kam die Krankenschwester zurück, lächelte ihn an und nahm sich ebenfalls einen Kaffee.

»Wann kann ich zu meinem Vater?«, fragte Nicolas freundlich.

»In wenigen Minuten. Sie sind Monsieur Bailly? Ich müsste Ihre Personalien noch aufnehmen.«

Nicolas sah sie irritiert an.

»Mein Name ist Guerlain. Nicolas Guerlain. Wie mein Vater, gleicher Familienname.«

Jetzt war sie es, die verwirrt ihre Unterlagen prüfte, die sie auf einem Klemmbrett bei sich trug.

»Ach so? Seltsam, hier steht als Sohn ein Monsieur Bailly. Das muss eine Verwechslung sein, das tut mir leid.«

»Es ist keine Verwechslung.«

Die Stimme kam aus dem Gang, der vom Haupteingang in den Wartebereich führte. Nicolas drehte sich um und sah einen schlanken, hochgewachsenen Mann auf sich zukommen. Er trug einen dunklen Anzug und eine passende Krawatte, als wäre dies bereits die Beerdigung des Mannes, der hinter der Schiebetür um sein Leben kämpfte.

Die Hitze drang durch die dünne Wand des Kaffeebechers, der Geruch nach Desinfektionsmittel lag in der Luft. Erst als er aufstand, merkte er, dass sein Kopf höllisch schmerzte und die Platzwunde an seiner Stirn pochte. Die Krankenschwester blätterte in ihren Unterlagen, während der Mann im Anzug näher kam, unsicher, zögernd und doch gewillt, dieser Situation nicht auszuweichen.

Nicolas hatte sich geirrt. Er hatte den Mann nie zuvor gesehen.

Aber sie standen sich viel näher, als er jemals hätte ahnen können.

Er stand da und sah dem jungen Mann, der nun mit zusammengepressten Lippen vor ihm stehen blieb, in die Augen.

»Sie sind Léandre Bailly?«, fragte die Krankenschwester schließlich.

Er hatte keine Wahl mehr.

Ebenso wenig wie Nicolas.

»Das bin ich«, sagte er leise.

»Das ist er«, sagte Nicolas. »Mein Halbbruder.«

Teil drei

DIE ZERSTÖRUNG

Befragung des Zeugen:
Bailly, Léandre, geb. 06.08.1994,
Service de la protection (SDLP), Paris
Uhrzeit: 00:16 Uhr
Anwesend: Serge Roscoff, Interne Ermittlung,
Polizeidirektion Caen
Auszug aus dem Protokoll

»Mögen Sie Gedichte, Léandre? Ich darf doch Léandre sagen, oder?«

»Natürlich. Warum bin ich hier?«

»Oh, reine Routine. Das übliche Vorgehen nach einem solchen Vorfall. Wobei Sie mir sicherlich zustimmen, dass ›üblich‹ ein nicht ganz passender Begriff ist, bei alldem, was passiert ist, oder?«

»Da würde ich Ihnen tatsächlich zustimmen.«

»Schlimme Sache, nicht wahr?«

»Welche Sache meinen Sie?«

»Ich weiß nicht. Alle, womöglich. Aber fangen wir doch am Anfang an. Gedichte – interessieren Sie sich dafür? Poesie, Lyrik, Reime, das ganze Zeug, würden Sie sagen, dass Sie damit etwas anfangen können?«

»Ich habe Baudelaire in der Schule durchgenommen. Ich fand … ich weiß nicht, ich fand ihn sehr düster, aber es hat mir schon gefallen, ja, doch. Ohne dass ich sagen könnte, warum. Aber seine Sprache, ich fand sie … kräftig. Kann man das sagen?«

»Ich weiß nicht, kann man? Sie wirken sehr reflektiert, Léandre. Sie haben eine gute Ausbildung genossen, waren ein guter Schüler. Ungewöhnlich für …«

»Einen Personenschützer? Keine Sorge, wir lesen auch mal ein Buch in unserer Freizeit.«

»Beruhigend, das zu hören. Kannten Sie das Gedicht ›Die Zerstörung‹ von Baudelaire, bevor Zeilen daraus aufgetaucht sind, am Tag des Festivals?«

»Nein, ich kannte es nicht. Ich habe dort zum ersten Mal davon gehört.«

»Dunkle Zeilen, nicht wahr?«

»Das kann man wohl sagen.«

»Was dachten Sie, als Sie sie gelesen haben?«

»Ich dachte, dass wir womöglich eine sehr ernste Bedrohungslage haben werden, am Abend auf dem roten Teppich. Und dass wir diesen Einsatz gut vorbereiten müssen.«

»Hatten Sie Angst, Léandre?«

»Nein, ich war den ganzen Tag fokussiert.«

»Sie wirken sehr reif für Ihr Alter, wenn ich das sagen darf. Immerhin sind Sie noch in der Ausbildung. Sie hätte eigentlich gar nicht am Festival teilnehmen sollen, wie kam es dazu?«

»Die Sicherheit von Noemie Rey war stark gefährdet. Es wurde ein weiterer Personenschützer angefordert, und weil es zeitlich sehr knapp war, hat man bei uns angefragt.«

»Sie meinen im Manoir d'Ango, bei Ihrem Teamleiter?«

»Exakt. Er hat mich dann sozusagen ausgeliehen.«

»Verstehe. Sie sagten, Sie hätten Ihren Einsatz am Abend gut vorbereitet. Warum ist dann doch alles schiefgegangen?«

»Ich würde nicht sagen, dass alles …«

»Wie würden Sie es dann bezeichnen, wenn mitten auf dem roten Teppich ein Attentat verübt und jemand niedergeschossen wird.«

»Es ist Aufgabe der örtlichen Polizei, im Vorfeld …«

»Kommen Sie, Léandre, erzählen Sie mir nicht, dass Sie

keinen Fehler gemacht haben. Sie haben es verbockt, nicht wahr.«

»Ich verstehe nicht, worauf Sie hinauswollen.«

»Wir wollen auf gar nichts hinaus, Léandre. Wir sind hier, um die Ereignisse rund um das Festival zu verstehen. Wir wollen sie einordnen und die Zuständigkeiten klären. Wer hatte die Verantwortung für die Sicherheit von Noemie Rey?«

»Nun, das gesamte Team war verantwortlich, und wir …«

»Das ist Blödsinn. Nicolas Guerlain hatte die Leitung Ihres kleinen Teams inne. So war es doch.«

»Das ist richtig.«

»Und dann lief alles schief, es kam zu dem Attentat und zu den wirklich schrecklichen Ereignissen im Anschluss. Da ist es doch normal, wenn wir das klären wollen, oder?«

»Natürlich.«

»Wo ist Nicolas Guerlain, Léandre?«

»Das weiß ich nicht, ich war nicht …«

»Sie sind Brüder.«

»Halbbrüder.«

»Schützen Sie ihn deshalb?«

»Ich schütze niemanden. Ich werde jetzt gehen.«

»Verraten Sie mir zuerst, wo er ist! Verdammt, wir werden ihn ohnehin finden!«

»Er ist fort. Verschwunden. Er hat keine Postkarte hinterlassen und keine Nachsendeadresse. Und Sie liegen falsch, Monsieur, wenn Sie davon ausgehen, dass Sie ihn finden werden, eines Tages. Das werden Sie nicht. Und wissen Sie auch, warum?«

»Sagen Sie es mir.«

»Weil es jemanden gibt, der das verhindert.«

»Und wer sollte das sein?«

»Das wissen Sie doch genau.«

»Sie meinen nicht im Ernst, dass ausgerechnet …«

»Au revoir, Monsieur. Viel Spaß bei der Suche.«

KAPITEL 30

Commissariat von Deauville
Der Tag des Festivals

Die Wörter verhakten sich in seinem Kopf. Die Zeilen umwanden seine Gedanken wie eine Schlange ihr hilfloses Opfer. Es schien ihm, als klebten die Reime an der Innenseite seines Schädels, als läge er in einem Meer voller Wörter, das ihn zu verschlingen drohte.

Er lag auf seiner Pritsche und schwitzte, die Augen aufgerissen, den Blick an die Decke gerichtet, die hell war und weiß, weil er keinen Stift hatte und damit keine Möglichkeit, die Wörter aus seinem Kopf zu lassen.

»Der Dämon regt sich mir zur Seite, unentwegt.«

Er sprach kaum hörbar, seine trockenen Lippen öffneten sich nur wenige Millimeter. Er sah den Wörtern nach, wie sie durch den Raum flogen, lahm und flügellos, nur getrieben von seinem Wunsch, dass sie an den Wänden einen schwarzen Abdruck hinterlassen mochten. Doch alles blieb weiß, kahl und leer.

Es brach ihm das Herz. So war es nicht geplant gewesen.

»Wie ungreifbare Luft umschweb er meine Sphäre.«

So hatten sie es nicht besprochen.

Und doch hatte er es geahnt, nicht gewusst vielleicht, aber doch geahnt. Er würde seine Wörter über die Stadt ergießen, würde sie einsetzen als seine Waffe, würde die Blinden wieder sehen lassen, so, wie er es schon immer gewollt hatte.

Sein Bruder hatte ihn ermutigt.

»Lass die Blinden wieder sehen«, hatte er geflüstert, und dabei hatten sie vor dem Foto gesessen, das die Frau gezeigt hatte.

Die Schauspielerin.

»Ich schütze sie. Sie ist in Gefahr.« Das waren seine Worte gewesen, und sie hatten richtig geklungen und rein.

Endlich eine Aufgabe. Endlich ein Sinn.

Jetzt, da er auf der Pritsche lag, schwitzend und angefüllt mit seinen Wörtern, die einen Ausweg suchten, kam ihm diese Hoffnung so unfassbar lange her vor und so töricht zugleich. Aber er hatte einen Schwur abgelegt, sie würden sie gemeinsam schützen und die Blinden wieder sehend machen. Er würde diesen Schwur nicht brechen. Er hatte in seinen Zeilen Warnungen versteckt, aber er würde seinen Schwur nicht brechen.

Es war das Letzte, was ihn noch hielt.

»Ich bin der Poet, der seinen Schwur nie brechen wird«, hatte er gesagt, damals, als sie an den weißen Knoten hinabgeklettert waren, hinein in den Nebel des Waldes, durch den später der Schein der Taschenlampe gewandert war.

Er war zurückgekommen, damals. Sein Bruder.

Er hatte ihn herausgeholt aus den Schatten, aus dem Land der dumpfen Schläge. Und er hatte geschworen, immer für ihn da zu sein.

»Ich spüre, wie, geschluckt, er in der Lunge Feuer legt.«

Heute war es so weit.

Er hatte beschlossen, sich einsperren zu lassen, um nicht teilhaben zu müssen an den Taten seines Bruders. Und nun lag er hier, vor sich die weiße Wand.

Sie würden seine Hinweise finden, sie hatten das *Schattenland* besucht.

Es gab Hoffnung.

Törichte, einfältige Hoffnung.

»Und bluttriefend das Rüstzeug der Zerstörung.«

Als es draußen hell wurde und das erste Licht des Tages durch das kleine Fenster fiel, da bekam der Mann, den sie immer schon »den Poeten« genannt hatten, das nicht mehr mit, weil er längst feststeckte in einem Traum, in dem die Wände, an denen seine Wörter kauerten, immer näher rückten. Bis es schließlich nur noch ein Spalt war, aus dem seine Hand herausragte. Sie hielt einen schwarzen Stift und malte Buchstaben in die Luft.

KAPITEL 31

Deauville, »Hôtel de la Plage«
6:35 Uhr

Diesmal starb sie.

Es war eine simple, aber schmerzhafte Erkenntnis, die Nicolas kalt lächelnd begrüßte, als er in den Halbschatten des neuen Tages auf dem Sofa erwachte. Sein Herz schlug schnell, seine Stirn war schweißnass, seine Hand auf dem Griff der Waffe, die er zwischen die Kissen geschoben hatte. Er schloss kurz die Augen, versuchte sich an die Details seines Traumes zu erinnern, weil es letztendlich gesünder war, als sie immer fortzuschieben.

Er sah Julie, wie sie dort auf dem Sand kniete, er meinte das kalte Wasser des Meeres zu spüren, das bereits an seiner Unterlippe leckte, todbringend und unnachgiebig. Den Schatten über sich, mächtig und dunkel. Der Schmerz, den die blutigen Einschnitte der Seile an seinen Hand- und Fußgelenken verursachten, schien ihm real, er meinte die Kälte wahrzunehmen, die sich in seinem Körper breitgemacht hatte.

Er würde hier sterben, und er konnte nichts dagegen tun.

Aber diesmal starb sie zuerst, der Schuss und sein eigener Schrei weckten ihn, und nun lag er hier, mit schmerzendem Kreuz und der Einsicht, dass nicht jedes Erwachen Erleichterung brachte. Er ahnte, dass dieser Traum ihn den ganzen Tag verfolgen würde, die Schatten würden weiter nach ihm greifen, das Wimmern des Hundes nicht verstummen.

Er war noch lange nicht geheilt von den Geistern der Insel,

die ihn immer wieder heimsuchten – und die Erlebnisse der zurückliegenden Tage waren nicht dazu geeignet, dies zu ändern.

Langsam öffnete Nicolas die Augen, versuchte sich zu orientieren, die Hoheit über seine Gedanken zurückzuerobern.

»Ist alles in Ordnung?«

Er war schlagartig wach und blickte auf den schmalen Schatten, der in der Tür stand, direkt vor der Couch. Noemie hatte sich nur den Kapuzenpullover übergezogen, den seine Mutter ihr aus der Boutique hochgebracht hatte.

»Du hast geschrien im Schlaf«, sagte sie und gähnte hinter vorgehaltener Hand. »Ein Albtraum?«

Nicolas setzte sich auf und suchte nach dem T-Shirt. Noemie angelte es von einer Stuhllehne und warf es ihm zu.

»Wer ist Julie? Den Namen hast du zweimal gerufen.« Sie setzte sich auf einen Sessel, die Arme um die herangezogenen Knie geschlungen.

»Eine gute Erinnerung«, sagte Nicolas, während er sich das T-Shirt überzog und sich müde durch die Haare fuhr. Die Nacht war kurz gewesen, er war direkt vom Krankenhaus in Le Havre zum Hotel zurückgefahren.

»Deine Ex-Freundin?«, fragte sie mit einem Lächeln.

Er überlegte kurz, bevor er antwortete, vielleicht, weil er zum ersten Mal auf diese Frage antworten musste. Vielleicht auch nur, um Zeit zu gewinnen.

Er wählte schließlich die einfachste Variante: Er sagte gar nichts.

»Wie war der Abend mit Bertrand?«, fragte er.

»Keine Sorge, Nicolas. Ich habe ihn nicht verführt, falls dir das Sorgen macht!«

»Ich wollte nur …«

Sie lachte und legte ihren Kopf schief. Ihm fiel auf, dass sie deutlich besser gelaunt war als am Vortag.

»Schon klar, Nicolas. Nein, ganz im Ernst, er hat gut auf

mich aufgepasst, ich durfte sogar in der Bar mit ein paar Kollegen etwas trinken gehen, ohne dass er sich gleich auf sie gestürzt hat. Er saß am Nachbartisch und hat mindestens sieben Schalen Erdnüsse gegessen.«

Nicolas schwang die Beine vom Sofa und streckte sich. Noemie beobachtete ihn, durch die geschlossenen Fensterläden drangen die ersten Sonnenstrahlen des Tages, das Geräusch vorbeifahrender Autos war zu hören und die ersten Straßenverkäufer, die das Programmheft des Festivals anboten.

Das Internationale Festival des amerikanischen Films würde am Abend beginnen, es war ein wichtiger Tag für die Stadt.

»Hör zu, Nicolas«, sagte Noemie schließlich leise und schob sich eine Haarsträhne hinter ihr rechtes Ohr. »Es tut mir leid wegen gestern, ich war ... nicht sonderlich freundlich. Es ist nur ...«

»Ist schon okay, Noemie«, sagte Nicolas. »Es ist nicht einfach für dich, ich kann nicht verlangen, dass das alles spurlos an dir vorbeigeht. Aber wir werden den heutigen Tag gut überstehen, du wirst sehen. Wir haben eine Spur, vielleicht schaffen Roussel und seine Leute es, den Mann vor Beginn des Festivals ausfindig zu machen.«

Nachdenklich sah sie ihn an.

»Vielen Dank, Nicolas. Wirklich. Ich weiß, dass ich nicht immer einfach bin ...«

»Schön formuliert.«

»Nein, im Ernst. Ich wollte nur ... also, du sollst wissen, dass ich mich bei dir gut aufgehoben fühle.«

Nicolas sah sie aufmerksam an, es lag Zerbrechlichkeit und Unsicherheit in ihrem Blick. Und Nervosität am Beginn dieses für sie so wichtigen Tages. Er wollte gerade etwas erwidern, als sie beide von einem Klopfen am Türrahmen aufgeschreckt wurden.

»Ich störe euch beide ja nur ungern, aber ehrlich gesagt

halte ich es keine Sekunde länger aus. So eine Nacht in der Badewanne ist dann irgendwann auch vorbei!«

Mit offenem Mund starrte Noemie den jungen Mann an, der soeben aus dem großen Badezimmer der Suite gekommen war und jetzt lächelnd im Türrahmen stand.

»Habt ihr schon Kaffee bestellt? Und dann müssten wir unseren kleinen WG-Plan aufstellen, wer als Erstes duschen darf zum Beispiel. Guten Morgen erst mal.«

»Guten Morgen, Léandre«, sagte Nicolas und blickte Noemie entschuldigend an.

»Keine Sorge, das ist der letzte Personenschützer, den ich ohne Vorwarnung bei dir einschleuse. Aber nach dem gestrigen Abend hielt ich es für notwendig, dass wir außer Bertrand noch einen weiteren Mann dazuholen. Und Léandre war zufällig gerade frei. Dass er dich beschützen kann, hat er gestern ja schon bewiesen, du bist also in besten Händen. Tut mir leid, wenn es etwas überraschend kommt.«

Noemie brauchte einige Sekunden, um sich zu sortieren. Dann sagte sie fast etwas resigniert: »Ich glaube, dieses Festival werde ich so schnell nicht vergessen. Aber gut, Nicolas, du bist der Chef, was die Sicherheit betrifft. Léandre – herzlich willkommen im Zentrum des Wahnsinns. Hast du dir das auch gut überlegt?«

Léandre lächelte und sah zu Nicolas hinüber.

»Nein. Aber manchmal entwickeln sich die Dinge anders, als man denkt. Und jetzt bin ich hier, und wir sollten wirklich dringend Kaffee bestellen.«

Noemie lachte, stand auf und zog sich den langen Pullover noch etwas weiter über die Hüften.

»Wo ist Bertrand?«

Nicolas sah auf seine Armbanduhr.

»Er hat bei einer Bekannten übernachtet. In zehn Minuten wird er klopfen.«

»Gut, dann würde ich sagen: Das Bad gehört euch. Ich werde etwas länger brauchen, und bis dahin kann ich noch ein Manuskript lesen. Kaffee wäre super, dann reden wir über meine Termine heute. Denn so leid es mir tut, Nicolas: Ich werde Termine haben. Und die sind nicht verhandelbar.«

Nicolas sah ein, dass sein Gestaltungsspielraum in Sachen Sicherheit bereits ausgeschöpft war.

»In Ordnung, dann werden wir gleich …«

Ein Klopfen an der Tür, dreimal hart auf das Holz, unterbrach ihn.

»Das ist Bertrand«, sagte Noemie und wollte gerade zur Tür gehen, als Nicolas sie an der Schulter festhielt und ihr ein Zeichen machte, still zu sein.

»Léandre, du …«

Aber der junge Mann, der sich ihm erst vor wenigen Stunden als sein Halbbruder vorgestellt hatte, war bereits in Bewegung. Weil er gesehen hatte, dass Nicolas die Stirn gerunzelt hatte, war er in zwei Schritten bei ihr gewesen und hatte sie ins Schlafzimmer geschoben.

Er ist so verdammt schnell, dachte Nicolas und zog seine Waffe zwischen den Sofakissen hervor.

»Einen Moment«, rief er und huschte über den dicken Teppich neben die Tür der Suite, die hinaus in den Flur führte.

Es war 6:51 Uhr und niemals hätte Bertrand zu früh geklopft. Und wenn, dann die verabredeten zweimal und nach einer kurzen Pause erneut zweimal.

Léandre stand mittlerweile vor der Schlafzimmertür, ebenfalls mit einer Waffe in der Hand. Sie wollten nichts riskieren, nicht mit einem wahnsinnigen Stalker, der hinter Noemie her war.

Léandre schlich jetzt ebenfalls zur Tür und nickte Nicolas zu. Der machte ihm mit der linken Hand ein Zeichen – 3, 2, 1.

»Jetzt.«

Nicolas riss die Tür auf, seine Waffe im Anschlag. Der Lauf war direkt auf das Gesicht eines Mannes gerichtet, der nur wenige Zentimeter vor der Tür stand und der jetzt wie von der Tarantel gestochen nach hinten sprang …

»Scheiße, was …«

Bevor Nicolas sich über das Erscheinen Roussels im Hotel wundern konnte, registrierte er vier Schatten links und rechts der Tür, die im Gang standen und in Bruchteilen von Sekunden jetzt ebenfalls ihre Waffen gezogen hatten und sie auf ihn richteten.

»Langsam! Ganz ruhig!«, schrie Roussel mit erhobenen Händen. »Bist du wahnsinnig, was …«

»Waffe runter, Monsieur!«

Ganz kurz ging Nicolas durch den Kopf, was für ein abstruses Bild sie alle abgaben, lauter bewaffnete Männer vor einer Hotelsuite – ohne jegliche sichtbare Bedrohung.

»Alle Mann die Waffen runter! Sofort!«

Die Stimme kam von weiter hinten im Gang, wo zu allem Überfluss gerade Bertrand aufgetaucht war. Angesichts der bewaffneten Männer vor der Suite hatte er ebenfalls seine Waffe gezogen und kam jetzt langsam und seine Ziele abwechselnd fixierend auf sie zu. Sofort richteten jetzt wiederum zwei Zivilpolizisten ihre Waffen auf ihn.

»Sofort die Waffen runter!«

»Ihr zuerst!«

»Police Nationale!«

»Ich will eure Marken sehen! Nicolas, alles in Ordnung?«

»Waffe runter!«

»Die Marken!«

Zwei Türen neben Noemies Suite öffnete sich plötzlich eine weitere Tür, und zu ihrer aller Überraschung trat aus dem Dunkel ein kleines Mädchen in den Gang. Sie trug einen weißen Schlafanzug, mit der rechten Hand rieb sie sich die Augen, ihre schwarzen Haare waren zerzaust. Mit ihrer linken Hand presste sie einen Plüschteddy an ihre Brust.

Keiner von ihnen sprach ein Wort, die Waffen noch immer aufeinander gerichtet. Das Mädchen musterte sie für einige Sekunden, jeden Einzelnen.

»Spielt ihr Polizei? Darf ich mitspielen?«

Nicolas war der Erste, der seine Waffe sinken ließ und Bertrand zunickte. Einer der Polizisten schob das Mädchen langsam wieder in das Zimmer hinein, aus dem sie gekommen war. Langsam zog er die Tür hinter ihr zu. Zwei andere Beamte waren mit schnellen Schritten bei Bertrand und nahmen ihm seine Waffe ab, auch Léandre legte seine auf den Boden und hob beide Hände.

»Was ist los, Roussel?«, fragte Nicolas und sah den übermüdeten Polizisten fragend an. Ganz offensichtlich hatte Roussel quasi gar nicht geschlafen in dieser Nacht.

Doch statt einer Antwort hielt dieser ihm nur ein Foto unter die Nase.

»Das hier ist die Aufnahme der Überwachungskamera eines Juweliers in der Rue Hoche. Sie stammt aus der Nacht, in der Henri Perrin ermordet wurde.«

Nicolas nahm das Blatt aus Roussels Hand und musterte es. Trotz der grobkörnigen Auflösung brauchte er nicht lange, um zu verstehen, warum die Polizei in aller Frühe unangekündigt im Hotel aufgetaucht war.

Dafür war die Frau, die auf der Aufnahme gerade das »Hôtel de la Plage« durch einen Seiteneingang betrat, nur zu gut zu erkennen.

»Wir hätten da ein paar Fragen«, sagte Roussel grimmig. »Und ihr drei Bodyguard-Affen dürft jetzt mal schön zurücktreten. Wir übernehmen.«

Nicolas ließ die Polizisten in die Suite und schloss für einen Augenblick die Augen. Er wünschte, das alles wäre nur ein Traum. Er wünschte, auf der Aufnahme wäre etwas anderes zu sehen.

Er wünschte, die Frau, die in jener Nacht im Hotel gewesen war, wäre nicht Noemie Rey.

KAPITEL 32

Deauville, »Hôtel de la Plage«
7:45 Uhr

Der Blick hinab auf den Strand war atemberaubend.

Die Dächer der Stadt wurden von einer angenehm warmen Spätsommersonne beschienen, ein leichter, kaum wahrnehmbarer Windhauch bewegte die Flaggen des Festivals an den Fahnenmasten, Möwen glitten durch den blauen Himmel über dem Wasser, auf dessen glatter Oberfläche sich keine einzige Welle kräuselte. Die ersten Jogger liefen entlang der Wasserlinie, die die Gezeiten über Nacht auf den Sand gezeichnet hatten, ein Gabelstapler der Standverwaltung bugsierte rote und blaue Sonnenschirme an die dafür vorgesehenen Stellen. In den Cafés entlang der Planches deckten Kellner die Tische ein, vor dem Tagungszentrum überprüften Sicherheitskräfte die Standfestigkeit der Barrieren, das Geräusch eines Staubsaugers war zu hören, als ein Angestellter den roten Teppich überprüfte und säuberte.

»Es ist alles ein großes Schauspiel, nicht wahr?«

Roussel hatte sich neben Nicolas an die Balustrade der Dachterrasse gestellt, zündete sich eine Zigarette an und sah nun wie er hinunter auf die Vorbereitungen des großen Tages.

»Der rote Teppich, die Blitzlichter, sogar der blaue Himmel: Alles inszeniert, eine einzige gewaltige Aufführung, mit dem Ziel, vom eigentlichen Punkt abzulenken.«

Er klang müde und seine Stimme war voller Misstrauen

gegenüber den Dingen, die auf sie beide zurollten, dort unten, auf dem harten Asphalt und den Holzplanken der berühmten Planches von Deauville.

»Und wovon lenkt das Schauspiel ab, deiner Meinung nach?«, fragte Nicolas und nippte an einem Espresso.

Roussel zuckte die Achseln.

»Dass das Leben scheiße ist«, sagte er, als wäre das die einzige Antwort, die zu dieser Situation passen würde. »Dass wir nur verlieren können, dass wir stets im Rückstand sind, dass irgendwo jemand sitzt, mit einem fetten Grinsen im Gesicht, und auf einen Knopf drückt, immer dann, wenn es ihm passt. Und dann wird ein Kübel Scheiße über dir ausgeleert, einfach so, ohne dass du an irgendetwas schuld wärst.«

Nicolas drehte sich zu Roussel und betrachtete ihn von der Seite. Er musste an ihr erstes Aufeinandertreffen denken, damals hatten sie an den verschiedenen Seiten eines Verhörtischs gesessen und waren sich grundsätzlich unsympathisch gewesen. Und nun standen sie hier, auf der Dachterrasse des »Hôtel de la Plage«, unter sich die Aussicht auf einen warmen, hellen Tag und den mondänen Glamour, den nur die Eröffnung eines Internationalen Filmfestivals mit sich bringen konnte.

»Du wirst alt, Roussel«, sagte er schließlich. »Alt und wehleidig. Aber seltsamerweise steht dir das ganz gut. Du bist ein Schauspieler, Roussel, eine gute Besetzung in deinem eigenen Leben. Nur irgendwann musst du wieder runter von der Bühne.«

Nicolas leerte seine Tasse und drehte sich zu der Gruppe, die rund um einen großen Tisch unter einem Windschutz saß.

»Und was willst du mir damit sagen, Bodyguard.«

»Ich will dir gar nichts sagen, Roussel. Aber sie.« Nicolas deutete auf Sandrine Poulainc, die neben Claire saß und an einem Laptop arbeitete.

»Und was soll das sein?«

Nicolas klopfte ihm auf die Schulter, und sie lösten sich beide von der herrlichen Aussicht und gingen hinüber zu den anderen.

»Die Wahrheit, Roussel. Ihr zwei hört mal auf mit eurer Schmierenkomödie und schaut nach vorn.«

»Und das sagst ausgerechnet du. Experte für Schmierenkomödien. Der Bodyguard und die Schauspielerin …«

»Das ist etwas ganz anderes, außerdem ist es nicht vorbei, es hat nie begonnen. Und zudem geht es dich herzlich wenig an.«

»Natürlich nicht. Ich habe nichts gesagt. Gar nichts. Dann lass uns mal den Tag sortieren, Kevin Costner.«

»Roussel …«

Sie waren alle da.

Alle, die an diesem Tag ihre Rolle haben würden, in einem Schauspiel, von dem sie noch nicht wussten, ob es in einem Drama enden würde. Aber sie würden alles tun, um das zu verhindern.

Claire war vor wenigen Minuten zu ihnen gestoßen, sie sah müde und abgekämpft aus. Auch Sandrine, die gerade eine weitere der unzähligen Mails der Festivalleitung beantwortete, hatte dunkle Ringe unter den Augen. Yves Colinas, Roussels Stellvertreter, saß gähnend auf seinem Stuhl und rührte einen dritten Löffel Zucker in seinen Kaffee. Auch die junge Polizistin aus Caen, die den besonderen Buchstaben in den Gedichten auf die Spur gekommen war, hatte Roussel dazuholen lassen. Sie hatte sich der Runde als Clementine Dureuil vorgestellt, auch sie hatte einen Laptop vor sich, auf dessen Bildschirm Nicolas mehrere Analysen des Gedichts »Die Zerstörung« erkennen konnte, die sie gerade durchging.

»Und plötzlich gehört Lyrik zur Polizeiarbeit«, sagte er im Vorbeigehen.

»Ich mag Baudelaire irgendwie«, erwiderte sie und lächelte. Bertrand und Léandre vervollständigten die Runde, sie waren jetzt fünf Polizisten und drei Personenschützer, die sich um den Tisch versammelt hatten.

Nur die Hauptperson fehlte, die Frau, deren Leben womöglich auf dem Spiel stand und die ihnen noch eine Antwort schuldig war.

Nach dem Durcheinander im Hotelflur hatte sie Roussel versichert, eine Erklärung liefern zu können, und darum gebeten, sich frisch machen zu dürfen.

Nicolas hatte Roussel beruhigt und sie in ihr Schlafzimmer begleitet, wo sie sich nach einer Dusche angezogen hatte.

»Ich werde es euch erklären«, hatte sie immer wieder gemurmelt. Er selbst hatte irgendwann versucht, den vielen Fragen in seinem Kopf aus dem Weg zu gehen, und auf die gemeinsame Sitzung gewartet, für die das Hotel spontan einen abgesperrten Bereich auf der Dachterrasse zur Verfügung gestellt hatte.

»Ich muss noch jemanden anrufen«, hatte sie kurz vor Beginn gesagt, und jetzt, da sie alle am Tisch versammelt waren, kam sie mit ihrem Handy in der Hand nach draußen, setzte sich auf den verbliebenen freien Platz und griff nach einer Karaffe mit Orangensaft. Während sie sich einschenkte, sah Nicolas verwundert, wie ein junger Hotelangestellter mit blasser Gesichtsfarbe ebenfalls nach draußen kam und sich in einigen Metern Entfernung auf einen Korbsessel setzte. Er war sichtlich nervös und rieb die ganze Zeit seine Handinnenflächen aneinander. Als Noemie sich zu ihm umdrehte und ihm beruhigend zulächelte, schien er sich ein wenig zu sammeln.

Schließlich wandte sie sich an Roussel. Vor ihr lag die Aufnahme der Überwachungskamera, auf der sie eindeutig zu erkennen war.

Sie räusperte sich und begann leise, aber bestimmt mit ihrer Erklärung.

»Es stimmt«, sagte sie. »Ich war bei ihm, in jener Nacht. Ich war bei Henri Perrin. Glaubt mir, es war der letzte Ort auf der Welt, an dem ich sein wollte. Aber es war nötig. Es ist nur … es ist nur nicht so ausgegangen, wie ich es mir erhofft hatte.«

»Was hattest du dir erhofft?«, fragte Nicolas.

Sie sah erst ihn an, dann Roussel. Sie senkte den Kopf, als sie weitersprach.

»Perrin war ein Monster. Und alle wussten es. Er hat … seine Favoriten gehabt. Frauen, die er umschmeichelt hat, denen er versprochen hat, sie groß zu machen. Er war … die ganze Branche wusste es, aber niemand hat etwas gesagt. Viel zu lange. Wir Frauen haben immer wieder darüber gesprochen.«

»Worüber genau?«, unterbrach Roussel. »Noemie, wir suchen einen Mörder, wir brauchen mehr als nur ein paar vage Andeutungen …«

»Es geht um Sex«, sagte sie schließlich. »Er hat Frauen belästigt … nicht mit Gewalt, eher mit … Druck, mit Macht, ich weiß es nicht. Niemand wird gegen ihn aussagen, aber es war so, seit Jahren ging es so. Deswegen existierte die kleine Wohnung unter dem Dach, dorthin hat er Schauspielerinnen eingeladen, manchmal auch Regieassistentinnen, er hat ihnen Dinge versprochen, sie manchmal vielleicht sogar gehalten.«

»Wie war es bei dir?«, fragte Claire vorsichtig. Noemie lächelte.

»Im vergangenen Jahr hat er mich auf einen Drink eingeladen, an der Hotelbar. Er hat mir … ach verdammt, entschuldigt.«

Claire reichte ihr ein Taschentuch, das Noemie dankbar annahm. Sie sammelte sich einen Moment.

»Seine Hand lag auf meinem Oberschenkel, er hat angefangen mich zu streicheln, solche Sachen. Ich war damals noch … der Tod meines Freundes an der Côte d'Azur war noch ganz frisch, ich war so schwach damals, er hat es ausgenutzt.«

Niemand von ihnen sagte ein Wort, alle warteten darauf, dass Noemie weiterredete.

»Ich habe ihn zurückgewiesen, ich habe es geschafft, irgendwie. Ich konnte seine Hände auf meiner Haut nicht mehr ertragen, seinen Atem. Ich bin aus der Bar gerannt, völlig verstört. Er hat mir noch hinterhergerufen: ›So wird das nie etwas, Noemie!‹«

»Hat das jemand mitbekommen«, fragte Roussel. Noemie zuckte mit den Schultern.

»Keine Ahnung. Ich habe es jedenfalls nicht gut verkraftet. Ich war kurz zuvor bei einem Psychiater, das war auch keine … sonderlich gute Erfahrung. Jedenfalls, an dem Abend habe ich es dann krachen lassen. Um mich abzulenken vielleicht, keine Ahnung, ich bin völlig abgestürzt. Der ein oder andere wird sich vielleicht erinnern, die drei Bars in Trouville, der Menschenauflauf …«

»Stars-&-Stripes auf jedem Foto«, murmelte Roussel, und Noemie nickte langsam.

»Ich bin gegen seinen Willen in die Jury berufen worden. Ich wollte ihn aufsuchen, mit ihm sprechen. Ich wollte ihn nicht als Feind. Er ist … Entschuldigung, er war kein guter Mensch, aber ich wollte die Mitgliedschaft in der Jury unbedingt. Ich dachte, wenn ich mit ihm spreche, vor dem Festival …«

Roussel atmete hörbar aus und deutete auf Noemie.

»Was genau ist passiert in der Nacht? Wer sagt uns, dass du ihn nicht umgebracht hast, Noemie? Immerhin präsentierst du uns hier gerade ein recht passables Motiv, oder?«

Noemie wischte sich erneut eine Träne aus den Augenwinkeln und lächelte kurz.

»Ja, das wäre wirklich ein gutes Motiv. Aber die Wahrheit ist: Es ist nichts passiert. Er hat mich nicht reingelassen. Er hat mich auf der Türschwelle zurückgewiesen. Und ich bin gegangen.«

»Gibt es dafür Zeugen?«

Hinter ihnen erklang ein leises Räuspern, der junge Mann mit der blassen Gesichtsfarbe machte einige zaghafte Schritte auf sie zu, während er seine Hände aneinanderrieb.

»Ich glaube, ich kann hier vielleicht weiterhelfen«, sagte er leicht stotternd. »Ich war in der Nacht zugegen, deshalb hat mich Mademoiselle Rey gebeten, dazuzukommen. Ich kann, wenn ich darf, gern …«

»Bitte«, unterbrach ihn Roussel. »Wir sind ganz Ohr.«

Noemie nickte dem jungen Mann zu und wandte sich an Roussel.

»Ich hatte Matteo angerufen, damit er mir hilft. Ich habe ihn bei meinem letzten Besuch kennengelernt, er spielt ganz wunderbar Klavier, wenn die Bar leer ist und alle Gäste schlafen, ich habe ihn einmal dabei überrascht, wir haben uns unterhalten …«

»Noemie, lass ihn reden«, unterbrach Nicolas und blickte, wie alle anderen, den Nachtportier an.

»Ich habe Mademoiselle Rey durch den Seiteneingang hineingelassen«, begann er. »Dort sind abends nicht so viele Touristen unterwegs. Ich habe sie hinaufbegleitet, wo Mademoiselle Rey dann an der Tür geklopft hat.«

»Wie viel Uhr war es da?«

»Ich schätze, kurz nach Mitternacht. Monsieur Perrin hat aufgemacht, er hatte noch seinen Mantel an, weil er selbst gerade erst nach Hause gekommen war.«

»Was hat er gesagt …«

»Mademoiselle Rey hat ihn begrüßt, sich für die späte Störung entschuldigt. Er hat sie aber sofort unterbrochen und hat … er hat …«

Wieder knetete er seine Hände.

»Was hat er, Matteo?«, fragte Roussel ungeduldig.

Verzweifelt sah der junge Mann Noemie an, die ihm aufmunternd zunickte.

»Ist okay, Matteo.«

»Er hat sie sofort gefragt, ob … also …«

»Ob was?« Roussel wurde spürbar ungeduldig.

»Ob sie ihm einen blasen wolle. Dann dürfe sie gerne bleiben. Andernfalls würde er sich jetzt ein Sandwich bestellen.«

Für einen Augenblick schwiegen sie, bis Claire sich zu Wort meldete.

»Das mit dem Sandwich stimmt, wir haben diese Bestellung auf seiner Zimmerrechnung im Hotelsystem stehen. Hühnchen und Avocado, Pommes und eine Flasche Chablis.«

Noemie hatte ihre Hände auf die Tischplatte gelegt und blickte in die Runde.

»Das ist die ganze Wahrheit jener Nacht«, sagte sie. »Ich habe Perrin nicht umgebracht. Ich werde ihn nicht vermissen, das stimmt. Aber ich habe ihn nicht ermordet.«

»Ich habe Mademoiselle Rey nach draußen begleitet, wo sie sich ein Taxi genommen hat«, ergänzte der Nachtportier.

Über ihnen bauschte sich der Sonnenschutz, als ein leichter Wind über die Dachterrasse strich, das Geräusch eines vorbeifahrenden Touristenbusses drang zu ihnen nach oben, einige Seevögel kreisten über dem Hotel. Das wolkenlose Blau des Himmels reichte mittlerweile bis zum Horizont. Es würde ein Bilderbuchtag in Deauville werden, perfekt für die Fotografen und die komplizierten Frisuren der Damen.

Roussel nickte dem Nachtportier zu.

»Vielen Dank, Matteo. Bitte halten Sie sich zur Verfügung.«

»Natürlich, Monsieur.«

Als der Hotelangestellte verschwunden war, klatschte Roussel in die Hände und warf einen Blick auf die Uhr.

»Okay, Kinder, offenbar kommen wir auf dieser Spur nicht weiter.«

Noemie lächelte ihn an, dankbar und erschöpft.

»Es ist jetzt kurz nach halb neun. Um 19 Uhr beginnt die Eröffnung, der rote Teppich ist ab 18 Uhr für die Gäste ausgerollt. Noemie, wann wirst du ins Tagungszentrum kommen?«

»Erst kurz vor 19 Uhr«, antwortete Nicolas an ihrer Stelle. »Die Jurymitglieder erscheinen traditionell relativ am Ende, gemeinsam mit den Topstars.«

Wieder blickte Roussel auf die Uhr.

»Das heißt, wir haben noch etwa zehn Stunden, um diesen Mistkerl dingfest zu machen, bevor er womöglich Noemie auf dem roten Teppich abpasst. Wovon wir zum jetzigen Zeitpunkt ausgehen – einfach, weil es die größtmögliche Bühne ist.«

»Kann man denn den roten Teppich nicht einfach absagen, aus Sicherheitsgründen«, fragte Claire.

Sandrine Poulainc schüttelte den Kopf.

»Nein, die Stadt ist strikt dagegen. Sie erhöht die Sicherheitsvorkehrungen, aber sie wird die Ankunft der Stars und den damit verbundenen Medienrummel nicht absagen.«

»Und wenn du, Noemie, nicht teilnimmst, sondern anders ins Tagungszentrum kommst.«

»Nein«, antwortete Noemie knapp. »Das Thema hatten wir schon. Ich lasse mir nicht von einem dahergelaufenen Stalker den wichtigsten Auftritt des Jahres kaputt machen. Ich werde dort sein.«

Roussel sah sie verärgert an.

»Dieser dahergelaufene Stalker hat bereits zwei Menschen umgebracht, darunter den Leiter des Festivals. Ich glaube, du hast …«

»Ich sagte, das Thema ist durch. Vielen Dank für die Fürsorge.«

Für einen Moment war es still am Tisch, während sich Roussel in seinem Stuhl zurücklehnte und demonstrativ über die Dächer der Stadt hinaus aufs Meer starrte. Sein Blick war finster, alle waren müde und gereizt nach den Ereignissen der vergangenen Tage. Alle ihre Bemühungen hatten bisher nichts Handfestes ergeben.

»Okay«, sagte er schließlich. »Ich schlage vor, wir fassen alles zusammen, was wir haben. Vielleicht haben wir ja etwas übersehen, jeder sollte gut zuhören, wir brauchen jeden Gedanken, jede Idee. Noemie, du bist herzlich eingeladen, teilzunehmen, wir haben bestimmt noch Fragen.«

»Ich habe in einer Stunde einen Termin in meiner Suite, bis dahin stehe ich gern zur Verfügung.«

Nicolas ging im Kopf Noemies Tagesablauf durch.

10 Uhr: Anprobe.

Wie groß auch immer die Gefahr war, der sie sich aussetzen würden, sie würde dabei hinreißend aussehen.

»Yves, fang du an, bitte.«

Yves Colinas, Roussels Stellvertreter im Commissariat von Deauville, sortierte einige Unterlagen und sah die anderen an.

»Gut, beginnen wir ganz am Anfang: vor einem Jahr, beim letzten Festival hier in Deauville. Wir wissen jetzt, dass Henri Perrin, der Leiter des Festivals, damals gegenüber Mademoiselle Rey ... ich nenne es mal übergriffig ... geworden ist.«

»Bitte, nennen Sie mich doch einfach Noemie.«

»Sehr gern. Kurz nach dem Festival erscheint erstmals das Gedicht ›Die Blinden‹ von Baudelaire an einigen Häuserwänden und Litfaßsäulen der Stadt, auch drüben in Trouville. Der Verfasser ist Joshua Minart, alle nennen ihn ›den Poeten‹. Nach kurzer Zeit können wir ihn schnappen, er stellt sich als harmloser Spinner heraus. Nach einer Nacht in der Zelle kommt er in Behandlung, und danach wird er an einen örtlichen Psychiater überwiesen.«

»Haben wir Kontakt zu diesem Psychiater?«, fragte Roussel und sah Claire an, die nickte.

»Ja, haben wir. Ich habe ihn gestern getroffen, durch einen … Zwischenfall wurden wir aber unterbrochen. Ich habe ihn heute Morgen noch nicht erreicht.«

»Okay, versuch es weiter, wir müssen ihn sprechen.«

»Er unterliegt dem Arztgeheimnis«, sagte Claire.

Roussel zuckte mit den Schultern.

»Das hat seine Grenzen, etwa, wenn Gefahr im Verzug ist. Das klären wir dann. Weiter, Yves.«

»Gut, reden wir über Joshua Minart. Er taucht vor wenigen Tagen wieder auf, schreibt seine Gedichte an die Wand. Wieder sind es ›Die Blinden‹. Diesmal aber geht er weiter und bedroht am Strand eine Gruppe Menschen mit einer Waffe, von der wir noch nicht wissen, woher er sie hat. Die laufende Nummer wurde herausgefräst, die Kollegen in Caen untersuchen sie. Minart wird von Roussel gestellt, bevor er sich erschießen kann.«

»Warum wollte er das tun?«, fragte Léandre, der bislang geschwiegen hatte.

»Gute Frage, wir wissen es nicht, er spricht mittlerweile gar nicht mehr. Bislang hat er vor allem seine Gedichte rezitiert, jetzt sitzt er in seiner Zelle und schweigt«, erwiderte Roussel. »Aber es gibt einen weiteren Mann: einen Bruder, zumindest wird er in einer Widmung von Minart so bezeichnet. Das ist unser Mann. Der Stalker, den wir suchen.«

Yves Colinas schob Aufnahmen aus der Wohnung des Poeten über den Tisch: Die Zeilen an der Wand, die Artikel über Noemie, die Fotos.

»Entweder hat der Mann – nennen wir ihn ruhig ›den Bruder‹ – auch in dieser Wohnung gelebt oder Minart ist ebenfalls besessen von Mademoiselle … von Noemie. Die

Kollegen haben neben Minarts Spuren aber keine anderen in der Wohnung gefunden.«

Nicolas studierte die Aufnahmen, die Zeilen an der Wand.

»Der Mensch und das Meer«, las er auf einem der Notizzettel. »Warum ausgerechnet diese Gedichte? Hilft uns das weiter.«

Die junge Polizistin aus Caen, Clementine, deutete auf ihren Laptop.

»Das ist mein Terrain. Aber leider kommen wir auch hier nicht wirklich weiter.«

»Warum nicht.«

»Nun, ich habe mich in der vergangenen Nacht sehr viel mit Baudelaire beschäftigt. Mit seinen Gedichten, seinen Absichten, ich habe alle Textanalysen durchgeackert. Grundsätzlich geht es Baudelaire um das verkommene Leben, das die Menschen seiner Meinung nach führen, um den Morast, in dem die Großstadt – es geht um Paris – steckt, um das Ende von Moral und Menschlichkeit. Es findet sich aber in beiden Gedichten – ›Die Blinden‹ und ›Der Mensch und das Meer‹ – kein konkreter Hinweis auf etwas, das mit unserem Fall zu tun hat. Mittlerweile haben Claire und ich eine andere Theorie.«

Sie sah Claire an, die herzhaft gähnte. Diese hatte vor wenigen Minuten nochmals versucht, den Psychiater von Minart zu erreichen, allerdings ohne Erfolg.

»Entschuldigt, es war eine lange Nacht im Commissariat. Und im Gegensatz zu Clementine kann ich Baudelaire nur bedingt etwas abgewinnen. Ist mir einfach zu düster. Jedenfalls, wir glauben, unser Poet hat einen ganz eigenen Zugang zu diesen Gedichten.«

»Und welchen?« Nicolas sah auf die Uhr, während er die Frage stellte. Die Zeit verging zu schnell, sie mussten vorankommen.

Andernfalls würde Noemie auf dem roten Teppich ungeschützt ins offene Messer laufen.

Claire fuhr sich durch die Haare und nahm einen Schluck Kaffee.

»Unser Poet hat in seinen wenigen klaren Momente erwähnt, wie wichtig dieser Gedichtband für ihn ist. Es ist sein Ein und Alles, ein Schatz. Und er hat ihn aus seiner Zeit im Waisenhaus. Wir gehen davon aus, dass er sich seit dieser Zeit an dem Buch festklammert. Er erklärt sich die Welt durch die Zeilen Baudelaires. Und die beiden Gedichte sind seine Lieblinge. Ich habe noch mal in den Band geschaut. Tatsächlich sind die entsprechenden Seiten besonders abgegriffen.«

Roussel nickte langsam und blickte seinen Stellvertreter an.

»Okay, mach weiter, Yves.«

Colinas rückte seine Brille zurecht und fuhr mit seiner knappen Zusammenfassung fort.

»Henri Perrin wird vor drei Tagen nachts in seiner Wohnung überfallen und erwürgt. Es gibt leider unzählige Spuren in der Wohnung, er hatte offenbar viel Besuch …«

Noemie schnaubte verächtlich.

»Aber die Kollegen aus Caen können zumindest so viel sagen: Wir suchen einen Mann, schätzungsweise um die dreißig, sie haben einen abgebrochenen Fingernagel und Haare am Hals von Perrin gefunden. Dunkle Haare, fast schwarz. Und der Mann ist Rechtshänder, das konnten sie anhand des Druckbildes am Hals feststellen.«

»Gut, dann schnappen wir uns jetzt den einzigen Rechtshänder mit schwarzen Haaren in Deauville. Sollte ja nicht so schwer sein«, kommentierte Roussel ungeduldig.

Yves Colinas ließ sich von den bissigen Anmerkungen seines Chefs nicht irritieren und fuhr fort.

»Ich habe vorhin einen Anruf bekommen: Der Mörder von Henri Perrin ist definitiv auch der Mann, der Ihre … der deine Agentin ermordet hat. Auch sie wurde angegriffen und erwürgt.«

Nicolas beobachtete Noemie und konnte die Angst in ihrem Blick erkennen, die sie jedoch zu verbergen versuchte. Oder vielmehr: zu ignorieren. Es würde ihr auf Dauer nicht gelingen, das war bereits jetzt glasklar.

»Warum … warum bringt er sie um?«, fragte sie leise. »Warum macht ein Mensch so etwas?«

Zunächst antwortete niemand, denn wie sollte man die Motive für solche Taten jemals verstehen können. Schließlich war es Claire, die das Wort ergriff.

»Dieses Vorgehen ist nicht selten bei Stalkern, vor allem bei jemandem, der so drastisch agiert wie dieser … Bruder. Sie wollen ihre Zielperson für sich allein haben. Und sie meinen, sie beschützen zu müssen. Und dabei entscheiden sie selbst, vor wem sie ihre Zielperson schützen müssen und um welchen Preis.«

»Henri Perrin war dafür bekannt, dass er dich verachtete«, ergänzte Nicolas. »Und deine Agentin hat kurz zuvor ein Interview gegeben, in dem sie sich nicht sehr freundlich über dich ausgelassen hat.«

»Das ist doch Wahnsinn«, flüsterte Noemie.

»Das ist es«, antwortete er. »Und genau deswegen sollten wir wirklich über deinen Auftritt auf dem roten Teppich nachdenken. Vielleicht begreifst du jetzt, dass es verdammt ernst ist.«

Abrupt stand sie auf und ging zur Balustrade der Dachterrasse, von wo aus sie hinunter auf die Vorbereitungen des Festivals sehen konnte.

Nach einigen Sekunden drehte sie sich um.

»Wie können wir ihn finden, bevor das Festival losgeht? Es muss doch möglich sein, ihn aufzuspüren, verdammt!«

Yves Colinas war der Erste, der ihr antwortete.

»Wir sind mit der ehemaligen Heimleitung des Waisenhauses in Bruneval in Verbindung«, sagte er. »Ihr könnt euch vorstellen, dass die nicht sehr kooperativ sind, immerhin wurde das Haus wegen des Verdachts der Gewaltanwendung geschlossen, das ist zehn Jahre her. Noch nicht mal eine Liste der damaligen Kinder lässt sich auftreiben, angeblich ist sie verschwunden. Ein echter Sauladen ist das. Aber wir sind dran.«

»Und was ist mit dem Gedicht, das Nicolas in der Kammer des Waisenhauses gefunden hat?«

Während Clementine, die junge Polizistin aus Caen, ein paar Dateien auf ihrem Laptop öffnete, dachte Nicolas zurück an den Ort, den die Kinder einst *Schattenland* getauft hatten. Die schmale Kammer hinter der Eisentür, die Schrift an den Wänden, voller Verzweiflung, ein Leben, das bereits gescheitert war, bevor es richtig begonnen hatte.

»›Die Zerstörung‹«, begann Clementine. »Es ist ein äußerst brutales Gedicht, voller Andeutungen auf den Tod. Dadurch hebt es sich von den anderen ab. Interessanterweise ist hier von einem Dämon die Rede, der dem Verfasser des Gedichts dazu rät, Böses zu tun. So heißt es gleich am Anfang: *»Der Dämon regt sich mir zur Seite unentwegt; wie ungreifbare Luft umschweb er meine Sphäre.«*

Angesichts der Dunkelheit dieser Zeile schwiegen sie für einen Augenblick.

»Es muss eine versteckte Botschaft in diesem Gedicht geben, ich arbeite mit Hochdruck daran. Unser Poet hat uns nicht ohne Absicht ins *Schattenland* geführt, er wollte uns einen Hinweis geben. Vielleicht auf den Bruder, seine wahre Identität, ich weiß es nicht. Aber wir werden es herausfinden.«

Roussel sah auf seine Uhr. Es war mittlerweile kurz vor zehn. Sie hatten vor einer halben Stunde die Nachricht erhalten, dass die Blutprobe aus Bruneval keine Treffer in einer Datenbank gebracht hatte. Der unbekannte Angreifer, den Nicolas angeschossen hatte, war offenbar nicht vorbestraft. Aber eines wussten sie jetzt: Es waren dieselben Spuren, die sie beim toten Festivalleiter und bei Noemies Agentin gefunden hatten.

»In acht Stunden geht das Spektakel los. Wir werden uns aufteilen: Claire und Clementine, ihr kümmert euch um das dritte Gedicht. Wir brauchen diesen Hinweis! Ich werde mich mit unserem Poeten unterhalten, vielleicht kriege ich ja doch noch etwas heraus. Nicolas, du und deine beiden Kollegen ihr kümmert euch um Noemie. Schaut euch an, ob ihr noch Termine im Lauf des Tages absagen könnt, es ist einfach zu gefährlich.«

Während er sprach, klingelte Claires Handy.

»Na endlich«, sagte sie und stand auf, um den Anruf in Ruhe entgegennehmen zu können.

Roussel hatte sich jetzt an die junge Schauspielerin gewandt: »Wir setzen uns eine Deadline: 17 Uhr. Wenn wir ihn bis dahin nicht haben, wirst du deinen Auftritt auf dem roten Teppich absagen, Noemie.«

»Auf keinen Fall, das haben wir schon …«

»Danke, das war's. Alle an die Arbeit.«

»Hey! So redest du nicht mit mir, wer glaubst du eigentlich, wer du bist?«

Noemie war aufgesprungen, ihre Augen funkelten, ihre Hände waren zu Fäusten geballt. Kämpferisch blickte sie auf Roussel hinab, der nun vermutlich endgültig explodieren würde, dachte Nicolas.

Aber Roussel war längst über diesen Punkt hinweg.

»17 Uhr, Noemie. Wenn ich dich danach auf dem roten Teppich sehe, werde ich dich direkt vor Ort festnehmen lassen. Vor der gesamten Presse. Wegen des Verdachts, an der Ermordung von Henri Perrin beteiligt gewesen zu sein.«

»Das wagst du nicht …«

Es war Claire, die diesem Streitgespräch ein jähes Ende bereitete. Sie hatte ihr Telefonat beendet und war zurück an den Tisch gekommen, an dem die anderen nun ihre Sachen sortierten und ihren Kaffee austranken.

»Es gibt ein Problem, Roussel«, sagte sie, und Nicolas sah sofort, wie ernst ihr Blick plötzlich war.

»Und zwar?«

»Clement Mallet, der Psychiater. Er ist verschwunden. Seine Sprechstundenhilfe hat mich angerufen. Mallet ist von einem Spaziergang heute Morgen nicht zurückgekommen.«

»Und? Jeder kann mal länger spazieren gehen.«

»Er hatte einen Termin um neun. Und er hat noch nie einen Termin verpasst, sagt diese Frau. Ich habe ein blödes Gefühl.«

Roussel hob beide Hände zum Himmel.

»Nicht schon wieder, Claire! Dein Gefühl treibt mich noch in den Wahnsinn.«

»Hey!«

Nicolas griff in letzter Sekunde nach Noemie, als er merkte, wie ihr Körper plötzlich nach hinten sackte, zurück auf den Stuhl. Er fing sie ab und reichte ihr ein Glas Wasser.

»Noemie, alles Ordnung? Was ist los?«

Auch die anderen schauten besorgt in ihre Richtung.

»Noemie?«

Die junge Schauspielerin blickte starr geradeaus, ihre Lippen waren trocken, ihre Stirn glänzte vor Schweiß. Sie zitterte etwas und flüsterte vor sich hin.

»Was sagst du, Noemie? Wir verstehen dich nicht.«

»Ich sagte …«

Ihre Stimme war brüchig, ihr Blick flatterte.

»Ich wollte wissen … wie der Mann heißt?«

Roussel runzelte die Stirn.

»Mallet. Clement Mallet. Kennst du ihn?«

Sie griff nach dem Wasserglas und nahm einen tiefen Schluck. Dann setzte sie es wieder ab und nickte langsam.

Nicolas dachte an ihr erstes Gespräch im »Hôtel de la Falaise«. An die Offenheit, mit der sie über ihre Schwächen gesprochen hatte. Und an das, was sie erst vor einigen Minuten hier erzählt hatte und was ihnen allen entgangen war.

Noemie Rey hatte vor einem Jahr einen Psychiater aufgesucht.

Hier in Deauville.

Und sie hatte keine guten Erfahrungen gemacht.

»Er wurde mir empfohlen«, flüsterte sie jetzt. Niemand am Tisch sagte ein Wort.

»Ich war dreimal bei ihm. Dann habe ich die Sitzungen beendet. Weil ich …«

»Was ist damals passiert, Noemie?«, fragte Nicolas.

Aber es war Claire, die schneller begriff als alle anderen. Weil sie bereits zweimal mit diesem Mann gesprochen hatte. Seine Ausstrahlung war ihr aufgefallen, seine Zugewandtheit.

»Oh nein …«, murmelte sie.

Und als sie Noemies verzweifelten Blick sah, da wusste sie, dass sie richtiglag. Und sie wusste auch, dass dieser Tag ganz anders verlaufen würde, als der blaue Himmel, der sich über ihnen spannte, ihnen weismachen wollte.

KAPITEL 33

Deauville
11:10 Uhr

Von dem Moment an, an dem sie die Runde auf der Dachterrasse aufgelöst hatten, kam es ihnen so vor, als würden sie die entscheidenden Kilometer eines Rennens bestreiten. Das Ziel festgesteckt, die Herausforderungen jetzt jedem Einzelnen klar vor Augen.

Sie mussten den Mann finden, der offenbar nicht gewillt war, seine mörderische Jagd auf Noemies Umgebung – und am Ende womöglich auch auf sie selbst – zu beenden. Sie mussten verhindern, dass der Auftakt des Internationalen Filmfestivals von Deauville zum Schauplatz eines blutigen Anschlags wurde.

Sie mussten alles dafür tun, dass Noemie Rey in Sicherheit war, unabhängig von ihrem persönlichen Umgang mit dieser Gefahr.

Gewissermaßen begannen sie alle, die Polizisten und die Personenschützer, die letzten Kilometer dieses mörderischen Rennens von unterschiedlichen Positionen. Sie alle hatten ihre Aufgabe, keiner von ihnen würde allein den Lauf der Dinge stoppen können, keinem würde es allein gelingen, das aufzuhalten, was ein kranker Geist vor langer Zeit begonnen hatte. Sie wussten nicht, was einen Waisenjungen, der einst aus dem *Schattenland* bei Bruneval geflohen war, dazu brachte, ausgerechnet Noemie Rey zu folgen, ihre Nächsten zu töten, ihr Leben zu zerstören.

Sie wussten nur, dass es genau darum ging: Zerstörung.

So, wie es im Gedicht von Charles Baudelaire geschrieben stand:

»*Und bluttriefend das Rüstzeug der Zerstörung.*«

Im Nachhinein, wenn es alles zu spät sein würde und der Lauf der Dinge sich nicht hatte aufhalten lassen, da würden sie eine ebenso wichtige wie simple Erkenntnis gewonnen haben:

Alles stand geschrieben. Von Anfang an. Sie hätten nur besser hinsehen müssen.

Wenn es eines lauten Knalls bedurft hätte, eines Startschusses für die letzte, die entscheidende Etappe, dann war es das Geräusch, mit dem die Tür zum Verhörraum im Commissariat von Deauville gegen die Wand knallte. Roussel stürmte ohne Vorwarnung hinein und warf einen Stapel Unterlagen auf den Tisch. Joshua Minart schreckte hoch, er wirkte müde und verwirrt, auf dem Überwachungsbildschirm hatten sie sehen können, dass er im Sitzen eingeschlafen war, den Kopf auf dem Tisch.

»Es reicht jetzt«, sagte Roussel, zog den Stuhl heran und tippte auf den Stapel auf dem Tisch. »Das hier sind alle Ihre Gedichte, alle Scheißkritzeleien, die Sie in der Stadt verteilt haben. In diesen Tagen, im letzten Jahr, einfach alle. Außerdem das Gedicht aus der Kabine an den Planches. Und wir haben das *Schattenland* gefunden, danke für den Tipp. Das nächste Mal einfach laut aussprechen, dann sparen wir Zeit.«

Joshua Minart sah ihn für einige Sekunden an. Dann entspannte sich sein Gesicht.

»Das *Schattenland*«, flüsterte er.

»Ja, ein verdammtes Loch mittlerweile. Ihr Bruder war auch da, beinahe hätten wir ihn erwischt.«

Der Mann, den alle »den Poeten« nannten, war sichtlich überrascht. Aber er blieb stumm und starrte Roussel nur aus großen Augen an. Der Polizist griff in seine Innentasche, holte einen weißen Zettel und einen Stift heraus und legte beides direkt vor Minart.

»Okay, hier ist der Deal. Ganz offenbar schützen Sie den Mann, den Sie Bruder nennen, immer noch. Aber geben Sie mir etwas. Ich weiß, Sie wollen nicht, dass Noemie Rey etwas passiert. ›Retten Sie sie, bevor es zu spät ist‹, das haben Sie am Strand zu mir gesagt. Jetzt brauche ich Ihre Hilfe. Schreiben Sie mir etwas auf, das mir weiterhilft. Seinen richtigen Namen, den am allerliebsten. Oder sonst was. Was hat es mit dem Gedicht auf sich, das wir in Ihrer alten Kammer gefunden haben? Ist dort alles entstanden, der ganze Wahnsinn? Kommen Sie, schreiben Sie es auf, dann bin ich weg!«

Für einen Moment war es ganz still im Verhörraum.

Roussel wollte gerade etwas sagen, als der Poet schließlich seine Hand nach vorne schob und den Stift nahm. Langsam, fast zärtlich, setzte er die Spitze auf das weiße Blatt. Das kratzende Geräusch war für kurze Zeit das Einzige, was zu hören war.

Schließlich drehte er das Blatt um und reichte es Roussel.

Der betrachtete es und atmete langsam aus.

»Verdammte Scheiße.«

Das raue Kläffen der Hunde drang durch die Straßen rund um die Église von Saint-Augustin, als Claire ihr Telefonat beendete und für einen kurzen Augenblick ihr Gesicht in die Sonne hielt. Sie stand unmittelbar vor dem Eingang zu Mallets Praxis, an der Tür wartete seine Sprechstundenhilfe, die sie beim letzten Mal schon begrüßt hatte. Diesmal trug sie eine lachsfarbene Bluse zu einem grauen Faltenrock, verzweifelt blickte sie die Straße entlang, in die vor wenigen Minuten mehrere Polizeifahrzeuge eingebogen waren. Yves Colinas sprach gerade mit dem Führer der Hundestaffel, die Roussel noch von der Dachterrasse des Hotels aus angefordert hatte.

Sie hatten keine Zeit zu verlieren.

»Vielleicht hat er sich unterwegs den Fuß verknackst«, sagte die Frau in der Tür jetzt.

»Haben Sie etwas gefunden«, fragte Claire nur, ohne auf ihre Bemerkung einzugehen. Der Mann, der hinter Noemie Rey her war, hatte die Menschen getötet, die der Schauspielerin ganz offensichtlich nicht guttaten – und ein Psychiater, der mit seiner berühmten Klientin schlafen wollte, gehörte ganz offensichtlich dazu.

Sie befürchteten alle das Schlimmste.

»Vielen Dank«, sagte sie zu der Sprechstundenhilfe, die ihr nun einen Seidenschal reichte. »Das könnte klappen. Hatte er eine Lieblingsstrecke?«

»Beim Spazieren? Nein, eigentlich nicht. Am liebsten natürlich am Meer, aber da war ihm wegen des Festivals zu viel los. Ich weiß es wirklich nicht.«

Zwei Minuten später wurde das Kläffen der Hunde lauter, als sie zum ersten Mal an dem Schal rochen und sofort mit der Schnauze auf dem Boden davonstürmten. Ihre Herrchen hatten alle Mühe, sie im Zaum zu halten, die zwei Schäferhunde und der Retriever hatten augenblicklich Fährte aufgenommen.

»Die Spur muss frisch sein«, rief der Staffelleiter Claire zu, während sie hinterhereilten.

»Er ist noch nicht lange verschwunden, maximal drei Stunden.«

»Normalerweise vergeht viel mehr Zeit, bevor man mit der Suche beginnt. Das ist sicher ein Vorteil«, sagte der Polizist, während sie die Kirche umrundeten und in die Avenue Hocquart einbogen. In einiger Entfernung sah Claire eine lange Baumreihe, deren Äste sich leicht im Wind wiegten.

»Das hoffe ich«, sagte Claire. »Wir gehen davon aus, dass er Opfer eines Verbrechens wurde.«

»Na dann, die Hunde haben jedenfalls etwas, ohne Zweifel.«

»Achtung, wir kommen raus!«

Nicolas sprach die knappen Anweisungen in ein Mikro, das in seinem Hemdsärmel steckte. Bertrand hatte glücklicherweise eine entsprechende Ausrüstung in seinem Kofferraum gehabt. Er und Léandre warteten in der Empfangshalle des »Hôtel de la Plage«, jeder an einer Seite, sodass sie jeden einzelnen Gast im Blick hatten.

»Verstanden. Haupteingang ist frei. Aber draußen wird es eng.«

»Léandre, du bleibst hinten, Bertrand vorne.«

»Verstanden.«

»Wie sehe ich aus?«

Sie standen in der Fahrstuhlkabine, und Noemie betrachtete sich im Spiegel. Sie trug ein eng anliegendes, beigefarbenes Kleid, dazu hochhackige Sandalen. Ihre Schultern waren von einer grauen Stola bedeckt, ihre Haare glänzten im Licht der Kabine.

»Als Personenschützer möchte ich mich hier gern professionell enthalten …«

»Nicolas.«

»Du siehst fantastisch aus. Sehr elegant. Gar nicht wie eine Zirkusfrau.«

»Wirst du dir die Szene ansehen?«

»Sollte ich?«

Noemie lächelte ihn an.

»Da ist nichts, was du nicht schon kennst. Nur besser ausgeleuchtet. Also, ja: Schau es dir an, wenn alles vorbei ist.«

Die Türen des Fahrstuhls öffneten sich, und Nicolas führte Noemie auf dem kürzesten Weg durch die Eingangshalle nach draußen, wo ein Wagen auf sie wartete. Aus den Augenwinkeln sah er, wie der Rezeptionist Noemie anlächelte, wie einige der Hotelgäste ihre Köpfe drehten und ihnen hinterherschauten. Er achtete auf Hände und Bewegungen, prägte sich Gesichter ein und blinzelte kurz, als sie in den Sonnenschein vor dem Hotel traten.

»Wagen ist vorgefahren.«

»Los geht's, Noemie.«

Bereits beim ersten Schritt aus der Hoteltür wurden die Rufe der Fotografen laut, die Aufforderungen, stehen zu bleiben, ein Lächeln, eine Drehung.

»Noemie! Hierher! Hier, Noemie!«

Nicolas spürte, wie sie kurz innehielt, lächelte, sich der Menge zuwandte, den Touristen zuwinkte und ein paar Schritte nach vorn machte.

»Noemie, wir müssen weiter, bitte …«

»Nur zehn Sekunden, Nicolas!«

Damit konnte er leben, er wusste um ihren Wunsch nach Anerkennung, ihre Suche nach dem Blitzlicht.

So war sie eben.

Schlecht leben konnte er allerdings mit ihrer Idee, mit einem kleinen Mädchen ein Selfie zu machen.

»Komm, meine Kleine! Wie heißt du? Angélique? Was für ein toller Name, mein Engel. Wollen wir ein Foto machen?«

Sofort schob sich die gesamte Pressemeute nach vorn, Fotografen rissen ihre Apparate hoch, Nicolas sah nur noch Arme, Hände, schwitzende Körper. Bertrand hatte schnell geschaltet und sich gegen die Absperrung gestemmt, die bedenklich wackelte.

»So, noch eins?«

»Noemie, für uns auch ein Lächeln!«

»Noemie, ein Autogramm!«

Nicolas quetschte sich zwischen die Absperrung und Noemie, den Atem der Fotografen im Nacken. Und in diesem Moment fing er auch den unsicheren Blick der jungen Schauspielerin auf.

Es war Léandre, der einen Ausweg fand.

»Achtung, Team zwei! Die Adjani kommt raus!«

Sein Ruf, der so laut war, dass auch die Fotografen ihn hörten, verfehlte seine Wirkung nicht. Augenblicklich wandten sie sich dem Eingang zu, machten Nicolas und Noemie einige Zentimeter Platz, die der Personenschützer sofort nutzte.

»Rein da«, sagte er zu Noemie, als er sie wenige Meter weiter in die wartende Limousine bugsierte. Im selben Augenblick setzte sich Léandre neben sie auf die Rückbank, während Nicolas auf dem Beifahrersitz Platz nahm.

»Abfahrt«, sagte er zum Chauffeur, der kurz nickte und auf den Boulevard abbog. Für einen kurzen Moment atmeten sie durch, dann sah Nicolas Noemies angespanntes Gesicht im Rückspiegel.

»Das muss heute Abend besser klappen«, sagte er zu ihr. »Es ist zu gefährlich, Noemie. Du kannst nicht zu den Leuten hingehen und Selfies machen, es tut mir leid.«

Sie nickte und sah dann nachdenklich aus dem Fenster. Nicolas' Blick auf die Uhr verriet ihm, dass sie knapp dran waren. Das offizielle Foto der Festivaljury wurde auf einem Strandabschnitt in Richtung Blonville gemacht, sie hatten nur wenige Minuten Fahrt bis zum Ziel. Er würde sie nutzen, um die bevorstehenden Ereignisse durchzugehen. Es gab zu viele Unwägbarkeiten, zu viele Faktoren, die einen sicheren Ablauf verhindern konnten.

Ein Plan begann sich in Nicolas' Kopf zu formen, eine fixe Idee, von der er wusste, dass es ihn alles kosten würde.

»Okay, ich habe verstanden«, sagte Roussel und sah den Mann an, der vor ihm im Verhörraum saß. Joshua Minart hatte seit einigen Minuten die Augen geschlossen und war offenbar nicht gewillt, sie wieder zu öffnen. Vor ihm lag der Zettel, auf den er ein einziges Wort geschrieben hatte, immer wieder, bis der Zettel voll gewesen war und kein einziges Wort mehr daraufgepasst hatte. Roussel hatte es in die Kamera gehalten, in der Hoffnung, dass seine Kollegen, die das

Verhör im Besprechungsraum des Commissariat verfolgten, daraus schlau wurden oder zumindest einen Hinweis darin sahen.

»Ich habe verstanden, dass Sie mir außer diesem Wort nichts mehr mitzuteilen haben. Aber was machen wir jetzt damit? Wenn es ihnen so wichtig ist, wäre es da nicht verschwendete Zeit und Energie, wenn am Ende gar nichts damit passieren würde. Ich meine, es ist nicht irgendein Wort, Sie haben es immerhin mindestens fünfzig Mal auf den Zettel geschrieben …«

Aber der Poet schwieg beharrlich, Roussel meinte gar ein leises Lächeln auf seinen Lippen zu sehen. Verärgert starrte er auf den Zettel und dieses eine Wort, das ihnen ein Schlüssel sein konnte zu einem Schloss, das sie nicht kannten:

Bluttriefend

Der Begriff fand sich, so viel hatte Clementine ihm über seinen Knopf im Ohr schon sagen können, im Gedicht »Die Zerstörung«.

Roussel wartete einige Minuten, dann seufzte er und erhob sich. Er sammelte seine Unterlagen ein, griff nach der Türklinke und drehte sich noch einmal um.

»Sie können ein Menschenleben retten. Das zu tun ist kein Verrat. Sie können zeigen, dass Sie rein sind, Monsieur Minart, dass Ihnen ein Leben mehr wert ist als ein Schwur oder ein Versprechen, das Sie sich vielleicht als junge Menschen gegeben haben, damals im Waisenhaus. Sie können es beenden, Monsieur Minart. Hier und jetzt.«

Aber ob und was auch immer seine Worte bewirkten, der Poet rührte sich nicht. Er hatte die Augen geschlossen, er atmete ruhig und schien ganz woanders zu sein. Schließlich gab Roussel sich einen Ruck und verließ den Verhörraum. Kurz darauf erschien er im Besprechungszimmer, wo einige Beamte saßen, darunter Clementine und Sandrine. Beide hatten sich über einen Laptop gebeugt und murmelten vor sich hin.

»Wir kommen nicht weiter«, fluchte Roussel. »Was will er uns mit diesem dämlichen Wort nur sagen? Habt ihr was gefunden?«

Sandrine schüttelte den Kopf.

»Nicht wirklich. Es geht dabei um das sogenannte Rüstzeug der Zerstörung, das eben bluttriefend ist. Aber das ist nichts, was uns weiterhilft, kein Hinweis auf einen Ort oder gar einen Namen.«

Clementine, die junge Kollegin aus Caen, starrte ebenfalls resigniert auf ihren Bildschirm.

»Ich habe mir noch mal Nicolas' Fotos von der Kammer angeschaut. Kein Buchstabe darin ist anders markiert, nichts ist auffällig. Es macht mich wahnsinnig.«

»Und mich erst«, murmelte Roussel. »Okay, bleibt dran, wir müssen etwas finden, uns rinnt die Zeit durch die Finger. Ich höre schon Noemies Geschrei, wenn ich ihr den roten Teppich verbiete. Aber bislang läuft alles darauf hinaus.«

Das große Hippodrom von Deauville war für die Franzosen das, was Ascot für die Briten war – Heimat berühmter Pferderennen, zu denen nicht selten Prominenz aus dem ganzen Land anreiste. An einem Rennwochenende standen in den Straßen rund um das Hippodrom die teuren Limousinen Spalier, Smokings und weite Hüte wurden ausgeführt, während die Jockeys ihre manchmal millionenschweren Pferde um das weitläufige Oval jagten.

Jetzt im Spätsommer jedoch lag die geballte Aufmerksamkeit der Stadt und ihrer betuchten Klientel auf dem Filmfestival, das einige Kilometer weiter am frühen Abend mit dem Aufmarsch auf dem roten Teppich eröffnet werden würde.

In mittlerweile nicht einmal mehr sechs Stunden, wie Claire mit einem schnellen Blick auf ihre Uhr feststellte. Sie rannte mittlerweile der Hundestaffel hinterher, an deren Spitze die drei Tiere kläffend durch die Straßen gezogen waren, bevor sie vor einem geschlossenen weißen Gatter stehen blieben.

»Normalerweise ist hier abgeschlossen«, sagte Claire, als sie dazukam, während einer der Polizisten das Schloss überprüfte.

»Es ist offen. Das Schloss wurde geknackt, das Tor ist nur zugezogen.«

»Ich kann mir nicht vorstellen, dass Mallet mal eben das Gitter zum Hippodrom knackt und hineinspaziert«, sagte Claire und zog ihre Waffe. Aus ihrem unguten Gefühl war längst eine grausame Vorahnung geworden.

»Wir gehen rein«, sagte sie zu Yves Colinas, der ebenfalls seine Waffe gezogen hatte.

»Hunde festmachen!«, befahl er. Einige Minuten später schwärmte eine Handvoll Polizisten auf dem Gelände aus, mit gezogenen Waffen und dem Wunsch, dass eine Befürchtung keine Gewissheit sein musste.

Das Hippodrom war menschenleer, nur einige automatische Rasensprenger schickten ihre klickenden Geräusche zu ihnen herüber. Claire war einige Stufen der Tribünen hochgelaufen, weiße Sitzschalen erstreckten sich entlang der Gerade des Rennkurses. Weiter oben glänzte das Fensterglas der Logen in der Sonne. Andere Kollegen waren hinten um das Gebäude gegangen und durchsuchten den Servicetrakt, die Wettannahmestelle und sonstigen Einrichtungen.

Irgendwo bellte ein Hund.

»Es ist der Leichenhund«, sagte der Leiter der Hundestaffel, der neben ihr herging, ebenfalls mit gezogener Waffe. Gemeinsam mit Yves Colinas gingen sie durch die Sitzreihen, arbeiteten sich langsam vor und warfen dabei immer wieder prüfende Blicke in kleinere Logen und Sitznischen.

»Da vorne ist jemand«, sagte Yves.

Tatsächlich erkannte Claire unterhalb des Daches, im Schatten der Tribüne, eine einzelne Gestalt. Von Weitem wirkte es, als würde ein Mann dort oben die Stille der leeren Rennbahn genießen.

Als sie näher kamen, wussten sie sofort, dass diese Stille endgültig war.

»Fund!«, rief der Leiter der Hundestaffel laut zu seinen Leuten hinüber. Yves steckte seine Waffe weg und sah Claire an.

»Scheiße«, murmelte sie und blieb für einen Augenblick stehen. Eine Mischung aus Wut und Trauer stieg in ihr auf, hilflos ballte sie die Fäuste und unterdrückte gerade noch rechtzeitig einen lauten Schrei.

Sie waren zu spät gekommen. Viel zu spät.

Clement Mallet war mit einem Strick an seinen Sitz gebunden, damit er nicht vornüberkippte. Beim Näherkommen sah Claire, dass Mallets Kopf zur Seite geneigt war, seine linke Schläfe war komplett mit Blut bedeckt. Er trug eine leichte Sommerjacke und Jeans, dazu weiße Sneaker. Die geplatzten Adern in den Augen und die bereits blau angelaufene Zunge sprachen Bände.

Yves beugte sich über das Opfer und suchte nach einem Puls. Kurz darauf schüttelte er den Kopf.

»Da ist nichts mehr zu machen. Aber sein Körper ist noch warm, lange ist er noch nicht tot. So wie es aussieht, hat unser Mörder ihn erst niedergeschlagen und dann erwürgt.«

»Ein kurzer Spaziergang am Morgen, vor dem ersten Patienten. Und er endet hier. Und warum? Weil Mallet letztes Jahr mit einer Patientin geschlafen hat.«

Claire hob hilflos die Hände.

»Nicht mit irgendeiner«, fügte Yves hinzu.

Claire wollte gerade ihr Handy aus der Tasche holen, als ihr Blick auf den Sitz neben dem Leichnam von Mallet fiel.

»Da liegt etwas«, sagte sie und zog sich einen Einweghandschuh über, den Yves ihr reichte.

»Ein Zettel.«

Die Schrift war klein und kantig, geschrieben mit einem schwarzen Stift. Diesmal war es mehr als nur eine Widmung. Es war eine Botschaft. Und eine Verabredung.

Für Noemie.
Erfüllt von ewigem und schuldhaftem Begehren.
Bis gleich.

Sie atmete langsam aus und sah sich im Hippodrom um. Kein Schatten war auf der Rennbahn zu sehen, die Sonne stand längst hoch am Himmel. Wieder bellte einer der Hunde vor dem Tor.

Claire starrte auf den Leichnam des Psychiaters hinab. Wieder war jemand gestorben, der Noemie Rey zu nahe gekommen war, der ihr Vertrauen missbraucht hatte.

Sie hoffte, dass es nicht noch weitere davon gab.

Wenige Kilometer entfernt von dieser weiteren Tragödie standen Nicolas und Léandre am Strand von Blonville und sahen hinüber zu der Gruppe, die sich auf einer kleinen Plattform auf dem ansonsten leeren Strand versammelt hatte. Zwei Fotografen eilten immer zu dem ein oder anderen Mitglied der Jury von Deauville, Haare wurden gerichtet, Gesichter besser ausgeleuchtet, Assistentinnen diskutierten, Make-up-Artists korrigierten.

Es war der komplette Wahnsinn und zugleich das erste Anzeichen einer Normalität, an die sie sich im weiteren Verlauf des Tages gewöhnen würden.

»Sie hält sich tapfer«, sagte Léandre, der soeben zu Nicolas gestoßen war, nachdem er sich ein letztes Mal versichert hatte, dass von den Anwesenden keine Gefahr ausging.

Nicolas nickte und entspannte sich etwas. Neben ihnen standen weitere Sicherheitskräfte, der Strandabschnitt war großräumig abgesperrt – es sah so aus, als hätten sie in diesen Minuten sicheren Boden unter den Füßen.

Er betrachtete Léandre von der Seite.

Sie hatten noch nicht viel Gelegenheit gehabt, über ihre Wurzeln zu sprechen. Geschweige denn über die Person, die sie verband und die nun im Krankenhaus von Le Havre lag und ums Überleben kämpfte.

Ihren Vater.

»Warum wolltest du Personenschützer werden?«, fragte er Léandre schließlich. Der junge Mann drehte sich zu ihm um und lächelte.

»Deinetwegen?«

»Im Ernst? Das klingt nicht sehr überzeugend.«

Léandre sah durch seine Sonnenbrille aufs Meer hinaus. Er zuckte mit den Schultern.

»Als ich herausgefunden habe, wer mein Vater ist, war ich bereits achtzehn. Meine Mutter hat es mir erzählt. Vielleicht wollte ich Personenschützer werden, um ihn zu ärgern. Weil ich wusste, dass ich ihn damit treffen kann.«

»Warum das?«

Wieder lächelte Léandre.

»Wenn wir uns getroffen haben, dann hat er ab und zu von dir erzählt. Er hat nicht viel übrig für deine Berufswahl.«

»Oh nein, das hat er wirklich nicht.«

Nicolas dachte an die wenigen Telefonate, die er in den vergangenen Jahren mit seinem Vater geführt hatte, bevor die Sache mit Julie passiert war. Die Verachtung von Alexandre Guerlain für den Personenschutz war immer spürbar gewesen, selbst als Nicolas im Élysée-Palast gearbeitet hatte.

»Ich dachte, wenn ich auch Personenschützer werde, dann ärgert ihn das gleich doppelt«, fuhr Léandre fort. »Letztendlich ist es ihm vermutlich egal. Wie vieles andere auch.«

»So, wie ihm viele Menschen egal sind. Vielleicht sogar die meisten«, ergänzte Nicolas.

Für einen Moment schwiegen sie, während sie dabei zusahen, wie sich Noemie lachend mit einer anderen Schauspielerin unterhielt. Sie sah, so fand Nicolas, tatsächlich hinreißend aus. Für einen kurzen Augenblick schob sich die Erinnerung an ihre gemeinsame Nacht vor sein inneres Auge. Er wischte sie zur Seite.

»Wie war er für dich, als Vater?«, fragte Léandre leise in den aufkommenden Wind hinein.

Nicolas musste nicht lange über seine Antwort nachdenken.

»Er war nicht da. Er war kein Vater für mich. Das war alles. Wir haben eine gemeinsame Geschichte, die uns gleichzeitig trennt und verbindet, es ist kompliziert, ich erzähle sie dir irgendwann. Wenn das hier vorbei ist.«

Léandre nickte und schwieg, während hoch über ihnen einen Möwe ihre Kreise zog.

»Meine Mutter hat ihm nie gesagt, dass er ein zweites Kind hat. Sie hat ebenfalls in der Behörde gearbeitet, damals. Er hat es erst vor einigen Jahren erfahren – dass es mich gibt, meine ich.«

Nicolas ließ Léandres Worte verklingen, bevor er antwortete.

»Dann habt ihr vielleicht noch eine Chance. Ich würde es dir wünschen.«

In die Gruppe auf dem Podest war Bewegung gekommen, Applaus war zu hören und Noemies Lachen.

»Weißt du, was ich mich die ganze Zeit frage?«, sagte Léandre plötzlich und blickte Nicolas an.

»Was?«

»Der Anschlag gestern Vormittag, unterhalb der Klippen – die Schüsse auf Noemie …«

»Die du in letzter Sekunde gerettet hast, Léandre.«

Noemie kam jetzt über den Sand auf sie zugelaufen, Arm in Arm mit einem Regisseur, der ebenfalls zur Jury gehörte.

»Der Anschlag passt überhaupt nicht ins Bild.«

Nicolas runzelte die Stirn und drehte sich zu ihm um.

»Wie meinst du das?«

»Zum einen hat unser verrückter Stalker doch bislang Menschen umgebracht, die Noemie mehr oder weniger geschadet haben. Den Leiter des Festivals, ihre offenherzige Agentin.«

»Und Clement Mallet, den Psychiater. Ich habe gerade eben einen Anruf von Roussel bekommen, sie haben ihn gefunden, tot. Mit einem Gruß an Noemie.«

»Scheiße.«

»Allerdings. Langsam müssen wir uns etwas überlegen. So wie ich sie kenne, wird sie sich auch von Roussel nicht davon abhalten lassen, über den roten Teppich zu spazieren.«

Noemie war stehen geblieben, offenbar tauschte sie gerade Handynummern mit dem Regisseur aus.

»Aber genau das meine ich!«, fuhr Léandre fort. »Warum sollte er ihr immer *Für Noemie* schreiben und sie gleichzeitig beim Joggen am Strand abknallen wollen? Das passt doch nicht!«

»Das stimmt. Salut, Noemie, bist du fertig? Dann lass uns zurück ins Hotel fahren.«

»Ja sofort«, sagte Noemie und begrüßte eine ältere Dame mit zwei Wangenküssen. Plappernd entfernten sie sich einige Meter.

»Mir ist noch was aufgefallen«, sagte Léandre schnell. »Unten am Strand, während des Anschlags. Die Schüsse ...«

Nicolas sah die hohen Felsen von Varengeville vor sich, die Kirche oben auf der Klippe, die Gestalt, die an der Kante gesessen und auf Noemie gezielt hatte.

»Worauf willst du hinaus, Léandre?«

»Er hat nicht auf uns geschossen.«

»Natürlich nicht, Léandre. Ich habe dein gesamtes Magazin auf ihn abgefeuert, er war abgelenkt.«

»Nein, ich meine vorher«, erklärte sein Halbbruder. »Als ich sie umgerissen habe, da gab es keine Einschläge neben uns. Die Kugel ging viel zu weit oben durch die Luft.«

Nicolas nahm seine Sonnenbrille ab und betrachtete Léandre eingehend. Er hatte längst begriffen, dass der junge Personenschützer etwas Offensichtliches aussprach, was er selbst die ganze Zeit ignoriert hatte.

»Nicolas, ich bin mir mittlerweile ganz sicher: Er hat nicht auf Noemie geschossen. Sondern auf dich. Du warst sein Ziel. Und ehrlich gesagt: Du bist es vielleicht immer noch.«

Nicolas brauchte einen Augenblick, bis Léandres Schlussfolgerung endgültig bei ihm angekommen war.

Dann nickte er und sagte: »Ich werde kurz mal telefonieren. Ich bin sofort wieder da.«

KAPITEL 34

Deauville
14:20 Uhr

Einigermaßen erschöpft erreichte Claire am Nachmittag die Rue Désiré le Hoc, sie warf sich auf ihren Bürostuhl und öffnete eine Cola, die sie Alphonse am Empfang abgeschwatzt hatte. Auf ihrem Tisch lagen unzählige Unterlagen und Ermittlungsakten, vor allem aber Aufnahmen von dunkel klingenden Gedichten an Häuserwänden und Litfaßsäulen.

Sie stützte ihren Kopf auf die Hände und schloss für einen Moment die Augen. Sofort schob sich das Bild des toten Clement Mallet in ihre Gedanken: Wie er dort gesessen hatte in der obersten Reihe des Hippodroms, ein scheinbar geruhsamer Betrachter der leer gefegten Szenerie einer Pferderennbahn. Das Geräusch der Rasensprenger, das Bellen der Spürhunde im Hintergrund.

Und immer wieder ihre eigene Stimme: *Für Noemie, erfüllt von ewigem und schuldhaftem Begehren. Bis gleich.*

Sie hatte auf die Spurensicherung gewartet, auf einige Kollegen, die den Tatort abgesperrt hatten. Jetzt schon war das Commissariat quasi verwaist, Sandrine brauchte jeden Mann auf den Straßen, es waren Tausende Touristen in der Stadt, überall Übertragungswagen, die Straßen waren vollgestopft und die Atmosphäre aufgeheizt.

»Und das Festival hat noch nicht mal begonnen«, murmelte sie und blickte auf, als sie wenige Meter neben sich

Musik hörte. Clementine, die Kollegin aus Caen, hatte ihre Kopfhörer abgesetzt und rieb sich die Augen.

»Ich kriege noch quadratische Augen«, stöhnte sie. Vor ihr der Laptop, auf dem Claire die Aufnahmen aus dem Waisenhaus erkannte, allerdings in einer Schwarz-Weiß-Variante.

Sie deutete auf den Kopfhörer.

»Was hörst du?«

»Altes Zeug. Dutronc, Souchon, Gainsbourg. Irgendwie steh ich drauf.«

Clementine hatte lange blonde Haare, die sie zu einem Zopf zusammengebunden hatte. Claire hatte von Philippe gehört, dass die Kollegen in Caen komplett vernarrt in sie waren.

Vor allem aber war sie offenbar eine richtig gute Ermittlerin, dachte Claire.

»Ich kenne einen alten Mann in Paris, mit dem hättest du deine helle Freude.« Sie dachte für einen Moment an Tito, Nicolas' alten Nachbarn, der mit seinem Hund Rachmaninoff jetzt womöglich auf dem Balkon saß und Rauchkringel in den Septemberhimmel blies, während im Hintergrund »La Chansonette« von Yves Montand auf dem alten Plattenspieler lief. Sie beschloss, ihn zu besuchen, sobald dieser Fall erledigt wäre – und sie sich zu einer Antwort an Nicolas' Vater durchgerungen hatte. Wobei sie nicht mal wusste, wie es ihm nach seinem Zusammenbruch vor der Kirche Saint-Augustin ging.

Mittlerweile wusste sie auch, dass er nie von einer wirklichen Bedrohung auf dem Festival gewusst hatte, sondern lediglich Léandre ins Sicherheitsteam hatte bringen wollen.

Was für eine kaputte Familie, dachte sie. Sie blickte auf Clementines Laptop und runzelte die Stirn.

»Machst du Farbexperimente?«

Die junge Kollegin lachte und drehte den Bildschirm so hin, dass Claire besser sehen konnte.

»Gewissermaßen, ja. Ich habe mit Farbsättigungen gearbeitet, mit mehr Schatten, mit Farbinversion – aber ich finde nichts. Gar nichts. Es wie verhext.«

Claire deutete auf das Wort, das auf dem Zettel stand, den Clementine sich seitlich an den Bildschirm geklebt hatte.

Bluttriefend

»Was hat es damit auf sich?«

»Das hat dieser Poet Roussel im Verhörraum auf einen Zettel geschrieben. Es ist ebenfalls aus dem Gedicht ›Die Zerstörung‹ – siehst du, da steht es an der Wand, dahinten noch mal. Aber auch diese Wörter sind weder unterstrichen noch anders geschrieben. Wir sind genauso schlau wie vorher.«

In diesem Augenblick klopfte es an der Tür des Großraumbüros, und Roussel steckte seinen Kopf herein.

»Könnt ihr zwei mal kurz ins Besprechungszimmer kommen? Es ist dringend!«

»Habt ihr was gefunden?«, fragte Claire hoffnungsvoll, aber Roussel schüttelte den Kopf.

»Nein. Aber Nicolas hat einen Plan entwickelt, über den wir reden sollten.«

»Ist er vielversprechend?«

»Genau darüber sollten wir reden. Ich weiß nur, dass wir hier morgen die Interne Ermittlung stehen haben, wenn wir ihn umsetzen.«

»Du meinst, wenn er nicht funktioniert?«

Roussel schwieg für zwei Sekunden, dann sah er sie mit dunkler Miene an.

»Nein. Auch wenn er klappt. Die Interne kommt auf jeden Fall.«

Nicolas stand am Anfang der Rue Lucien Barrière und blinzelte in die Sonne, die hoch am Himmel stand, bereit, ihren nachmittäglichen Weg anzutreten, über die Wellen des Ärmelkanals hinweg, bis tief nach Westen, wo sie den Horizont beleuchten würde und die Schwingen der Seevögel, die in den späteren Stunden des Tages über den Fischerbooten kreisen würden. Er hatte seine Sonnenbrille abgenommen und beobachtete die Menschen um sich herum, die begannen, sich an den Absperrungen aufzustellen und an den Stellen, von denen sie sich die beste Aussicht erhofften. In der Luft lag eine Mischung aus Vorfreude und Anspannung. Über alldem das Geräusch eines Hubschraubers, der über dem Tagungszentrum kreiste, wie ein Albatros über der See. Rucksäcke wurden abgestellt, Trinkflaschen herausgeholt, Brotboxen und Tupperware hervorgezaubert. Mobile Aufladestationen versorgten die so überlebenswichtigen Handys der Filmfans mit Strom, damit nicht im entscheidenden Moment die Nachwelt auf ein Selfie verzichten musste.

Nicolas stand am Anfang des roten Teppichs, er hatte bei der Akkreditierung die nötigen Durchgangsberechtigungen für sich selbst, Bertrand und Léandre besorgt. Nach einem längeren Gespräch mit dem Sicherheitschef des Festivals wollte er nun noch kurz die Atmosphäre aufsaugen, ein Gefühl entwickeln für diesen Ort. Es war immer von Vorteil, von der Intensität und der Energie nicht völlig überrollt zu werden, die der Auftakt einer öffentlichen Veranstaltung oder gar eines Festivals entwickeln konnte. Die Rufe, die Blitzlichter, die geballte Aufmerksamkeit, die sich auf wenige Personen konzentrierte. Nicht selten herrschte bei solchen Events ein heilloses Durcheinander, und die sorgsam choreografierten Sicherheitsvorkehrungen waren schnell hinfällig.

Genau das aber mussten sie später vermeiden.

Nicolas sah auf seine Armbanduhr. Er spürte, wie angespannt er war.

Ihr Plan begann in wenigen Minuten. Von da an würde es kein Zurück mehr geben, keine Wendemöglichkeit auf einer

Fahrt, die tief hineinführte ins dunkle Herz dieser Geschichte.

Zumindest hofften sie das.

Bei einem Straßenverkäufer besorgte er sich einen schwarzen Tee und schritt einige Minuten die Absperrungen hinter den bereits wartenden Fans ab. In Gedanken ging er die Abläufe durch, prägte sich die einzelnen Positionen ein, die sie nachher einnehmen würden. So wie die anderen Stars auch würde Noemie die wenigen Meter vom »Hôtel de la Plage« hinüber zum Tagungszentrum mit einer Limousine zurücklegen und erst direkt am roten Teppich aussteigen, Nicolas würde sie zu einer Fotowand begleiten, wo sie dann im vermutlich ausufernden Blitzlichtgewitter für die Fotografen posieren würde. Anschließend waren etwa zwanzig Meter über den roten Teppich zurückzulegen, vorbei an den Fans, bis ins Innere des Tagungszentrums.

Diese zwanzig Meter waren das Problem. Noemie würde ungeschützt sein, ohne ihn an ihrer Seite.

Dies war die Distanz, die sie überstehen mussten.

Das dunkle Herz dieser Geschichte.

Nicolas' Handy klingelte. Er nahm den Anruf entgegen und lächelte, als er die Stimme der Person hörte, die er vorhin angerufen hatte.

»Ich bin unterwegs«, sagte sie.

»Du kannst immer noch umkehren.«

Er hörte ein kurzes Lachen in der Leitung.

»Bist du verrückt? Ein wunderschönes Kleid, ein Make-up-Artist nur für mich, Posieren auf dem roten Teppich – ich fahre, so schnell ich kann. In einer guten Stunde bin ich da.«

»Ich danke dir.«

»Du sollst mir nicht danken. Du sollst mich beschützen, sonst gibt es echt Ärger!«

»Das werde ich. Bis später.«

»Bis später, Nicolas, es wird alles gut gehen.«

Als er auflegte, dachte er für einen kurzen Moment über ihre letzten Worte nach. Alles würde gut gehen. Es musste gut gehen. Weil er sich seine Entscheidung sonst ein Leben lang nicht verzeihen würde.

Kurz darauf warf er seinen Pappbecher in einen Mülleimer, verließ den roten Teppich und ging zurück zum »Hôtel de la Plage«, um Noemie in seinen Plan einzuweihen.

Sie würde nicht begeistert sein, aber sie hatte keine Wahl. Als er den Boulevard Eugène Cornuche überquerte, prüfte er erneut die Zeit. 15 Uhr.

Noch drei Stunden, bis alles beginnen würde.

»Mach schon, Roussel«, flüsterte er leise und dachte an seinen Freund, der jetzt hoffentlich eine Entscheidung getroffen hatte, die er später nicht würde bereuen müssen.

So wie er selbst.

KAPITEL 35

Deauville
15:08 Uhr

Er erwachte aus einem Traum, wie ein Schiffbrüchiger auf hoher See erwacht, treibend auf einer Schiffsplanke, verzweifelt, dem Tode nahe. Seine Augen brauchten einige Zeit, um sich an das grelle Licht zu gewöhnen, der Stuhl, auf dem er saß, war hart, und es kam ihm vor, als würde er schwanken, von hohen Wellen geschoben.

Sein Kopf ruhte auf der Tischplatte, er spürte seinen Nacken, seine Glieder schmerzten.

Er war allein.

Wie lange hatte er hier geschlafen? Er war eingenickt irgendwann, als niemand mehr gekommen war. Er richtete sich auf, fuhr sich durch die Haare, durch sein Gesicht, blickte in Richtung der Überwachungskamera.

Sie war ausgeschaltet, das rote Licht unter der Linse war matt und dunkel. Er stöhnte, als er sich an den Kiefer fasste, wo der Polizist am Strand ihn getroffen hatte.

Die Bilder kamen zurück.

Seine Wörter erschienen wieder, die Zeilen, auf der Innenseite seiner Lider, er sah sie im Raum umherschweben, sie bildeten einen Kokon, der ihn schützen würde, alle Zeiten lang. Die Wände, die Tafeln, an die er seine Gedichte geschrieben hatte, sie waren ganz nah.

»Schreib es ihnen auf die Haut«, hatte er gesagt, und er hatte es getan, endlich.

Sein Bruder.

Er lächelte bei der Erinnerung an ihre Pläne, damals, in der Kammer, wenn er zu ihm gekrochen war, um ihn zu holen, bevor die anderen ihn fanden. Manchmal war er zu spät gekommen, dann lag er bereits im Bett, hatte eingenässt und Striemen zeichneten seinen Rücken.

Eine Hand auf dem Buch, das unter dem Kissen lag und das ihm Kraft gab und Licht in dunklen Zeiten. Die Wörter, die Zeilen, die Macht der Poesie, nächtelang hatte er sie studiert, bis er den Sinn begriffen hatte.

Er vernahm das Surren der Deckenleuchte im Raum, ansonsten war es still. Er öffnete die Augen, sah sich um, die Wände, das Sichtfenster, der Stuhl, ein Tisch, auf dem …

Mit einem lauten Aufschrei stürzte er sich darauf, zog das Buch, das auf der Tischplatte lag, an sich, klammerte sich daran fest. Seine Hände wanderten über den rissigen Einband, über die eingeprägten Buchstaben, und seine Tränen fielen auf das Leder wie schwere Regentropfen auf das Heilige Land.

Hastig blätterte er es durch, alle Seiten waren noch da, jede Zeile, wo sie hingehörte, er las, sprach, rief, stand auf und drehte sich im Kreis, während er das Buch an sich presste.

Jetzt war es gut, alles fügte sich.

Dann sah er das Licht.

Ein schmaler Streifen an der Wand, ein Funken Hoffnung in einer düsteren Zeit. Ein Weg, wo keiner sein sollte. Und er wusste genau, dass es seine Zeilen waren, die Wörter in seinem Buch, die ihm diesen Weg wiesen.

Behutsam näherte er sich der Tür, die ganz offensichtlich nicht richtig verschlossen worden war, jemand musste beim Zuziehen nicht aufgepasst haben. Mit den Fingerspitzen berührte er das kalte Metall der Klinke, drückte sie herunter und lauschte in den Gang hinein.

Sein Herz schlug hart gegen das Buch, das er an seine

Brust gedrückt hielt, wie ein Vater sein neugeborenes Kind. Er blickte den Gang hinunter, hörte Stimmen von rechts, dort, wo der Empfang war, wo die Polizisten auf ihn warteten, um ihn zurückzubringen, ihn einzusperren, ein Leben lang.

Dabei war er noch nicht fertig. Er hatte noch eine Aufgabe zu erledigen.

Sein Bruder.

Sie hatten sich irgendwann selbst so genannt. Die Zeit in der Kammer, das Leben im Schattenland, es hatte sie zu Geschwistern gemacht, es war ihr Blut, das sie verband, das auf ihren Rücken verkrustete, nach den Schlägen, die sie beide ertrugen, weil sie wussten, dass sie fliehen würden, eines Tages.

So wie er jetzt.

Damals war sein Bruder vorgegangen, aber er war zurückgekommen, hatte ihn geholt, in einer kalten Nacht, als die Wagen gekommen waren, um die Kinder abzuholen, um sie in ein anderes Heim zu bringen, das doch den gleichen Schmerz, das gleiche Leid mit sich bringen würde.

Die Dunkelheit.

Sie hatten sich verloren, später, er war allein durch die Jahre gestolpert, mit seinen Wörtern, seinen Zeilen im Kopf, die immer lauter schrien, bis es nur noch sie gegeben hatte in seinem Leben.

Jetzt floh er wieder.

Aber jetzt war er es, der seinen Bruder retten würde.

Vor sich selbst.

Schritt für Schritt schlich er durch einen Flur, vorbei an angelehnten Türen, hinter denen er Stimmen hörte, Telefonate, hektische Befehle.

Niemand achtete auf ihn, weil seine Wörter, seine Zeilen ihn einhüllten, unsichtbar machten für die Augen dieser Welt.

Er hatte seinen Bruder nicht verraten. Er hatte Zeichen

gesetzt, Leuchtfeuer entzündet in seinen Gedichten, und sie hatten sie gesehen. Aber sie hatten ihn trotzdem nicht gefasst, ihn nicht aufhalten können, seinen Bruder, der Böses tun wollte, obwohl es ihm nicht zustand, niemandem stand es zu, die Blumen des Bösen zu pflücken.

Aber nun wusste er, was seine Aufgabe war. Er war der Poet.

Er war es immer gewesen.

Als er durch den Hinterausgang des Commissariat von Deauville in die Sonne trat, das Buch fest in den Händen, da war drinnen, im großen Besprechungsraum, für einen Augenblick absolute Stille.

Auf einem Bildschirm leuchtete die Anzeige eines GPS-Trackers, dessen Sender im dicken Ledereinband eines Gedichtbandes angebracht war.

»Es geht los«, sagte Roussel schließlich. »Jetzt gibt es kein Zurück mehr.«

KAPITEL 36

Deauville
17:40 Uhr

Der Plan war verrückt. Kaum umsetzbar. Kompletter Wahnsinn.

Und es war zu spät, um alles rückgängig zu machen.

Nicolas, Bertrand und Léandre saßen in der Suite des »Hôtel de la Plage« und warteten. Ab und an stand einer von ihnen auf und starrte hinab auf das wilde Treiben entlang des Strandes, auf die Menschenmassen, die sich den Boulevard entlangschoben, und auf die grellen Lichter, die in einiger Entfernung den roten Teppich vor dem Tagungszentrum beschienen. Der Himmel hatte einen satten Blauton angenommen, die Stadt lag im Glanz einer warmen Spätsommersonne. An den Masten flatterten die Fahnen des Festivals, verziert mit den Gesichtern einiger Schauspieler. Reporter nahmen ihre Positionen ein, und schwarze Limousinen reihten sich auf, um die Stars dieses Abends aufzunehmen, um sie nur kurz darauf vor dem roten Teppich wieder auszuspucken.

Mitten im Auge des Sturms.

Nicolas konnte die Stelle sehen, an der Noemie von der Fotowand hinüber zum roten Teppich gehen würde, wo die Absperrung begann und nur Fans zugelassen waren. Es war dieser Moment, der zählte, die entscheidenden Meter. Erneut ging er im Kopf den Ablauf durch.

Immer noch gab es keine Botschaft von Roussel, keinen Anruf mit der erlösenden Nachricht, dass der Poet sie direkt zu dem Mann geführt hatte, der Noemie womöglich dort drüben auflauerte.

»*Bis gleich*«, hatte er geschrieben. Eine letzte Nachricht, neben dem Leichnam von Clement Mallet.

Drei Tote in drei Tagen.

Dazu womöglich Noemies Freund in den Bergen von Nizza.

Eine dunkle, blutige Spur, die direkt hierherführte: auf den roten Teppich von Deauville.

»Was dauert das denn so lange?« Bertrand fluchte, während er vor einem großen Spiegel an seinem Smoking zog.

»Das Ding kneift überall, Nicolas.«

»Zu viel gegessen im Urlaub?«, flachste Léandre, der auf einem Stuhl saß und in einer Broschüre des Hotels blätterte.

»Hey, Jungspund, schön vorsichtig. Nein, es ist die Schutzweste, normalerweise trage ich keine drunter. Aber der Herr Super-Bodyguard meint ja, diesmal müssten wir …«

Bertrands Ausführungen wurden vom Geräusch der aufgehenden Schiebetür zu Noemies Schlafzimmer unterbrochen. Augenblicklich verstummten alle drei.

Sie trug einen langen dunklen Rock, dessen Stoff im Licht der Abendsonne glitzerte und der gerade so durchsichtig war, dass ihre offensichtlich unendlich langen Beine eben noch zu erkennen waren. Über einem mit funkelnden Steinen besetzten Gürtel trug sie ein grau schimmerndes Oberteil, das am Hals hochgeschlossen war. Frisur und Make-up waren dem glamourösen Anlass mehr als angemessen. An ihrer rechten Hand funkelten drei Ringe, in ihrer linken trug sie eine kleine Tasche, die exakt denselben Ton hatte wie ihr Oberteil.

»Jungs, Mund zu«, sagte sie, als sie die drei Männer mit erhobenem Kopf anlächelte. Es war das Lächeln eines Filmstars, sie war dem Publikum vollkommen zugewandt. So, wie man Noemie Rey kannte.

Nur dass dies nicht Noemie war.

»Ich dreh durch«, sagte Bertrand, der tatsächlich mit offenem Mund vor dem Spiegel stand und die Frau anstarrte, die in der Schlafzimmertür stand. Auch Léandre war jetzt aufgestanden, er wusste für einen Moment nicht, wohin mit seinen Händen, und legte die Hotelbroschüre umständlich zurück auf den Tisch.

»Du siehst … umwerfend aus«, sagte Nicolas leise. »Und so verdammt …«

»Ähnlich?«

Hinter der falschen Noemie in der Tür trat die richtige ins Licht. Sie trug exakt den gleichen Rock, das gleiche Oberteil, die gleichen Ringe an den Fingern.

Und sie sieht noch bezaubernder aus, dachte Nicolas, als er die echte Noemie Rey betrachtete, die mit einem spielerischen Lächeln zu Bertrand ging und seine Fliege zurechtrückte.

»Was sagt ihr?«, flüsterte sie Bertrand ins Ohr. »Sind wir heiß?«

»Äh … also, na ja, es ist … ach, verdammt, aber so was von!«

Nicolas betrachtete die beiden Frauen, die sich tatsächlich unglaublich glichen. Die Figur, die Haare, es war beinahe zu perfekt, um wahr zu sein.

»Das könnte tatsächlich klappen«, murmelte er. Dann ging er zu der Frau, die als Erste aus dem Schlafzimmer gekommen war.

»Aurore, das ist … unfassbar. Wirklich. Als Braut warst du schon ein echter Hingucker, aber das hier …«

Die junge Ausbilderin und rechte Hand seines ehemaligen Teamleiters lächelte und klopfte sich dann auf den Bauch.

»Jetzt darf ich schon einmal auf den roten Teppich, und

du zwingst mich, eine Nummer größer zu tragen. Mit der Schutzweste passe ich einfach nicht in die 36.«

»Ich auch nicht«, ergänzte Noemie. »Und darüber werden wir noch reden.«

Als Nicolas Noemie vor einigen Stunden seinen Plan erklärt hatte, war sie strikt dagegen gewesen. Es hatte lange gedauert, bis sie ihm überhaupt zugehört hatte, bis er ihr die Details erklärt hatte und vor allem die Vorzüge. Die echte Noemie würde aus dem Auto steigen, sich den Fotografen präsentieren, auf den Bildern zu sehen sein, die um die Welt gehen würden. Am Übergang zum roten Teppich, der in einem kleinen VIP-Zelt verborgen war, würde Aurore sie ablösen und für sie über den Teppich gehen, an dem seitlich die Fans warten würden, um ihr zuzujubeln. Aurore würde keine Selfies machen, keine Autogramme geben, nur winken und lächeln, in der Hoffnung, dass im ersten Augenblick niemand etwas merken würde. In der Zwischenzeit würde die echte Noemie durch einen Seiteneingang das Foyer betreten und sofort wieder präsent sein.

Und in Sicherheit.

Es war ein verrückter und riskanter Plan. Es hatte geholfen, dass Aurore und Noemie sich auf Anhieb sympathisch gewesen waren. Die Ähnlichkeit war Nicolas bereits in Varengeville aufgefallen, aber nie hätte er gedacht, dass ihm das einmal nützlich sein könnte. Und nun gab es kein Zurück mehr. In zehn Minuten würde Aurore mit Bertrand hinübergehen und ihre Position einnehmen, unauffällig in einem Mantel mit Kapuze. Niemand würde auf sie achten, und der Sicherheitschef des Festivals war informiert.

Nicolas sah auf die Uhr.

»Es ist Zeit. Wir machen uns bereit.«

Im Commissariat von Deauville liefen die Vorbereitungen ebenfalls auf Hochtouren, die Gänge und Großraumbüros glichen einem Wespennest. Überall rempelten sich Menschen an, Befehle waren zu hören, Telefone klingelten, das Festival hatte die Polizei fest im Griff. Nur im großen Besprechungsraum saßen Roussel, Claire und Yves stumm auf ihren Stühlen und blickten auf den großen Bildschirm an der Wand. Auf einem Stadtplan von Deauville blinkte ein weißer Punkt, derzeit bewegte er sich auf dem Bahnhofsvorplatz.

»Verdammte Scheiße, was macht der denn? Team 1, hört ihr mich? Irgendetwas Neues?«

Ein Funkgerät knisterte in seiner Hand, kurz darauf erklang eine Männerstimme.

»Nein, nichts Neues. Er sitzt am Rand des Brunnens. Keine Aktivitäten, keine Kontakte.«

»Scheiße!«

Roussel warf das Funkgerät frustriert auf den Tisch und raufte sich die Haare.

»Zuerst läuft er eine Stunde durch die Stadt, dann steht er eine Ewigkeit an der Straßensperre zum Festival und glotzt zum Tagungszentrum rüber. Und jetzt ruht er sich aus, oder was? Ein totaler Reinfall die ganze Scheißaktion. Und morgen klingelt hier das Telefon, und wir dürfen erklären, warum wir einen Tatverdächtigen mal eben so wieder freilassen.«

»Hab Geduld, Roussel«, sagte sein Stellvertreter beschwichtigend. »Noch haben wir Zeit.«

»Einen Scheiß haben wir! In einer halben Stunde beginnt das Spektakel auf dem roten Teppich, dann ist es quasi zu spät. Mann, Clementine, kannst du mal mit dem Tippen aufhören?«

Clementine saß neben Claire und hämmerte auf die Tastatur. Immer wieder veränderte sie die Farbgebung oder die Sättigung der Aufnahmen aus der Kammer im Waisenhaus.

»*Bluttriefend*«, murmelte sie immer wieder. »Was zur Hölle willst du uns damit sagen?«

Claire verfolgte auf einem Fernseher die Liveübertragung

der Festivaleröffnung. Der Sender hatte rechts oben einen Countdown eingeblendet.

Es waren jetzt noch achtundzwanzig Minuten.

»Wahnsinn, wie viele Journalisten da sind«, murmelte sie. »Fernsehleute, Zeitung, Fotografen, Agenturen.«

»Der ganze Mob«, fluchte Roussel und beobachtete weiter den weißen Punkt auf dem Stadtplan. »Komm schon, beweg dich.«

»Zeitung«, murmelte Claire weiter und trommelte auf den Tisch. »Zeitung. Warum klickt es da bei mir?«

»Weil bei dir immer was klickt«, sagte Roussel und nahm einen großen Schluck Wasser aus einer Flasche.

Plötzlich setzte Claire sich aufrecht hin und sah ihn an.

»Keine Ahnung, nur so ein Gefühl. Aber hier kann ich gerade ohnehin nichts machen. Ich fahre noch mal in die Wohnung des Poeten.« Sie sprang auf und zog sich ihre Jacke über.

»Nach Gabet Angélique? Was willst du dort?«

»Weiß ich noch nicht!«, rief sie und eilte aus dem Raum. Kurz darauf schoss sie mit einem Dienstwagen aus der Einfahrt der Rue Désiré Le Hoc und nahm am Kreisel die Ausfahrt in Richtung Pont des Belges, angetrieben von dem unbestimmten Gefühl, dass da etwas war, das sie übersehen hatten.

Etwas, das von Anfang an geschrieben stand.

KAPITEL 37

Deauville
18:00 Uhr

Und wir senden live aus Deauville, meine Damen und Herren, wo in diesen Minuten das Internationale Festival des amerikanischen Films eröffnet wird – der rote Teppich ist ausgerollt, und ich begrüße an meiner Seite …«

»Okay, Showtime«, sagte Nicolas, überprüfte noch einmal das Magazin seiner Waffe und nickte Léandre zu.

»So schnell wird aus einer Ausbildung bitterer Ernst. Vielen Dank, das du dabei bist, es wird alles gut gehen. Wenn wir uns nur an den Plan halten.«

Léandre lächelte ihn an, während er den Sitz seiner Schutzweste überprüfte.

»Eben noch Einzelkind, jetzt mit dem Halbbruder auf dem roten Teppich – das Leben steckt voller Überraschungen.«

Noemie kam aus dem Badezimmer, überprüfte vor dem Spiegel ein letztes Mal ihr Outfit und betrachtete dann die beiden Personenschützer.

Für einen Moment wirkte sie nachdenklich, als würde sie sich erst jetzt dessen bewusst werden, was in den vergangenen drei Tagen passiert war.

»Danke, dass ihr da seid. Passt auf euch auf, ja?«

»Wir sind da, um auf dich aufzupassen«, sagte Nicolas und hielt ihr die Tür auf. »Und jetzt genießen wir den Abend. Nach dir, Filmstar.«

Roussel hatte mittlerweile einen Tennisball gefunden und warf ihn unablässig gegen die Wand des Besprechungsraumes. Er fing ihn auf, warf erneut, kaute dabei Kaugummi, drehte sich eine Zigarette, warf den Ball wieder und sah währenddessen abwechselnd auf den Fernsehbildschirm und auf den weißen Punkt auf dem Stadtplan.

»Was machst du, Arschloch?«, murmelte er und fing den Ball wieder auf.

»Roussel, es nervt«, fluchte Yves Colinas.

»Dann geh raus. So, die Ersten haben den roten Teppich betreten. Ist das … mein Gott, ist der fett geworden. Und seine Frau, soll das eine Abendrobe sein oder eine Gardine?«

Neben ihnen hob Clementine genervt den Kopf.

»Im Ernst? Machst du jetzt Promifernsehen? Bisschen Glamour gucken? Wir suchen einen Attentäter, und du bewertest die Outfits? Oh Mann, wir sind echt am Arsch.«

»Halt die Klappe, Anfängerin, mach dein Farbenspiel weiter.«

»Du kannst mich mal!«

Roussel warf den Tennisball wieder gegen die Wand.

Es war 18:20 Uhr.

Noemie würde demnächst vorfahren. Und dann würde sich zeigen, ob Nicolas' Plan funktionierte.

Plötzlich knisterte Roussels Funkgerät, gleichzeitig sah er, wie der weiße Punkt sich auf dem Stadtplan bewegte.

»Er nimmt den Bus«, erklang die Stimme eines Mitglieds von Team 1. »Der Poet ist soeben in den Bus gestiegen.«

»Wohin fährt er?«, wollte Roussel wissen. Er war aufgestanden.

»Nach Le Havre. Team 2 nimmt die Verfolgung auf, wir werden vorfahren.«

»In Ordnung, sagt Bescheid, wenn er aussteigt.«

»Verstanden. Bis später.«

»Was will er in Le Havre?«, fragte Yves Colinas.

»Mann, Yves, woher soll ich das wissen? Hauptsache, er bewegt sich mal. Vielleicht führt er uns ja doch noch zu unserem Mann.«

Claire hatte deutlich länger nach Gabet Angélique gebraucht, als sie angenommen hatte. Der dichte Festivalverkehr hatte die Straßen verstopft und die Brücke über die Touques war nach einem Auffahrunfall gesperrt gewesen. Als sie vor dem heruntergekommenen Mehrfamilienhaus ankam und den Wagen abstellte, war es kurz vor halb sieben. Im Radio hatte sie gehört, dass das Festival nun eröffnet wurde und die ersten Promis bereits im Tagungszentrum angekommen waren.

Viel Erfolg, Nicolas, dachte sie, während sie eine Taschenlampe aus dem Handschuhfach nahm und das Magazin ihrer Waffe prüfte. Es war zwar noch hell draußen, aber sie wusste, dass es in der Souterrainwohnung, in der der Poet gehaust hatte, dämmrig war und das Licht dort nicht ging.

»Dann wollen wir mal«, murmelte sie und betrat das staubige Treppenhaus. Bevor sie im Dämmerlicht verschwand, blickte sie noch einmal nach draußen, hinüber zu dem Haus, vor dem der Kampfhund den armen Sammy angefallen hatte. Sie wusste nicht, wie es ihm ging, sie würde ihn besuchen, wenn das hier vorbei war.

Sie hatte so vieles vor, wenn das hier vorbei war.

Ihre Schritte hallten durch den Flur im Untergeschoss. Sie kam an Türen vorbei, die schief in den Angeln hingen, Pappkartons lagen auf dem speckigen Boden, Hinterlassenschaften der Obdachlosen, die ein trockenes Abrisshaus zu schätzen wussten.

Als sie am Ende des Ganges vor der Wohnung des Poeten ankam, riss sie die schlecht befestigten Absperrbänder herunter und betrat den kleinen Wohnungsflur. Sie knipste die Taschenlampe an, Staubkörner tanzten in der Luft, sie hustete und ging schnell durch den muffigen Wohnraum nach hinten.

Das Schlafzimmer war unverändert.

Die Zitate aus dem Gedicht »Die Blinden« starrten von allen Wänden. Er musste nächtelang wach gelegen haben, während er die Wände vollgekritzelt hatte. Die Wörter hatten etwas Bedrohliches, etwas Dunkles.

Aber es war eine andere Wand, die sie interessierte. Claire setzte sich auf die Bettkante und leuchtete mit ihrer Taschenlampe auf die aufgehängten Zeitungsartikel. Es waren Hunderte, sie bedeckten die gesamte Wand. Einige steckten in Klarsichtfolien, andere waren völlig vergilbt. Fotos von Schauspielerinnen, von Festivals und roten Teppichen, auf vielen war Noemie zu sehen.

Einige Artikel mussten Jahre alt sein, die junge Schauspielerin hatte längere Haare, im Hintergrund ein Plakat der »Zirkusfrau«.

»Hat mir nicht gefallen, der Film«, murmelte Claire.

Der Lichtkegel wanderte über die Wand, ab und zu hielt sie inne, las eine Überschrift, betrachtete ein Bild.

»Warum hast du diese Artikel aufgehoben?«, fragte sie in die Stille hinein, aber die klammen Wände des Zimmers gaben keine Antwort.

»Abfahrt.«

Nicolas saß auf dem Beifahrersitz der Limousine, Léandre erneut im Fond, direkt neben Noemie, die sichtlich nervös war. Durch die Fenster konnten sie die Gesichter der Filmfans sehen, die am Straßenrand standen und den Wagen zujubelten. Künstliche Palmen säumten die Fahrbahnmitte, im Hintergrund blitzte ab und zu ein Fetzen des blauen Meeres durch die Häuserschluchten. Über ihnen kreiste ein Hubschrauber, durch das leicht geöffnete Fenster war der Lärm der Eröffnungsfeier zu hören.

»Eine Minute bis zur Ankunft.«

Léandre hatte kurz die Augen geschlossen.

Gut so, dachte Nicolas. Er konzentriert sich, kommt zur Ruhe. Er wird es hinkriegen.

»Wir müssen kurz warten, wir haben zwei Wagen vor uns.«

Vor ihnen stieg eine Schauspielerin aus dem Wagen und wurde sofort von einem Blitzlichtgewitter begrüßt. Die Frau lächelte gekonnt, winkte der Menge zu und posierte vor der Fotowand.

»Noemie, wir gehen gleich raus. Ich werde dir die Tür aufmachen, alles wie besprochen.«

»Hauptsache, du guckst nicht so ernst, Nicolas.«

»Ich gebe mir Mühe.«

Claire saß auf dem Bett, sie hatte die Taschenlampe ausgeknipst und die Augen geschlossen. Um sie herum tanzten die Schatten, die Farbflecken, die Wörter an der Wand.

Wörter. Zeilen.

Wörter.

Sie riss ihre Augen auf und knipste ihre Taschenlampe an. Aufgeregt stand sie auf und ging zur Wand, um die Artikel besser lesen zu können.

Die Namen derer, die sie geschrieben hatten.

»Es geht dir gar nicht um die Menschen auf den Bildern«, flüsterte sie. »Du hast seine Artikel gesammelt. Du hast …«

Sie fand den ersten Namen unter einem Artikel kurz oberhalb des Bodens.

Marc Chevalier.

Einen zweiten auf der linken Seite der Wand.

Marc Chevalier.

»Ich hab dich«, sagt sie laut in die angespannte Stille hinein. Sie suchte weiter nach den Namen auf den Artikeln, wollte noch einen dritten Beleg, für das … Sie fand ihn in einem vergilbten Artikel über das Filmfestival in Cannes.

»Scheiße!«

Mathieu Bourges.

»Das kann nicht sein!«

Ein weiterer Name, ein weiterer Verfasser. Diesmal eine Frau: Leonie Virenque, Sonderkorrespondentin in Venedig.

Wütend hieb Claire mit der Faust an die Wand. Dann ließ sie sich frustriert auf das Bett zurückfallen und betrachtete stumpf die Wand, die Artikel, die Bilder.

»Scheiße!«

Dann sah sie es.

Die Rufe der Menschen an den Absperrungen drangen zu ihnen hinein, als Nicolas die Tür öffnete. Er war fokussiert, sein Atem war ruhig, als er den Wagen umrundete und die hintere Tür öffnete, um Noemie aussteigen zu lassen. Die Lichter der Fernsehkameras, die Reflexe auf den Objektiven der Fotografen blendeten ihn. Es wurden Handys in die Höhe gestreckt, alles wurde gefilmt, festgehalten.

Er warf einen Blick auf das kleine Zelt, in dem in diesem Moment Aurore auf ihren Auftritt wartete. Auf der anderen Seite des Wagens war Léandre ausgestiegen, auch er bewegte sich ruhig.

Und doch war dies eine extreme Situation.

Nicolas' Blick flog über die wartenden Fotografen, er hörte sie rufen, gestikulieren.

Dann kam Noemie.

Im Nachhinein würde Nicolas sich fragen, wie die junge Frau diesem Druck standhalten konnte, noch dazu auf eine solch strahlende Weise. Irgendwo hier versteckte sich ein Mann, der ihr Böses wollte, der entlang seines Weges gemordet hatte, für sie, jedenfalls in seiner krankhaften Vorstellung.

Das hier darf nicht schiefgehen, dachte Nicolas.

Ihre langen Beine erschienen, und sofort brandete der Jubel auf, er reichte ihr eine Hand, lächelnd, zuversichtlich.

Aber Noemie war nun ganz bei sich, sie war ein Star ihrer Branche, ein junges, hoffnungsvolles Gesicht des französischen Kinos, sie würde im kommenden Jahr in Hollywood drehen. Viel wichtiger aber: Sie wusste um ihre Wirkung.

»Merci«, flüsterte sie ihm zu, bevor sie sich mit einem Strahlen, das alle Lichter dieser Welt in den Schatten stellte, den Fotografen zuwandte. Ihre Hand beim Winken in der richtigen Haltung, ihr Kopf leicht geneigt, ihr Blick ein wenig lasziv – Nicolas spürte ihre Energie, dann kurz noch ihre Finger, die sich von ihm lösten, selbstsicher, professionell, völlig ohne Angst.

»Das ist es!«

Im großen Besprechungsraum des Commissariat war Clementine plötzlich aufgesprungen und starrte auf ihren Finger, den sie sich vorhin an scharfkantigem Papier aufgeschlitzt hatte und aus dem immer noch ein wenig Blut quoll.

»Ruhe!«

Roussel und Yves standen direkt vor dem Fernseher und folgten gebannt dem Auftritt von Noemie, die in diesem Augenblick vor der Fotowand posierte. Auch andere Kollegen standen jetzt im Raum, sie alle wollten wissen, wie das Spiel enden würde, in dem sie bisher alle zurückgelegen hatten.

»Roussel, ich hab es. *Bluttriefend!* Wir müssen …«

»Verdammt, Clementine, nicht jetzt! Siehst du nicht, dass Noemie gleich den roten Teppich betritt!«

Alle Kollegen klebten am Bildschirm, keiner schien sie zu hören. Kurz entschlossen schnappte sie sich einen Schlüssel, der auf dem Besprechungstisch lag, und rannte nach draußen. Im Empfangsraum saß Alphonse an seinem Tresen, sie stürmte auf ihn zu, ohne auf seine Schreckhaftigkeit zu achten.

»Ich brauche Luminol, jetzt sofort!«

»Was? Warum? Ich verstehe nicht …«

»Ich habe keine Zeit. Ich brauche jetzt sofort Luminol, bitte sag mir, dass ihr welches hier im Commissariat habt!«

»Natürlich nicht«, sagte Alphonse verzweifelt. Dann hellte sich seine Miene kurz auf.

»Aber die Spurensicherung hat bestimmt welches. Die sind drüben ins Café gegangen, ich kann sie holen. Ihren Koffer haben sie da drüben in die Ecke gestellt, warte, ich kann … Hey, wo willst hin? Du kannst doch nicht einfach … und der Schlüssel, der gehört zu Roussels Wagen, willst du etwa …«

Claire zitterte, als ihr bewusst wurde, was sie gefunden hatte.

»Scheiße, scheiße, scheiße …«, fluchte sie, als sie den Namen in die Suchmaschine ihres Handys eingab.

Sein Kürzel hatte unter allen Fotos gestanden. Klein meist, manchmal kaum zu lesen. Doch es war immer das gleiche Kürzel gewesen: G.B.

Sie hatte verzweifelt die Artikel abgesucht, dabei geschrien und geflucht.

Dann hatte sie endlich ein Bild gefunden, unter dem der ganze Name stand.

Foto: Gabriel Bolenc.

»Da ist er!«

Auf ihrem Display erschien das Gesicht eines jungen Mannes, sie schätzte ihn auf Anfang dreißig. Er hatte schwarze Haare, ein schmales, ruhiges Gesicht und dunkle Augen. Er sah sportlich aus, im Hintergrund war ein Motorrad zu sehen.

»Das ist unser Mann«, flüsterte sie.

Mit zitternden Fingern schickte sie das Bild an Nicolas und rief nur zwei Sekunden später Roussel an.

Sie hoffte, dass es nicht zu spät war.

KAPITEL 38

Deauville
18:40 Uhr

Und da ist mit Noemie Rey sicherlich einer der größten Stars dieses Festivals auf dem roten Teppich angekommen. Was hat die junge Dame im vergangenen Jahr für Schlagzeilen gemacht, diesmal aber ist sie offenbar gewillt, als ›La Rey‹ wirklich die Königin dieses Festivals zu werden. Schaut sie euch nur an, wie sie strahlt, dabei gab es Gerüchte um einen Stalker, der …«

Nicolas stand wenige Meter neben Noemie, die direkt vor der Wand posierte, strahlend, lachend, mit den Kameras spielend. Als sein Handy vibrierte und kurz darauf klingelte, nahm er den Anruf sofort entgegen, den Blick weiterhin auf die junge Schauspielerin gerichtet und die Menge vor ihm. Léandre stand unmittelbar neben der Absperrung, bereit einzugreifen, sobald sich jemand auffällig verhielt.

Claires Stimme drang wie eine Explosion in sein Ohr.

»Er ist Fotograf, Nicolas! Der Stalker ist ein Fotograf, er muss irgendwo bei euch sein! Ich hab dir ein Foto geschickt und …«

Er hatte bereits aufgelegt.

In einer fließenden Bewegung drehte er sich zu Noemie und machte gleichzeitig Léandre ein Zeichen. Ohne zu zögern, schob sich der junge Bodyguard vor die Kameras und verdeckte so die Sicht der Fotografen.

»Hey! Spinnst du?«

»Hau ab, du Affe!«

Nicolas war mit zwei Schritten bei Noemie, schob seinen Körper zwischen sie und die Objektive und lächelte sie an, während er ihre Hand hielt.

Bitte nicht rumzicken, dachte er, und seine Gebete wurden erhört.

»Er ist Fotograf«, flüsterte er ihr ins Ohr, und Noemie nickte kurz, nicht ohne ihr strahlendes Lächeln abzulegen.

»Pardon, ich bin spät dran!«, rief sie den Fotografen zu und hob entschuldigend die Arme. Nicolas schob sie behutsam in Richtung des VIP-Zelts, wo sie sich in das Gästebuch des Festivals eintrug, um dann über den roten Teppich zu gehen, vorbei an den Fans – und einigen weiteren Fotografen.

»Was ist da los?«, brüllte Roussel, als er sah, wie der weiße Punkt auf dem Bildschirm die Richtung wechselte. Das ständig klingelnde Handy vor ihm auf dem Tisch ignorierte er, er würde Claire zurückrufen.

»Team 2, melden, was ist da los?«

»Hier Team 2. Er ist umgestiegen, kurz vor Le Havre. Er hat einen anderen Bus genommen. Die Nummer 172. Wir sind dran.«

»Wo fährt der hin!«, brüllte Roussel seine Leute an, er war jetzt vollständig absorbiert von der Dynamik der Situation. Ein Kollege tippte auf seinem Laptop etwas ein.

»Bruneval«, sagte er kurz darauf.

»Scheiße«, erwiderte Roussel. »Der fährt ins Waisenhaus. Ins *Schattenland.*«

Aurore hatte bereits ihren Mantel ausgezogen, sie atmete kurz durch und lächelte dann Noemie an.

»Ich werde weiter glänzen«, sagte sie, aber ihre Stimme war unsicher.

»Zähne zeigen, das ist das Geheimnis.«

Nicolas schickte währenddessen das Bild des Attentäters an Bertrand und Léandre, die sich mittlerweile links und rechts des roten Teppichs aufgestellt hatten und das Publikum absuchten. Nicolas nahm Aurore an der Hand und lächelte.

»Showtime, Kleines. Davon träumt doch jeder. Einmal im Leben ein Star sein.«

»Einmal im Leben Lockvogel spielen, meinst du wohl. Los geht's.«

»Noemie, bleib hier, zieh den Mantel an. Ich bin sofort wieder da.«

Nicolas schob Aurore auf der anderen Seite des kleinen Zeltes nach draußen, und sie begegnete den Rufen der Fans mit einem strahlenden, absolut überzeugenden Lächeln.

»So ist es gut«, flüsterte Nicolas. »Immer schön lächeln. Ein bisschen winken. Ich lass dich jetzt los, ich habe alles im Blick.«

Es waren die entscheidenden Meter.

Es war der entscheidende Moment.

Nicolas' Blick flog über die Menge, er suchte den Mann mit dem dunklen, eindringlichen Blick, er hatte sich das schmale Gesicht eingeprägt, die dunklen Haare.

»Sieht ihn jemand?«, fragte er in sein Mikro.

»Nein«, kam es sofort von Bertrand. Léandre schüttelte den Kopf, er stand dicht an der Absperrung. Langsam, Schritt für Schritt arbeitete sich Aurore nach vorn, immer wieder spielte sie mit einer Haarsträhne, winkte.

»Sie macht das toll«, sagte Bertrand in sein Mikro.

»Roussel, endlich! Ich hab ihn, ich hab unseren Mann!«

Roussel hatte endlich Claires Anruf entgegengenommen, jetzt lauschte er, ohne sie zu unterbrechen. Schließlich legte er auf.

»Sein Name ist Bolenc!« Seine Stimme peitschte durch

den Raum. »Gabriel Bolenc. Ich will alles wissen, wo wohnt der Mistkerl, wie sieht er aus, wie ist der Name seiner Großmutter. Und zwar jetzt sofort!«

Augenblicklich machten sich mehrere Kollegen über ihre Laptops her, während die Übrigen die Geschehnisse auf dem roten Teppich verfolgten.

»Es ist wirklich ein Schaulauf der Promis heute Abend, aber sie strahlt am schönsten: ›La Rey‹ beherrscht den roten Teppich, auch wenn sie jetzt gerade etwas verschüchtert wirkt, aber auch das steht ihr! Sie muss jetzt kurz warten, vor dem Eingang des Tagungszentrums ist ein kleiner Stau entstanden …«

Noemie Rey hatte sich in den Mantel mit Kapuze gehüllt und beobachtete aus dem Schutz des Zelts heraus, wie Aurore den Fans zuwinkte.

»Mademoiselle, kommen Sie bitte. Ich soll Sie schon mal ins Foyer bringen.«

Überrascht drehte sie sich um. Vor ihr stand eine schmale, blonde Frau mit einer Kappe und der dazugehörigen Uniform der Securityfirma des Festivals.

»Ich soll hier … hat Nicolas mit Ihnen gesprochen?«

Die Frau nickte nur kurz und nahm sie am Arm.

»Schnell, sonst fliegt alles auf.«

Noemie suchte Nicolas' Blick, aber dieser hatte mit Aurore das Foyer des Tagungszentrums fast erreicht.

»Gut, dann los.«

»Hier entlang, Mademoiselle.«

»Claire? Hier ist Clementine! Wo bist du gerade?«

»Im Wagen, auf dem Weg zurück zum Commissariat! Hör zu, ich habe nicht viel Zeit für Erklärungen, aber wir müssen sofort in dieses Waisenhaus. Nach Bruneval. Ich bin in Roussels Wagen und gleich über der Brücke.«

»Ich sehe dich, ich steh hier drüben, direkt neben der Tankstelle an der roten Ampel!«

»Okay, stell den Wagen da ab. Wir müssen sofort los. Ich glaube, ich weiß jetzt, was uns der Poet die ganze Zeit sagen wollte. Aber dafür müssen wir dorthin!«

Für einen Moment war es still in der Leitung.

»Okay«, sagte Claire schließlich. »Und ich erzähle dir, wer der Mann ist, den wir suchen. Das ist wirklich eine unglaubliche Geschichte.«

»Wo ist Noemie?«

Léandres Stimme in Nicolas' Ohr ließ ihn sofort herumwirbeln und in Richtung des Zelts schauen.

Er konnte sie nicht sehen.

»Bleibt bei Aurore«, sagte er in sein Mikro und rannte los. Vorbei an den Rufen der Fans, an dem Schauspieler, der direkt hinter ihnen auf dem roten Teppich stand, vorbei an den irritierten Blicken der anderen Sicherheitsleute.

Die gesamte Choreografie war innerhalb eines Augenblicks zerstört.

»Jetzt haben wir hier einen Bodyguard, der plötzlich über den roten Teppich zurückläuft. Ich hoffe, es geht nur um eine vergessene Handtasche, nicht dass noch …«

»Was ist da los!?« Roussel stand jetzt direkt vor dem Fernsehbildschirm im Besprechungsraum und starrte ungläubig auf das, was sich vor dem Tagungszentrum abspielte.

»Ist das Nicolas? Scheiße, was ist da …«

»Nicolas!«

Er sah sie nicht.

Er hörte sie nur.

Irgendwo inmitten dieses infernalischen Lärms hatte sie

seinen Namen gerufen. Nicolas erreichte das Zelt, er wirbelte herum, suchte die Menge ab, die Fotografen, suchte nach dem Gesicht, dem Mann mit den dunklen Augen.

»Nicolas!«

Dann sah er ihn.

»Waffe!«

Bertrands Stimme hallte durch die Luft.

Aber es war zu spät.

Die dunklen Augen fixierten Nicolas aus etwa dreißig Metern Entfernung, er hatte seine blaue Kappe abgenommen, an der blonde Haare festgeklebt waren, eine Perücke, die zusammen mit seinem zarten Gesicht ihre Wirkung nicht verfehlt hatten. Mit der linken Hand hatte er Noemies Nacken im Griff, er drückte ihren Kopf nach hinten, Nicolas konnte ihr schmerzverzerrtes Gesicht sehen und die Angst in ihrem Blick.

Und den Wahnsinn in den Augen des Mannes, der seine Waffe auf ihn gerichtet hatte.

Um ihn herum verschwamm alles. Bertrand, festgekeilt in der Menge, ein Absperrgitter kippte um, als mehrere Fans panisch um sich schlugen. Er spürte den Griff seiner Waffe, als er sie zog, aber er wusste, dass es nicht reichen würde.

Der Mann war schneller.

»Nicolas!«

Noemies verzweifelter Schrei in seinem Ohr.

Die Schüsse.

Dann spürte er die Wucht, mit der er umgerissen wurde.

Noch bevor er auf dem Boden aufkam, packte der Mann

Noemie fester, drehte sich um und verschwand hinter einer Eisentür.

Dann wurde es dunkel.

KAPITEL 39

Verdammte Scheiße! Warum ist der Bildschirm schwarz! Macht das Bild wieder an!«

»Die haben abgestellt!«

»Meine Damen und Herren, wir unterbrechen hier kurz unser Programm. Für einen Werbeblock. Wir versuchen derweil die Ereignisse auf dem roten Teppich einzuordnen. Offenbar gab es den Versuch eines Attentats, ein Mann wurde auf dem roten Teppich niedergeschossen, es ist wirklich dramatisch, was wir hier erleben müssen …«

»Léandre!«

»Léandre, hörst du mich? Komm schon, Junge!«

Nicolas kniete über dem jungen Personenschützer, der mit schmerzverzerrtem Gesicht auf dem roten Teppich lag und leise stöhnte.

»Okay, so ist es gut! Atmen, immer atmen. Es kommt gleich Hilfe!«

Um ihn herum war das komplette Chaos ausgebrochen. Schauspielerinnen in ihren Abendgarderoben flohen weinend ins Tagungszentrum, Sicherheitsleute brüllten hilflos Befehle in ihre Mikros. Zahlreiche Fotografen hatten sich in Sicherheit gebracht, Fans rannten in Richtung Strand. In der Ferne war das Geräusch der ersten Einsatzfahrzeuge zu hören.

»Okay, Monsieur. Ganz ruhig, lassen Sie die Waffe fallen und Hände hoch.«

Zwei Securitymänner standen mit gezogenen Waffen vor ihm und deuteten auf seine rechte Hand. Nicolas hob die

Arme und steckte seine Waffe behutsam wieder ins Holster.

»Ich bin Personenschützer. Wir brauchen sofort einen Krankenwagen.«

»Der ist unterwegs, Monsieur. Sie bleiben dennoch genau da, wo Sie sind. Ich will Ihre Hände sehen.«

»Ist ja gut! Léandre, ist alles okay?«

Unter ihm hustete Léandre und hielt sich die Seite.

»Ich glaube, eine Kugel ist durchgegangen«, flüsterte er. Als Nicolas ihn etwas zur Seite drehte, hatte er Blut an den Händen. Offensichtlich war die Kugel direkt neben der Schutzweste in seinen Körper eingedrungen.

»Du Idiot, Léandre. Warum hast du mich umgerissen? Das war nicht dein Auftrag!«

Im Hintergrund nahm das Chaos weiter zu, Menschen rannten in alle Richtungen, das blaue Licht der Einsatzfahrzeuge zuckte über die Fassade des Tagungszentrums.

Wieder hustete Léandre. Dann lächelte er.

»Diesmal habe ich mich vor die richtige Schutzperson geworfen, nicht wahr?«

Nicolas hielt seinen Kopf, während der junge Mann noch einmal hustete. Diesmal kam etwas Blut aus seinem Mund.

»Verdammt, wo bleibt der Krankenwagen!«

Auch Aurore kniete jetzt neben ihnen. Noch immer hielten die beiden Securitymänner Nicolas mit ihren Waffen in Schach. Nicolas warf einen Blick in Richtung der Metalltür, hinter der Noemie verschwunden war.

»Léandre, ich muss los«, flüsterte er. »Aurore ist da. Und der Krankenwagen kommt. Es wird alles gut ausgehen.«

Der junge Mann drückte seine Hand, dann ließ er los.

»Hol sie dir.«

Mit einem Ruck stand Nicolas auf und blickte die beiden Männer an, die unsicher mit ihren Waffen auf ihn zielten.

»Eine Schauspielerin ist entführt worden, ich muss hinterher. Es wäre wirklich ratsam, wenn Sie mich …«

»Auf keinen Fall, wir sagten doch, wir warten, bis die Polizei …«

»Tun wir nicht«, sagte eine tiefe Stimme in diesem Moment.

Hinter den Männern war Bertrand aufgetaucht, mit einer schnellen Bewegung entwendete er einem der beiden seine Waffe, während Nicolas das Überraschungsmoment nutzte und auch den anderen entwaffnete. Die beiden überlegten, ob sie sich wehren sollten, beschlossen dann aber, es nicht zu übertreiben.

»Los, hau ab«, sagte Bertrand und sah sich um. »Was für eine Scheiße.«

Nicolas klopfte ihm auf die Schulter und rannte hinüber zu der Eisentür, die einen Spaltbreit offen stand. Er riss sie auf und verschwand in der Dunkelheit des Treppenhauses, das hinunter ins Tagungszentrum führte. Während er die Stufen hinuntereilte, rief er Roussel an, der gerade im Begriff war, in Richtung des Festivals aufzubrechen.

»Nicolas, verdammte Scheiße, was ist denn da los?«

»Roussel, ich hab keine Zeit. Er hat Noemie!«

»Was? Das ist eine Katastrophe, mein Gott, er wird …«

»Nein, wird er nicht, seine ganze Welt dreht sich nur um sie. Habt ihr irgendetwas für mich? Ich muss wissen, wo er sie hinbringt, irgendeinen Hinweis!«

»Der Poet, Nicolas. Er ist offenbar unterwegs nach Bruneval. Er will ins Waisenhaus, etwas anderes fällt mir nicht ein. Claire hat mich gerade angerufen, sie und Clementine sind auch dorthin unterwegs, sie meinen, etwas gefunden zu haben.«

»Okay, wenn wir sonst nichts haben, dann fahre ich da jetzt auch hin. Gib mir Bescheid, wenn ihr etwas anderes hört.«

»In Ordnung. Was ist mit deinem Team, alles in Ordnung?«

»Léandre ist verletzt, ich weiß nicht, wie schwer. Er hat sich vor mich geworfen, als der Kerl mich abknallen wollte.«

»Das ist sein Job, Nicolas. Und du müsstest das wissen. Viel Erfolg. Ich komme nach, sobald ich kann. Und wir schicken ein Sonderkommando los, sicherheitshalber.«

Nicolas war mittlerweile in der Tiefgarage angekommen und sah sich um. Er wollte gerade um eine Ecke biegen, als er am Boden eine kleine, grau glitzernde Damenhandtasche liegen sah.

»Noemie.«

Er war auf der richtigen Spur, das Einzige was er jetzt noch brauchte, war ein Auto.

Und zwar ein möglichst schnelles.

KAPITEL 40

Bruneval, Alabasterküste
Eine halbe Stunde später

Claire und Clementine erreichten Bruneval, als die letzten Sonnenstrahlen auf das heruntergekommene Gebäude fielen. Auf der Fahrt durch die weitläufigen Täler waren die Schatten immer länger geworden, bis es Claire vorgekommen war, als würden sie nach ihr greifen, mit langen Fingern und begleitet von einem unheilvollen Rauschen, das von den Buchen kam, deren Blätter über ihnen immer dichter wurden. Die Scheinwerfer von Roussels Wagen wanden sich durch die engen Kurven, als sie vom Dorf aus nach Osten abbogen, den Hang hinauf und tiefer in den Wald.

Clementine hatte Claire erklärt, was sie vermutete. Aber um das zu überprüfen, mussten sie in die Kammer gehen, in der der Poet vor so vielen Jahren gekauert hatte, mit seinem Buch in der Hand, und darauf gewartet hatte, dass Gabriel, sein Leidensgenosse, ihn vor den anderen fand.

Vor jenen, die Hand an sie legten, immer wieder, die sie bestraften und demütigten, mit Schlägen und mit Dunkelheit. Bis daraus zwei gebrochene Menschen geworden waren, der eine besessen von Poesie, der andere von einer tiefen, einer tödlichen Hassliebe.

Claire hatte unterwegs mit Roussel gesprochen, der sie über die Ereignisse auf dem roten Teppich informiert hatte.

»Vielleicht finden wir in der Kammer etwas«, hatte Clementine gesagt.

Und nun waren sie hier.

Das Eisentor stand offen, als sie den Wagen davor abstellten. Claire hoffte, dass es ein Windstoß gewesen war, der es aufgestoßen hatte, und nicht Gabriel Bolenc oder der Poet. Sie wusste, dass Letzterer hierher unterwegs sein musste, und auch Nicolas war auf dem Weg.

Der Kies knirschte unter ihren Füßen, als sie die lange Auffahrt hinaufgingen. Clementine hatte für einen Moment die Pfeiler am Tor beleuchtet und die darauf eingravierte Inschrift gefunden: *Willkommen im Schattenland*. Als sie das große Haus sah, das sich vor ihnen aus der Dunkelheit erhob, verstand sie das Gefühl der Beklemmung, das die Waisen hier empfunden haben mussten.

»Die armen Kinder«, flüsterte sie beim Anblick der Eisenstäbe an den Fenstern und der dicken, hohen Mauern.

Clementine hatte neben zwei Sprühflaschen mit der Chemikalie Luminol noch einen Baustrahler im Auto gefunden, der mit einer großen Batterie versehen war.

»Es muss im zweiten Stock sein«, sagte sie, als sie die Eingangshalle betraten. Von draußen drang kaum noch Licht in das große Haus, die Ecken lagen bereits in völliger Dunkelheit. Claire zuckte zusammen, als ihr Handy klingelte.

Es war Roussel.

»Der Poet … Wald …«

»Was sagst du, Roussel? Ich habe hier kaum Netz!«

»Haus … und …«

»Scheiße«, sagte Claire und blickte auf ihr Display. »Kein Netz.«

Sie folgte Clementine, die bereits unterwegs in den zweiten Stock war. Überall hingen Spinnweben und Mauerputz lag auf dem Boden, ab und an verirrte sich ein Sonnenstrahl durch eines der schmalen Fenster und beleuchtete eine fleckige und feuchte Tapete.

»Wirklich nett hier«, sagte Clementine und bog nach rechts ab. Kurz darauf erreichten sie eine kleine, niedrige Eisentür in der Wand.

»Okay, hilf mir mal eben«, sagte Clementine und schob den Baustrahler in das Loch. Claire leuchtete ihr und krabbelte kurz danach hinterher. Mühsam rappelten sie sich auf und leuchteten mit ihren Taschenlampen an die Wände.

»Oh mein Gott.«

Die beschriebenen Wände waren noch viel eindrucksvoller als auf den Fotos, die Nicolas und Roussel gemacht hatten. Über die gesamte Breite und Höhe erstreckten sich die Zeilen, die, wie Claire mittlerweile selbst erkannte, aus dem Gedicht »Die Zerstörung« stammten.

Es waren düstere Zeilen, Prophezeiungen, Ankündigungen, Zeilen voller Tod und Verderben. Ein winziges Fenster gab den Blick auf die Baumwipfel frei, ein Halbmond stand schon am Himmel. Die Sicht wurde ihr teilweise durch zwei schwere Eisenstäbe im Rahmen versperrt.

Sie stellte sich vor, wie der kleine Joshua Minart hier einst gesessen und in den Himmel gestarrt hatte, und bekam eine Gänsehaut. Wie schrecklich konnte ein Start ins Leben sein?

»Achtung, es wird hell«, sagte Clementine neben ihr und schaltete den Baustrahler an. Gleißendes Licht erfüllte den Raum, die Schatten verschwanden und mit ihnen die trüben Gedanken an die beiden Jungen, die in diesem Haus auf den falschen Weg geraten waren.

Claires Handy brummte wieder, es war eine Nachricht von Roussel, der offensichtlich anders nicht zu ihr durchdringen konnte.

»Poet ist im Wald stehen geblieben. Kollegen überwachen ihn per GPS. Passt auf euch auf.«

Clementine schreckte kurz hoch, als sie aus dem Stockwerk unter ihnen ein Geräusch hörten. Claire leuchtete mit ihrer

Taschenlampe in den mittlerweile dunklen Gang, konnte aber nichts erkennen.

»Bestimmt nur eine Ratte oder so.«

»Na wunderbar«, sagte Clementine und hielt ihr eine Sprühflasche hin. »Los geht's, wir sollten keine Zeit verschwenden.«

Claire griff nach der Flasche, bedeckte ihre Augen mit der anderen Hand und begann die Wand einzusprühen, jeden Buchstaben, jedes Wort, jede Zeile. Sie wusste, was die Chemikalie ans Licht bringen konnte, aber sie war skeptisch, dass Clementine mit ihrer Theorie richtiglag.

»*Bluttriefend*«, sagte sie leise. »Wir werden es sehen.«

Etwa fünfzig Kilometer vor Bruneval jagte Nicolas den weißen Sportwagen in eine weitläufige Kurve und rauschte mit überhöhter Geschwindigkeit von der Autobahn auf die Landstraße, die ihn in Richtung Alabasterküste bringen würde. Auch wenn er kein sonderlich großer Autofan war, so musste er sich doch zu der Wahl des Wagens beglückwünschen, den er seinem Besitzer mit gezogener Waffe in der Tiefgarage abgeluchst hatte.

»Sie kriegen ihn zurück«, hatte er gesagt, bevor er mit quietschenden Reifen aus dem Parkhaus geschossen war, keine Hundert Meter entfernt vom Chaos, das auf dem roten Teppich nach wie vor herrschte. Auf der Autobahn hatte er den Wagen bis auf Tempo 270 hochgejagt, die Landschaft war an ihm vorbeigeflogen und hatte sich zu einem bunten Fleck vermischt.

Das Adrenalin in seinem Körper wurde nicht weniger.

Er würde es sich nie verzeihen, wenn Noemie etwas zustoßen würde, wenn der verrückte Stalker sie am Ende eben doch nicht nur schützen, sondern töten wollte. Er war für Noemies Sicherheit verantwortlich gewesen, und er musste sich eingestehen, dass er kläglich versagt hatte. Weil er den

Täter in der Menge erwartet hatte und nicht in seinem Rücken.

Als er durch die Straßen jagte, wurde das Licht am Horizont schon schwächer, die Bäume verloren an Kontur, die Wiesen an Farbe. Als er das Fenster öffnete, roch er bereits das Meer.

Er schaltete das Radio ein und lächelte unweigerlich, als er die Meldung des Nachrichtensprechers hörte:

Die Lage sei völlig unklar. Aber ein Bodyguard habe auf dem roten Teppich seine Waffe gezogen. Er habe zwar überwältigt werden können, sei dann aber geflohen.

»Personenschützer, nicht Bodyguard«, murmelte Nicolas und schaltete das Radio aus. Als er um eine schmale Kurve bog, brachen die Hinterreifen kurz aus. Er bekam den Wagen wieder unter Kontrolle und schoss weiter durch die für ihn einst so beruhigende Landschaft des Pays de Caux. Noch immer hatte er keine weiteren Informationen von Roussel erhalten, und solange das so blieb, war das *Schattenland* sein Ziel.

Einige Kilometer weiter schob sich einer der Polizisten, die den Poeten verfolgt hatten, durch das Dickicht des Waldes oberhalb von Bruneval. Wenige Meter neben ihm der Schatten seines Kollegen. Beide hatten ihre Waffe gezogen, auf seinem Handydisplay sah er den weißen Punkt regelmäßig aufleuchten.

Er blieb kurz stehen, um die Entfernung abzuschätzen, dann liefen sie weiter. Der Mann, den sie seit Deauville verfolgten, musste keine fünfzig Meter von ihnen entfernt sein. Seit einer halben Stunde schon hatte er sich nicht mehr bewegt, und sie hatten beschlossen nachzuschauen.

Als sie die kleine Lichtung erreichten, von der das Signal kam, verbargen sie sich hinter einem Baumstamm und starrten angestrengt in die Dämmerung.

»Siehst du ihn?«

»Nein, aber er muss da sein.«

»Okay, ich sehe nach.«

Geduckt schlich er über die Lichtung, bis zu dem Baum, hinter dem der Mann sich befinden musste. Vielleicht war er eingeschlafen, er würde vorsichtig …

»Scheiße!«

Der Strahl seiner Taschenlampe fiel auf ein großes, in Leder gebundenes Buch, das am Stamm einer Buche lehnte. Der Polizist tastete rasch den Einband ab. Der Peilsender war noch da, der Poet nicht.

»Ich bin fertig mit meiner Seite.«

»Moment, ich brauche noch ganz kurz, hier in der Ecke ist noch nichts.«

Claire und Clementine betrachteten schwitzend ihr Werk, sie atmeten schwer, weil sie sich gegenseitig hochgehoben hatten, um die Wände bis unter die Decke einsprühen zu können.

»So, jetzt bin ich mal gespannt, ob … Hey!«

Mit einem lauten Knall war die kleine Eisentür der Kammer ins Schloss gefallen, sie hörten Schritte im Gang und das erschöpfte Keuchen eines Mannes.

»Scheiße! Hey!«

Claire rüttelte an der Tür, aber das Schloss saß bombenfest. Durch ein kleines Eisengitter in der Tür leuchtete sie in den Gang, sah aber nur kahle Wände.

»Polizei! Machen Sie sofort …«

Claire schrie und stolperte nach hinten, als plötzlich das Gesicht eines Mannes vor dem Eisengitter erschien, schwitzend und mit einem gehetzten Blick. Sie zitterte am ganzen Körper, zwang sich aber aufzustehen und wieder an die Tür zu treten.

»Sie sind es … Joshua Minart.«

Der Mann betrachtete sie eindringlich.

»Ich bin der Poet«, flüsterte er. »Ich bin gekommen, um meine Wörter zu holen.«

Claire schluckte schwer.

»Sind Sie … sind Sie hier drin? Machen Sie die Tür auf, dann können Sie herein, was halten Sie davon?«

Sein Blick flatterte, sie spürte Clementine hinter sich.

»Kommen Sie, machen Sie auf.«

Er lächelte.

»Ich werde ihn stoppen. Mit meinen Wörtern. Mit meinen Zeilen. Es ist zu viel, was er tut, ist böse. Aber nur ich werde ihn stoppen können.«

»Warten Sie«, rief sie, als er sich von der Tür wegdrehte. »Lassen Sie uns raus, dann helfen wir Ihnen. Gemeinsam können wir ihn stoppen. Wo ist er? Sagen Sie es uns?«

Unbemerkt hatte sie ihr Handy aus der Tasche gezogen und Nicolas angerufen. Sie wusste nicht, ob der Anruf durchkam, aber jede Information, die ihm helfen konnte, Noemie zu finden, war wichtig.

»Wo bringt er sie hin, sagen Sie es mir.«

Der Anruf erreichte Nicolas kurz vor Bruneval. Er drosselte das Tempo, als er verstand, dass Claire gerade mit jemandem sprach. Angestrengt versuchte er der Unterhaltung zu folgen, aber die Verbindung war schlecht, und in der Leitung rauschte es. Schließlich hielt er am Straßenrand, nur wenige Meter vor dem Ortseingang von Bruneval.

»Das hier ist Ihre Kammer«, sagte Claire. »Nicht unsere. Machen Sie die Tür auf und wir lassen Sie herein. Wir können uns gegenseitig helfen!«

»Meine Kammer. Seine Kammer. Jeder hatte eine Kammer.«

Claire hob den Kopf und sah ihn an, in der Hand hielt sie noch das Handy, ohne dass er es merkte.

»Es gibt noch eine Kammer?«

Ein Lächeln breitete sich in seinem erschöpften Gesicht aus, eine Erinnerung, die sich über die vielen dunklen Tage schob.

»Dunkle Kammer, helle Kammer«, flüsterte er. »Meine Kammer, seine Kammer.«

Claire nickte.

»Ich verstehe, er hat eine helle Kammer. Wo ist diese Kammer? Sagen Sie es mir!«

»Komm schon, sag es ihr«, flüsterte Nicolas in seinem Wagen, während er hinaus in das Dunkel blickte.

Für einen Augenblick schien der Poet nachzudenken. Dann jedoch schüttelte er den Kopf, traurig und entschlossen zugleich.

»Ich werde sie retten. Ich werde ihn retten.« Dann drehte er sich um und ging mit schnellen Schritten davon.

»Warten Sie!«, rief Claire und hämmerte gegen die Eisentür.

»Verdammt!«, rief Nicolas und hieb auf das Polster des Sitzes.

Die Schritte stoppten, dann hörten sie eine Stimme aus der Dunkelheit.

»*Und bluttriefend das Rüstzeug der Zerstörung.* So stand es geschrieben, immer schon.« Dann ging er die Treppen hinunter, und seine Schritte wurden bald von der Stille verschluckt.

Claire wollte gerade etwas zu Nicolas sagen, als Clementine sich zu dem Baustrahler hinunterbeugte.

»*Bluttriefend*«, murmelte sie. »Dann wollen wir doch mal sehen, ob wir nicht ein wenig Dunkel ins Licht bringen können.«

Mit einem dumpfen Klacken knipste sie die Lampe aus.

Für einen Moment saßen sie in vollkommener Dunkelheit nebeneinander. Die modrigen Wände, die Schatten, schienen nach Claire zu greifen, sie meinte, das Weinen eines kleinen Jungen zu hören, der nicht mehr geschlagen werden wollte.

»Da«, flüsterte Clementine.

Und da sah sie es.

Ein erster Buchstabe an der Wand leuchtete auf, wie von Zauberhand geschrieben. Fluoreszierend schob sich ein »c« in die Dunkelheit, fast kam es Claire vor, als würde sich der Buchstabe von der Wand lösen und in der Luft schweben.

»Und da!« Clementine war aufgesprungen, während um sie herum zwei weitere Buchstaben zu leuchten begannen. Claire blinzelte, sie hatte das Gefühl, dass die Buchstaben durch die Luft flogen, um ihre Köpfe herum, wie Glühwürmchen in tiefer Nacht.

Langsam stand auch sie auf und betrachtete das Wunderwerk, das durch das Luminol entstand, da die Chemikalie auf den hohen Eisengehalt im Blut reagierte.

Im Blut, mit dem einige der Buchstaben nachgezeichnet waren.

Mittlerweile flogen vor ihren Augen weitere Buchstaben durch die Luft, sie leuchteten an den Wänden, flüsterten ihr eine Botschaft zu, die sie nur noch entschlüsseln mussten.

Eine Botschaft des Lichts inmitten der Dunkelheit.

Eine helle Kammer in tiefster Nacht.

»Was steht da?«, flüsterte Claire.

Gemeinsam mit Clementine überflog sie die Buchstaben, ordnete sie in ihrem Kopf, versuchte, eine Reihenfolge zu finden.

Der Poet hatte seine Worte wirken lassen.

Niemals würde er seinen Bruder verraten. Aber er wollte

aufschreiben, nur für sich, was er schon vor so langer Zeit befürchtet hatte: dass eines Tages das Böse siegen und die helle Kammer Dunkles hervorbringen würde.

»Nicolas?«

»Ich höre, Claire. Habt ihr was?«

»Hier steht ein Wort, mit Blut geschrieben, es funkelt, es ist hell und glänzend. Wie das Wort selbst.«

Claire drehte sich einmal im Kreis und betrachtete die Zeichen, die einer magischen Welt zu entspringen schienen.

»Die helle Kammer«, flüsterte Clementine.

Es waren zehn Buchstaben. Und sie ergaben einen Sinn.

Den einzigen.

Leuchtturm

KAPITEL 41

Cap d'Antifer, Alabasterküste

Hallo Noemie.«

Die Stimme des Mannes drang wie durch einen Nebel zu ihr durch. In ihrem Kopf pochte der Schmerz, der von ihrem linken Oberarm ausging. Mühsam versuchte sie zu blinzeln, ihre schweren Glieder zu bewegen, die ihr nicht gehorchen wollten. Ihre Zunge lag wie ein Lappen in ihrem Mund, ihr Kiefer knackte, als sie ihn hin und her bewegte.

Sie saß auf einem Stuhl, festgebunden, die Arme hinter der Lehne.

»Ich bin es.«

Die Stimme war warm, nicht unangenehm. Sie hatte sie schon einmal gehört, irgendwo, sie versuchte sich zu erinnern. Aber ihre Gedanken wurden von Panik überschwemmt, sie zerrte an ihren Fesseln, versuchte zu schreien, merkte jetzt erst, dass sie tatsächlich ein Stück Stoff im Mund hatte, ihr Atem ging jetzt stoßhaft, immer schneller hob sich ihr Brustkorb, sie hatte Angst zu ersticken.

»Warte, ich helfe dir.«

Eine Hand berührte sie sanft an der Wange, streichelte sie, Noemie zuckte zurück. Er nahm ihr den Knebel aus dem Mund, legte einen Finger auf ihre Lippen.

»Nicht schreien. Niemand hört dich. Wir sind gerade angekommen, wir unterhalten uns noch ein bisschen. Aber gleich ist es so weit.«

Was war so weit? Wo war sie? Was wollte er? Unzählige Fragen ließen eine neue Welle der Panik aufkommen, die Angst nahm ihr fast den Atem.

Ihre Augen hatten sich jetzt an das Licht gewöhnt, sie konnte seinen Schatten erkennen, sein Profil, die dunklen Haare.

»Wo bin ich?«, murmelte sie und sah auf ihren schmerzenden linken Oberarm, wo ein Einstich zu sehen war. Offenbar hatte er sie betäubt.

»In der Kammer des Lichts«, sagte er sanft. »Hier zählt nur das Reine, Helle, nichts soll uns mehr verdunkeln. Niemand wird dir mehr schaden.«

»Mir schadet niemand«, flüsterte sie. Die Wörter kamen ihr nur schwer über die Lippen. Ihre Finger streiften hinter ihrem Rücken das Holz des Stuhlbeins, sie ertastete das Seil, mit dem sie gefesselt war.

Es saß stramm. Aber sie musste es versuchen.

Einfach weiterreden, dachte sie sich.

Lenk ihn ab. Du bist stark, du bist Noemie Rey.

Sie hob ihren Kopf und sah ihn an.

Er hatte ein schmales Gesicht, das zu seinem schlanken Körper passte. Seine Gesichtszüge waren fein, er war gepflegt. Nicht sonderlich groß, dafür sportlich und offenbar durchtrainiert. Er hatte schwarze Haare, sein Lächeln wäre unter anderen Umständen anziehend gewesen.

»Ich kenne dich«, sagte sie mit fester werdender Stimme. »Du bist … du bist der Fotograf. Der mit Marc in meiner Suite war. Du hast die Fotos gemacht.«

Wieder dieses Lächeln, schüchtern fast.

»Ich bin nicht ein Fotograf, Noemie. Ich bin dein Fotograf. Ich bin es immer gewesen. Ich war so oft in deiner Nähe, ich habe dich abgelichtet, dich in die Zeitungen gebracht. Ich habe dich gestreichelt, mit meiner Kamera, so oft habe ich dich gestreichelt. Du hast es nie gemerkt.«

Ein kalter Schauer lief ihr über den Rücken.

»Ich habe … dich sehr wohl bemerkt«, stotterte sie und suchte nach einem sinnvollen Satz. »Ich … deine Fotos, sie gefallen mir, wirklich.«

»Welches?«

»Das … na ja, das in Cannes, auf den Felsen, das …«

»Das war ich nicht.«

»Entschuldige, ich … ich meinte …«

»Du musst keine Angst haben, Noemie. Ich nehme es dir nicht übel. Es war immer so viel los um dich herum. So viele Menschen, die dir nur geschadet haben, nie hast du das bemerkt.«

»Niemand hat mir geschadet, ich …«

»Blödsinn!« Gabriel war aufgesprungen, stand plötzlich vor ihr und funkelte sie an.

»Perrin, dieser widerliche alte Sack! Er hat dich begrabscht, wollte dich haben! Und als das nicht klappte, hat er dich wegwerfen wollen wie einen Müllbeutel!«

»Das stimmt, aber deshalb …«

»Oh doch, Noemie, genau deshalb. Jemand musste dir helfen, du bist ein Stern, eine Lichtgestalt, ich bin es, der dich zum Leuchten bringen kann, mit meinen Bildern, mit meinen Taten. Henri Perrin hat bezahlt für seine Geilheit, für sein widerliches Verhalten. Ein kleiner Zeh für ein ganzes Leben, das ist doch ein guter Tausch, oder?«

Noemie zitterte jetzt am ganzen Körper, verzweifelt nestelte sie an dem Seil hinter ihrem Rücken, es bewegte sich kaum, nur wenige Millimeter, sie musste es weiter versuchen. Wütend ging Gabriel vor ihr auf und ab. Hinter ihm war eine große Glasscheibe zu sehen, hinter der ein gewaltiger Scheinwerfer …

Sie war auf einem Leuchtturm.

Diese Erkenntnis war ein Schock für sie. Warum brachte er sie hierher, was wollte er von ihr.

Rede mit ihm, Noemie.

»Warum meine Agentin?«, fragte sie leise. »Was hat sie dir getan?«

»Mir?« Gabriel sah sie verwundert an. »Du musst fragen, was sie dir angetan hat. Sie hat über dich gelästert, hat behauptet, du seist überschätzt und noch dazu faul und egozentrisch. Marc konnte gar nicht alles in dem Artikel unterbringen, von dem, was sie ihm erzählt hat, nur weil er ihr schöne Augen gemacht hat. Sie hätte das Gesicht eines Stars, hat er ihr gesagt. Ich habe sie dir vom Hals geschafft, weiter nichts.«

»So wie meinen Psychiater«, sagte sie leise und senkte den Kopf. Es war zu viel, vor ihr stand ein Monster, sie war in die Fänge eines Wahnsinnigen geraten. Niemals würde sie es hier herausschaffen.

»Ein Seelenklempner, der sich lieber um den Körper kümmert? Ich habe dich gesehen, wie du morgens aus seiner Wohnung gekommen bist, du sahst so … unglücklich aus. Ich wusste sofort, was er dir angetan hat. Du hättest dich ihm niemals hingegeben, er hat dich manipuliert! Er hat seine gerechte Strafe verdient. Ich bin es, der sich fortan um dich kümmern wird. Du wirst sehen.«

Das Seil lockerte sich etwas. Vielleicht könnte sie mit einer Hand …

In diesem Moment erschien ein Schatten hinter Gabriel.

Jemand, der sie retten würde.

Nicolas …

»Gabriel, lass sie gehen!«

Zu ihrer Überraschung drehte ihr Peiniger sich nicht um, sondern blieb vor ihr stehen und lächelte.

»Gestatten: der Poet«, flüsterte er. Mit einer galanten Handbewegung drehte er sich langsam um und deutete auf den Mann, der zitternd neben dem großen Scheinwerfer aufgetaucht war. Sein Blick flatterte, sie konnte die Angst in seinem Blick sehen.

Aber auch die Entschlossenheit.

»Bruder!«, begrüßte Gabriel den Mann und streckte ihm die Hand entgegen. »Da sind wir also, so, wie wir es besprochen haben! Unser Plan, unser beider Anliegen, all das kommt hier zu einem Ende. Ist das nicht herrlich?«

»Lass sie gehen, Gabriel. Es ist vorbei. Du hast … du bist …«

»Was ist los, Bruder, warum so aufgeregt?« Spöttisch betrachtete er den Mann, der seine Waffe noch immer auf ihn gerichtet hatte. Noemie nestelte weiter an dem Seil hinter ihrem Rücken und sah sich vorsichtig im Raum um. Überall war Glas, draußen lag die Dunkelheit über dem Land, nur die Schatten einiger Baumwipfel waren noch zu erkennen.

Hinter ihr musste das Meer liegen.

Warum hatte er sie hier hochgebracht?

»Du hast mich betrogen, Gabriel«, sagte Joshua Minart jetzt und umklammerte seine Waffe fester. »Ich habe meine Wörter, meine Zeilen, an die Wände der Stadt geschrieben, weil es mir wichtig war. Ich habe die Aufmerksamkeit auf mich gelenkt, weil es dir wichtig war. Weil du das Böse ausmerzen wolltest, so hast du es gesagt. Ich habe dir geholfen, ich habe den Zeh auf die Place Morny gelegt, weil es so geschrieben steht in meinem Buch: ›*Wie Straßenbettler ihre Ungeziefer mästen.*‹ All das habe ich getan, Gabriel. Aber das Böse – das bist du. Und deshalb musst du es beenden.«

Noemie hatte das Gefühl, dass der Fotograf ihm gar nicht richtig zuhörte. Er baute ein Stativ vor ihr auf und schraubte eine Kamera darauf. Immer wieder blickte er durch den Sucher.

Erst jetzt fiel ihr auf, dass rechts von ihr ein zweiter Stuhl stand.

Und da verstand sie.

Gabriel sah sie nachdenklich an.

»Irgendetwas fehlt noch … was habe ich nur vergessen? Bruder, rede ruhig weiter, ich höre dir zu.«

Er stellte sich hinter sie, sie hoffte, dass er ihre Hand nicht bemerkte, die bereits fast frei war.

»Achtung, gleich zieht es ein bisschen!«

Noemie schrie panisch auf, als er die bodentiefe Fensterscheibe des Leuchtturms aufschob und nur wenige Zentimeter hinter ihr der Abgrund lag. Die Brandung war zu hören, das Kreischen der Möwen und das Pfeifen des Windes.

Gabriel schob ihren Stuhl nach hinten.

Sie schrie, als die hinteren Stuhlbeine in der Luft hingen, sie zerrte an ihren Fesseln, wollte nicht sterben.

Zumindest nicht so.

»Gabriel, lass sie los! Ich schieße, ich schwöre es dir!«

Gabriel hatte jetzt ihre Haare gepackt, es war sein fester Griff, der sie noch oben hielt, ihre Kopfhaut spannte, wieder schrie sie, trat um sich.

»Schieß doch, Verräter! Denn genau das bist du! Ein widerlicher Verräter! Du hast es ihnen verraten, du hast es in deinen beschissenen Gedichten versteckt, du hast ihnen deine Kammer gezeigt! Unser *Schattenland,* hörst du, es war unser *Schattenland!* Und du hast es preisgegeben, und jetzt ist es zu spät!«

Noemie schrie, der Mann mit der Waffe in der Hand weinte.

»Gabriel, ich werde schießen. Ich werde es tun.«

»Dann schieß doch, du elender Verräter. Was willst du sein? Ein Poet? Ein widerlicher Verräter bist du, deine Worte können nur eines: lügen! Und …«

»Nein, nicht …«

Noemies Ruf wurde von dem Schuss verschluckt, der quer durch den Raum peitschte. Der Mann, der sie hielt, zuckte, schrie verwundert auf …

… und ließ los.

»Gabriel!«

Während sie in Zeitlupe nach hinten kippte, hörte sie Joshua Minarts verzweifelten Schrei und sah, wie der Mann, der sie soeben dem Tod überlassen hatte, mit schmerzverzerrtem Gesicht nach seiner linken Schulter griff, eine Waffe aus seinem Gürtel zog und zweimal abdrückte.

Der Wind riss an ihren Haaren, flüsterte ihr zu, dass alles gut werden würde. Die Dunkelheit empfing sie, sanft und einfühlsam, die Wellen würden sich über ihr schließen, sie forttragen.

Aber noch nicht heute.

Mit einem verzweifelten Schrei zog sie ihr blutig geschürftes Handgelenk aus der Fessel, schwang ihren rechten Arm nach oben und spürte in letzter Sekunde das harte Holz des Fensterrahmens. Mit der Kraft der Verzweiflung stemmte sie ihre gesamte Schulter gegen den freien Fall, krallte sich in das Holz und schaffte es, das Kippen des Stuhls aufzuhalten. Die vorderen Stuhlbeine rutschten über den glatten Boden, ihre Kraft schwand, die Wellen kamen näher …

Da griff eine Hand nach ihr, legte sich auf ihren Rücken, schob sie nach vorn, zurück in den Raum, fort von dem Wind, der sie nur widerwillig freigab.

»Nicht so schnell, Noemie«, flüsterte Gabriel. »Erst machen wir noch ein Abschiedsfoto.«

Und da begriff sie, dass niemand sie retten würde. Auch nicht der Mann, dessen lebloser Körper auf dem Boden der Kammer des Lichts lag, wortlos, zeilenlos, jenseits aller Poesie.

KAPITEL 42

Nicolas hörte die Schüsse, als er auf halbem Weg nach oben war. Sie peitschten durch das Innere des gewaltigen Turms, das Echo sprang zu ihm hinab und verlor sich am Boden des Phare d'Antifer, des gewaltigen Leuchtturms an der Alabasterküste.

Drei Minuten zuvor hatte er den Sportwagen im Schutz der Bäume abgestellt, er hatte den Lieferwagen der Securityfirma vor dem Turm gesehen und gewusst, dass er richtig war.

Die helle Kammer.

Gabriel hatte Noemie dorthin gebracht, wo er sich als kleiner Junge vor der Dunkelheit versteckt hatte. Inmitten des Lichts hatte er dort oben gesessen und aufs Meer geschaut, die Sonne verschwinden sehen, jeden Abend, jede Nacht, und er hatte beschlossen, seine eigene Sonne aufgehen zu lassen, irgendwann.

In Noemie hatte er sie gefunden. Ob sie wollte oder nicht.

Und Nicolas hatte die schlimme Befürchtung, dass auch Gabriels eigene Sonne hier untergehen sollte, wenn alles endete und auch sein letzter Tag gekommen sein würde.

»Weiter«, schalt er sich und hechtete die Treppenstufen nach oben. Sie wanden sich an der Innenseite des Turmes hoch und wurden immer enger. Nicolas vermied es, nach unten zu schauen, er rannte stur die Treppen hoch, die Waffe in der Hand und die Angst im Nacken.

Was, wenn er zu spät kam? Was, wenn Noemie bereits tot war, erschossen von ihrem größten Bewunderer?

Jede einzelne Stufe wurde zur Tortur, immer wieder sah er

nach oben, dorthin, wo das Licht heller wurde und die Ungewissheit größer.

Schließlich hörte er eine Stimmte und nahm die letzten Stufen langsam und möglichst geräuschlos.

»So ist es gut, ich ziehe dir noch mal die Lippen nach. Warte, hier, die Strähne … so ist es gut.«

Ein kalter Luftzug streifte Nicolas. Er umklammerte den Griff seiner Waffe und blieb hinter einer Tür stehen, die ihm einen Blick in den Raum gestattete. Das Erste, was er sah, war das Blut auf dem Boden, ein ganzer See, der frisch sein musste, weil die rote Flüssigkeit in seine Richtung rann.

»Es tut mir leid, dass Joshua so melodramatisch werden musste. Fast hätte er uns den Abschied verdorben. So, warte, ich überprüfe noch mal die Blende … wunderbar. Bist du bereit?«

Nicolas schob seinen Kopf etwas weiter vor und konnte schließlich Joshua Minart sehen, der leblos auf dem Boden lag, unter ihm breitete sich der rote See langsam aus. Seine rechte Hand war ausgestreckt, die Waffe, mit der er offenbar nicht gut genug gezielt hatte, lag zwei Meter entfernt. Behutsam schob Nicolas sich in den Raum, jede einzelne Faser angespannt.

Er wusste, dass er nur einen Versuch hatte.

»Du sagst ja gar nichts mehr, Noemie? Na ja, ich verstehe, das ist alles ein bisschen viel. Aber es ist bald vorbei, hörst du? Wir sind zusammen, niemand wird dir mehr schaden. So, Achtung, ich mache mal eine Probeaufnahme. Und wir sagen einmal: Cheese!«

Nicolas hörte das Klicken des Selbstauslösers, schließlich Gabriels Schritte, der offenbar zum Fotoapparat ging, um das Ergebnis zu prüfen.

»Perfekt! Wirklich, das solltest du sehen: Dort oben steht schon der Mond und davor du und ich – besser könnte es nicht sein! Also: Dann wollen wir mal! Vielleicht könntest du ein wenig mehr lächeln. Zähne zeigen, das weißt du doch!«

Nicolas schloss für einen Moment die Augen und atmete tief durch. Er hatte nur diesen einen Versuch. Diesen einen Schuss.

»So, Achtung, jetzt geht es los, ich …«

Nicolas stieß sich von der Wand ab, hob den Arm, umrundete mit drei schnellen Schritten den gewaltigen Halogenscheinwerfer des Leuchtturms und tauchte ein in das Grauen, das vor ihm lag.

»Gabriel!«

Er hatte ihn überraschen wollen, ein Schuss, abgefeuert aus nächster Nähe. Aber er hatte kurz gezögert, weil sich der Mann gerade zu Noemie herabgebeugt hatte, um sie zu küssen.

Zu nah, dachte Nicolas und hielt im letzten Moment inne. Es war nur ein Sekundenbruchteil nötig, um Noemie mit einer schnellen Bewegung auf seinen Schoß zu ziehen und sich hinter ihr zu verstecken.

»Lass sie gehen, Gabriel, es ist vorbei!«

»Ah, der Herr Super-Bodyguard! Oder soll ich sagen: Super-Geliebter? Ich habe euch gesehen, im Hotel, wie du über sie hergefallen bist, wie ein Tier, du hast sie gezwungen, sie wollte es nicht, hörst du?«

»Du bist völlig wahnsinnig, Gabriel!«

»Halt die Klappe, Noemie!«

Sie strampelte in seinen Armen, versuchte sich zu befreien, aber er hielt sie in seinem eisernen Griff. In seiner rechten Hand lag noch der Selbstauslöser.

»Das wird ein wunderbares Foto, Herr Bodyguard!«, lachte Gabriel. »Noemie und ich auf einem Stuhl, hinter uns das Meer, das ist noch viel schöner als nebeneinander! Na komm, schieß doch! Wenn du sie triffst, haben wir das immer als Erinnerungsfoto, dann kannst du es dir einrahmen, was hältst du davon! Los, schieß!«

Nicolas packte seine Waffe mit beiden Händen und machte

einen Schritt auf die beiden zu. Direkt hinter Gabriel fuhr der Wind um die Spitze des Leuchtturms, die Brandung schlug hart gegen die Felsen. Verzweifelt suchte Nicolas nach einem Schussfenster, musste aber einsehen, dass Noemie viel zu dicht an Gabriel war.

Entsetzt musste er dabei zusehen, wie Gabriel den Stuhl immer weiter nach hinten manövrierte. Bis zur Kante waren es nur noch wenige Zentimeter.

»Sie wird dich vergessen, Bodyguard. Das Letzte, was sie sehen wird, bin ich. Sie wird mir in die Augen sehen, und es wird gut sein. Und dann wird sie meine Liebe endlich verstehen. Nicht wahr, Noemie? Sag mir, dass du mich liebst. Sag es!«

»Niemals, du Arschloch!«

Verzweifelt versuchte sie ihn zu beißen, es gelang ihr aber nicht.

»Zehn Sekunden, Bodyguard. Nicht viel Zeit, was wirst du tun?«

Mit einem Lächeln betätigte Gabriel den Selbstauslöser und presste Noemie eng an sich.

»Sag Cheese, mein Engel. Und dann fliegen wir.«

Nicolas wusste nicht, was er tun sollte. Noemies verzweifelter Blick, der Mond am nahezu dunklen Himmel, Gabriels Lachen.

Die Uhr tickte.

Etwas im Turm rührte sich.

Etwas kam in Bewegung.

»Sag auf Wiedersehen, Bodyguard!«

Ein Klicken erklang in seinem Rücken, etwas drehte sich.

Sprang an.

Der Stuhl war fast an der Kante.

»Drei, zwei, …«

»Schließ die Augen, Schatz!«

Der gewaltige Halogenscheinwerfer des Leuchtturms am Cap d'Antifer sprang mit einem Fauchen an und warf sein gleißendes Licht im Bruchteil einer Sekunde auf das weite Meer vor sich.

Und auf das Drama, das sich vor ihm abspielte.

Nicolas sprintete in dem Augenblick los, in dem Gabriel aufschrie, geblendet von der Wucht des Lichtes. Der Stuhl kippte nach hinten, Nicolas konnte sehen, wie Noemie nach Gabriels Hals schlug, wie sie sich von ihm abstieß.

Alles geschah so rasend schnell. Und doch wie in Zeitlupe. Der Selbstauslöser klickte, exakt in dem Moment, in dem Gabriel nach hinten stürzte, hinab in die Dunkelheit, eine Hand an Noemie geklammert. Sie schrie, trat nach ihm, warf ihren rechten Arm nach vorn.

Nicolas landete bäuchlings zwei Meter vor der Kante auf dem Boden, rutschte über den glatten Belag, spürte den kalten Wind ihm Gesicht, Noemies Schrei, so verzweifelt, so endgültig …

… und griff nach ihrer Hand, kurz bevor sie über der Kante im Abgrund verschwand.

Und auch er schrie, als Noemies ganzes Gewicht an seiner Schulter hing, spürte, wie zwei Sehnen rissen, und doch ließ er nicht los, er hatte noch Kraft.

»Noemie!«

Es war nicht seine Stimme.

Sie kam von weiter unten.

»Noemie, wir gehen zusammen!«

Nicolas schob sich über den Abgrund, während er sich mit beiden Händen an Noemies Arm klammerte. Tief unten sah er den Schaum der Wellen in der Dunkelheit, die scharfkantigen Felsen, auf denen die Vögel nisteten und auf denen sich Blut ergießen würde in wenigen Augenblicken.

Gabriel hatte Noemies Fuß gepackt, er hing an ihr, mit letzter Kraft.

Aber er lächelte.

»Lass mich los«, keuchte Noemie, sie versuchte nach ihm zu treten, was in Nicolas Schulter jedes Mal zu einer Explosion führte.

»Noemie, bitte! Bleib ruhig! Ich kann dich nicht mehr lange halten.«

Für einen Augenblick hingen sie dort, zwischen oben und unten, zwischen Licht und Dunkelheit. Zwischen Leben und Tod.

»Noemie!«

Gabriel lächelte sie an, Nicolas konnte seine weißen Zähne in der Dunkelheit sehen.

»Noemie, du wirst mit mir gehen.«

»Werde ich nicht!« Sie schrie, in ihrem Blick lag blanke Panik.

»Dann sag es.«

Für einen Moment war es still. Selbst der Wind schien innezuhalten, am Himmel war kein Vogel zu hören.

»Sag es!«

Noemie hob den Kopf, sie sah Nicolas an, die Augen voller Tränen.

»Ich hab dich«, sagte er leise. »Alles wird gut.«

»Sag es, Noemie!«

Sie schloss kurz die Augen, öffnete sie und sah hinunter zu Gabriel. In seine dunklen Augen, die so voller Liebe waren für sie, voller zerstörerischer Liebe.

Aber sie wollte leben.

»Gabriel?«

Ihre Stimme war sanft und ruhig und voller Zuversicht.

»Ja, Noemie?«

Über ihnen drehte sich der Scheinwerfer des Leuchtturms. Unter ihnen lag das Meer, die größtmögliche aller Bühnen.

Es war zu Ende.

»Ich liebe dich.«

Für einen Augenblick hing Gabriel noch an ihrem Fuß, er sah sie an, ruhig und ohne Wehmut.

Dann ließ er los.

Und fiel.

Während er sie weiter ansah und während sie ihn weiter ansah, so lange, bis die Dunkelheit ihn verschluckte. Und dabei sagte er nichts.

Kein Wort.

Und keine Zeile.

Teil vier

BLUMEN

Befragung der Zeugin
Rey, Noemie, geb. 26.01.1996,
Schauspielerin
Uhrzeit: 11:37 Uhr
Anwesend: Serge Roscoff, Interne Ermittlung,
Polizeidirektion Caen
Auszug aus dem Protokoll

»Mögen Sie Gedichte, Mademoiselle Rey?«

»Bitte, Noemie reicht völlig. Ich fühle mich sonst immer so alt.«

»Natürlich, sehr gern. Also, Noemie, mögen Sie Gedichte?«

»Sie meinen jene von Charles Baudelaire? Um die geht es doch, oder?«

»Keine Ahnung, sagen Sie es mir. Geht es darum?«

»Nein, ich glaube nicht. Ich glaube, die Gedichte waren letztendlich das Schönste an dem Ganzen.«

»Inwiefern?«

»Letztendlich kann Poesie doch Leben retten, nicht wahr? Ich meine, die Sprache, der Klang der Worte, die Magie der Zeilen – gibt es etwas Kraftvolleres als Poesie? Sie ist durch und durch rein, daran habe ich keine Zweifel.«

»Schön gesagt, Noemie. Wirklich. Darf ich Sie dennoch fragen: Was haben Sie gedacht, als Sie sie das erste Mal gesehen haben?«

»Sie meinen die Zeilen an den Wänden? Nun, ich habe sie

ja nie wirklich zu Gesicht bekommen, nur auf Fotos. Aber, ehrlich gesagt: Ich mochte es.«

»Sie mochten die Kritzeleien?«

»Das waren keine Kritzeleien! Ich würde sagen, es war Kunst. Die Kunst eines armen, verstörten Mannes, ganz gewiss. Aber Kunst.«

»Ihr Name kam darin vor. War das nicht sonderbar?«

»Sonderbar? Wenn Poesie meinen Namen beinhaltet? Was sollte daran sonderbar sein, Monsieur?«

»Oh bitte, Serge reicht.«

»Hübscher Name. Sehr männlich.«

»Vielen Dank. Darf ich Sie noch etwas fragen, Noemie?«

»Alles.«

»So weit will ich gar nicht gehen.«

»Schade.«

»Wie … ach so, also, ich meine … jedenfalls, meine Frage lautet: Von all den Dingen, all den schrecklichen Geschehnissen, das Attentat, der Leuchtturm, die Toten – an welchem Punkt, würden Sie sagen, hätte die Polizei schneller reagieren müssen? Es geht uns wirklich um die Aufklärung des Falles! Ich glaube, es ist nicht alles ganz reibungslos verlaufen, wenn Sie verstehen, was ich meine.«

»Ich versuche es zu verstehen, aber es fällt mir schwer. Die Polizei war … vorbildlich. Wirklich vorbildlich. Ich meine, ja, es wurde mit vielen Tricks gearbeitet, bestimmt auch die eine oder andere Regel gebrochen, ohne Frage. Aber was bleibt am Ende? Die Liebe, nicht wahr? Die Liebe zum Film ist tief und ernsthaft, das können Sie mir glauben. Und die stand nie infrage, also ist doch alles gut, oder wie sehen Sie das?«

»Ähm … ich bin mir nicht sicher, ob Sie mich richtig verstanden haben … was ich meine, ist …«

»Mein lieber Serge, wollen wir ganz offen sein? Sie möchten mir doch ohnehin nur eine Frage stellen, ich weiß auch welche, die gleiche, die Sie auch den anderen gestellt haben. Was halten Sie davon: Sie stellen die Frage, ich beantworte sie. Und dann bin ich dran mit einer Frage. Ist das in Ordnung für Sie?«

»Ich würde sagen … ja, das ist in Ordnung.«

»Gut, dann bitte schön, ich höre.«

»Noemie, wo finden wir Nicolas Guerlain?«

»Ich habe keine Ahnung.«

»Ist das die Wahrheit?«

»Hey, wir hatten eine Frage ausgemacht, jetzt bin ich dran!«

»Meinetwegen.«

»Bereit? Es ist eine einfache Frage, ganz simpel.«

»Ich bin bereit.«

»Haben Sie heute Abend schon etwas vor?«

KAPITEL 43

Hôpital Jacques Monod, Le Havre
Einige Tage später

Das Fenster war angelehnt, von draußen drang der Duft eines soeben abgeflauten Sommerregens in das Zimmer. Auf einem kleinen Tisch standen eine Vase mit Trockenblumen, eine noch in Folie gewickelte Schachtel Pralinen sowie ein halb volles Glas Mineralwasser. Im Hintergrund war das beruhigende Geräusch einer Jazztrompete zu hören, Nicolas hatte das Radio etwas leiser gestellt, als er hereingekommen war.

Nun stand er am Fenster und sah nach draußen, wo die letzten Regentropfen von den Zweigen fielen und ein älteres Paar seine Runden auf dem Kiesweg drehte.

Ein Rotkehlchen flatterte auf, als auf dem Parkplatz ein Auto losfuhr, eine Nachtschwester am Ende ihrer Schicht, ein Patient nach erfolgreichem Aufenthalt.

Es war früh am Morgen, sein Vater schlief noch. Oder wieder, die Grenzen waren fließend in diesen Tagen. Nicolas sah den Mann an, der bis vor Kurzem einer der mächtigsten … er hatte keine Lust, diesen Gedanken weiterzuspinnen, es zählte das Hier und Jetzt.

Und das beinhaltete, dass eine Etage tiefer ein weiteres Familienmitglied in einem Krankenbett lag, wenn auch aus einem völlig anderen Grund. Léandre hatte eine Kugel für ihn abgefangen, mit dieser Bürde würde er, Nicolas, leben müssen.

Es war kein gutes Gefühl, aber er hatte keine Wahl, als sich damit abzufinden.

Mehrmals war er schon bei ihm gewesen, es ging ihm den Umständen entsprechend gut, wichtige innere Organe waren nicht getroffen worden, als Gabriel Bolenc ihn auf dem roten Teppich niedergeschossen hatte. Stundenlang hatte Nicolas an seinem Bett gesessen, geschwiegen und gehofft.

Und über den Mann gesprochen, der eine Etage weiter oben lag. Mit einem starken Geist, aber einem kaputten Herzen.

Als draußen mehrere Motorräder vorfuhren, schloss Nicolas das Fenster.

»Lass es ruhig offen«, erklang hinter ihm die Stimme seines Vaters. Sie war schwach und brüchig, so wie der Mann, zu dem sie gehörte.

Aber das Leben war da, um gemeistert zu werden.

»Guten Morgen, Nicolas.«

Nicolas zog einen Stuhl heran und setzte sich seitlich ans Bettende.

»Guten Morgen.«

Für einen Augenblick musterten sie sich, betrachteten die Linien auf ihren Gesichtern, die Zeichnungen, die das Leben ihnen mitgegeben hatte.

»Du siehst müde aus«, sagte sein Vater leise.

»Du weißt doch gar nicht, wie ich wach aussehe.«

Es war nicht die richtige Antwort, Nicolas wusste es und sein Vater wusste es auch. Aber hier, in diesem Zimmer, würden sich die tiefen Wunden nicht heilen lassen.

Nicht diese.

»Es geht dir besser, habe ich gehört«, sagte Nicolas. »Das freut mich, wirklich. Ich möchte, dass du das weißt.«

Sein Vater richtete seinen Blick zur Decke, dann nickte er.

»Man hat viel Zeit zum Nachdenken, wenn man hier liegt.«

»Bitte nicht, Vater. Reue steht dir nicht.«

Sein Vater lachte auf und griff sich an die Brust.

»Schönes Wort. Reue. Ich habe auch etwas gehört, Nicolas.«

»Davon gehe ich aus.«

Selbst in seinem Krankenbett war Alexandre Guerlain sicherlich einer der bestinformierten Männer des Landes. Das Handy auf seinem Nachttisch brummte alle paar Sekunden, während sie sprachen.

»Du wirst gesucht. Interne Ermittlung und so ein Zeug. Der ganze Apparat. Ganz schön was los gewesen in Deauville.«

Für einen Augenblick sah Nicolas aus dem Fenster. Der blaue Himmel kämpfte gegen die Quellwolken, in großer Höhe durchschnitt ein Flugzeug die Luft.

Er drehte den Kopf, als er aus den Augenwinkeln zwei Schatten sah, die durch die Glasscheibe der Zimmertür zu sehen waren.

»Hör zu, Vater«, sagte er schließlich. »Es werden gleich zwei Frauen durch diese Tür kommen. Und ich werde gehen.«

Er sah, wie sich der Blick seines Vaters verfinsterte.

»Du hast es ihr …«

Nicolas unterbrach seinen Protest, indem er die Hand hob.

»Sie werden sich zu dir setzen, und ihr werdet reden. Und sie werden alles von dir erfahren, was sie erfahren müssen. Und ich meine wirklich alles.«

»Was erhoffst du dir davon, Nicolas?«

Sein Vater richtete sich mühsam auf.

»Was soll das werden, Rache an einem alten Mann?«

Nicolas lachte kurz auf.

»Nicht Rache, Vater. Man nennt es das Leben, ganz einfach. Aber keine Sorge, das ist noch nicht alles.«

Sein Vater runzelte die Stirn, als Nicolas in seine Innentasche griff und einen Brief herausholte. Auf dem weißen Umschlag stand in geschwungener Schrift: Léandre.

»Wir zwei haben uns längst verloren. Aber bei ihm hast

du noch eine Chance. Nutze sie. Gib ihm diesen Brief, er ist von dir. An ihn.«

»Ich habe nie einen Brief geschrieben.«

»Doch, hast du. Es ist deine Schrift, ich bin recht gut darin. Nimm ihn, lies ihn. Und gib ihn dann Léandre. Glaub mir, er braucht ihn, mehr als ich ihn jemals gebraucht habe.«

»Du hast in meinem Namen …«

»Ich werde jetzt gehen, Vater.«

Alexandre Guerlain musterte seinen Sohn. Dann lächelte er.

Nicolas stand auf und stellte einen zweiten Stuhl neben den, auf dem er gerade gesessen hatte.

»Ich soll dich von Claire grüßen. Sie ist in Urlaub gefahren. Sie wird dir eine Karte schreiben.«

»Was wird draufstehen?«

»Das Richtige, vermute ich.«

»Und du? Was wirst du jetzt machen, Nicolas?«

Nicolas drehte sich noch mal zu dem Mann im Krankenbett um, der sein Vater war und es doch nie hatte sein können.

»Das Gleiche: Ich werde das Richtige tun. Ich werde es zumindest versuchen.«

»Die, die dich suchen – ich werde dafür sorgen, dass sie dich nicht finden.«

»Ich weiß, Vater.«

Nicolas öffnete die Tür des Krankenzimmers und lächelte die beiden Frauen an, von denen eine seine Mutter war. Er gab ihr einen Kuss und warf durch die Glasscheibe einen Blick zurück auf seinen Vater. Er sah, dass er den Brief genommen, ihn auseinandergefaltet und sich eine Lesebrille aufgesetzt hatte.

Mein Sohn.

Manchmal, so scheint es mir, brauchen Worte ihre Zeit.

Sie mögen schon immer da gewesen sein, tief in den Schatten, und doch sind sie zugeschüttet. Die Last, die auf ihnen liegt, wiegt schwer. Es ist kein Fels, der sie begräbt, es ist ein ganzes Gebirge, Tonnen von Steinen, unverrückbar, kein Licht kommt hindurch, niemand ist da, der sie fortschiebt, der schwitzt und schreit, der sich die Hände aufreißt, bis sie blutig sind.

Es ist, als würden sie nicht existieren, diese Worte. Tot, von Geburt an.

Aber glaub mir, so war es nicht …

KAPITEL 44

Marseille, Südfrankreich
Drei Wochen später

Der Herbst hatte den Süden erreicht, in aller Gelassenheit. Er hatte den Menschen Zeit gegeben, sich an ihn zu gewöhnen, als er nun mit kühler Hand über die Dächer fuhr und durch die engen Gassen der Altstadt. Keine Regenschauer, kein Graupel auf den Straßen. Nur die Sonne, die sich zurücknahm, die ihre Kraft sparte für die heißen Tage, die nun lange Zeit in weiter Ferne lagen.

Im Hafenbecken dümpelten die Fischerboote, die Netze waren eingerollt, die Farbe bröckelte von den Rümpfen, die Namen waren verblasst. Sie hießen »Mathilde«, »La Langouste« oder schlicht »Le petit bateau«, und keines von ihnen hatte ahnen können, dass sie einmal ein Fotomotiv bilden würden, für eine Postkarte, die jemand kaufen, beschriften und fortschicken würde. An eine andere Küste, einen anderen Ort, weit im Norden, wo der Herbst rau war und das Wasser kalt.

Und nun war sie es, die eine Postkarte in den Händen hielt.

Ihr Name stand darauf, nicht ihre Adresse, dafür die des Cafés, in dem sie jeden Morgen saß, den Blick auf den Hafen gerichtet. Sie hatte sich vor wenigen Minuten auf ihren Lieblingsplatz gesetzt, draußen auf dem Bürgersteig. Die Motorroller fuhren vorbei, die Hunde zerrten an den Leinen ihrer Besitzer, und sie war mittendrin in dem, was sie vor fast zwei Jahren als ihr neues Leben begonnen hatte.

»Salut, Julie.«

Marcel hatte sie begrüßt, mit zwei schnellen Küssen, ihren Tisch abgewischt und war kurz hineingegangen, um ihren Espresso zu holen und ein Glas Wasser.

»Schau mal, das ist hier für dich angekommen. Seltsam, oder? Heimlicher Liebhaber?« Er hatte sich kurz zu ihr gesetzt, sie hatten gelacht, Kaffee getrunken, die Karte zwischen sich.

Und sie hatte gespürt, dass es niemals wirklich Herbst werden würde, solange nur diese Karte dort lag.

»Ich muss mal wieder an die Arbeit«, hatte Marcel schließlich gesagt, und Julie hatte auf das Wasser geblickt und auf die alten Fischerboote und auf La Bonne Mère, oben auf dem Hügel über der Stadt. Dann hatte sie sie in die Hand genommen.

Und hier saß sie nun.

Es gab keinen Text, keine Botschaft.

Nur ihr Name stand da. Und eine Anschrift: »Café du Port, Marseille.«

Ein Träne lief ihre Wange hinunter, sie schluckte schwer, während sie versuchte, ruhig zu atmen.

Es waren die Planches von Deauville. Die grünen Türen, die weißen Geländer mit den Namen der Filmstars.

Sie betrachtete den Stempel auf der Rückseite. Die Karte war nicht in der Normandie aufgegeben worden.

Sondern hier. Genau hier.

In Marseille.

Jemand setzte sich neben sie.

Jemand bestellte einen Espresso.

Jemand saß dort, still, und blickte auf das Wasser.

Er sah müde aus, fand sie. Älter auch, vielleicht.

Er rührte in seiner Tasse, den Blick auf das Hafenbecken gerichtet, in das die Sonne glitzernde Kringel zeichnete.

»Ich wusste nicht, was ich schreiben sollte«, sagte Nicolas. »Also dachte ich, ich komme einfach vorbei.«

Er nahm ihre Hand, einfach so, weil sie dort lag, auf dem Tisch, und weil er nichts anderes wollte, nie mehr, ein ganzes Leben lang.

»Und jetzt?«, fragte Julie.

Der Herbst hatte den Süden erreicht, in aller Gelassenheit. Er würde sie weiterschieben, sorgsam und beschützend, in einen Winter, einen Frühling, in einen nächsten Sommer, in ein nächstes Jahr. In ein nächstes Leben.

Nicolas sah sie an, und Julie wurde klar, dass er jetzt da war.

Einfach nur da.

»Ganz einfach«, sagte er, »jetzt fangen wir noch mal von vorne an.«